C H V

Clemens Brentano

Werke in zwei Bänden

Herausgegeben
von Friedhelm Kemp
unter Mitwirkung
von Wolfgang Frühwald

Band I

Carl Hanser Verlag
München

ISBN 3 446 11628 1

Hanserbibliothek

Gesetzt aus der Bembo-Antiqua
Umschlagentwurf: Claus J. Seitz
Gesamtherstellung:
Mohndruck Reinhard Mohn OHG, Gütersloh
Printed in Germany

INHALTSÜBERSICHT

GEDICHTE

Liebesnacht im Haine

Um uns her der Waldnacht heilig Rauschen
Und der Büsche abendlich Gebet,
Seh' ich dich so lieblich bange lauschen
Wenn der West durch dürre Blätter weht.

Und ich bitte: Jinni holde, milde
Sieh ich dürste, sehne mich nach dir
Sinnend blickst du durch der Nacht Gefilde
Wende deinen süßen Blick nach mir.

Ach dann wendet Jinni voll Vertrauen
Ihres Lebens liebesüßen Blick
Mir ins wonnetrunkne Aug' zu schauen
Aus des Tages stillem Grab zurück.

Und es ist so traulich dann, so stille
Wenn ihr zarter Arm mich fest umschlingt
Und ein einz'ger liebevoller Wille
Unsrer Seelen Zwillingspaar durchdringt.

Nur von unsrer Herzen lautem Pochen
Von der heil'gen Küsse leisem Tausch
Von der Seufzer Lispel unterbrochen
Ist der Geisterfeier Wechselrausch.

Auf des Äthers liebestillen Wogen
Kömmt Diane dann so sanft und mild
Auf dem lichten Wagen hergezogen
Bis ihn eine Wolke schlau verhüllt,

Und sie trinket dann an Latmus' Gipfel
Ihrer Liebe süßen Minnelohn
Ihre Küsse flüstern durch die Wipfel,
Küssend, nennst du mich Endymion.

Liest auch wohl mit züchtigem Verzagen
Meiner Blicke heimlich stille Glut
Und es sterben alle deine Klagen
Weil die Liebe dir am Herzen ruht.

Fest umschling' ich dich von dir umschlungen
Stirbt in unsrem Arm die rege Zeit
Und es wechseln schon des Lichtes Dämmerungen
Starb schon Gestern wird schon wieder heut.

Wenn die lieben Sterne schon ermatten
Wechseln wir noch heimlich Seligkeit
Träumen in den tiefen dunklen Schatten
Flehend und gewährend Ewigkeit.

Fest an dich gebannt in dich verloren
Zähle ich an deines Herzens Schlag
Liebestammelnd jeden Schritt der Horen
Scheidend küsset uns der junge Tag.

Von den Mauern Widerklang –
Ach! – im Herzen frägt es bang:
Ist es ihre Stimme;
Und vergebens sucht mein Blick
Kehret mir ein Ton zurück? –
Ist's nur meine Stimme? –

Auf der Mauern höherm Rand
Sind die Blicke hingebannt,
Doch ich seh' nur Sterne;
Und in hoher Himmelssee
Ich die Sterne küssen seh',
Wären's unsre Sterne.

Nacht ist voller Lug und Trug,
Nimmer sehen wir genug
In den schwarzen Augen;

Heiß ist Liebe, Nacht ist kühl,
Ach ich seh' ihr viel zu viel
In die schwarzen Augen.

Sonne wollt' nicht untergehn,
Blieb am Berg neugierig stehn;
Kam die Nacht gegangen.
Stille Nacht in deinem Schoß
Liegt der Menschen höchstes Los,
Mütterlich umfangen.

Um die Harfe sind Kränze geschlungen,
Schwebte Lieb' in der Saiten Klang:
Oft wohl hab' ich mir einsam gesungen,
Und wenn einsam und still ich sang,
Rauschten die Saiten im tönenden Spiel,
Bis aus dem Kranze, vom Klange durchschüttert,
Und von der Klage der Liebe durchzittert,
Sinkend die Blume herniederfiel.

Weinend sah ich zur Erde dann nieder,
Liegt die Blüte so still und tot;
Seh' die Kränz' an der Harfe nun wieder, –
Auch verschwunden des Lebens Rot,
Winken mir traurig wie schattiges Grab,
Wehen so kalt in den tönenden Saiten,
Wehen so bang und so traurig: Es gleiten
Brennende Tränen die Wang' herab.

Nie ertönt meine Stimme nun wieder,
Wenn nicht freundlich die Blüte winkt;
Ewig sterben und schweigen die Lieder,
Wenn die Blume mir nicht mehr sinkt.
Schon sind die meisten der holden entflohn;
Ach! wenn die Kränze die Harfe verlassen,
Dann will ich sterben; die Wangen erblassen,
Stumm ist die Lippe, verhallt der Ton.

Aber Wonn', es entsprosset zum Leben
Meiner Asche, so hell und schön,
Eine Blume. – Mit freudigem Beben
Seh' ich Tilie so freundlich stehn.
Und vor dem Bilde verschwindet mein Leid.
Herrlicher wird aus der Gruft sie ergehen –
Schöner und lieblicher seh' ich sie stehen,
Wie meinen Feinden sie mild verzeiht.

Wenn der Sturm das Meer umschlinget,
Schwarze Locken ihn umhüllen,
Beut sich kämpfend seinem Willen
Die allmächt'ge Braut und ringet,

Küsset ihn mit wilden Wellen,
Blitze blicken seine Augen,
Donner seine Seufzer hauchen,
Und das Schifflein muß zerschellen.

Wenn die Liebe aus den Sternen
Niederblicket auf die Erde,
Und dein Liebstes Lieb begehrte,
Muß dein Liebstes sich entfernen.

Denn der Tod kömmt still gegangen,
Küsset sie mit Geisterküssen,
Ihre Augen dir sich schließen,
Sind im Himmel aufgegangen.

Rufe, daß die Felsen beben,
Weine tausend bittre Zähren,
Ach, sie wird dich nie erhören,
Nimmermehr dir Antwort geben.

Frühling darf nur leise hauchen,
Stille Tränen niedertauen,

Komme, willst dein Lieb du schauen,
Blumen öffnen dir die Augen.

In des Baumes dichten Rinden,
In der Blumen Kelch versunken,
Schlummern helle Lebensfunken,
Werden bald den Wald entzünden.

In uns selbst sind wir verloren,
Bange Fesseln uns beengen,
Schloß und Riegel muß zersprengen,
Nur im Tode wird geboren.

In der Nächte Finsternissen
Muß der junge Tag ertrinken,
Abend muß herniedersinken,
Soll der Morgen dich begrüßen.

Wer rufet in die stumme Nacht?
Wer kann mit Geistern sprechen?
Wer steiget in den dunkeln Schacht,
Des Lichtes Blum' zu brechen?
Kein Licht scheint aus der tiefen Gruft,
Kein Ton aus stillen Nächten ruft.

An Ufers Ferne wallt ein Licht,
Du möchtest jenseits landen;
Doch fasse Mut, verzage nicht,
Du mußt erst diesseits stranden.
Schau still hinab, in Todes Schoß
Blüht jedes Ziel, fällt dir dein Los.

So breche dann, du tote Wand,
Hinab mit allen Binden;
Ein Zweig erblühe meiner Hand,
Den Frieden zu verkünden.
Ich will kein Einzelner mehr sein,
Ich bin der Welt, die Welt ist mein.

Vergangen sei vergangen,
Und Zukunft ewig fern;
In Gegenwart gefangen
Verweilt die Liebe gern,

Und reicht nach allen Seiten
Die ew'gen Arme hin,
Mein Dasein zu erweiten,
Bis ich unendlich bin.

So tausendfach gestaltet,
Erblüh' ich überall,
Und meine Tugend waltet
Auf Berges Höh', im Tal.

Mein Wort hallt von den Klippen,
Mein Lied vom Himmel weht;
Es flüstern tausend Lippen
Im Haine mein Gebet.

Ich habe allem Leben
Mit jedem Abendrot
Den Abschiedskuß gegeben,
Und jeder Schlaf ist Tod.

Es sinkt der Morgen nieder,
Mit Fittichen so lind,
Weckt mich die Liebe wieder,
Ein neugeboren Kind.

Und wenn ich einsam weine,
Und wenn das Herz mir bricht,
So sieh im Sonnenscheine
Mein lächelnd Angesicht.

Muß ich am Stabe wanken,
Schwebt Winter um mein Haupt,

Wird nie doch dem Gedanken
Die Glut und Eil geraubt.

Ich sinke ewig unter,
Und steige ewig auf,
Und blühe stets gesunder
Aus Liebes-Schoß herauf.

Das Leben nie verschwindet,
Mit Liebesflamm' und Licht
Hat Gott sich selbst entzündet
In der Natur Gedicht.

Das Licht hat mich durchdrungen,
Und reißet mich hervor;
Mit tausend Flammenzungen
Glüh' ich zur Glut empor.

So kann ich nimmer sterben,
Kann nimmer mir entgehn;
Denn um mich zu verderben,
Müßt' Gott selbst untergehn.

Szene aus meinen Kinderjahren

Oft war mir schon als Knaben alles Leben
Ein trübes träges Einerlei. Die Bilder,
Die auf dem Saal und in den Stuben hiengen,
Kannt' ich genau; ja selbst der Büchersaal,
Mit Sandrart, Merian, den Bilderbüchern,
Die ich kaum heben konnte, war verachtet,
Ich hatte sie zum Ekel ausbetrachtet.

So, daß ich mich hin auf die Erde legte,
Und in des Himmels tausendförm'gen Wolken,
Die luftig, Farben wechselnd oben schwammen,

Den Wechsel eines flücht'gen Lebens suchte.
Kein lieber Spielwerk hatt' ich, als ein Glas,
In dem mir alles umgekehrt erschien.
Ich saß oft stundenlang vor ihm, mich freuend,
Wie ich die Wolkenschäfchen an die Erde,
Und meines Vaters Haus, den ernsten Lehrer
Und all mein Übel an den Himmel bannte.
Recht sorgsam wich ich aus, in jenen Höhen
Den kleinen Zaubrer selbst verkehrt zu sehen.

Ich wollte damals alles umgestalten,
Und wußte nicht, daß Änderung unmöglich,
Wenn wir das Äußre, nicht das Innre wenden,
Weil alles Leben in der Waage schwebet,
Daß ewig das Verhältnis wiederkehret,
Und jeder, der zerstört, sich selbst zerstöret.

Dann lernt' ich unsern Garten lieben, freute
Der Blüten mich, der Frucht, des goldnen Laubes
Und ehrte gern des Winters Silberlocken.
An einem Abend stand ich in der Laube,
Von der die Aussicht sich ins Tal ergießt,
Und sah, wie Tag und Nacht so mutig kämpften.

Die Wolken drängten sich wie wilde Heere,
Gestalt und Stellung wechselnd in dem Streite,
Der Sonne Strahlen schienen blut'ge Speere;
Es rollte leiser Donner in der Weite,
Und unentschieden schwankt des Kampfes Ehre
Von Tag zu Nacht, neigt sich zu jeder Seite;
Dann sinkt die Glut, es brechen sich die Glieder,
Es drückt die Nacht den schwarzen Schild hernieder.

Da fühlte ich in mir ein tiefes Sehnen
Nach jenem Wechsel der Natur, es glühte
Das Blut mir in den Adern, und ich wünschte
In einem Tage so den Frühling, Sommer,
Herbst, Winter, in mir selbst, und spann

So weite, weite Pläne aus, und drängte
Sie enge, enger nur in mir zusammen.

Der Tag war hinter Berge still versunken,
Ich wünschte jenseits auch mit ihm zu sein,
Weil er mir diesseits mit dem kalten Lehrer,
Und seinen Lehren, stets so leer erschien.
Der Ekel und die Mühe drückte mich,
Ich blickte rückwärts, sah ein schweres Leben,
Und dachte mir das Nichtsein gar viel leichter.
Dann wünscht' ich mich mit allem, was ich Freude
Und wünschenswertes Glück genannt, zusammen
Vergehend in des Abendrotes Flammen.

Der Gärtner gieng nun still an mir vorüber
Und grüßte mich, ein friedlich Liedchen sang er,
Von Ruhe nach der Arbeit, und dem Weibe,
Das freundlich ihn mit Speis und Trank erwarte.

Die Vöglein sangen in den dunkeln Zweigen,
Mit schwachen Stimmen ihren Abendsegen,
Und es begann sich in den hellen Teichen
Ein friedlich monotones Lied zu regen.
Die Hühner sah ich still zur Ruhe steigen,
Sich einzeln folgend auf bescheidnen Stegen.
Und leise wehte durch die ruh'ge Weite,
Der Abendglocke betendes Geläute.

Da sehnt' ich mich nach Ruhe nach der Arbeit,
Und träumte mancherlei von Einfachheit,
Von sehr bescheidnen bürgerlichen Wünschen.
Ich wußte nicht, daß es das Ganze war,
Das mich mit solchem tiefen Reiz ergriff.

Des Abends Glut zerfloß in weite Röte,
So löst der Mühe Glut auf unsern Wangen
Der Schlaf in heilig sanfte Röte auf.
Kein lauter Seufzer hallte schmerzlich wider,
Es ließ ein Leben ohne Kunst sich nieder,

Die hingegebne Welt löst' sich in Küssen,
Und alle Sinne starben in Genüssen.

Da flocht ich trunken meine Ideale,
Durch Wolkendunkel webt' ich Mondesglanz.
Der Abendstern erleuchtet, die ich male,
Es schlingt sich um ihr Haupt der Sternenkranz,
Die Göttin schwebt im hohen Himmelssaale
Und sinkt und steigt in goldner Strahlen Tanz.
Bald faßt mein Aug' nicht mehr die hellen Gluten,
Das Bild zerrinnt in blaue Himmelsfluten.

Und nie konnt' ich die Phantasie bezwingen,
Die immer mich mit neuem Spiel umflocht;
So glaubte ich auf einem kleinen Kahne
In süßer Stummheit durch das Abendmeer
Mit fremden schönen Bildern hinzusegeln.
Und dunkler, immer dunkler ward das Meer,
Den Kahn und mich, und ach, das fremde Bild,
Dem du so ähnlich bist, zog's still hinab.

Ich ruht' in mich ganz aufgelöst im Busche,
Die Schatten spannen Schleier um mein Aug',
Der Mond trat durch die Nacht, und Geister wallten
Rund um mich her, ich wiegte in der Dämmrung
Der Büsche dunkle Ahndungen, und flocht
Aus schwankender Gesträuche Schatten Lauben
Für jene Fremde, die das Meer verschlang.
Und neben mir, in toter Ungestalt,
Lag schwarz wie Grab mein Schatten hingeballt.

Und es schien das tiefbetrübte
Frauenbild von Marmorstein,
Das ich immer heftig liebte,
An dem See im Mondenschein,
Sich mit Schmerzen auszudehnen,
Nach dem Leben sich zu sehnen.

Traurig blickt es in die Wellen,
Schaut hinab mit totem Harm,
Ihre kalten Brüste schwellen,
Hält das Kindlein fest im Arm.
Ach, in ihren Marmorarmen
Kann's zum Leben nie erwarmen!

Sieht im Teich ihr Abbild winken,
Das sich in dem Spiegel regt,
Möchte gern hinuntersinken,
Weil sich's unten mehr bewegt,
Aber kann die kalten, engen
Marmorfesseln nicht zersprengen.

Kann nicht weinen, denn die Augen
Und die Tränen sind von Stein.
Kann nicht seufzen, kann nicht hauchen,
Und erklinget fast vor Pein.
Ach, vor schmerzlichen Gewalten
Möcht' das ganze Bild zerspalten!

Es riß mich fort, als zögen mich Gespenster
Zum Teiche hin, und meine Augen starrten
Aufs weiße Bild, es schien mich zu erwarten,
Daß ich mit heißem Arme es umschlinge,
Und Leben durch den kalten Busen dringe.

Da ward es plötzlich dunkel, und der Mond
Verhüllte sich mit dichten schwarzen Wolken.
Das Bild mit seinem Glanze war verschwunden
In finstrer Nacht. In Büsche eingewunden,
Konnt' ich mit Mühe von der Stelle schreiten.
Ich tappe fort, und meine Füße gleiten,
Ich stürze in den Teich. Ein Freund von mir,
Der mich im Garten suchte, hört den Fall,
Und rettet mich. Bis zu dem andern Morgen
War undurchdringlich tiefe Nacht um mich,
Doch bleibt in meinem Leben eine Stelle,

Ich weiß nicht wo, voll tiefer Seligkeit,
Befriedigung und ruhigen Genüssen,
Die alle Wünsche, alle Sehnsucht löste.

Als ich am Turm zu deinen Füßen saß,
Erschufst du jenen Traum zum ganzen Leben,
In dem von allen Schmerzen ich genas.
O teile froh mit mir, was du gegeben,
Denn was ich dort in deinem Auge las,
Wird sich allein hoch über alles heben.
Und kannst du mir auf jenen Höhen trauen,
So werd' ich bald das Tiefste überschauen.

Ich glaube, daß es mir in jener Nacht,
Von der ich nichts mehr weiß, so wohl erging,
Als ich erwachte, warf sich mir die Welt
Eiskalt und unbeweglich hart ums Herz.
Es war der tötende Moment im Leben,
Du, Tilie, konntst allein den Zauber heben.

Mein Vater saß an meinem Bette, lesend
Bemerkte er nicht gleich, daß ich erwachte.
Es stieg und sank mein Blick auf seinen Zügen
Mit solchem Forschen, solcher Neugierd', daß
Mir selbst vor meiner innern Unruh bangte.
Dann neigte er sich freundlich zu mir hin
Und sprach mit tiefer Rührung: Karl, wie ist dir?
Ich hatte ihn noch nie so sprechen hören,
Und rief mit lauten Tränen aus – O Vater!
Mir ist so wohl, doch, ach! die Marmorfrau –
Wer ist sie? – Wessen Bild? – Wer tat ihr weh?
Daß sie so tiefbetrübt aufs holde Kind,
Und in den stillen See herniederweint?

Mein Vater hob die Augen gegen Himmel,
Und ließ sie starr zur Erde niedersinken,
Sprach keine Silbe und verließ die Stube.
In diesem Augenblicke fiel mein Los.
Ein ew'ger Streit von Wehmut und von Kühnheit,

Der oft zu einer innern Wut sich hob,
Ein innerliches, wunderbares Treiben
Ließ mich an keiner Stelle lange bleiben.

Es war mir alles Schranke, nur wenn ich
An jenem weißen Bilde in dem Garten saß,
War mir's, als ob es alles, was mir fehlte,
In sich umfaßte, und vor jeder Handlung,
Ja fast, eh' ich etwas zu denken wagte,
Fragt' ich des Bildes Widerschein im Teiche.
Entgegen stieg mir hier der blaue Himmel,
Und folgte still wie die bescheidne Ferne,
Der weißen Marmorfrau, die auf dem Spiegel
Des Teiches schwamm. So wie der Wind die Fläche
In Kreisen rührte, wechselte des stillen
Und heil'gen Bildes Wille, und *so* tat ich.

Sprich aus der Ferne
Heimliche Welt,
Die sich so gerne
Zu mir gesellt.

Wenn das Abendrot niedergesunken,
Keine freudige Farbe mehr spricht,
Und die Kränze stilleuchtender Funken
Die Nacht um die schattigte Stirne flicht:

Wehet der Sterne
Heiliger Sinn
Leis durch die Ferne
Bis zu mir hin.

Wenn des Mondes still lindernde Tränen
Lösen der Nächte verborgenes Weh;
Dann wehet Friede. In goldenen Kähnen
Schiffen die Geister im himmlischen See.

Glänzender Lieder
Klingender Lauf
Ringelt sich nieder,
Wallet hinauf.

Wenn der Mitternacht heiliges Grauen
Bang durch die dunklen Wälder hinschleicht,
Und die Büsche gar wundersam schauen,
Alles sich finster tiefsinnig bezeugt:

Wandelt im Dunkeln
Freundliches Spiel,
Still Lichter funkeln
Schimmerndes Ziel.

Alles ist freundlich wohlwollend verbunden,
Bietet sich tröstend und traurend die Hand,
Sind durch die Nächte die Lichter gewunden,
Alles ist ewig im Innern verwandt.

Sprich aus der Ferne
Heimliche Welt,
Die sich so gerne
Zu mir gesellt.

Willst du mir Trost verleihen
Laß mich aus deinen Augen,
Der Liebe Schwärmereien
Minutenwahrheit saugen,

Laß um des Lichtes Quelle
Die trunkne Fliege schwirren,
Laß, wird es ihr zu helle
Sie in die Flamme irren.

Du sahst im Nektarkelche
Die heitre Psyche sterben,
Wenn ich noch länger schwelge
Läßt du mich auch verderben?

Aus deines Herzens Raume
Möcht' ich nur einmal trinken,
Und dann zum kühnsten Traume
Im Götterrausche sinken.

Du bist die Zaubervase,
Die meinen Geist umhüllet,
Und im Champagnerglase
Ist schon mein Los erfüllet.

Sonett

Es saß ein Kind ganz still zu meinen Füßen,
Und spielte froh mit freundlichen Gedanken,
Es blickt mich an, bis ihm die Blicke sanken,
Und goldne ferne Lande sich erschließen,

Von allen Seiten dringt ein süßes Grüßen,
Das alte Leben muß nun abwärts wanken,
Daß neue frohe Zweige grün umranken
Und rund umher ihm zarte Blumen sprießen.

Das Kind erwacht, und fraget mich mit Bangen,
Ob andern wohl ein solcher Traum gelinge,
Ob ich's allein mit Zauberei umfangen,

Daß dankbar es die Arme um mich schlinge.
Da rötet mir Verwunderung die Wangen
Woher das Kind die kühne Frag' erschwinge.

Sonett

Soll sich vor Dir des Baumes Stolz enthüllen,
Der nur allein sich selbsten aufwärts strebet,
Des Busches Geist, der heil'ge Schatten webet,
Und was der Blume zarte Kelche hüllen.

So mußt Du alle laute Neugier stillen
Der zarte Geist, der in dem Busen lebet,
Gar schnelle wie ein leiser Hauch entschwebet,
Und nimmer kehret er den stolzen Willen.

Im tiefen Grund nur wohnet das Ergründen,
Das Äußre laß vor Deinen Augen schwinden
Und steige kühn dann in die heil'ge Erde.

Ein freudig Staunen wird sich um Dich winden
Wie die verschiedne äußere Geberde
Aus innerem und heil'gem Geiste werde.

»Ich habe das gar nicht verlangt«

Schaut kalt vom hellen Himmel Mondschein nieder
So störet keine Farbe meinen Blick
Ein jeder Ton klingt in mich selbst zurück
Der reine Spiegel giebt mein Bild mir wieder.

Das Echo wacht, es kehren alle Lieder
Verklungen in dem wechselnden Geschick,
Das früh verschwundne Bild vom innern Glück
Enthüllt sich froh, bewegt die leichten Glieder.

Im Herzen fühle ich ein freudig Bangen,
Ein kühles Meer von Glanz schwillt um die Brust,
Ich bin so schön von Dir in mir gefangen,

Doch alles dies bleibt Dir stets ohnbewußt
Du hast mir *aufgedrungen* zu *verlangen*
Und nichts *verlangen* bleibet Deine Lust.

Bilden und verstehen

Was wir in uns die tiefe Sehnsucht nennen,
Was uns mit dunklen Wünschen still erfüllt,
Die tiefe Wärme, hohes Licht so mild,
Sind Elemente, die wir selten kennen,

Die sich im einzelnen geheim zertrennen,
Wie Licht in Dir, in mir sich Wärme hüllt,
Doch nimmer dringt ein Leben durch das Bild,
Wenn Licht und Wärme nicht als Flamme brennen.

Die Wärme in dem Herzen war so groß,
Daß ich ins kühle Morgenlicht gesehen
Nun brennet wild die Flamme mir im Schoß.

Und endlich muß ein heilig Bild erstehen
Reißt ewig sich so Licht, als Wärme los
So einigt sich ja *Bilden* und *Verstehen*.

»Eine Liebe ist der andern wert«

Umhüllst Du Dich mit Ernst und tiefem Schweigen
Und sprichst von Kälte und von nicht verstehn
So sehe ich Dianen vor mir stehn
Und nimmermehr wird sich ihr Sinn erweichen,

Doch lieber möcht ich Phöben Dich vergleichen
Du bist so kalt und leuchtest doch so schön
Und hast Du freundlich mich nur angesehn
Sich Wunsch und Sehnsucht still in mir erzeugen.

Endimion, möcht' ich auf Latmos lauschen
Die Wärme die mich heimlich lang verzehrt
Mit Phöbens kühlen milden Strahlen tauschen

Hast Du mich Holde! freundlich doch belehrt
Und ewig wird Dein Ausspruch mich berauschen,
»Daß eine Liebe wohl der andern wert.«

Offenbarung

So lange habe ich sie leiden sehen,
So lange brennt ihr Schmerz in meiner Brust
Und gierig trank ich selbst mit frommer Lust
Das Gift aus ihrer Wunden tiefen Wehen.

Zu allen Mächten drang mein kindisch Flehen,
Mir war in meiner Unschuld nicht bewußt,
Daß mit der Freiheit traurigem Verlust
Der Schönheit alle Mächte untergehen.

Sie sieht mein Leiden, spricht mit hohen Blicken
O wehe! Was ich Sinkende berühre
Ich fest umklammernd in den Abgrund führe.

Da sprach ich kühn: mit schmerzlichem Entzücken
Will ich an Deinem Grabe untergehen,
Will ich an Deiner Wiege auferstehen.

Sendung

Sie war vor mir so tief hinabgeschwunden
Und tief, so tief hinab mit ihr mein Sinn,
Da sendet sie mich schnell zur Wiege hin,
Bis Auferstehung sie dem Tod entbunden.

Und an der Wiege brechen alle Wunden
Der Seele auf, vom zartesten Beginn
Wird ihres Lebens Bild mir zum Gewinn,
Mit Rosen und mit Dornen dicht umwunden.

Und sehnsuchtsvoll wandl' ich auf allen Wegen,
Die sie betrat, und harre sie zu sehen
Doch nimmer, nimmer will sie auferstehen.

Da tritt ein tiefes Bild mir still entgegen.
Aus Bildes Augen heil'ge Lichter drangen
Und spannen Netze, nahmen mich gefangen.

Auferstehung und Metamorphose

O liebliche! wie schön bist Du erstanden!
Die Rose in sich selbst so tief verglühet
Ist hoch in Dir, Du Lilie erblühet
In der sich Form und Inhalt schön verbanden.

O zürne nicht, weil ich es Dir gestanden,
Daß der, der um die Rose sich bemühet
Aus ihr Dich Lilie erstanden siehet
O zürne nicht, hast Du es gleich *verstanden*.

Was in der Rose Sinnenglut verglommen
Muß in der Lilie geist'ger sich entfalten
Muß sich in Licht und reiner Hoheit heben.

Wie Form und Geist sich ewig näherkommen
So wechseln immer höher die Gestalten
Doch wohnt nur eine Liebe in dem Leben.

An S.

Wie war dein Leben
So voller Glanz,
Wie war dein Morgen
So kindlich Lächlen,
Wie haben sich alle
Um dich geliebt,
Wie kam dein Abend
So betend zu dir,
Und alle beteten
An deinem Abend.

Wie bist du verstummt
In freundlichen Worten,
Und wie dein Aug' brach
In sehnenden Tränen,
Ach da schwiegen alle Worte
Und alle Tränen
Gingen mit ihr.

Wohl ging ich einsam,
Wie ich jetzt gehe,
Und dachte deiner,
Mit Liebe und Treue –
Da warst du noch da
Und sprachst lächlend:
Sehne dich nimmer nach mir,
Da der Lenz noch so freudig ist
Und die Sonne noch scheint –

Am stillen Abend,
Wenn die Rosen nicht mehr glühen
Und die Töne stumm werden,
Will ich bei dir sein
In traulicher Liebe,
Und dir sagen,
Wie mir am Tage war.

Aber mich schmerzte tief,
Daß ich so einsam sei,
Und vieles im Herzen.
O warum bist du nicht bei mir!
Sprach ich, und siehst mich
Und liebst mich,
Denn mich haben manche verschmäht,
Und ich vergesse nimmer,
Wie sie falsch waren
Und ich so treu und ein Kind.

Da lächeltest du des Kindes
Im einsamen Wege,
Und sprachst: harre zum Abend,
Da bist du ruhig
Und ich bei dir in Ruhe.

Dein Herz wie war es da,
Daß du nicht trautest,
Viel Schmerzen waren in dir,
Aber du warest größer als Schmerzen,
Wie die Liebe, die süßer ist,
Als all ihr Schmerz.

Und die Armut, der du gabst,
War all dein Trost,
Und die Liebe, die du freundlich
Anderen pflegtest,
War all deine Liebe.

Einsam ging ich nicht mehr,
Du warst mir begegnet
Und blicktest mich an –
Scherzend war dein Aug'
Und deine Lippe so tröstend –
Dein Herz lag gereift
In der liebenden Brust.

Freundlich sprachst du:
Nun ist bald Abend,
Gehe, vollende,
Daß wir dann ruhen,
Und sprechen vom Tage.

Wie ich mich wendete –
Ach der Weg war so schwer!
Langsam schritt ich,
Und jeder Schritt wollte wurzeln,
Ich wollte werden wie ein Baum,
All meine Arme,
Blüten und Blätter,
Sehnend dir neigen.

Oft blickte ich rückwärts
Hin, wo du warst,
Da lagen noch Strahlen,
Da war noch Sonne
Und die hohen Bäume glänzten
Im ernsten Garten,
Wo du gingst.

Ach der Abend wird nicht kommen
Und die Ruhe nicht,
Auf Erden ist keine Ruhe.

Nun ist es Abend,
Aber wo bist du?
Daß ich dir sage,
Wie der Tag war.

Warum hörtest du mich nicht,
Als du noch da warst?
Nun bin ich einsam,
Und denke deiner
Liebend und treu.

Die Sonne scheint nicht,
Und die Rosen glühen nicht,
Stumm sind die Töne –
O! warum kömmst du nicht,
Willst du nicht halten,
Was du versprachst?
Willst du nicht hören,
Soll ich nicht hören,
Wie der Tag war?

Wie war dein Leben,
So voller Glanz,
Wie war dein Morgen
So kindlich Lächlen,
Wie habe ich immer
Um dich mich geliebt,
Wie kömmt dein Abend
So betend zu mir,
Und wie bete ich
An deinem Abend.

Am Tage hörtest du mich nicht,
Denn du warst der Tag,
Du kamst nicht am Abend,
Denn du bist der Abend geworden.

Wie ist der Tag verstummt
In freundlichen Worten,
Wie ist sein Aug' gebrochen
In sehnenden Tränen,
Ach da schweigen alle meine Worte,
Und meine Sehnsucht zieht mit dir.

Annonciatens Bild

Am Hügel sitzt sie, wo von kühlen Reben
Ein Dach sich wölbt durchrankt von bunter Wicke,
Im Abendhimmel ruhen ihre Blicke,
Wo goldne Pfeile durch die Dämmrung schweben.

Orangen sind ihr in den Schoß gegeben
Zu zeigen, wie die Glut sie nur entzücke,
Und länger weilt die Sonne, sieht zurücke
Zum stillen Kinde in das dunkle Leben.

Der freien Stirne schwarze Locken kränzet
Ihr goldner Pomeranzen süße Blüte,
Zur Seite sitzt ein Pfau, der in den Strahlen

Der Sonne, der er sehnend ruft, erglänzet.
Mit solchen Farben wollte das Gemüte,
Von Annonciata fromm ein Künstler malen.

Mariens Bild

Im kleinen Stübchen, das von ihrer Seele,
An reiner Zierde uns ein Abbild schenket,
Sitzt sie und stickt, den holden Blick gesenket,
Daß sich ins reine Werk kein Fehler stehle.

Was ihres Busens keuscher Flor verhehle
Und ihre Hand in stillem Fleiße lenket,
Die Lilie an ihrer Seite denket,
Das Täubchen dir in ihrem Schoß erzähle.

Durchs Fenster sehen linde Sonnenstrahlen,
Die Josephs Bild, das eine Wand bedecket,
Mit ihrem frohen Glanze heller malen,

Und wär' der Schein der Taube zu vereinen,
Die sie herabgebückt im Schoß verstecket,
Marie würde Mutter Gottes scheinen.

Ein Fischer saß im Kahne,
Ihm war das Herz so schwer,
Sein Liebchen war gestorben,
Das glaubt' er nimmermehr.

Und bis die Sternlein blinken,
Und bis zum Mondenschein,
Harrt er sein Lieb zu fahren
Wohl auf dem tiefen Rhein.

Da kömmt sie hergegangen
Und steiget in den Kahn,
Sie schwanket in den Knien,
Hat nur ein Hemdlein an.

Sie schwimmen auf den Wellen
Hinab in tiefer Ruh',
Da zittert sie und wanket,
O Liebchen frierest Du?

Dein Hemdlein spielt im Winde,
Das Schifflein treibt so schnell;
Hüll' dich in meinen Mantel,
Die Nacht ist kühl und hell.

Sie strecket nach den Bergen
Die weißen Arme aus,
Und freut sich, wie der Vollmond
Aus Wolken sieht heraus.

Und grüßt die alten Türme,
Und will den hellen Schein,

Mit ihren zarten Armen,
Erfassen in dem Rhein.

O setze dich doch nieder
Herzallerliebste mein!
Das Wasser treibt so schnelle
O fall nicht in den Rhein.

Und große Städte fliegen
An ihrem Kahn vorbei,
Und in den Städten klingen
Der Glocken mancherlei.

Da kniet das Mädchen nieder
Und faltet seine Händ'
Und seine hellen Augen
Es zu dem Himmel wendt.

Lieb Mädchen bete stille,
Schwank' nicht so hin und her,
Der Kahn, er möchte sinken,
Das Wasser treibt so sehr.

In einem Nonnenkloster
Da singen Stimmen fein
Und in dem Kirchenfenster
Sieht man den Kerzenschein.

Da singt das Mädchen helle
Die Metten in dem Kahn,
Und sieht dabei mit Tränen
Den Fischerknaben an.

Der Knabe singt mit Tränen
Die Metten in dem Kahn,
Und sieht dabei sein Mädchen
Mit stummen Blicken an.

So rot und immer röter
Wird nun die tiefe Flut,
Und weiß und immer weißer
Das Mädchen werden tut.

Der Mond ist schon zerronnen,
Kein Sternlein mehr zu sehn,
Und auch dem lieben Mädchen
Die Augen schon vergehn.

Lieb Mädchen guten Morgen!
Lieb Mädchen gute Nacht!
Warum willst du nun schlafen?
Da schon die Sonn' erwacht.

Die Türme blinken helle,
Und froh der grüne Wald
Von tausend bunten Stimmen
In lautem Sang erschallt.

Da will er sie erwecken,
Daß sie die Freude hör',
Er sieht zu ihr hinüber
Und findet sie nicht mehr.

Und legt sich in den Nachen
Und schlummert weinend ein,
Und treibet weiter weiter
Bis in die See hinein.

Die Meereswellen brausen
Und schleudern ab und auf
Den kleinen Fischernachen
Der Knabe wacht nicht auf.

Doch fahren große Schiffe
In stiller Nacht einher,
So sehen sie die beiden
Im Kahne auf dem Meer.

Ein Ritter an dem Rheine ritt
In dunkler Nacht dahin,
Ein Ritterlein, das reitet mit
Und fragt: wohin dein Sinn?

Mein Sinn, der steht nach Minnen,
Ich hab' mich rumgeschlagen,
Und konnt' doch nichts gewinnen,
Und mußt' das Leben wagen.

Ei hast du nicht die Ehr' davon?
Die Ehr' ist hohes Gut –
Ich hätt' die liebe Zeit davon,
Die Ehr' ist mir kein Gut. –

Mein Blut ist hingeflossen
Rot zu der Erde nieder,
So warm ich es vergossen,
Giebt mir's die Ehr' nicht wieder.

Da sprach das kleine Ritterlein:
Daß Gott sich dein erbarm'!
Du mußt ein schlechter Ritter sein,
Weil deine Ehr' so arm. –

Ich will nun mit dir rechten,
Weil du nicht ehrst die Ehre;
Mein Ehr' will ich verfechten,
Setz deine nur zur Wehre.

Des Ritters Unwill war sehr groß,
Drum er vom Rosse sprang,
Auch machet sich der kleine los
Und sich zur Erde schwang. –

Da fühlt sich der Geselle
Von hinten fest umwinden,
Es ist die Nacht nicht helle,
Sie streiten wie die Blinden.

Und sinken beide in den Klee –
Ei sprich! wer hat gesiegt!
Der Ritter ohne Ach und Weh –
Bei einer Jungfrau liegt.

Ei hast du nicht die Ehr' davon?
Die Ehr' ist hohes Gut –
Ich hätt' die liebe Zeit davon,
Die Ehr' ist mir kein Gut. –

Sonett

O schwerer heißer Tag, ihr leichtes Leben
Schließt müde weinend seine Augenlider,
Schon senkt der Schlaf das tauende Gefieder,
Um solche Schönheit kühl ein Dach zu weben. –

Von ihren Lippen leise Worte schweben,
»Du Liebe süßer Träume kehre wieder!«
Da läßt sich ihr der Traum der Liebe nieder,
Um ihres Schlummers kranke Lust zu heben. –

»Du Traum! – ich bin kein Traum, spricht er mit Bangen,
O laß uns nicht so holdes Glück versäumen!«
Da weckt er sie, und wollte sie umfangen. –

Sprecht! Wessen bin ich? Wer hat mich besessen?
Ich lebte nie – war eines Weibes Träumen –
Und nimmer starb ich, – Sie hat mein vergessen.

Zu Bacharach am Rheine
Wohnt eine Zauberin,
Sie war so schön und feine
Und riß viel Herzen hin.

Und brachte viel zu schanden
Der Männer rings umher,
Aus ihren Liebesbanden
War keine Rettung mehr.

Der Bischof ließ sie laden
Vor geistliche Gewalt –
Und mußte sie begnaden,
So schön war ihr' Gestalt.

Er sprach zu ihr gerühret:
»Du arme Lore Lay!
Wer hat dich denn verführet
Zu böser Zauberei?«

»Herr Bischof laßt mich sterben,
Ich bin des Lebens müd,
Weil jeder muß verderben,
Der meine Augen sieht.

Die Augen sind zwei Flammen,
Mein Arm ein Zauberstab –
O legt mich in die Flammen!
O brechet mir den Stab!«

»Ich kann dich nicht verdammen,
Bis du mir erst bekennt,
Warum in diesen Flammen
Mein eigen Herz schon brennt.

Den Stab kann ich nicht brechen,
Du schöne Lore Lay!
Ich müßte dann zerbrechen
Mein eigen Herz entzwei.«

»Herr Bischof mit mir Armen
Treibt nicht so bösen Spott,
Und bittet um Erbarmen,
Für mich den lieben Gott.

Ich darf nicht länger leben,
Ich liebe keinen mehr –
Den Tod sollt Ihr mir geben,
Drum kam ich zu Euch her. –

Mein Schatz hat mich betrogen,
Hat sich von mir gewandt,
Ist fort von hier gezogen,
Fort in ein fremdes Land.

Die Augen sanft und wilde,
Die Wangen rot und weiß,
Die Worte still und milde
Das ist mein Zauberkreis.

Ich selbst muß drin verderben,
Das Herz tut mir so weh,
Vor Schmerzen möcht' ich sterben,
Wenn ich mein Bildnis seh'.

Drum laßt mein Recht mich finden,
Mich sterben, wie ein Christ,
Denn alles muß verschwinden,
Weil er nicht bei mir ist.«

Drei Ritter läßt er holen:
»Bringt sie ins Kloster hin,
Geh Lore! – Gott befohlen
Sei dein berückter Sinn.

Du sollst ein Nönnchen werden,
Ein Nönnchen schwarz und weiß,
Bereite dich auf Erden
Zu deines Todes Reis'.«

Zum Kloster sie nun ritten,
Die Ritter alle drei,
Und traurig in der Mitten
Die schöne Lore Lay.

»O Ritter laßt mich gehen,
Auf diesen Felsen groß,
Ich will noch einmal sehen
Nach meines Lieben Schloß.

Ich will noch einmal sehen
Wohl in den tiefen Rhein,
Und dann ins Kloster gehen
Und Gottes Jungfrau sein.«

Der Felsen ist so jähe,
So steil ist seine Wand,
Doch klimmt sie in die Höhe,
Bis daß sie oben stand.

Es binden die drei Ritter,
Die Rosse unten an,
Und klettern immer weiter,
Zum Felsen auch hinan.

Die Jungfrau sprach: »da gehet
Ein Schifflein auf dem Rhein,
Der in dem Schifflein stehet,
Der soll mein Liebster sein.

Mein Herz wird mir so munter,
Er muß mein Liebster sein! –«
Da lehnt sie sich hinunter
Und stürzet in den Rhein.

Die Ritter mußten sterben,
Sie konnten nicht hinab,
Sie mußten all verderben,
Ohn' Priester und ohn' Grab.

Wer hat dies Lied gesungen?
Ein Schiffer auf dem Rhein,

Und immer hat's geklungen
Von dem drei Ritterstein:*

Lore Lay
Lore Lay
Lore Lay

Als wären es meiner drei.

Ich wollt' ein Sträußlein binden,
Da kam die dunkle Nacht,
Kein Blümlein war zu finden,
Sonst hätt' ich dir's gebracht.

Da flossen von den Wangen
Mir Tränen in den Klee,
Ein Blümlein aufgegangen
Ich nun im Garten seh'.

Das wollte ich dir brechen
Wohl in dem dunklen Klee,
Doch fing es an zu sprechen:
»Ach tue mir nicht weh!

Sei freundlich in dem Herzen,
Betracht' dein eigen Leid,
Und lasse mich in Schmerzen
Nicht sterben vor der Zeit.«

Und hätt's nicht so gesprochen,
Im Garten ganz allein,
So hätt' ich dir's gebrochen,
Nun aber darf's nicht sein.

* Bei Bacharach steht dieser Felsen, Lore Lay genannt, alle vorbeifahrende Schiffer rufen ihn an, und freuen sich des vielfachen Echos.

Mein Schatz ist ausgeblieben,
Ich bin so ganz allein.
Im Lieben wohnt Betrüben,
Und kann nicht anders sein.

Wenn die Sonne weggegangen,
Kömmt die Dunkelheit heran,
Abendrot hat goldne Wangen,
Und die Nacht hat Trauer an.

Seit die Liebe weggegangen,
Bin ich nun ein Mohrenkind,
Und die roten, frohen Wangen,
Dunkel und verloren sind.

Dunkelheit muß tief verschweigen,
Alles Wehe, alle Lust,
Aber Mond und Sterne zeigen,
Was ihr wohnet in der Brust.

Wenn die Lippen dir verschweigen
Meines Herzens stille Glut,
Müssen Blick und Tränen zeigen,
Wie die Liebe nimmer ruht.

Was mag dich nur betrüben?
Daß du so traurig denkst.
Du mußt wohl Buße üben,
Weil du die Blicke senkst.

Wie durch die stillen Wiesen
Die Bächlein murmelnd gehn,
Die Blumen, die dran sprießen,
Wie die hinuntersehn,

So seh' ich zu, so horch' ich zu,
Bin freundlich mit ihnen auf du und du,
Und wollt' daß es mein Liebchen wär',
Ei das begreifst du wohl nimmermehr.

Was ist dir nur geschehen?
Daß du so ganz allein
Im dunkeln Wald magst gehen,
Du mußt wohl närrisch sein.

Wie grüne Büsche lauschen,
Und Echo widerklingt,
Was leis die Büsche rauschen,
Und froh das Vöglein singt.

So horch' ich zu, so ruf' ich zu,
Bin freundlich mit ihnen auf du und du,
Und wollt', daß es mein Liebchen wär',
Ei das begreifst du wohl nimmermehr.

Ich kann es wohl begreifen,
Sieh nicht so vor dich hin,
So wirst du wohl begreifen,
Daß ich dein Liebchen bin.

So laß uns tanzen, springen
Im kühlen, grünen Wald,
Die Töne laß erklingen,
Daß alles freudig schallt,

Tur, lu, tu, tu, tur, lu tu, tu,
Wir leben und schweben auf du, und du,
Und wenn es nicht mein Liebchen wär'
Ei so begriff' ich's wohl nimmermehr.

Nach Sevilla, nach Sevilla,
Wo die hohen Prachtgebäude
In den breiten Straßen stehen,
Aus den Fenstern reiche Leute,
Schön geputzte Frauen sehn,
Dahin sehnt mein Herz sich nicht!

Nach Sevilla, nach Sevilla,
Wo die letzten Häuser stehen,
Sich die Nachbarn freundlich grüßen,
Mädchen aus dem Fenster sehn,
Ihre Blumen zu begießen,
Ach, da sehnt mein Herz sich hin!

In Sevilla, in Sevilla
Weiß ich wohl ein reines Stübchen,
Helle Küche, stille Kammer,
In dem Hause wohnt mein Liebchen,
Und am Pförtchen glänzt ein Hammer.
Poch' ich, macht die Jungfrau auf!

Guten Abend, guten Abend –
Lieber Vater, setzt euch nieder,
Ei, wo seid ihr dann gewesen?
Und dann singt sie schöne Lieder,
Kann so hübsch in Büchern lesen,
Ach! und ist mein einzig Kind.

Wie sich auch die Zeit will wenden, enden
Will sich nimmer doch die Ferne,
Freude mag der Mai mir spenden, senden
Möcht' Dir alles gerne, weil ich Freude mir erlerne,
Wenn Du mit gefaltnen Händen
Freudig hebst der Augen Sterne.

Alle Blumen mich nicht grüßen, süßen
Gruß nehm' ich von Deinem Munde.
Was nicht blühet Dir zu Füßen, büßen
Muß es bald zur Stunde, eher ich auch nicht gesunde,
Bis Du mir mit frohen Küssen
Bringest meines Frühlings Kunde.

Wenn die Abendlüfte wehen, sehen
Mich die lieben Vöglein kleine
Traurig an der Linde stehen, spähen
Wen ich wohl so ernstlich meine, daß ich helle Tränen weine,
Wollen auch nicht schlafen gehen,
Denn sonst wär' ich ganz alleine.

Vöglein euch mag's nicht gelingen, klingen
Darf es nur von ihrem Sange,
Wie des Maies Wonneschlingen, singen
Alles ein in neuem Zwange; aber daß ich Dein verlange
Und Du mein, mußt Du auch singen,
Ach das ist schon ewig lange.

Am Berge hoch in Lüften,
Da baute er sein Haus;
Am Tore liegt Gewitter,
Nun kann er nicht hinaus.
Die Wolken, sie wollen nicht ziehen,
Der Pfad ist steil und schwer,
O Lieber, Herzlieber in Lüften,
O wenn ich bei Dir wär'!

Wohl bei Dir über Wolken,
Wohl bei Dir über Wind,
Wo fromme Vöglein schweben
In Himmelsluft so lind.

Meine Flüglein, die sind mir gebrochen
Und heilen auch nicht eh'
Bis ich zu der Herzliebsten
Durch Tür und Tor eingeh'!

Daß ich so stolz in Lüften
Mein Haus gebauet hab',
Das muß mich gar betrüben,
Ich kann nicht mehr hinab;
Die Riegel sind alle verrostet,
Die Tore sie gehen so schwer,
O Liebchen, Herzliebchen im Tale,
O wenn ich bei Dir wär'!

Wohl bei Dir in dem Garten,
Wohl bei Dir in dem Wald,
Wo dichte Bäume stehen
Und Vogelsang erschallt.
Ich kann kein' Kranz mehr flechten
Und singen auch nicht eh'
Bis ich zu Dir Herzliebste
Durch Flur und Wald eingeh'.

Sie dringt wohl durch die Wolken,
Geht ein durch Tür und Tor,
Die Flüglein schnell ihr heilen
Und heben sie empor,
Wohl über die Wolken und höher
Zu Gott wohl in die Höh',
Trägt sie das treue Herze,
Ade, Herzlieber, ade! –

Er dringt wohl durch die Wolke,
Geht ein durch Flur und Wald,
Ein Kranz wird ihm geflochten,
Ein Lied ihm auch erschallt,
Wohl unter dem Baum und wohl tiefer
Wohl unter grünem Klee
Ruht nun sein stolzes Herze,
Ade, Herzliebste, ade! –

O kühler Wald
Wo rauschest Du,
In dem mein Liebchen geht,
O Widerhall
Wo lauschest Du
Der gern mein Lied versteht.

O Widerhall,
O sängst Du ihr
Die süßen Träume vor,
Die Lieder all,
O bring' sie ihr,
Die ich so früh verlor. –

Im Herzen tief,
Da rauscht der Wald
In dem mein Liebchen geht,
In Schmerzen schlief
Der Widerhall,
Die Lieder sind verweht.

Im Walde bin
Ich so allein,
O Liebchen wandre hier,
Verschallet auch
Manch Lied so rein,
Ich singe andre Dir.

Wenn ich ein Bettelmann wär'
Käm' ich zu Dir,
Säh' Dich gar bittend an
Was gäbst Du mir? –

Der Pfennig hilft mir nicht
Nimm ihn zurück,
Goldner als golden glänzt
Allen Dein Blick;

Und was Du allen giebst
Gebe nicht mir
Nur was mein Aug' begehrt
Will ich von Dir.

Bettler wie helf' ich Dir? –
Sprächst Du nur so,
Dann wär' im Herzen ich
Glücklich und froh.

Laufst auf Dein Kämmerlein
Holst ein Paar Schuh
Die sind mir viel zu klein,
Sieh einmal zu. –

Sieh nur wie klein sie sind
Drücken mich sehr,
Jungfrau süß lächelst Du
O gieb mir mehr.

Heute kömmst du nicht lieb Liebchen,
Heute nicht, doch harr' ich deiner,
Komm doch schnelle, eh' es nachtet
Ei wie kannst du so verweilen.

Traurig späh' ich aus dem Fenster,
Heute wirst du nicht erscheinen,
Wo das Herz so liebt und strebet,
Vieles Liebchen dir zu teilen.

Eins – zwei – drei – willst du nicht kommen
Sieh da hast du's, ich muß weinen,
Weil du so dein Glück versäumest,
Wer nicht hören will muß leiden.

Aber Liebe ist so sparsam,
Daß sie mit den Schmerzen geizet
Nur mir fehlst du, wenn du fehlest,
Da ich nur dein Fehlen leide.

Täglich will es Abend werden,
Sind es denn nicht jene Saiten,
Herzlein die sich wieder regen,
Seid gegrüßt ihr Lieblichkeiten,

Täglich will es Morgen werden,
Wirst du morgen wieder schweigen,
Herzlein, wenn die Welt sich reget,
Sei gegrüßt im frommen Streite.

Tausend gute Nacht mein Liebchen,
Ich will einen Traum bereiten
Ohne Vater, ohne Mutter,
Einen Traum nur für uns beide.

Sieh so sprachen Orgeltöne,
Abends still in Melodeien,
Und zu wichtig schien die Sache,
Um sie dir nicht mitzuteilen.

Am Rheine schweb' ich her und hin
Und such' den Frühling auf
So schwer mein Herz, so leicht mein Sinn
Wer wiegt sie beide auf.

Die Berge drängen sich heran,
Und lauschen meinem Sang,
Sirenen schwimmen um den Kahn,
Mir folget Echoklang.

O halle nicht, du Widerhall,
O Berge kehrt zurück,
Gefangen liegt so eng und bang
Im Herzen Liebesglück.

Sirenen tauchet in die Flut,
Mich fängt nicht Lust nicht Spiel,
Aus Wassers Kühle trink' ich Glut,
Und ringe froh zum Ziel.

O wähnend Lieben, Liebeswahn,
Allmächtiger Magnet,
Verstoße nicht des Sängers Kahn,
Der stets nach Süden geht.

O Liebesziel so nah so fern,
Ich hole dich noch ein,
Die Frommen führt der Morgenstern,
Ja all zum Krippelein.

Geweihtes Kind erlöse mich,
Gieb meine Freude los,
Süß Blümlein ich erkenne dich,
Du blühest mir mein Los,

In Frühlingsauen sah mein Traum
Dich Glockenblümlein stehn,
Vom blauen Kelch zum goldnen Saum
Hab' ich zu viel gesehn,

Du blauer Liebeskelch in dich,
Sank all mein Frühling hin,
Vergifte mich, umdüfte mich,
Weil ich dein eigen bin.

Und schließest du den Kelch mir zu
Wie Blumen abends tun,
So lasse mich die letzte Ruh',
Zu deinen Füßen ruhn.

Lieb' und Leid im leichten Leben
Sich erheben, abwärts schweben,
Alles will das Herz umfangen
Nur verlangen, nie erlangen,

In den Spiegel all ihr Bilder
Blicket milder, blicket wilder
Jugend kann doch nichts versäumen
Fortzuträumen, fortzuschäumen.

Frühling muß mit süßen Blicken
Sie beglücken, sie berücken,
Sommer sie mit Frucht und Myrten,
Froh bewirten, froh umgürten.

Herbst muß ihr den Haushalt lehren,
Zu begehren, zu entbehren,
Winter, Winter lehr mich sterben
Mich verderben, Frühling erben.

Wasser fallen um zu springen.
Um zu klingen, um zu singen,
Muß ich schweigen. Wie und wo?
Trüb und froh? nur so, so.

Es ging verirrt im Walde
Ein Königstöchterlein
Laut weint sie, daß es schallte
Tief in den Wald hinein.

An meiner Krone blinken,
Schmaragd und auch Rubin,
Um einmal nur zu trinken,
Gäb' ich sie gerne hin.

Da schwebt zu ihrem Haupte
Ein edler Falke bald,
Der ihr die Krone raubte
Und tiefer flog zum Wald.

Sie folgt ihm, hoch in Lüften
Trägt er die Krone hell
Bis wo in dunklen Klüften
Erbraust ein kühler Quell.

O Falke Luftgeselle
Nimm hin die Krone mein,
So kühl als diese Quelle
Mag keine Krone sein.

Es braust so wonnig unten
Tief in der Felsen Schoß,
Von Schatten still umwunden,
Ruht sie auf weichem Moos,

Die Locken aufgewunden
Die zarten Glieder bloß,
Erkühlt sie sich da unten
Tief in der Felsen Schoß.

Sie ließ sich an den Zweigen
Hinab ins kühle Bad,
Bald will sie rückwärts steigen,
Doch zeiget sich kein Pfad,

Sie streckt wohl nach den Zweigen,
Mit Macht die Arme hin,
Doch keiner will sich neigen,
Zur Königstochter hin.

Wer kann heraus mich heben,
Weint da die holde Magd,
Gern wollte ich ihm geben,
Mein Ringlein von Schmaragd,

Wie sie die Hände ringet
Das schöne Ringelein
Ihr von dem Finger springet,
Tief in den Quell hinein.

Sie sucht und findt in Klippen
Ein Horn von Gold so rein,
Und setzt es an die Lippen,
Es schallt zum Wald hinein.

Die Felsen laut erklingen,
Und laut von Stein zu Stein
Die muntern Töne springen,
Ums Königstöchterlein.

Die Zweige sich auch neigen
Der edle Falke wiegt,
Sich fröhlich auf den Zweigen
Die er hinunter biegt.

Dann hört sie Worte schallen,
Wer bläst auf meinem Horn,
Das gestern mir gefallen
Hinab zum Felsenborn.

Wer hütet mich vor Schande,
Weint laut das Töchterlein,
Wer giebt mir die Gewande,
Wer schützt die Ehre mein,

Mich liebte einst ein Knabe
Der Züchten wohl verstand,
O daß ich ihn nicht habe,
Er gäb' mir mein Gewand.

Die Augen zugebunden,
Der Knabe vor ihr stand
Der Knabe ist gefunden
Er reicht ihr das Gewand.

Verloren ist die Krone,
Und auch das Fingerlein,
Ohn' Ringlein und ohn' Krone,
Muß sie das Kleinod sein.

Da ruhte der Geselle
Wohl bald in ihrem Schoß,
Im Herzen ward's ihm helle
O mach die Binde los.

In ihr Gewand geschwinde
Hüllt sich das holde Kind,
Dann löst sie ihm die Binde,
Läßt nicht die Liebe blind.

Da schallt es in den Buchen
Da hallt es am Gestein,
Der König kommt zu suchen,
Das Königstöchterlein.

Nun rege deine Hände,
Spricht da das Töchterlein,
Wenn uns der König fände
Müßt' es gestorben sein.

Der Falke nahm die Krone,
Der Quell das Fingerlein,
Der Jäger nimmt zum Lohne
Das Königstöchterlein.

Es nahm der Jagdgeselle
Sein Horn und sein Geschoß
Und trug die Jungfrau schnelle
Zum hohen Felsenschloß.

Auf Felsen hoch ich wohne,
Der Falke und die Braut
Am Turme hängt die Krone
Sein Nest hineingebaut.

Herbstlied

Die grünen Blätter sind gefallen,
Die Schwalben fortgezogen sind,
Da will zu seiner Heimat wallen,
Ein armes elternloses Kind.

Als Führer auf der weiten Reise,
Fliegt vor ihm hin ein Schmetterling,
Ihr Bündelchen trägt selbst die Waise,
Ihr Hab und Gut ist sehr gering.

Der Vater ist ihm früh gestorben,
Die Mutter hat es weggesandt,
Im Ausland hat es nichts erworben,
Und arm kehrt es zum Vaterland.

Und wie sie durch die Wälder gingen,
Der Schmetterling zum Kinde spricht:
»Um meinen Lohn ist noch zu dingen,
Den kleinen Freund vergesse nicht.

Ich werde nicht mehr lange leben
Und möchte mich noch einmal freun,
Zu deiner Heimat will ich schweben,
Zum Lohn gieb mir ein Blümelein.«

Das Kind sprach: »Keins ist hier zu sehen,
Doch ist in meinem Vaterland
Ein stiller Garten, darin stehen
Der süßen Blumen allerhand.

Ein Engel gehet in dem Garten,
Der giebt dir sicher doppelt Lohn,
O wolle bis zur Heimat warten,
Ich irre, wenn du mir entflohn.

In einem stillen Tale wohnet
Der Engel und ich bin sein Kind,

Ich weiß, daß er dich reich belohnet,
Drum laß uns eilen, schnell geschwind.«

Der Führer hebt die bunten Schwingen,
Der kleine Wandrer folgt ihm schnell.
Er spricht: »hörst du die Vöglein singen,
Im Garten singen sie so hell.

Ich atme schon die Blumendüfte,
O lieber Führer eile schnell.«
»Ich fühle nur die kühlen Lüfte,«
Spricht da der bunte Reis'gesell.

»O willst du nicht den Lohn mir geben,
Ich sterb', eh' ich die Heimat seh',
Ich werde nicht mehr lange leben,
Die kühlen Lüfte tun mir weh.«

»So nehme alles, was ich habe,«
Sprach weinend da das arme Kind,
»Von jenem Engel eine Gabe,
Die welken Rosenblätter sind.«

Der Führer stirbt und in den Rosen,
Weiht ihm das Kind ein frommes Grab.
Schon hört es nah des Stromes Tosen,
Und steiget zu dem Tal hinab.

Da steht es an der Heimat Schwellen,
Und ruft: »o Mutter höre mich,
O führ' mich zu dir durch die Wellen,
Zum süßen Garten führe mich!

Mein armer Führer ist gestorben,
Da Freude floh und Sonnenschein,
Zum Lohn hat er ein Grab erworben,
Wohl in den süßen Rosen dein.«

Die Mutter höret nicht sein Klagen,
Da ward dem Kinde Mut verliehn.
Die Wellen es hinübertragen,
Es eilet zu dem Garten hin.

Die Blumen all die Kelche neigen,
Und gießen still die Liebe aus,
Die Mutter will sich nirgends zeigen,
Im Garten nicht, und nicht im Haus.

»O Heimat in dem Frühlingsscheine,
O Jugend liebste Mutter mein,
Dein Kind die Liebe ist alleine,
O wollet nicht verloren sein!«

Da sprach ein Vöglein von dem Baume,
»Gott grüß' dich, bist du wieder hier?
Es denkt mir dunkel wie im Traume,
Du trugst einst treue Lieb' zu mir.

Im Maie wardst du hier geboren,
Da lernte ich ein Lied von dir,
Ist Mai, und Jugend auch verloren,
Dein süßes Lied, das bleibet mir.«

Da fing das Vöglein an zu singen,
»Der Frühling blüht, der Sommer glüht,
Die Liebesblumen süß entspringen,
Der Zweig ist müd, die Frucht ihn zieht.

Die Liebe kehrt zur Heimat wieder,
Zur Fremde sie getrieben ward,
Der Herbst sinkt zu der Erde nieder,
Die Lieb' erstarrt im Winter hart.«

Und was das Vöglein freundlich singet,
Wohl schmerzlich zu dem Kinde klang,
Die Zeit wohl streng zur Wahrheit bringet,
Was einst das Kind prophetisch sang.

Die Mutter hat es hart verstoßen,
Wo es der Frühlingsschein gewiegt,
Da ist sein Grab nun bei den Rosen,
Und treu das Vöglein niederfliegt,

Und deckte es mit welken Blüten
Aus alter, treuer Freundschaft zu,
Dem Vöglein mög' es Gott vergüten,
Es sang das Kind wohl in die Ruh'.

»O Heimat in dem Frühlingsscheine,
O Jugend, harte Mutter sein,
Dein Kind, die Liebe ich beweine
Sein einz'ger Freund ein Vögelein.«

Die Rose blüht, ich bin die fromme Biene,
Die in der Blätter keuschen Busen sinkt,
Und milden Tau und süßen Honig trinkt,
Doch lebt ihr Glanz und bleibet ewig grüne.
So singt mein tiefstes Freudenlied,
Ach meine Rose blüht!

Die Rose blüht, o Sonnenschein verziehe,
Daß lange noch der liebe Sommer währt,
Und mir kein Sturm die süße Lust versehrt,
Daß all mein Heil aus dieser Rose blühe,
So freut sich innig mein Gemüt,
Weil meine Rose blüht!

Die Rose blüht, und lacht vor andern Rosen,
Mit solcher Huld, und Liebesmildigkeit,
Daß gern mein Sinn sich zu der Pflicht erbeut,
Mit andern Blumen nie mehr liebzukosen,
Weil alle Liebe, die erglüht,
Aus *Dir Du Rose* blüht!

FABIOLA

Hör', es klagt die Flöte wieder,
Und die kühlen Brunnen rauschen.

PIAST

Golden wehn die Töne nieder,
Stille, stille, laß uns lauschen!

FABIOLA

Holdes Bitten, mild Verlangen,
Wie es süß zum Herzen spricht!

PIAST

Durch die Nacht, die mich umfangen,
Blickt zu mir der Töne Licht.

Aus Köllen war ein Edelknecht,
Um Botschaft ausgegangen
Den Vater hielt ihm Engelbrecht
Der Bischof hart gefangen.

Er gieng gen Arle manchen Tag
Er gieng in schweren Sorgen,
Sein Liebchen ihm im Sinne lag,
Der hätt' er es verborgen,

Ganz traurig er am Brunnen lag,
In Busch und grünen Hecken,
Da hört er schallen Hufesschlag,
Und gieng sich zu verstecken.

Er sah da einen frohen Mann
Sein Roß zur Quelle lenken,

Ein andrer ritt betrübt heran,
Sein Pferd am Born zu tränken.

Betrübter Mann! der frohe sprach
Gott woll' dir Trost verleihen!
O froher Mann! der andre sprach
Was mag dich so erfreuen!

Herr Gottschalk sprach der frohe Mann
Geht frei aus seinen Banden,
Durch ein Mirakel er entrann
Mit allen den Verbannten.

Er hatte eine kleine Maus
Im Kerker zahm erzogen,
Die gieng da freundlich ein und aus,
Und war ihm gar gewogen.

Doch einst sein kleiner Freund entlief,
Und wollte nicht mehr kehren,
Herr Gottschalk ihr gar traurig rief
Das Mäuslein wollt' nicht hören.

Das schmerzte den getreuen Mann,
Sein Mäuslein wollt' er haben,
Mit seinen Freunden er begann,
Nach ihrem Freund zu graben.

Und in der Erde eingescharrt
Fand Meißel er und Feilen,
Womit er ihre Bande hart,
Gar leichtlich konnt' zerteilen.

Der andre sprach, mein Schwesterlein
Es liegt gar schwer gefangen,
Und selbst das treue Mäuslein dein
Könnt' nicht zu ihr gelangen.

Des Schlosses Dach ist Himmelblau,
Die Mauren grüne Wellen,

Die Graben rings sind Flur und Au,
Die Fenster Fluß und Quellen.

Der süße Knecht die Liebe brach
In ihres Herzens Kammer,
Ihm stürzten die Gesellen nach,
Der Schmerz und böser Jammer.

Die Liebe blies das Lämpchen aus
Die Schmerzen sie bezwangen,
Und legten sie ins kühle Haus
Wohl auf den Tod gefangen.

Am Fels wo wild der Rhein zerschellt,
Wo bös die Schiffe stranden,
Dort ewig Sie gefangen hält,
Der Schlund in kühlen Banden.

Ein Freund des Bischofs sie belog,
Herr Hermann sei erschlagen,
Der insgeheim aus Köllen zog
Den Vater zu erfragen.

Dann zäumten sie die Rosse auf
Und rüst'ten sich zu scheiden
Und gaben sich den Handschlag drauf
Den Bischof zu bestreiten.

Und da sie aus dem Walde schon,
Trat wieder zu der Quelle
Hermann des treuen Gottschalks Sohn
Der traurige Geselle.

Er schrie hinab zum Wasserschloß,
Wo bös die Schiffe stranden,
Wer macht mein Lieb von Feßlen los,
Wer löset ihr die Banden,

Lebwohl lebwohl, Herr Vater mein,
Leb' frei in großen Ehren,
Ich hab' verlorn das Mäuslein klein,
Das tut mich gar beschweren,

Lebwohl lebwohl, o Kerker mein
Das Mäuslein ist verloren,
Mein Schwert muß meine Feile sein,
Da tät er sich durchbohren.

Und stürzt hinab ins kühle Haus,
Wo Liebchen liegt gefangen,
O Liebchen breit' die Arme aus
Ihn treulich zu umfangen.

Und läg' gefangen im kühlen Haus
Die mich so hart betrogen,
Sie hätte, eh' dies Liedchen aus
Mich auch hinab gezogen –

Kaum hörst Du auf, so fang' ich an,
Dich erst recht zu vermissen,
Ich habe ein Gelübd' getan,
Kein andres Weib zu küssen.

Gewaltig, regt es sich in mir,
Zu leben und zu lieben,
O süße Frau wär' ich bei Dir,
Ich wollt' Dich nicht betrüben.

Du letzter Preis von Lieb' und Lust,
Wie konnte ich Dich quälen,
Ach hätt' ich jemals was gewußt,
Wie könnt' ich dann erzählen.

Die Lippe schließt der Liebe Kuß,
Ich hab' ihn nie empfangen,
Es rühmt sich nur der Überdruß,
Es seufzt nur das Verlangen.

Kaum hörst Du auf, so fang' ich an
Versäumnis muß ich büßen,
O wandelte die Lust mich an
Ein andres Weib zu küssen.

Mein Kuß ist jung, mein Kuß ist alt,
Ich küss' mit weisen Listen,
Es würde Liebe und Gewalt,
Die Untreu' Dir nicht fristen.

So lebe wohl, verzeihe Dir!
Die keusche Bahn zu wandlen,
Ich lebe wohl, verzeihe mir,
Im Traum Dich zu – mißhandlen.

Es setzten zwei Vertraute
Zum Rhein den Wanderstab,
Der braune trug die Laute,
Das Lied der blonde gab.

Es stehet im Abendglanze
Ein freies heiliges Haus
Da sehen mit schimmernden Augen
Viel Knaben und Jungfraun heraus,
Dort hab' ich mein Liebchen gesehen
Ein freundliches zierliches Kind,
Sie konnte wohl schweben und drehen,
Wie fallende Blüten im Wind.

Und die in dem Hause wohnen
Sind heilig und wissen es nicht
Sie leben mit Kränzen und Kronen
Alltäglich ein neues Gedicht
Sie sind gleich den Göttern und handlen,
Wohl täglich in andrer Gestalt,
Mein Liebchen wird auch sich verwandlen
Das tut meinem Herzen Gewalt.

O Liebchen, wo bist du geblieben,
Ich steh' vor dem schimmernden Haus,
Und will dich bescheiden nur lieben
O Liebchen o sehe heraus
Ich will dein pflegen und warten,
Im Herzen so treu, als ich kann,
Da seh' ich dich sitzen im Garten
Wohl bei einem reichen Mann.

So kauf' ich mir Rechen und Spaten
Bind' mir ein grün Schürzelein vor
Und gehe wohl als ein Gärtner
An des reichen Mannes Tor
Tu auf, tu auf den Garten,
Ich will dir wohl ohne Sold
Die Blumen all pflegen und warten
Sie sind ja mein Silber und Gold.

So sei mir o Gärtner willkommen
Zieh hoch die Blumen mir,
Zieh lang sie zu blühenden Ketten
Ich habe ein Vögelchen hier,
Zieh hoch und dicht eine Laube
Zieh mir ein Gitterhaus
Daß keiner mein Vögelchen raube,
Und es nicht fliege aus,

Da klingt wohl sanft und süße
Im Garten ein heilig Lied

Die Bäume senden Grüße,
Die Blume lauschend blüht,
Da seh' ich mein Liebchen so weinen,
So blicken zu mir herauf,
Die Sonne will nicht mehr scheinen,
Die Blumen sie gehen nicht auf.

So hast du dann verlassen
Der Götter freies Haus
Der Locken Gold muß blassen,
Der Augen Licht geht aus
O Liebchen o sei nicht so munter,
Du hast vergeudet dein Los,
Dein Sternlein, es gieng ja unter
Tief in des Meeres Schoß.

Ans Meer will ich mich stellen
Betrübt im Abendschein,
Und sehn, wie in die Wellen
Versinkt dein Sternelein,
Und niedersehn und weinen,
Die Tränen all hinab,
Sie wollen sich ja vereinen
Mit deines Sternes Grab.

Dies Lied hab' ich ersonnen
Wohl vor dem Zauberhaus,
Das glänzt in der Abendsonnen,
Du blickst nicht mehr heraus
Als Jugend um Liebe mußt brennen
In irrem Liebeswahn,
Da konnte sie ihn nicht erkennen,
Und blickte so hell ihn doch an.

Am Sophientag

Süßer Mai du Quell des Lebens
Bist so süßer Blumen voll
Liebe sucht auch nicht vergebens
Wem sie Kränze winden soll.

Süßer Mai, mit Blumenglocken
Läutest du das Fest mir ein
Ich bekränze ihre Locken,
Will ein frommer Gast auch sein.

Süßer Mai, zum Liebesmahle
Trägst du Blumenkelche ein
Blütensäulen stehn im Saale
Drüber wölbt sich Sonnenschein.

Süßer Mai, in deinen Kelchen
Küssen fromme Bienen sich
Aber unter allen welchen
Hast du eingefüllt für mich!

Süßer Mai! du bringest nieder
Blume, Blüte, Sonnenschein,
Daß ich wisse, wem die Lieder,
Wem das Herz, das Leben weihn.

Ich wohnte unter vielen vielen Leuten
Und sah sie alle tot und stille stehn,
Sie sprachen viel von hohen Lebensfreuden
Und liebten, sich im kleinsten Kreis zu drehn;
So war mein Kommen schon ein ewig Scheiden
Und jeden hab' ich einmal nur gesehn,
Denn nimmer hielt mich's, flüchtiges Geschicke
Trieb wild mich fort, sehnt' ich mich gleich zurücke.

Und manchem habe ich die Hand gedrücket,
Der freundlich meinem Schritt entgegensah,
Hab' in mir selbst die Kränze all gepflücket,
Denn keine Blume war, kein Frühling da,
Und hab' im Flug die Unschuld mit geschmücket,
War sie verlassen meinem Wege nah;
Doch ewig ewig trieb mich's schnell zu eilen,
Konnt' niemals nicht des Werkes Freude teilen.

Rund um mich war die Landschaft wild und öde,
Kein Morgenrot, kein goldner Abendschein,
Kein kühler Wind durch dunkle Wipfel wehte,
Es grüßte mich kein Sänger in dem Hain;
Auch aus dem Tal schallt keines Hirten Flöte,
Die Welt schien mir in sich erstarrt zu sein.
Ich hörte in des Stromes wildem Brausen
Des eignen Fluges kühne Flügel sausen.

Nur in mir selbst die Tiefe zu ergründen,
Senkt' ich ins Herz mit Allgewalt den Blick;
Doch nimmer konnt' es eigne Ruhe finden,
Kehrt' trübe in die Außenwelt zurück,
Es sah wie Traum das Leben unten schwinden,
Las in den Sternen ewiges Geschick,
Und rings um mich ganz kalte Stimmen sprachen:
»Das Herz, es will vor Wonne schier verzagen.«

Ich sah sie nicht die großen Süßigkeiten,
Vom Überfluß der Welt und ihrer Wahl
Mußt' ich hinweg mit schnellem Fittich gleiten.
Hinabgedrückt von unerkannter Qual,
Konnt' nimmer ich den wahren Punkt erbeuten
Und zählte stumm der Flügelschläge Zahl,
Von ewigen unfühlbar mächt'gen Wogen
In weite weite Ferne hingezogen.

Der Jäger an den Hirten

Durch den Wald mit raschen Schritten
Trage ich die Laute hin,
Freude singt, was Leid gelitten,
Schweres Herz hat leichten Sinn.

Durch die Büsche muß ich dringen
Nieder zu dem Felsenborn,
Und es schlingen sich mit Klingen
In die Saiten Ros' und Dorn.

In der Wildnis wild Gewässer
Breche ich mir kühne Bahn,
Klimm' ich aufwärts in die Schlösser,
Schaun sie mich befreundet an.

Weil ich alles Leben ehre,
Scheuen mich die Geister nicht,
Und ich spring' durch ihre Chöre
Wie ein irrend Zauberlicht.

Haus' ich nächtlich in Kapellen
Stört sich kein Gespenst an mir,
Weil sich Wandrer gern gesellen,
Denn auch ich bin nicht von hier.

Geister reichen mir den Becher,
Reichen mir die kalte Hand,
Denn ich bin ein frommer Zecher,
Scheue nicht den glühen Rand.

Die Sirene in den Wogen,
Hätt' sie mich im Wasserschloß,
Gäbe, den sie hingezogen,
Gern den Fischer wieder los.

Aber ich muß fort nach Thule,
Suchen auf des Meeres Grund
Einen Becher, meine Buhle
Trinkt sich nur aus ihm gesund.

Wo die Schätze sind begraben
Weiß ich längst, Geduld, Geduld,
Alle Schätze werd' ich haben
Zu bezahlen alle Schuld.

Während ich dies Lied gesungen,
Nahet sich des Waldes Rand,
Aus des Laubes Dämmerungen
Trete ich ins offne Land.

Aus den Eichen zu den Myrten,
Aus der Laube in das Zelt,
Hat der Jäger sich dem Hirten,
Flöte sich dem Horn gesellt.

Daß du leicht die Lämmer hütest
Zähm' ich dir des Wolfes Wut,
Weil du fromm die Hände bietest,
Werd' ich deines Herdes Glut.

Und willst du die Arme schlingen
Um dein Liebchen zwei und zwei,
Will ich dir den Fels schon zwingen,
Daß er eine Laube sei.

Du kannst Kränze schlingen, singen,
Schnitzen, spitzen Pfeile süß,
Ich kann ringen, klingen, schwingen
Schlank und blank den Jägerspieß.

Gieb die Pfeile, nimm den Bogen,
Mir ist's Ernst und dir ist's Scherz,
Hab' die Senne ich gezogen
Du gezielt, so trifft's ins Herz.

Sieh dort auf dem Wiesengrunde
Tanzen jetzt ein Elfchen munter
Unterm Rosenbusch hinunter,
Der die Blätter niederstreut.

Elfchen spielen Lotto heut,
Schreiben auf die Blätter Nummern,
Ja du darfst nur kühnlich schlummern,
Denn dein Glück kommt dir im Schlummer.

Du gewinnst die beste Nummer:
Eine Braut wirst du im Schlummer,
Drum erwachst du ohne Kummer,
Hochzeit Hochzeit, hohe Zeit. –

Sieh wie scheint der Mond so weit,
Und die Frösche und die Unken
Singen bei Johannisfunken
Ihre Metten ganz betrunken.

Brünstig glühn Johannisfunken,
Sternlein kühl am Himmel prunken,
Und das Irrlicht hüpft betrunken,
Wo Du gingst ein Jungfräulein.

Auf dem Acker glüht ein Schein,
Wo beim Drachen eingetruhet,
Kaltes Gold das rot erglutet,
Fiel dein Kränzlein unvermutet

In des Drachen Gruft hinunter
Und der Drache ist gebunden,
Und der Schatz ist dir gefunden:
Gold und Silber, Edelstein,
Und drei Rosen die sind dein.

Meine Liebe an Sophien, die ihre Mutter ist

O Mutter, halte dein Kindlein warm
Die Welt ist kalt und helle
Und leg' es sanft in deinen Arm,
An deines Herzens Schwelle.

Leg' still es, wo dein Busen bebt,
Und treu herabgebücket,
Harr' liebend, bis es die Äuglein hebt,
Zum Himmel selig blicket.

Du strahlender Augenhimmel, du,
Du taust aus Mutteraugen,
Ach Herzenspochen, ach Lust, ach Ruh'!
An deinen Brüsten saugen!

Ich schau' zu dir so Tag als Nacht,
Muß ewig nach dir schauen,
Du mußt mir die mich zur Welt gebracht,
Auch eine Wiege bauen.

Um meine Wiege laß Seide nicht,
Laß deinen Arm sich schlingen,
Und nur deiner milden Augen Licht,
Laß zu mir niederdringen.

Und in deines keuschen Schoßes Hut,
Sollst du dein Kindlein schaukeln,
Daß deine Worte so mild und gut
Wie Träume um es gaukeln.

Da träumt mir, wie ich so ganz allein,
Gewohnt dir unterm Herzen,
Wie all die Leiden die Freuden dein
Mich freuten und mich schmerzten.

Und war deine Sehnsucht ja allzugroß,
Und wußtest nicht, wem klagen,

Da weint' ich still in deinem Schoß,
Und konnte dir's nicht sagen.

Oft rief ich, komm o Mutter komm
Kühl' dich in Liebeswogen,
Da fühltest du dich so still und fromm,
Zu dir hinabgezogen.

Mit Unschuldsarmen hielt fest und warm
Ich dich in dir umschlungen,
Und hab' dir kindisch Sorg' und Harm
In Liedern weggesungen.

Was heilig in dir zu aller Stund',
Das bin ich all gewesen,
O küß' mich süßer Mund gesund,
Weil du an mir genesen.

O Mutter halte dein Kindlein warm
Die Welt ist kalt und helle
Und leg' es sanft, bist du zu arm,
Hin an des Todes Schwelle.

Leg' es in Linnen die du gewebt,
Zu Blumen die du gepflücket,
Stirb mit, daß wenn es die Äuglein hebt,
Im Himmel es dich erblicket.

So lallt zu dir mein frommes Herz,
Und nimmer lernt es sprechen,
Blickt ewig zu dir, blickt himmelwärts,
Und will in Freuden brechen.

Bricht's nicht in Freude bricht's doch in Leid,
Bricht es uns alle beiden,
Denn Wiedersehen geht fern und weit,
Und nahe geht das Scheiden.

Süßer Maie Blütenjunge
Bring' ihr blühnde Friedenszweige,
Bitte sie mit süßer Zunge,
Daß sie dir die Blume zeige
Der sie gerne mag vertrauen
In den Busen ihr zu blicken.
Und dann will ich auf den Auen
Einen lieben Kranz ihr pflücken,
Will die Blumen sprechen lehren:
»Wolle Huld der Schuld gewähren,
Die schon harte Straf' erlitte.«

Wo in Gewölben von Schmaragd
Die frischen Bächlein spülen
Will sich bei Hörnerklang die Jagd
Mit Kuß und Wein erkühlen.

Wie schallet und hallet der Hörnerklang
Wie rauscht der wilde Bronnen
Es widerklinget der Felsenhang
Die Fliege tanzt in der Sonnen
Aber Frau Echo, Frau Echo, Frau Echo,
Du widerspiegelst die Wonnen.

Gegrüßet sei du Waldgebäu,
Ihr hochbelaubten Eichen,
Komm Mägdlein, setz dich neben bei,
Tu mir den Becher reichen.

Wie webet und schwebet das grüne Dach
Wie stehn die ew'gen Eichen,

Und schau wie die Blümlein zu dem Bach
Die Kelche durstig neigen.
Aber dir Bachus, dir Bachus, dir Bachus
Muß alle Seligkeit weichen.

Und den vielgoldnen Sonnenglanz
Laß in den Becher schauen,
Und flicht mir einen Blumenkranz
Und wolle mir vertrauen.

Es blinket und winket der goldne Wein
Es lassen die Blumen sich pflücken
Sie möchten gern all gebrochen sein,
So schön weiß sie sich zu bücken.
Aber Frau Venus, Frau Venus, Frau Venus
Kredenzet das ird'sche Entzücken.

Und weil die Sonne heißer scheint
Komm in die dunkle Laube,
Wenn gleich die wilde Rebe weint
Lacht doch die Turteltaube.

Mag weinen die Rebe, die Taube lacht
Die Lerche jubelt in Lüften
Das Birkhuhn falzt in Waldesnacht,
Die Hirschkuh lockt in den Klüften
Keusche Diana, Diana, Diana
Endimion naht in den Triften.

Sie bringt den Wein in Bechersglanz,
Aus Veilchen und Narzissen
Reicht sie ihm einen süßen Kranz
In Waldes Finsternissen.

Da lispelt und wispelt die Nachtigall,
Ihr Stimmlein wollt' übersteigen,
Es lacht und klagt der süße Schall
Wie Orgel, Laute und Geigen,
Aber du Amor, du Amor, du Amor
Vor dir muß alles ja schweigen.

Trippel Trippel trap, trap, trap
Heut schließ' ich die Tür' nicht ab
Wenn ich dich erst bei mir hab'
Küss' ich dich recht tüchtig ab.

Weck' mir nicht die Mutter auf
Nur nicht hust', nicht nies', nicht schnauf',
Nicht zu stolz renn' mir herauf,
Wer hoffärtig fällt leicht drauf.

Weck' mir nicht die Martinsgans,
Tritt dem Hund nicht auf den Schwanz,
Schleiche wie der Mondenglanz,
Wie ein Floh im Hochzeitskranz.

Stoß' mir nicht die Kübel um
Liebster Schatz, ich bitt' dich drum
Rumpelt er rumpidipum
Liebster Schatz, das wäre dumm.

Und vor allem ich dich bitt'
Auf der Treppe in der Mitt'
Mache einen großen Schritt
Von vier Stufen fehlt die dritt'.

In das Maul nimm deine Schuh'
Kömmt die Magd, so fahr' drauf zu
Dann glaubt sie, du seist Wu Wu
Kriecht ins Bett und läßt uns Ruh'.

Gehe links, ach geh nicht recht
Sonst kömmst du zum Oberknecht
Und da kriegst du ein Gefecht
Und der Jockel schmeißt nicht schlecht.

Steig auch nicht bis unters Dach
Kömmst du in das Taubenfach,
Da wird gleich mein Bruder wach,
Eilet schnell dem Marder nach.

Bist du vor der Kammertür
Klage deinen Jammer mir,
Dann schieb' ich die Klammer für
Schrei', wer ist, Potz Hammer, hier.

Und da wachet alles auf
Mutter, Bruder, Knecht im Lauf
Nahn, es wird 'ne Prügeltrauf
Besser als 'ne Kindertauf.

Doch es gieng 'nen andern Gang,
Mutter nach neun Monden sang
Mädel, 's wird mir angst und bang,
Sonst war ja dein Röckchen lang.

Über eine Skizze

Verzweiflung an der Liebe in der Liebe

In Liebeskampf? In Todeskampf gesunken?
Ob Atem noch von ihren Lippen fließt?
Ob ihr der Krampf den kleinen Mund verschließt?
Kein Öl die Lampe? oder keinen Funken?

Der Jüngling – betend? tot? in Liebe trunken?
Ob er der Jungfrau höchste Gunst genießt?
Was ist's, das der gefallne Becher gießt?
Hat Gift, hat Wein, hat Balsam sie getrunken.

Des Jünglings Arme, Engelsflügel werden –
Nein Mantelsfalten – Leichentuches Falten.
Um sie strahlt Heil'genschein – zerraufte Haare.

Strahl' Himmelslicht, flamm' Hölle zu der Erde
Brich der Verzweiflung rasende Gewalten,
Enthüll' – verhüll' – das Freudenbett – die Bahre.

Auf einen grünen Zweig

Zur Fremde zog ein frommer Knabe
An Gold so arm, wie Gold so treu,
Er sang ein Lied um milde Gabe,
Sein Lied war alt, die Welt war neu.

Wie Freiheit singt in Liebesbanden,
So stieg das Lied aus seiner Brust;
Die Welt hat nicht sein Lied verstanden,
Er sang mit Schmerzen von der Lust.

Das Leben leichter zu erringen,
Tut er der eignen Lust Gewalt;
Will nimmer spielen, nimmer singen,
Geht Kräuter suchen in den Wald.

Die Füße muß er wund sich laufen
Zum heißen Fels, zum kühlen Bach,
Und muß um wenig Brot verkaufen,
Die Blume, deren Dorn ihn stach.

Und wie er durch die Wälder irret,
Ein seltsam Tönen zu ihm drang;
Durch wildes Singen rasselnd schwirret,
Ein schmerzlicher metallner Klang.

Der Knabe teilt die wilden Hecken,
Und vor ihm steht ein gift'ger Baum;
Die Zweige dürr hinaus sich strecken,
Mit Blech geziert und goldnem Schaum.

Und viel gemeine Vögel kreisen,
Rings um des Baumes schneidend Laub;
Und die von seinen Früchten speisen,
Sie sind des goldnen Giftes Raub.

Da rührt der Knabe seine Laute,
Er singt ein schmerzlich wildes Lied;
Und in dem Baum, zu dem er schaute,
Er einen bunten Vogel sieht.

Er sitzt betrübt, die bunten Schwingen
Senkt an der Silberbrust er hin,
Und kann nicht fliegen, kann nicht singen
Des Baumes Gifte fesseln ihn.

Dem Knaben regt sich's tief im Herzen,
Das Vöglein zieht ihn mächtig an,
Und seines Liedes kind'sche Schmerzen
Hört gern das kranke Vöglein an.

Und weil im Wind die Blätter klingen,
So kann es nicht das Lied verstehn;
Doch er hört nimmer auf zu singen,
Bleibt treu vor seiner Liebe stehn.

Und singt ihm vor zu tausendmalen
Von Liebeslust und Frühlingslust,
Von grünen Bergen, milden Talen
Und Ruhe an geliebter Brust.

Schon regt das Vöglein seine Schwingen,
Schaut freundlich zu dem Knaben hin;
Des Arme um den Baum sich schlingen,
Die Liebe machet mutig ihn.

Er klimmet in den gift'gen Zweigen
Zerreißt mit Lust die Hände sich,
Das kranke Vöglein zu ersteigen,
Es spricht: Ach nimmer heilst du mich.

Und sinket stille zu ihm nieder,
An seinem Herzen hält er's warm;
Und ordnet sorglich sein Gefieder,
Und trägt's zur Sonne auf dem Arm.

Steigt auf die Berge, läßt es trinken
Des blauen Himmels freie Luft,
Und weiß zu blicken, weiß zu winken,
Bis er die Freude wieder ruft.

Die Freude kömmt, die bunten Schwingen,
Sie funkeln Liebesstrahlen gleich;
Das Vöglein weiß so süß zu singen,
Es singt den armen Knaben reich.

Wie auch zum Flug die Flüglein streben,
So bleibt es doch dem Treuen treu;
In Liebesfesseln will es schweben,
In Liebesfesseln ist es frei.

Und ich der ich dies Lied dir singe
Bin wohl dem treuen Knaben gleich,
Vertrau mir Vöglein, denn ich bringe
Dich noch auf einen grünen Zweig.

Du Herrlicher! den kaum die Zeit erkannt,
Der wie ein schuldlos Kind
Begeistert fromm die treue keusche Hand
Nach Gottes Flamme streckte,
Der für das Eitle blind
Ohn' umzuschaun zur Wiege alter Kunst
Durch neuer Lüge Götzentempel drang,
Und stillanschaund die Göttliche erweckte.
Sie lächelte und nannte dich den Ihren,
Der ihr die ird'schen Kränze so bedeutend schlang
Und wollte dich, mit ihr zu triumphieren
Zum sel'gen Born von allem Lichte führen.

Wer dich geliebt, verstand den schönen Traum,
Den du im Himmel träumtest, dessen Schatten

Auf unsrer dunklen Erde lichten Saum
Weissagend niederfiel. –
Dein Künstlerwerk, es schien ein zierlich Spiel,
Es rankte blumig auf und betend vor der Sonne
Setzt fromme Kindlein du in süßer Kelche Wonne;
Doch wie im Frühlingstaumel fromm ein Herz
Das Siegsgepräng' des ew'gen Gottes liest,
Wie in des Lebens ernstem Blumenscherz
Dem Schauenden die Tiefe sich erschließt,
So steht, die Schwester dieser sündentrunknen Zeit,
Vor deinen Bildern glaubend, hoffend, liebend, die
Beschaulichkeit.

O trauert nicht um seinen frühen Tod!
Er lebte nicht, er war ein Morgenrot,
Das in der Zeiten trauriger Verwirrung
Zu früh uns guter Tage Hoffnung bot,
Wer dieser Blüte Früchte konnte ahnen,
Der mußte tief bewußt der eigenen Verirrung,
Der eignen Armut sich beschämend mahnen;
So mußt' auch ich, wenn ich sein Werk durchdachte,
Das wie ein Gottentzückter selig lachte,
Zu mir, bewegt in ernster Demut sagen:
Wie sollen die Vollendung wir ertragen?
Und auf dem Babylon rings sah ich ragen,
Die Kreuze frech, den Helden dran zu schlagen.

O trauert nicht um seinen frühen Tod!
Er lebte nicht, er war ein Abendrot,
Verspätet aus verlornen Paradiesen
Ließ täuschend es in unsrer Nächte Not
Die ahndungsreichen Schimmer fließen.

Und wer an seinem Grabe eine Nacht
In Tränen harrt, bis daß der Tag erwacht,
Den seines Lebens Morgenstern verhieß,
Der wird, ist er ein Kind, den Morgen kaum erleben,
Ist er ein frommer Mann, mit ihm, der uns verließ,
Im Tode nur zum neuen Tage schweben.

Die Zeit, sie ist die Nacht, in der wir weinen,
Der Vorzeit Traum, er ist's, den wir verloren,
Der Nachwelt, wird der Tag ihr einst erscheinen,
Lebt unser Freund auf ewig – mir ist er geboren.

J. Komm Hexchen, weil die Sonne scheint,
In meine kühle Laube
N. Ja Schatz, die wilde Rebe weint
Es lacht die Turteltaube.
Rukukukuku, Rukukukuku
Hast du kein Glas, so trink aus dem Schuh.

J. Dein Fuß ist fein, dein Schuh ist klein
Ich komm zu kurz beim Trinken
N. Ich geb' ein Küßchen obenein
Das macht die Waagschal' sinken.
Rukukukuku, Rukukukuku
Verdrießt euch's macht die Äuglein zu.

J. Willst du nicht schöne Künste mich,
Mein süßes Hexchen lehren?
N. Sag, warum freut die Traube dich
Mit ihren vielen Beeren?
Rukukukuku, Rukukukuku
Ich fürchte, es drücket euch beide der Schuh.

J. An einer süßen Traube muß
Doch Beer' an Beere sitzen,
N. Ja, doch jed Beerlein ist ein Kuß
Den Wein recht zu erhitzen.
Rukukukuku, Rukukukuku
Machen wir's wie die Weinbeerlein nu.

J. Sag Hexchen, warum weinen wohl
Im Frühling so die Reben?
N. Weil sich ein Mägdlein sehnen soll

In ihrem jungen Leben.
Rukukukuku, Rukukukuku
Mein Hexchen jetzt auch dergleichen tu.

J. Und warum schwillt der Wein im Faß?
Wenn draus die Trauben blühen.
N. Hüpft doch mein Herz ohn' Unterlaß
Weil deine Wangen glühen.
Rukukukuku, Rukukukuku
Du Hexchen Herzchen, wie hüpfest du nu.

J. Ach Hexchen, hilf der Schlauch ist leer,
Und voll ist noch der Willen,
N. Dort steht der rote Mond im Meer
Der soll den Schlauch dir füllen.
Rukukukuku, Rukukukuku
Roter Mond, welch Weinlein schenkest du?

J. Der Mond schenkt einen Zaubertrank,
Er wird mich gar berauschen,
N. Horch, Nachtigallen, Liebeszank
Schatz, laß uns den belauschen.
Rukukukuku, Rukukukuku
Wie Nachtigall klingt der Guguck nu.

J. O Zauberei verbuhlter Nacht
Wie süß die Wellen flüstern.
N. Sieh, wie der Mond im Spiegel lacht,
Ich bin zu baden lüstern.
Rukukukuku, Rukukukuku
Er sieht gewiß durch die Finger zu.

J. Ach Hexchen, zieh dein Hemdchen aus,
Ich drehe dir den Rücken,
N. Ich mache schon die Wellen kraus,
Schatz teile mein Entzücken.
Rukukukuku, Rukukukuku
Wie schnell, wie schnell dreht er sich nu!

J. Ach Hexchen, du schwimmst wie ein Fisch
Kaum trau' ich meinen Augen.
N. Schatz komm ins Bad, ach kühl ach frisch,
Ich lehr' dich untertauchen.
Rukukukuku, Rukukukuku
Wie eilt der Tölpel dem Wasser zu.

J. Ich tipp' hinein mit einem Fuß,
Es will mir nicht behagen.
N. Ich spitze schon den Mund zum Kuß,
Und du willst jetzt verzagen.
Rukukukuku, Rukukukuku
Am neuen Tore steht die Kuh.

J. Ich wat' hinein bis an das Knie,
Es macht mir Krampf und Schmerzen
N. Mein Schatz, die Arme breit ich hie,
Komm her, ich will dich herzen.
Rukukukuku, Rukukukuku
O du verfluchtes Hexchen du.

J. Nun steht das Wasser mir am Leib
Es macht mir böse Grimmen
N. Mein Schatz, den Schmerz ich dir vertreib',
Wenn wir umarmet schwimmen.
Rukukukuku, Rukukukuku
O du armseliger Sünder du!

J. Fatal steigt mir das Wasser an
Ganz kalt wird mir's im Magen
N. Heran, in meinen Arm heran
Ich will gesund dich zwagen.
Rukukukuku, Rukukukuku
Der Bader eilt der Baderin zu.

J. Zum Hals schon eilt das Wasser mir,
Mein Maul kriegt schon die Sperre,

N. Fort, Elender, welch schwach Gezier,
Welch eckelhaft Gezerre.
Rukukukuku, Rukukukuku
Sie hat ihn und wird noch gar grob dazu.

J. Das Wasser fließt mir in den Mund
Lebwohl o Welt, ich sterbe.
N. Hinab zieh ich dich auf den Grund,
Und oben lacht sein Erbe.
Rukukukuku! Rukukukuku!
Um Gotteswill Erbe lach nicht darzu.

Weit bin ich einhergezogen
Über Berg und über Tal,
Der treue Himmelsbogen
Er umgibt mich überall.

Unter Eichen, unter Buchen,
An dem wilden Wasserfall
Muß ich nun die Herberg suchen
Bei der lieb Frau Nachtigall.

Die im brünst'gen Abendliede
Ihre Gäste wohl bedenkt,
Bis sich Schlaf und Traum und Friede
Auf die müde Seele senkt.

Und ich hör' dieselben Klagen
Und ich hör' dieselbe Lust
Und ich fühl' das Herz mir schlagen
Hier wie dort in meiner Brust.

Aus dem Fluß, der mir zu Füßen
Spielt mit freudigem Gebraus,
Mich dieselben Sterne grüßen
Und so bin ich hier zu Haus.

Echo nimm dir recht zu Herzen
Und erlern' die Melodie
Meiner Freuden, meiner Schmerzen:
Ameleya! Ameley!
Blühet stolz ihr Königskerzen,
Ameleya! Ameley!

Wunderinseln, sel'ge Augen,
Die ein liebes Antlitz sehn,
In dem Monde untertauchen,
In der Sonne auferstehn.

Sonn und Mond, ihr lichten Hügel,
Schließet ein die ird'sche Kluft
Und das Leben senkt den Flügel
In des Traumes Zaubergruft.

Wo die Tiefe sich entsiegelt,
Und die Liebe frank und frei
In der ganzen Seele spiegelt
Ameleya! Ameley!

Wie wird mir? Wer wollte wohl weinen,
Wenn winkend aus wiegendem See
Süß sinnend die Sternelein scheinen,
Werd' heiter, weich' weiter du wildwundes Herz.

Komm Kühle, komm küsse den Kummer,
Süß säuselnd von sinnender Stirn,
Schlaf schleiche, umschleire mit Schlummer
Die Schmerzen, die schwül mir die Seele umschwirrn.

Flöß' flehend du Flötengeflüster
Mir Himmel und Heimat ans Herz,
Leucht' lieblich und lispele düster
Und fächle, daß lächle im Schlummer der Schmerz.

Sieh! sind schon die Sonnen gesunken,
Glück glimmet in Abendlichts Glut
Und Finsternis feiert mit Funken,
Licht locket ins Leben das liebende Blut.

Wir wanken in wohnsamer Wiege,
Wind weht wohl ein Federlein los,
Wie's wehe, wie's fliege, wie's liege,
Fein fiel es und spielt es dem Vater im Schoß.

SCHWANENLIED

Wenn die Augen brechen,
Wenn die Lippen nicht mehr sprechen,
Wenn das pochende Herz sich stillet
Und der warme Blutstrom nicht mehr quillet:
O dann sinkt der Traum zum Spiegel nieder,
Und ich hör' der Engel Lieder wieder,
Die das Leben mir vorüber trugen,
Die so selig mit den Flügeln schlugen
Ans Geläut der keuschen Maiesglocken,
Daß sie all die Vöglein in den Tempel locken,
Die so süße wildentbrannte Psalmen sangen:
Daß die Liebe und die Lust so brünstig rangen,
Bis das Leben war gefangen und empfangen;
Bis die Blumen blühten;
Bis die Früchte glühten,
Und gereift zum Schoß der Erde fielen,
Rund und bunt zum Spielen;
Bis die goldnen Blätter an der Erde rauschten,
Und die Wintersterne sinnend lauschten,
Wo der stürmende Sämann hin sie säet,
Daß ein neuer Frühling schön erstehet.
Stille wird's, es glänzt der Schnee am Hügel
Und ich kühl' im Silberreif den schwülen Flügel,
Möcht' ihn hin nach neuem Frühling zücken,

Da erstarret mich ein kalt Entzücken –
Es erfriert mein Herz, ein See voll Wonne
Auf ihm gleitet still der Mond und sanft die Sonne
Unter den sinnenden, denkenden, klugen Sternen
Schau' ich mein Sternbild an in Himmelsfernen;
Alle Leiden sind Freuden, alle Schmerzen scherzen
Und das ganze Leben singt aus meinem Herzen:
Süßer Tod, süßer Tod
Zwischen dem Morgen- und Abendrot.

SCHWALBENWITZ

Wahrlich, wahrlich, ich sage euch,
Himmel und Erde sind sich gleich.
Spricht der Himmel: Werde!
Da grünt und blüht die Erde!
Spricht die Erde: Sterbe!
Da wird der Himmel ein lachender Erbe.
Sterne sah ich blinken und sinken,
Den Mond in der Sonne ertrinken,
Die Sonne stieg in die Meere,
Ohne daß sich ein Fünklein verlöre.
Feuer und Wasser hassen sich,
Erde und Wasser umfassen sich,
Luft und Feuer entzünden sich,
Erde und Feuer ersticken sich,
Erde und Luft umkühlen sich,
Luft und Wasser umspielen sich,
Aber alles ist Liebe, Liebe, Liebe
Und wenn sich alles empörte, verzehrte, verschlänge,
Daß gar nichts bliebe, bliebe doch Liebe
Die Hülle, die Fülle, die Menge.

NACHTIGALL

Sehnsucht, Schwermut, Wehmut,
O wie schwüle Gefühle fühle
Ich im kleinen Herzen,

Daß ich stolz in Demut,
Recht im Glutgewühle
Mir den Mut erkühle
Und in bittern Schmerzen
Süß kann scherzen,
O du Liebeswiderspruch!
Stummes Echo, segensvoller Fluch,
Feuer das erquicket, Luft die ersticket,
Wasser, das dürstend flehet,
Erde, die wie Luft und Feuer wehet.
O wie ist der Streit so geschwinde und gelinde,
Daß die Lust die Liebe finde, beide überwinde
Mit dem blinden Kinde Amor, der die Binde
Seiner Augen niederreißt im Siege,
Um zu schauen, wie die Lieb' der Lust erliege,
Daß das Leben sich zu beiden schmiege,
Und er sieht, der Kampf ist nur die Wiege,
Daß die weinende Sehnsucht schwiege
Und das neue Leben schaukelnd gaukelnd
Zu den Sternen fliege.

Durch die stummen Wälder irrte
Ohne Lämmer, ohne Liebe,
Träumerisch ein armer Hirte,
Unbekümmert, wo er bliebe.

Leichten Sinn in schwerem Herzen
Trug er durch des Tags Gewimmel,
Bittre Freuden, süße Schmerzen
Zogen über ihm am Himmel.

Diesem trüben Wolkenfluge,
Dicht verschleiernd ihm die Sterne
Folgt er mit geheimem Zuge,
In die sehnsuchtsvolle Ferne.

Ohne Ruhe seine Füße,
Über Berg und Tal hinunter,
Seine Lippen ohne Grüße –
Traurig Herz, wie bist du munter!

O ihr grünen treuen Buchen!
O ihr ew'gen ernsten Eichen!
Sagt ihm, was ist wert zu suchen,
Gebet seinem Weg ein Zeichen.

Gieb o Fels ihm eine Stimme,
Flüstre zu ihm fromme Quelle,
Welchen Gipfel er erklimme,
Daß sich ihm das Herz erhelle.

Stilles Röslein aus dem Strauche
Ihm mit trauten Augen winke,
Klarer Lilienkelch, o hauche,
Süß ihm zu, daß Trost er trinke.

Ist ein Heiland wo geboren?
Heil'ge Nacht, Kometen schwingend
Zeig den Pfad, den er verloren,
Ihn gen Bethlehem hinbringend.

Stumm bleibt Fels und Tal und Bäume
Blumen duftlos, Quell ohn' Klarheit,
Und sein Schlummer ohne Träume,
Und sein Wachen ohne Wahrheit,

Und er sitzet bei den Weiden
Läßt die traurigen Gedanken,
Wie verwaiste Lämmer weiden
Unter wilden Epheuranken.

Als ihn auf dem nahen Grunde,
Den ein dichter Nebel decket,
In der stillen Abendstunde,
Laut ein Hirtenspiel erwecket.

Bei dem Klange der Schalmeien
Hört er zu dem frohen Spiele,
Und sie singen, und sie reihen,
Ohne daß sein Blick hinfiele.

Doch bald hört er tief erquicket,
Eine nur aus all den Stimmen,
Wie man gern auf Blüten blicket,
Die auf lauten Quellen schwimmen.

Zwar verschlungen in dem Spiele
Hört er sie doch ganz alleine,
Gleich als ob die Sonne ziele
Zu ihr mit vertrautem Scheine.

Also weilt auf Waldes Gipfel
Gern das Auge in den Kronen,
Die die Sonne in die Wipfel
Hänget, wo die Nimpfen wohnen.

Also, wenn der Tag gesunken,
Folgen gern der Sehnsucht Blicke
Schweifenden Johannisfunken
Zu geträumtem Liebesglücke.

So schien ihm das Tal der Spiegel
Eines Nacht anschaunden Flusses,
Und die Stimme schien das Siegel
Eines klaren Mondeskusses.

Und das Licht der eignen Blicke
Zündend an der Stimme Schimmer,
Sprach er: find' ich keine Brücke,
Werde ich ein sel'ger Schwimmer.

Dieses Antlitz will ich schauen,
Das mit solchem Zauber redet,
Das mir Friede und Vertrauen,
In die tote Brust gebetet.

Und der Hirte eilte singend,
Fand da bei den Weiden sitzend
Einen Jüngling Körbe schlingend
Und gezierte Pfeile spitzend.

Diesen fraget nun der Hirte
Weißt du Flechter, wo sie wohne,
Die mir meinen Gram entwirrte
Mit der Stimme liebem Tone.

Ob ich's weiß, lacht da der Schlaue
Diese Körbe, diese Pfeile
Sind für sie, zu ihrer Aue
Führ' ich dich in kurzer Weile.

Und er folgt, im Mondenscheine
Wunderbare Träume spinnend,
Daß sie also ihm erscheine
Sich ein falsches Bild ersinnend,

Blaue Augen, blonde Locken
Und ein Mund voll stiller Freuden,
Wie die süßen Blumenglocken,
Die den lieben Mai einläuten.

Und mit seligem Verstummen
Lauscht er auf die goldnen Bienen
Die mit süß berauschtem Summen
Ihm zu ihr zu schweben schienen.

Und er schreitet durch die Pforte
Und er stehet in dem Garten
Ist nun an dem lieben Orte
Seine Freude zu erwarten.

Ach welch wunderbar Erstaunen,
Die sein Traum sich golden sonnte
Sie gehöret zu den Braunen,
Und er dacht' an eine Blonde.

Als er zu ihr niedersitzet,
Nimmt sie still des Flechters Körbe
Und die Pfeile süß gespitzet –
Ob am Korb am Pfeil ich sterbe?!

Denkt der überraschte Hirte,
Schauend in den dunklen Bronnen
Ihrer Augen, und verwirrte
Sich in tausend Zauberwonnen.

Der die Hirtin wollte finden
Hat die Zauberin gefunden,
Der nur Kränze wollte winden,
Ward mit Frauenhaar gebunden.

Mit den Pfeilen spielend, drückte
Sie den Pfeil ins Herz dem Hirten,
Den die Stimme hoch entzückte,
Macht der Anblick zum Verwirrten.

Nimmermehr vor ihr zu stehen,
Gieng er von ihr fest entschlossen
Hat sie nochmals angesehen
Und die Pforte dann geschlossen.

Wo die Wälder tiefer dunkeln
Hörte er den Flechter lachen:
Sahst du ihre Augen funkeln,
Träumend kamst du, lerne wachen.

Wen dies braune Kind gerühret,
Der wird nimmermehr genesen,
Amor ist, der zu ihr führet,
Amor bin ich dir gewesen.

Und der Hirte gieng erzürnet
In den Hain, der nun ihm rauschte,
Und sein Himmel war gestirnet
Stimmen hört er, wo er lauschte.

Ja, weil sie sein Herz erhoben,
War die ganze Welt belebet,
Tief im Tal, am Himmel oben,
Überall die Braune schwebet.

Manche Blume muß er pflücken,
Ordnet sie zum Bilderstraße,
Schickt sie deutend sein Entzücken
Zu der braunen Zaubrin Klause.

Und der Strauß sprach, dich du Blonde
Ich in meines Traumes Sonnen
Also töricht liebend sonnte,
Daß du braune Glut gewonnen.

Und du mußtest mich bestrafen,
Aus der braunen Nacht der Augen,
Mich zwei Sterne zielend trafen,
Die mir nie mehr untertauchen.

Als er später wieder nahte,
War er stumm und sie war gütig,
Ihre Augen voller Gnade,
Nein sie ist nicht übermütig!

Sieh, da trat zu ihrer Zelle
Fest ein Mann mit tapfrem Wesen,
Ihre Blicke wurden schnelle,
In den Augen ihm zu lesen.

Und er war so schön gerüstet,
Mit den Narben deutsch geschmücket
In der Brust so treu gebrüstet,
Daß sie seine Hände drücket.

Und der Hirte still gerühret,
Müßte sich des Manns erfreuen,
Säh' er, im Triumph geführet,
Seinen Strauß selbst vor ihm streuen.

Und als er nun von ihr gehet
Solche Neigung nicht zu stören,
Schön die Braune vor ihm stehet
Läßt ihn güt'ge Worte hören:

Ich will gern dich wiedersehen,
Du darfst mir den Strauß erklären,
Er soll mir nicht untergehen
Welkend sich mir nicht verzehren.

Und der Hirte spricht: du Fromme
Er ist tapfer, ich bescheiden,
Und wenn ich nun zu dir komme
Bist du himmlisch allen beiden.

Geheime Liebe

Unbeglückt muß ich durchs Leben gehen,
Meine Rechte sind nicht anerkannt;
Aus der Liebe schönem Reich verbannt,
Muß ich dennoch stets ihr Schönstes sehen!

Nicht die schwache Zunge darf's gestehen,
Nicht der Blick verstohlen zugesandt,
Was sich eigen hat das Herz ernannt,
Nicht im Seufzer darf's der Brust entwehen!

Tröstung such' ich bei der fremden Nacht,
Wenn der leere lange Tag vergangen,
Ihr vertrau' ich mein geheim Verlangen;

Ist in Tränen meine Nacht durchwacht,
Und der lange leere Tag kommt wieder,
Still ins Herz steigt meine Liebe nieder.

O Zorn, du Abgrund des Verderbens,
Du unbarmherziger Tyrann,
Du nagst und tötest ohne Sterben
Und brennest stets von neuem an,
Wer da gerät in deine Haft,
Bekömmt der Hölle Eigenschaft!

Wo ist, o Liebe, deine Tiefe,
Der Urgrund deiner Wunderkraft?
Herz, nur ein einz'ges Tröpflein prüfe
Von dieses Quelles Eigenschaft,
O, wer in diesem tiefen Meere
Gleich einem Tröpflein sich verlöre!

An dem Feuer saß das Kind,
Amor, Amor,
Und war blind;
Mit dem kleinen Flügel fächelt
In die Flamme er und lächelt,
Fächle, lächle, schlaues Kind!

Ach, der Flügel brennt dem Kind,
Amor, Amor
Läuft geschwind!
»O, wie mich die Glut durchpeinet!«
Flügelschlagend laut er weinet,
In der Hirtin Schoß entrinnt
Hülfeschreind das schlaue Kind.

Und die Hirtin hilft dem Kind
Amor, Amor,
Bös und blind.
Hirtin, sieh, dein Herz entbrennet,
Hast den Schelm du nicht gekennet?
Sieh, die Flamme wächst geschwind,
Hüt' dich vor dem schlauen Kind!

Die Lilie blüht, ich bin die fromme Biene,
Die in der Blätter keuschen Busen sinkt,
Und süßen Tau und milden Honig trinkt,
Doch lebt ihr Glanz, und bleibet ewig grüne
So ist dann selig mein Gemüt
Weil meine Lilie blüht!

Die Lilie blüht, Gott, laß den Schein verziehn,
Damit die Zeit des Sommers langsam geht,
Und weder Frost noch andre Not entsteht,
So wird mein Glück in dieser Lilie blühn,
So klingt mein süßes Freudenlied:
Ach, meine Lilie blüht!

Dein Lied erklang, ich habe es gehöret,
Wie durch die Rosen es zum Monde zog;
Den Schmetterling, der bunt im Frühling flog,
Hast du zur frommen Biene dir bekehret,
Zur Rose ist mein Drang,
Seit mir dein Lied erklang!

Dein Lied erklang, die Nacht hat's hingetragen,
Ach, meiner Ruhe süßes Schwanenlied!
Dem Mond, der lauschend von dem Himmel sieht,
Den Sternen und den Rosen muß ich's klagen,
Wohin sie sich nun schwang,
Der dieses Lied erklang!

Dein Lied erklang, es war kein Ton vergebens,
Der ganze Frühling, der von Liebe haucht,
Hat, als du sangest, nieder sich getaucht
Im sehnsuchtsvollen Strome meines Lebens,
Im Sonnenuntergang,
Als mir dein Lied erklang!

Die Rose blüht; schloß gleich ein rauher Wind,
Als sie der goldnen Imme sich erschlossen,
Der Liebe arglos offnen Kelch geschwind,
Hat doch der Haß nicht Gift hineingegossen!
Sie schloß gleich einem bangen, zarten Kind
Die Augen, bis die Zornflut abgeflossen;
Vielleicht schloß sie in brünstigem Verlangen
Sich nur so schnell, die Biene einzufangen?

Die Rose blüht, die Biene ist entflohn,
Aufs neue muß sie mit den Frühlingsglocken
Des Zornes Stachel führnden, goldnen Sohn
In ihres Duftes keuschen Busen locken;
Ihr süß'ster Tau, kehrt er, wird ihm zum Lohn;
O kehr, mein Bienlein, sei nicht so erschrocken!
Zum Garten sieht mein Fenster, dorten wohn' ich.
Komm, liebe Imme, sammle Wachs und Honig!

Die Rose blüht; wenn alle Vöglein schlafen,
Wenn nieder hintern Wald die Sonne flieht,
Wenn treu der Mond mit seinen Wolkenschafen
An deiner Rose Stand vorüberzieht,
Zur Stunde, als Imeldens Töne trafen
Ein liebes Herz durch ein unschuldig Lied,
Da will am Fenster nieder zu dem Garten
Die Rose auf die fromme Biene warten.

Die Rose blüht; o fliehe, Licht der Sonnen,
O führe, Mond, die Sternenherde bald
Zum stillen, vollen, goldnen Mondesbronnen,
Streu aus den sichren Schatten, dunkler Wald,
Und bleiche, Mond, was Liebe hat gesponnen!
Doch mit Musik, die anderswo erschallt,
Mag Amor all die Schmetterlinge irren,
Die lauschend gern die Rose dir umschwirren.

Die Rose blüht, der Zorn ist voll Verderben!
Wer, Zorn, gerät in deine finstre Haft,

Der mordet, martert, tötet ohne Sterben
Und hat der bittren Hölle Eigenschaft!
O Liebe, wer die Einsicht dürft' erwerben
Von deiner Gottestiefe Wunderkraft!
O Liebe, wer, ein Tröpflein, sich verlöre
In deines Segens weltumspielndem Meere!

Wohlan! so bin ich deiner los
Du freches lüderliches Weib!
Fluch über deinen sündenvollen Schoß
Fluch über deinen feilen geilen Leib,
Fluch über deine lüderlichen Brüste
Von Zucht und Wahrheit leer,
Von Schand' und Lügen schwer,
Ein schmutzig Kissen aller eklen Lüste.
Fluch über jede tote Stunde
Die ich an deinem lügenvollen Munde,
In ekelhafter Küsse Rausch vollbracht,
Fluch über jede gottvergeßne Nacht,
Die ich in deinem frechen Bett erhandelt,
Die ich in toller Liebe überwacht,
Wohl unter deinem Fenster hingewandelt,
Wenn du mit andern in dem Werk befangen,
Mit andrer Lüg' an anderm Mund gehangen.
Mein Gott, mein Gott, er will sich mein erbarmen,
Mein Herr hat mich befreit aus deinen Armen,
Wohin dein Gott, der Satan mich geführt;
Drum hab' ich nimmer dir dein Herz gerührt,
Und wie ich mochte bitten, mochte flehen,
Kein edles Wort hört' ich von dir erstehen,
Du drohst, du elend Weib, dich zu ermorden,
O könntest du's, es stürb' dein ganzer Orden,
Doch spar' die Mühe nur, denn du bist längstens tot,
Längst faulst du in dir selbst, in Sünd' und Lügenkot.
Schneidst du den Hals dir ab
Und springst du in die Spree,

Du findest nie ein Grab
Die Spreu schwimmt in der Höh'.
Des Todes heiliger Traum
Wird nimmer dich erlösen
Es stirbt ein grüner Baum,
Doch nie ein dürrer Besen.
Zur eignen Rute wirst du noch an deinem Rücken,
Und höchstens reicht dein Leib dir einstens schlechte Krücken.
Wohlan, du elend Weib, nun sind wir auf der Stelle
Wo wir zuerst uns sahn, ich, du, und dein Geselle,
Ich mein' den Teufel, Weib, der deine Seele reitet,
Hör' wie sein Flügel rauscht, den über dir er breitet,
Ich hör' den dunklen Fluß, es tönt die dumpfe Welle,
Du Lügnerin leb wohl, leb schlecht, hier ist die Schwelle,
Wo sich mein reuig Herz, von dir du Hexe scheidet,
Verdorren mag der Fuß, der je dein Bett beschreitet,
Ich hab' dich nie gekannt, ich hab' dich nie gesehen,
Es war ein böser Traum, er muß hinuntergehen,
Das lüderliche Buch, um das du mich betrogen,
Aus dem du geile Brunst für andrer Lust gesogen,
Ich werfe es hinab in diese schmutz'gen Wogen,
Und mit ihm werf' ich hin, was ich für dich gefühlt,
Daß sich die böse Glut, die mir das Herz zerwühlt,
In dieses Flusses trüber Welle kühlt.
Nimm hin den Scheidekuß,
Ich geb' ihn ohn' Verdruß,
Von mir sei dir verziehn,
Wend' dich, zu Gott dahin,
Und fleh', daß er verzeih',
Dem Sünder steht es frei.
Er ist für dich, für mich, für alle uns gestorben,
Ich habe im Gebet mir Trost von ihm erworben.
Ich gab des Heilands Bild in deine schnöden Hände,
So bin durch dich ich auch zu einem Judas worden,
Den Herrn hab' ich verkauft, an die, die ihn ermorden,
Erbarm' dich meiner Seel', und zu dem Kreuz dich wende,
O mache, daß an dir dies Bild ein Wunder tut,
Und daß er dich erlöst mit seinem heiligen Blut,

So darf ich ruhig sein, daß ich so fromme Gabe
An dich, du elend Weib, so schnöd vergeudet habe,
Nun wend' ich mich von dir, ich will in Friede gehn,
Ich will unschuldig nun die Sterne wiedersehn,
Ich will zu Gott dem Herrn um Hülfe für dich flehn,
Daß dich die Gnade sein barmherzig mög' anwehn,
Daß einen Engel er, zu dir ermahnen sende,
Daß er dein elend Herz wie meines zu sich wende,
So gehet nicht mein Schmerz, doch Leid und Lieb' zu Ende.

Ich träumte hinab in das dunkle Tal
Auf engen Felsenstufen
Und hab' mein Liebchen ohne Zahl
Bald hier, bald da gerufen.
Treulieb, Treulieb ist verloren!

Mein lieber Hirt nun sage mir,
Hast du Treulieb gesehen,
Sie wollte zu den Lämmern hier,
Und dann zum Brunnen gehen,
Treulieb, Treulieb ist verloren!

Treulieb in meinem Schoße saß
Dort oben an den Klippen
Und weil die Wangen ihr so blaß,
So küßt' ich ihre Lippen.
Treulieb, Treulieb ist verloren!

Ich blies die Flöte, ich flocht den Kranz
Ich gieng ihr Blumen zu pflücken,
Ich wollte sie zum Abendtanz,
Als meine Buhle schmücken.
Treulieb, Treulieb ist verloren!

Da hört sie ein schallendes Jägerhorn
Da tät sie die Öhrlein stellen

Und schwang sich hinüber durch Distel und Dorn
Und folgte dem Waldgesellen.
Treulieb, Treulieb ist verloren!

Ich träumte hinab in den dunklen Wald
Auf engen Felsenstufen
Und habe mein Liebchen, daß es schallt
Bald hier, bald da gerufen.
Treulieb, Treulieb ist verloren!

Mein lieber Jäger nun sage mir
Hast du mein Lieb gesehen,
Sie wollte in das Waldrevier
Zu Hirsch und Rehen gehen.
Treulieb, Treulieb ist verloren!

Treulieb lag heut in meinem Arm
Im Schatten kühler Eichen
Wir herzten uns, es ward ihr warm,
Sie gieng ins Bad zu steigen.
Treulieb, Treulieb ist verloren!

Der Mühlbursch hell ein Liedlein pfiff
Da tauchte Treulieb unter,
Und tauchte auf, sprang in sein Schiff,
Ohn' Hemd doch frisch und munter.
Treulieb, Treulieb ist verloren!

Ich träume hin an Mühlbachs Rand
Auf engen Felsenstufen
Und habe in schallender Klippenwand
Mein Liebchen oft gerufen.
Treulieb, Treulieb ist verloren!

Nun lieber Müller nun sage mir
Hast du mein Lieb gesehen
Ich gab ihr Korn sie wollte hier
Bei dir zur Mühle gehen.
Treulieb, Treulieb ist verloren!

Treulieb ist heut auf weichem Pfühl
In meinem Arm entschlafen,
Es klang die Schelle es klappte die Mühl',
Das Auffüllen hab' ich verschlafen.
Treulieb, Treulieb ist verloren!

Und als mich morgens die Reuter geweckt
Die hier vorbei gezogen
Hat sie der Trompeter in Mantel gesteckt
Und mich um sie betrogen.
Treulieb, Treulieb ist verloren!

Ich träumte hin auf der Reuter Zug
In Staub erkannt' ich die Hufen
Und wo das Herz mir lauter schlug
Hab' Treulieb ich gerufen.
Treulieb, Treulieb ist verloren!

Mein lieber Reuter willst du mir
Wo Liebchen ist wohl sagen,
Ich weiß sie hat geholfen dir
Dein Zeltlein aufzuschlagen.
Treulieb, Treulieb ist verloren!

Treulieb bei mir im Zelte lag,
Das Pulfer hat sie gerochen
Die ganze Nacht, doch früh am Tag
Da ist sie aufgebrochen.
Treulieb, Treulieb ist verloren!

Es zog der Bettelstudent vorbei
Und spielte auf der Leier
Sie guckt hinaus, was es wohl sei
Und folgt dem neuen Freier.
Treulieb, Treulieb ist verloren!

Ich träumte, ich folg' der Leier Klang
Hinab viel Felsenstufen

Und habe auf dem bittren Gang,
Mein Liebchen noch oft gerufen.
Treulieb, Treulieb ist verloren!

Mein lieber Schüler sage mir
Hast du Treulieb gesehen
Sie wollt', ich weiß es wohl, bei dir
Zur Singeschule gehen.
Treulieb, Treulieb ist verloren!

Treulieb fraß mit mir auf einmal
Wohl Bettelbrot zwei Pfunde
Den Wein den sie dem Reuter stahl
Trank ich aus ihrem Munde.
Treulieb, Treulieb ist verloren!

Doch als ich an der Schmiede stand
Ums Abendbrot zu singen
Viel größre Freude sie empfand
An kräft'gem Hammerschwingen.
Treulieb, Treulieb ist verloren!

Mein lieber Meister wohlgestalt
Sprach sie zum ruß'gen Mohren
Beschlag mich lieber warm als kalt
Viel Eisen hab' ich verloren.
Treulieb, Treulieb ist verloren!

Ich träumt' zur Schmiede den schwarzen Gang
Hinab so viele Stufen
Und lauter als der Hammer klang
Hab' ich Treulieb gerufen.
Treulieb, Treulieb ist verloren!

Der Meister sprach sie hat der Knecht
Der Knecht, sie hat der Bube
Der Bube wies mich dann zurecht,
Zu Todengräbers Stube.
Treulieb, Treulieb ist verloren!

Ich träumt' hinab ins Totental
Wohl tausend dunkle Stufen
Und hab' mein Lieb wohl tausendmal
Mit bittrer Angst gerufen.
Treulieb, Treulieb ist verloren!

Mein Todengräber nun sage mir
Hast du mein Lieb gesehen
Auf ihrer Mutter Grab allhier
Wollt' sie die Blumen säen.
Treulieb, Treulieb ist verloren!

Treulieb lag bei mir manche Nacht
Und sang mir freche Lieder
Und wenn ich ein Fräulein zu Grab gebracht
Da stahl sie ihr den Mieder.
Treulieb, Treulieb ist verloren!

Sie stiehlt der Braut den Jungfernkranz
Die schwarzen Todenschuhe
Die zieht sie an und gieng zum Tanz,
Und nimmt den Leichen die Ruhe.
Treulieb, Treulieb ist verloren!

Und als sie nach goldnen Ringen sucht
Und in den Sarg tät langen,
Der tote Jude der tief verflucht
Hat zärtlich sie umfangen.
Treulieb, Treulieb ist verloren!

Wo ist des toten Juden Grab,
Wo ruht der böse Bube
Der Totengräber zur Antwort gab
Geh nach der Schindergrube.
Treulieb, Treulieb ist verloren!

Ich träumte zum dunklen Galgen hin
Hinauf viel tausend Stufen

Und hab' mein Lieb mit wildem Sinn
Wie Raben und Geier gerufen.
Treulieb, Treulieb ist verloren!

Nun toder Jude sage mir
Hast du Treulieb gesehen,
Sie wollte ganz allein zu dir
Um dich zu taufen gehen.
Treulieb, Treulieb ist verloren!

Sie lag bei mir zur zwölften Stund,
Und hat mir's nicht gedanket
Es heulte zum Mond des Schinders Hund
Der Gehenkte im Galgen schwanket.
Treulieb, Treulieb ist verloren!

Da läßt sie die edle vertrauliche Gruft
Und stiehlt mir meine Geschmeider
Und steigt herauf zu dem luftigen Schuft,
Auf der dünnen Galgenleiter.
Treulieb, Treulieb ist verloren!

Ich träumte hinauf ins leere Schloß
Wohl auf der Leiter Stufen
Und habe auf jeder Galgenspross'
Nach meinem Lieb gerufen.
Treulieb, Treulieb ist verloren!

Nun sag' mir mein gehenkter Schuft
Hast du Treulieb gesehen,
Sie schöpfte hier wohl frische Luft
Und wollte um sich sehen.
Treulieb, Treulieb ist verloren!

Sie hat mit mir im Mondenschein
Ein Stündchen sich geschaukelt,
Da hob sich Lärm und wildes Schrein
Da kam es heran gegaukelt.
Treulieb, Treulieb ist verloren!

Zuerst der Hexen Troß voran
Auf Gabeln und auf Besen,
Und dann der Meister Urian
Der hat sie sich erlesen.
Treulieb, Treulieb ist verloren!

Er faßt die Jungfer sich aufs Korn
Mit angenehmen Sitten
Sie faßt den Teufel bei dem Horn
Zum Blocksberg sie dann ritten.
Treulieb, Treulieb ist verloren!

Ich träumte hinauf die steile Höh'
Auf engen Felsenstufen,
Und hab' mit Ach und hab' mit Weh
Nach meinem Liebchen gerufen.
Treulieb, Treulieb ist verloren!

Nun lieber Teufel sage mir
Hast du Treulieb gesehen
Sie kam allein herauf zu dir,
Dich kämpfend zu bestehen.
Treulieb, Treulieb ist verloren!

Treulieb sie küßte mich unterm Schwanz,
Ich war ihr wohlgewogen,
Doch hat sie mir beim wilden Tanz
Ein Ohr schier abgelogen.
Treulieb, Treulieb ist verloren!

Geh nimm sie wieder da sitzet sie,
Auf einem Katzendrecke,
Bist du Treulieb ich laut aufschrie,
Als ich das Luder entdecke.
Treulieb, Treulieb ist verloren!

Mein lieb Treulieb, nun sage mir
Hast du Treulieb gesehen

Sie soll nun mir in dir allhier
Wahrhaftiglich bestehen.
Treulieb, Treulieb ist verloren!

Treulieb, Treulieb sie sitzt allhie
Auf mir dem falschen Schwure.
Treulieb ist Dichterphantasie
Und ich bin deine Hure.
Treulieb, Treulieb ist verloren!

Die Welt war mir zuwider
Die Berge lagen auf mir
Der Himmel war mir zu nieder
Ich sehnte mich nach dir, nach dir,
O lieb Mädel, wie schlecht bist du!

Ich trieb wohl durch die Gassen
Zwei lange Jahre mich
An den Ecken mußt' ich passen
Und harren nur auf dich, auf dich.
O lieb Mädel, wie schlecht bist du!

Und alle Liebeswunden
Die brachen auf in mir
Als ich dich endlich gefunden
Ich lebt' und starb in dir, in dir!
O lieb Mädel, wie schlecht bist du!

Ich hab' vor deiner Türe
Die hellgestirnte Nacht,
Daß dich mein Lieben rühre
Oft liebeskrank durchwacht.
O lieb Mädel, wie schlecht bist du!

Ich gieng nicht zu dem Feste
Trank nicht den edlen Wein

Ertrug den Spott der Gäste
Um nur bei dir zu sein.
O lieb Mädel, wie schlecht bist du!

Bin zitternd zu dir gekommen
Als wärst du ein Jungfräulein,
Hab' dich in Arm genommen
Als wärst du mein allein, allein.
O lieb Mädel, wie schlecht bist du!

Wie schlecht du sonst gewesen
Vergaß ich liebend in mir
Und all dein elendes Wesen
Vergab ich herzlich dir ach dir,
O lieb Mädel, wie schlecht bist du!

Als du mir nackt gegeben
Zur Nacht den kühlen Trank
Vergiftetest du mein Leben,
Da war meine Seele so krank so krank,
O lieb Mädel, wie schlecht bist du!

Bergab bin ich gegangen
Mit dir zu jeder Stund,
Hab' fest an dir gehangen
Und gieng mit dir zu Grund.
O lieb Mädel, wie schlecht bist du!

Es hat sich an der Wunde
Die Schlange fest gesaugt
Hat mit dem gift'gen Munde
Den Tod in mich gehaucht.
O lieb Mädel, wie schlecht bist du!

Und ach in all den Peinen
War ich nur gut und treu
Daß ich mich nannt' den Deinen
Ich nimmermehr bereu', bereu'.
O lieb Mädel, wie schlecht bist du!

Heil'ge Nacht, heil'ge Nacht!
Sterngeschloßner Himmelsfrieden!
Alles, was das Licht geschieden,
Ist verbunden,
Alle Wunden
Bluten süß im Abendrot!

Bjelbogs Speer, Bjelbogs Speer
Sinkt ins Herz der trunknen Erde,
Die mit seliger Geberde
Eine Rose
In dem Schoße
Dunkler Lüste niedertaucht.

Zücht'ge Braut, zücht'ge Braut!
Deine süße Schmach verhülle,
Wenn des Hochzeitbechers Fülle
Sich ergießet.
Also fließet
In die brünst'ge Nacht der Tag!

Mond, Mond!
Wie die Wellen kühlen,
Wie die Winde wühlen
In den dunklen Mähnen der Nacht!

In dem Bade spielt die Keusche,
Und die Woge wühlt berauschet,
Ringsum schweigt das Waldgeräusche,
Weil es lüstern niederlauschet.

Mond, Mond!
Wie die Wellen kühlen,
Wie die Winde wühlen
In den dunklen Mähnen der Nacht!

Und die schlauen Leschien schleichen
Klein wie Gräser durch die Wiesen,
Durch die Haine hoher Eichen
Hoch wie ungeheure Riesen.

Mond, Mond!
Wie die Wellen kühlen,
Wie die Winde wühlen
In den dunklen Mähnen der Nacht!

Mit Geläut der Herdenglocken,
Mit der Turteltaube Lachen
Müde Wandrer sie verlocken,
Kitzlen dann zu Tod die schwachen.

Mond, Mond!
Wie die Wellen kühlen,
Wie die Winde wühlen
In den dunklen Mähnen der Nacht.

Und schon nahen sie dem Bade
Auf den Wald- und Wiesenpfaden,
Doch ein Hirte am Gestade
Ruft – Triglawa ist verraten!

Und den Hirten, der sie rettet,
Nun Triglawa hoch belohnt,
Treu in ihren Arm gebettet
Trägt sie ihn, den keuschen Mond.

Mond, Mond!
Wie die Wellen kühlen,
Wie die Winde wühlen
In den dunklen Mähnen der Nacht!

Es leben die Soldaten,
So recht von Gottes Gnaden,
Der Himmel ist ihr Zelt,
Ihr Tisch das grüne Feld.

Ihr Bette ist der Rasen,
Trompeter müssen blasen,
Guten Morgen, gute Nacht,
Daß man mit Lust erwacht.

Ihr Wirtsschild ist die Sonne,
Ihr Freund die volle Tonne,
Ihr Schlafbuhl ist der Mond,
Der in der Sternschanz wohnt.

Die Sterne haben Stunden,
Die Sterne haben Runden
Und werden abgelöst,
Drum Schildwacht sei getröst.

Wir richten mit dem Schwerte,
Der Leib gehört der Erde,
Die Seel' dem Himmelszelt,
Der Rock bleibt in der Welt.

Wer fällt, der bleibet liegen,
Wer steht, der kann noch siegen,
Wer übrig bleibt, hat Recht,
Und wer entflieht, ist schlecht.

Zum Hassen oder Lieben
Ist alle Welt getrieben,
Es bleibet keine Wahl,
Der Teufel ist neutral.

Bedienet uns ein Bauer,
So schmeckt der Wein fast sauer
Doch ist's ein schöner Schatz
So kriegt sie einen Schmatz.

Theodor Körner an Viktoria

»Ich weiß es wohl, du hast um mich geweint,
Es geht die Welt nichts an, du kennst mich gut,
Wie du mich kennst, so hab' ich es gemeint,
Mit dir, dem Vaterland und meinem Blut,
In Lebenslust hab' ich zur Kunst gestrebt,
Der kann nicht dichten, der nicht gerne lebt.

Du weißt es wohl, ich habe gern gelebt,
Ich war so jung, so fröhlich, so gesund,
Das Lied, das meiner Lyra kaum entschwebt,
Trug an der Menschen Herz dein schöner Mund.
O selig Lied! dem Huld die Seele giebt,
Der kann nicht leben, der nicht gerne liebt.

Du weißt es wohl, ich habe dich geliebt,
Verzeih, o Liebe, die den Kranz mir wand,
Daß andre Feier mir den Kranz auch giebt,
Den Eichenkranz das deutsche Vaterland.
Bei einer Eiche senkten sie mich ein,
Der kann nicht lieben, der nicht frei will sein.

Du weißt es wohl, ich konnte frei nur sein
Mit meines Deutschlands deutscher Kunst und Art,
Und setzte deutsch mein deutsches Leben ein,
Gleich deutschen Dichtern auf der Ritterfahrt.
Der hat gedichtet nicht, geliebt, gelebt,
Der kann nicht frei sein, der dem Tod erbebt.

Du weißt es wohl, daß gern den Tod ich starb.
Ich sah Viktoria dich, und stieg hinab,
Leg nun die Kränze all, die ich erwarb,
Kunst, Liebe, Leben, Freiheit, auf mein Grab,
O Epheu, Lorbeer, Myrte, deutsche Eiche,
Singt der Viktoria, was ich verschweige.«

Schön war sein Tod, ich traure nicht um ihn.
Der Frühling kömmt, und macht die Bäume grün,
Der Vogel singt, die grünen Räume blühn,
Die Blüte fällt, die reifen Früchte glühn,
Sie bricht der Herbst, die Sänger weiter ziehn.
Still wird die Welt, es neiget sich der Winter,
Und zu des ew'gen Feuers Licht führt Gott die Kinder!

Nachklänge Beethovenscher Musik

1.

Einsamkeit, du Geisterbronnen,
Mutter aller heil'gen Quellen,
Zauberspiegel innrer Sonnen,
Die berauschet überschwellen,
Seit ich durft' in deine Wonnen
Das betrübte Leben stellen,
Seit du ganz mich überronnen
Mit den dunklen Wunderwellen,
Hab' zu tönen ich begonnen,
Und nun klingen all die hellen
Sternenchöre meiner Seele,
Deren Takt ein Gott mir zähle,
Alle Sonnen meines Herzens,
Die Planeten meiner Lust,
Die Kometen meines Schmerzens,
Klingen hoch in meiner Brust.
In dem Monde meiner Wehmut,
Alles Glanzes unbewußt,
Kann ich singen und in Demut
Vor den Schätzen meines Innern,
Vor der Armut meines Lebens,
Vor der Allmacht meines Strebens
Dein, o Ew'ger, mich erinnern!
Alles andre ist vergebens.

2.

Gott, dein Himmel faßt mich in den Haaren,
Deine Erde zieht mich in die Hölle,
Gott, wie soll ich doch mein Herz bewahren,
Daß ich deine Schätze sicherstelle,
Also fleht der Sänger und es fließen
Seine Klagen hin wie Feuerbronnen,
Die mit weiten Meeren ihn umschließen;
Doch inmitten hat er Grund gewonnen,
Und er wächst zum rätselvollen Riesen.
Memnons Bild, des Aufgangs erste Sonnen,
Ihre Strahlen dir zur Stirne schießen,
Klänge, die die alte Nacht ersonnen
Tönest du, den jüngsten Tag zu grüßen:
Auserwählt sind wen'ge, doch berufen
Alle, die da hören, an die Stufen. –

3.

Selig, wer ohne Sinne
Schwebt, wie ein Geist auf dem Wasser,
Nicht wie ein Schiff – die Flaggen
Wechslend der Zeit, und Segel
Blähend, wie heute der Wind weht,
Nein ohne Sinne, dem Gott gleich,
Selbst sich nur wissend und dichtend
Schafft er die Welt, die er selbst ist,
Und es sündigt der Mensch drauf,
Und es war nicht sein Wille!
Aber geteilet ist alles.
Keinem ward alles, denn jedes
Hat einen Herrn, nur der Herr nicht;
Einsam ist er und dient nicht,
So auch der Sänger!

4.

Nichts weiß ich von dir, o Wellington,
Aber die Welle
Tönt deinen Namen so brittisch.

Kleinod der Erde, England
Eiland, vom Meere gegürtet
Jungfräulich, Arche auf grünenden
Hügeln ruhend, der Sündflut
Bist du entrücket, dich lieb' ich,
Nicht um handelbequeme
Gestalt in mancher Vollendung,
Nein um dich nur, denn heilig
Sind wohl die Inseln. Die Sterne
Gürtet umsonst nicht das Blau,
Und die sehenden Augen,
Wunderinseln des Lichtes,
Schwimmen umsonst nicht im Glanz;
Was umarmt ist, ist Tempel,
Freistatt des Geistes, der die Welt trägt.
Wer möchte sonst leben?

5.

Wer hat die Schlacht geschlagen,
Wer hat die Schlacht getönt,
Wer hat den Sichelwagen,
Der über das Blutfeld dröhnt,
Harmonisch hinübergetragen,
Daß sich der Schmerz versöhnt?
Wen hat in heißen Tagen
Ein solcher Kranz gekrönt,
Wer darf so herrlich ragen,
Von Sieg und Kunst verschönt.
Wellington in Tones Welle
Woget und wallet die Schlacht,
Wie eines Vulkanes Helle,
Durch die heilige Sternennacht.
Er spannt dir das Roß aus dem Wagen,
Und zieht dich mit Wunderakkorden
Durch ewig tönende Pforten.
Triumph, auf Klängen getragen!
Wellington, Viktoria!
Beethoven, Gloria!

Mägdlein, schlag die Augen nieder,
Blicke, die zu heftig steigen,
Plaudern alles fälschlich wieder,
Was die Lippen zart verschweigen.

Mägdlein, woll' die Augen senken
Such' den Schlüssel an der Erde,
Sie wird ihn der Demut schenken,
Daß der Himmel offen werde.

Mägdlein, laß die Wimper sinken;
Wenn die Blumen aufwärts sehen,
Deinem Blick herabzuwinken,
Wolle nicht vorübergehen.

Mägdlein, nicht die Augen hebe,
Allzuoft und kalt und schnelle,
Daß dein Blick den Himmel gebe
Einem nur an rechter Stelle.

Mägdlein, wer herniederblicket,
Der hat wohl sein Herz erbauet,
Der hat schon sein Haus beschicket,
Eh' er sich der Welt vertrauet.

Mägdlein, hast du keinen Spiegel,
Der dich in dich selber scheinet,
Deine Augen sind zwei Siegel,
Denen ganz dein Heil versteinet.

Mägdlein, senktest du die Augen,
Den Endymion zu wecken,
Würdest du zu lieben taugen,
Und nun taugst du nur zum Necken.

Mägdlein, woll' zur Erde sehen,
Lasse deine Augen weiden,
Und sie werden auferstehen
Und dich wie zwei Sterne kleiden.

Mägdlein, diese Augensterne
Magst du dann dem Himmel weihen;
Daß die Erde lieben lerne,
Mußt du ihr die Augen leihen!

Wie du sollst in Schönheit wallen
Und dem Herrn doch wohlgefallen?
Frag die Wiesenblümelein
Die nicht ihrer Schönheit denken,
Sich der Sonne heben, senken,
Einsam duften und allein,
Wo sie sproßten, in dem Garten
Ruhig auch den Tod erwarten
Ihrer Schönheit ew'gen Samen
Gottes Lüften gern vertrauen
Freudig sterben und nicht schauen
Wo der Herr sie aus will säen in Gottes Namen.
Nichts vergehet, nichts entstehet
Alles ist unendlich da
Doch die armen Augen taugen
Nur den Tod zu sehn.
Dichter, du sollst eingestehn,
Daß die Rose, die verblichen
Du der Sterblichkeit verglichen,
Eh' sie war, und da sie glühte,
Und nachdem sie längst verblühte,
Daß die Rose eh und je
Die ich hier erblassen seh',
Ewiglich in Gott florieret
Und wer dieses recht verstehet
Triumphieret:
Nichts vergehet, nichts entstehet,
Alles ist unendlich da!

28. Febr. 1815
im letzten Jahr der Poesie
und im ersten und schlechtesten der Architektur.

In dem Lichte wohnt das Heil,
Doch der Pfad ist uns verloren
Oder unerklimmbar steil,
Wenn wir außer uns ihn steigen
Werden wir am Abgrund schwindeln
Aber in uns selbst, da zeigen
Klar und rein die Pfade sich
Glauben, Hoffen, Lieben, Schweigen,
Laß uns diese Pfade steigen,
Daß wir nicht am Abgrund schwindeln.
Wollte Gott herab sich neigen
Und uns seine Hände reichen,
Sieh den Gottessohn in Windeln!

[1816–1819]

Frühlingsschrei eines Knechtes aus der Tiefe

1.

Meister, ohne dein Erbarmen
Muß im Abgrund ich verzagen,
Willst du nicht mit starken Armen
Wieder mich zum Lichte tragen.

2.

Jährlich greifet deine Güte,
In die Erde, in die Herzen,
Jährlich weckest du die Blüte,
Weckst in mir die alten Schmerzen.

3.

Einmal nur zum Licht geboren,
Aber tausendmal gestorben,
Bin ich ohne dich verloren,
Ohne dich in mir verdorben.

4.

Wenn sich so die Erde reget,
Wenn die Luft so sonnig wehet,
Dann wird auch die Flut beweget,
Die in Todesbanden stehet.

5.

Und in meinem Herzen schauert
Ein betrübter bittrer Bronnen,
Wenn der Frühling draußen lauert,
Kömmt die Angstflut angeronnen.

6.

Weh! durch gift'ge Erdenlagen,
Wie die Zeit sie angeschwemmet,
Habe ich den Schacht geschlagen,
Und er ist nur schwach verdämmet.

7.

Wenn nun rings die Quellen schwellen,
Wenn der Grund gebärend ringet,
Brechen her die gift'gen Wellen,
Die kein Fluch, kein Witz mir zwinget.

8.

Andern ruf' ich, schwimme, schwimme,
Mir kann solcher Ruf nicht taugen,
Denn in mir ja steigt die grimme
Sündflut, bricht aus meinen Augen.

9.

Und dann scheinen bös Gezüchte
Mir die bunten Lämmer alle,
Die ich grüßte, süße Früchte,
Die mir reiften, bittre Galle.

10.

Herr, erbarme du dich meiner,
Daß mein Herz neu blühend werde,
Mein erbarmte sich noch keiner
Von den Frühlingen der Erde.

11.

Meister, wenn dir alle Hände
Nahn mit süßerfüllten Schalen,
Kann ich mit der bittern Spende
Meine Schuld dir nimmer zahlen.

12.

Ach, wie ich auch tiefer wühle,
Wie ich schöpfe, wie ich weine,

Nimmer ich den Schwall erspüle
Zum Kristallgrund fest und reine.

13.

Immer stürzen mir die Wände,
Jede Schicht hat mich belogen,
Und die arbeitblut'gen Hände
Brennen in den bittern Wogen.

14.

Weh! der Raum wird immer enger,
Wilder, wüster stets die Wogen,
Herr, o Herr! ich treib's nicht länger,
Schlage deinen Regenbogen.

15.

Herr, ich mahne dich, verschone,
Herr! ich hört' in jungen Tagen,
Wunderbare Rettung wohne
Ach, in deinem Blute, sagen.

16.

Und so muß ich zu dir schreien,
Schreien aus der bittern Tiefe,
Könntest du auch nicht verzeihen,
Daß dein Knecht so kühnlich riefe!

17.

Daß des Lichtes Quelle wieder
Rein und heilig in mir flute,
Träufle einen Tropfen nieder,
Jesus, mir, von deinem Blute!

Ich kenn' ein Haus, ein Freudenhaus,
Es hat geschminkte Wangen,
Es hängt ein bunter Kranz heraus,
Drin liegt der Tod gefangen.

In meinem Mantel trag' ich hin
Biskuit und süße Weine,
Der Himmel weiß wohl, wer ich bin,
Die Welt schimpft, was ich scheine.

Die eine liest mir in der Hand
Sie will mein Unglück lesen,
Die andre malt mich an die Wand,
Und nennt mich holdes Wesen.

Die dritte weiß sich flink zu drehn
Es schwindeln mir die Sinne
Und jede dieser bösen Feen
Sucht, wie sie mich umspinne.

Doch dorten auf den Arm gelehnt
Sitzt eine stumm und weinet,
Sie hat sich längst mit Gott versöhnt,
Und sitzet doch und weinet.

Was will sie noch in diesem Haus,
Sie muß den Spott erleiden,
Es zischt der freche Chor sie aus,
Du kannst uns doch nicht meiden.

Sie schweigt und weint und trägt den Hohn
Den schweren Büßerorden.
Man zuckt die Achseln, kennt sie schon,
Sie ist zur Närrin worden.

Doch ich berühr' um sie allein
Die himmelschreinde Schwelle,
Bei ihr, tret' ich zum Saal herein,
Ist meine feste Stelle.

Sie achtet's nicht, sie blickt nicht auf.
Wenn alle tanzend fliegen,
Seh' ich mit stetem Tränenlauf
Das bleiche Haupt sie wiegen,

So hundert Tage ohne Ruh'
Sah ich sie wanken, weinen
Und sprach, o Weib, welch Kind wiegst du?
Will denn kein Schlaf erscheinen?

Du hast dem Leid genug getan,
Gieb mir's, ich will dir's tragen.
Da schrie ihr Blick mich schneidend an,
Doch konnt ihr Mund nichts sagen,

Und neulich nachts, um Mitternacht,
Kam ich mit meiner Laute,
Die Pforte hat sie aufgemacht,
Die noch am Fenster schaute.

Sie zieht mich in den Garten fort,
Sitzt auf ein Hüglein nieder,
Giebt keinen Blick und giebt kein Wort,
Und weinet stille wieder.

Zu ihren Füßen saß ich hin,
Und ehrte ihren Kummer,
Da hat mir Gott ein Lied verliehn,
Ich sang sie in den Schlummer.

Ich sang so kindlich, sang so fromm,
Ach säng' ich je so wieder!
O Ruhe komm, ach Friede komm,
Küß ihre Augenlider!

Und da sie schlief, da stieg so hold
Ein Kindlein aus dem Hügel,
Trug einen Kranz von Flittergold
Und einen Taschenspiegel,

Und brach ein Zweiglein Rosmarin,
Das ihm am Herzen grünet,
Und legt' es auf die Mutter hin,
Und sprach: Gott ist versühnet.

Und wo den Rosmarin es brach,
Da bluteten zwei Wunden,
Und als es kaum die Worte sprach,
Ist es vor mir verschwunden.

Die Mutter ist nicht mehr erwacht
Noch schläft sie in dem Garten,
Ich steh' und sing' die ganze Nacht,
Kann wohl den Tag erwarten,

Da ruft mich Zucht und Ehr' und Pflicht
Aus diesem Haus der Sünde,
Doch von der Mutter lass' ich nicht
Ob ihrem armen Kinde.

Es winkt zurück, wenn ich will gehn,
Sitzt an des Hügels Schwelle,
Und kann nicht aus dem Spiegel sehn,
Sein Flitterkranz glänzt helle.

Es brach das Haus, der Kranz fiel ab,
Fiel auf den Sarg der Frauen,
Ich blieb getreu, tät bei dem Grab
Mir eine Hütte bauen.

Und daß die Schuld nicht mehr erwacht,
Will ich da ewig singen,
Bis Jesus richtend bricht die Nacht,
Bis die Posaunen klingen.

Oft mit dem Kind in Sturm und Wind,
Sing' ich auf meinen Knieen,
O Jesus! du gemordet Kind
Du hast ja auch verziehen!

Ein Tröpflein deines Blutes nur
Laß auf die Mutter fallen,
Das macht uns rein und klar und pur,
Daß wir zum Lichte wallen.

O wie so oft
Hab' ich ein Zeichen erhofft,
Zogen
Sterne den schimmernden Bogen
Durch die himmlische Leere
Durch die himmlische Tiefe,
Daß ich der irdischen Schwere
Endlich auf immer entschliefe,
Aber der Morgen
Löschte die Sterne aus,
Weckte die Sorgen,
Weckte des Herzens Haus,
Und des Alltäglichen Macht
Zwang die Ahndung der Nacht.

O wie so viel
Nahte der Sehnsucht das Ziel
Sanken
Dürstende müde Gedanken
Hin an brennender Schwelle
Selig kühlender Ferne,
Ach da stürzte zum Herzen die Welle
Und das lachende Licht in die finsteren Sterne,
Aber die Ebbe
Kehrte, die Flut wich,
Heißer die Steppe
Umgürtet mit Glut mich,
Und den brennenden Pfeil
Mahnte das fliehende Ziel zur Eil'.

O wie so tief
Oft aus den Wogen mich's rief!
Fielen
Um nach den Sternen zu zielen
Tränen zu spiegelnden Seen
Die zwischen blumigten Wiesen,
Augen der Erde, aufsehen,
Himmlische Kinder zu grüßen.
Aber die Fläche

Ringelt, das Bild bricht,
Bittere Bäche
Rinnet so wild nicht!
Freudig ja springet ein Fisch,
Und ich mord' ihn, decke den Tisch.

O wie so rein
Wächst in der Schönheit der Schein,
Scheinet
Sie aus der Einfalt und einet
Recht in der lauteren Klarheit
Strahlen der himmlischen Güte
Zum sehenden sichtbaren Auge der Wahrheit,
Das das schaffet und selbst ist die Frucht und die Blüte
Aber die Dichter
Machen die Glieder zum Leibe gern
Schneiden Gesichter
In einen Kirschenkern
Traurig und lachend, o gebe
Lieber der Erde ihn, daß er lebe
Blütenvoll
Früchtevoll
Dir und den Deinen himmlischen Segen
Gebe
Auf irdischen Wegen.

Einer Jungfrau bei dem Geschenk der Sakontala

Ein kluges mir geliebtes Wesen
Sprach gestern:
Dieses Buchs Gestalt
Schwebt mir im Sinn, seit ich's gelesen
Mit einer rührenden Gewalt.
Ich kann mir es nicht anders denken,
Als jener mag'schen Linie Spur,
In die sich Huld und Unschuld senken
Zu rein jungfräulicher Figur.

Unschuld'ger ist's als eine Blume,
Es denkt unschuldig – ist ein Geist,
Den, wie ein Kelch die Heiligtume,
Ein klar durchsicht'ger Leib verschleußt.
Hier ist nicht Nacktheit, ist nicht Hülle,
Hier ist nicht Schuld, nicht Kampf – hier ist,
Daß ich die Form mit Geist erfülle,
Ein Wesen, wie du Freundin bist.
Als im verlorenen Paradiese
Du aus des Schöpfers Händen giengst,
Auch du so klar und rein wie diese
Sakontala den Geist empfiengst.
Und diesen Schein willst du nicht lassen,
Er ist ein Strahl aus Gottes Geist,
Will alle Farbe auch erblassen,
Dies Licht kein Tod dir je entreißt.
Ich aber bringe dir den Spiegel,
Du schaust hinein, und kennst dich nicht,
Dein Sehen deckt der Demut Siegel,
Das nur dein Richter einst zerbricht,
So wäre auch nach ihrem Wesen,
Sakontala, die dir wohl gleicht,
Für solchen Spiegel blind gewesen,
Hätt' man dein Bild ihr dargereicht.
Doch klingt ein Griff verwandter Töne,
Den Gott in unsre Harfen tut,
Von je und jetzt in gleicher Schöne,
Denn alles ist in ihm ja gut!

Ich bin durch die Wüste gezogen,
Des Sandes glühende Wogen
Verbrannten mir den Fuß,
Es haben die Wolken gelogen,
Es kam kein Regenguß.

Die Sonne trank mir im Zorne
Das Wasser aus jeglichem Borne
An dem die Reise geruht,
Ich dürste, es leckten die Dorne
Meiner brennenden Wunden Blut.

Ich nahm den erschlagnen Kamelen
Das Wasser und Blut aus den Kehlen
Zu retten mein Weib und Kind,
Die Schätze an Gold und Juwelen
Begrub im Sande der Wind.

Da wühlt' ich mit glühendem Schwerde
Den Kindern manch Grab in die Erde
Erwühlte mir keinen Quell,
Ob Gott sie wohl finden werde,
Die Hyänen heulten grell.

Ein Kind unterm Mutterherzen
Brach mit ihm, in schreienden Schmerzen
Gebar sie es sterbend dem Tod,
Es goß gleich glühenden Erzen
Die Sonne mir Licht in die Not.

Gern hätte ich Tränen getrunken,
Die Augen weinten nur Funken,
Ich wühlt' noch ein Grab in den Sand,
Und bin in Verzweiflung gesunken,
Ach weil ich kein Wasser fand.

Da ward ich zur wandelnden Leiche,
Auf daß ich den Brunnen erreiche,
Den letzten auf glühender Bahn,
Und wie ich so lechzend hinschleiche,
Da brüllen die Tiger mich an.

Des Tages glühende Schwelle
Verbrannte, da kam ich zur Stelle,
Der Brunnen war trocken und tot

Es glühte zur Mitternacht helle
Der Mond wie Kupfer so rot.

Der Tod flog auf aus der Wüste,
Und schauderte, da ich ihn grüßte,
Und floh, da rief ich ihm zu,
Daß einer hier sterben müßte,
Er schrie mir: Erst lebe du!

Denn sterben heißt Ruhe erwerben
Drum kannst du nicht leben nicht sterben
Der Durst ist unendlich in dir,
Dein Erbteil, das will ich nicht erben
So schrie er, und eilte von mir.

Und heulend flog der Geselle
Wüsteinwärts mit Pfeilesschnelle
Der Sand schlug rasselnd um ihn,
Da traf mich die glühende Welle
Ach, daß ich erblindet bin.

O Nacht ohn' Anfang und Ende!
Kein Stern, wohin ich mich wende,
Kein Bogen, kein Pfeil kein Ziel,
Da rang ich betend die Hände,
Bis die Decke mir niederfiel.

Da fühlt' ich das Ziel mir gekommen
Die glühende Leiter erklommen,
Ich schrie zu dem bitteren Stern
Der Herr hat gegeben, genommen
Gelobt sei der Wille des Herrn!

Da hört' ich ein Flügelpaar klingen
Da hört' ich ein Schwanenlied singen,
Und fühlte ein kühlendes Wehn
Und sah mit tauschweren Schwingen
Einen Engel in der Wüste gehn.

Und als ich ihn fragend begrüßte,
Sag an, du Engel der Wüste
Wie find' ich den Wasserquell?
Sprach er: wer treulich büßte,
Der steht an der Brunnenschwell'.

Sag an, du Engel der Wüste,
Und find' ich den Quell, da ich büßte,
Wo find' ich Jerusalem
Da sprach er: so ich das nicht wüßte,
Käm' ich nicht von Bethlehem.

So folge nun meinem Gleise,
Blind wandeltest du im Kreise,
Nach Jerusalem wolltest du,
Reich mir die Hand auf der Reise,
Du zogst nach Babylon zu.

Der Herr trieb tausend Meilen
Mich her um dich zu heilen,
Zu brechen mein Brot mit dir,
Den Becher mit dir auch zu teilen,
Wohlauf, nun folge du mir.

Und vor ihm kniete ich nieder,
Er legte sein tauicht Gefieder
Mir kühl um das glühende Haupt,
Und sang mir die Pilgerlieder
Da hab' ich geliebt und geglaubt.

Da sah ich den Himmel wohl offen,
Ach Gott! Kühl herniedergetroffen
Kam die Gnade, die Segensflut,
Da konnte ich endlich auch hoffen,
Auf meines Erlösers Blut.

Da sang ich, reich treulich die Hände,
Die Augen nicht vor meinem Ende,

O Schwesterlein von mir
Nur nimmer, nimmermehr wende,
Du, ich, wir sind nun ein Wir.

Ein Tempel sei wo wir knien,
Ein Glück sei, für das wir glühen
Ein Streit, ein Siegespanier
Ein Ort sei, wohin wir ziehen
Ein Himmel sei dir und mir.

So haben wir da wohl gesungen,
Und Hand in Hand da geschlungen
Und Flügel in Flügelpaar
Uns über die Wüste geschwungen,
Die ein Garten voll Segen war.

Dies war wohl ein innerlich Sehen
Ein innerlich Auferstehen
In mir selber erwachte der Geist
Die Wüste, das waren die Wehen
In denen mein Leben gekreißt.

All was ich verloren, begraben,
All was ich allein, um zu haben
In der heißen Wüste gesucht,
Das soll mich im Geiste nun laben,
In unverbotener Frucht.

O Schimmer, o Lichter, o Farben,
O alle ihr goldenen Garben,
In Duft, in Sonne, im Tau,
Ich schwelge, ich kann nicht mehr darben,
Gott grüß' dich mein geistlicher Pfau!

Ach alles, was je ich gewesen
Kann dir in dem Spiegel ich lesen
Kann vor dir in Tränen vergehn
Kann vor dir in Reue genesen,
Kann mit dir dann auferstehn.

Und will dieser Abend verglimmen
Laß höher und höher uns klimmen
Auf Golgatha sinkt keine Nacht,
Es singen da ewige Stimmen
Am Kreuze, nun hab' ich vollbracht.

Hör', liebe Seel'! wer rufet dir?
Dein Jesus aus der Höhe:
Komm, meine Taube, komm zu mir!
Den Ruf ich wohl verstehe.

Wenn ich soll deine Taube sein,
Mußt du mir Flügel geben,
Die wasch' in deinem Blut ich rein,
Und werde glaubend schweben.

Du rufest mir! Wie arm ich bin,
Darf ich zu dir doch kommen,
Die Mängel hat dein treuer Sinn
Ja all von mir genommen.

Sag, Herr, wird auch ein Nestlein fein
Für mich bei dir gefunden?
Ja, meine Taube, komm herein,
Wohn' hier in meinen Wunden!

Mein Jesu, ach, was willst du mir,
In deinen Wunden geben?
Durch meine Wunden, sag' ich dir,
Fliegst sterbend du zum Leben.

Wohlan, es zielt des Todes Pfeil,
Er wird mich nicht verderben,
Zu deinen Wunden, Herr, ich eil',
Da werd' ich's Leben erben.

O schweig nur Herz! Die rächende Sibille
Die über deiner Zukunft, Wehe! kreischt,
Den gier'gen Geier, der dich lang zerfleischt,
Bannt ein gottselig Kind, und deckt ganz stille
Die schreinde Wunde dir mit Taubenflügeln,
Weckt dir den Morgenstern auf stummen Hügeln.

O schweig nur Herz! Horch Klang von Engelschwingen
Was zuckst du so, du mußt fein leise tun,
Wo man dir singet, wie so sanft sie ruhn,
Die Seligen, dahin wird man dich bringen,
Sei still, was schreist du, einsam ist kein Leben,
Kein Grab, schlaf süß, die Liebste träumt daneben.

O schweig nur Herz! Du hast ja nichts besessen,
Du läßt ja nichts zurück, wem trauerst du?
Auch deines Himmels Augen fallen zu,
Doch seiner Liebe Licht strahlt ungemessen
Brichst du, bricht jenes Herz? Wer bleibt, wird sagen,
O schönre Lust, halb hier, halb dort zu schlagen!

O schweig mein Herz! Du magst wohl selig schweigen,
Was schreist du nur, dir fiel kein Sünderlos,
Dich wiegt die Unschuld ohne Graun im Schoß,
Aus frommen Augen blickt dein Himmelszeichen.
Sei ihr nicht schwer, sei selig, träume, schwebe,
Wein' um die Traube nicht, wein' mit der Rebe.

O schweig nur Herz! Sonst schimpft dich einen Raben
Die Liebste, die nur Tauben Futter giebt,
O werde rein und fromm, bis sie dich liebt
Werd' eine Taube, die nur will sie haben.
O selig! ihr als Taube zu gehören,
So lange sie sich wird der Raben wehren.

O schweig nur Herz! Und lerne sel'ger schauen
Als andre in die Huld, die sie umgiebt,
Daß sie dir mehr als allen andern giebt,

Das zwinge sie dir einst noch zu vertrauen.
Schweig, dulde, glaube, hoffe, liebe, baue
Dein Elend fromm, daß sie dir ganz vertraue!

Ach alles geht vorbei
Selbst dieser Unverstand
Den ich in einer wundersel'gen Stunde,
An einer Wand empfand
Hat nicht Bestand.

Ja alles geht vorbei,
Doch daß ich auferstand
Und wie ein Irrstern ewig sie umrunde,
Ein Geist den sie gebannt,
Das hat Bestand.

Ja alles geht vorbei,
Nur dieses mag'sche Band
Aus meines Wesens tiefstem Grunde
Zu ihrem Geist gespannt,
Das hat Bestand.

Ja alles geht vorbei
Doch ihrer Güte Pfand,
Jed Wort aus ihrem reinen lieben Munde
Folgt mir ins andre Land,
Und hat Bestand.

Ja alles geht vorbei,
Nur eines ist kein Tand,
Der Geist, der mir in diesem heil'gen Bunde
Vom Himmel ward gesandt,
Der hat Bestand.

Ja alles geht vorbei,
Doch Sie, die mich erkannt,
Den Harrenden, wildfremd an Ort und Stunde,

Gieng nicht vorbei, sie stand
Reicht mir die Hand.

Ja alles geht vorbei,
Doch diese liebe Hand
Die ich in dunkler freudenheller Stunde
An meinem Herzen fand,
Die hat Bestand.

Ja alles geht vorbei,
Nur dieser heiße Brand,
In meiner Brust die bittre süße Wunde,
Die ihre Hand verband,
Die hat Bestand!

Frühes Lied

Fahre fort mit Dornenschlägen,
Weiße Rose, meinem Herzen,
Dem verbrannten, quillt ein Segen,
Aus den Tränen aus den Schmerzen.

Breche ganz mein altes Leben,
Ich muß dir, die so erschienen
Einen bessern Bruder geben
Gott und dir in ihm zu dienen.

Alles muß von dir ich nehmen
Kann dir nichts, ach gar nichts geben,
Denn du mußt den Drachen zähmen,
Um dem Herrn den Schatz zu heben.

Sieh, ich beug' mich dir zu Füßen,
Du Erbarmen, weine nieder,
Lehre mich, wie du zu büßen,
Tränenquell der frommen Lieder.

All mein Letzen und Verletzen,
All mein Lügen, Trachten, Scheinen,
Darauf sollst den Fuß du setzen
Und so im Triumph erscheinen.

Alles, was du still gelitten,
Deine Not, dein fromm Entsagen,
Hat auch mir das Herz durchschnitten,
Doch *du*, *du* hast es getragen.

Alles was du je getragen,
Sieh, das hab' ich all verschuldet,
Meine Schuld hat dich geschlagen,
Und du hast so fromm geduldet.

Und nun trägst du dies versunkne,
Das dich marterte, dies Herz,
O du Gottesmitleidtrunkne,
An dem deinen, himmelwärts!

Da zog mein Himmelschlüsselbein,
Mein Herz, mein Seel', mein Du, mein Ich,
Mein lieb Linum zur Welt herein.
Wie liebte da mein Heiland mich!
Und streuen will ich nun fortan
Was ich vermag an frommer Zier
Wohl meinem Linum auf die Bahn,
Sie weiß wohl, Herr, ich streu' es dir.
Ich werf' zur Erd' mein altes Kleid,
Brech' ab die üpp'gen Zweige mein,
Beginne eine neue Zeit
Und werde wieder klar und rein.
Ich darf nicht länger dumm und blind
In deine lieben Augen sehn,
Ich muß ganz rein, du liebes Kind
Vor deinem ird'schen Zuge gehn.
Lieb Linum hab' nur guten Mut
Bleib mir nur treu, ich werd' bald fromm
So fromm wie du und still und gut,
Daß ich mit dir zum Himmel komm'!
Da reit' ich auf der Eselin,
Du setzt dich auf das Füllen klein,
So ziehn wir mit einfält'gem Sinn
Nach neu Jerusalem hinein.

Sei nur nicht bös, es ist nun so,
Der liebe Gott aufs Herz nur sieht,
So tust du auch, drum bin ich froh,
Und geb' dir dies einfält'ge Lied.

Du

Die Erde war gestorben
Ich lebte ganz allein
Die Sonne war verdorben,
Bis auf die Augen dein.

Du bietest mir zu trinken
Und blickest mich nicht an
Läßt du die Augen sinken
So ist's um mich getan.

Der Frühling regt die Schwingen
Die Erde sehnet sich
Sie kann nichts wiederbringen
Als dich, du Gute, dich.

Die Erde war gestorben
Ich lebte ganz allein,
Die Sonne war verdorben,
Zwei Augen gaben Schein,

Da bot sie mir zu trinken
Und blickte mich nicht an,
Sie ließ die Augen sinken,
Es war um mich getan.

Reg' Frühling nur die Schwingen
Sehn' nur, du Erde, dich,
Ich kann nichts anders singen,
Als, Jesus schau auf mich.

Am 17. Mai 1817

Als sie bei M.K. war, bat ich den Herrn er möge zu mir in dem Paradiesgarten ihrer Anmut in den er mich gesetzt also zu mir sprechen.

Pilger! all der Blumenschein
All die Früchte hier sind mein,
Auch kein Blättchen will ich missen
Wer mir nur ein Keimchen knickt
Das ich liebvoll angeblickt
Trage Dornen im Gewissen.
  Herr! ach ist dies alles dein,
  O so laß mich dein auch-sein!

Pilger! was hier blühend steht,
Ist die Saat, die ich gesäet,
Und wenn ich ein Unkraut fände,
Zwischen meiner Blumenzier,
Nähm' ich Rechenschaft von dir,
Darum falte deine Hände!
  Herr ach säe mein Gebet
  Hier ins dürrste Gartenbeet.

Pilger! du bist hergeführt,
Daß dein böser Sinn es spürt,
Wie ich könnt' in Blumen wallen,
Und nun Dornen trägt mein Haupt,
Weil du mir den Kranz geraubt,
Der an dir mir wohlgefallen.
  Herr dein Dornenkranz mich rührt,
  Gieb ihn mir, dem er gebührt.

Pilger, auf der Maienau
In den Blumen, in dem Tau
Sieh die Spur, die ich gegangen
Und du sollst des Weges nur
Nicht des trunknen Schmucks der Flur
Sollst allein nach mir verlangen.

Herr! auf meine Tritte schau,
Mir am Ziel die Hütte bau!

Pilger wenn die Sehnsucht singt
Und ein Kind die Ärmchen schwingt
Fliegen möcht', ein Nestchen bauen
Brüten in des Kalmus Rohr
Schau du so zum Kreuz empor
Daß ich dir ins Herz kann schauen.
Herr und wenn es mir gelingt
Schau es an, daß es zerspringt.

Pilger! wenn ein Blumenstern
Dir ins Aug' blickt, er ist fern,
Himmelfern, in meinem Garten
Hat die Liebe dann geweht,
Und den Stern nach dir gedreht,
Du sollst auf die Ernde warten,
Herr, trag' ich nur einen Kern,
Find' ich Gnade vor dem Herrn.

Pilger! wenn vom Blütenzelt
Dir aufs Herz ein Blättchen fällt
Sollst du nicht, was mein begehren,
Denn dein Herz ist mein Altar,
Wo, so rein die Blüte war,
Sie mein Feuer will verzehren.
Herr, verzehr' die ganze Welt
Da, so dir mein Herz gefällt.

Pilger, wenn ein blühend Reis,
Kindisch froh um sich nicht weiß,
Und sich schwingend um dich schlinget
Denk, wie ist mein Heiland gut
Ruten schlugen ihn aufs Blut
Und zu mir er Blumen schwinget.
Herr die kühlen Blüten weiß
Nimm auf deine Wunden heiß.

Pilger, alles was da blüht,
Sich in Unschuld sehnt und glüht
Dichtet, betet, weint und lachet
Frommes Leid, unschuld'ge Lust,
Unbewußt in Kindesbrust,
Sei getreu von dir bewachet.
  Herr! wird je dein Gast zu müd,
  Töt' ihn, eh' er was versieht.

Herr, ach sage für und für,
Wie ich nur im Garten hier
Unter deinen Blumen gehe
Daß des Lebens reinster Born
Mir im Fuße heil' den Dorn,
Daß ich heil zum Heiland gehe.
  Herr! dies sage mir und Ihr,
  Sag ihr, denk, ich gab ihn dir.

Finkenlied, von neun Groschen Münze, Kamelgedanken und Überbeinen

Vom Gesange lust'ger Finken
Durch das Fenster aufgeweckt
Lasse ich den Schleier sinken,
Der mir meine Seele deckt.

Durch des alten Birnbaums Blüten
Schaut zwar trüber Himmel her
Doch in meiner Brust ist Frieden,
Ach wenn's doch der ew'ge wär'.

Nein, jetzt kann ich gar nicht trauern
Alles scheint mir lieb und gut,
Und mir wächst da überm Lauern
Auch ein Finkenliedermut.

Wie die kleinen Sänger schweben
Wie es sehnt und lockt und zirpt.
O wie herrlich klingt das Leben
Wenn's zu neuem Leben wirbt.

Keiner fällt ohn' Gottes Willen
Von dem Dach, vom Haupt kein Haar,
Und mein Schmerz läßt sich schon stillen,
Weil ich einst unschuldig war.

Und bin ich gleich abgefallen
Fiel ich doch in Gottes Schoß
Lieg' da mit den andern allen
Heil in seiner Gnade groß.

Munter, Herz, schwing dein Gefieder
Auf, wohl auf zum Kreuzesbaum
Täglich Sonne, täglich Lieder,
Alle Nacht ein frommer Traum!

Und ein Nest in seine Wunden
Meiner Leidensbrut ich bau',
Grün liegt seine Erde unten
Oben schwebt sein Himmel blau.

Und ich seh' auf grüner Aue
Eine fromme Magd hinziehn
Primlen bricht sie schwer vom Taue,
Bis der jüngste Tag erschien.

Bricht die Blumen, bricht die Blüte
Bricht ihr Herz, die Heilandsfrucht
Bietet es dem Gott der Güte
Der den dürren Baum verflucht.

Und sie spricht mit schwerem Herzen
Gestern war mein Leiden schwer,
Und ich fragte sie mit Schmerzen
Was ihr dann begegnet wär'.

Bange zagten meine Ohren,
Was sie wohl für Leid angiebt,
Weil neun Groschen ich verloren,
Sagt sie, bin ich so betrübt.

War's Courant? – Ei Gott behüte,
Münze war's, dem Herrn sei Dank! –
O du Spiegel aller Güte!
Machst du mich doch freudenkrank.

Denk, vom Dache fällt kein Sperling,
Ohne Gott, vom Haupt kein Haar,
Aus dem Beutel kein Pfund Sterling,
Oder auch neun Groschen bar.

Denk, was hatt' ich all verloren
Leib und Seel und Gut und Heil
Alles ward mir neu geboren
Und noch mehr ward mir zuteil.

Dich zu kennen, dich zu lieben,
Dir zu folgen treu und still,
Was mir wird, was mir geblieben,
Alles ich dir teilen will.

Leben, Kämpfen, Siegen, Sterben
Abendrot und Morgenrot,
Mitleid mit den armen Erben,
Ihnen bleibt die Erdennot.

Als die Magd mein Lied vernommen
Hat sie freundlich mir genickt,
Und der Nebel schien verschwommen,
Und ein bißchen Sonne blickt.

O lieb Herz! um Jesu willen
Fasse einen frischen Mut
Laß dich doch sein Herzblut stillen
Bist ja Pelikanenbrut.

Himmel, Himmel werd' doch heiter,
Ach, herrje! da regnet's gar!
Liebe Finklein, singt doch weiter,
Da versteckte sich die Schar.

Liebes, liebes Linum denke
An neun Groschen Münze nicht.
Doch sie spricht: zur Erde senke
Ich des Opfers Fruchtgewicht.

Doch es nimmt mit meinen Blüten
Ja mein Heiland schon vorlieb,
Apfel brauch' ich nicht zu hüten
Vor dem schlauen Apfeldieb.

Als ich sonst mit brünst'gen Ranken
Auch auf goldne Frucht gehofft
Hatte ich Kamelgedanken
Über mich wohl selber oft.

Arme Näherin mußt' lesen
Vom Kamel und Nadelöhr
Und gab dann dem eiteln Wesen
Nimmer wieder ein Gehör.

Bin jetzt eine arme Made,
Matte Fliege, Stäublein klein,
Bin ein Ekel, der aus Gnade
Höchstens trägt ein Überbein.

Wer giebt um solch schlechte Dinge
Wohl neun Groschen Münze hin
Drum mir mehr verloren gienge,
Als ich selber wert ja bin.

So? doch ist der armen Made
Keine Speise je zu gut,
Selbst für Jesu Leib nicht schade,
Schade nicht für Jesu Blut.

Ja ganz wohl! die matte Fliege
Sitzt auf Gottes Angesicht,
Wenn ein Engelsflügel schlüge,
Er vertriebe sie da nicht.

Stäublein klein! o ja! um nimmer
Abzutreten von dem Tanz,
Sonnenstäubchen tanzen immer
Ohn' zu sinken aus dem Glanz.

Ei du Ekel! ja ich eckle
Seit ich dich im Herzen trug
Vor der Welt, an allem mäckle
Ich, nur nie an mir genug.

Überbeines Gnaden zähle
Überige Gnaden ein
Überfleisch und Überseele,
Überhimmelsschlüsselbein.

Wer kann es dem Herrn verdenken
Daß er Milde an dir übt,
Dir, die ihm ihr Fleisch will schenken,
Dafür Überbeine giebt.

War doch Eva auch im Schlafe
Nur des Adams Überbein,
Eva umgekehrt ward Ave,
Mögst du auch gegrüßet sein.

Und weil ein Kameles Rücken
Nur ein großes Überbein,
Mag's drum, wenn die Schuh' dich drücken
Gotts Kamelgedanken sein.

Und so soll mein Mut nicht wanken
Wenn er deinen hinken sieht,
Also aus Kamelgedanken
Sang ich dir dies Finkenlied.

Frühmorgenlied vom Kirschblütenstrauß, schweren Stein und von des lieben Herzens Güte und Segen

22ten Mai 1817

Geschämig tritt die falbe
Aurora vor das Himmelhaus
Da legt die graue Schwalbe
Fromm plaudernd ihr die Träume aus.

Da sinken in das Blaue
Der Sterne Geisteraugen ein
Da wäscht sich in dem Taue
Das Licht den Sonnenschleier rein.

Mich weckend summt die Mücke
Am Fenster, möcht zum Licht hinaus
Da lenk' ich meine Blicke
Auf einen Kirschenblütenstrauß.

Der Strauß von dir gepflücket
Er hielt die Blüten fest bis heut
Doch hat sich heut gebücket
Und seinen Schmuck umhergestreut.

Die Blätter aber strecket
Er frisch noch zu dem Lichte aus,
Zum Licht, das mich erwecket
Und dich und deinen treuen Strauß.

Vergieb geliebtes Leben
Daß ich zuerst an dich gedacht
Kann ich zum Licht noch streben,
So ist's, weil mir's in dir erwacht.

Was wär' mir dann die Sonne
Schien' sie nicht in die Augen dein,

In ihnen wird sie Wonne
In meinen wird sie Feuerpein.

Wohin ich in der Kammer
Die irren Blicke irren lass'
Schlägt mahnend mir ein Hammer
Ans schwere Herz ohn' Unterlaß.

Die Bücher, und die Bilder
Die geizig ich zusammentrug,
Sie schreien immer wilder
O stein'ger Acker, stumpfer Pflug.

Die Steine wollt' ich wälzen
Zu einer freien Aussicht Lust
Es wuchs daraus ein Felsen
Der fiel zurück auf meine Brust.

Zerschmettert, unbegraben
Lag ich in Wind und Wettersnot
Es fraßen mich die Raben,
Ich starb und starb doch nie zu Tod.

Es wollt' kein Vogel singen
Als wäre dieser Stein verflucht
Es wollt' kein Quell entspringen
Der meine heiße Kehle sucht.

Nur Kröten, Ottern, Schlangen
Umkrochen kalt mir meine Brust
Daß Kühlung ich empfangen
Selbst von dem grimmen Eckel mußt.

Und wenn ich glühend weinte,
Verzweiflung mich zu singen zwang
Da lobten mich die Freunde
Hohnlächelnd im Vorübergang.

Heran wollt' keiner treten
Den Stein zu wälzen von der Brust,
Mit mir wollt' keiner beten,
Und ich hab' kein Gebet gewußt.

Da rang ich endlich blutig
Die rechte Hand mir los und frei,
Und schlug ein Kreuz gar mutig
Daß Jesu mir barmherzig sei.

O wundertätig Zeichen
Du trugst die Sünde aller Welt
Ich fühlt' die Last auch weichen
Du warst als Stütze aufgestellt.

Ein Vöglein kam gereiset
Baut mir ein Dornennest ins Herz
Das Vöglein Buße heißet
Und sein Gesang heißt: bittrer Schmerz.

Ein Gärtlein ich ihm baute
Von herbem Kraut, heißt Reu und Leid
Da fraß es von dem Kraute
Trank meine Tränen allezeit.

Und heißer ward sein Brüten,
Das Dornennest in meiner Brust
Fühlt' ich wie Feuer wüten
Das dürstend still ich tragen mußt'.

So lag ich da alleine
Und hört' den Vogel, sah das Kraut
Als plötzlich von dem Steine
Ein kühler Quell herniedertaut.

Da sah ich auf der Spitzen
Des Steines in dem Sonnenschein
Gar still mitleidig sitzen
Dich liebes frommes Jungfräulein.

Dem Quell, der mich erquicket
Erschlossest du das Felsentor
Aus deinen Augen blicket
Die Gnade all, die ich verlor.

Du siehst mit frommen Sinnen
Dem Tanz der kleinen Fliegen zu
Und gönnst den goldnen Spinnen
Ihr schwebend Haus in Sonnenruh'.

Den Käfer auf den Rücken
Gefallen, richtest mild du auf,
Schlägst sichre Blätterbrücken
Der Ameise in ihrem Lauf.

Du räumest auf den Stegen
Die Steine aus des Wandrers Schritt
Und tiefst auf irren Wegen
Die Spur mit deiner Füße Tritt.

Du richtest längs dem Pfade
Die sturmgebeugte Ähre auf
Und wirfst das zum Gestade
Gehüpfte Fischlein in den Lauf.

Du wärmst mit deinem Hauche
Das nestentfallne Vögelein
Und sammelst von dem Strauche
Zum Bett ihm zarte Wolle ein.

Und seinen Eltern streuest
Du deines Brodes Krümlein aus
Weinst mit dem Leid und freuest
Dich mit der Lust in Gottes Haus.

Deckst selbst das Nest der Schlangen
Flehst selbst der Kröte um ein Schild
Siehst du die Spinne hangen
Feindselig überm Ekelbild.

Mein Weh hast du gespüret
Und riefst den Sünder gern zu Gast
Den Stein hast du gerühret,
Er weichet schon ich atme fast.

Mein Durst hat dich gezogen
Und deine Tränen flossen mir
Die ersten Gnadenwogen
Entsprangen mir von dir, von dir.

Ich las aus deinen Blicken
Daß Gottes Lieb unendlich ist
Dein Mund konnt' mich erquicken
Er sprach und sang von Jesu Christ.

Du sprachst: »Wie einst auf Erden
Der Feind den lieben Herrn versucht
Daß Stein zu Brot sollt' werden
Hast du bei Jesu auch gesucht.

Du lebst nicht nur vom Brode
Nein auch vom Wort aus Gottes Mund
Dich macht vom innern Tode
Die Liebe Jesu nur gesund.

Der Stein, der dich erdrücket
Ist greulich vor der Seele mein
Doch hab' ich ihn gerücket
O glaub und Gott wird gnädig sein.«

Da glaubt' ich und den Riegel
Schobst du hinweg vom Himmelstor
Und gabst dem Felsen Flügel
Und trugst ihn über mir empor.

Doch lieg' ich noch zerschlagen
Und treu noch pflegst du mich lieb Kind
Bis auf Eliae Wagen
Ich endlich deinen Himmel find'.

So Herz! mußt' ich heut morgen
Als ich zum Lichte aufgewacht
Die Liebe von dir borgen
Die ich dem Schöpfer zugedacht.

So hab' ich Gott gedanket
Daß er dich auch erwachen läßt
Wer schwer gefallen, wanket
Und hält den Stab mit Ängsten fest.

25. August 1817

Einsam will ich untergehn
Keiner soll mein Leiden wissen,
Wird der Stern, den ich gesehn
Von dem Himmel mir gerissen
Will ich einsam untergehn
Wie ein Pilger in der Wüste.

Einsam will ich untergehn
Wie ein Pilger in der Wüste,
Wenn der Stern, den ich gesehn
Mich zum letzten Male grüßte
Will ich einsam untergehn
Wie ein Bettler auf der Heide.

Einsam will ich untergehn
Wie ein Bettler auf der Heide,
Giebt der Stern, den ich gesehn,
Mir nicht weiter das Geleite
Will ich einsam untergehn
Wie der Tag im Abendgrauen.

Einsam will ich untergehn
Wie der Tag im Abendgrauen,
Will der Stern, den ich gesehn

Nicht mehr auf mich niederschauen,
Will ich einsam untergehn
Wie ein Sklave an der Kette.

Einsam will ich untergehn
Wie der Sklave an der Kette,
Scheint der Stern, den ich gesehn
Nicht mehr auf mein Dornenbette
Will ich einsam untergehn
Wie ein Schwanenlied im Tode.

Einsam will ich untergehn
Wie ein Schwanenlied im Tode,
Ist der Stern, den ich gesehn
Mir nicht mehr ein Friedensbote
Will ich einsam untergehn
Wie ein Schiff in wüsten Meeren.

Einsam will ich untergehn
Wie ein Schiff in wüsten Meeren,
Wird der Stern, den ich gesehn
Jemals weg von mir sich kehren,
Will ich einsam untergehn
Wie der Trost in stummen Schmerzen.

Einsam will ich untergehn
Wie der Trost in stummen Schmerzen,
Soll den Stern, den ich gesehn
Jemals meine Schuld verscherzen,
Will ich einsam untergehn
Wie mein Herz in deinem Herzen.

Durch den Wald mit raschen Schritten
Trage ich die Laute hin,
Liebe singt, was Leid gelitten
Schweres Herz hat leichten Sinn.

Durch die Büsche muß ich dringen
Nieder zu dem Felsenborn
Und es schlingen sich mit Klingen
Durch die Saiten Ros' und Dorn.

In der Wildnis wild Gewässer
Breche ich mir kühne Bahn
Steig' ich aufwärts in die Schlösser
Schaun sie mich befreundet an.

Haus' ich nächtlich in Kapellen
Stört sich kein Gespenst an mir
Weil sich Wandrer gern gesellen,
Denn auch ich bin nicht von hier.

Seh' ich Wunderschätze glimmen
Locket bald durch Sumpf und Moor
Mich der Irrwisch hin und stimmen
Muß mein Lautenschlag dem Chor.

Zu der Gnomen Hochzeitfeier
Zu der Elfen luft'gem Tanz
Tönet meine ernste Leier
Unerschreckt im Mondenglanz.

In den Schoß der Wunderberge
In der Zauberfräulein Haus
Führen mich die schlauen Zwerge
Und ich singe ohne Graus.

Geister reichen mir den Becher
Reichen mir die kalte Hand,
Denn ich bin ein kühner Zecher
Scheue nicht den glühen Rand.

Ja beim Mahl zur bösen Stunde
Leert' den Becher ich mit Faust,
Wo berührt vom Satansmunde
Höllenglut im Weine braust.

Alles ist mir schon geschehen
Meine Schale ist erfüllt,
Seit ich selber mich gesehen
Hab' das Antlitz ich verhüllt.

Zu der Mainacht Hexenreihen
Spiel' ich nun ein geistlich Lied,
Daß die Schar mit Maledeien
Vor dem fremden Sänger flieht.

In Frau Venus' Berg die Leier
Hab' mit Keuschlamm ich geschmückt
Und sie hat mich ohne Schleier
An die volle Lust gedrückt.

Doch sie konnte mich nicht rühren
Sie vergieng in frommer Scham
Ließ sich leicht von mir verführen,
Daß sie einen Schleier nahm.

Die Sirene in den Wogen,
Hätt' sie mich im Wasserschloß
Gäbe, den sie hingezogen
Gern den Fischer wieder los.

Wo der Schwan im Wellenspiegel
In sein Sternbild niedertaucht
Bricht der Schmerz auch mir das Siegel
Daß mein Leid im Liede haucht.

Meinen weißen Hirsch verloren
Hab' ich mit dem Goldgeweih.
Die in ihn war eingeboren
Starb mit ihm die schöne Fei.

Weh mich hatte die Meduse
Mit dem Schlangenblick versteint
Und seitdem hat meine Muse
Nicht gelachet nicht geweint.

Doch mit scharfen Wünschelruten
Schlug ihr Amor ins Gesicht,
Daß ihr aus in Tränenfluten
Die versteinte Seele bricht.

Bittre Meere um mich rannen
Und wie auch die Phantasie
Mochte bunte Segel spannen,
Nie ach nie! erschifft' ich Sie!

Und nun kehre ich von Thule
Fand da auf des Meeres Grund
Einen Becher, meine Buhle
Trinkt sich nur aus ihm gesund.

Füllet euch ihr ew'gen Tage
Mond und Sonne steigt und sinkt
Dürstend ich den Becher trage,
Und sie fehlt die aus ihm trinkt.

Suchend geh' ich durchs Gedränge
Und die Schuldner mahnen mich
Und ich singe viel Gesänge,
Doch im Herzen weine ich.

Wo die Schätze sind begraben
Weiß ich wohl, Geduld, Geduld
Einer schwebt am Kreuz erhaben,
Der bezahlet meine Schuld.

Während ich dies Lied gesungen
Nahet sich des Waldes Rand
Aus des Laubes Dämmerungen
Trete ich ins offne Land.

Aus der Eichen zu den Mirten
Aus der Laube in das Zelt
Hat der Jäger sich dem Hirten
Flöte sich dem Horn gesellt.

Während du die Lämmer hütest
Zähm' ich dir des Wolfes Wut
Wenn du fromm die Hände bietest
Werd' ich deines Herdes Glut.

Und willst du die Arme schlingen
Um ein Liebchen zwei und zwei,
Will ich dir den Baum schon zwingen
Daß er eine Laube sei.

Du kannst Kränze schlingen, singen
Schnitzen, spitzen Pfeile süß
Ich kann ringen klingen schwingen
Schlank und blank den Jägerspieß.

Gieb die Pfeile nimm den Bogen
Mir ist's Ernst und dir ist's Scherz
Hab die Sehne ich gezogen,
Du gezielt, dann trifft's ins Herz.

Wild getan, wie stolz gesprochen
Weh der Pfeil flog seine Bahn
Hat des Lammes Herz durchstochen
Drohend sah der Hirt mich an.

Dorn ward da die Rosenkrone
Um sein göttlich mildes Haupt:
Vater! rief er, ihn verschone,
Denn er hat an mich geglaubt.

Im Wetter auf der Heimfahrt

O du lieber wilder Regen
O du lieber Sturm der Nacht
Da der Finsternis entgegen
Ich mein Licht nach Haus gebracht.

Sturm du warst ein Bild des Lebens
Licht du warst der Liebe Bild
Das im Drang des Widerstrebens
Leuchtet unter Jesu Schild.

Doch ich bebe, zieht so brausend
Spät der Sturm mir noch durchs Haar
Treibt das welke Laub mir sausend
Nach im Kreis um den Altar.

Meine Lampe flackert, lecket,
Rußt die blanke Leuchte an.
Zuckend hin und her geschrecket
Zeigt ihr Schein mir irre Bahn.

Gleich' ich doch dem armen Schwimmer
Der zum teuren Ziele ringt
Den verführt vom falschen Schimmer
Bald das wilde Meer verschlingt.

Alles hab' ich sinken lassen
Sinken alle Lust der Welt
Eines treu ans Herz zu fassen
Was mich über Meer erhält.

Eine Gott gefallne Blüte
Trägt und hebt mein brennend Herz,
Treib o Woge die verglühte
Asche endlich heimatwärts.

Aber diese Blüte kühlet
Ewig mir die heiße Glut
Nie verzehrt, die in mir wühlet
Mich der Flamme irre Wut.

O ertränk' mich wilder Regen
Schleudre mich du Sturm der Nacht
Einem scharfen Fels entgegen,
Daß mein schwerer Traum erwacht.

Wind und Wasser um mich zanken
Auf den Bahnen wankt das Licht,
Schwarze Wolken der Gedanken
Stürzen vor das Weltgericht.

Soll ich fliehen soll ich bleiben
O unnennbar liebes Gut!
Wolle mich zum Ziele treiben
Wo die ganze Hoffnung ruht.

Alles, was im Sturm zu schiffen
Einst mein banger Arm umfaßt
Treibt um mich, der selbst ergriffen
Schwebt ohn' Steuer und ohn' Mast.

Eines ist mir nur geblieben
Eines, das ich nie verlor
Ein unsterblich treues Lieben
Reißt mich überm Meer empor.

Heil dir, die des Sturmes Zügel
Wie mit Kinderhänden lenkt
Und die reinen Himmelsflügel
Selig durch die Nacht hin schwenkt.

Immergrüne Dornenkrone
Die die Rosen seelwärts flicht
Daß der Leib aufschreit, o schone,
Und der Geist in Wonne bricht.

Ja ich trag' dich dicht am Herzen,
Du zerreißest mir die Brust
Doch die Nesselglut der Schmerzen
Deckt mir eine heil'ge Lust.

Selig, gehst du treu zur Seiten,
Schweb' ich durch die Wetternacht
Ist es doch ein süßes Leiden
Wenn die fromme Lippe lacht.

O unnennbar lebend Sterben
Himmelsbrot in Erdennot,
Lachen in uns selbst die Erben,
Macht der Tod die Wangen rot!

Tagsanbruch im Augenbrechen
Auch den Durst machst du zum Trank
Dornen blühn, wenn Rosen stechen
Erdenheil ist himmelskrank!

Wer bist du? Mit müden Händen
Fasset dich ein letzter Traum
Als die Nacht sich wollte wenden
Tratst du hell ihr auf den Saum.

Jakobsstraße, Jakobsleiter,
Engel steig allein nicht auf,
Öffne doch die Türe weiter,
Treibe meinen müden Lauf.

O du Kind, Geliebte, Schwester
Schatten, Leben, Leid und Lust.
Alle Vögel haben Nester
Und mein Herz hat eine Brust.

An der Türe angekommen
Sprachst du mir ein freundlich Wort
Hättst mich gerne aufgenommen
Doch mein Richter trieb mich fort.

Wenn ich einstens kann verdienen
Unter deinem Dach zu ruhn
Ist der Morgen schon erschienen
Andres hab ich noch zu tun.

Muß noch einsam ringend steuern
Durch die wilde Wetternacht
Bis zu allen Fegefeuern
Mir dein Flügel Kühlung facht.

O zu selig, daß ich Armer
Stehe in so edler Pein.
Daß ich ewig den Erbarmer
Seh' in des Gerichtes Schein.

Und so bin durch Wind und Wogen,
Ich wie ein betrübtes Kind
Durch die Blumen hingezogen
Daß ich dir ein Sträußlein bind'.

Und der Strauß den ich gepflücket
Ist dies sturmverwirrte Lied
Würd' er an dein Herz gedrücket
Dann wär' er dem Herrn erblüht.

An das Blut am Abend vor dem Gericht

Gute Nacht du liebes Blut
Rinn noch einmal zu dem lieben Herzen
Tu dir heut noch was zu gut,
Morgen wirst du deine Lust verscherzen.

O du sel'ger Feuerquell!
Manchen Wundertraum hast du geschaukelt,
Wie ein trunkener Gesell
Bist du durch das liebste Herz gegaukelt.

Warst so überwohl zu Haus,
In den lieben reinen blauen Adern,
Machtest du dich gar zu kraus,
Wußtest gar nichts von fatalen Badern.

Doch du machtest dich zu breit,
Hieltest nicht die Flut und nicht die Ebbe,
Wie das Meer, das seiner Zeit
Demutsvoll dem Monde küßt die Schleppe.

Hieltest dich auch nimmer still
Triebst ein Hämmern, Brennen Stechen,
Wer im Hause bleiben will,
Muß dem Herrn nicht immer widersprechen.

Lang sah man der Unart zu,
Doch verloren ist an dir so Malz als Hopfen,
Welchen trifft die Strafe nu,
Ach ihr dauert mich ihr armen Tropfen.

Und weil keiner von euch weiß,
Ob er morgen ins Gericht wird treten
Sollt ihr alle gleicherweis
Heut noch einmal mit der Lieben beten.

Seid fein still und tuet Buß',
Wer von euch sie im Gebete störet
Morgen aus dem Hause muß,
Fühlen muß zuletzt wer nicht gehöret.

Gute Nacht du liebes Blut
Rinn noch einmal zu dem lieben Herzen,
Wem es einmal ward so gut,
Der kann alles andre leicht verschmerzen.

Abends am 27. Oktober 1817

An des Hauses kleiner Türe,
Wo ich all mein Glück verliere,
Hast du lieb das Haupt gewendet,
Und so war der Tag geendet.

Alles, alles mögst du geben,
Und doch muß ich sterbend leben,
Armes Kind, du Herz der Güte
Ach zu geben nicht ermüde!

Ich will auch nicht müde werden,
Will im Grabe aus der Erden
Reine Blumen zu dir treiben,
Ach, die dürfen bei dir bleiben!

Aber ich muß heimwärts wanken
Einsam knieend, weinend danken,
Für die Freuden für die Schmerzen,
Für das Feuer auf dem Herzen.

Ach, das ich mit bittern Zähren
Einsam Tag und Nacht muß nähren
Und muß drin so ganz verbrennen,
Daß nur du mich kannst erkennen.

Wie du Tiere kennst fern irrend,
Vöglein schnell vorüber schwirrend,
Blumen, Beeren in der Wildnis,
Kenn' auch mich im bleichen Bildnis.

Wenn vorbei die andern gehen
Und so scheu nach mir hinsehen,
Wie man nach Gespenstern blicket,
Die den Grenzstein falsch gerücket,

Ach dann fliehe nicht mein Winken,
Reiche einmal mir zu trinken,
Und willst du nicht zu mir treten
Kniee, um für mich zu beten.

Wenn die andern längst mit Zagen
Den verloschnen Denkstein fragen,
Bist du auch ein Mensch gewesen,
Sollst du klar noch in mir lesen,

Daß ich dich mit Schuld betrübet,
Daß ich Buße schwer geübet,
Daß, Versühnung zu erwerben,
Ich dich lieben muß zum Sterben.

Daß ich mich mit heißen Tränen
Ewiglich nach dir muß sehnen,
Läg' ich auch an deinem Herzen
Wie die Leiche zwischen Kerzen.

Weil das Gut, das ich verloren
Mir in dir ward neu geboren,
Weil mein Richter dir gegeben
Mein unschuld'ges tiefes Leben.

Daß die reine Himmelsgabe
Ewig ich vor Augen habe,
Daß das Gottesbild im Kinde
Zeige mir den Greul der Sünde.

Lies auch im zerbrochnen Herzen:
Habe Dank für alle Schmerzen,
Die du für mein böses Leben
Mir zur Buße mußtest geben.

Habe Dank, du blühnde Rute,
Unter der ich still verblute,
Ich verdiente zu verderben,
An dir soll ich ehrlich sterben.

Jedem ist ein Amt verliehen,
Richter sitzen, Sünder knieen,
Und ich muß zu deinen Füßen,
Für die schweren Schulden büßen,

Gnad' ist mir für Recht ergangen,
Ich darf deine Knie umfangen,
Darf in Tränen zu dir stammlen,
Laß, o laß mich Kräfte sammlen.

Kraft den Himmel zu umarmen,
Den mit rührendem Erbarmen,
Ich in deinen Blicken fühle,
Daß ich dieses Feuer kühle.

Kraft, die Blumen all zu sehen
Die da auf und untergehen,
Wenn du deine Seele rührest,
Und mich in dein Herz einführest.

Kraft, mich über sie zu bücken
Und doch keine zu erdrücken
Tränen, alle zu erfüllen,
Ach und Nacht, mich einzuhüllen.

Eine Nacht, wo ich alleine
Um das trübe Leben weine,
Ohne Mond, ohn' Sternenschimmer
Einsam mit dem Worte: Immer!

Vor dem ersten Aderlaß, am Tage vor dem Abendmahl

Was ich tue, was ich denke,
Alles, was mit mir geschieht,
Herr nach deinem Auge lenke
Das auf meine Wege sieht.

Herr, o wolle auf mein Flehen,
Wenn mein Blut zu Tage springt,
Heut mich wie ein Kind ansehen
Das sein erstes Opfer bringt.

Unter scharfen Marterruten,
Unter eines Richters Schwert,
Möcht' ich dir mein Heiland bluten,
Wär' ich deiner Kronen wert.

Aber, da mir nicht vergönnet
Solch ein heilender Erguß,
Geb' ich, weil die Fülle brennet,
Ach! nichts, als den Überfluß.

Alles doch hast du gegeben,
Gott der zu den Schmerzen kam,
Und im Blut hingab das Leben,
Daß den Tod er von uns nahm.

Meines fließt zu meinem Heile,
Fließt zu deinem Ruhme nicht
Herr mir deinen Schmerz mitteile,
Wenn der Stahl die Quelle bricht.

Gieb, daß deines Bluts ich denke,
Wenn das meine niederrinnt,
Und in deine Wunden senke
Dein ohnmächt'ges schwaches Kind!

Laß, was bös in meinen Sinnen,
Alle heiße Erdenglut,
Heut aus meinen Adern rinnen,
Morgen dann gieb mir *dein* Blut.

O wie hast du's gut bestellet,
Meine Seele faßt es kaum,
Daß dein Blut sich mir gesellet,
Macht das meine heut ihm Raum.

All dein Blut hast du vergossen
Mir zu tilgen das Gericht,
Und es ist für mich geflossen,
Aber ich, ich nahm es nicht.

Hast auch deinen Leib gegeben,
Für mich in des Richters Zorn,
Und ich zage für das Leben,
Trag' um dich auch keinen Dorn.

Und ich weiß doch, es giebt Seelen
Brennend so in reiner Glut,
Daß sie deine Wunden zählen
An sich selbst in Wunderflut.

Ach weil ich nicht diesen gleiche
Ist wohl böses Blut in mir,
Gieb daß alles es entweiche,
Jesus dann gefall' ich dir.

Und ersetz' es geistlich wieder
Morgen mir mit deinem Blut
Vor dir sink' ich rein dann nieder,
Wo die Büßerin geruht.

Herr, du weißt ich wollt' bekennen,
Was die Seele niederdrückt
Felsen von dem Quell mich trennen
Wo die Buße Gnade pflückt.

Ich hab' nicht den Zaun durchbrochen,
Herr vergieb uns unsre Schuld,
Wär' durch Dornen gern gekrochen
Heim in deiner Kirche Huld.

Und ließ ich denn meine Sünden,
Alle heut in meinem Blut,
Wolle mich in ihm entbinden,
Wie die Erd' in Sündenflut.

Mit dem Blute wird verschuldet,
Mit dem Blute wird versühnt,
Du Herr hast die Pein erduldet,
Ich, ich habe sie verdient.

Und so komm' ich dann im Glauben
Deines Blutes Gast zu sein,
Keiner soll mir dieses rauben,
Du warst mein, ach, mach mich dein.

Ich baute eine Mauer
Aus Gold und Edelstein,
Draus wohnet Nacht und Schauer
Drin lichter Gnadenschein.

Hab' alles Licht gezogen,
Mit Gottes durst'gem Mund,
Verwölbt den Himmelsbogen
In meines Herzens Grund.

Hab' allen Mai gerissen
In die geheime Nacht,
Daß in den Finsternissen
Dem Herrn ein Gärtlein lacht.

Er, er soll alles haben,
Ihm bin ich selig still,
Ihm hab' ich mich begraben,
Ihm, dem ich leben will.

Wie eine fromme Imme
Trag' ich ihm alles ein,
Der mir die innre Stimme,
Giebt durch mein Fensterlein.

Der mich läßt Blümlein sehen
Und auch den Rosendorn,
Lehrt durch die Mauer gehen
Hin zu dem Honigborn.

So füll' ich Zell' an Zelle,
Ihm, ihm dem Herrn allein,
Drum Epheu an der Schwelle
Sollst du nicht traurig sein.

Es müßt' mich billig jammern,
Wenn du mir untergingst,
Der du mit Lebensklammern,
Die Wand mir grün umschlingst.

Wenn draus du betend rauschest
An meiner Kammer Wand,
Wenn draus du sinnig lauschest,
Klingt, glänzt die innre Wand.

Dann muß ich für dich beten,
Und bei dir kehren ein,
Wenn mich die Nacht betreten
Draus wo kein Gnadenschein.

Mit allen Wurzeln trinkest
Du Leben ja aus mir,
Und wenn du niedersinkest,
Reich' ich die Hände dir.

Die kalten, frommen Hände,
Draus kalt, daß Gott erbarm',
Drin schimmern, glühn die Wände,
Drin ist es licht und warm.

Draus kann ich dir nur schweigen,
O klimme treu am Stein,
Du findst mit deinen Zweigen
Noch einst mein Fensterlein.

Dann magst du niederblicken
Mit deinem bittern Leid,
Und magst mir Tränen nicken
In meine Seligkeit.

Und wenn ich ausgebauet,
Mein Haus mit Liebe voll,
Daß ich nun angetrauet
Dem Liebsten werden soll

Will ich mein Kränzlein brechen
Von deinem dunkeln Grün,
Und zu dem Liebsten sprechen,
Herr laß mir diesen blühn.

Laß ziehn mich ihn von dannen
Bis über diese Welt,
Er soll mir dorten spannen
Mein hochzeitliches Zelt.

Rein hilf du mir ihn machen,
Ihn, der mich nicht erschreckt,
Ihn, der mir böse Drachen
In seinem Laub entdeckt,

Daß ich jungfräulich trete
Auf dieses Drachenhaupt,
Damit er mit mir bete,
Damit er mit mir glaubt.

Damit den Schatz ich hebe,
Auf dem der Drache ruht,
Und dir mit mir ihn gebe
O Jesu für dein Blut.

Wer Schätze hebt, muß schweigen
Bedenk mein Epheu dies,
Umflicht nur treu mit Zweigen
Dein stummes Paradies.

Treu will ich dich ernähren
Durch scheinbar kalten Stein,
Trink meine frommen Zähren,
Wachs in mein Fensterlein.

Es scheint ein Stern vom Himmel,
Ein einz'ger in mein Herz,
Er könnte wohl was Bessers tun,
Da hätt' ich Nacht und Schmerz.

Es spritzt ein Quell vom Felsen
Ein Tröpfchen zu mir her,
Er könnte wohl was Bessers tun,
Daß ich verschmachtet wär'.

Es singt ein Himmelvögelein
An meiner Kerkerwand,
Er könnte wohl was Bessers tun,
Ich käm' um den Verstand.

Es blüht ein einz'ges Blümlein
Auf meinem Wege wüst,
Es könnte wohl was Bessers tun,
Daß ich verzweifeln müßt'.

Vor mir streicht hin ein weißer Hirsch
Mit goldenem Geweih,
Er könnte wohl was Bessers tun,
Daß ich verirret sei.

Es scheint ein bißchen Sonnenschein
Mir in die Nacht herein,
Es könnte wohl was Bessers tun,
Ich stürb' in dunkler Pein.

Es fällt mir eine Blüte
Des Segens ohne Frucht,
Sie könnte wohl was Bessers tun,
Ich glaubte mich verflucht.

Es sieht mit Himmelsgüte
Ein reines Aug' mich an,
Es könnte wohl was Bessers tun,
Dann wär's um mich getan.

Es mahnet an dem Abgrund mich
Ein frommer Liedermund
Er könnte wohl was Bessers tun,
Ich stürzte in den Schlund.

Es tut ein frommes Mägdlein
Wohl Engeldienst an mir,
Sie könnte wohl was Bessers tun,
Daß ich mein Heil verlier'.

Mich hat der Herr geliebet,
Er zeigte mir, was schön,
Er könnte wohl was Bessers tun,
Dann müßt' ich untergehn.

Heut schienen Stern und Lichter
Mir, was ich liebe, an,
Sie könnten wohl was Bessers tun,
Und haben's doch getan.

Mir hüpft das Herz in Freuden
Ein Engel steht mir bei
Es könnte wohl was Bessers tun,
Bräch' es mir gleich entzwei.

Ich muß die Güte lieben,
Sie hat sich mein erbarmt,
Sie könnte wohl was Bessers tun,
Dann wär' ich ganz verarmt.

O liebe, liebe Seele du,
Mein Heil, mein Trost, mein Mut,
Ich kann ja gar nichts Bessers tun,
Denn alles ist ja gut.

Ich bin allein,
Viel Sonnenschein
Liegt um das Haus,
Doch wie ein welker Blumenstrauß
Muß einsam sein,

Bis Blatt vor Blatt
Ganz lebenssatt,
Zum andern Ziel
Der leichtgesinnten Lüfte Spiel
Entführet hat.

So sterb' ich hier,
Als Todeszier
Streu' ich den Zug
Von deinem Namen in den Flug
Der Lüfte mir.

O gutes Kind!
Es weht der Wind,
Und was mich quält,
Wird deinen Blumen auch erzählt
Die blühend sind.

Die senken drum
Ganz still und stumm
Das reine Haupt
Und sprechen: Selig wer da glaubt
Der kömmt nicht um.

Und so auch heut,
Da du erfreut
Im Grünen gehst
Hat sich, was du in Liebe säest
Ins Kreuz gestreut.

So zwing' ich dich,
So schwing' ich mich
Zu deiner Huld,
Im Zeichen ewiger Geduld
Vollbringe ich.

29. August 1818

»Ach wär' ich doch der Welt schon los!«
»Was haben Sie denn nun schon wieder?«
»Ich sage, wird die Last zu groß,
So seufzt der Träger und es zieht ihn nieder.

Was ich heut sah, fällt mir da ein,
Kaum konnte ich des Weinens mich erwehren,
Am Markte saß auf einem Stein
Ein altes bleiches Weib in bittern Zähren.

Sie hatte bei den Bauren sich
Ein bißchen Grüns und Rüben beigeschnurret
Es sah kein Mensch sie an, als ich
Sie weinte still vor sich, hat nicht gemurret.«

»Warum gabst du nicht alles Ihr,
Gott giebt's mir wieder, gern bin ich dein Leiher,«
»Ich hatte selbst nicht viel bei mir,
Ich gab ihr, was ich hatte hin, sechs Dreier.

Als ich am Knoten zerren mußt'
In den das Geld im Schnupftuch war geschlungen,
Ist ihr so recht aus tiefer Brust
Ein schwergefühltes Klagewort gedrungen.

In ihren Schoß sprach sie gar schwer,
Wo sie die Armut deckt mit welken Händen,
›Ach wer doch erst da drunten wär',
Hier wird doch nimmermehr die Sorge enden!‹

Ich dacht', das konnt' ich wohl verstehn,
Das brauchtest du mir gar nicht erst zu sagen,
Ich hab' es dir gleich angesehn,
Und wollte dich darum auch gar nicht fragen.

Warum denn fragst du mich, lieb Kind!
›Was haben Sie denn nun schon wieder?‹

Wird denn an mir dein Scharfblick blind?
Mich zieht es wie die Arme auch ja nieder.

Auch ich sitz' alt und bleich am Stein,
Hab' mir ein bißchen Grüns von dir erschnurret,
Mein Weinen siehst auch du allein,
Auch ich hab' nur geseufzt und nicht gemurret.

Auch mir reichst aus dem Schnupftuch du
Den Schatz, sechs Dreier, gestern, heute, morgen
Auch ich möcht' bald hinab zur Ruh'
Denn hier wird doch kein Ende je der Sorgen.

Ich sorg', es nahe eine Zeit
Wo du den Knoten allzu fest wirst schlingen,
Da tun dir dann die Finger leid,
Die milde Gabe mir herauszuzwingen.

Ich sorg', es steigt ein Tag empor,
Ich mein' er guckt schon aus dem Keller drüben,
Da wirfst du mir die Dreier vor,
Und gönnst mir nicht das bißchen Grüns und Rüben.

Ich sorg', es kömmt die Stunde bald,
Wo meines Wegs zu gehn du dich wirst schämen,
Nicht lang mehr tust du dir Gewalt,
Drum wünsch' ich, Gott mög' mich hinunternehmen.

Hab Dank, hab Dank viel tausendmal
Für Dreier, Rüben und die grünen Gaben,
Man soll mit mein und deiner Qual
Man soll mit meiner Liebe sie begraben.

Nur eines flehe ich von dir,
Gehst du mit andern längs dem leeren Steine,
Ach dann, erzähle nicht von mir,
Schweig, denk, wein', bet' für mich alleine.«

Das Elend soll ich einsam bauen,
O schweige nur, ich kenn' das Leid,
Den heißen Schmerz des kranken Pfauen
Der nach der Sonne klimmend schreit,
Ich fühle in dem Abendgrauen
Der Nächte finstre Bitterkeit
Ich war im seligsten Vertrauen
Von je dem grimmen Schmerz geweiht
Und soll das Elend einsam bauen.

Das Elend soll ich einsam bauen,
Die Brunnen die ein Zauberschlag
Hervorrief auf den dürren Auen
Sie wenden sich, der junge Tag
Will nicht mehr auf mich niedertauen
Das Leben bricht mir den Vertrag
Ich soll nun in die Wüste schauen,
Ich, der der Einsamkeit erlag
Soll einsam nun das Elend bauen.

Das Elend soll ich einsam bauen
Mir wie dem ersten Mann geschah
Als in des Paradieses Auen
Der Herr ihn einsam trauern sah
Schuf er aus seiner Brust die Frauen,
Der Himmel war der Erde nah
Doch mit dem menschlichen Vertrauen
War Schlange Frucht und Tod auch da.
Drum muß ich einsam Elend bauen.

Das Elend soll ich einsam bauen
Verdorben war ich durch das Weib
Wollt' in der Jungfrau neu mich schauen,
Die Gott verhießen, daß sie's bleib'.
Maria, Zuflucht der Jungfrauen,
Erhalt' dem Herren ihren Leib,
Laß sie nicht blinder Not vertrauen
Ob Erde sie vom Himmel treib'.
Ich muß mein Elend einsam bauen.

Das Elend soll ich einsam bauen
O Jesus höre mein Geschrei
Brich meiner Seele tiefes Grauen
O Jesus, führ' den Kelch vorbei
Mach von der Hölle gift'gen Klauen
O Jesus meine Seele frei
Ein armes kindliches Vertrauen
O Jesus meinem Geist verleih
Hilf mir mein Elend einsam bauen.

Nun soll ich in die Fremde ziehen
Mir hatte eine Himmelsbraut
Ein Zweiglein aus dem Kranz geliehen
Ich hatte draus ein Haus erbaut
Es grünte schon, es wollte blühen
Von meiner Tränenflut betaut
Da konnt' ich betend ruhig knieen
Da hatte ich so fest vertraut
Und soll nun in die Fremde ziehen.

Nun soll ich in die Fremde ziehen
Sie wäre ruhig, wär' ich fort,
Der Tempel, wo wir beide knieen,
Soll nun zerbrechen und der Ort
Wohin ich mit ihr sollte ziehen
Soll nun verschwinden und der Hort
Des einen Glücks, für das wir glühen,
Soll sinken, auf ein hartes Wort
Soll ich nun in die Fremde ziehen.

Nun soll ich in die Fremde ziehen
Ich der die Heimat nie gekannt,
Soll meine erste Heimat fliehen
Soll fallen in der Räuber Hand
Was Sie mir schenkte war geliehen
Streng fodert sie das heil'ge Pfand

Zu ihr hab' ich um Hülf' geschrieen,
Sie weist mich nach dem andern Land
Ich soll nun in die Fremde ziehen.

Nun soll ich in die Fremde ziehen,
Ich weiß wohl, wie die Fremde tut
Kein Ankergrund ist mir gediehen
Weil ich dem ungerechten Gut
Auf meinem Schiffe Schutz verliehen
Zerbrach es in des Sturmes Wut
Die Woge hat mich ausgespieen,
Und kaum hab' ich am Strand geruht
Soll ich schon in die Fremde ziehen.

Nun soll ich in die Fremde ziehen
Wohin, wohin, daß Gott erbarm',
Nicht, wo die Friedensrosen blühen,
Nicht, wo im Geist so sonnenwarm
Die Worte wie Gebete glühen
Nein in die Brust – den Wespenschwarm
Vergeblicher erstarrter Mühen
Ins eigne Herz, zum eignen Harm
Soll ich nun in die Fremde ziehen.

Ihre Händchen pochten an
Traulich wie an Nachbars Pforten
Und dem Kind ward aufgetan
Nach des Heilands ew'gem Worte.

In den Himmel gieng sie ein
Freute sich am schönen Garten,
Ihre Sorge war allein
Wie dem Herrn sei aufzuwarten.

Ob sie auch wohl geputzt genug
Wie sie sollte sich verneigen,

Ihm das Sträußchen, das sie trug,
Recht manierlich darzureichen.

Ob sie singen soll ein Lied
Oder blasen die Dralöte,
Und sie wählet, daß sie kniet
Und so recht von Herzen bete.

Doch der Herr ließ sich nicht sehn
Wollte nicht das Kind erschrecken
Ließ sie beten und dann gehn
Nester suchen in den Hecken.

Ach da sah sie manche Brut
Dachte wie der Mutter Treue,
Fest gebannt mit reiner Glut
Rings ums Nest sie Futter streue.

Engel, die Gott zugesehn
Sonn und Mond und Sterne bauen
Sprachen, Herr es ist auch schön
Mit dem Kind ins Nest zu schauen.

[1820 – 1833]

Zweimal hab' ich dich gesehn,
Bei der einz'gen, die mir lebet,
Und es war, als käm' ein Wehn
Über Gräber hergeschwebet.

Eine Stille ist in dir,
Die beruhiget und schweiget,
Diese hat im Herzen mir
Fern und nahes Glück gezeiget.

Vor den Furien auf der Flucht
Hab' ich nach geweihten Orten,
Oft mit heißer Angst gesucht
Weinend vor verschloßnen Pforten,

Und so habe ich gelernt,
Liebe Herzen zu erschauen,
Wo die Quäler sich entfernt,
Konnt' ich wie ein Kind vertrauen.

Selten doch ist mir geschehn,
In die Freistatt einzudringen
Immer muß ich draußen stehn,
Wo sie ihre Geißeln schwingen.

Aber du, du bist recht gut,
Als ich bei dir eingetreten,
Hat in mir das Herz geruht,
Ja ich könnte bei dir beten.

Wenig Worte sprachen wir,
Doch hast du mich viel gelehret,
Denn ein Schweigen ist in dir,
Das man mit der Seele höret.

Was mich blühend einst berückt,
Was mich scheidend jetzt versöhnet,
Hast auch du ans Herz gedrückt,
Hat auch dir den Traum verschönet.

Abgemähet war das Feld,
Nach der Ernde gieng ich fragen,
Und mir ward da freigestellt
Meine Armut frei zu sagen.

Und so hör' dann ohne Arg:
Vor mir wird ein Kreuz getragen,
Unter Blumen in dem Sarg
Scheint mein Herz schier noch zu schlagen.

Hat die Ährenleserin
Nichts als Unkraut gleich gefunden,
Hat sie doch mit frommem Sinn
Diesen Erndekranz gewunden.

Keiner folgt, als sie allein,
Die gern mit dem Kreuze gehet,
Und sie wird auch bei mir sein,
Wenn's auf meinem Hügel stehet.

Wird es schmücken mit dem Kranz,
Den sie meinem armen Leben
Ohne Tugend, ohne Glanz
Auf den letzten Weg gegeben.

Wird auch beten bei dem Grab,
Wenn, den sie verlassen haben,
Den ihr Gott als Kranken gab,
Wenn den Toten sie begraben.

Als zur Kirche du wolltst gehen;
Bist du Braut zu uns gekommen,
Hast den Totenkranz gesehen,
Und der Tote rief: willkommen!

Willst du mir die Liebe tun,
Gieb mir ein paar Schritt Geleite
Leichter wird es mir, zu ruhn
Gehst du still an ihrer Seite.

Denk dabei an meinen Kranz,
Und an die, die ihn gewunden,
Wie von solchem Duft und Glanz
Keiner nie mehr wird gefunden.

Denk, daß dieser Rosen Glut
An den Wunden sich entzündet,
Deren übersinnlich Blut
Unsre Sünde überwindet.

Denk, die Maienglöckchen weiß
Perlen sind, die Sie gewonnen,
Als des Herren Todesschweiß
Auf ihr kindisch Herz geronnen.

Und die Astern Sterne sind,
Überm Haupt Ihr aufgegangen
Als das Kind zum Heilandskind
In der Krippe trug Verlangen.

Denk, hier die Vergißmeinnicht
Blicke sind, die fromm Sie hebet,
Wenn Sie zu dem Heiland spricht,
Der für uns am Kreuze schwebet.

Ja der Kranz der liebsten Braut,
Dürft' ein Sterbender ihn wählen,
Könnte nimmer so vertraut
Mit dem Leben ihn vermählen.

Blumen von so ew'gem Glanz
Wie sie meinen Sarg bekränzen
Schmückten keinen Hochzeitskranz
Seit der Welt, seit allen Lenzen.

Und so nenn' ich dich beglückt,
Weil du in umkränzten Tagen
Jenen Kranz ans Herz gedrückt,
Den ich bis ins Grab darf tragen.

Ewig lieb bleibt mir dein Bild,
Treu will ich's im Herzen hüten,
Weil du sprachst so leis und mild:
O wie glänzen diese Blüten!

Wohl ist dies ein andrer Glanz,
Als der Strahl im Frühlingsliede,
Als die Glut in Sommers Kranz,
Als der Schein in Herbstes Friede.

Alle hab' ich dir gezeigt,
Dich ergötzte all dies Funkeln,
Als die Sonne sich geneigt,
Schimmerte es süß im Dunkeln.

Aber dann, dann kam die Nacht,
Hat mir vieles zugedecket,
Bei mir hat der Traum gewacht,
Hat mir alles auferwecket.

Komm nur mit, kein Blättchen rauscht,
Still ist's auf den vielen Hügeln,
Regt sich einer wohl, und lauscht,
Ist's mit angstgebundnen Flügeln.

Sitze nieder! schweigend Bild,
Horcht nur zu, ihr armen Seelen,
Wie der Herr unendlich mild,
Hör', jetzt will ich's dir erzählen.

Glaube, den ich stolz verschwur,
Hoffnung, die ich schnöd zerrissen
Liebe, die ich nie erfuhr
Kehrten heim mit dem Gewissen.

Daß das heil'ge hohe Lied
Mir konnt Sinnentaumel scheinen,
Muß, der durch den Spiegel sieht,
Himmeltrunken ich beweinen.

Denn es schwand das Feuerband
Das die bunte Wehmut webte,
Als ich vor der Sonne stand
Und nach ird'schen Farben strebte.

Du auch hast dein sehnend Herz
In dies Abendrot getauchet,
Deine Wonne, deinen Schmerz
In dies tönend Wehn gehauchet.

Doch ich hab' in ihm gewohnt,
Wie ein Pfau ihm nachgeschrieen
Übers Grab den ernsten Mond
Ich wie einen Geist sah ziehen.

Ach, es war nicht Gott in mir,
Einem falschen Schmerz ergeben
Suchte ich mit wilder Gier
In dem Schein den Schatz zu heben.

Nicht die frommgestirnte Nacht
Zog mich auf zu heil'ger Ferne
Wo die Glut auf Schätzen lacht
Sucht' ich meine Schicksalssterne.

Doch die Schätze dieser Welt
Sind so arglistig bedinget
Daß mitsamt dem Schatz verfällt
Wer ihn mühsam auch erringet.

Glimmen sah ich's hier und dort,
In die Glut, den Schatz zu heben,
Warf ich manch ein Kleinod fort,
Immer muß ein Pfand man geben.

Heil'ge Pfänder trug ich viel,
Daß ich bar von ihnen werde
War allein des Feindes Ziel
Der die Schätze hat der Erde.

Und er ließ am Abgrund hin
Melusinenlippen lachen
Und Sirenentöne ziehn,
Eh' der Drache zeigt den Rachen.

Poesie, die Schminkerin
Nahm mir Glauben, Hoffen, Beten
Daß ich wehrlos worden bin,
Nackt zur Hölle hingetrieben.

Nur ein Schild blieb unbewußt
Mir noch aus der Unschuld Tagen
Heil'ge Kunst auf Stirn und Brust
Ein katholisch Kreuz zu schlagen.

Längst vergessen war dies Gut,
Und als Pfand mein Christenleben
Warf ich in die falsche Glut
Um den bösen Schatz zu heben.

Doch die Hölle stieß mich aus,
Denn dort wird kein Kreuz gelitten
Zwischen Licht und finsterm Graus
Schwebt' ich in der Wüste Mitten.

Wie in einem kalten Schacht
Hab' ich da gezagt, getrauert,
In die Säule eigner Nacht,
War ich Böser eingemauert.

Und als ringend ich erkannt
Wer ich sei und wer gewesen,
Ich den Mutterpfennig fand,
Kreuz! du kannst allein erlösen!

Aus der Nacht zur lichten Höh'
Ward das Kreuz, das ich geschlagen
Wie ein Lotos aus dem See
Liebesuchend aufgetragen.

Oben aber war ein Land
Und ein Kind, das Blumen pflückte,
Und mein Kreuz, das vor ihm stand
Pflückte und ans Herz dann drückte,

Gleich hat es mein Kreuz erkannt,
Flocht mir eine Dornenleiter,
Tief hinab mit frommer Hand,
Und ich stieg mit Schmerzen weiter.

Ermunterung zur Kinderliebe und zum Kindersinne

Wer ist ärmer als ein Kind?
An dem Scheideweg geboren,
Heut geblendet, morgen blind,
Ohne Führer geht's verloren;
Wer ist ärmer als ein Kind?
Wer dies einmal je empfunden,
Ist den Kindern durch das Jesukind verbunden!

Welch Geheimnis ist ein Kind?
Gott ist auch ein Kind gewesen;
Weil wir Gottes Kinder sind,
Kam ein Kind, uns zu erlösen.
Welch Geheimnis ist ein Kind?
Wer dies einmal je empfunden,
Ist den Kindern durch das Jesukind verbunden!

Die im Himmel, waren Kind,
Die auch, die der Fluch getroffen;
Ach! so such' ein Kind geschwind,

Lehr' es glauben, lieben, hoffen.
Die im Himmel, waren Kind!
Wer dies einmal je empfunden,
Ist den Kindern durch das Jesukind verbunden!

Welche Würde trägt ein Kind!
Sprach das Wort doch selbst die Worte:
»Die nicht wie die Kinder sind,
Gehn nicht ein zur Himmelspforte.«
Welche Würde trägt ein Kind!
Wer dies einmal je empfunden,
Ist den Kindern durch das Jesukind verbunden!

O wie heilig ist ein Kind!
Nach dem Wort von Gottes Sohne
Aller Kinder Engel sind
Wachend vor des Vaters Throne.
O wie heilig ist ein Kind!
Wer dies einmal je empfunden,
Ist den Kindern durch das Jesukind verbunden!

Welch ein Bote ist ein Kind!
Denn das Wort, das es erquicket,
Bis zum Himmelsgarten rinnt,
Wo das Wort ward ausgeschicket,
Welch ein Bote ist ein Kind!
Wer dies einmal je empfunden,
Ist den Kindern durch das Jesukind verbunden!

Willst du segnen, lehr' ein Kind!
Aus dem Körnlein werden Ähren;
Wie dein Körnlein war gesinnt,
Wird einst eine Welt sich nähren.
Willst du segnen, lehr' ein Kind!
Wer dies einmal je empfunden,
Ist den Kindern durch das Jesukind verbunden!

In der Krippe lag ein Kind!
Ochs und Esel es verehren.

Wo ich je ein Kindlein find',
Will ich's pflegen, lieben, lehren.
In der Krippe lag ein Kind!
Wer dies einmal je empfunden,
Ist den Kindern durch das Jesukind verbunden!

Zu mir sendet Gott das Kind,
Das nicht weiß, was tun, was lassen;
Wie ich gebend bin gesinnt,
Wird sein Herz die Gabe fassen.
Zu mir sendet Gott das Kind!
Wer dies einmal je empfunden,
Ist den Kindern durch das Jesukind verbunden!

Keine Blume kennt das Kind!
Giftige sind meistens bunter;
Wenn es Lust am Bunten findt,
Ißt's die Frucht und gehet unter.
Keine Blume kennt das Kind!
Wer dies einmal je empfunden,
Ist den Kindern durch das Jesukind verbunden!

O was soll ein schwaches Kind!
Höll' und Himmel stehen offen;
Daß das Lamm dem Wolf entrinnt,
Hat es mich wohl angetroffen.
O was soll ein schwaches Kind!
Wer dies einmal je empfunden,
Ist den Kindern durch das Jesukind verbunden!

Wie so leicht lehrt sich ein Kind!
Ob zum Guten, ob zum Bösen,
Wie den Schlüssel es gewinnt,
Wird sich ihm das Rätsel lösen.
Wie so leicht lehrt sich ein Kind!
Wer dies einmal je empfunden,
Ist den Kindern durch das Jesukind verbunden!

Wie gar fleißig ist ein Kind!
So wie du es lehrest lesen,
In dem Buch, in dem wir sind,
Wird das Buch zu seinem Wesen.
Wie gar fleißig ist ein Kind!
Wer dies einmal je empfunden,
Ist den Kindern durch das Jesukind verbunden!

Wie gar folgsam ist ein Kind!
Daß es sich ein Krönlein winde,
Daß es selbst sich Ruten bind',
Lehrest du gewiß dem Kinde.
Wie gar folgsam ist ein Kind!
Wer dies einmal je empfunden,
Ist den Kindern durch das Jesukind verbunden!

Herr, wie lenk' ich dieses Kind!
An dem Faden meiner Hände
Geht es durch das Labyrinth,
Es wird wandeln wie ich's sende.
Herr, wie lenk' ich dieses Kind!
Wer dies einmal je empfunden,
Ist den Kindern durch das Jesukind verbunden!

Sei nicht bange um das Kind!
Laß es alles selbst verdienen.
Sei barmherzig, streng und lind,
Sei, wie Gott mit dir, mit ihnen.
Sei nicht bange um das Kind!
Wer dies einmal je empfunden,
Ist den Kindern durch das Jesukind verbunden!

Werden muß ich wie ein Kind,
Wenn ich will zum Vater kommen;
Kinder, Kinder! kommt geschwind,
Ich will gern sein mitgenommen.
Ich muß werden wie ein Kind!
Wer dies einmal je empfunden,
Ist den Kindern durch das Jesukind verbunden!

Am St. Niklastag. 1826

Sieh ich bin eine Magd des Herrn
Das ist der Umfang und der Kern
Der Jungfraunbildung nah und fern
Die nur von Jesu Mutter lern'!
Die recht Sophia, Weisheit heißt,
Die lernt' es auch vom heil'gen Geist
Spes, Fides, Caritas, das sind
Glaub', Hoffnung, Lieb', der Weisheit Kind,
Die kannten Umfang auch und Kern
Der Jungfraunschule nah und fern
Im: Sieh, ich bin die Magd des Herrn
Und starben für den Glauben gern.
Was du davon nicht weißt, das lern',
Und bitte um den heil'gen Geist,
Und tu, was dich die Mutter heißt,
Und was der Vater haben will,
Ganz unverdrossen, freudig, still,
Der Mutter, die das Haus bestellt,
Dem Vater, der dich nährt und hält,
Der Mutter, die die Kirche heißt,
Dem Vater, Sohn und heil'gen Geist,
Dem ein und andern folge mild,
Denn eines ist des andern Bild.
Wie Flachs, so den verwirrten Sinn
Recht klopfe, breche, hechle, spinn'
Zu einem Faden klar und fein,
Dann wird's ein Tuch hübsch glatt und rein,
Fürs Krippen- oder Wiegenkind
So wie der Herr es tauglich findt.
Putz' den Salat, belese rein
Erbs', Lins', und Reis von Staub und Stein
Das bringt's Gewissen noch so weit,
Als Putz und als Belesenheit.
Das Fleisch wasch', beiz' und mürb es klopf'
Und schieb's zum Feuer und deck' den Topf,
Dämpf', sied's und brat's, wirf weg den Schaum,

Und denk an Zügel und an Zaum
Den Tisch deck' immer ganz komplett,
Die Nadel an der Serviett'
Vergesse nicht, und halt dich nett
Von Suppen und von Bratenfett.
Denk daß das ein' das andre sei,
Und sei nur erst im Kleinen treu,
Wenn dir's nicht mehr vor Kleinem graut,
Wird dir das Größre auch vertraut.
Küß, drück' nicht viel den lieben Mier,
Der Mensch ist ein kurioses Tier,
Ein Maulekuß auch noch so rein
Küßt Übels mehr als Guts hinein.
Am Freitag fehl' nicht im Verein,
Denk: Jesus litt heut ganz allein,
Ich sitz' mit lust'gen Kindern warm
Und nähe, daß sich Gott erbarm'!
Das Schlachten mut't dir niemand zu,
Drum nie den Hahn hilf schlachten du,
Der früh die Magd herausgekräht,
Wie's in der alten Fabel steht.
Laß schlafen jene faule Magd,
Nach der Sankt Niklas gar nichts fragt,
Steh auf und grüß' den Morgenstern,
Sprich: sieh, ich bin die Magd des Herrn!
Und sei zur Kirche schnell bereit,
Denk nicht, es ist noch lange Zeit,
Denn, wenn man erst zusammenläut't,
Dann kömmt Gericht und Ewigkeit.
Und will der Kopf sich wie ein Pfau
Ausspreizen, auf die Füß' nur schau,
Und wollen die stolzieren gehn,
Dann darfst du auf ein Kreuz nur sehn,
Wie da die Schuld, die Lust, der Stolz
Gegeißelt an ein schmählich Holz
Die Unschuld angenagelt hat,
Denk: ich gehör' an seine Statt.
So denk und sei die Magd des Herrn,

Sankt Niklas hat die Mägdlein gern
Er warf dem Vater Geld ins Haus,
Der steuerte drei Bräute aus.
Näh', koch', back', bet', lieb', hoff', und glaub',
Bringt hier und jenseits unter die Haub'!

So werde die Emilia
Ein Vorbild für Othilia,
Und inter spinas Lilia
Und alia similia.

An Frau Marianne von Willemer 1827
(Auf der Gerbermühle bei Frankfurt)

I.

Du nötigst mich, ich soll nur schreiben;
Was weiß ich denn, das nicht ein jeder weiß,
Nicht jeder sucht von Stirn und Blatt zu reiben?
Denn alles, was wir wissen macht uns heiß.
Selbst dieser Pappeln kühle Säulenhallen
Auf goldnem Abendgrund des Domes Blau,
Der Spiegelwellen leises Pilgerwallen,
Der glühnde Berg erlöschend in dem Tau,
Selbst die zerstreuten Lichter in den grünen Räumen,
Und auf dem lieben Antlitz dort der Strahl,
Als zögre er, als dürfte er versäumen
Hinabzusinken mit dem Licht zum Tal.
Selbst alle Wahrheit, Wirklichkeit und Wonne,
All das Genügen dieser guten Schar,
Befreundet nach dem Untergang der Sonne
Zurückzurufen, was am Tag gemeinsam war. –
Ach! all dies äußre, innre, sel'ge Kühlen
Dem Wissenden ist es ein heißer Brand.
Wer aber wird, mein Kind, dies mit mir fühlen,

Und fühlt es Einer, geht er weggewandt,
Geht nicht zu mir, zu dir, geht zu dem Einen,
Der einsam steht, verlassen und verflucht,
Von seinem Volk, in grimmen Todespeinen,
Ans Kreuz genagelt, blutend, unbesucht.
Er kann nicht Kühlung suchen, kann nicht fliehen,
An Händ' und Füß' in heißer Nägel Zwang
Fühlt sengend er die Sonne um sich ziehen,
Für ihn ohn' Untergehn in glühndem Gang.
Er, der die Schmerzen aller Schuld gelitten,
Er, der Unschuldige, der rein allein
Für uns am Kreuz steht in der Dinge Mitten,
In ihm nur ist ein gut Zusammensein.
All andres Tun, all Lieben, Sehnen, Freuen,
All dieses bange Ringen nach Verein
Ist andres nicht, als Trennen und Zerstreuen.
Vergebens hier der Tisch und Brot und Wein,
Wir sitzen rings um ihn, daß er uns trenne,
Man ißt und trinkt; der zahnbewehrte Mund
Zerreißt, zermalmt, daß nicht die Zunge nenne
Die Eigenlust verschlingend durch den Schlund.
Horch! Gläser klingen! Man möcht' sich durchdringen,
Möcht' Eins nur sein, da man Gesundheit trinkt.
O kranke Lieb', der mit zerbrochnen Schwingen
Ein Zeugnis der verlornen Einheit winkt.
Wo fehlt's uns denn? Warum wird mir so bange,
Bei diesem Bruchstück vom zerbrochnen Bund?
Getrennt sind wir, es ist so ewig lange,
Im Tode wird die Liebe erst gesund.
Da hast du's nun, – was quälst du mich zu schreiben,
Verstehst du dies? Wer's liest verlachet mich,
Und wer es merkt, wird mich von dannen treiben,
So lebe wohl, dein Engel schütze dich!

II.

Denn sieh! die Nacht! ihr Friedensmantel decket
Den Streit des Scheins, ein täuschend Tafellicht

Eint, oberflächlich schwankend, und von Nacht umschrecket
Neckt sich erkühlend, was am Tag sich widerspricht.
Mir heilt kein Schmaus die schuldzerrißnen Herzen,
Und nimmer wird die Narbe mir ein Gleis, –
Doch lockt mein Mantel euch so bunt von Schmerzen,
Nehmt hin und scherzt, ich geb' die Fahne preis.
Sie wird von euch weltkindisch umgeschwungen
Von Tränen bleich, von welken Blumen bunt
Sind seine Löcher Wunden, seine Fetzen Zungen,
Ihr lacht sie an und macht sie nicht gesund.
So laßt mich denn und nötigt nicht zum Singen,
Ich muß mit Jakob weinen um den bunten Rock
Des Joseph, den die Söhne vor ihn bringen,
Getauft mit Blut von einem jungen Bock.
Ich wein' und weiß es doch, er lebt, sie werden
Ihn finden königlich, Korn reichend in der Not;
So ist die arme Trauer dieser Erden,
Sie weint beim blut'gen Rock, er lebt, bereitet Brot;
Fahr Mantel hin! Ich eile mit Erschrecken
Dem Jüngling nach – Putiphare erfaßt
Die Hülle, die ihr fehlt, die Schmach zu decken;
O, ird'sche Freude, du betrogner Gast!
Wer dir anheimfällt wird ein Ehebrecher,
Wer dir entflieht, den klagt der Mantel an,
Doch sei getrost, es ward der goldne Becher
Dem Benjamin in seinen Sack getan.
Fahr Mantel hin! Doch da zum Strom ich eile
Und möcht' mit dem Propheten jenseits sein,
Da fehlt er mir, daß ich den Jordan teile, –
Der Glaube kann nicht ohne Mantel sein.
So bin auch ich entblößt und ohne Waffen
Muß ich am Ufer nach der Brücke ziehn,
Muß mit den andern diesseits, jenseits gaffen
Und sink' ermüdet unterm Kreuze hin.
Da steht der Jüngling auch, der in dem Garten,
Da man den Heiland fing, den Mantel ließ.
Ich will mit ihm der Auferstehung warten,

Die uns der Mensch gewordene Gott verhieß.
Laß ausgesetzt mich in der Sonne Gluten
Bei meinem dürstenden, durchbohrten Heiland stehn.
O Gütigster! mich kühlt dein heißes Bluten,
Dein brechend Auge hat mich angesehn.
Und du, Maria, Mutter voll von Schmerzen,
Breit' deinen Schutz um mich und diese Welt,
Die sieben Schwerter, stehend dir im Herzen,
Sie spannen deinen Mantel aus zum Zelt.
So laß mich knien, flehen, weinen, büßen
In deinem Bann, der selig werden soll,
Bis dich die Engelgrüße wieder grüßen:
»Ave Maria, Mutter, Kirche, Gnadenvoll,
Mit dir der Herr, Gebenedeite unter den Weibern,
Gebenedeit allein ist deines Leibes Frucht,
Jesus, der Herr, der unter allen Leibern
Die Kirche, als den Brautleib hat gesucht.
Die Kirche, meine Mutter, durch den heil'gen Geist,
Die in der Taufe schuldlos mich geboren,
Die in der Firmung Stärke mir verheißt;
Die in der Buße herstellt, was verloren,
Die meinen Gott und Herrn mir nährend reicht,
Mir den lebend'gen Gott bewahrt im Sakrament,
Im neuen Opfer, das nicht von ihr weicht,
Das bei ihr bleibt bis an der Zeiten End',
Die mich mit heil'gem Öl zum Todkampf weiht,
Und mit der Priesterweihe Menschen rüstet,
Zu tun wie Jesus Ew'ges in der Zeit,
Die heilig bindet, was im Fleisch gelüstet,
Zu einem Fleische zwei; ein großes Sakrament
In Christo und der Kirch', dem Haupt, dem Leibe,
O Kirche! meine Mutter bis zum End'.
Fleht heil'ge Brüder, daß ich in ihr bleibe,
Mit ihr zur Wüste zieh' im sichern Schoß,
Daß ich geborgen sei am Mutterherzen;
Und bricht zuletzt der Drache gen sie los,
Daß sie mich neu gebäre unter Schmerzen.
Maria, Mutter Gottes, Wahrheit, Bild und Schild,

Maria, Jungfrau, Wirklichkeit und Namen,
Bitt' für uns Sünder, deine Kinder, sei uns mild
Jetzt und in aller Todesstunde! Amen.«

10. Jänner 1834

Wo schlägt ein Herz das bleibend fühlt?
Wo ruht ein Grund nicht stäts durchwühlt,
Wo strahlt ein See nicht stäts durchspült,
Ein Mutterschoß, der nie erkühlt,
Ein Spiegel nicht für jedes Bild
Wo ist ein Grund, ein Dach, ein Schild,
Ein Himmel, der kein Wolkenflug
Ein Frühling, der kein Vögelzug,
Wo eine Spur, die ewig treu
Ein Gleis, das nicht stäts neu und neu,
Ach wo ist Bleibens auf der Welt,
Ein redlich ein gefriedet Feld,
Ein Blick der hin und her nicht schweift,
Und dies und das und nichts ergreift,
Ein Geist, der sammelt und erbaut,
Ach wo ist meiner Sehnsucht Braut;
Ich trage einen treuen Stern
Und pflanzt' ihn in den Himmel gern
Und find' kein Plätzchen tief und klar,
Und keinen Felsgrund zum Altar,
Hilf suchen, Süße, halt o halt!
Ein jeder Himmel leid't Gewalt.
Amen!

An eine Feder 17. Jenner 1834

Danke, danke, süße Feder!
Liebchen ist es, die dich schnitte,
Solche Huld geschieht nicht jeder,
Denn sie hat nach Kindersitte

Dich mit ihrem Mund benetzet,
Ihre süße linde Lippe,
Die noch nie ein Kind verletzet,
Küßte lindernd deine Nippe,
Und du trankst auch eine Zähre,
Die um mich sie hat vergossen,
Federchen nicht mehr begehre,
Du hast Lust und Leid genossen,
Schwarz will ich dich nie betinten,
Tinte ist so herb und bitter
Und ein Linderkuß gleicht linden
Rosen um ein Perlengitter
Komm und schreib:
Mit meinem Blute
Das die Linde hat versüßet,
O du Liebe, Süße, Gute!
Sei vom treusten Herz gegrüßet
Das an deinem Herzen ruhte
Und gerungen und gebüßet
Und geküßt die scharfe Rute
Wie ein Kind, als sie erblühte
Unter deinen linden Händen,
O du Überfluß der Güte
Willst du nicht dein Werk vollenden?
Lasse doch die Dornenhiebe
Rosen deiner Seele tragen,
Daß mein Blut sich Ruh' erschriebe:
Laß die linde Lippe sagen:
Ich vergebe, denn ich liebe.

7. April 1834

Süßer Trost in heißen Stunden,
Da die Liebste, die mir lebt,
Zitternd vor mir stand in Wunden
Und doch nicht vor mir erbebt.

Da sie mir mit heißem Flehen,
Der demütig sie umfieng,
Wahr ins bange Aug' gesehen,
Daß mir's durch die Seele gieng.

Und ich fleht', ach mir alleine
Rechne diese Glut nicht an,
Deine Flamme war die meine,
Beide faßte uns der Wahn.

Süßes Kind, in deinen Wunden
Bist du so unendlich schön,
All mein Schmerz muß da gesunden
Wie in sel'gem Wiedersehn.

Alles, was da je geschieden,
Ewig innig sich erkennt,
Und ein wonnetrunkner Frieden
Mir im Herzen jauchzt und brennt.

Schließest Lippen du und Augen,
Wird ein Feuerblick dein Leib,
Wird dein Mund ein Feuerhauchen,
Wirst du schöner als ein Weib.

Hungern kann ich, harren, missen,
Doch, dich hingegeben sehn,
Und bedecken nicht mit Küssen
Müßt' ich kalt im Feuer stehn.

Du bist wahr, wie nie im Leben
Wahrheit mir entgegentrat,
Und so wirst du mir vergeben,
Was dir selbst entgegentrat.

Soll ich arm mein Elend bauen,
Dann hab' Mitleid und gib mehr,
Gib mir kindliches Vertrauen
Dann wird alles leicht, was schwer.

Aus der Ferne schon gib Winke,
Mahnt das Herz in deiner Brust,
Daß ich trinkend nicht ertrinke
Gib mir Innigkeit statt Lust.

Kind, wie auch der Blitz der Wonne
Mich an deiner Brust durchzückt,
Schrei' ich doch nach einer Sonne,
Die dein Blick mir hart entrückt.

Und ich fleh' zum blühnden Munde:
Sprich doch:
»Armer, schone mein!
Soll sie heilen deine Wunde,
Halte meine Hand auch rein!

Gütig will ich zu dir blicken,
Will dich tragen in Geduld,
Will dir freundlich kindlich nicken,
Kühlen dich mit meiner Huld!

Ach! vielmehr noch will ich geben,
Armes mir verfallnes Herz!
Täglich soll dich rein durchbeben
Meine Freude und mein Schmerz!

Laß uns sein doch wie die Kinder,
Gütig, heiter, süß und rein,
Dann will dir ich immer linder
Deine arme Linder sein.

Willst du still in meinem Garten
Blumen dir und Heilkraut baun,
Mußt du auch der Beete warten,
Brechen nie den schwachen Zaun.

Willst du Rosenpfade bahnen,
So verblute nicht im Dorn,

Um die lockenden Zyanen
Tritt mit Füßen nicht dein Korn.

Sei fein still, in mir gefangen
Stirbst du nicht den Hungertod
Ich bin lind, du sollst empfangen,
Süße Blumen, reines Brot.

Hüte mir, ich will dir hüten,
Dieses feuertrunkne Blut
Bittre Frucht nach süßen Blüten
Wächst auf ungerechtem Gut.

Glaube fest doch an mein Wissen
Auch ich glaube, daß du weißt
Daß dich meine Reu' zerrissen,
Deine Reue mich zerreißt.

Wie soll ich dein Herz je nehmen,
Das du mir so flehend bringst,
Da die Hände mit Beschämen
Du mir vor die Augen zwingst.

Willst du je mein Herz umfassen
Mit der Liebe Blütenreis,
Willst du nie es fallen lassen
Mach es nicht so glühend heiß.

Armer Freund, ach meine Gluten,
Sind nicht deines Herzens Glut,
Diese süß entflammten Fluten
Sind mein leicht entzündlich Blut.

Hüt' mein Feuer, hüt' die Flammen,
Denn dies freie Element
Schmilzt dir nimmermehr zusammen
Was zur Asche es verbrennt.

Wärme dich in meiner Sonne
Kühle dich in meinem Mond,
Trinke meiner Sterne Wonne
Der auf meiner Erde wohnt.

Alle Blumen, süß und reine
Die ich treibe auf zum Licht
Tränk' mit Tränen, bis auf eine
Da dein Herz in Liebe bricht.«

Also flecht' ich, mögst du sprechen,
Wahrheit! du hast mir genickt
Und der will dein Wort nicht brechen
Wahrheit den du angeblickt.

Ein Becher voll von süßer Huld
Und eine glühnde Ungeduld
Und eine arme trunkne Schuld
Sie lehren mich zu flehen!

Du Becher voll von süßer Huld
Vergieb der glühnden Ungeduld
Vergieb die arme trunkne Schuld,
Die ins Gericht will gehen.

Den Becher voll von süßer Huld
Darf heut die glühnde Ungeduld
Zur Buße armer trunkner Schuld
Nicht sehn, und möcht' vergehen!

Das freut den Becher süßer Huld
Das schmerzt die glühnde Ungeduld
Das straft die arme trunkne Schuld
Mit bittern, bittern Wehen.

O Becher voll von süßer Huld,
Woll' nicht die glühnde Ungeduld,

Ob ihrer armen trunknen Schuld,
Die heute büßt, verschmähen.

Fließ über Becher süßer Huld,
Werd' Asche glühnde Ungeduld,
Die mag die arme trunkne Schuld
Gemischt mit Tränen säen.

Auf daß du Becher süßer Huld
Um dich in Schmerzen der Geduld,
Still auf dem Grab der armen Schuld
Die Lilie kann erstehen.

Die Lilie, die voll süßer Huld,
Du sahst im Garten der Geduld
Mit Stern und Engel ohne Schuld
Du leuchten hast gesehen.

14.–15. April 1834

Vogel halte, laß dich fragen
Hast du nicht mein Glück gesehn
Hast du's in dein Nest getragen,
Ei dein Glück, ei sage wen?

Eine feine zarte Rebe
Und zwei Träublein Feuerwein
Drüber Seidenwürmer Gewebe
Drunter süße Maulbeerlein.

Hier hab' ich's im Arm gewieget
Hier am Herzen drückt' ich's fest,
Lieblich hat sich's angeschmiegen
Und du Vogel trugst's ins Nest.

Armer Mann, dein Glück ich wette,
War ein Liebchen und kein Strauß

Ging aus deinem Arm zu Bette
Und du gingst allein zu Haus.

Meinst du? – Nun so sag mir Quelle
Hast du nicht mein Glück gesehn
Trug's ins Meer nicht deine Welle
Ei dein Glück, ei sage wen?

Eine tauberauschte Rose
Und zwei Rosentöchterlein
Frühlingsträume ihr im Schoße,
Wachten auf und schliefen ein.

Hier am Herzen hat's gehauchet,
Süßen Duft, Goldbienen schwer
Sind die Küsse eingetauchet.
Fort ist's – Ach du trugst's ins Meer.

Armer Mann, dein Glück ich wette,
Linder war dein Rosenlos
Ging aus deinem Arm zu Bette
Heim trugst du die Dornen bloß.

Meinst du, will ich Taube fragen,
Hast du nicht mein Glück gesehn
Nicht ins Felsennest getragen?
– Ei dein Glück! – ei sage wen?

Eine goldne Honigwabe,
Süßen Seim und Wachs so rein
Aller Küsse Blumengabe
Schlossen drin die Bienen ein.

Ach ich trug es an die Lippen
Duftend, schimmernd, süß und lind
Durft' ein bißchen daran nippen
War doch ein verwöhntes Kind.

Armer Mann, dein Glück, ich wette,
Linder war's, als Honigseim
Ging aus deinem Arm zu Bette,
Und du gingest einsam heim.

Meinst du? – will ich Echo fragen,
Hast du nicht mein Glück gesehn,
Und willst allen wieder sagen?
Ei dein Glück, ei sage wen?

Einer Stimme süßes Klagen
Locken, Flüstern, Wonn' und Weh',
Nachtigallen-Traumeszagen
Bitte, bitte, geh o geh!

Mir am Herzen hat's gewehet
Alle Wonnen, allen Schmerz,
Wie ein Kinderseelchen flehet
Unter süßem Mutterherz!

Armer Mann! dein Glück, ich wette,
War ein linder träumend Wort,
Fleht' aus deinem Arm zu Bette,
Du gingst einsam dichtend fort.

Meinst du. – muß ich Rose fragen,
Hast du nicht mein Glück gesehn
Birgt dein Schoß nicht süßes Zagen.
Ei dein Glück: Ei sage wen!

Süßes Duften, wachend Träumen,
Hülle, Fülle, süß und warm
Bienenkuß an Rausches Säumen
Irrend, suchend, Rausches arm.

Hier am Herzen hat's geblühet,
Meine Seele süß umlaubt,
Liebe hat mein Blut durchglühet,
Hoffnung hat doch nicht geglaubt.

Armer Mann, dein Glück ich wette
Linder war's, als Trunkenheit
Ging aus deinem Arm zu Bette
Du gingst einsam, kühl, es schneit.

Meinst du, frage ich die Sterne,
Habt ihr nicht mein Glück gesehn?
Sterne sehn ja Augen gerne.
Ei dein Glück? ei sage wen?

Lockennacht an Himmelsstirne
Sinnend, minnend Doppellicht,
Augen blitzend Glücksgestirne,
Andern Sternen folg' ich nicht.

Sah's von Tränen tief verschleiert
Sah's von Sehnen tief durchglüht
Sah's durchleuchtet, sah's durchfeuert
Sah's wie Liebe blüht und flieht.

Armer Mann, dein Glück ich wette
War ein linder Augenschein,
Ging aus deinem Arm zu Bette,
Durch die Nacht gingst du allein.

Meinst du, muß die Lilie fragen
Hast du nicht mein Glück gesehn
Reimt sich dir, doch darf's nicht sagen.
Ei dein Glück, ei sage wen?

Eine, eine, sag nicht welche,
Stand im Gärtchen nachts allein
Sah o Lilie! deine Kelche
Überströmt vor Lichtesschein.

Hat von Lilien, Engeln, Sternen
Schon an meiner Brust geträumt,
Alle Nähen, alle Fernen
Mir mit Dichtergold gesäumt.

Sel'ger Mann, dein Glück, ich wette
Ist Emilie, fein und lieb
Ging aus deinem Arm zu Bette
Dir des Traumes Goldsaum blieb.

Meinst du, muß Emilien fragen,
Hast du nicht mein Glück gesehn
Hast du's in dein Bett getragen?
– Ei dein Glück, o sage wen?

Ein Süßlieb, schwarzlaub'ge Linde
Schwüle, kühle, süße Glut,
Feuermark in Eises Rinde
Hüpfend Kind in freud'gem Blut.

Eine feine reine Myrte
Und ein Opfertaubenpaar
Das im Traume girrend schwirrte,
Küßt ein Hirte den Altar.

Süße Rebe schlanker Ranken
Weinbeer und Gedanken voll
Ob man küssen die Gedanken,
Ob die Beerlein denken soll.

Schatz von Seelenlustjuwelen
Schließt der Elfenbeinschrein ein
Doch nur Küsse kann man stehlen
Fest liegt's Himmelschlüsselbein.

Ein verstummend Fühlgewächschen
Ein Verlangen abgewandt
Ein erstarrend Zitterhexchen
Zuckeflämmchen nie verbrannt.

Offnes Rätsel, nie zu lösen,
Stäter Wechsel, fest gewöhnt,

Wesen, wie noch keins gewesen
Leicht versöhnt und schwer verschönt.

Ein beredsam tiefes Schweigen
Ein Versteck, der offen liegt,
Ganz ergossen, sich nur eigen,
Ein Ergeben, nie besiegt.

Sonnenwahr, ach glauben muß ich!
Hoffen? möcht' ich – Wechselmond!
Lieben? – weil ein Sternenkuß ich,
Der an diesem Himmel wohnt.

Köpfchen sinn- schier eigensinnig,
Pfeildurchblitzte Lockennacht,
Augen innig, Wangen minnig,
Mundes Wunde schmachtend lacht.

Nase üblich, Öhrchen lieblich,
Läppchen Zuckertröpfchen lind,
Kinn ein bißchen zu verschieblich,
Wird betrüblich mein süß Lind.

Auf dem Kehlchen wiegt das Köpfchen
Blumenglöckchen auf dem Stiel,
Seelchen, selig Tauetröpfchen,
Das hinein vom Himmel fiel.

Reiner, feiner Nacken! sterben
Möcht' in Küssen ich an dir
Könnt' ich nur mein Küssen erben
Ließ' ich gern mein Leben hier.

Und die Schultern fein gesenket,
Kühl und süß mein Haupt hier ruht.
Träumet, flüstert, dichtet, denket
Licht und Wort und Fleisch und Blut.

Und nun küss' ich euch zwei Flügel,
Küssend, sagt man, wächst der Flaum,
Jenseits über süße Hügel
Schwebet schon der schwüle Traum.

Ach wenn ich euch doch nicht wüßte
Weiße Lämmchen nahebei,
Wenn ich euch nicht suchen müßte,
Küssen nicht, dann wär' ich frei.

Himmelsschäfchen, süß verschwiegen,
Schwanenbettchen, linder Schaum,
Ach ihr feinen Liebeswiegen
Wieget einen Kindertraum.

Klare, linde Lebensquelle
Becher, Trank und Flut und Brand
Dürstend schmacht ich nach der Welle
Und sie hüpft mir in die Hand.

Und o Liebe, das Geschöpfchen
Mir ans Herz nun selber sinkt,
Wie ein Myrtenreis im Töpfchen,
Das an einer Quelle trinkt.

Süße Hange und Verlange
Süßer, schlanker Schlangenleib
Sei nicht bange, währt nicht lange,
Fliehe Schlange, bleib süß Weib!

Süß Syrene auf der Hüfte
Wiegst du dich am Felsenriff
Selig, wer vorüberschiffte,
Wen der Zauber nicht ergriff.

Tempel auf zwei Säulchen tüchtig
Aller Liebesgötter voll,
O Asyl, bin liebesflüchtig
Weiß wohin ich fliehen soll.

Hätte ich dich selbst beleidigt,
Flöh' zu dir ich, Huldaltar,
Würd' von dir geschützt, verteidigt,
Ja ich weiß es, es ist wahr.

Und nun ruh' ich dir zu Füßen,
Bin ganz krank vor Lust und Weh
Sag süß Lieb, sag darf ich küssen,
Die dich schmerzt die kleine Zeh?

Sieh das Strumpfband dicht voll Küssen!
Nur die trunknen Küsse sahn's,
Schwester braucht das nicht zu wissen
Honny soit, qui mal y pense.

Sag Emilie! laß dich fragen,
Hast du dies mein Glück gesehn?
Hast du's in dein Bett getragen?
– Nein! jetzt will ich schlafen gehn.

Bitte, bitte, ganz vertraulich
Muß mich kämmen, wäschen gehn,
Bin dabei nicht sehr beschaulich,
Tu nicht vor dem Spiegel stehn.

Lieber hast du dir getrieben
Aus mir einen Blumenstrauß,
Hast ihn trunken mir beschrieben
Dichter trag ihn dir nach Haus.

Bitte, bitte, gehen, gehen,
Alles zwar ist mir nicht fremd,
Doch kann ich bei Nacht nicht sehen
Denn am Hälschen schließt das Hemd.

Und weil man mich Turteltäubchen
Leicht nicht unters Häubchen bringt
So vergess' ich im Nachthäubchen
Was zu dichten dir gelingt.

Gehen, gehen, bitte, bitte!
Ach ich weiß nicht, bin's, bin's nicht,
Mein Wachsstöckchen! – liebe Schritte!
Lebe wohl, du letztes Licht.

Noch ein flehendes Umarmen,
Schon die Klingel in der Hand
Und ich flieh' aus Lichtes Armen
In die Nacht, die draußen stand.

Nacht! hast du mein Glück gesehen?
– Nein, doch oft vor dir versteckt,
– Licht am Fenster – Schlafen gehen,
Ausgestreckt und zugedeckt!

Über mich zwar ist's gekommen
Denn dein Glück kam über Nacht,
Hast du's in den Arm genommen
Ist der Traum mit dir erwacht.

Traum! bist du mein Glück gewesen?
Nein sein Bild nur auf Besuch,
Wo dein Glück ist kannst du lesen
Br. Br. Br. im kleinen Buch.

Wenn das Pferdchen toll will springen,
Das die süße Linder trug,
Muß mit Br. Br. Br. sie's zwingen,
Br. Br. Br. ist nie genug.

Pferde sind die Leidenschaften,
Br. Br. Br. ach halte Fug
Soll die Lieb' im Sattel haften
Br. Br. Br. so werde klug.

Als ich in tiefen Leiden
Verzweifelnd wollt' ermatten,

Da sah ich deinen Schatten
Hin über meine Diele gleiten,
Da wußt' ich, was ich liebte,
Und was so schrecklich mich betrübte,
O Wunder aller Zierde,
Du feine ernste Myrte.

7. Juni 1834. Aus einem Briefe nach Karlsbad

Was heiß aus meiner Seele fleht,
Und bang in diesen Zeilen steht
Das soll dich nicht betrüben
Die Liebe hat es ausgesäet
Die Liebe hat hindurchgeweht,
Die Liebe hat's getrieben.

Und ist dies Feld einst abgemäht,
Arm Lindi durch die Stoppeln geht,
Sucht Ähren, die geblieben,
Sucht Lieb', die mit ihr untergeht,
Sucht Lieb', die mit ihr aufersteht,
Sucht Lieb', die ich mußt' lieben!

11. Juni 1834 nach Karlsbad

Alles lieben oder Eins lieben
All – Eins

Still folgt die Liebe deinen Schritten,
Denn alle Lust und alle Pracht,
Die dich ergötzt in Kunst und Sitten,
Hat sie ja selbst für dich erdacht.

Ich darf nicht rings umher mehr blicken
Der Farben Glut, der Formen Zier

Der Lüfte Wehn, der Blumen Nicken
Ist all für dich, kömmt all von mir.

Es wird kein stolzes Schloß gebauet,
Es wird kein edles Bild geschnitzt,
Die Liebe hat es durchgeschauet,
Die Liebe hat hindurchgeblitzt.

Weil du in Vielem liebst zu leben
Hab Vieles ich dir herbestellt,
Als Gott der Liebe sich ergeben,
Da kamst du selbst mitsamt der Welt.

Da kam auch ich mit meiner Liebe
Und alle Kunst und aller Sinn,
Und daß ich wüßt', wo Alles bliebe
Trug ich es zu der Einen hin.

Du gehst ganz lustig durch spazieren
Und drehst das Hälschen in die Rund,
Ich habe Eins nur zu verlieren,
Mit dir geht Alles mir zu Grund.

Du suchest das in allen Dingen
Was ich in dir gefunden hab',
Du möchtest allen Liebe bringen,
Ich tret' der Lieben Alles ab.

Du suchst die Liebe rings entfaltet
Ich sehe sie in dich verhüllt,
Nichts hast du, was sich dir gestaltet,
Ich hab' dich nicht du süßes Bild.

Was du inmitten von vier Winden
Zu suchen hin und her dich drehst
Kann mir in vier Fischbeinchen schwinden,
Wenn du ein bißchen schneller gehst.

Du möchtest in der Liebe wählen
Ich folge Arm Lind dir, weil ich muß.
Du möchtest die Gestirne zählen
Ich fand die Welt in einer Nuß.

Süß Lieb, das ich muß heiß verlangen,
Arm Lind, all, was du krank vermiss'st,
Wir werdens einst in Uns umfangen
In dem, der Eins und Alles ist.

Mir brennet in dem kranken Herzen
In einem Flammenblumenstrauß.
Von unermeßner Art der Schmerzen
Die tiefgebeugte Seele aus.

Und du, durch die der Strauß erblühet,
Streckst wohl zu ihm die feine Hand
Scheust nicht die Glut, aus dir erglühet,
Scheust nicht dies Herz von dir entbrannt,

Und wenn die Feuerblumen blitzen
Von meiner Tränen heißem Tau
Zählst du mit kühlen Fingerspitzen
Die Blümchen auf des Traumes Au.

Ich hab' den Schmerzenstrauß gedichtet,
Der flammend mir im Herzen rast,
Und hab' in Flammen es vernichtet
Daß nicht die Glut dein Herz verglast.

Ich habe viel zu dir gesprochen
Auch letzte Worte bis zum Tod,
Und hab' mein Herz vor dir gebrochen,
Wie ich dir brechen darf dein Brot.

Ich leb' nicht mehr, lieg' unbegraben,
Mein Schatten fleht in heißer Buß',
Süß Lieb, soll mich mit Tränen laben,
An der schwarzlaub'gen Linde Fuß.

Zur Stunde, die in Sehnsucht zagt,
Dem Schiffer tief das Herz beweget
Der Freunden heut Lebwohl gesagt,
Und Liebe in dem Pilger reget,
Hört er, wie ferne Abendglockenklänge scheinen
Den Tag, den sterbenden, wehklagend zu beweinen.

Da ward mein Herz so schwer, so schwer,
Ich schiffte einsam auf den Wogen,
Da hat dein Lied vom Felsen her
Mich in die Brandung hingezogen
Sirenenkind, ich mußt' an deinen Klippen stranden
Mich lockten Flammen, die auf deinen Lippen brannten.

Ich drang zu dir, ich rang zu dir
Der Unerkannten, Tiefverwandten,
Du wichst vor mir, du schlichst zu mir
Und legtest mich gebannt in deine Banden,
Da sank dein schlummernd Haupt an meines Herzens Wunde
Und flüsterte dein heimlich Lied aus blühndem Munde.

SIRENE

»Ach hätt' ich doch kein Schiff erblickt
Ach wär' ich länger einsam blieben,
Die Sehnsucht hat mir's hergeschickt,
Mein Sehnen hat mir's zugetrieben,
Die arme Liebe ruht mir selig in den Armen,
Armselige du träumst, dich wieget mein Erbarmen!

Wen ich könnt' lieben, hab' ich nicht,
Der heiß mich liebt, ist nur mein eigen,
Und meiner Liebe heimlich Licht
Kann seiner Glut nur Mitleid zeigen
Den Sternen send' ich meiner eignen Sehnsucht Qualen
Die Lichteskküsse mir zu meinen Lilien strahlen.

Ein Fruchtbaum ganz von Früchten schwer
Senkt seinen Himmel zu der Erden,

Kömmt stark ein Sturm von Osten her,
Kann er nicht froh erschüttert werden
Er schüttelt ab die Früchte und die schwachen Blüten,
Und meine Träume, die mir nachts so heilig glühten.

Der heiße Tag kühlt sich am Mond
Doch Meer und Blut hat Flut und Ebbe,
Kein Friede je der Liebe lohnt
Trägt andrer Sehnsucht sie die Schleppe!
Weh! träum' ich Liebe, muß den süßen Traum ich hassen,
Denn ungeliebte Liebe kann mich nicht mehr lassen!«

DER SCHIFFER

So sang das Kind, ich hörte zu
Und fleh', laß dich durch mich nicht stören,
Mich singt dein Lied zur ew'gen Ruh,
Dir will ich ew'gen Frieden schwören,
Im letzten Augenblick sprichst du in Tränenbächen
Er liebte mich allein bis Herz und Augen brechen.

22. Juni 1834
nach Karlsbad

Den ersten Tropfen dieser Leidensflut,
In der ich wehrlos, elend bin ertrunken,
Und auch von dieser grimmen Glut,
Die all mein Sein verzehrt, den ersten Funken,
Des Traumes Blumenrand, wo ich geruht,
Eh' in des Schmerzes Abgrund ich gesunken.
Das erste Tröpflein von dem Feuerblut,
In das ich wagt', den Finger einzutunken,
Um wehe mir! mit irrer Wut
An Leib und Seele liebeszaubertrunken
Von mir zu schleudern, weh! mein letztes Gut,
Und weh! mit meinem Elend noch zu prunken

Vor meiner Seele, arger Übermut!
– Ich kenn' das all, schiffbrüchig auf dem Meer
Schwimmt drohend es in Trümmern um mich her.
Weh! – der Syrene nackte Schulter blank,
An der gescheidert ich den Sinn verloren,
Zuckt dort empor und weh! – das Leibchen schlank,
Das kranke Herz, das mich zu Tod geboren,
Die Hand, die mich getauft, genährt mit Zaubertrank,
Sie hebt sich drohnd – es schallt zu meinen Ohren:
»Mein lieber armer Freund! wie krank! wie krank!
Horch! Schlummerlied vom Schicksal eines Toren,
Viel hättest du mir helfen, nützen können,
Nun muß die Flut, die uns umarmt, uns trennen,
Die Woge die mich kühlet, dich verbrennen!

Auf wundenvoller Straße
Mußt du gespenstend gehen,
Wo dir mit allem Maße
Ich Quelle aller Wehen,
Ich Welle aller Wonnen,
Die Adern hab' durchronnen.

Wo mich, die dir vertrauet,
Du schmählich hast verloren,
Wo, was du kaum erbauet –
– O schon' des kranken Toren
Schlaf, schreiendes Gewissen! –
Du nieder hast gerissen!

O Platz der Promenade!
Haus, gelb mit zweien Pforten,
Da fandst du Recht für Gnade,
Bist hingerichtet worden,
Wo du dich hast verschuldet,
Hast du dein Recht erduldet.

Dein Geist hat keinen Frieden
Nach deinem Tod gefunden,

Er muß mit ew'gem Sieden
Der Tränen mich umrunden,
Weil Flammen er erweckte,
Die kühle Woge deckte.

Weh Flammen, grüne Flammen,
Die nun mit blinden Trieben
Dem Holze neu entstammen,
Das er zur Glut gerieben,
Und wenn es wieder grünet,
Ist er noch nicht versühnet.

Und wenn es wieder blühet
Und weiß von Blüten kühlet,
Und heiß von Früchten glühet,
Ein Feuer dich durchwühlet,
Das Feuer meiner Triebe,
Das Feuer deiner Liebe.

O Herr, hör' laut im Traume
Die arme Seele wimmern,
Ach laß dir aus dem Baume
Für sie ein Kreuz doch zimmern
Und richt' es auf am Pfade,
Wo sie verlor die Gnade!

Schreib drauf, weil er erwühlet
Die Glut, die ich bedecket,
Er nun die Flammen fühlet,
Die selbst er hat erwecket,
Bis Glut von meinem Herde
Einst diese Glut verzehrte.

Und bis die Promenade
Ein Saatfeld goldner Körner
Ein Erndefeld der Gnade,
Und rings im Zaun nur Dörner,
Und bis dies Kreuz wird blühen
Muß diese Seele glühen.

Bis dahin betet alle
Für diese arme Seele,
Daß sie nicht tiefer falle
Und still die Tränen zähle,
Bis Herzblut der Syrenen
Heiß wird, wie Reuetränen.«

Und als sie so gesungen
Ein bißchen süß gegaukelt,
Und sich herum geschwungen
Geschlungen und geschaukelt
Rief sie: »Gut' Nacht mein Brüderchen
Addio! schreib, mach Liederchen.«

Nun streifet mein Gebieterchen
Schon ab das feine Miederchen
Und streckt die reinen Gliederchen,
O Engel seine Hüterchen,
Deckt sie mit dem Gefiederchen,
Und singt ihr kleine Liederchen,
Baut eure keuschen Nesterchen
Und legt ein englisch Pflästerchen
Ans Herz dem neuen Schwesterchen,
Daß es, was gut es eingeschnürt,
Nun aufgeschnürt nicht gleich verliert!

Die Blumen an Sie
10. oder 11. Juli 1834

Als Sonnenfeuer sprühte
Und heiß der Sommer glühte
Und süß die Linde blühte
Und lieb die Turtel girrte,
Und licht der Glühwurm schwirrte
Sprach sterbend zu der Mirte
Das letzte Licht der Lilie:

»Geh mit der Leidfamilie,
Und heiß willkommen Emilie,
Drum stehen hier gleich Kerzen
Wir Blumen, stumme Schmerzen
Aus einem kranken Herzen
Und flehen um das Leben.
In unsern Kelchen beben,
Auf unsern Sternen schweben
Unsäglich tiefe Leiden,
Doch sind wir still bescheiden,
O laß uns dir zur Seiten
Ganz linde und gelassen
Verblühen und verblassen,
O Jesus! ohne Hassen!
O Jesus! ohne Höhnen!
O Jesus! dich verschönen,
In dem wir uns versöhnen!
Der uns hat hergesendet,
Der hat ja bald vollendet,
Doch wir sind nicht verschwendet,
Wir stehen auf dem Grabe
Gleich einer Tränengabe,
Gleich einem schwachen Stabe
Des armen Tränenblinden,
Sein' Ruheort zu finden,
Den letzten Kranz zu winden,
Zu Füßen einer Linden
Dem, der bald überwunden
Verblutend unverbunden
An tiefen, tiefen Wunden
Drum laß in stummen Wehen
Uns leis bei dir vergehen,
Es giebt ein Untergehen,
Es giebt ein Auferstehen,
Es giebt ein Wiedersehen,
Da wirst du uns verstehen!«
Amen!

12. Juli 1834

Als sie mir Taschentücher geschenkt, die sie in Karlsbad gesäumt

Die Liebe gab mir Tränen,
Die linde hat mir Tüchlein dann gesäumt,
Zu trocknen viele Tränen,
Die ich um sie zu weinen noch versäumt,
Willkomm' zukünft'ge Tränen,
Ihr habt euch solche Huld wohl nicht geträumt,
O Mutter meiner Tränen,
Die jetzt noch unter deinem Herzen ruhn,
Fromm tust du meinen Tränen,
Wie treue Mütter ihren Kindlein tun,
Bereitest meinen Tränen
Ein mildes Lager mit der linden Hand
O reicher Strom der Tränen!
Der so ein liebes lindes Bett hier fand,
O nehmt mich auf ihr Tränen!
Tragt mich hinüber in das andre Land,
Und spiegelt mir ihr Tränen
Die Linde, die da an des Saumes Rand
Vielleicht mit eignen Tränen
Die liebe Gabe Stich vor Stich erfand,
Wo sollt ihr hin, ihr Tränen?
Wenn eure Mutter sich von euch gewandt,
Verrinnen müßt ihr Tränen
In einer öden Wüste glühem Sand.
Erweichet doch ihr Tränen
Das Herz, das nie ein ander Herz noch fand,
Und euch gebar ihr Tränen,
Und euch die Tüchlein in die Wiege band,
Daß es vor euch, ihr Tränen
Nicht grausam fliehe, fern und abgewandt;
Es gab wohl kaum noch Tränen,
Die ihre arme Mutter so geliebt,
Und doch, o arme Tränen,
Die liebe, süße Mutter so betrübt!!?
O arme, sel'ge Tränen!

O liebe, linde, die so gern vergiebt.
Vergieb, vergieb den Tränen!
Sieh stille zu, es sind die letzten bald,
Wenn ich in Reuetränen
Ein Tüchlein sterbend in den Händen halt',
Will ich mit treuen Tränen
Ans Herz es drücken, das schon überwallt,
Das überwallt in Tränen
Und meine Seele trägt vor Richters Thron,
Da will ich euch ihr Tränen
Im Tüchlein reichen meines Gottes Sohn,
Daß er sein Blut, ihr Tränen,
Euch mischend, mir die schwere Schuld vergiebt,
Und zu euch spricht ihr Tränen:
Viel ist vergeben euch, die viel geliebt!

14. Juli 1834

Ich weiß wohl, was dich bannt in mir,
Die Lebensglut in meiner Brust,
Die süße zauberhafte Zier,
Der bangen tiefgeheimen Lust,
Die aus mir strahlet, ruft zu dir,
Schließ mich in einen Felsen ein,
Ruft doch arm Lind durch Mark und Bein:
Komm, lebe, liebe, stirb an mir,
Leg' dir diesen Fels auf deine Brust,
Du mußt, mußt.

Ich weiß wohl, was du liebst in mir –
Es ist die Glut in meiner Brust –
Es ist die zauberhafte Zier,
Der tief geheimen innern Lust,
Die strahlt aus mir, und ruft zu dir:
Schließ mich in einen Felsenstein,

So ruf' ich doch durch Mark und Bein!
Komm, lebe, liebe, stirb bei mir
Du mußt, du mußt. –

Text zum Oratorium von Ett
zu lesen
Im Laboratorium vor dem Bett
Montagabend 21. Juli 1834

Sie haben allerlei gesungen,
Und alles war ein einzig Lied,
Vom Zauberknoten süß verschlungen
Aus Huld und Reiz von Glied zu Glied.

Von allem hab' ich nichts gehöret,
Als deines Kinderherzens Schlag,
An dem von Tönen ungestöret
Süß träumend meine Seele lag.

Ich hörte nur von Mirten säuselnd,
Von Lilien, die mir zugenickt,
Von Wölkchen um den Mond hinkräuselnd,
Von Sternen, die mich angeblickt.

Ich hörte nur: süß ist die Linde,
Schlank ist das Reh, blank ist der Fisch,
Das Seelchen gaukelt in dem Kinde,
Ein Nympfchen in dem Waldquell frisch.

Was süß sich in den Tönen wieget
Was sehnet, seufzet, ringt und schwingt,
Ist all süß Lindi, die sich schmieget,
Wenn sie der Augenblick umschlingt.

Es weben all die Wundertöne
Nur einen einzigen Akkord,

Süß ist süß Lieb, sie ist das schöne,
Das linde, liebe, wahre Wort.

In ihr wird jeder Mangel Zierde
Und jede Armut Überfluß,
Ein Kinderseelchen der Begierde
Schwebt leis in ihres Odems Kuß.

Wie lieblich war es heut zu schauen
Das reine feine Wunderbild,
So schwebt die Elfe durch die Auen
Und trägt ein Rosenblatt als Schild.

Wer hat so süß sie ausgerüstet
Wie Ambra, Perl und Elfenbein,
Wer hat ihr Herz so fein gebrüstet
Ein Wiegenbett der Engelein.

Wer schwang so rein das schlanke Hüftchen,
Wer zog die Anmut bis zum Fuß,
Wer trägt sie wie auf Frühlingslüftchen
Die Sehnsucht trägt der Liebe Gruß?

Wer wieget ihr das kluge Köpfchen
Gleich Blumen an der Quelle Saum,
Wer flocht ihr in die schwarzen Zöpfchen
Der leichten linden Kinder Traum?

Wer hat dies holde Kind geschmücket,
Wer hat zu ihm sich hingebückt,
Wer hat es an sein Herz gedrücket?
Der süße Gott, der mich entzückt.

Über Berg und Tal getragen,
Nieder in den See getaucht,
Ist das Licht von meinen Tagen
Und in Klagen
Bebend meine Seele haucht.
Gute Ruh', gute Ruh',
O süße Turtel wie marterst du!

Sonne magst nur niedersinken,
Geh nur auf, du roter Mond
Und ihr Sterne mögt nur blinken,
Hab' mein Flehen nicht belohnt
Euer Winken
Sagt mir nicht, wo Lindi wohnt.
Gute Ruh', gute Ruh',
O süße Turtel wie marterst du!

Jetzt mag wohl die Lilie drehen,
Ihren Kelch zu diesem Stern
Und mit Licht und kühlem Wehen
Füllen, was ich küßte gern
Heißes Flehen!
Zieh zu ihr, zu ihr so fern!
Gute Ruh', gute Ruh',
O süße Turtel wie marterst du!

War ich doch die kleine Mücke,
Die auf ihren Nacken flog
Und ein Tröpfchen meinem Glücke,
Aus den blauen Adern flog
Daß zurücke
Sie nach mir sich zürnend bog.
Gute Ruh', gute Ruh',
O süße Turtel wie marterst du!

War ich doch das Regentröpfchen,
Das ihr auf die Wange fiel
Und sie schüttelte das Köpfchen

Und es rann zu süßerm Ziel.
Süß Geschöpfchen!
O das war zu viel, zu viel!
Gute Ruh', gute Ruh',
O süße Turtel wie marterst du!

Alles war ich, war das Sehnen,
Das sie grüßt im Abendrot,
War der Herdenglocke Tönen,
Das ihr Gruß der Heimat bot,
War die Tränen,
War die unbestimmte Not
Gute Ruh', gute Ruh',
O süße Turtel wie marterst du!

O du durst'ger Strahl der Augen,
Der zum Monde trinken geht,
Selig fühlte ich dein Saugen!
Licht und Luft, die mich umweht
War das Hauchen
Ihrer Lippen im Gebet.
Gute Ruh', gute Ruh',
O süße Turtel wie marterst du!

Eines weiß ich, eine Decke
Kühl und lind, auf der sie ruht,
Die von Ecke ich zu Ecke
Deckte mit der Küsse Glut. –
Nicht erschrecke
Süßes Lieb, o schlafe gut.
Gute Ruh', gute Ruh',
O süße Turtel wie marterst du!

24. August 1834

Bienen, die ich ausgesendet
Nach dem süßen Blumenstrauß,

Der allein noch Honig spendet,
Bringet Labung mir nach Haus
Gute Ruh'! gute Ruh'!
O süße Turtel! wie marterst du?

Küsse, die ich heiß gesäet,
Wo die Lindenblüte ruht,
Bringt den Duft, der sie umwehet,
Her zu meines Herzens Glut.
Gute Ruh'! gute Ruh'!
O süße Turtel! wie marterst du?

Seufzer, meines Leidens Boten,
Die der Lieben Schlaf belauscht,
Kehrt zu mir von ihres roten
Süßen Mundes Hauch berauscht
Gute Ruh'! gute Ruh'!
O süße Turtel! wie marterst du?

Bienen, Küsse, Seufzer, trunken
Fühl' ich euch; o bange Lust
Tragt in glühen Feuerfunken
Ihr in meine kranke Brust.
Gute Ruh'! gute Ruh'!
O süße Turtel! wie marterst du?

Und wie sich die Funken sammeln
Um des kranken Herzens Traum,
Höre ich es schlummernd stammeln
An des Paradieses Saum:

Sag! lichtes flücht'ges Reh!
Dess' freier, milder Geist
Jetzt in dem Paradiese selig kreist,
Wie ist dir, wenn die wundervolle Fee
Auf jener Hülle, die im Leben dich bedeckt,
Die reinen, feinen, flinken Glieder
Traumselig hin und wieder
Gleich einem süßen Wiegenkinde streckt?

Strebt dir ein tief Entzücken,
Da sie auf deinem Mantel sich erkühlt
Nicht gleich dem ersten Lüftchen übern Rücken,
Das an dem Schöpfungstag mit dir gespielt?
Es pocht ihr Herz und wallet,
Die Lippe sehnend lallet,
Des Blutes Wellen hüpfen,
Wie durch die blühnden Büsche Quellen schlüpfen,
Des schlanken Leibes Zierde,
Ein Spiegelbild der spielenden Begierde,
Wähnt einen Engel sich mit kranken Flügeln,
Und träumt, nicht mächtig, Fluges Trieb zu zügeln,
Auf schlanken Rehes Rücken sich zu schwingen,
Und flüchtig selig durch den Wald zu dringen.
– O zieht die Dornen ein, ihr trunknen Rosen,
Und streut mit lindem Kosen
Die duft'gen Blätter und des Taues Tränen,
Die Perlen, die nach ihrem Kuß sich sehnen,
Dem süßen Wunderbilde,
Das wie der Pfeil der ersten Liebeslust
So flüchtig mild und wilde
Vorüberzückt, entzückt zur reinen Brust!
Ihr Blumen stehet still, ihr nachzusehen.
Ihr braucht euch nicht zu bücken,
Sie wird mit Sehnsuchtsblicken
An euch wie Maies Wehen
So süß vorüberzücken,
Und dort du schlanke Lilie
In reinen Kelchen Lichtes Engel tragend,
O bebe nicht so zagend
Es naht dein süß Gespiel,
Die liebliche Emilie,
Die vor berauschten Bienen auf der Flucht
Sich deiner Kelche heiliges Asyl
Als ein vertrautes liebes Bettchen sucht.

Komm Friede, süßer Friede!
Komm Tau so lau und lind

Emilie ist so müde,
Es schwebt das flücht'ge Kind
Bei dir o Lilie nieder
Und lauscht der Schlummerlieder,
Die ihm die Engel singen;
Das Reh will nicht mehr springen,
Leis um die schlanken Glieder
Schleicht ihm der Schlaf herauf
Es legt sein feines Köpfchen
Dem lieblichen Geschöpfchen
Ans Herz und über Hügel
Bewegt von stiller Wonne
Geht eine innre Sonne
Ihm selig träumend auf.

Die Abendwinde wehen,
Ich muß zur Linde gehen,
Muß einsam weinend stehen,
Es kommt kein Sternenschein;
Die kleinen Vöglein sehen
Betrübt zu mir und flehen,
Und wenn sie schlafen gehen,
Dann wein' ich ganz allein!
»Ich hör' ein Sichlein rauschen,
Wohl rauschen durch den Klee,
Ich hör' ein Mägdlein klagen
Von Weh, von bitterm Weh!«

Ich soll ein Lied dir singen,
Ich muß die Hände ringen,
Das Herz will mir zerspringen
In bittrer Tränenflut,
Ich sing' und möchte weinen,
So lang der Mond mag scheinen,
Sehn' ich mich nach der Einen,
Bei der mein Leiden ruht!

»Ich hör' ein Sichlein rauschen,
Wohl rauschen durch den Klee,
Ich hör' ein Mägdlein klagen
Von Weh, von bitterm Weh!«

Mein Herz muß nun vollenden,
Da sich die Zeit will wenden,
Es fällt mir aus den Händen
Der letzte Lebenstraum.
Entsetzliches Verschwenden
In allen Elementen,
Mußt' ich den Geist verpfänden,
Und alles war nur Schaum!
»Ich hör' ein Sichlein rauschen,
Wohl rauschen durch den Klee,
Ich hör' ein Mägdlein klagen
Von Weh, von bitterm Weh!«

Was du mir hast gegeben,
Genügt ein ganzes Leben
Zum Himmel zu erheben;
O sage, ich sei dein!
Da kehrt sie sich mit Schweigen
Und gibt kein Lebenszeichen,
Da mußte ich erbleichen,
Mein Herz ward wie ein Stein.
»Ich hör' ein Sichlein rauschen,
Wohl rauschen durch den Klee,
Ich hör' ein Mägdlein klagen
Von Weh, von bitterm Weh!«

Heb Frühling jetzt die Schwingen,
Laß kleine Vöglein singen,
Laß Blümlein aufwärts dringen,
Süß Lieb geht durch den Hain.
Ich mußt' mein Herz bezwingen,
Muß alles niederringen,
Darf nichts zu Tage bringen,

Wir waren nicht allein!
»Ich hör' ein Sichlein rauschen,
Wohl rauschen durch den Klee,
Ich hör' ein Mägdlein klagen
Von Weh, von bitterm Weh!«

Wie soll ich mich im Freien
Am Sonnenleben freuen,
Ich möchte laut aufschreien,
Mein Herz vergeht vor Weh!
Daß ich muß alle Tränen,
All Seufzen und all Sehnen
Von diesem Bild entlehnen,
Dem ich zur Seite geh'!
»Ich hör' ein Sichlein rauschen,
Wohl rauschen durch den Klee,
Ich hör' ein Mägdlein klagen
Von Weh, von bitterm Weh!«

Wenn du von deiner Schwelle
Mit deinen Augen helle,
Wie letzte Lebenswelle
Zum Strom der Nacht mich treibst,
Da weiß ich, daß sie Schmerzen
Gebären meinem Herzen
Und löschen alle Kerzen,
Daß du mir leuchtend bleibst!
»Ich hör' ein Sichlein rauschen,
Wohl rauschen durch den Klee,
Ich hör' ein Mägdlein klagen
Von Weh, von bitterm Weh!«

Alhambra

Am Vorabend des Advents

Es saß ein Mägdlein an dem Wege,
Die Augen sahen klar ins Licht,
Die Händchen übers Herz geleget,
War's stille, stille, redet nicht.

Und rings ums Kind war süßer Frieden,
Und um des grünen Röckleins Saum
Schneeglöckchen lieblich nickend knieten,
Der Winter träumte Frühlingstraum.

Von allen Vöglein auf den Zweigen,
Da rührt sich keins, sie winkten sich,
Sie wollten alle stille schweigen,
Kein Lüftchen durch die Blätter strich.

Ein Pilger, der daneben ruhte,
Sprach leise: »Sag, du liebes Kind,
Wie ist dir's denn so still zu Mute,
Als wenn der Schlummer Träume spinnt?«

Da seufzt das Kind: »O daß ich läge
In einem Bettchen ausgestreckt,
Und nicht so einsam hier am Wege,
Die Mutter hätt' mich zugedeckt.

Und würde mich gar leise wiegen,
Bis mich ein Engeltraum beschlich,
Und würd' sich zu mir niederbiegen,
Und küssen mich, und segnen mich.

Mir ist's so stille jetzt im Herzen,
Ich fühle ganz mich wie ein Kind,
All meine Freuden, meine Schmerzen,
Sie spielen wie ein Blatt im Wind.

Ich sehe in Großvaters Zimmer,
Der lang schon tot – er liebte mich,
's ist Donnerstag, da komm' ich immer,
Und freue an den Bildern mich.

Die vielen Bilderbücher liegen
Dort auf dem Muschelmarmortisch,
Da bin ich jetzt so voll Vergnügen,
Als nur im Wasser je ein Fisch.

Ich und die Schwester still beschauen
Von Sadler das Einsiedlerbuch,
Und gleich wir uns ein Hüttchen bauen
Dort unterm Tisch, behängt mit Tuch.

Da sind wir still in unserm Hause,
Und schauen uns die Klausner an
In Wald, in Höhle, Fels und Klause,
Und was sie alles dort getan.

Und wenn Großvater disputieret
Mit einer Jungfrau fromm und klug,
Und Glaubenszweifel explizieret,
Bis sie ihn mit der Bibel schlug;

Da hören wir, was in dem Buche
Wir öfters abgebildet sehn,
Den Zweifel, daß er ihn versuche,
Zum alten Eremiten gehn.

Ach, wie ist's rings so voller Sachen,
Dort Männchen, Tierchen feingeschnitzt,
Und wenn das Schränkchen auf wir machen,
Die Steine, Muscheln, wie das blitzt!

Herrje, was ist das, ich erschrecke,
Die Katze mir zur Schulter springt,
Sie lauerte dort in der Ecke,
Und weh, der schöne Traum versinkt!«

Da sprach der Pilger: »Liebe Waise,
Ich war bei allem auch dabei,
Denn ewig bin ich auf der Reise,
Damit ich ewig bei dir sei.«

Das Mägdlein sprach nach kleiner Stille:
»Mich dünkt, daß ich ein Kätzchen wär',
Nichts fehlet, nichts, als nur mein Wille,
Ich lief' auf steilem Rand umher;

Ich könnt' von Ast zu Ast hinspringen,
Von Fels zu Fels, auch noch so steil,
Und mehr – ja durch die Luft hindringen,
Adje, fort bin ich – bin ein Pfeil!« –

Da sprach der Pilger: »Liebe Waise,
Gleich bin ich wieder auch dabei,
Dein Seelchen fliegt in meinem Gleise,
Ob's Kätzchen, ob ein Pfeil es sei.«

Das Mägdlein sprach nach kleiner Weile,
Indem ihm süß die Lippe blüht:
»Ich ruh' an einer feinen Säule,
Wie kühl ist's hier! die Sonne glüht!

O goldne Zier der Wunderhallen,
O linde Luft, wie süß, wie müd!
Der Springbrunn plätschert, und sein Lallen
Singt mir ein buntes Schlummerlied;

Ich ziehe leis durch die Alhambra,
Der Blumensäulen Traumpalast,
Ein Weihrauchwölkchen, süß wie Ambra,
Schweb' ich beim Märchen hier zu Gast.

Wer bin ich denn, bin ich die Wonne,
Die hier ihr Traumgezelt gespannt,
Bin ich ein Strahl der heißen Sonne,
Sich kühlend auf des Springquells Rand?

Bin ich ein Geist aus diesen Hallen?
Ein Vogel, der im Laub dort singt?
Bin ich dort aus dem Nest gefallen,
Ein Täubchen, das die Flügel schwingt?

O, heißer Duft der Pomeranzen
Komm, kühle dich in meinem Blut!
Ich möchte auf dem Springquell tanzen,
Mir ist's so leicht, so frei zu Mut!

Ich lass' mir einen Teppich bringen,
Lieg' auf dem Marmor hingestreckt,
Die Vögel blühn, die Blumen singen,
Ein Himmel hat mich zugedeckt.

Komm Sinnspruch, kommt ihr goldnen Sterne,
Komm Schicksal vom Lazur-Gezelt,
Komm nah und näher ew'ge Ferne,
Komm, küsse mich, du süße Welt!

Horch! Mitten inne pocht das kleine,
Das leicht bewegte Kinderherz,
So ganz allein, allein, alleine!
Und sehnt nach Freude sich und Schmerz!

Hier kann ich keine Zeitung lesen,
Noch philosoph'sche Abhandlung,
Ich bin ja hier ein andres Wesen,
O, welche süße Umwandlung!

Mein Schmetterling bricht durch die Larve,
Ein Blumensegel ihn entführt,
Mein Seelchen schwebt wie Klang der Harfe
Vom Kuß der milden Luft berührt.

Sprich, Traum der Wahrheit, kann ich lügen?
Kann mich, den Stolz der Pünktlichkeit,
Bezaubern müßiges Vergnügen?
Küßt hier der Rausch die Nüchternheit?

Verräterei, wer hat die Wonne,
Die sehnend mir im Blute sinnt,
Wer hat hier ausgeblümt zur Sonne,
Was tiefgeheim mein Seelchen spinnt?

O Sehnsucht, Schwalbe meines Geistes,
Die durch die Sonnenhallen schweift,
Wie heiß das kleine Herz, du weißt es
Wenn leis dein Flug den Springquell streift.

O, Blumen blühend, keusche Lippen,
O, Bienen glühend, treuer Kuß,
O, Schmetterling, du flatternd Nippen,
Sagt nicht was ich verschweigen muß!

O, Dämmerlicht der bunten Säle,
Von Licht und Liedes Gold gesäumt,
Du bist der Schleier meiner Seele,
Die über ferner Liebe träumt.

So kühn und groß hier die Begierde
Im Blumenkelch den Rausch kredenzt,
So tief verwandt ist mir die Zierde,
Die hier den Helm mit Rosen kränzt.

Ich bin's, ich bin's, mit Kinderlallen,
Auf feinen Säulchen schlank und hold,
Durchkühlt von hüpfenden Kristallen,
Spannt gern mein Geist ein Netz von Gold.

Drin fang' ich mir die heiße Sonne,
Und flecht' ihr fein das goldne Haar,
Tauch' sie in kühlen Bades Wonne,
Da scheint sie mir nochmal so klar.

Kristallgespinst des Morgenfrostes,
Im Sonnenfeuer ausgeglüht,
Geheimnis des bewegten Mostes,
Wenn draus die Rebe wieder blüht!

Von mir gefühlt, von mir gesponnen,
Gewebt, erlebt! – du Zauberlust,
Die hier umschirmt den Löwenbronnen,
Lagst wie ein Kind an meiner Brust!

Berauscht vom Duft der Rosenhecken,
Wo kühn die Lust dem Dorn entschlüpft,
Trägt Löwen-Großmut Marmorbecken,
Vom Demanttropfen kühl durchhüpft.

O Halle der Abencerragen!
Die Blutspur klaget laut genug,
Die Wunden, die mir sind geschlagen,
Die Wunden, die ich andern schlug.

Dies Seufzen, Stöhnen, Flehen, Schwirren,
Die Geisterklage, die hier tönt,
Sie fleht zu mir – dies bange Girren!
Es fleht aus mir, ach seid versöhnt!

Ach fortgehn, fortgehn! bitte, bitte!
Ins Gärtchen dort ich gehen will,
Dort blüht's in des Palastes Mitte,
In sich gehüllt geheim und still.

Kleinod der süßen Lindachara,
Du der Alhambra Blumenstrauß,
Lieb' sprichst du süß, wie Dulcamara,
Mit Leid in einem Namen aus.

Beschloss'nes Gärtchen aller Wonne,
Wo keusch der Mond im Brunnen spielt,
Und sich der Strahl der Mittagssonne,
Im Schoß der vollen Rose kühlt.

Hier will ich mich im Bad erfrischen,
Von Ros' und Myrten dicht versteckt,
Von duftenden Zitronenbüschen
Und Goldorangen zugedeckt.

Du bist aus meinen Heiligtumen,
Du Gärtchen, dessen Inschrift spricht:
›O, stille Kerzen, Erdenblumen,
Entbrannt vom Himmels-Sternenlicht.‹

Was gleicht den Alabasterbronnen,
Aufwallend vom kristallnen Tau,
Als du, o Mond, voll Sehnsuchtswonnen
In wolkenloser Himmelsau.

Versteckt von kalter Marmorzinne
Bist du, o Gärtchen, nur mein Herz,
Drin blüht, und glüht und träumt die Minne,
Geheimnis decket Lust und Schmerz!

Mir ist, als ob an allen Ecken
Ich auf in tausend Blumen ging,
Mir ist, als ob an allen Hecken
Ich wie ein Flöckchen Wolle hing.

Ich bin der Vogel und das Nestchen,
Das Mütterchen und auch das Ei,
Ich brüte, zwitschre auf dem Ästchen,
Und trage Futter auch herbei.

Ich fühle mich gebaut, gemalet,
Geschnitzt, geblüht, in diesem Haus,
Und in dem Springquell ausgestrahlet,
Ich sag' es ja – bin jäh – bin kraus.

Wer hat mein Gürtelchen gelöset,
Wer streute meinen Blumenkranz,
Hier so von allem Schutz entblößet,
Bezaubernd aus im Sonnenglanz?

Horch! still! – ach! das sind Männerschritte!
Weh mir! – welch junges Heldenbild!
Nicht her! – nicht her! ach bitte, bitte!
– Er steht und deckt sich mit dem Schild!

Und spricht: ›Ich bin Gazul, vor Zeiten
Der süßen Lindachara Freund,
Ich muß in ihrem Gärtchen schreiten,
Bis hier ihr Ebenbild erscheint,

Das alle Sehnsucht meiner Träume
In seinem Kinderherzen stillt,
Und als den Zauber dieser Räume
Sich selbst erblickt in meinem Schild.

Da hörte ich dein keusch Verzagen,
Du Süße, in dich selbst versteckt,
Fühlst deinen Reiz vor deinen Tagen,
In der Alhambra aufgedeckt.

Dich bauten dieses Baues Meister!
Ach, lange eh' dein Herzchen schlug,
Begeisterte dein Geist die Geister,
Doch taten sie ihm nie genug!

Sie brachen deiner Sehnsucht Spiegel,
So daß du dich zerstreut beschaut –
Doch du wirst ihres Werkes Siegel,
Zerstreutes ward in dir erbaut.

Denn alles Sehnen, alle Schmerzen,
Die einst bewegt in Kampf und Lust,
Die längst in Staub zerstreuten Herzen,
Sind eins und ganz in deiner Brust.

Nur du bist dieses Werkes Seele,
Bist dieser Zauberschale Kern,
Bist Lichtes Blitz in dem Juwele,
Bist dieses öden Himmels Stern;

In dir ich die Alhambra sehe,
Wie du in der Alhambra dich,
Es löst sich meiner Sehnsucht Wehe,
Zu Lindachara kehre ich!

Mein Herz wird gleich den Lilien munter,
Wenn sie der Sterne Licht betaut,
Blick in mein Schild, du liebes Wunder,
Sei deiner eignen Wonne Braut!

Dein Gürtel ist nicht mehr gelöset,
Nicht mehr zerstreut dein Blumenkranz,
Und Gazul taucht, durch dich erlöset,
Nun auf in Lindacharas Glanz!‹

So sprach Gazul, und auf sein Flehen
Hab' ich, von eignem Reiz entzückt,
Mein Bild in seinem Schild gesehen,
Und hab' gar süß mir zugenickt.

Da ist mir alles rings verschwunden,
Da ward ich wieder zäh und kraus,
Und alle Blumen sind gebunden
In den versteckten Blumenstrauß.

In mich zurück zog die Alhambra,
Ich bin allein, allein, allein!
Ich Weihrauchwölkchen, süß von Ambra,
Denk': Wo mag nun der Gazul sein!«

Nun schwieg das Kind! – Sein webend Sehnen
Zog durch des armen Pilgers Brust,
Und nieder tauten seine Tränen
In ihrer Träume Blumenlust.

Er sprach: »O Kind! in alles Scheinen,
Das sich um deine Seele legt,
Muß immer still ich niederweinen,
Bis sich ein Regenbogen schlägt.

O schwebe durch, du Friedenstaube,
Und bring ein grünes Ölblatt her,
Daß neu ich hoffe, liebe, glaube,
Mir ist die Welt so wüst, so leer!«

Da spricht das Kind: »Jetzt zieh' ich weiter,« –
Und zuckt, der Pilger fragt: »Es stach
Vielleicht dich ein Insekt, denn leider,
Sie trachten hier dem Blute nach!« –

Das Kind sprach: »Greulich sind mir Spinnen,
Ich fliehe ihre tück'sche List.«
Der Pilger sprach: »Du willst entrinnen,
Weil du ein tanzend Mückchen bist.«

»Ich kann,« sprach sie mit edler Miene,
»Nie glauben, daß der Herr erschuf
Die garst'gen Tiere – nur die Biene,
Die hat noch göttlichen Beruf.

Ich könnte selbst noch Schlangen leiden
In meinem stillen Kämmerlein,
Doch seh' ich eine Spinne schreiten,
So muß ich fliehen, muß ich schrein.

Maikäfer, die gemeinen, dummen,
Ich dulde sie; wenn alles grün,
Hör' ich sie abends gerne summen,
Sie rennen an und fallen hin.

Die Flöhe hüpfen, kann sie fangen,
Hüpf' hintendrein, kleb' sie ans Licht,
Die Wanzen machen mich erbangen,
Von andern Tierchen spricht man nicht.

Ich war einmal bei armen Kindern,
Da kriegt' ich eine ganze Schar;
Gott steh mir bei, den reichen Sündern
Droht gleich den Armen die Gefahr.«

Der Pilger sprach: »Wie schaust du, Seele,
Aus der Alhambra Lustpalast,
In diese trübe, wüste Höhle,
In diesen Ekel und Morast?«

Sie sprach: »Ich möcht' ein Bild jetzt malen
Von dem verlornen Paradies,
Verwelkt sind alle Sonnenstrahlen,
Als Gott hinaus den Menschen stieß.

Ich armes Kind muß drauf verzichten,
Ich fühle, daß die Form mir fehlt,
Auch fehlt das Wort, sonst wollt' ich dichten,
Was tief mein Herz mit Lieb' beseelt.

Die Blumen und die Blätter weinen,
Die Vögel schmachten stumm und krank,
Kalt seufzt das Echo aus den Steinen,
Das Blut ergrimmt in Streit und Zank.

Der Himmel, bleiern, rufet Wehe,
Verhüllt sein Sternen-Antlitz sich,
Und liegend an der Erde sehe
Gefesselt einen Engel ich.« –

Der Pilger sprach nun zu ihr nieder:
»Du bist der Engel, armes Kind!
Noch zuckt zum Lichte dein Gefieder,
Ist gleich dein Auge sonnenblind.

Dich feinen Strahl aus Gottes Schimmer,
In dem verlornen Paradies,
Dich heil'gen Ebenbildes Trümmer,
Ans Herz ich niederweinend schließ'.«

Da weinten stille alle beide,
Sie lehnte gern an seiner Brust,
Sie litt es, daß er selig leide,
Und beide haben nichts gewußt!

Aus beiden greift ein tiefes Sehnen
Hinaus bis nach der Ewigkeit,
Und wie sie so zusammen lehnen,
Da naht das Ewige der Zeit.

Der Pilger sprach: »Welch leises Schallen,
Sag, Kind! pocht denn dein Herzchen so?
Ich sehe Licht aufs Haupt dir fallen,
Mir wird's so innig, wird's so froh!« –

Das Mägdlein blickte in die Ferne,
Die Wange glüht, die Lippe blüht,
Ihr Schauen glich dem Blick der Sterne,
Wenn Liebe durch den Himmel zieht.

Dann sprach sie: »Horch! still, bitte, bitte,
Dies ist nicht meiner Locken Licht,
Und dieses Schallen, das sind Schritte,
So pocht mein heimlich Herzchen nicht!«

Und durch die Nacht von Licht erfüllet
Führt her ein Mann sein Eselein,
Und auf dem Tier sitzt weit verhüllet
Ein lilienreines Jungfräulein.

Als diese sah den Engel liegen
Gefesselt an der Erde dort,
Ist sie vom Lasttier abgestiegen
Und sprach zu ihm mit süßem Wort:

»In aller Lust wirst du nichts finden,
Als das verlorne Paradies,
Den Fesseln will dich jetzt entwinden
Der treue Gott, wie er verhieß.

Weil du ein armes Kind, ward Liebe
In mir nun auch ein armes Kind,
Daß dir auch gar kein Vorwand bliebe,
Komm mit, komm mit, süß Lieb', arm Lind!

Tu! wie du lang gepflegt zu tuen,
Halt an der Mutter Schürze dich,
Komm mit mir reisen, mit mir ruhen,
Denn deine Mutter bin auch ich!

Komm mit, sollst an der Krippe singen,
Ein Lied dem starken Brüderlein,
Der löst die Fesseln deiner Schwingen,
Trägt dich ins Paradies hinein.

Da bringt dir keine Spinne Grauen,
Berauschet kein Alhambra dich,
Da sollst du schönre Bilder schauen,
Als bei Großvater sicherlich!«

Das Kind sprach: »Mir ist Heil geschehen!
Dies ist die Wahrheit, ist kein Traum,
Sitz auf dein Eselein, wir gehen,
Ich fasse deiner Schürze Saum.«

Die Jungfrau sprach: »Willst nicht mitnehmen
Den armen Mann du, der dort lag.«
Das Kind sprach: »Ei, ich tu' mich schämen,
Er kömmt mir ohne dies schon nach!«

Da blickt es um – der Pilger hebet
Sein müdes Haupt, folgt ungetrennt,
Gen Betlehem der Zug hinschwebet,
Die erste Nacht war's im Advent.

Sankt Joseph und Maria heißen,
Die beiden mit dem Eselein,
Nach Betlehem sie jetzt hinreisen,
Sie kehren nachts bei Hirten ein.

Wer ist das Mägdlein dann gewesen,
Und dann der Pilger, stets dabei?
Das Mägdlein war der Sehnsucht Wesen,
Der Pilger war die Phantasei!

Abschied dem Jahre 1834

Leb wohl du Jahr voll Tränen!
O lasse mich an deinem letzten Tag
Noch einmal selig wähnen,
Daß ich an einem Kinderherzen lag!

Geh hin du Jahr voll Tränen!
Tritt glaubend hin vor Gottes Thron,
Er wird um krankes Sehnen
Dich strenge richten, nimmer doch um Hohn!

O selig Jahr voll Tränen!
War dir auch früh das tiefre Wort geraubt,
So war der Strom der Tränen
Zu ihren Füßen oft dir doch erlaubt!

O liebes Jahr voll Tränen!
O dichte Saat, wie segnend reift dein Schmerz,
O hochbelohnt! mein Sehnen!
Ich fühlte jauchzend, ja! sie hat ein Herz!

O Jahr von heißen Tränen!
Geheimnisvoller, als sie weiß, berauscht,
Was all sie kann verschönen,
Du hast in Tränen sterbend es belauscht.

O Jahr voll bitt'rer Tränen!
Ist irgend Gottes Wahrheit offenbar,
Ist vieles hier nur Wähnen,
So opfre, weine darum am Altar!

O Jahr voll tiefer Tränen!
Du magst vertraut dein armes müdes Haupt,
Ans Kreuz nur ruhig lehnen,
Du hast geliebet, hast gehofft, geglaubt.

O teures Jahr voll Tränen!
Du bist in bittrer Reue Flut getauft,

Der wird uns auch versöhnen,
Der uns mit seiner Weihe Blut erkauft.

Geh hin! du Jahr voll Tränen!
Geh, werfe dich zu ihren Füßen hin!
Und wasche sie mit Tränen
Sag ihr, daß ich ihr armer Bruder bin!

Ihr Bruder ganz in Tränen,
Ihr kranker Bruder, um die eigne Schuld,
Um fremde Schuld in Tränen,
Ihr Bruder weinend um der Väter Schuld!

O sterbe Jahr in Tränen
Weil unsrer Väter Schuld die Kinder trennt,
Und diesen scheint ein Wähnen
Was unsre Mutter ew'ge Wahrheit nennt.

Leb wohl du Jahr voll Tränen,
O lasse mich an deinem letzten Tag
Noch einmal selig wähnen,
Daß ich an einem Kinderherzen lag.

Kettenlied eines Sklaven an die Fesselnde zur letzten Stunde des Jahres 1834 geschlossen

Einsam will ich untergehen
Keiner soll mein Ende wissen
Wird der Stern, den ich gesehen,
Von dem Himmel mir gerissen,
Will ich einsam untergehen
Wie ein Pilger in der Wüste.

Einsam will ich untergehen
Wie ein Pilger in der Wüste

Wenn der Stern den ich gesehen
Mich zum letzten Male grüßte
Will ich einsam untergehen
Wie ein Bettler auf der Heide.

Einsam will ich untergehen
Wie ein Bettler auf der Heide
Gibt der Stern den ich gesehen
Mir nicht ferner das Geleite
Will ich einsam untergehen
Wie der Tag im Abendgrauen.

Einsam will ich untergehen
Wie der Tag im Abendgrauen
Will der Stern, den ich gesehen
Nicht mehr zu mir niedertauen
Will ich einsam untergehen
Wie ein Sklave an der Kette.

Einsam will ich untergehen
Wie ein Sklave an der Kette
Blickt der Stern, den ich gesehen
Nicht mehr auf mein Dornenbette
Will ich einsam untergehen
Wie ein Schwanenlied im Tode.

Einsam will ich untergehen
Wie ein Schwanenlied im Tode
Ist der Stern den ich gesehen
Mir nicht mehr ein Friedensbote
Will ich einsam untergehen
Wie der Mond in wüsten Meeren.

Einsam will ich untergehen
Wie der Mond in wüsten Meeren
Wird der Stern, den ich gesehen
Jemals weg von mir sich kehren
Will ich einsam untergehen
Wie der Trost in stummen Schmerzen.

Einsam will ich untergehen
Wie der Trost in stummen Schmerzen
Sollt' den Stern, den ich gesehen
Jemals meine Schuld verscherzen
Will ich einsam untergehen
Wie mein Herz in deinem Herzen.

Einsam will ich untergehen
Wie mein Herz in deinem Herzen
Kehrt der Stern, den ich gesehen
Kalt sich ab von meinen Schmerzen
Will ich einsam untergehen
Wie mein Blick in deinen Blicken.

Einsam will ich untergehen
Wie mein Blick in deinen Blicken
Wird der Stern, den ich gesehen
Nicht mehr nickend mich entzünden
Will ich einsam untergehen
Wie die Blume deiner Lippen.

Einsam will ich untergehen
Wie die Blume deiner Lippen
Zeigt der Stern, den ich gesehen
Nicht den Weg mehr durch die Klippen
Will ich einsam untergehen
Wie mein Kuß an deinen Wangen.

Einsam will ich untergehen
Wie mein Kuß an deinen Wangen
Bricht der Stern, den ich gesehen
Nicht mein Herz mehr mit Verlangen
Will ich einsam untergehen
Wie die Träne dir im Busen.

Einsam will ich untergehen
Wie die Träne dir im Busen
Weckt der Stern, den ich gesehen

Mir nicht lächelnd mehr die Musen
Will ich einsam untergehen
Wie mein Dank zu deinen Füßen.

Einsam will ich untergehen
Wie mein Dank zu deinen Füßen
Wird der Stern, den ich gesehen
Nicht mehr mild mein Leid versüßen
Will ich einsam untergehen
Wie mein Licht in deiner Sonne.

Einsam will ich untergehen
Wie mein Licht in deiner Sonne
Bricht der Stern, den ich gesehen
Wie mein Blick in dir du Wonne
Will ich einsam untergehen
Wie dein Nam' in Todes Munde.

Einsam will ich untergehen
Wie dein Nam' in Todes Munde
Taut der Stern, den ich gesehen
Nicht mehr Lindrung meiner Wunde
Will ich einsam untergehen
Wie ein Kind stirbt, eh' geboren.

Einsam will ich untergehen
Wie ein Kind stirbt, eh' geboren
Geht der Stern, den ich gesehen
Geht dein Stern mir je verloren
Will ich einsam untergehen
Wie mein Herz vor dir Cäcilie.

Einsam will ich untergehen
Wie mein Herz vor die Cäcilie
Lacht der Stern, den ich gesehen
Mir nicht mehr auf dir du Lilie
Will ich einsam untergehen
Wie allein, allein, alleine.

Einsam will ich untergehen
Wie allein, allein, alleine
Blitzt der Stern, den ich gesehen
Nicht in Tränen die ich weine
Will ich einsam untergehen
Wie arm Lind fleht bitte, bitte.

Einsam muß ich heim nun gehen
Auf arm Lindis »bitte, bitte,«
O mein Stern, dein süßes Flehen,
Wenn du wüßtest, was ich bitte
Hätte mir noch zugesehen,
Bis mein Herz brach in der Mitte.

Einsam muß ich heim nun gehen
Und mein Herz brach in der Mitte,
Stern, du hast mich angesehen,
Hast gefesselt meine Schritte,
Mußt doch einsam untergehen
Wie dies Jahr zur zwölften Stunde.

Untergehen, auferstehen
Stern der Lieb' – jetzt schlägt die Stunde!
Stern willst du jetzt schlafen gehen?
Tauch' zu meines Herzens Grunde,
Brauchst nicht links nicht rechts zu drehen,
Es ist dein und Wund' an Wunde.

Wund' an Wunde – o süß Liebchen!
Neue Wunde ist das Grübchen,
Das der Liebe Stern eindrücket,
Wenn entschlummernd süß er zücket,
Und verwundend Strahlen schießet
Auges Wimper, die sich schließet.
Ruh' fein still am kleinen Kissen –
Ach ich hab' dran weinen müssen!
Sei in Dornen, meine Lilie!

Wie ein Rosenzaun, Cäcilie,
Soll mein Lieben dich umschließen
Dirwärts nur die Rosen sprießen
Mirwärts nur die scharfen Dornen,
Die mich zum Verbluten spornen.
Duftet Rosen ihr der Süßen,
Da ich jetzt dies Jahr mit Büßen,
Einen dichten Kranz von Schmerzen
All erblüht in meinem Herzen,
All erbaut in bangem Sehnen
All betaut von heißen Tränen,
Ihr demütig lag zu Füßen,
Ach die ihn nicht von sich stießen,
Die ich durfte treu umschlingen
Stirb Jahr, nichts mehr kannst du bringen,
Selig starb die letzte Rose
Still entblättert ihr im Schoße!

20. Jenner [1835] nach großem Leid

Ich darf wohl von den Sternen singen,
Mich hat die Blume angeblickt,
Und wird mein armes Lied gelingen,
Dann wird vom Stern mir zugenickt.
  O Stern und Blume, Geist und Kleid,
Lieb, Leid, und Zeit und Ewigkeit.

Im Garten stand die frühe Waise,
Und senkt den Blick zum Blumenfeld
Die Sonne sank im Purpurgleise,
Die Sterne spannen aus ihr Zelt.
  O Stern und Blume, Geist und Kleid,
Lieb, Leid, und Zeit und Ewigkeit.

Mit euch wohl wagt ein Kind zu sprechen,
Ihr kennet mich und bin ich stumm,

Weil mir das kranke Herz will brechen,
Bringt ihr mich nicht mit Fragen um.
O Stern und Blume, Geist und Kleid,
Lieb, Leid, und Zeit und Ewigkeit.

Ihr lieben Blumen still und innig
Ein Tröpfchen Tau, ein Licht, ein Hauch,
Ihr lieben Sterne klar und sinnig
Ein Strahl, ein Blick, ein Blitz, ein Aug'.
O Stern und Blume, Geist und Kleid,
Lieb, Leid, und Zeit und Ewigkeit.

Und wie die Sterne heller blinken
Beugt Schatten sich aufs Blumenfeld
Und auch des Kindes Augen sinken,
Der Traum sie in den Armen hält.
O Stern und Blume, Geist und Kleid,
Lieb, Leid, und Zeit und Ewigkeit.

Ihr Engel steiget auf und nieder
Bringt Sternenlust, bringt Blumenschmerz,
Und küßt die unerschaffnen Lieder
Und legt sie schlafen auf ihr Herz.
O Stern und Blume, Geist und Kleid,
Lieb, Leid, und Zeit und Ewigkeit.

Und wiegt die tauberauschte Rose,
Im Dornenbettchen bald zur Ruh',
Und schließt dem Veilchen in dem Moose,
Die frommen Augen segnend zu.
O Stern und Blume, Geist und Kleid,
Lieb, Leid, und Zeit und Ewigkeit.

Die Blumen all, die farbig prangen,
Sie waren bald nicht mehr zu sehn,
Die Nacht nahm ihre Pracht gefangen
Nur eine Schar blieb betend stehn.
O Stern und Blume, Geist und Kleid,
Lieb, Leid, und Zeit und Ewigkeit.

Sieh dorten um die süße Linde
Steht eine reine Lilienschar,
Der Engel zeigte sie dem Kinde,
Sie leuchteten ganz wunderbar.
O Stern und Blume, Geist und Kleid,
Lieb, Leid, und Zeit und Ewigkeit.

Der Engel sprach: mein Kind, o sehe,
Die Lilie unter Dornen dort,
Das Licht wird Fleisch, horch: »Es geschehe
Der Magd des Herrn nach deinem Wort!«
O Stern und Blume, Geist und Kleid,
Lieb, Leid, und Zeit und Ewigkeit.

Die Lilie spinnt nicht, doch es webet
Aus ihr das Wort sich einen Leib,
Zur Jungfrau ist das Licht geschwebet,
Und Mutter Gottes ward das Weib.
O Stern und Blume, Geist und Kleid,
Lieb, Leid, und Zeit und Ewigkeit.

Und als der Geist sie überschattet
Deckt rings die Nacht das Blumenfeld,
Der Lilie nur das Licht sich gattet
Das auf den Leuchter wird gestellt.
O Stern und Blume, Geist und Kleid,
Lieb, Leid, und Zeit und Ewigkeit.

Die Lilie, die nicht zieht nicht schweifet,
Nicht fallen läßt und wieder sucht
Die sehnend still zum Lichte greifet,
Sie fand das Licht und trug die Frucht.
O Stern und Blume, Geist und Kleid,
Lieb, Leid, und Zeit und Ewigkeit.

So sprach der Engel zu dem Kinde
Und führt es zu der Lilie Licht,
Da kniet es nieder an der Linde

Und fand im Traum die Worte nicht.
O Stern und Blume, Geist und Kleid,
Lieb, Leid, und Zeit und Ewigkeit.

Da sprach zum Kind die reine Lilie,
Die nie vorher gesprochen hat,
Wach auf, wach auf zu mir Emilie,
Sing mit mir das Magnificat.
O Stern und Blume, Geist und Kleid,
Lieb, Leid, und Zeit und Ewigkeit.

Ob sie es sang, ich kann's nicht sagen
Sie hat mich träumend angeblickt,
Es hat ihr Herz bei mir geschlagen,
Es hat ihr Haupt mir zugenickt.
O Stern und Blume, Geist und Kleid,
Lieb, Leid, und Zeit und Ewigkeit.

Das kalte Wissen war ermattet,
Das milde Fühlen war erwacht,
Die Blumen waren überschattet
Emilie hat mich angelacht.
O Stern und Blume, Geist und Kleid,
Lieb, Leid, und Zeit und Ewigkeit.

Geh armes Lied und sag der Lieben
Es hat ein Herz zum Tode krank
Mich unter Tränen aufgeschrieben,
Und zagt, ich sei dir nicht zu Dank!
O Stern und Blume, Geist und Kleid,
Lieb, Leid, und Zeit und Ewigkeit.

Heidnische Antwort auf ein ✠

Nimm für dein ✠ im Brief, den dir zu Lieb'
Er, der zum Tod dich liebt, mir jüngst geschrieben,
Der Dichterliebe Bild, das mir noch blieb
Aus all dem Zauber, der mich zwang zu lieben.

»Ich hab' kein Kreuz – ich Liebe nicht verlangt
Ich muß mein Kreuz – ich seine Liebe tragen.«
Wir, denen beiden nicht vor beidem bangt,
Wir wollen also Schnödes nimmer sagen.

Wie? Nicht verlangen? – Bin ich dann kein Weib?
Verleugne ich die Reize, die mich schmücken,
Verleugne ich den Geist, das Herz, den Leib,
Die ich nie andres lehr', als zu entzücken.

Was mich betrifft, gesteh' ich ein, ich will
Der Welt noch mehr, als ihrem Herrn gefallen,
Und schwiegen auch all meine Reize still,
Lehrt' ich doch selbst die Stummen, süß zu lallen.

Und sprech' ich nicht, so lallt das Stumme doch,
Verlang' ich nicht, so lehr' ich doch verlangen,
Der fesselt auch zum Pflug, der so das Joch
Aufstellt, daß sich das Roß darin muß fangen!

Ein Vogelsteller, der die Netze stellt,
Muß auch behalten, was nicht weg will fliegen,
Er hat zum Fang verlangt, was ihm gefällt,
Doch bleibt im Netz der kranke Löwe liegen.

Hat mich ein Gott um meine Schuld geliebt,
Daß er für mich sich ließ als Opfer schlachten,
Was Wunder? daß ein Mensch sein Herz mir giebt,
Von meiner Huld berauschet zu verschmachten.

Wer Jenem tut, was er den Brüdern tut,
Ruft: Steig vom Kreuz, dran ich Dich nicht geschlagen,
Spricht er zu eines kranken Herzens Glut,
Ich hab' dies nicht verlangt, ich muß es tragen.

Jed Opfer muß ich ehren, das sich bringt
In Liebe sterbend. Nie will ich mich schämen,
Ein brechend Herz, das auch am Kreuze ringt,
Was Gott vom Menschen nimmt, auch anzunehmen.

Mich kreuzigte die Liebe, die ich fand
Du kreuzigest die Liebe, die dich suchet,
Sprich, wer von uns dem Kreuze näher stand,
Ich hab' den Kelch geleert, du ihn versuchet.

O wie ist der Epheu treu!
Kann er sich nicht selbst erheben
Kann er gleich dem Wein nicht reben,
Kann er doch so liebend ranken
An den Armen an den Kranken
Auf zum wahren Weinstock streben!
O wie ist der Epheu gut
Wo er nur ein bißchen ruht
Gleich die Würzelchen fest klammern,
Daß die Trennung ihn muß jammern,

O wie ist der Epheu treu,
Wenn die Grabesurne bricht
Läßt sie doch der Epheu nicht
Bindet um die Asche fest die Scherben,
Denn getrennet muß er sterben.
O wie ist *der Epheu hold*
Aus der Wüste steigt er auf
Wie die Braut die sich auf den Geliebten stützet.

O wie ist *der Epheu zäh*
Von der Wurzel losgeschnitten
Werden Wurzeln seine Zweige
Daß er nie von jenem weiche
Was er einmal hat umarmt.

O wie ist der Epheu sinnend
Und das was er sinnet minnend,
Wer trennt mich von meiner Liebe,
Um das Kreuz schlingt er die Triebe.

In der Wüste lag ein Stein
So allein, allein, allein
Kam der Epheu zäh und kraus
Baute drum ein grünes Haus
Immergrün ist er geblieben
Sollte ihn der Stein nicht lieben.

O Traum der Wüste, Liebe, endlos Sehnen,
Blau überspannt vom Zelte, Stern an Stern;
O Wüstenglut voll Tau, o Lieb' voll Tränen,
Weil sich unendlich Nahes ewig fern.

O Wüstentraum, wo Lieb' auf Herzschlag lauschet,
Wenn flücht'gen Wildes Huf die Wüste drischt,
O Traum, wo der Geliebten Schleier rauschet,
Wenn Geierflug im Sandmeer Schlangen fischt.

O Wüstentraum, wo Liebe träumt zu fassen
Jetzt Josephs Mantelsaum mit durst'ger Hand,
Da geißelt wach, verhöhnt halb, ganz verlassen
Ihr Herz, der Wüste Geißel, glüher Sand.

O Liebe, Wüstentraum der Sehnsuchtspalme,
Die blütenlos Gezweig zum Himmel streckt,
Bis segnend in des höchsten Liedes Psalme
Der Engel sie mit heil'gem Fruchtstaub weckt.

O Wüste, Traum der Liebe, die verachtet
Vom Haus verstoßen mit der Hagar irrt,
Wo schläft der Quell? da Ismael verschmachtet,
Bis deine Brust ihm eine Amme wird.

O Wüstentraum der Liebe, die sich sehnet,
Steigt nie ein Weiherauch aus dir empor?
Geht duftend, auf den Bräutigam gelehnet,
Nie meine Seele heil aus dir hervor?

O Wüste, wo das Wort der ew'gen Liebe
Im unversehrten Dorn vor Moses flammt,
Ein Zeugnis, daß die Mutter Jungfrau bliebe,
Aus deren Schoß der Sohn der Gottheit stammt.

Lieb', Wüstentraum, so laut des Rufers Stimme,
»Bereit' den Weg des Herrn!« dir mahnend schallt,
Summt in des Löwen Schlund dir doch die Imme,
Die Süßes baut im Rachen der Gewalt.

O Durst der Liebe, Wüstentraum, wann spaltet
Der Herr den Fels, daß Wasser gibt der Stein,
Wann deckt in dir den Tisch, der gütig waltet,
Wann sammle ich das Himmelbrot mir ein?

Durst, Liebe, Wüstentraum, dort scheint am Hügel
Der Morgenstrahl, ein Hirtenfeuer weiß,
Wo Durst gewähnt des Wasserfalles Spiegel
Fand Liebe ein Geschiebe Fraueneis.

O Liebe, Wüstentraum des Heimatkranken,
Ihr Paradiese, schimmernd in der Luft,
Ihr Sehnsuchtsströme, die durch Wiesen ranken,
Ihr Palmenhaine, lockend in dem Duft.

O Liebe, Wüstentraumquell, beim Erwachen
Rauscht dir kein Quell, es wirbelt glüher Sand,
Es saust das Haus der Schlangen und der Drachen
Und prasselt nieder an der Felsenwand.

O Wüstentraum, wo Sehnsucht Feuer trinket,
Und Liebe angehaucht vom gift'gen Smum,
Ohn' Trost und Hoffnung tot zur Erde sinket; –
O Tod ohn' Liebe, Hoffnung, Ehr' und Ruhm!

O Wüstentraum der Lieb'! in der Oase
Labt dich am Quell, der zwischen Palmen glänzt,
Ein schlankes Kind – die Schlange ist's im Grase,
Der Räuber Kundschaftrin, ein Truggespenst.

O Liebe, Wüstentraum, nach kurzem Gasten
Sprengt dich der Räuber gastfrei an mit Hohn:
»Mein Brüderchen! entlaste dich zum Fasten,
Wo denkest du hinaus, mein lieber Sohn?«

O Liebe, Wüstentraum, du mußt verbluten,
Beraubt, verwundet, trifft der Sonne Stich,
Der Wüste Speer dich, und in Sandesgluten
Begräbt der Wind dich, und Gott findet dich!

ERZÄHLUNGEN UND ANDERE PROSA

DIE CHRONIKA
DES FAHRENDEN SCHÜLERS
(Urfassung)

In dem Jahr, da man zählte nach Christi, unsers lieben Herrn, Geburt 1358, im lieblichen Monat Mai, hörte ich, Johannes, die Schwalbe früh an meinem Kammerfenster singen, als ich erwachte, und ward innig durch den frommen Morgengesang des Vögeleins erbauet, bedachte auch auf meinem Lager, wie die Schwalbe in ewiger Seligkeit lebt, gegen den kalten Winter in ferne wärmere Lande zieht, und der Heimat getreu gegen den Frühling wiederkehrt; so nicht der Mensch, der wohl viel Leid und Weh im Herzen erdulden muß, ehe ihm wieder ein freundliches Glück, ein Frühling erblühet.

Da ich so in meinen einfältigen Betrachtungen versunken war und das Vögelein auf seine Art auch immer fort phantasierte, wär ich beinahe wieder eingeschlummert, als die Wächter auf dem Münster bliesen, welches ich vorher noch nie gehöret hatte, da ich in Straßburg so früh noch nicht erwacht war. Es ward mir auch da sehr wehmütig um das Herz, denn mir fiel ein, wie nun heute mein zwanzigster Geburtstag angekommen war, und wie mir es viel besser geworden als die letzten Jahre, wo ich meinen lieben Geburtstag wohl auf freiem Felde, in einem zerrissenen Mäntelein empfangen und mit einem Bissen Almosen Brot bewirten mußte. So ist es doch eine Freude, einen Geburtstag zu haben, dachte ich in mir selbsten und glaubte wohl in meiner Einfalt, die Schwalbe sei nur gekommen, mir Glück zu wünschen, wie auch der Türmer nur allein geblasen habe um mir eine Ehre zu erweisen; was doch ein eitler Wahn gewesen, da die Schwalbe bloß ihrer eignen Frühlingslust wegen gesungen und der Türmer vielleicht gerne noch eine Stunde geschlafen hätte, wenn er seinem Amte gemäß nicht um vier Uhr des Morgens blasen müßte. Da die Bäume nun so anmutig mit ihrem zarten Laube vor meinem Stüblein im Garten rauschten, sprang ich von meinem Lager und kleidete mich nicht ohne Tränen in mein neues Gewand an, welches mir mein gütiger Ritter verehret und gestern abend durch seinen Diener auf die Kammer geschickt hatte. Es war aber dies ein feines Wammes und ein zierliches Unterkleid, so ich vorher nie getragen, und ich kam mir ganz wunderbar und stolz vor, doch währete meine Eitelkeit nicht lange. Mein zerrissenes Mäntelein, welches ich als einen Vorhang an das Fenster gehängt hatte, erleuchtete sich durch den Sonnenschein, und es war mir, als seien alle seine Löcher so viel Lippen und alle seine Fetzen so viel Zungen, die mich meiner früheren Hoffart zeihen wollten. Ich nahm mein Mäntelchen herab und legte es um und gedachte, indem ich die Treppe hinab in den Garten ging: Wie ich ein armer fahrender Schüler gewesen bin, so werde ich immer ein armer fahrender Schüler bleiben, denn auf Erden sind wir alle arm und müssen mannigfach mit unserm Leben herumwandeln und immer lernen, und bleiben doch arme Schüler. Da ich nun in den Garten gekommen war, den ich vorher auch noch nicht gesehen, denn mein gnädiger Herr Ritter war den Abend spät angekommen und ich im Dunkeln nach meinem Gemach in das Sommerhäuslein geführt worden, da ergriff mich nun neuerdings eine wunderbarliche Unruhe, denn ich war herabgegangen, um meine Morgenandacht im Freien zu verrichten, fand mich aber von dem schönen Garten, dem freundlichen Sonnenschein fast ebenso sehr als meinem neuen Gewand überraschet. Ich fand mich gleich einem neugebornen Kindlein, welches noch nicht beten kann und erst durch einige Erfahrung in der Süßigkeit des Lebens seine Händlein zum Danke falten lernet. Der fröhliche Mai, das lustige Singen der Vöglein, der helle Sonnenglanz, der über die mannichfaltigen Kräuter und Blumen ausgegossen war, alles das war mir, als hätte ich es nie vorher gesehen, und wußte auch nicht, was aus aller der Freude werden sollte. So wie die lieben Kinder durch die süßen Blumen gehen und sie brechen und Kränzlein winden und sich bei den Händen fassen und mit den Kränzlein in den Locken im Zirkel tanzen, gleichsam selbst ein lebendiger Blumenkranz, wie sie aber nicht gedenken der Frucht des heißen Sommers und des Todes im trüben Herbste und der Ruhe im kalten tiefsinnigen Winter, also wandelte auch ich armer Schelm wie ein einfältiges Kind durch den Garten und konnte vor tiefer Freude an meinem neuen Glück, des ich gestern noch nicht gedacht hatte, nicht zum Gebete kommen.

Da ich nun so in meiner Unschuld fortschritt, kam ich an ein kleines Heilgen-Häuslein, welches dicht in Gebüschen verborgen war und in dem eine Lampe brannte. Da sah ich an den Wänden sehr schöne hölzerne Bilder, die mancherlei Geschichten aus dem Leiden unsers Herrn Jesus Christus treulich abbildeten. Das größte Bild in der Mitten der Kapellen stellte den lieben Herrn dar, wie er am Ölberge kniet und betet. Dabei stund auch ein Kästlein mit vielen Heiligtümern, und ich konnte mich auch nicht länger erhalten, kniete nieder und dankte mit weinenden Augen Gott, daß er mich armen fahrenden Schüler nicht vergessen und mich durch seine ewige Barmherzigkeit erhalten und dem guten Ritter übergeben hatte, gelobte auch ferner fromm und fleißig zu sein und die Künste, die ich mit seinem göttlichen Beistand mit meinen schwachen Sinnen erlernet hatte, allezeit zu Nutzen und Frommen guter Menschen und zur Mehrung seiner Verehrung anwenden zu wollen. Da ich so gebetet hatte, legte ich zum Opfer meiner Andacht ein gülden Band zu den Füßen des Bildes, welches ich einstmal von einer frommen Einsiedlerin erhalten, der ich ein andächtiges Lied verfertiget hatte; ich hatte es seither als Zeichen in meinem Gebetbuche liegen. Dann wendete ich mich und trat wieder in den Garten, der sich mir wieder gar verwandelt hatte; so mag nichts vor dem Gemüte des Menschen Stand haben, welches alle Dinge nach sich umgestaltet. Da ich nun fromm und andächtig gewesen war, erschienen mir alle die roten, leibfarben und weißen Röslein, jene Blumen, durch die der König Asverus in seinem Schloßgarten zu Susan gewandelt, seines Zornes zu vergessen, und es war mir, als sei der liebe Gott auch durch diese Blumen gegangen und sei hier freundlich gegen mich armen Jungen geworden, denn hier an diesem ersten Morgen meines zwanzigsten Jahrs ist mir viel Licht im Herzen aufgegangen, und ist mir der Frühling zuerst ein weiser Lehrer in meinem Leben geworden.

Besonders aber hat mein Herz der hohe Münsterturm erschüttert, als ich aus einem schattigen Baumgang herfürtrat und er so allmächtig vor mir in die Wolken ragte; alles Menschenwerk hat etwas Erschreckendes, und das Gemüt muß lange darauf verweilen, bis es Trost findet. Die gewaltige Künstlichkeit dieses wunderwürdigen Turmes hätte mich beinahe wieder niedergeschlagen, und ich gedachte bei mir mit Verwunderung, wie ich doch unter den hohen Eichen in finstern Wäldern und bei den stürzenden Wasserfällen in einsamen Tälern recht in der Einsamkeit ganz verlassen, auch wohl gar hungrig gesessen und mich doch nicht so bewegt gefühlt, als bei dem Anblick des Münsterturms. Wenn ich die Blätter und Zweige der Bäume betrachte, so frage ich nicht, wie sie da hinaufgekommen, und erschrecke nicht, wenn sie sich bewegen und hin und her neigen mit Rauschen, aber wenn ich so den ungeheuren Turm ansehe mit den vielen Säulen, Türmlein und Schnörkeln, die immer auseinander steigen und durchsichtig sind wie das Gerippe eines Blattes, ach, so kommt es mir vor wie der Traum eines tiefsinnigen Werkmeisters, vor dem er wohl selbst erschrecken würde, wenn er erwachte und ihn nun ausführen sollte; und wie nun so ein hohes Werk durch vieler Menschen Hände vollendet, ja an dem auch manches Leben sich totgearbeitet hat, wie dieser Turm dasteht, stolz und eisern, wie er kein Herz hat und keinen Verstand, ja wie er ein recht unvernünftiger Turm ist und doch dasteht, als wäre er aus sich selbst hervorgewachsen und es keinem Menschen zu danken brauche, das ist, was den Anblick mir so erschütternd machte, da doch in den Blumen und den Bäumen, ja selbst in den harten Felsen eine Seele zu wohnen scheint, welche gleich dem Menschen atmet und fühlt, sich im Frühling mit ihm erfreut und im Winter mit ihm trauert; und doch konnte ich meine Augen nicht von ihm wenden. Es ist etwas Wunderbares um des Menschen Herz, das es immer zu dem Unbegreiflichen hinstrebt, als sei dort das Ende seiner Laufbahn, dort sei der Schlüssel zum Himmel, und alles Irdische sei bloß ein Rufen aus der Ferne, das zu unsern Ohren dringt, ein heiliger Bote Gottes, der vor unsre Augen tritt, und uns durch seinen Glanz und seine versprechende Miene ein Bild unsres zukünftigen Lebens geben muß. Also ist mir auch immer alle mein Drangsal als eine Sehnsucht nach einem bessern Leben erschienen; alle meine bittern Stunden waren die kalten duftigen

Tage, die nach dem Winter kommen und denen der liebliche Frühling, ganz mit Blumen und grüner Lust bekleidet und mit der süßen Musik der Vöglein angetan, auf dem Fuße folgt.

In diesen Betrachtungen war ich wieder in den Laubgang getreten, als der Türmer auf dem Münster blies: »In süßen Freuden geht die Zeit«. Da wollte ich wieder nach meinem Sommerhäuslein gehen, sah aber meinen Herrn Ritter gar tiefsinnig unter einem Baum im Sonnenschein sitzen und hatte den Mut nicht vorbeizugehen, denn ich wußte nicht, ob ich ihn störte. Ich stellte mich darum an einen Baum in seiner Nähe bescheiden hin, nahm meinen Hut in die Hand und wartete, ob er vielleicht seine Augen nach mir wenden würde. Der Anblick meines gnädigen Herrn und Wohltäters aber erweckte ein große Ehrfurcht in mir. Er hatte ein schneeweißes Haar, über das wohl viel Sorgen mochten hingeflogen sein; ich hatte ihn gestern nicht recht gesehen, da es schon dunkelte, als er mich vom Wege aufraffte, und ich hatte lange keinen so frommen alten Ritter gesehen, der mit allen seinen Mienen ein solches Vertrauen erregte. Gott gebe, daß du so in Ehren grau werdest, dachte ich bei mir und fühlte mich mit ganzem Herz zu dem lieben Ritter hingezogen. Er aber schien sehr betrübt zu sein, seufzte auch oft und tief, und die kleinen Vöglein, die über ihm in den Zweigen so lustig sangen, konnten ihn nicht trösten.

Da ich so eine Weile nach meinem Herrn Ritter gesehen hatte, wendete er die Augen von ungefähr nach dem Orte, wo ich stand, und redete mich freundlich an mit den Worten: »Was machst du, Johannes, daß du so stille dastehst?« Worauf ich ihm höflich entgegnete: »Ich wollte Eure Ruhe nicht stören, Herr, Ihr scheinet mir in schweren Gedanken.« Der Ritter sprach hierauf: »Wie gefällt dir deine neue Heimat, bist du froh?«

»Herr, sollte ich nicht froh sein, da ich nun weiß, wo schlafen, da ich weiß, wo Brot finden und wem dienen? Da weiß ich nun auch, wo beten und wen lieben. Herr, meine Heimat gefällt mir wohl; Gott gebe, daß ich ihrer würdig sei und auch ihr wohlgefalle.«

»Johannes, deine Rede gefällt mir; wenn dir das Ernst ist, so sind wir Gesellen. Aber wenn du mir gefallen willst, was wirst du dann tun? Wirst du mir etwas geben wollen, da du nichts hast?«

»Herr, ich bin Euer Schuldner vor der Welt in Ewigkeit, denn ich kann Euch kein Wams für das Wams geben, das ich trage, aber vor Gott gebe ich Euch einen guten Zahlmann, denn ich gebe Euch mein Herz.«

»Und wenn ich dir nun auch mein Herz geben wollte, so hätte ich doch noch den Wams zugute. Wie dann, Johannes?«

»Herr, Ihr rechnet streng. So habe ich doch eins, Herr, daß Ihr nimmer mit allen Gaben einholen werdet, dann es ist rasch und fliehet davon; auch werdet Ihr es nie mit Eurer Macht verdrängen können, denn es ist lieblich und lustig anzusehen, und Ihr werdet Euch dessen so erfreuen, daß Ihr es nicht lassen möget, wenn ich es Euch geben könnte.«

»Was ist dies für ein Kleinod, mit dem du so prahlest?«

»Herr, es ist die Jugend, die will ich Euch geben, wie ich kann, denn ihr sollt Euer Alter vergessen bei mir, so will ich euch erfreuen mit mancherlei Reden und Gedanken.«

Aber was ich da zuletzt geredet hatte, war töricht und war ein schlechter Anfang meiner versprochenen erfreulichen Reden, denn mein gnädiger Herr ward wiederum stille und betrübt, weil ich ihn an sein Alter erinnert hatte, so glaubte ich. Da redete ich ihn wiederum an:

»Herr, ich habe Euch mit törichten Worten erzürnet.«

»Das hast du nicht, Johannes, sondern ich bedachte, ob dein stolzer Mut wohl meine Sorgen zerstreuen könne, wie du mir versprachst, aber das mag wohl nicht sein. Hast du mich nicht gefunden hier im Grünen, in einem lustigen Garten, bei dem fröhlichen Singen der Vögel und bei Sonnenschein, nachdenklich und betrübt? Wirst du können, was der Frühling nicht kann? – So du aber Künste gelernt hast, die ich nicht besitze, so wirst du mein Schuldner nicht sein. Setze dich zu mir und sage mir treulich, wie du zur Armut gekommen bist in gutem, und wie es sich mit dir begeben, bis ich gestern an der Eiche dich gefunden habe, und dann sollst du ebenfalls von mir hören, warum ich betrübt bin.«

Da ich die große Freundlichkeit meines lieben Ritters aus dieser Rede vernommen hatte, setzte ich mich zu ihm unter den Baum und faßte einen guten Mut, ihm zu sagen, was ich weniges in meiner Armut erfahren hatte, zog auch ein kleines Buch aus der Tasche meines Mantels, in welches ich gewohnt war, das aufzuschreiben, was mir aus meinem Leben bemerkenswert dünkte, um ihn daraus vorzulesen, und sprach zu ihm:

»Lieber gnädiger Herr, es ist wohl kein ehrlicherer Weg zur Armut, als der: in Armut geboren zu sein; so bin ich auch zur Armut gekommen, als ich zur Welt kam, und ist mir früh gelehrt worden, daß all mein Gold der Glanz der Sonne sei, alle mein Silber der Spiegel der Flüsse, meine schönen Teppiche und Tapezereien die grünen Wiesen mit ihren Blumen, alle meine schönen Gebäude und Hallen der Himmel mit seinen Gewölben und der grüne Wald, ja ich bin so reich geworden, daß mir die ganze Welt offen stand und alle freundliche Menschen meine Diener wurden, zu denen ich sprechen konnte: Gieb mir dies, gieb mir jenes; auch hatte ich keinen Herrn als den allmächtigsten Herrn, den lieben Gott, der mir das Leben zu einem Lehen gegeben und dem ich auch täglich aus tiefster Seele gedankt habe.«

»Du kannst schreiben, Johannes?« sprach der Herr Ritter zu mir, »darin hast du mir es schon zuvorgetan, das kann ich nicht; ich freue mich zu hören, wie du alles niedergeschrieben hast, denn wenn ich gleich nicht schreiben kann, so habe ich doch oft bei mir überlegt, wie ich dies oder jenes, was mich im Leben sonderlich freute oder schmerzte, aufschreiben möchte, daß es andern Menschen und auch Menschen jedes Standes wohlgefallen möge, und habe mir durch öftere Erinnerung in meinem Gedächtnis gleichsam ein Buch gemacht, wo ich vielerlei eingeschrieben habe, und mehrere Begebenheiten sind darunter, die sind mir ganz verschieden erschienen, so daß sie mich auf eine Art beruhigen, auf die andere aber betrüben und doch immer dieselben Geschichten sind. Nun aber soll doch alles so niedergeschrieben werden, daß es einem jeden Menschen belehrend und erfreulich sein soll, denn was öffentlich gemacht wird, soll öffentlich werden, sonst ist es ein Betrug und böses Irreführen unschuldiger Menschen; denn soll sich der Mensch nicht an die Schrift halten können, die ihm doch als etwas Künstliches und des Gedanken Würdigeres aufgestellt wird, wie kann er dann an das glauben, was ihm in gemeiner Rede ganz gleichgültig vorgestellt wird? So lies dann, Johannes, und wie du es niedergeschrieben hast, wird mich lehren, was du für ein Mensch bist; denn wie ein Mensch sein Leben fühlt, so ist er, und nicht so, wie sein Leben ist. Du bist ein armer fahrender Schüler, und ich bin ein alter Kriegsmann, aber wir sind beide auch Menschen; der Schüler und der Kriegsmann haben nichts in ihrem Wesen gemein und sind sich fremd, aber die Menschen sind von demselben Stamme, und was sie erfahren, müssen alle teilen können; und so bin ich dann begierig, mein lieber Johannes, ob du so geschrieben, daß ich es auch genießen kann.« Da las ich dem Herrn Ritter vor, wie ich in meiner Einfalt niedergeschrieben hatte:

Ich bin in Franken geboren, in einem kleinen Dorfe am Mainstrom, und das erste, dessen ich mich deutlich erinnere, ist, wie mich meine Mutter das Vaterunser und Ave Maria lehrte; ich stand vor ihr und faltete meine Hände und sah ihr nach den Lippen, und wie sie mir es vorsagte, sprach ich es kindisch nach und war dabei ganz fromm, wie es ein Kind vor Gott ist. Das tat ich immer früh morgens, und kniete dabei an meinem Bettlein, und des Abends, wenn ich schlafen ging. Meine Mutter war eine gar arme Frau, aber fromm und arbeitsam, ich kann mir sie auch nicht anders denken als spinnend; und oft, wenn ich nachts erwachte, sah ich sie in der kleinen Stube bei einer Lampe sitzen und spinnen; dabei sang sie still vor sich hin, und dies hat mich oft bis zu Tränen gerührt, warum, das weiß der liebe Gott; auch weiß ich noch deutlich, daß ich einmal gar sehr weinen mußte, als ich sie so singen hörte, da fing ein Vögelein vor unserm Fenster auch an zu singen, und es war doch schon gar spät, denn der Mond schien hell und klar. Meine Mutter aber hörte nicht auf zu singen, und sang das Vögelein und sie zugleich; da habe ich zum erstenmal Traurigkeit empfunden und über das Leben kindische Gedanken gehabt, mich auch im Bette aufgerichtet und meiner Mutter zugehört. Da sang sie ein Lied, das lautete also:

Es sang vor langen Jahren
Wohl auch die Nachtigall.

Das war wohl süßer Schall,
Da wir zusammen waren.

Ich sing und kann nicht weinen
Und spinne so allein
Den Faden klar und rein,
Solang der Mond wird scheinen.

Da wir zusammen waren,
Da sang die Nachtigall.
Nun mahnet mich ihr Schall,
Daß du von mir gefahren.

So oft der Mond mag scheinen,
So denk ich dein allein.
Mein Herz ist klar und rein,
Gott wolle uns vereinen.

Seit du von mir gefahren,
Singt stets die Nachtigall,
Ich denk bei ihrem Schall,
Wie wir zusammen waren.

Gott wolle uns vereinen.
Hier spinn ich so allein,
Der Mond scheint klar und rein,
Ich sing und möchte weinen.

Besonders traurig aber kam es mir vor, daß der Vogel und meine Mutter zugleich sangen, und hätte ich damals wohl wissen mögen, ob der Vogel auch in seinem Gesange meiner Mutter gedachte und ob er auch lieber geweint als gesungen hätte. Ich fragte darum meine Mutter mit den Worten: »Mutter, was singt dann die Nachtigall dazu?« Da sagte meine Mutter: »Wachst du, Johannes? Schlafe, du mußt morgen früh heraus und mit mir ins Kloster gehen; wenn du nicht schläfst, so nehme ich dich nicht mit.« Da löschte sie ihre Lampe aus und trat vor mein Bettlein und machte mir das Zeichen des Kreuzes auf die Stirn und küßte mich, und da ich merkte, daß sie weinte, schlang ich die Arme um ihren Hals und hielt sie fest, fragte sie auch, warum sie mir das Kreuz mache und warum sie weine.

»Lieber Johannes,« sagte sie da, »ich mache dir immer das Kreuz und küsse dich, ehe ich schlafen gehe, daß du unter dem Schutze Gottes ruhig schlafen mögest; du hast aber sonst nie gewacht, wenn ich zu dir kam, und wußtest du es nicht.« Aber warum sie weine, sagte sie mir damals nicht. Darauf legte sie sich zu Bette und betete laut, und ich sprach es ihr nach, bis ich darüber einschlief. Den folgenden Morgen standen wir früh auf, und meine Mutter nahm leinen Tuch, das sie gewebet, und Garn, das sie gesponnen, um es in dem Kloster zu verkaufen. Sie trug es in dem Korb auf dem Kopfe, und da ich sie sehr darum gebeten, gab sie mir einen Teil des Garnes zu tragen, welches ich mit einer großen Liebe zu meiner Mutter bis zu dem Kloster getragen habe.

Wir kamen in dem Kloster in des Abts Stube, die war mit schönen Bildern ausgemalt, auch handelte der Abt selbst um das Tuch mit meiner Mutter und gab mir ein Bild von St. Johannes, meinem Patron. Er sagte mir auch, wenn ich älter wäre, solle ich ihm die Messe dienen und dann immer einen Pfennig von ihm haben. Meine Mutter ließ von dem Gelde zurück, eine Messe zu lesen in der Georgen-Kapelle für ihr Anliegen, und als sie der Abt fragte, was ihr Anliegen sei, sprach sie: »Das steht Gott anheim«, und da gingen wir zur Kirche herab. In der Kirche aber gingen wir zur linken Hand in eine Kapelle; da stand ein Altar in der Mitten, zur Rechten aber war ein Ritter an der Wand ausgehauen auf den Knien liegend, und vor ihm stand ein andrer Ritter, der legte ihm die Hand auf das Haupt. Diesem Bilde gegenüber war Sankt Georgen Bild zu Pferd, wie er seinen Mantel zerschneidet und einem Armen die eine Hälfte reicht, und diese Kapelle war die St. Georgen-Kapelle. Meine Mutter stecke ein Wachslicht vor St. Georgen auf und kniete dann nebst mir an der Seite des steinernen Ritters nieder und sah oft nach dem knienden Ritter. Ich betrachtete ihn auch und empfand eine große Freude an ihm. Auch hätte ich ihm gern was Liebes getan und setzte ihm einen grünen Kranz auf sein steinern Haupt, den ich mir im Walde geflochten hatte und noch spielend in der Hand trug. Da meine Mutter das sah, weinte sie sehr und umarmte mich in der Kirche. Ich empfand große Bangigkeit um ihre rührende Gebärde. Da trat aber ein

Priester in die Kapelle mit einem Meßdiener und las die Messe am Altar, und sie ließ mich los, sagte mir auch ins Ohr: »Bete hübsch fromm, Johannes; der stehende Ritter ist der Herr Großvater.« Ich hatte den Mut nicht mehr, nach dem Bilde zu sehn, und mein Großvater blieb mir von dieser Zeit an ein ernster und beweglicher Gedanke; aber ich habe damals gebetet, wie sonst nie, mit einer wunderlichen Herzensangst, doch weiß ich mich nicht zu entsinnen, warum ich so gebetet habe.

Da die Messe zu Ende und der Priester wieder aus der Kapelle herausgegangen war, fragte ich meine Mutter wieder nach dem steinernen Bild mit den Worten: »Was macht denn mein Großvater da?« Meine Mutter stand aber, ohne mir zu antworten, stille vor dem Bild und sah immer mit nassen Augen nach dem knienden Ritter, den ich mit dem Laubkranz gekrönt hatte, und da ich sie wieder fragte, sagte sie: »Er tut, was ich gestern abend tat, da ich das Kreuz machte.« Da fragte ich sie weiter: »Liebe Mutter, will er dann schlafen gehn?« Da sagte sie: »Ja, er will schlafen gehn in die ewige Ruhe.« »Und der kniende Mann will wohl auch schlafen gehen?« Da sagte sie wieder: »Ach, Gott gebe ihm eine ruhige Nacht, wenn er schon schäft!« und ward wieder sehr traurig und hob mich hinauf, daß ich ihn küßte. Da setzte ich ihm das Kränzlein wieder zurecht und küßte ihn, und die Mutter ging mit mir zur Kirche hinaus. Sie hatte mich noch auf dem Arme und ließ mich nicht los, was sie sonst nicht pflegte, denn sie war nicht sehr stark, sondern zart und weiß mit langen blonden Haaren. Wir gingen nicht denselbigen Weg zurück, sie trug mich links dem Walde zu. Wie sie mich so durch die freie Luft hintrug, betrachtete ich ihr freundliches Angesicht, und kann es nun niemehr vergessen, wie hold und lieb sie aussah, und auch die ganze Gegend kam mir lichter und freundlicher vor. Mein Herz ward wieder ganz getröstet, und wie sie mich unter den Bäumen hintrug, brach ich einen Zweig ab und machte ihr einen Kranz, den setzte ich ihr auf ihre blonden Haare und sagte zu ihr: »Liebe Mutter, nun bist du wie der kniende Ritter, nun hast du auch ein Kränzlein auf, und wenn er da nun durch den Wald gegangen käme, da würdet ihr euch beide aneinander sehr erfreuen über die grünen Kränze.« Meine

Mutter gab mir aber keine Antwort und ging immer traurig fort, was mich auch wieder betrübte. So zogen wir still und einsam wohl eine Stunde durch den Wald, als wären wir die einzigen Menschen auf der Welt und hätten nicht viel Freude, bis es lichter ward in den Zweigen und der Wald sich am Rande des Berges endigte.

Da war ein schöner grüner Platz und die Aussicht in ein einsames Tal, wo der Main durchfloß; die Berge lagen rings um den hellen silbernen Fluß, als hätten sie tiefsinnige Gedanken, sie waren alle mit schwarzen Wäldern bedeckt und sahen streng und finster herüber; wo wir aber standen, war die Gegend sanft und mild, grüner Rasen bedeckte den Boden, es standen da mancherlei Blumen, und das Allerschönste war ein freundlicher Quell, der zwischen einer großen Reihe von Sonnenblumen entsprang und über den sanften Abhang hinunterrollte; es war, als flössen Tränen an den Wangen eines freundlichen Antlitzes hinab. Viele und mancherlei Kräuter wuchsen da rings an dem Bache, aber die Sonnenblumen sahen besonders ehrwürdig und andächtig aus. Meine Mutter ließ mich im Grase spielen und saß bei den Sonnenblumen. Ich sah oft nach ihr hin und bemerkte, wie sie sanfter und ruhiger um sich blickte. Dann nahm sie mich bei der Hand und ging mit mir einige Schritte rechts ins Gebüsch, da stand ein kleines Haus, ganz mit Epheu überwachsen. Selbst die Türe war mit dem Geflechte des Epheus überzogen. Sie zog Schlüssel hervor, legte die Ranken an der Türe zurück und öffnete sie. Es war eine kleine Küche, doch keine Geräte darin, in die wir zuerst traten, und dann eine kleine viereckichte Stube. Wie ich hereintrat, fürchtete ich mich etwas, denn es war gar dunkel. Meine Mutter machte aber die Fensterladen auf, da sah man nach der andern Seite des Tals, und ein schönes Schloß ragte da aus dem schwarzen Gebürge gegenüber. In der Stube standen allerlei ausgestopfte Vögel, besonders eine Reihe von Falken, die alle sehr alt schienen, an der Wand hingen einige Speere und Jagdmesser, und in der einen Ecke war ein kleiner Altar und Betstuhl vor dem Bilde des heiligen Hubertus, wie er vor dem Hirschlein kniet, das ihm mit einem Kreuze zwischen den Hörnern erscheint und ihm sein wildes Herz zu Sanftmut und Frömmigkeit umwendet. Ich betrachtete alle die Sachen, die ich vorher nie gesehen, mit einer ängstlichen Aufmerksamkeit, während meine Mutter ins Tal hinaussah. Alles, was mir seit dem Abend vorher begegnet war, hatte mich ganz verändert, und wenn ich jetzt daran denke, so möchte ich meine damalige Empfindung einem Rade vergleichen, daß in einer Mühle plötzlich lebendig wird und alle die andern Räder mit ihm und um ihm sich drehen und wenden sieht, und sich doch nicht vorstellen kann, was alle die vielen Räder sind und was eine Mühle ist. Besonders aber verwunderte ich mich, daß meine Mutter mit allen den Sachen bekannt war und in der Hütte tat, als wäre sie immer drin gewesen. Ich fragte sie, ob wir dann hier blieben, ob dieses auch unsre Wohnung sei; dann wolle ich mir hier einen kleinen Garten machen und ein Vogelsteller werden. »Was willst du dann mit den Vögeln machen?« sagte sie dann, und als ich ihr antwortete, ich wolle sie das Vaterunser lehren, sagte sie: »Weißt du denn, wo dein Vater ist?« Ich antwortete: »Im Himmel.« Sie nahm mich hierauf zu sich, setzte sich ans Fenster und erzählte mir, was ich hier niederschreibe, ihre Worte sind mir auch nie aus dem Gedächtnisse gekommen:

Lieber Johannes, du hast mich seit gestern wohl trauriger als je gesehen, dann ich gedachte gestern, da die Arbeit vollendet war, schon daran, wie ich heute alle die Wege gehen würde, die du mit mir gegangen bist. Du hast mich auch gestern abend gefragt, warum ich weinte, da ich vor deinem Bettlein stand, aber ich habe dir keine Antwort gegeben und habe mit dir gebetet, damit wir ruhig schlafen möchten. Aber nun will ich dir auch nichts mehr verschweigen, denn ich glaube, es wird gut sein, wenn du früh weißt, wie auf Erden viel Traurigkeit ist und im Himmel allein die Freude. Du wirst darum deinen Sinn immer mehr zu Gott wenden und zu seinen Abgesandten auf der Erden, der treuen Liebe, der Unschuld und Weisheit. Auch sollst du nicht traurig werden um der Traurigkeit willen, die auf Erden ist, sie soll dich stärken, daß dein Mut wachse und dein Fleiß, mit denen sollst du die Traurigkeit bestreiten und ein frohes Herz erkämpfen, daß sich alle Zeit Gott zuwendet.

Das kleine Häuslein, in dem wir sitzen, gehöret meinem lieben Vater; er ist nun im Himmel seit acht Jahren und liegt begraben im Kirchhofe bei dem Kloster. Er war ein Jäger und Vogelsteller und hat hier oben mit meiner Mutter gelebet, die ist zu Gott gegangen, da ich noch ein klein Mägdlein war; ich erinnere mich wohl, da sie die Herrn aus dem Kloster zu Grabe trugen, da saß ich da draußen an dem Quell im Sonnenschein und verwunderte mich über die vielen Männer und Weiber, die sie begleiteten. Da drüben von dem Schlosse, das du siehst, kam der Ritter mit seiner Hausfrau und seinen zwei Knaben auch herüber; ich weiß noch wohl, wie sie in das Schifflein stiegen und über den Main fuhren. Der Ritter blieb bei meinem Vater und sprach gar freundlich mit ihm, um ihn zu trösten, und des Ritters Frau ging mit zu Grabe. Ich saß immer an dem Bächlein, und des Ritters Kinder spielten mit mir. Am Abend zog der Ritter wieder mit seinen Leuten hinüber, und mein Vater pflanzte am Bache die Sonnenblumen. Er war ein frommer und künstlicher Mann und arbeitete den ganzen Tag. Er richtete die Falken ab wie kein andrer Jäger in Franken und hatte eine große Geschicklichkeit in Kenntnis heilsamer Kräuter; ich ging ihm immer in seinen Arbeiten zu Hand, wie ich konnte, und er unterrichtete mich in der Gottesfurcht und Sittsamkeit. Spinnen und Weben habe ich dort im Schlosse von des Ritters Hausfrau gelernt und zugleich mit den zwei Söhnen des Ritters das Christentum bei dem Hauskaplan. Mein Vater schenkte dem Ritter geschickte Falken dafür, der Hausfrau brachte ich Arzneikräuter und den Söhnen gab ich Finken und andere Vögel, die ich selbst singen gelehrt hatte; so war ich dann immer gern im Schlosse gesehen und konnte wohl lernen, was einer Jungfrau geziemt, an den Frauen und Dienerinnen auf dem Schloß. Doch war ich meistens zu Hause bei meinem Vater, da ich älter ward, denn er liebte mich sehr und mochte nicht ohne mich sein.

In der Einsamkeit besuchte uns der jüngste Sohn des Ritters oft, er war auch stiller Gemütsart und hatte sich immer gut mit mir verstanden. Wenn ich hinüber auf die Burg wollte, so blies ich auf meines Vaters Jagdhorn, und wenn er dann zu Hause oder in der Gegend war, ließ er sich auch bald an dem Maine sehen und fuhr mich in dem Schifflein hinüber und wieder herüber, und wir gewannen uns so lieb, daß wir nicht lange ohne einander sein konnten. Da mein Vater das bemerkte, kümmerte er sich darum und sagte mir oft traurig: »Mein Kind, was soll aus deiner Lieb werden zu des Ritters Sohn, da du doch eines armen Mannes Kind bist und nicht zur Edelfrau geboren?« Diese Rede meines Vaters war wohl wahr und tat mir leid, aber ich konnte doch nicht aufhören, den Ritter zu lieben, denn die Liebe ist blind, und wo sie entbrennt, kann sie nicht ausgelöscht werden, und zwei Menschen, die sich lieben, kann nichts scheiden als der Tod. Mein Vater stellte es auch dem Ritter vor, der aber war mutiger als ich und sprach: »Lasset Euch das nicht kümmern in Euren alten Tagen, denn es soll Euch erfreuen, wenn Ihr seht, daß Euer Tochter eines braven Ritters Frau wird, und will das mein Vater nicht, so wird er doch nicht drum zürnen bis an den Tod.« Ich erschrak, wenn ich sah, wie mein Vater traurig ward bei seinen Reden, die mir das Herz erhoben, und habe meinem Vater immer von der Zeit an emsiger gedienet als vorher und war auch in allen meinen Reden weiser und klüger, damit er mehr Vertrauen zu mir gewinnen möge und versichert werden, daß ich nicht töricht handlen würde.

Siegmund kam nun seltner, denn er ritt mit seinem Vater oft in den Krieg, und wann des Morgens die Reisigen aus dem Schlosse auszogen, so stand ich immer und grüßte Siegmund mit einem weißen Tüchlein, und wenn er mich so grüßen sah, so ließ er sein Pferd einigemal springen. Das war seine Antwort, denn er getraute sich nicht vor seinem Vater, mich wiederzugrüßen. Dann betete ich zu Gott, daß er ihn gesund wiederkommen lasse, und hatte nicht viel Ruhe, bis ich die Reisigen wieder einziehen sah. Einstens aber in einem kalten Winter waren sie auch ausgezogen, und als sie wiederkamen, stand ich am Berge und sah nach Siegmund, der saß aber nicht auf seinem Pferd, der ward auf einem Tragbette zwischen zwei Reitern getragen; ach, da war meine Angst groß, bis er die Reiter stillhalten ließ und sich aufrichtete, daß ich sehen möge, daß er noch lebe, und war dies gewiß ein groß Zeichen seiner Liebe zu mir. Ich hatte aber keine Ruhe und bat meinen Vater, er solle mich hinüber auf das Schloß lassen, und da er nicht einwilligte, kniete ich vor ihm nieder und bat ihn mit Tränen so flehentlich, daß er selbst sehr weinte und sprach: »Ach Tochter, wie ist deine Liebe zu Siegmund so groß, und was wird viel Leid draus entstehen!« Dann gab er mir ein Bündelchen Kräuter und führte mich selbst an den Main hinab, der war zugefroren, und noch keiner darüber gegangen; das wußte ich wohl, sagte es aber meinem Vater nicht, der glaubte, es seien schon viel Leute drüber gegangen, und so eilte ich dann über das Eis ohne Furcht und Angst und betete wohl mehr für Siegmund auf dem Eis, als daß ich nicht einbrechen möge. Es war Abend, da ich auf das Schloß kam; ich fragte sorgsam nach Siegmund und sagte, mein Vater habe gesehen, daß er verwundet zurückgekommen sei, und ich müsse ihm die Kräuter bringen. Da führte man mich ins Gemach, wo seine Mutter an seinem Lager saß. Da konnte ich mich auch nicht mehr halten, lief zu ihm hin, kniete an seinem Bettlein nieder und küßte ihm die Hand. Seine Mutter wußte wohl, daß er mich lieb hatte und ich ihn, aber hatte wohl nicht geglaubt, daß es so ernstlich sei, und da sie mit mir nachher zurück in ihre Kammer gegangen war, sprach sie lang mit mir, wie auch mein Vater gesprochen hatte. Da erzählte ich ihr treulich alles, wie unsre Liebe so unveränderlich sei und wie uns nichts scheiden werde als der Tod. Sie war aber eine sanfte Frau, und Siegmund war ihr das liebste Kind, auch gegen mich war sie sehr freundlich und wie eine Mutter gesinnt und hat nicht mehr von unsrer Liebe gesprochen, als daß sie Gott bitten wolle, daß es uns nicht übel gehe auf Erden.

In der Nacht ging das Eis im Maine auf, und ich konnte am Morgen nicht zurück, so daß ich wohl drei Tage lang auf dem Schlosse bleiben mußte. Ich war dann meistens bei Siegmund und pflegte seiner, denn sein Vater war noch nicht zurück, und die Mutter erfreute sich an unsrer Liebe. Da wuchs unsre Liebe noch viel mehr, denn wir hatten uns lange nicht gesehen und in der letzten Zeit wenig miteinander gesprochen. Da wir nun so beinander saßen, da warden wir viel inniger, und Siegmund, durch seine Wunde schwach und sanfter als sonst, erschien mir viel vertrauter, ja seine Rede war mir oft ganz jungfräulich, und hatten wir auch da keine Hehl mehr voreinander, und ich verband ihm seine Wunde in der Seite am Herzen ohne Scheu. So groß ist die Liebe und so rein, daß sie nichts Unreines tun kann, und was sie tut, ist alles schön und ewig. Da ist mir auch die kleinste Handlung teuer und ein tiefsinniges Werk geworden, wenn ich sie in der Liebe getan hatte.

Nach drei Tagen ging ich wieder zu meinem Vater; der war traurig in seiner Einsamkeit geworden, während ich mich gefreut hatte, und ich erzählte ihm, was geschehen war, und wie meine Liebe noch viel größer wäre, und was Siegmunds Mutter mit mir gesprochen hätte. Darüber ward er gar nachdenklich und sagte: wie er ein alter Mann sei und schon mit einem Fuß im Grabe stehe, so sei sein Sinn wohl nicht mehr für die weltlichen Dinge, und wolle er auch meine Liebe nicht stören; aber es sei ihm doch traurig, wenn er daran denke. –

Da Siegmund wieder gesund war, besuchte er meinen Vater und mich wieder dann und wann, und außerdem sahen wir uns an Sonn- und Festtagen vor und nach der Kirche im Kloster. Der Winter war sehr rauh, und mein Vater oft krank, denn er war schon ein sehr alter Mann und hatte schneeweiße Haare; da ward mir denn auch keine Freude als ihn zu trösten und mit ihm zu beten. Als der Frühling kam, die Zweige ausschlugen und die Vögel wieder zu singen begannen, setzte er sich oft an die Türe und sah ins Tal hinab und sprach mir von meiner Mutter. Einmal, an dem heiligen Ostertagnachmittag, saß er in seinen Feierkleidern an der Türe und ich neben ihm; es war gegen Abend, alles still und ruhig und gar mildes Frühlingswetter; wir sahen den Main hinauf, da kam eine Wallfahrt in einem Schifflein den Main heruntergefahren; sie hatten ein Kreuz aus einer grünen Maie bei sich und sangen laut und andächtig, daß es zwischen den Bergen leise in der Ferne mitsang:

Ich will des Mai's mich freuen
In dieser heilgen Zeit
Und gehe zu der Maien,
Und seh des Heilands Leid.
Leid gab mir die Freudigkeit.

O Mai, in grünem Scheine
Du blühest kurze Weil,

O Maie, die ich meine,
Du blühest ewges Heil.
Heil gab mir des Todes Pfeil.

Du stehst in ewger Blüte,
Seit unser höchstes Gut
In deinen Zweigen glühte,
Du trankst sein heilges Blut.
Blut gab mir so hohen Mut.

Du drangst in heilgem Taue
So freudig himmelwärts,
Dich tränkte die Jungfraue
Mit ihrer Tränen Schmerz.
Schmerz erquickte mir das Herz.

Des heilgen Todes Weihe
Gab mir des Lebens Wein:
O Jesus an der Maie,
Mich heilte deine Pein.
Pein führt mich zum Himmel ein.

Der Vater und ich sangen das Lied still mit. Er ward sehr gerührt und sprach mit mir: »Wohl wende ich mich auch hin zu der Maie des heiligen Kreuzes, wo mir das ewige Leben blüht, denn meine Zeit ist vorüber, und dieser ewig wiederkehrende Frühling ist meine Jugend nicht, auch werde ich die Früchte nicht reifen sehn; ich fühle, liebes Kind, daß dies der letzte Frühling ist, dessen ich mich erfreue. Vom Leben zu scheiden, schmerzt mich nicht, weil sich das Leben nie von mir scheiden kann, denn ich habe nach meinen Kräften Gott gedient und die Menschen geliebt. Das Schifflein mit der singenden Wallfahrt und der Maie, wie es so den Main hinunterfährt, und dort die Sonne, die untergeht, sie haben mich wohl an das Leben der Menschen erinnert. Da sind sie heute früh aus den verschiedenen Dörfern fröhlich zusammengekommen und in der Kühle und dem Dufte des jungen Laubs durch den Wald und über die Berge singend hingezogen und haben nur gedacht, wie sie ankommen würden und ihre Andacht verrichten; und da sie gebetet hatten, sind sie zu den Krämern gegangen, die dort stehen, und haben Kerzen gekauft, jeder nach seinem Vermögen, und haben sie dort aufgesteckt; dann haben sie am heißen Mittag im Grase ihre Speise genossen, und nun sind sie den Berg wieder hinabgekommen, und schnelle trug sie das Schifflein den Strom hinab, während die Sonne auch hinunterzog. Einer steigt früher, der andre später ans Land, und alle, die beisammen so fromm der Maie singend folgten, sind in der Nacht nicht mehr beisammen, und wenn der Vater seinen Kindern ein Heiligtum mitbringen kann und so Frömmigkeit erweckt, dann kehrt er freudig von der Wallfahrt zurück; die Gabe mag gering sein im allgemeinen Wert der Dinge, so ist sie doch groß für die Betrachtung, und ein Samenkorn, das der Wind verweht, kann die Mutter eines ganzen Waldes sein.« So sprach er noch lange in rührender Vertraulichkeit mit mir, und da ich ihn nach der Hütte zurückbegleitete, zitterte er sehr, so daß ich wohl fühlte, er werde nicht lange mehr mit mir sein.

Siegmund kam den folgenden Tag herauf, und mein Vater bat ihn, ihm den Pater Anton vom Schlosse zu schicken und auch seine Mutter zu ihm zu bitten, denn Siegmunds Vater hatte den jüngern Sohn Albrecht zu einem Vetter in Schwaben begleitet. Da Siegmund zurückeilte, stand ich am Fenster und weinte sehr. Mein Vater, der in seinem Lehnstuhle saß, hatte seinen Lieblingsfalken auf der Hand und sagte freundlich zu ihm: »Willst du wieder in Freiheit, Kilian, wenn ich tot bin?« Da er mich weinen hörte, sagte er: »Was weinst du, mein Kind?« Da sagte ich ihm: »Da ich Siegmund hinabgehen sah, mußte ich weinen, daß er bald mein einziger Trost sein wird außer Gott.« Da sprach er zu mir: »Und einst wird Gott dein einziger Trost sein, wie er jetzt meiner ist, da ich dich verlassen muß; aber ich will Gott im Himmel für dich bitten, daß es dir auf Erden wohl geht, bis du zu mir kommst, meine Tochter.« Dann kniete er dort an dem Altar nieder und betete und war so schwach, daß er sein Haupt auf den Altar legte, ich kniete neben ihm, und der Falke saß traurig auf der Stange. Dann sagte er: »Sieh, ob der Pater Anton bald kömmt; ich fühle, meine Stunde naht sich.« Da sah ich den Pater in seinem geistlichen Gewand und mit der Monstranz in das Schifflein steigen, Siegmund trug das Kreuz, und seine Mutter hatte eine Kerze in der Hand; auch waren noch die alten Knappen des Ritters mit Fackeln bei ihnen. Da sprach ich: »O lieber Vater, sie bringen unsern Herrgott.« Da küßte mich der Vater und sah mich mit großer Liebe an. Der Zug kam langsam den Berg herauf, und da sie vor der Hütte standen, ging ich heraus zu Siegmund und seiner Mutter, die war sehr traurig und küßte mich; der Pater Anton ging zum Vater hinein und hörte ihn Beicht und gab ihm das Abendmahl, und wir standen draus und beteten. Dann kam der Pater Anton und rief mich und Siegmund und seine Mutter herein. Wir knieten um seinen Stuhl, und er sprach zu Siegmunds Mutter: »O gnädige Frau, wir werden bald zusammensein, nehmt Euch meines Kindes an; Siegmund liebt meine Tochter, sie verdient es. O mein gutes Kind, ich befehle dich Gott; o komme bald zu mir, wenn dir es auf Erden nicht gut ist.« Da weinten wir alle sehr, und Siegmund nahm meine Hand und sagte: »Mutter, segnet uns! Vater, segnet uns!« Da gab er uns den Segen und Siegmunds Mutter auch. Dann wollte er in den Sonnenschein getragen sein. Siegmund und ich trugen ihn auf seinem Sessel hinaus in das Freie. Da standen die alten Diener des Ritters mit den Fackeln im Kreise um ihn und reichten ihm die Hände. Siegmund brachte ihm seinen Falken, der saß hinter ihm auf der Lehne seines Sessel. So saß der gute Vater noch einige Minuten und sprach: »O Gott, ich danke dir für das schöne Leben, ich danke dir für mein schönes liebes Kind, ich danke dir für den schönen Tod.« Da starb er, Siegmund und ich hatten seine Hände, es war freundlicher Sonnenschein, die Vögel sangen in dem Walde, und der Falke stieg wie ein Pfeil in die Höhe.

Siegmund und seine Mutter nahmen mich nun mit nach dem Schlosse und trösteten mich mit vielen freundlichen Worten, besonders Siegmund; der war seit meines Vaters Tod viel ernster und fester geworden, er sah nun seine Liebe zu mir als meine einzige Hülfe an und als alles, was ich in der Welt zu hoffen hatte. So wollte er dann auch mein Schicksal so freundlich machen, als in seinen Kräften stand, und strebte immer mehr, wie er mir gütig und treu erscheinen sollte. Mein Vater ward den folgenden Tag neben meine Mutter ins Kloster begraben. Siegmund und seine Mutter gingen mit zur Leiche, mich aber ließen sie nicht mitgehen, damit ich nicht so traurig sein möchte. Ich blieb also auf dem Schlosse zurück, und wie sie aus dem Tor hinauszogen, stieg ich auf den höchsten Turm des Schlosses. Sieh, es ist dort jener weiße Turm, worauf das Bäumchen steht. Ich sahe mich rings in der Gegend um und empfand vieles, das ich vorher nie empfunden hatte. Wie Siegmund mit seiner Mutter in das Schifflein stiegen, da erinnerte ich mich, wie ich Siegmund zum erstenmal gesehen; das war, als meine Mutter starb, da saß ich vor meines Vaters Hütte und spielte ganz fröhlich und verstand das Leid der andern Menschen nicht; da sah ich ihn auch in demselben Schifflein überfahren: »Ach, wie viel Jahre sind schon hin, jetzt bin ich auch schon unter den erwachsenen Leuten, die den Schmerz wohl verstehen, wenn ein lieber Freund von ihnen scheidet. Wie oft ist der Frühling vergangen, seit ich lebe, und ich kann mich kaum eines einzelnen Frühlings erinnern; ich weiß nur, das es der Frühling war, wenn die Bäume blühten und die Welt freudig ward. O weh, jetzt spiele ich nicht mehr vor meines Vaters Hütte, hier stehe ich und bin allein und kann weinen, ach, wie bitter weinen. O, wo wird mein guter Vater hingetragen, wo geht alle das Leben hin, wohin alle die Lust?« So war ich gar traurig und hatte ganz die Hoffnung verloren; ich sah, wie Siegmund mit seiner Mutter den Berg hinanstiegen und wie die geistlichen Herrn von dem Kloster aus dem Wald in ihren weißen Kleidern heraustraten und wie sie meinen guten Vater in dem Sarge aus der Hütte heraustrugen. Ach, da streckte ich wohl die Arme gegen Himmel und weinte sehr, da hörte ich sie auch ihre heiligen Lieder noch lange im Wald singen. Es war Abend und still, die Sonne ging unter, im Tal war es schon dunkel, nur über unsrer Hütte und dem Walde lag noch der helle Schein. Da dachte ich wohl, wie mein Vater mit mir gesprochen hatte, da die Wallfahrt den Main hinabfuhr, und wie er des Menschen Leben mit der Wallfahrt verglichen hatte, und wie er zu mir gesagt hatte: »Der geht gern von der Wallfahrt nach Hause, der seinen Kindern eine fromme Gabe mitbringen konnte«; und als ich gedachte, wie er so ruhig und freundlich gestorben war, da warf ich auch einen Blick zurück auf die Heiligtümer, die er mir zurückgelassen hatte; ich wiederholte in mir sein Andenken und die sanfte fromme Unterweisung, die er immer gegeben hatte, sah lang in mein Herz zurück und fühlte mich ruhig und mild. Dann wandte ich meine Blicke ringsum über Berg und Tal, wie der Wald grünte und still stand, wie sich die Wiesen sanft hinabsenkten und mit den gefurchten Äckern abwechselten. Zum Himmel stiegen meine Blicke ruhig aufwärts und gleiteten an dem Fluge ziehender Vögel wieder nieder zum Main, in dem die Wolken nochmal zu ziehen schienen; dann blickte ich zwischen den Türmen hinab in den einsamen Burghof, wo ein alter Knappe den Hollunderbusch an dem Fenster seiner Kammer beschnitt und ein lustiges Lied sang; auf dem Dache trieben die Tauben girrend in den letzten Strahlen einander herum, und war es schon dunkel, und die ewige Lampe der Burgkapelle sah heller durch das hohe Fenster, und alles das sah ich mit gleicher Ruhe und stiller Liebe an. Es war mir nicht, als sei mein Vater gestorben; ich konnte an ihn denken, als sei er immer zugegen, nur sehe ich ihn nicht, aber ich höre ihn singen und arbeiten. Zu dieser Stunde kam ein großer inniger Glaube an die Güte Gottes und die Ewigkeit des Lebens in mich; alles, was mir der gute Vater in kurzen Sprüchen und Winken gesagt hatte, sah ich ausgeführt in seinem Leben, und sein Leben fand ich wieder über der ganzen ruhigen Gegend schweben, aus der mir mein eignes Herz wie eine freundliche Blume entgegensah. O, da fühlte ich deutlich, was mir mein guter Vater von der Wallfahrt mitgebracht hatte; er hatte mir das Leben gegeben, die freundliche gesunde Gestalt meines Leibes, das ruhige schlagende Herz in der Brust und die stille betrachtende Seele hat er mir gegeben, denn er hat mir die Schönheit und den innern Frieden der Natur durch sein stilles frommes Dasein in Geschäft und Andacht näher ans Herz gelegt, daß ich ruhig in sie verwachsen konnte, daß keine Sehnsucht mich wild hinausriß, daß gleich vor meinem Auge Gott mit der Liebe stand und mir mit milder Strenge ins Herz sah, das rein und züchtig wie die Kammer einer frommen Jungfrau aufgeschmückt war. O guter Vater, dachte ich da, du warst ein Bote Gottes, der ihn in einer unschuldigen Seele verherrlichen sollte; Gott sprach zu dir: Gehe hin und baue mir eine Kirche auf der Erde, daß ich deutlicher und verständlicher meinen Kindern, den Menschen, werden möge, dann will ich sehen, ob du meiner Liebe näher zurückkehrst. Und da hat der gute Vater mich zurückgelassen als das Zeichen des vollendeten Werks und ist wieder zurück zu Gott gegangen; sein Leben aber auf Erden hat nicht aufgehört, es ist in meiner Seele, und ich will es ruhig fortbauen, ich will fromm und tugendhaft sein, daß er nimmer sterbe; und wenn Gott auch mich einst zu sich nimmt, o, dann bleibe auch mir ewig ein Leben zurück, ein Ebenbild Gottes und ein Spiegel des freudigen segensvollen Strahls, der aus dem Glanze des Himmels zur Erde niederfällt und sich im Glauben entzündet.

Da ich mich so meinen Gedanken überlassen hatte, hörte ich das Glöckchen im Kloster läuten, das Zeichen, daß mein Vater begraben war. Der Gedanke, ihn nicht wiederzusehen, wollte mich wieder schmerzlich fassen, als Kilian, sein Falke, der bei seinem Tode weggeflogen war, plötzlich neben mich niederflog und sich sehr freundlich gegen mich bezeugte. »Guter treuer Kilian,« sagte ich, »bist du auch mit zu Grabe gewesen? Du sollst mich nun nicht mehr verlassen und immer bei mir bleiben«; und daß mich der gute Vogel wiedergefunden hatte, war mir ein gar großer Trost; ich streichelte ihn und nahm ihn auf die Hand, indem ich die Treppe des Turms hinabstieg. Da ich auf den Vorsaal gekommen war, begegnete mir der alte Knappe, den ich im Burghofe hatte singen hören; er wollte zu mir heraufkommen. Da er mich sah, sprach er: »Verlangt Ihr etwas, Jungfrau? Ich glaubte, Ihr hättet mich gerufen, wir sind allein auf dem Schlosse.« Da er aber den Falken erblickte, sprach er: »O, Ihr habet wohl nur mit meinem Paten gesprochen. Ich heiße auch Kilian, und Euer seliger Vater hat diesen Falken aus guter Freundschaft nach mir benannt, und es ist ihm auch gut angeschlagen; es ist der edelste Falke im Land.« Dann nahm er den Falken und liebkoste ihn sehr und hatte viel Freude mit ihm. »Liebe Jungfrau,« sprach er weiter, »ich habe Euch gar klein gesehen, da Ihr noch nicht lange auf der Welt wart, nun hat sich viel verändert. Wenn Ihr wollt mit mir hinab in meine Kammer kommen, bis Herr Siegmund und die Hausfrau zurückkommen, so tut Ihr mir eine Freude. Die Zeit wird uns beiden vergehn, und Eure Traurigkeit wird nicht so bitter sein in meiner Gesellschaft, denn ich war ein gar guter Freund Eures seligen Vaters, und es ist tröstlich, die Tugenden der Menschen zu betrachten, die nun ihren Lohn schon empfangen.« Ich ging dann mit ihm hinab in sein Stübchen, daß dicht neben der Schloßkapelle war, denn er war mir mit seinem ehrlichen Gesicht und seinen ehrwürdigen weißen Haaren gar ehrwürdig. Wie er so langsam vor mir her ging, sprach er immer vertraulich mit dem Falken: »Ja, Kilian,« sagte er, »ich bin auch ein Kilian, kann aber nicht fliegen, bei mir geht es gar langsam, es wird auch mit dir so kommen, drum sei hübsch tugendhaft, daß man dir eine Stange aufsteckt und die Speise nahstellt, wenn es mit den Flügeln nicht mehr recht will.« Dabei war er gar lustig und freundlich, und ich hörte ihm gerne zu, wie er so kindisch seine Freude hatte. In seiner kleinen Stube war es sehr ordentlich und traulich. »Seht, Jungfrau,« sprach er, »da wohne ich und habe Gott recht zur Hand, daneben ist die Kapelle. Es ist etwas Armseliges um einen alten Mann ohne Frau und Kind, und wenn er sich nicht recht zu Gott hält, ist er verlassen.« Da setzte ich mich zu ihm, und er erzählte mir lang von meinem Vater und seiner Freundschaft mit ihm, und daß er meine Mutter, ehe sie verheuratet gewesen sei, auch geliebt habe, und mein Vater und er darum lange entzweit gewesen seien. »Es tat uns beiden herzlich leid, aber ich konnte im Anfange ihn doch nicht gut mit Eurer Mutter sehn; es tat mir immer sehr weh, daß ich nicht auch so ein frommes Weib finden konnte; ich habe mich immer darnach umgesehn, aber es wollte mir nicht einschlagen; drum habe ich mich dann so in Ehren auch fortgebracht und mich für manchen Herrn derb schlagen lassen; um die verzweifelten Gedanken zu verlieren. Wenn mich der Flug durch Franken brachte, ging ich zu Eures Vaters Hütte und grüßte ihn. Da war ich auch einmal gekommen und hörte Euch schon laut weinen, als ich die Hütte noch nicht sah; das war wenige Tage nach Eurer Geburt. Ein Jahr drauf kam ich wieder zu Eurem Vater, da wart ihr schon ein artiges Kind und konntet das Paternoster sprechen. Ich brachte Eurem Vater da einen Falken mit, von dem hier der edle Kilian abstammt. Euer Vater hatte große Freude über die edle Art des Falken, den hatte ich in Cypern von einem Jäger gekauft, und will Euch erzählen, was dies für ein Jäger war, und welche wundersame Geschichte er mir von dem Falken sagte. Aber zuerst muß ich Euch zeigen, was mir Euer seliger Vater für meinen Falken geschenkt hat.« Da holte der alte Kilian ein schönen Vogelbauer von der Wand, der sehr künstlich von Paternosterkörnern zusammengesetzt war, in welchem ein ausgestopfter bunter Sittich saß, und da er ihn mit einem lächelnden Gesicht auf den Tisch gesetzt hatte, rückte er das Licht näher zu ihm hin und sagte: »Nun, mein Kind, kennst du den Sittich noch?« Ich sah den Vogel mit großer Aufmerksamkeit an, und es war mir, als hätte ich ihn in früher Jugend gesehn; auch erinnerte ich mich oft meiner Mutter, wie sie mir einen schönen Vogel, der sprechen konnte, zeigte. »Nun seht Ihr, Jungfrau,« sagte da der alte Kilian, »wie Ihr vergeßlich seid; Ihr erkennet Euren eignen Lehrmeister nicht mehr und Euren treusten Gepielen; von diesem Sittich habt Ihr doch das Paternoster gelernt und den Englischen Gruß, welches er Euch gar artig vorsprechen konnte; darum hat man ihm auch ein so frommes Haus erbaut, weil er ein so frommer Sittich war. Es hatte ihn der Bruder Eberhard, Euer Oheim, ein frommer Mönch, mitsamt dem künstlichen Vogelbauer, aus dem heiligen Land gebracht und Eurem Vater geschenkt.« Nun erinnerte ich mich des Vogels, und wie ich ihm das Paternoster nachgesprochen, und auch der alte Kilian ward mir bekannter; ich erinnerte mich, wie er den Sittich wegtrug und ich heftig um ihn weinte. »Ja,« sagte der Alte, »seht, das ist Euer Schulmeister gewesen, und als er starb, habe ich ihn ausgestopft und ihn immer noch mit Freuden betrachtet, denn er hatte ordentlich Menschenverstand.« Der Vogelbauer aber war besonders sinnreich und von schönem wohlriechendem Holze, das Gitter bestand aus eingereihten Rosenkranz-Körnern, oben auf dem Dache stand die Dreifaltigkeit ausgeschnitzt und die Worte: »Vater unser, der du bist im Himmel, geheiligt werde dein Nam.« Auf dem Ringlein, worauf sich der Sittich schaukelte, stand: »Zukomme uns dein Reich, dein Will geschehe im Himmel, also auch auf Erden«. Auf dem Tröglein stand: »Unser täglich Brot gieb uns heut«, auf dem Türlein: »Führe uns nicht in Versuchung,« und so war alles gar schicklich angebracht. »Seht,« sagte Kilian, »an diesem Vogelbauer kann man lernen, was jegliches bedeutet, und kann man, wenn man die Gaben hat, das ganze Leben betrachten. Dieses herrliche Kunststück schenkte mir also Euer seliger Vater für den Falken, und Ihr mögt also wohl erwägen, was es für ein vortrefflicher Falke war. Da ich das nächste Mal wieder zu Euch kam, war Eure Mutter tot, und ich hab mit Eurem Vater herzlich um sie getrauert. Ich war auch des Herumstreichens müde, und einige Wunden, die ich davongetragen hatte, zwangen mich, mit dem Leben Rat zu halten: so kam ich dann durch Fürsprache Eures Vaters hierher aufs Schloß, wo ich der alte Haushüter geworden bin; meine Wege gehn nicht weit, und wo keiner zu raten weiß, fällt mir was ein, denn ich habe mancherlei gesehen und kanns brauchen.«

So sprach der alte Kilian noch lang mit mir, und ich gewann ihn sehr lieb. Auch setzte ich ein festes Vertrauen auf ihn und nahm mir vor, ihn in Zukunft immer um Rat zu fragen. Wenn ich gleich Siegmund hatte, so war Siegmund doch nicht so ruhig und erfahren wie er, und es war mir gar tröstlich, mit diesem treuen Mann, der meine Mutter so ehrlich geliebt und mich schon so früh gekannt, in vertraulicher Freundschaft zu leben; ich vermißte so den Vater nicht und konnte vieles von der Welt durch ihn erfahren, denn er war weit herumgekommen, überall geliebt worden und hatte alles, was er gesehen, mit treuen Augen aufgefaßt und gut behalten. Ich sagte ihm auch das und sprach: »Lieber Kilian, ich will nun Euer Töchterlein sein; habt Ihr meine Mutter so treulich geliebt, so will ich Euch das vergelten; Ihr sollt in Euren alten Tagen nicht ohne Liebe sein, drum will ich Euch ein gehorsam Kind sein und Euch erfreuen.« Das tat dem alten Mann gar wohl, und nahm er meine Hand und sagte: »O liebe Jungfrau, tut das nicht, denn ich werde bald sterben, und das täte uns leid, voneinander zu scheiden.« Da sprach ich zu ihm: »Das ist schon getan, ich bin Euch schon hold und halt es Euch treulich, wie Ihr meiner Mutter die Liebe gehalten habt.« »Nun, so will ich es noch einmal im Leben versuchen, dacht ich doch, mit mir spinne sich nichts mehr zusammen, und es gehe nun so gradezu ins andre Leben; seid mir dann herzlich willkommen, mein liebes Töchterlein! So bleibt mir dann meine große Treu zu Eurer Mutter nicht unbelohnt, und soll ich mich noch am Ende des Lebens so glücklich sehn.« Dabei ward er so froh, daß er Tränen vergoß, und erzählte mir in seiner Fröhlichkeit noch allerlei Geschichten, bis Siegmund und seine Mutter zurückkamen, die mich in vertraulichem Gespräch neben ihm sitzen fanden. Siegmund freute sich über uns, daß wir uns gefunden hatten, und da ich in den letzten Nächten nicht viel Ruhe gehabt hatte, gingen wir jedes nach seinem Kämmerlein. Meine Stube war über Kilians Wohnung, ich hörte ihn noch lange mit dem Falken plaudern, und dann sang er ein Schlaflied, worüber ich einschlief.

Während meine Mutter so erzählte, hatte ich immer die Augen auf sie gerichtet. Sie aber blickte nicht nach mir, sondern sah immer zum Fenster hinaus nach den Bergen oder wendete die Augen auf die kleine Stube. Ich saß an der Erde und hatte die Hände auf ihren Knien gefalten; sie saß am Fenster, auf den einen Arm gelehnt, und ihre andre Hand legte sie auf meinen Kopf und spielte mit meinen Haaren. Mannichmal ward ihr Anblick mir gar rührend, dann guckte ich an die Erde und weinte still, bis ihre Worte bald freundlicher wurden und ich wieder nach ihr hinsah; da hatte ich noch oft nasse Augen, wenn sie schon wieder lächelte, und ich saß da in einer sehr wunderbarlichen Bewegung, die mir unvergeßlich ist. Daher kömmt es auch, daß ich alles, was sie sprach, noch so deutlich erzählen kann, und wenn ich es erzähle, ist es mir immer noch wie damals. Es war auch nicht wie die Erzählung eines andern Menschen; es war, als träumte ich das alles, und wie ich so immer mit ihr bewegt wurde und sie immer ruhig fortsprach und es in der Hütte so still war, der Wald säuselte und wenige Vögel sangen, da hatte ich ganz vergessen, daß ich der kleine Johannes war. Ich habe auch nachmals bedacht, wie ich während der Erzählung meiner lieben Mutter ein ganzes neues Leben anfing; es gingen mir viele Sinne auf, ich ward mit der ganzen Welt vereiniget, und der andern Menschen Freude und Leiden ward nachher das meinige; auch ward mein Gebet in der Folge kräftiger und frommer, denn ich dachte dabei an meinen Großvater, an Siegmund, an den alten Kilian und an den getreuen Falken Kilian; ja alles, was ich von andrer Leben gehört hatte, war gleichsam das meinige geworden und betete mit mir.

Meine Mutter hatte immerfort gesprochen, da sie aber bebemerkte, daß ich ein Stückchen Brot hervorzog und heimlich davon aß, um sie nicht zu unterbrechen, so hörte sie auf zu erzählen und sprach zu mir: »Lieber Johannes, ich merke wohl an dir, daß es Essens Zeit ist. Laß uns hinaus ins Freie gehen und unser Mittagsbrot essen, damit die Vöglein sich der Brosamen erfreuen können, die wir fallen lassen.« Da ging ich mit ihr, und wir setzten uns auf der andern Seite der Hütte in einen kleinen verwilderten Garten an einem Steine hin. Meine Mutter sah auf die andere Seite des Steines und sprach: »Es ist schon elf Uhr vorbei.« Ich verwunderte mich darüber, wie sie dies an dem Steine sehen könne, und da erklärte sie mir dies also: »Sieh da an diesem Steine die zwölf Striche, das bedeutet die zwölf Stunden des Tages, und das Eisen in der Mitte ist der Zeiger. Wenn die Schatten der Bäume lang sind, da ist es bald Abend, und wenn sie ganz kurz sind, da ist es Mittag; so ist es auch hier mit diesem Zeiger, der gleichsam ein kleiner Baum ist, und zu welcher Zahl sein Schatten hinfällt, das ist die Zahl der Stunde.« Ich verwunderte mich darüber und fragte meine Mutter, was das Kreuzlein bedeute, das an der einen Zahl geschrieben stand, und wer den Stein gemacht habe.

Da sagte meine Mutter: »An diesem Kreuzlein habe ich mich oft erfreut, wenn ich es sonst angesehen habe, und nun macht es mich gar traurig. Sieh, den Stein hat der alte Kilian gemacht; wenn er vom Schloß herüberkam zu meinem Vater, da hat er sich immer daher an den Stein gesetzt und dran gemeißelt, bis das Werk fertig war; in der letzten Zeit, da er Alters halber nicht mehr gut herüber konnte, hat er hier die zwölfte Stunde gemacht und sieh, da stehen noch einige Buchstaben, das heißt: Lebewohl. Da nahm er Abschied und kam hernach nicht mehr herüber. Das Kreuzlein aber hat Siegmund gemacht, es ist bei der Stunden Zahl, in der er mich immer besuchte. Da ich aber einmal krank war, ist er hier an den Stein gegangen und hat hier gebetet für mich und hat das Kreuzlein zu einem Gedenken an diese Stunde eingehauen.« »Wo ist dann Siegmund, liebe Mutter?« »O, der ist vielleicht im Himmel. Alles, was wir lieben, ist im Himmel.« – »Mutter,« sprach ich, »so will ich dich recht lieben, daß du in Himmel kömmst und ich auch.« Und da ward es wieder still bei uns, und wir aßen das Brot und Fleisch, das die Mutter in ihrem Korbe mitgebracht hatte. Da sie aber hinging, Wasser in einem kleinen Kruge zu holen, der noch in meines Großvaters Hütte stand, nahm ich ein Messer und grub ein Kreuzlein an die Stundenzahl, an der der Schatten stand, zu einem Gedenken dieses Tages, der mir der erste merkwürdige meines Lebens gewesen. Da das Kreuzlein fertig war, welches ich mit vieler innern Bewegung gemacht, wunderte ich mich sehr über dasselbe und konnte nicht recht begreifen, wie es nun dastand, wo sonst kein Kreuzlein war; und wenn ich viele Jahre nachher aufschrieb, was mir begegnet war, so mußte ich mannichmal zwischen die Worte ein solches Kreuzlein machen, denn ich empfand etwas, was ich nicht schreiben konnte.

Da wir unser Mittag-Brot verzehrt hatten, so streuten wir die Brosamen umher für die Vögel und rüsteten uns zum Rückwege; ich bat meine Mutter, mir noch mehr von Siegmund und dem alten Kilian zu erzählen, aber sie verschob es auf ein andermal, denn wir hatten noch zwei Stunden nach Haus. Sie verschloß die Türen der Hütte, und wir gingen wieder stille durch den Wald. Wir waren beide traurig, aus der Hütte zu gehen, und redeten wenig. Da ich wieder in unsre Stube trat, sah ich mich um, ob auch alles noch stehe und liege wie am Morgen; ich glaubte, alles müßte sich verwandelt haben, so sehr schien ich mir selbst verändert; aber es war wieder wie vorher, und da ich abends im Bette lag, da spann meine Mutter wieder still vor sich hin und sang wie gestern:

Gott wolle uns vereinen,
Hier spinn ich so allein,
Solang der Mond mag scheinen.
Ich sing und möchte weinen.

Aber ich glaubte nun mehr zu begreifen, was sie so traurig wünschte, und betete stillschweigend für sie, bis ich entschlief...

»O lieber Johannes,« sprach da mein gnädiger Herr Ritter, der mir aufmerksam zugehört hatte, »ich verstehe recht gut, wie deine gute Mutter so traurig sang, und es kömmt mir dabei ins Gedächtnis, daß ich auch wohl oft so hätte singen mögen, wenn ich gleich ein Mann bin. Doch du hast mir schon vieles gelesen, und ich bitte dich nun, auszuruhen, deine Mutter sagte ja auch: Bis zu einem andernmal. Ich habe mich recht an deinen Worten ergötzt und bin auch lustiger durch sie geworden, auch will ich, daß du meinen Kindern das noch einmal wiederholest, damit sie in Zukunft mit zuhören können.« »O Herr Ritter,« sprach ich da, »wie erfreuet es mich, daß das, was ich getan, ehe ich Euer Diener war, mir schon Eure Gunst erwirbt. Gott gebe seinen Segen für meine zukünftigen Werke.«

Da ich diese Worte geredet, sah ich vier Jungfrauen den Baumgang zierlich gekleidet und mit züchtigen Gebärden heraufgehen und sagte es dem Herrn Ritter, wollte mich auch zurückziehen, um ihn in seiner Gesellschaft nicht zu stören. Der Ritter aber sprach: »Bleibe da, Johannes, es sind meine lieben Kinder, und ich will euch bekannt miteinander machen.« Ich aber war in mir besorgt und fühlte eine Scheu vor ihnen, denn ich hatte vorher nie mit solchen zierlichen Jungfrauen geredet, als wenn ich einen Zehrpfennig begehrte. Auch muß ich wohl bekennen, daß ich sehr beweget ward, wie ich die Jungfrauen durch den Lindengang heranwandeln sah. Ich habe auch nachmals dieses meinem Herrn Ritter erzählet, da wir schon so bekannt miteinander waren, daß in unsern Gesprächen keine Heimlichkeit mehr bleiben konnte. Ich sagte aber zu ihm, daß nichts ehrwürdiger und heiliger auf Erden erscheinen könne als ein züchtige, schöne und fromme Jungfrau, ja daß sie mir ehrwürdiger und rührender erscheine als das Alter selbsten. Das habe ich aber zuerst empfunden, da ich des Ritters Töchter erblickte, welche gleich glänzenden Engeln durch die grünen Gebüsche schritten; und war unter den vier Jungfrauen immer eine lieblicher als die andere, doch ohne daß sie hätten einander übertreffen können.

Sie neigten sich züchtig und freundlich vor meinem Herrn und grüßten dann auch mich sehr liebreich. Der Ritter aber sprach zu ihnen: »Sehet, das ist Johannes, mein Schreiber, ein frommer Schüler, den ich gestern auf der Straße gefunden und mitgenommen habe, daß er uns aus allerlei Geschichten zu nützlicher Ergötzung vorlese und auch meine liebe Kinder im Lesen, Schreiben und allen Künsten unterrichte, die er besitzet; und wollet ihn lieben und ehren wie euren Bruder, ich will ihn lieben und schützen als einen Sohn.« Da richteten die Jungfrauen ihre hellen Augen freundlich auf mich, und ich kniete nieder und sprach recht aus bebendem Herzen: »Fromme Jungfrauen, ich bin ein armer fahrender Schüler, habe auch auf Erden kein Eigentum, auch ist Vater und Mutter bei Gott, kein Bruder und keine Schwester ist mir geboren, die Welt war mir einsam und ein Tempel des gütigen Gottes, in dem ich betete wie ein fremder, ewig wandlender Pilger, der seine Heimat auf Erden nicht finden konnte; aber Gott hat mich erhöret, und wie ich auf meinen Knien flehte, da hat er meinen gnädigen Herrn, euren Vater, zu mir gesendet, der hat mich in die Arme geschlossen als seinen Sohn, und da seid auch ihr freundlich vor mir erschienen und wollt meine liebe Schwestern sein; so seid dann geduldig und mitleidig mit der Armut, und lasset uns alle den lieben Gott bitten, daß wir uns lieben wie seine Kinder.« So habe ich da gesprochen, und sind mir die Tränen über die Wangen geflossen.

Zuerst aber trat die größte von den Jungfrauen zu mir und hob mich freundlich auf mit den Worten: »O Johannes, du gleichest mir wohl; auch ich bin einsam auf Erden und eine Waise und habe an deinem Herrn einen Vater gefunden wie du.« Sie war vor den andern drei Jungfrauen sehr ausgezeichnet, nicht durch Schönheit, sondern durch ihr schwarzes Haar und Augen und eine angenehme Kühnheit aller Gebärden. Die zweite Jungfrau, welche langes blondes Haar hatte, nahte sich mir dann auch mit züchtigem Schritt und reichte mir ihren Rosenkranz zum Geschenke dar, indem sie mit ihrer andern Hand das weiße Schleierlein, das über ihrem Angesicht hing, leise aufhob und mich gar holdselig anblickte; aber sie hat nicht zu mir gesprochen. Ich hängte ihr Geschenk an meinen Gürtel und dankte ihr höflich.

Da trat die andre Jungfrau zu mir, neigte sich und reichte mir ihre Hand, an der sie ein goldnes Ringlein trug und sprach: »Willkommen, lieber Bruder,« und lächelte. Ich grüßte sie höflich wieder, und alle lächelten, die zugegen waren, weil wir uns die Hände so munter schüttelten, als hätten wir schon viel Brot miteinander gegessen. Sie hatte ein hübsches seidnes Gewand an, und ihre Haare waren zierlich geflochten und mit farbigen Bändern durchzogen, auch war sie die fröhlichste unter allen.

Die vierte Jungfrau hatte aber auf das, was die andern getan, nicht geachtet; sie stand allein an einem Baum und schien gar traurig zu sein. Sie hatte Sternblümlein in der Hand und riß ihnen die Blätter aus mit einer großen Schwermut des Herzens. Ich ging darum zu ihr hin und wollte mir auch von ihr einen freundlichen Willkomm ausbitten, aber da ich ihr näher kam und ihr sagte: »Liebe Schwester, was betrübet Euch?« da hatte sie das letzte Blättlein der Sternblumen ausgerissen und sprach mit wehmütiger Stimme zu sich selbsten: »Ach, er kömmt wieder und liebt mich nicht.« Sie hob die Augen gegen mich auf, und da sie mich anblickte und ich sie wieder fragte: »Jungfräulein, was betrübet Euch?« da stiegen ihr die Tränen in ihre großen Augen, und hielt sie die Hand vor das Angesicht und reichte mir mit der andern Hand die Stengel der Sternblümlein dar, an denen keine Blätter mehr waren. Ich nahm ihr die Blumen ab und dankte ihr, da sprach sie: »Lieber, ich habe sie in Gedanken zerrupft; ich will dir andere brechen.« Da bückte sie sich zur Erden und wollte andere brechen, aber ihr Ringlein fiel ihr von dem Finger in das Gras. Da suchten wir alle um das Ringlein und konnten es nicht finden, worüber sie immer noch betrübter ward. Endlich fand ich den Ring wieder und gab ihn ihr zurück; da dankte sie mir und sprach zu den andern Jungfrauen: »Mir steht groß Leid bevor, ich habe einen traurigen Traum gehabt, und viel heimlicher Schmerz und Sorge zehren an mir. Vorigen Mai, nun ist es ein Jahr, da ich dies Ringlein erhielt, da war es mir viel zu enge und schmerzte mich, aber nun fällt es mir von der Hand. Ach, es steht keine Treue auf Erden fest.« Da weinte sie wieder, und die andern Jungfräulein trösteten sie und vor allen jene, welche mich von der Erde aufgehoben hatte. Die sprach zu ihr: »Liebe, Treue steht wohl fest, das Ringlein ändert sich nicht, aber deine Hand hat sich verwandelt; könntest du das Ringlein in dein treues Herz verschließen, so wäre es wohl verwahret. Ich habe mir den Frühling zu meinem Liebsten erwählt, der bleibt ewig treu und kehrt immer liebevoll zur Erde zurück, und die Tautröpflein sind die Freudentränen des Wiedersehens. O weine nicht bei so fröhlicher Zeit!«

Da sie also gesprochen hatte, läutete man zur Messe in dem Münster, und die Jungfrau mit dem Schleierlein sprach zu der betrübten: »Laß uns zur Kirche gehen und Gott bitten, daß er dir Frieden sende«; und gingen also die vier Jungfräulein von uns hinweg zur Kirche.

Der alte Ritter hatte währenddem immer zugesehen und sich an den Worten seiner Kinder ergötzet und fragte mich nun: »Johannes, wie gefallen dir meine Kinder?« »Herr,« sagte ich, »ich bin nicht so kühn, über die Holdseligkeit dieser Jungfrauen auszusprechen; ich kann auch heute nicht wohl sagen, wie mir der Mai gefällt und wie mir mein neues glückliches Leben gefällt, denn ich bin allzusehr in Freuden gefangen, und hat die innre Bewegung meiner Seele gleichsam meinen Gedanken und Worten Feßlen angelegt.« Da sprach der Herr wieder: »Johannes, ich glaube, meine Kinder gefallen dir nicht wohl, weil du nicht reden willst«, und ich erwiderte: »O gnädiger Herr, wie verdiene ich solches Vertrauen; es ist wahrlich nicht, als erschienen mir Eure Töchter nicht alle lieblich und fromm, aber es ist mir wohl oft schon so auf meinen Wanderungen ergangen; wenn ich durch die Städte und Dörfer hinzog und um das liebe Brot sang, und es trat eine schöne Jungfrau an die Türe und reichte mir eine milde Gabe und bat mich, ich sollte ihr noch eins singen, da konnte ich auch keinen Ton mehr vorbringen und sprach: ›Ich will Euch in mein Gebet einschließen.‹ Wenn ich dann wieder durch die grünen Felder und Wälder hinschritt und der liebe blaue Himmel über mir lag und tausend Vögelein lustig um mich sangen, da setzte ich mich in die Büsche und verzehrte singend mein Mittagbrot oder kniete in einer einsamen Waldkapelle und betete für die Mitleidigen, die mit mir geteilt hatten. Da habe ich oft über Gebet und Gesang nachgedacht und habe gefunden, daß Gebet und Gesang wohl Schwestern sein mögen, die sich einander herzlich lieben und nie sich voneinander ganz trennen können; nichts aber ist mir dann herzlicher und entzückender vorgekommen, als wenn sich diese zwei Schwestern liebend umarmten.«

»Lieber Johannes,« sprach da der Ritter scherzhaft, »hast du wohl die zwei Schwestern gesehn? Sie müßten gar schön gestaltet sein und sich wunderbar freundlich und holdselig bezeigen.« Darauf antwortete ich ihm: »Wer diese zwei Töchter des Himmels recht begreifen und anschauen will, der muß sie selbst im Herzen tragen und muß selbst beten und singen können, dann erblickt er sie überall wieder und sieht, wie sie im Innersten alles Lebens wohnen; und dann fühlt man erst recht, wie die ganze Erde und alle Geschöpfe Gott loben, wie alles Leben mit seinem Wandel, seinen Freuden und Leiden nur ein heiliges Feuer ist, in dessen tausendfältig spielenden Flammen sich die Liebe des allmächtigen Gottes selbst entzündet hat. Ach, dann hört alle Einsamkeit auf Erden auf und aller Zweifel, und ist einem frommen Menschen das Leben recht wie der heilige Tempel zu Jerusalem, wenn um das heilige Grab des Herrn Jesus Christus tausend Pilger aus allen Weltgegenden zusammenströmen und nur eine einzige Stimme in vielen verschiedenen Sprachen zu Gottes Lobe erheben. Aber nicht in allen Menschen, nicht in allen Geschöpfen ist die Andacht dieselbe, und hat auch jedes Wesen seine eigne Art, welche es immer zu erhöhen und zu verschönern sucht, um dem Tempel Gottes eine Zierde zu werden. Der Mensch aber ist nach Gottes Ebenbild erschaffen, und er ist der Spiegel der ganzen Natur; nur wenn der Mensch verdirbt, verdirbt die Erde, und nur wenn der Mensch recht blüht in Tugend und Kraft der unsterblichen Seele, wird auch die Erde herrlich zu Gottes Lobe entflammen, denn er ist als Herr und Meister in den Garten gesetzt worden, daß er Rechenschaft davon gebe.« »Deine Rede gefällt mir gar wohl,« sprach da der Ritter, »aber es sind doch nicht alle Menschen gleich stark und mächtig erschaffen, und kann doch nicht ein jeder dem andern gleich sein in der Zahl der guten Werke.«

»Herr,« erwiderte ich ihm, »die Anzahl tut es nicht, denn der ist wohl frommer, dessen ganzes Leben ein einziges gutes Werk ist, als der, welcher seine Handlungen zählen kann. Wer vermag unsers Herrn Jesus Tugenden zu zählen? Ist er nicht wunderbar geboren aus unendlicher Liebe, und hat gelebt wie die Ewigkeit der Tugend, und ist gestorben, um den Tod der Sünde von uns zu nehmen? Die Ewigkeit ist ohne Zahl und Maß, und die Ewigkeit ist die Krone der Tugend; auch ist die Tat nicht die Tugend, sondern der ewige Wille, die unendliche Liebe, das lebendige göttliche Streben ist die Tugend; die Tat ist nur ein Kind der Tugend, die Tugend aber soll das ganze Leben sein, auf Erden das streitende und im Himmel das triumphierende Leben. Die Blume, die ihr künstlich im Winter erziehet, sie ist kein Kind des Frühlings und wird früher sterben, so auch die Tat ohne Leben. Nicht die Blümlein hier im Garten, die wohl zu zählen sind, sind der Frühling, nicht der freudige Mai, der nicht lange währet, ist die Herrlichkeit der Natur, nein, er ist gleichsam nur wieder eine Blume im Garten des Jahres. Die Ewigkeit der Natur, die unendliche lebendige Liebe und Allmacht Gottes, die nicht zu zählen und zu ermessen ist, sind das Wesen der Tugend; denn Gott hat gesagt, daß wir tugendhaft sind, wenn wir ihm ähnlich werden.

Ich habe einen Gärtner in Franken gekannt, der wohnte nur wenige Stunden von unserm Dorfe und war ein gar frommer und liebreicher Mann, der seine zahlreiche Familie und seinen eignen alten Vater mit seinem Garten ernährte, und wer schöne Blumen und Früchte verlangte, der kaufte sie bei ihm. Ich habe mich oft bei diesem frommen Mann aufgehalten und wohl bewundert, wie er seine Arbeit eingeteilt hatte. Er grub die Erde um mit seinen größeren Söhnen und setzte die jungen Bäume und Gewächse, seine gute Frau band die Stämme an Pfähle, um sie schlank und grad zu ziehen, und zog die Zweige zu Lauben und Hütten zusammen, seine frommen Töchter, die noch gar klein waren, pflegten die Blumen und begossen sie aus kleinen Gefäßen, und unter einem hohen starken Baume, den er einst selbst gepflanzt hatte, saß sein alter Vater unter den kleinen Kindern und band die Blumen zu Sträußern, die die erwachsene liebe Tochter zierlich geordnet hatte und dann an Festtagen nach der Stadt zum Verkaufe trug. So war eines jeden Werk ein anderes, aber alle taten doch das ihrige und waren fromm und von Gott gesegnet. Eine rechte Freude, ja auferbaulich war es anzusehn, wenn diese lieben frommen Gärtner in die Kirche gingen, sie machten ordentlich eine kleine Prozession. Sie waren alle mit Blumen geschmückt, und an Festtagen schmückte jedes Kind das Bild seines Patrons mit schönen Kränzen und Sträußern. In der Kirche erhob sich Gesang, klingend und lieblich über alle andre Stimmen, denn sie waren alle reinen Herzens und voll innigem christlichem Mut. Wenn sie zusammen im Garten arbeiteten, so war dieser auch gleichsam ein lebendiges Gotteshaus, denn sie waren da alle einig und fromm wie Kinder Gottes und sangen oft einstimmig ein fröhliches Loblied des Herrn; die Kleinen aber, die um den alten Großvater herum saßen, hörten ihm zu, wie er sie im christlichen Glauben unterrichtete und ihnen heilige Geschichten erzählte. Bei diesen Leuten habe ich am meisten Gutes gelernt und habe ihnen vieles zu danken, das wie Samenkörnlein in mein Herz gefallen und jetzt erst recht zur Blüte in mir emporgewachsen ist. Denn, lieber gnädiger Herr, man kann wohl sagen, daß die Tugend das ist, was ewig belebet und alles zum unvergänglichen Wachstum bringet; und daß das Böse den ewigen Tod in sich fasset und unaufhörlich zerstöret. Ich kann wohl sagen, in ihnen hatte sich Gesang und Gebet recht innig verbunden, denn sie waren jegliches in seinem Herzen still und demütig in kindlicher Anschauung Gottes und der wunderbaren Allmacht seiner Werke begriffen, und zugleich breitete sich ihr Gemüt freudig und gesund durch ihr Leben aus; sie konnten in allem, was sie sahen, den großen gütigen Meister der Natur verehren und anbeten, aber sie konnten auch in allem, was sie besaßen, mit recht lebendiger Fröhlichkeit sich ergötzen und es genießen. So waren sie glücklich und Gott lieb in Unschuld und ohne es zu wissen.

Nun aber giebt es fromme Menschen, welche in dem Leben wie einsame Waldblumen schweigend blühen, die aus innerm ruhigem Treiben ihr Haupt bescheiden zum Himmel erheben und in sich und um sich Gott in tiefer Einfachheit verehren; sie sind wie Bilder der ewigen Ruhe und des heiligen Friedens in das stürmende Leben gestellt, dessen wunderbarer Wechsel sie nicht berührt, sie sind gleichsam betrachtungsvolle Greise mit kindischen jugendlichen Locken und sehen nur Gott in allem und fürchten sich nicht vor ihm, er ist ihnen ein gütiger Vater, und ihr Gebet ist zu Gott, wie die Rede der kleinen Kinder zu ihren lieben Eltern, stammelnde unschuldige Freundlichkeit; sie sehen nichts als ihren Gott und wollen nichts als ihn lieben, wie auch die kleinen Kinder tun, und wie diese weinen, wenn sie allein sind, so liegen auch jene in tiefer Buße und flehen zu Gott, wenn er sich von ihnen wendet. In ihrem Herzen ist das Gebet, ihr Leben ist ein ewiges stilles Gebet, auf ihrem Angesicht ruht freundliche Begeisterung, und wir werden durch ihre Gegenwart erquickt und auferbaut.«

Während ich so redete, sah ich meinen Herrn ganz nachdenklich werden und schwieg derohalben stille, um ihn in seinen Gedanken nicht zu stören. Bald aber wendete er sich lächelnd wieder zu mir und sprach: »Ich habe über deine schönen Reden nachgedacht, denn ich kann nicht sogleich alles recht begreifen und habe dergleichen Worte nicht viel in meinem Leben gehört; aber es ist wahr, was du sprichst, und ich sehe dessen ein schönes Beispiel an meinen zwei Töchtern.« »Herr,« sprach ich da, »sind denn nicht alle diese Jungfrauen Eure Kinder?« »Nein, Johannes,« erwiderte mein Herr, »nur die mit dem Schleierlein und die mit dem weltlichen Röcklein, welche dir so munter die Hand schüttelte, sind meine Kinder; die beiden andern sind arme Waisen, von mir und meiner seligen Hausfrau zu Gottes Ehre aufgenommen; doch habe ich sie nicht weniger lieb als meine eignen Kinder, denn sie sind gut und fromm nach ihrer Art, wie du selbst gesagt hast, daß ein jegliches Gemüt auch seine eigne Gebärde habe. Du hast vorhin Gesang und Gebet mit zwei Schwestern verglichen, und ich fragte dich scherzhaft, ob du sie wohl je gesehen, und meinte, sie müßten gar holdselig aussehen; aber jetzt weiß ich gar wohl, wie sie aussehen. O Johannes, wie du mir sprachst von jenen gottseligen und freudigen Gärtnern in deiner Heimat, da mußte ich immer an mein fröhliches und frommes Töchterlein Gundelindis gedenken, welche dich so herzlich begrüßte; und als du von jenen redetest, die da sind wie die stillen Waldblumen, da stand mein Töchterlein Otilia immer vor meinen Augen.« Als der alte Herr diese Worte geredet, flossen ihm die Tränen über die Wangen, und reichte er mir die Hand. Ich fragte ihn um seine Betrübnis, aber er war nicht betrübt; seine Trauer war die rührende Farbe des Abendlichtes ohne Schmerz. »Johannes,« sprach er, »ich gedachte an meine selige Hausfrau, wie sie das erfreuen würde zu hören, wie ich die Kinder nur liebe, mich an deiner schönen Rede ergetze und alles nur auf die Kinder auslege, was du sprichst. Wenn ich nun diesen weiblichen Mut in mir fühle und gedenke zurück an die gewaltige Bewegung meines Lebens in Waffen und Reisen, da ich noch ein Mann war, so wird mirs nachdenklich in meiner Seele, und ich fühle, wie sich alles hinneigt zum Ziel mit Lächeln und Tränen.« »Herr,« sprach ich, »der Mensch hat einen Engel, der ist sein Geleitsmann, und wenn wir alt sind, so lehrt er uns spielen, daß wir uns des Stolzes entwöhnen über weltliches Werk und er uns als Kinder vor Gott führe, und Lächeln und Tränen sind der Kinder Weisheit und Schwachheit.« Nach diesen Worten reichte mir mein Herr die Hand und sprach: »Gesegnet sei die Stunde, da ich dich gefunden, deine Reden sind mir wie ein Abendgebet, ich will sie mit Andacht hören und dann schlafen gehn.« »Herr,« sprach ich da, »und ich will dann wachen und beten die Nacht an Eurem Lager und harren, bis ich Euch wiederseh am Morgen.«

Da wir so geredet hatten, wurden wir still, denn man schweigt gern, wenn man mit frommen Worten den Tod berühret hat; auch habe ich das oft bemerkt auf meinen Wanderungen bei mancherlei Erzählungen und Unterredungen, da ich etwa auch selbst nach meinem kindischen Verstand mitgesprochen, daß eine recht lebendige Betrachtung geistlicher oder weltlicher Dinge gewissermaßen dem menschlichen Leben ähnlich ist. Mit kleinen unschuldigen Worten hebet sich die Unterredung an und steigt auf unter wechselnden Gedanken und hat ihre Unmündigkeit und ihren Jugendmut in anmutigem Ungestüm und wendet sich zu Gutem oder Bösem; oft auch begegnet ihr ein ernsterer, würdigerer Gedanke und führt sie wie ein erfahrner weiser Meister zu einer reinen ewigen Bahn; und wenn sie dann in wirksamer Deutlichkeit alle ihre Kraft verwendet, um in den Gemütern der Redenden und Zuhörer, in denen sie lebt wie der Mensch in der Welt, ihr Werk zu vollenden und ihr eignes Wesen durch ein zurückbleibendes Zeichen zu befestigen, dann sinkt sie wieder in kindische Unschuld und verstummt gerne mit einer lächelnden Wehmut über die Vergänglichkeit des irdischen Lebens, sich hinwendend mit

Sehnsucht und Hoffnung zu Gott und dem Göttlichen; und das ist der schöne Tod einer schönen Rede, deren Ewigkeit besteht in der Heiligkeit und Würde ihres Inhalts, die in den lebendigen Boden der zuhörenden Seelen fallen und Gutes entzünden in alle Ewigkeit; ihre Sterblichkeit aber ist der Klang des Worts, das da schallt und verstummt, damit ein andres folge, und damit der Gedanke ganz hingebaut stehe, wie der Bogen einer Brücke, leicht aufwärtssteigend und niedersinkend, oben drüber gespannt der ewige Bogen des Himmels und unten hin strömend das treibende wilde Wasser. Oft auch habe ich mich getröstet über das Hinfällige des Lebens mit dem Verhallen erhebender Worte, süßen Gesanges und erfreulicher Töne, denn ich habe in meiner Seele empfunden den Nachklang bei den Tönen; und die Erinnerung und lebendige Wirkung der Rede, erhebend und stärkend zu allem Guten, die lagen in ihr wie die Wurzel in der Erde, die den Stamm nicht sieht über dem blühenden Aste wie eine andere Wurzel zum Himmel dringen, und über der lebendigen Wurzel da grünt es, wenn es unten gleich dunkel ist. So mag auch der Gedanken, der ausgesprochen ist, blühen in andrer Welt; so mag der Mensch, der im Leben steht wie die Wurzel in der Erde, blühen im Himmel; denn das Gute ist das Lebendige, und das stirbt nicht, nur das Belebte stirbt. So hatte auch unsre Rede einen schönen Tod gehabt, und ich fühlte, da wir still wurden, daß es süß ist, zu sterben nach einem schönen frommen Leben.

Die Sonne aber war unter unserm Gespräche hochgestiegen, und nahte sich der Mittag, da trat ein Diener meines Herrn in den Garten und sagte ihm hereinzugehen; es wären Herrn des Rates da, die ihn sprechen wollten. Da verließ mich der edle Herr und folgte dem Diener, und ich ging noch im Garten und gedachte an das Meinige. Ich gedachte aber, wie daß ich viel und mancherlei geredet hatte und wie es mir einigemal gewesen, als wäre ich allein und sähe meinen Herrn gar nicht, ja ich wüßte gar von mir selbsten nichts, und hob sich nur mein Herz empor, daß es überfloß. Das wunderte mich, und war mir wohl dabei, auch wünschte ich immer so zu sprechen, denn man fühlet alsdann Trost und erquickliche Ruhe, als habe man gebetet.

In solchen Gedanken schaute ich die Blumen an der Erden

und den klaren Himmel an, fühlte auch eine große Liebe zu ihnen. O Lust und Freude, dein Mittelpunkt ist ein unschuldig Herz! So war mir da, und da ich dem Sommerhäuslein nahe kam, ging ich auf mein Kämmerlein und habe niedergeschrieben bis hierher, was mir an diesem Morgen begegnet, um des willen, daß es mir selbst merkwürdig war und daß ich gedachte, diese Geschichten könnten wieder jemanden erfreuen, wenn ich es gleich nicht wußte, wen; denn als ich das niederschrieb, was ich heute meinem Herrn Ritter von meiner Jugend vorgelesen, gedachte ich ja auch nicht daran, daß es ihm gefallen würde. Darum ist dies alles niedergeschrieben in Demut und nicht in Hoffart, der fern von mir ist; ich bitte auch Gott, daß er mir beistehe, in Wahrheit also fortzufahren, und jeden andern, der größere Dinge niederschreibt, mit derselben Gnade erleuchten möge. Amen. –

Zur zwölften Stunde bin ich von dem Diener zu des gnädigen Herrn Tisch gerufen worden. Der Diener aber schaute mich, da wir über den Hof gingen, öftermalen an, und als ich ihn um die Ursache fragte, sagte er, wie ihm mein neues Kleid nicht übel gefalle, und könne ich ihm wohl danken, denn er habe daselbe heute die ganze Nacht durch genäht, und freue er sich, daß es ihm so gut gelungen ohne Anmessen; er wolle mir auch noch Falten auf die Ärmel nähen, wenn mir das lieb sei. Ich dankte ihm und sagte, es sei bereits wohl zu schön für mich, und versprach ihm gute Freundschaft. Da ich in den Speisesaal trat, hatten sich der Herr und zwei Gäste bereits zum Gebet gestellt, auch standen bei der Tafel die vier Jungfräulein. Der Ritter stand zu oben, die zwei Ritter, als der Junker Ludwig von Müllenheim und Herr Conrad von Dunzenheim, zur Seiten, und dann die Jungfrauen; ich aber stand dem Ritter gegenüber. Die Jungfrau mit den schwarzen Haaren sprach das Gebet, und dann setzten wir uns nieder. Otilia aber und das traurige Mägdlein gingen zur Küchen, und Gundelindis diente zu Tisch als eine Magd, und saß nur, die gebetet hatte, zu Tisch. Da war mancherlei gutes Gericht und auch Weins genug, aber ich war blöd und hatte wenig Gelüsten; auch nötigte mich Gundelindis oft zu essen, aber ich hörte mehr den Reden der Herrn zu, als daß ich auf die Speis achtete. Sie sprachen von der neuen Glokken, die sollte für den Münster gegossen werden, und waren sie nebst meinem Herrn die Pfleger des Werks. Diese Glocke ist dem Meister Görgen von Speier, einem Bürger zu Straßburg, verdingt worden, den Zentner um einen Gulden zu gießen, und hat man eine Hütte und Ofen auf dem Fronhof neben der Steinhauer-Hütte gemacht. Da habe ich mich wohl verwundert, welches große Werk das werden sollte, dann es sprachen die Herrn, wie man Meister Görgen schon außer dem alten Zeug, das man in Vorrat gehabt, an Kupfer für 1800 Gulden und an Zinn für 1032 Gulden gegeben habe. Die Herren freuten sich sehr, daß eine solche Glocke, wie groß keine derweil bekannt war, Gott und Marien, der Königin und Patronin des hohen Stifts Straßburg, zu Ehren sollte zustand kommen. Da sprach mein Herr, der Ritter Veltlin von Türlingen:

»O, was ist es eine herrliche Sache um den hellen herzgreifenden Klang einer Glocken, die, erhaben über unsre Häupter, gleich einer mächtigen Stimme des Himmels zu uns allen aus dem Gewölk spricht. Wenn ich nachts erwach und oft mancherlei Gedanken hab über das Leben und oft ängstliche Sorg trage über die Meinigen, da schlägt die Glock an, und mein Herz wird ruhig; denn ich freu mich, daß ich weiß: nun loben viele Gott, und mancher betet mit mir in gleichen Gedanken.«

Ritter Conrad von Dunzenheim sagte darauf: »Ich hab oft gedacht, wie es wohl muß trauriger gewesen sein und noch keine rechte Frömmigkeit, kein rechter Bürgersinn unter den Leuten, da man noch keine Glocken hatte; dann eine Stadt ohne den Klang einer lieben Glocke ist mir gleich einem Stummen, der in Gesellschaft nicht wohl leben kann.«

Junker von Müllenheim sprach: »Wenn ich über Land reite und höre eine Glocke schallen, wird mir immer wohl ums Herz, und find ich mich zum Guten immer mehr gestärkt. Ich weiß nicht, ob es ist, weil die Glocken zur Ehre Gottes gesegnet sind, oder ob es der muntre kräftige Schall selbsten ist, der mir den Klang so mächtig macht, aber ein Schloß oder Städtlin zu bestürmen oder zu zerbrechen, ist mir immer schwerer worden, mit dabei zu sein, wenn ich die Sturmglocken so ängstlich summen hört' und sah, wie sie so sorglich im Turm hin und her schwankte.«

Die Reden der Herrn gefielen mir gar wohl, und da mein Herr das an meinem Angesicht bemerken mochte, fordert' er mich auf, auch meine Gedanken zu sagen, worauf ich sprach: »Ich bin mit Euch ganz einer Gesinnung, daß eine Glocke gleich ist der Zunge einer Stadt, die mit einer kräftigen hellen Stimme zu ihren Bürgern spricht und sie zu dem Gedanken ermuntert, daß sie zusammenwohnen in Eintracht und Sippschaft, und es ist recht wunderbar, wie sie einem jedem sagt, was ihm gut ist, dann derselbe Klang, der den einen zum Beten ruft, hält den andern vom Fluchen ab; sie zeigt einem Bürger sein Ruhestündlein an und ermuntert seinen Nachbar zum Geschäft, sie ist ein Trost der Kranken, ein Zuspruch der Gefangnen, und rufet den Mann, der auf einsamer Wache steht, mit frischer mutiger Zunge an. Auch wie auf Erden der Mensch kein Geschöpf erkennen mag, an dessen Vollkommenheit die göttliche Allmacht herrlicher erkannt werde, als seinen eignen Leib und Seele, der nach Gottes Ebenbild erschaffen ist, so ist all sein Bemühen und Trachten, was er beginnt und vollbringt, sich und seinem Nächsten zu Nutz gleich den Gliedern seines Leibes in wohlgeratener Ordnung zu bilden. So ist dann oft gar schön eine wohleingerichtete Stadt dem gesunden Leibe eines Menschen verglichen worden, und so denk ich mir dann die Kirche wie das Gewissen und Herz dieser Stadt, wo ein jeder den lieben Gott findet und sich seiner teilhaftig macht; und ist die Glocke wohl der Zunge zu vergleichen, die zu den einzelnen Gliedern spricht: ›Wir sind eins in mannichfacher Verrichtung; betet, ruhet, arbeitet, helfet, lachet oder weinet, aber wir sind eins, wir leben; so lasset uns leben, daß wir ewig leben mögen!‹ Auch finde ich es schön und löblich, daß man die Glocken einweihet und gleichsam tauft, daß man mit feierlicher Handlung sie empfängt aus der Hand des Werkmeisters und sie aufnimmt mit geistlichen Zeichen zu ihrem geistlichen Gebrauch, und ob mich rühre der helle muntere Klang des Metalls oder die Macht des Segens, der über das Metall gesprochen ist, mag ich nicht wohl unterscheiden; denn, so wie die Zunge des Menschen gesegnet ist und auch seine Rede durch seine Seele, also ist die Glocke gesegnet durch die Weihe des Priesters, und die Weihe ist wieder Klang von Gott, so wie die Seele und die Rede auch von ihm ist.«

Da ich also gesprochen hatte, belobte mich dessen mein Herr und auch seine Gäste, die aufmerksam zugehört hatten, und sprach: »Ich muß mich wohl verwundern, wie du so schön von Glocken redest und ganz bewegt dabei wirst; sag mir doch auch deine besondere Ursache, daß du die Glocken so liebst.«

Da sprach ich: »Eins hab ich vergessen zu melden von der Glocke, und das ist nicht die geringste ihrer Eigenschaften, mit denen sie des Menschen Herz erfreut; das ist die Gastfreiheit und Milde ihres Klangs, der hoch über die Mauren der Stadt hinüber die müden und armen Wanderer begrüßt und ihr Vertrauen zu Gott und den Menschen ermuntert; ihr Klang ist den Heimatlosen und armen Waisen eine tröstliche Einladung und erweitert die Ringmauern der Stadt geistlicher Weise für die, welche die Nacht auf einsamer Straße ohne Hülfe als die Gottes findet. Und das habe ich so gar herzlich vorgestern abend empfunden, da ich noch ohne Obdach und Aussicht ein Bettler auf der Straße war; da wollte mir beinah der Mut entsinken, da ich die Sonne so rötlich am Himmel untergehn sah und es schon still ward im Wald. Sieben Wochen war ich nacheinander gereist, keinen Tag stillgelegen, und hatten meine Schuh fast keine Böden mehr, da riet mir zu Basel ein freundlicher Mann, ich sollt nach Straßburg ziehen, daselbst sei leichtlich unterzukommen. Da ich nun zu Abend bis in den Wald kommen war, wollt mir aus Müdigkeit und Hunger der Weg gar weit werden, auch dacht ich mir, der Weg könne wie viele Stunden, die ich schon gemacht, gar umsonst sein, und war also gar traurig; und da ich ans Ende des Blobsheimer Waldes nah bei einer alten Kirche stand, sah ich von ferne drei feine Dörfer, mit Schlössern und Kirchen gezieret, als Blobsheim, Wibelsheim und Eschau, die lagen am rötlichen Himmel gar schön abgezeichnet. Da setzt ich mich unter einen Baum, zu ruhen und mein Abendgebete zu verrichten, klagte Gott dem Herrn unter Tränen meine Armut, der ich nun so lange im Elend herumgewandert und meines Elends kein Ende wußte. Und was Elias unter der Wachholderstaude von Gott erbeten, eben darum flehte ich unter dem Eichbaum; er wolle nunmehr meine Wanderschaft zu einem seligen Ende führen, meinen Leib der Ruhe geben und meine Seele zu sich nehmen oder aber mit mir, wie mit seinen Jüngern zu Emmaus, heute in einem der vorliegenden Örtlein und morgen zu Straßburg hülfreich einkehren. Da ich nun in diesem meinem Gebet und fast in traurigen Gedanken einschlief, erweckte mich der helle liebliche Klang der Abendglocke von Eschau; da fühlt ich mich mit einem wunderbarlichen Vertrauen durchdrungen und ging stracks auf Eschau los, und da war auch mein Engel nicht fern, und hatte Gott mein Gebet erhört, denn allda fand ich Euch, mein gnädiger Herr. Darum mögt Ihr mir wohl meinen Eifer, mit dem ich von der Glocke geredet, zuguthalten.« Und da der Diener herein kam und meinen Herrn hinausrief in den Vorsaal, es wollten zwei Handwerker mit ihm reden, begab er sich hinaus. Da sagte der Junker von Müllenheim zu mir: »Ihr seid für Euer Ansehen gar gelehrt und sprechet tiefsinniger als ein Doktor, und wundert es mich zu hören, wer Ihr seid.«

Da sagt ich, wie ich, Johannes, ein fahrender Schüler sei aus Burg Eberach und seit gestern abend ein Schreiber des Ritters Veltlin von Türlingen. Da fragte mich Herr Conrad von Dunzenheim: »Wie seid Ihr dann an Herrn Veltlin gekommen und durch wessen Empfehl?«

Da sprach ich: »Durch des Herrn Ritters Barmherzigkeit und Gottes Güte. Ich fand nahe bei dem Stift oder der Schaffenei zwischen sieben und acht Uhre Herrn Veltlin von Türlingen, neben ihm standen der Kirchherr von Eschau und etliche andere Vornehme von Adel, mir als einem fremden Wanderer alle unbekannt; da blieb ich mit meinem Bündel aus Scheu fern von den Herrn und bat bloß den geistlichen Herrn um einen Zehrpfenning an. Da rief mich Herr Veltlin mit gemeinen bürgerlichen Worten zu sich und fragte mich, von wannen ich käme, wohinaus ich wollte und was auf diesmal mein Begehren wäre. Da sagt ich ihm höflich, ich bin ein armer Schüler aus Frankenland gebürtig, sei auch etliche Wochen der Schule nachgezogen, habe jetz meine Reise nach Straßburg gerichtet und werde durch meine äußerste Armut gezwungen, fromme Leute demütig um einen Zehrpfennig anzusprechen. Darauf antwortete mein gnädiger Herr: »Bist du ein armer Schüler und mußt dein Nahrung erbettlen, so bin ich auch deines Handwerks; ich bin vor Gott ein Bettler und muß noch täglich lernen. Zieh aber in Gottes Namen nach Straßburg zu, dann zu Straßburg sind noch viel frommer Leute, und wann du fromm bist, so wird dir Gott auch bei frommen Leuten unterhelfen.« Darauf befahl er seinem Diener, mir den Zehrpfennig zu geben. Der gab mir zwei Mönchköpfe oder sechs Batzen; worüber ich nächst seiner tröstlichen Rede so froh war, daß mir die Augen überliefen, denn ich gar wohl bedachte, was ich erst vor zwei Stunden unter der Eichen zu meinem Gott gesprochen hatte. Da ich nun meinem Herrn gedankt hatte, eilte ich mit großer Freude der Herberg zu, blieb allda über Nacht und trank eine halbe Maß Wein um einen Kreuzer und brachte in inniger Fröhlichkeit meinem Wohltäter manchen heimlichen Trunk zu, worauf ich mich mit leichtem frohem Herzen zu Ruhe begab. Gestern morgen nun stund ich früh auf und reiste nach Straßburg. Unterwegs kam Herr Veltlin auch geritten mit seinem Diener, er grüßte mich mit einem ›*Bona dies*‹; auch hatte er die Liebe, und ließ sich in ein lang Gespräch ein mit mir, und da ich ihm wohlgefiel, nahm er mich auf als einen Schreiber und sagte mir seinen Namen, daß ich ihn erfragen könnte; worauf er mich verließ und schneller ritt. Solang ich ihn sehen konnte, stand ich still und sagte: ›O Gott, wolle diesem Herrn hier die zeitliche Wohlfahrt und dort das ewige Leben geben!‹ Und da er hinter einem Hügel verschwand, war mir es, als sei alles ein Traum, und dacht ich: Ach, wenn dein Glück wirklich verschwunden wäre! Da rafft ich mich zusammen und lief bis vor Straßburg hin und kam heran zu dem Herrn, der mich mit Liebe überhäuft hat.«

Da ich also gesprochen hatte, kam Herr Veltlin wieder herein mit zwei Zimmergesellen und sprach zu seinen Gästen: »Hier bring ich zwei wackre Männer, die haben sich was gar Großes verheißen, das Ihnen bei Gott und der Welt Segen bringen mag. Sie haben sich erboten, den Glockenstuhl zur großen Glocken zu Gottes Ehre und ihrer Freundschaft zum Gedächtnis ohne Lohn zu machen, und wollen um die Vergünstigung bei den Pflegern des Werks ansuchen.«

Die Herrn verwunderten sich darüber und stellten ihnen vor, das Vorhaben wohl zu bedenken, da solches kein Leichtes sei und sie gereuen könnte. Da haben sie sich aber mit großem

Eifer anerboten, ihres Vorhabens gerichtliche Gewährschaft zu leisten, und nannte sich der eine Medard von Landau; der andre, Hans Eckstein, war ein Bürgerssohn von Straßburg; und als die Herrn sie fragten, warum sie an solch großes Gelübd als noch ledige Leute gekommen seien, wollten sie es nicht gern offenbaren und sprachen: »Das mag bei uns bleiben und vor Gott.« Da schaute ich mich um nach ihnen, denn sie standen hinter mir, und ich wundert mich sehr, weil ich sie wohl erkannte; auch kannte mich der Medard von Landau und grüßte mich; da grüßte mich auch Hans Eckstein und schüttelte mir die Hand. Herr Veltlin sprach: »Woher kennt ihr euch?« Da sprach der von Landau: »Gestrenge Herrn, der weiß darum.« Da stritten sie untereinander, ob sie ihr Gelübd offenbaren sollten, und ich ward ganz rot unter den Augen. Da ward ein kleiner Stillstand der Rede, und die Jungfrau Pelagia stand auf, schenkt drei Becher Weins ein und reicht den einen gar freundlich dem Medard, den andern dem Hans, den dritten stellt sie mir vor; da lachten die Ritter und sagten, sie hätte ihre Zeit recht weislich genommen. Die Gesellen stießen da die Becher an und brachtens der Jungfrau zu, die dankt' und sprach: »Nun sollt ihr auch eure Geschichte sagen.«

Da waren sie willig und sprachen, wie ihre Eltern schon in Feindschaft gelebt hätten eines gemeinschaftlichen Werks wegen, und sei der Zorn leider mit ihnen ins Grab kommen; und nun wären auch sie lang unfreund gewesen und hätten sich Schaden gesucht; Medard sähe des Ecksteins Schwester nicht ungern, habe sich aber Gewalt angetan und auf sie geschimpft; da habe Hans ihm vorgeworfen, daß er von ungerechtem Gut lebe, denn sein Vater habe den seinen betrogen; da seien sie so im Zorn erblindet, daß sie sich zugesagt, vorgestern im Blobsheimer Wald, wo sie Holz fällen sollten, gegeneinander zu stehn und ritterlich mit ihren Äxten auf Tod und Leben zu fechten. Da hätten sie sich aufgesucht, wären aber nicht gleich aufeinander gestoßen und dadurch noch erbitterter geworden.

Als sie so weit gesprochen, wollte ihre Rede nicht mehr recht fort, und schauten sie mich an. Da dies Herr Veltlin merkte, bat er mich weiter zu sprechen, und da erzählt ich also: »Da ich im Blobsheimer Wald, wo er sich endet, unter einer Eichen lag, zu ruhen und zu beten, und darüber entschlafen war, erweckte mich ein heftiges Reden, worüber ich erschrocken erwachte; und da erblickte ich zwei Männer, mit geschürzten Armen und jeglicher eine Axt in der Rechten, zornig sich einander gegenüberstehen. Ich sprang zwischen sie und suchte sie mit freundlichen Worten auseinander zu bringen, nicht ohne große Gefahr meines Lebens, denn sie waren gar zornig; und wie ich mir so alle Mühe gab, Friede zu stiften, da hat Gott meine Worte gesegnet und gab ihnen eine große Gewalt; auch hörten wir die Abendglocke von Eschau gar friedlich läuten. Da sprach ich ihnen zu, darauf zu hören, und fleht' sie an, das Friedensglöcklein zu ehren und sich zu verzeihen um des Herrn Jesus willen, der uns allen verzeihen möchte. Der Friede kam auch über sie, sie boten sich die Hände, und wollte mir Medard von Landau ein Stück Geld geben. Ich nahms aber nicht und bat ihn, es den Armen zu geben, denn ich fühlte mich gar reich zur Stunde, hatte doch keinen Heller.« Da fuhr Hans fort: »Und dieser Sühne zum Gedächtnis hat Medard sich verlobt, den Glockenstuhl zu machen, und ich will ihm treulich helfen zur ewigen Gedächtnis des Friedens, der mit der Glocken über uns gekommen ist.« Da erwiedert Medard: »Eckstein, sprich recht, deine Schwester Anna hat uns dazu beredet; da ich sie um Verzeihung meiner Rede bat, da sprach sie auch, nachher wenn die Glocke zum erstenmal läute, wolle sie mir die Hand am Altar geben.«

So ward da noch manche Rede, und baten die Gesellen die Herrn und mich, die Ursach nicht bekannt zu machen; das wär ihnen lieb und könnt Aufsehens geben. Da versprachen es die Herrn, daß es in der Still bleiben sollt, und gaben uns allen ihr Lob. Die Gesellen gingen von dannen und wurden über zwei Tag aufs Frauenhaus, wo des Münsters Sach betrieben wird, beschieden, ihr Vorhaben den Pflegern zu erklären.

Wie großes unverdientes Lob mir die Herrn gegeben, will ich nicht hier schreiben; Gott gebe, daß all mein Wesen ihm wohlgefällig und den Menschen erbaulich sei!

Gegen Abend ließ Herr Veltlin mich in den Garten rufen und sprach zu mir: »Ich muß dir nun sagen, Johannes, von den vier Jungfräulein, wer sie sind und was ihr Wesen ist, auf daß du dein Dasein ihnen angemessen und nützlich machen mögest. Die älteste, welche du in geistlicher Tracht einhergehen siehst, ist meine Tochter Otilia; sie ist ein frommes Kind und hat sich vorgenommen, in St. Otilien Kloster zu Hohenheim aufs Jahr das Gelübde abzulegen. Die zweite aber, welche du heute zu Tisch aufwarten sahst, ist meine jüngere Tochter, Gundelindis mit Namen; sie ist eine weltliche Braut und einem Edelmann verlobt, der auf einer Fahrt nach Italien begriffen ist und dessen Heimkehr wir täglich entgegensehn. Das traurige Mägdlein aber heißt Athala; sie ist eines Schlossers Tochter, welcher sonst mein Nachbar war und viel kunstreiche Arbeiten an der Uhr im Münster verrichtet hat; er war in seinem Gemüt ein gar trauriger Mann, und liegt über seinem ganzen Stamm ein wunderbares finsteres Geschick, das hat ihn auch bis zu seinem Tode begleitet. Ihre Mutter war ein ehrliches und menschenfreundliches Weib, eine hülfreiche Freundin meiner seligen Hausfrau; und als diese mir in der Geburt Gundelindis für dies zeitliche Leben genommen wurde, so übernahm sie Gundelindis zu säugen, da sie auch kaum die Athala zur Welt gebracht hatte. So sind dann beide Milchschwestern, und Athala ist, da sie eine Waise ward, welches nun zwei Jahre sind, nun als mein Kind in mein Haus eingetreten. Sie hat aber ein unglückliches Gemüt von ihrem Vater ererbt, ist stets voll Zweifel und Besorgnis und kann ihre Hoffnung nicht recht von irdischem Gute abwenden. Auch bei der kleinsten Verrichtung ist sie zum voraus eines übeln Ausgangs besorgt, und wenn es dann gelingt, so hat sie keine Freude und nennt es einen Zufall.«

»Ach,« unterbrach ich den Herrn, »das ist wohl ein armer Mensch, der seine einzige Hoffnung nicht auf Gott stellt und auch irdischem Glück nicht vertrauen mag; ein solcher ist wohl ohne Himmel, ohne Erde; er ist wohl nichts als bloß ein trauriger Gedanke. O wie sehr bedaure ich diese Jungfrau!«

Da fuhr mein Herr fort: »Nun ist ihr Leid gar schwer, wie ich heut von Gundelindis vernommen, und hatte ich dessen Ursprung noch nicht recht erkannt. Athala schläft aber mit Gundelindis in einer Kammer, und haben sie ein besonder Vertrauen zueinander. Da ich nun heut meine Tochter gefragt, ob sie nicht wisse, warum Athala gestern im Garten so wunderlich von ihrem Ringe gesprochen habe, antwortete sie mir, daß diese Nacht Athala viel heimlich geseufzet und in der Meinung, als schlafe sie, einigemal zu sich selbst gesprochen: ›Ach, so besteht dann keine Liebe für mich auf Erden, so soll ich dann hinsterben, ohne ihn wiederzusehn‹ – und andre bewegliche Worte; worüber Gundelindis sie angeredet und gesagt: ›Athala, mein Schwesterlein, was fehlt dir? Hast du deine Sinne in eines Mannes Anblick verloren?‹ und hat sie beschworen bei ihrer Mutter, deren Brust sie beide getrunken, ihr zu vertrauen; aber Athala hat nicht geredet und hat gesagt, sie hab im Traum gesprochen. Was ich nicht glaube, denn sie hat oft und vielmal so gesprochen, da doch die Seele im Traum nicht lange verweilt und von einem zum andern eilt. Nun ist mir kein Zweifel, daß sie in irgend eines Mannes Liebe unglücklich gefangen liegt, und muß ihr Leid schon lang und nicht zu helfen sein, da sie bescheiden ist in allem, was sie begehrt, und leicht entbehren mag, wenngleich mit stillem Schmerz.

Nun aber muß ich noch reden von Pelagia, der jüngsten unter den vier Mägdlein, die doch älter erscheint in Erkenntnis, Rede und Gebärde; denn sie ist nicht aus diesen Landen, ich habe sie als eine arme Waise in Jerusalem aufgefunden und hier in Straßburg taufen lassen. Diese Jungfrau besitzt eine herrliche Seele, und von ihren Lippen kommen gar wunderbare Reden gleich den listigen Erfindungen der Dichter, oft wenn man sich solcher gar nicht vermutet. Mit großer Freude hört sie Geschichten und Lieder und erfindet auch selbst allerlei Abenteuer, die sie ihren Schwestern gar lebhaft darzustellen weiß, daß ich oft selbst mit allen Sinnen aufmerken muß. Eine innere tiefe Heiterkeit ist in ihrer Seele, sie betrachtet die Natur mit aufmerksamer Liebe und ist oft lange ernsthaft, ohne traurig zu sein. Wenn sie betrübt wird, so bricht sie schnell in heftige Tränen aus, wird aber gleich fröhlich und singt: ›Es hat einmal geregnet, die Läublein tröpflen noch‹. Vor allem hat sie gar große Lust zur Musik und kann die Orgel schön schlagen; auch singt sie viel geistliche und weltliche Gesänge mit einer ganz anderen herzergreifendern Art als andere, wenn es gleich dieselben Weisen sind. Ich kann nicht sagen, daß sie Gott ergeben sei; ich muß sagen, sie sei ganz voll von allem, was Gottes ist, wenn ich sagen will, daß sie gar fromm ist. Doch hat sie keine

Verachtung vor weltlichen Dingen und weiß in allem, was sie mit Rede oder Handlung berührt, ein Wesen zu erwecken, das, wo nicht heilig, doch sehr ehrwürdig ist. Doch du solltest beinah glauben, Johannes, als liebe ich Pelagia mehr als die andern, da ich so viel von ihr rede und doch nicht zu sagen weiß, wie sie ist.«

»Herr,« sprach ich da, »ich glaube das nicht; aber es ist schwer zu sagen, was die Gestalt des Bewunderungswürdigen sei. Wenn wir von dem Wesen des Menschen sprechen, so sagen wir von ihm Weltliches oder Geistliches; wir sagen, wie er sich entweder der Erde oder dem Himmel ergiebt. Ich möchte die Rede vergleichen mit dem Betrachten der Pflanzen, die entweder an der Erde kriechen oder ihr Haupt als Blume zum Himmel richten; aber es mag wohl noch etwas geben, was wir mit beiden nicht vergleichen können, was nicht wegen der Welt weltlich, wegen dem Geist geistlich ist, was um seiner selbst willen in sich selbst weltlich und geistlich ist, was schön ist vor den Augen der Menschen und der Engel, was betet aus innrer Lust und scherzet in tiefer Andacht und von allem nichts weiß als vom Leben, dem ewigen Leben, nicht von jenem nach dem Tode, nein, vom Anfange her bis zum Ausgang. Und wenn wir solche Menschen finden, sind wir lang mit ihnen, ohne sie zu kennen, tun ihnen auch wohl oft Unrecht, weil wir sie bezwingen wollen, um sie zu begreifen; aber wir müssen sie bewundern, und ist es fast, als wären sie ohne Erbsünd geboren, und wie dem sei, so hat Gottes Gnade groß an ihnen gewirkt, da er sie als Lehrer und Dichter gesetzt hat, ihn und das Leben zu verkündigen und zu preisen. Gar schön steht also Pelagia zwischen Euren beiden Töchtern, da Otilia sich Gott allein und Gundelindis sich ehlicher Zucht will ergeben; in ihre Hand mögen beide ihre Hände legen.

Ich habe einstens von einem großen Meister gehört, der es in wunderbaren Kunstwerken über den Begriff unkundiger Männer nächst weit hinausgetrieben, daß man ihn nächst für einen Zauberer hielt; der hatte auch von Metall so sinnreiche Spiegel gemacht, daß auch die unsichtbaren Geister darin als liebliche Gestalten erschienen. Wenn in der Ferne geredet oder gesungen ward, so klang es in dem Spiegel weit lieblicher und klarer, ja, und wenn die Sonne hineinschien, ward ihre Wärme so gewaltig, daß man in ihrem Abstrahl Metall konnte fließen machen. Diesen Spiegel hatte der Meister mit großem Fleiß und in steter Bewunderung der Allmacht Gottes endlich zustande gebracht, nur seine Freunde und Schüler wußten davon, und viel Freude und Andacht hat er mit seinem Kunstwerke unter ihnen erweckt. Da aber die Bürger der Stadt davon hörten, mußte er sein Werk öffentlich ausstellen, und entstand daraus mannigfaltiger Mißbrauch, auch war der Zulauf des Volkes so groß, daß er ein Diener seines eignen Werkes werden mußte. Er mußte immer bei dem Spiegel stehen und den törichten Menschen Antwort geben, welche bald ihre Zukunft in weltlichem Glück oder ihr Geschick in der Liebe in seinem Spiegel sehen wollten; und so entstand viel Sünde durch ihn, indem die Menschen durch den Spiegel von Glauben, Hoffen und Lieben gewendet wurden, ja es entstand schreckliche Ketzerei, da ein teuflischer Zweifler den heiligen Leib Christi figürlich vor dem Spiegel sehen wollte. Der Meister erhielt großen Reichtum und ging endlich in weltlicher Hoffart unter, denn er ergab sich zügelloser Liebe und richtete großes Elend an; denn als die Sonne von Wolken verhüllt war, legte sich sein Kind an der Erde schlafen, und da der Meister nicht zugegen war, stand der Spiegel ohne Herr, die Sonne trat hervor und der Abstrahl des Spiegels traf und tötete das Kind. Da kehrte der Meister zurück und erkannte das Elend, und da er keinen Trost mehr in Gott fand, legte er sich nieder über sein Kind in die Flamme und verbrannte sich das Herz; da traf die Flamme das Haus und verbrannte das Haus und die Stadt.«

»Das ist eine gar nachdenkliche Geschichte,« sprach Herr Veltlin, »aber wie du deine Rede von Pelagia so plötzlich auf den unglücklichen Spiegel gewendet, habe ich nicht recht verstehen mögen; du mußt mit deinen Gedanken nicht also eilen; gedenke, daß ich ein Greis bin und in anderem Leben als du ergrauet; daher sage mir, wie verstehst du das?« Da bat ich meinen Herrn um Verzeihung meiner Schnelligkeit und sprach: »Es ist wunderbar, daß man so lebendig wird in der Betrachtung solcher Menschen, als ihr Pelagia geschildert; es ist, als könne man das Feuer nicht anschauen, ohne zu erröten und zu erwarmen. Ich habe aber das Gleichnis des Spiegels also herbeigeleitet. Da ich gesagt, Otilia, die Braut des Himmels, und Gundelindis, die Braut der Erde, könnten in Pelagiens Schoß sich die Hände reichen, war mir, als müßte ich sie den seligen schönen Bund Himmels und der Erde nennen, welcher das eigentliche höchste menschliche Leben ist. Solche Menschen sehen alles in Gott und Gott in allem; sie sind diejenigen, denen Gottes Ebenbild noch nicht durch die Schuld der Eltern zerstört ist, ihre Seele ist geschaffen gleich einem schaffenden Spiegel der Schöpfung. So wie der geistliche Mensch zum Himmel ringt von der Erde und wie der irdische Mensch den Himmel zur Erde niederruft, also schweben solche Seelen zwischen beiden; in ihnen ist kein Ringen, kein Ruhen, sie sind unschuldige Kinder des Lebens, auf denen Gottes Segen tauet; ihr Blick ist wie das Licht auf alles blickend, nach ihnen schaut Himmel und Erde. Aber das Böse hat ein Ärgernis an ihnen und dringt zu ihrem Sitze, der nicht in Mauern klösterlicher Zucht, noch in dem schützenden Hause des Staates verborgen ist, und so werden sie leicht, gleich den Dichtern und Weltweisen, Beute der Eitelkeit, Schöpfer des Unglücks und gehen unter in den Flammen ihrer Seele, welche dem kunstreichen Spiegel zu vergleichen ist. Darum sollen sie wandeln in Unschuld und Demut und sollen fliehen allen Lohn, weil sie der Lohn des Herrn selber sind.«

»Du meinst also, Johannes, es gebe dreierlei Arten von gottgefälligen Menschen, die geistlichen, welche ihr ganzes Leben schon vor dem Tode bloß dem Herrn aufopfern, und die weltlichen, welche in häuslicher Treue und Zucht ihre Kinder zur Gottesfurcht und Arbeit erziehen, dann aber noch welche, in denen sich beides verbinde, und diesen gesellest du Pelagia zu. Ich muß dir wohl gestehen, daß ich früher solcher Menschen nicht gedacht habe und nun gar wohl begreife, wie sie auf gefährlicher Bahn zwischen Himmel und Erde wandlen, denn sie können leicht straucheln, und sollen sie wohl sich mit ihren Künsten und tiefen Gedanken zu Gott halten, damit sie nicht mächtige Diener der Welt werden.«

Da sprach ich: »Ich kann besser noch sagen, daß es gebe betende, arbeitende und lehrende Menschen, denn lehrend soll sein und ist alle wahre Kunst. Wenn sie gleich oft eine bloße Ergötzung der Sinne scheint, so führt sie doch die geheimeren, wunderbarlicheren Eigenschaften Gottes, der Seele und der Welt vor unser Gemüt, das sie mit mannigfacher Rührung bewegt, von dem alltäglichen befangenen Leben die Augen zu erheben und sich nicht verloren zu geben an die kurze Zeit und ihren Dienst; auch reicht sie der betenden und beschauenden Einfalt, welche sich selbst dem Herrn aufopfert, mannigfache Sprache und Gestalt, seinen kindlichen Willen mit allem, was der unermeßliche Gott dem Menschen Göttliches verliehen, zu verherrlichen; und wenn ich es Euch so recht deutlich machen wollte, möchte ich sagen: Wenn der geistliche Mensch einem Kinde gleicht, das mit heftigem Verlangen seine Händlein zur Sonne erhebt, so ist die Kunst ein Kindlein, welches ihm in das eine Händlein eine brennende Kerze und in das andere eine schöne Lilie giebt, daß es mit Licht und Duft seinem Herrn bildlich näher komme und nicht verzweifle durch seine Armut; und wenn der weltliche Mensch, umringt von Werkzeugen, an den Gebäuden seiner Zeit arbeitet und, geängstet von dem Bedürfnis und ermüdend in der Arbeit, in irdischen Zweifel fällt, so singt ihm die Kunst ein Lied, daß das behaune Holz wieder zu ergrünen scheint und der Schlag der fallenden Axt nur der Takt und Klang erquickender Gesänge scheint. Aus der toten Wand läßt sie das Antlitz des Göttlichen hervorscheinen, sie befestigt die Bilder der Heiligen, der Patrioten und der Freunde auf die tote Leinwand und bezwingt die Zeit und die Ferne, die sie von uns nahm. Sie macht das Heilige und Teure des Lebens ewig, giebt den verborgenen tiefen Geistern der Seele einen scheinbaren Leib, fördert alle Schätze des Geheimnisses in Wort und Gestalt zu Tag; sie übersetzt allen geistlichen Reichtum aller Völker in die allgemeine Sprache der Sinne und giebt dem unaussprechlichen Gefühle die herrliche Tonkunst; sie ist Gottes ewiges unaufhörliches Werde, insoweit es seinem Ebenbild dem Menschen verliehen ist. Ach, wie herrlich ist sie schon, wenn sie auch nur eine Sonnenblume dem ist, der den Anblick der Sonne nicht ertragen mag mit kranken Augen.«

Also hatte ich, in dem Laubgang auf und nieder gehend, mit

meinem gnädigen Herrn gesprochen, und ging die Sonne bereits unter; da wurden wir still. Das währte nicht lang, da hörten wir gar herrlich auf der Orgel schlagen und mehrere klare Stimmen dazu singen. Herr Veltlin faßte meine Hand und blieb mit mir stehn. O, das war eine herrliche Musik, und sangen sie in abwechselndem Liede fragend und antwortend, und dann fielen wieder die Stimmen zusammen in vereinter Glut. Da wir stillstanden, hatten wir uns gen Abend gekehrt, und der Schein der Sonne gegen das Gewölk gab manche glühende Farbe; auch war es wunderbar zu schauen, dann die Sonne ging hinter dem Münster unter, und stand der hohe durchbrochene Turm schwarz vor uns, und konnte man seinen Abriß von innen und außen vor dem feurigen Himmel erkennen. Und wann die Wolken durcheinander zogen und ihr Glanz sich vermischte zu höherem Purpur, fielen auch oft die klaren Stimmen der Sänger und die runden Tonfluten der Orgel zusammen, und war es, als wenn der Gesang und der Farbenhimmel sich verständen und zusammenspielten.

»Es hat die Orgel gar schön angefangen,« sagte Herr Veltlin, »auf deine Rede so recht wohltätig.« »Ja, sie hat sagen können, was ich nicht sagen konnte, was ich selbst nicht denken konnte. Ist es doch, als wäre der kunstreiche Turm das Gebäude der Orgel und ziehe der bunte Himmel wie die Töne durch ihn.« Als ich so sprach, präludierte die Orgel ein ander Lied, und Herr Veltlin sagte: »Sieh, jetzt zieht der letzte Lichtstreif am Himmel hin!« Dann hob er an, mit herzlicher Stimme in die Singweise der Orgel einzufallen:

Ich grüß dich, zarte schöne Fraue,
Und biet dir freundlich gute Nacht,
Bis daß der ewge Tag im Taue
Vor deinem Kämmerlein erwacht.

Ein heilger Engel soll zur Seiten
An deinem Bettlein wachend stehn,
Den goldnen Flügel ob dir spreiten
Und schwere Träume von dir wehn.

Daß sie sanft erwache
Aus ihres Schlummers Ruh,

Der Morgenstern, der scheine
Ihr recht mit Liebe zu.
Sie schlafe, sie wache,
Sie stehe, sie gehe,
Die Fraue meine,
Oder was sie tu.

Ich grüß vor aller Blüt die Rose,
Die an dem Abendhimmel blüht,
Ihr Herz ergießt sich dir im Schoße,
Wenn sie zur Erde niederglüht.

Ich grüß dich, klarer Abendsterne,
Du brennest auf dem Haupte mein.
Bei ihr, bei ihr so wär ich gerne
In ihrem engen Kämmerlein.

Daß ein Engel bringe
Der Zarten meinen Gruß,
Leis wie im Maienscheine
Der Honigblumen Kuß.
Sie bete, sie singe,
Daß eile die Weile,
Da ich alleine
Ohne sie sein muß.

Also sang Veltlin mit bewegter Stimme dies Abendliedlein, und da er aufgehört hatte, sagte er ruhig zu mir: »Gelobt sei Jesus Christus.« Ich sprach: »In Ewigkeit, Amen.« Dann sagte er: »Lasse uns nun hinaufgehn und uns bei den Spielleuten bedanken für die Musik.« Da wunderte ich mich, daß die Orgel im Hause war geschlagen worden, denn es war an dem Münster ein so schönes Echo, daß ich geglaubt hatte, der Gesang sei in der Kirche. Das Liedlein, welches mein Herr sang, war aber ein altes Abendlied, das er noch als ein Junggeselle, da er um seine selige Hausfrau warb, gesungen; er pflegte es jetzt oft an schönen Abenden zu singen als ein Gedächtnis an sie, und weil es eine solche Art hat, daß es leicht als eine ruhige Betrachtung des Todes und eine Sehnsucht des Wiedersehens konnte verstanden werden. Auch muß die selige Frau Herrn Veltlins eine gar tugendsame und schöne Frau gewesen sein, denn sie ist das

Fräulein Agnes von Endingen, auf welche das Lied gedichtet worden, das hier in Straßburg noch in vieler Leute Mund:

Eines reinen guten Weibes Angesicht
Und fröhlich Zucht dabei,
Die sind wahrlich gut zu sehn.
Zu guten Weibern hab ich Pflicht

und wie es ferner lautet.

Wir gingen aber in die Buchkammer, worin die kleine Orgel stand, da fanden wir die vier Jungfräulein. Pelagia saß vor der Orgel und spielte; ihr zur Seiten stand Otilia, die ich nicht gleich erkannte, denn sie hatte einen ganzen Nonnenhabit an und wollte sich bereits im Chorsingen üben. Gundelindis aber schwebte munter auf und nieder; indem sie mitsang, trat sie die Bälge. Athala saß allein auf einem niedrigen Schemel und sah mit gestütztem Haupte zur Erde; vor ihr lag ein großes Buch aufgeschlagen mit schönen Bildern, aber sie war ermüdet, hineinzusehen, und die Kerze neben ihr brannte trüb herunter. Herr Veltlin dankte Pelagien, daß sie ein Abendlied angestimmt und sagte: »Ich hab es gar herzlich mitgesungen.« Da stritten die drei Jungfräulein, welche es zuerst gewollt habe. Gundelindis sagte: »Habe ich nicht gesagt: ›Nun noch des Vaters Abendlied, das will ich noch treten, dann höre ich auf, weil ich schon gar müde bin‹?« Otilie aber sagte: »Du hast früher gesagt, daß du müde seist, und ich bat dich, noch das Abendlied zu vollenden.« Da sprach Pelagia: »Ich spiele es ja alle Abend, wenn der Vater im Garten ist.« Da wendete sich Herr Veltlin zu Athala und sprach: »Guten Abend, Athala; du mußt es wohl am besten wissen, da du stille zugehört; sage, wem verdanke ich das Abendlied?« Die Jungfrau aber fuhr auf als aus schweren Träumen und hatte auf die Rede nicht gemerket. Da sagte Herr Veltlin: »Von dir werde ich es wohl nicht erfahren, denn du hast seit einigen Tagen gar großes Studieren vorgenommen, liest auch, wie ich sehe, in meinen allergrößten Büchern, und wirst bald zu wissen tun, wie die Gräslein wachsen.« Also sprach der Ritter scherzend. Da sprach das traurige Jungfräulein: »Gnädiger Herr, entzieht mir Eure Liebe nicht, meiner Traurigkeit halben! Ach, ich sitze wohl Stunden lang und denke und sinne, um sie zu bekämpfen, aber ich vermag es nicht, und wenn ich mich besinne, so bin ich immer nur traurig gewesen, wenn ich geglaubt, mich zu trösten.« Da sprach Herr Veltlin: »Du willst deine Traurigkeit mit Betrübnis bekämpfen, das geht wohl an; denn man kann wohl mit Tapferkeit einen Tapfern besiegen und mit manchem Schritt legt man eine Reise zurück, aber wer der Sieger sein soll, muß mächtiger sein als der Gegner; drum sei traurig über das Leiden des Herrn, dann wird deine irdische Trauer zerrinnen. Aber laß sehen das Bild, das du betrachtet hast und das dich nicht trösten konnte.« Da legte er das Buch auf den Tisch, und wir traten alle um ihn; Otilie aber ging ruhig nach ihrer Kammer, ihr Nonnengewand wieder abzulegen. Das Bild aber stellte drei Jungfrauen vor, die auf offner See mit verschlungnen Armen in einem Schiffe saßen, das eben untergehen wollte; vom Lande aber fuhren drei andere Jungfrauen auf sie zu. Da baten auch die Mägdlein, daß ich ihnen die Schrift lesen möchte. Herr Veltlin setzte sich nieder, und da Otilia zurückgekehrt war, setzte sie sich auch zu den andern Jungfrauen, und sagte Herr Veltlin: »Nun, Athala, achte fein auf die Geschichte und werde guten Muts.« Da las ich also, wie ich es geschrieben fand:

VON DEM TRAURIGEN UNTERGANG ZEITLICHER LIEBE

Es war Gott immer wohlgefällig und den Menschen eine Handlung der Andacht, die Erstlinge der Früchte und Tiere dem Herrn zu opfern; er nahm sie als einen kindlichen Beweis menschlicher Liebe, denn er genießt ihrer nicht. Durch dieses Opfer ward der Herr gleichsam ein Gast des Menschen, und das Mahl ward geheiliget und gesegnet durch die Gesinnung. Damit nun auch unser ganzes Leben geheiliget und gesegnet werde, so sollen wir Gott die Erstlinge, die ersten Früchte unsrer Seele, die von ihm ist, aufopfern, und dies ist die erste Liebe. Wenn wir zuerst jene allmächtige Neigung des Wohlwollens, das durch alle Grade des Verlangens bis zur innigsten Vereinigung steigt, in unsrer Brust empfinden, so sollen wir die Knospe dieser göttlichen Flamme an Gottes Sonne erschließen, daß seine Liebe sie entwickle und jener allmächtige Trieb in uns, der göttlichen Ursprungs ist, gleich nach seiner Geburt seinem Vater in die Arme gelegt werde, zu erkennen seinen Ursprung und sich hinzukehren mit aller Macht nach dem Himmel, von dem er ausgegangen. Es liegt kein Segen auf dem Menschen, der in die Fremde geht, ohne seinen Freunden eine Träne zu weinen. Der fromme Wanderer bleibt lange auf dem Hügel stehen und schaut mit tiefer Bewegung nach seiner Heimat nochmals zurück, und dann erst setzt er mutig seinen Wanderstab vorwärts, indem er gleichsam sein Vaterland recht in seine Brust aufgenommen und wie ein heilbringendes Kleinod auf seinen Wegen mit sich trägt. Also auch soll die Bahn des Lebens begonnen werden mit dem Rückblick auf unsre Heimat in Gott; die sollen wir mit der ersten Liebe lieben und so in unsre Liebe aufnehmen, daß alle unsre Liebe, auf ewig dadurch geheiligt, von irdischen Ängsten frei wie ein Held, in dessen glänzenden Waffen sich die Sonne und der trübe Himmel abspiegelt, mutig durch das Leben schreite. Viele aber sind wie der verlorene Sohn, der sich grausam und im Streit von seinem gütigen Vater trennte, sein Erbteil begehrte und hinging in alle Welt, es zu verschleudern; also auch die Gemüter, welche mit allen herrlichen Eigenschaften der Seele in frechem Selbstvertrauen dem Leben entgegengehen, ohne sich erst mit ganzer Liebe dem Vater der Liebe zu nähern. All ihr Treiben ist zeitlich und wird untergehen in der Zeit, und sie werden trostlos weinen wie der verlorne Sohn um das vergeudete Gut im Elend; aber sie sollen zurückkehren gleich ihm und sich versöhnen mit Gott. Doch ist die Rückkehr der Seele schwerer als die des Menschen, denn die Seele vergeudete ewiges, der Mensch nur zeitliches Gut. Es ist aber das Wesen der Zeit, daß sie nie ruht und ewig verschwindet wie ein verschlingender Strudel, und hat uns der barmherzige Gott die ewige Seele gegeben, daß wir triumphieren können über die Vergänglichkeit. Wer hat aber ein Recht, sein Geschick zu beklagen, wenn er es freiwillig in den Tod säet? Wer aber seine Liebe in Gott, im Licht, im Leben aufgehen läßt, der wird eine Aussaat gewinnen, die in jeglichem Boden Früchte trägt, alle Liebe, die sich ihr verbindet, veredelt und heiliget, über den Tod triumphierend zum Himmel treibt, ja selbst auf dem niederreißenden Wirbel der Zeit, wie eine Wasserlilie schwimmend, leben und blühen kann. So haben die drei törichten Jungfräulein, die hier abgebildet sind, nicht getan. Ihre Geschichte ist also:

Es waren drei Schwestern, denen hatte es geträumt, sie sollten am Meeresufer schöne Perlen finden bei Aufgang der Sonnen, und gingen sie vor Tag hinaus an den Strand. Der Sand rasselte unter ihren Füßen, es lag Nebel auf Land und Meer und war gar einsam, auch hatten sie noch nicht gebetet. Wie sie nun fast in Sorgen standen, hörten sie ein Glöcklein läuten und zugleich einen wunderbar lieblichen Gesang. Da warden sie uneins, denn die Jüngste sagte: »Ich will nach dem Schall des Glöckleins gehen, da find ich eine Kapelle und kann ich erst mein Gebet verrichten.« Die zwei andern aber wollten dem Gesang nachgehn und sagten: »Daß ist gewiß ein schöner Jüngling, der auch Perlen sucht und der uns welche giebt, wenn er uns sieht.« Da trennten sie sich, und ging die eine nach dem Glöcklein. Die zwei andern aber schworen sich törichte Liebe zu und wollten beinander sein bis in den Tod, und so gingen sie dem Gesang nach, der immer hinreißender und lieblicher tönte, ihre jüngste Schwester rief ihnen noch zuweilen, ihr zu folgen, aber sie hörten es nicht, und ihr Schritt war stürzend immer schneller gegen den Gesang, als gingen sie einen Berg herab. Da fanden sie das Ufer und ein kleines schlechtes Schifflein ohne Segel und Ruder, sie hatten die Arme untereinander verschlungen und setzten sich hinein. Da hörten sie den Gesang immer lieblicher, da kam die Flut und trieb das Schifflein auf das offne Meer. Nun wich der Nebel, und stieg die Sonne aus den Wellen heraus, da hörten sie den Gesang immer lieblicher, aber auch ihrer Schwester Stimme hörten sie ängstlich von der Kapelle aus, denn diese stand hoch und sah sie mit Schrecken auf dem weiten Meere. Da sie so gar traurig gegen das Meer zu klagte, wendete sich ein alter Fischer zu ihr, der auch da gebetet hatte, und fragte sie, was sie erschrecke. Da er aber sah die zwei Jungfräulein auf dem Kahn, sagte er: »O weh, sie sind verloren! Es ist mein Kahn, ich wohne auf jenem Felsen, in dessen Strudel der lockende Perlengeist wohnt, der bald als eine Jungfrau, bald als ein Jüngling erscheint und die törichten Weltkinder verschlingt.

Ich fahre täglich herüber, hier zu beten, mein Ruder und Segel nehme ich mit in die Kapelle; ach, wir wollen das Glöcklein recht anziehen, daß sie an Gott gedenken und beten.« Da zogen sie miteinander das Glöcklein an, daß es ängstlich hin und her schlug. Aber die Jungfrauen hörten nicht drauf, sie sahen nur nach der Seite des Gesanges; da sprachen sie: »Kühl und lieblich ist die Luft. Sieh, dort steigt der Sonnengott aus dem Ozean; o des süßen Gesanges, der mich durchdringt!« Da begannen sie ihre Locken zu ordnen, weil es Tag ward, und waren ängstlich, ihre Augen seien trüb, weil sie so früh aufgestanden. »Du bist sehr blaß«, sagte eine zur andern, und da färbten sie sich ihre Wangen mit falschem Rote.

Nun sahen sie vor sich zwei große Felsen, und plötzlich tauchte ein schöner Jüngling aus der Flut, der ihnen winkte und die süßesten Lieder sang. Der zog mit der Hand lange Perlenschnuren, mit der andern Korallen aus den Wellen und spielte damit. »Ach, die schönen Perlen!« rief die eine aus, »ach, der schöne Jüngling!« die andere. Da zog ihr Schifflein wie ein Pfeil zwischen die Felsen und kam in den Strudel und begann sich im Zirkel zu drehen. Anfangs glaubten sie, es sei zur Lust, auch blies der Jüngling einen schönen Tanz dazu auf einer schimmernden Muschel, aber es drehte sich der Strudel immer heftiger, und unter schrecklichem Angstgeschrei riß er das Schifflein mit den eitlen weltliebenden Jungfrauen hinab in seinen Schoß.

Unter großem Jammer hatte das Jungfräulein und der alte Schiffer das Schifflein der beiden Schwestern aus den Augen verloren. »Ach, lieber Schiffer,« sprach sie, »wenn wir nur einen Kahn hätten, daß wir ihnen folgen könnten; vielleicht sind sie noch zu retten.« »Hier ist kein Kahn als meiner, hier hält sich kein Fischer auf, und den meinigen haben sie mitgenommen, und ich werde nun hinüberschwimmen müssen, was ich nun Alters halben nicht mehr leicht wage. Ach, ich wollte den Kahn gern verschmerzen, wenn nur deine armen Schwestern nicht umgekommen wären!« »Ach,« weinte die Jungfrau, »so sind sie dann verloren; ach, hätte ich sie doch zurückgehalten, aber ich rief ihnen oft und bat sie, da gaben sie mir schlimme Worte.« – »Gott erbarme sich ihrer!« sagte der Schiffer und sah ins Meer. »Sieh, dort treibt mein Kahn leer wieder ans Ufer!«

Da gingen sie beide von der Kapelle herab in den Kahn und weinten bitterlich; die Jungfrau trug das Ruder, der Schiffer das Segel, und da sie alles geordnet hatten, sang der Schiffer ein frommes Lied, und sang die Jungfrau mit. Da erhob sich ein frischer Wind, das Segel schwoll, und fuhren sie auf einem Umweg nach der Insel. Als sie angelangt waren, wollte die Jungfrau auf den kleinen Felsentreppen schnell über das Gestein laufen, um nach ihren Schwesterlein zu suchen, aber der Schiffer hielt sie zurück und sprach: »Nein, meine Tochter, bleibe hier, denn du magst sie nicht erretten, und jenseits ist der Felsen so schlüpferig, und würde dich der Gesang des Perlengeistes so verwirren, daß du leicht auch hinabstürztest.« Da wollte sie mit aller Gewalt hin, bis ihr der Schiffmann versprach, ihr auf den Abend ihre Schwestern zu zeigen. Da fragte sie ihn, wie er auf die Insel zu wohnen gekommen sei und was er hier treibe. Da sagte ihr der Schiffer, daß er hierher gezogen sei, die Unglücklichen, welche durch den verführerischen Gesang gelockt würden, zu warnen und, wenn er könne, die schon Untergehenden zum Gebet zu ermahnen, für die Verlornen aber zu beten. »Wer hat dich aber zuerst hierhergeführt?« sprach die Jungfrau. Da sprach der alte Schiffer: »Ach, das ist eine gar traurige Geschichte, und will ich sie dir heute abend erzählen, wenn ich dir deine Schwestern zeige.«

Da gingen sie in die kleine Hütte des Schiffers, die gar reinlich war; das Jungfräulein mußte Feuer machen, und er holte seine Netze hervor und finge einige Fische, die sie dann brieten und freundlich miteinander aßen; ihre Teller aber und alle ihre Küchengeräte bestanden aus mancherlei großen Muscheln, und schimmerte die ganze Wohnung von dem bunten Perlemutter, das hie und da zu verschiedenem Gebrauch angebracht war. »Habt Ihr diese Hütte gebaut?« fragte die Jungfrau. »Nein,« sprach der Schiffer, »der Schöne Bettler hat sie gebaut.« »Wer ist der?« sagte die Jungfrau. »Er wohnte vor mir hier, und will ich dir ihn heute abend zeigen, wenn du deine Schwestern siehst.« Dann ging der alte Schiffer in eine Kammer und brachte ein Buch heraus, dessen Decke auch von schimmernden Muschelplatten war; das schlug er auf und sprach: »Diesen letzten Teil des Buchs, Gedichte und Lieder und Abbildungen der Sterne, hat alle der Schöne Bettler geschrieben während zehen Jahren, die er hier wohnte; das Buch selbst hat er hier gefunden, und war schon vieles hineingeschrieben.«

Da betrachtete die Jungfrau das Buch, nachdem sie den Fischer versichert hatte, daß sie nicht lesen könne, denn sonst hätte er es ihr nicht erlaubt, und sah sie mit großer Verwunderung, daß mehrere der ersten Pergamentseiten des Buchs oft halb von Perlemutter fest zusammengeschlossen waren; auch waren hie und da in der Schrift schimmernde feste Stellen, wie von zerflossenen Perlen. Da sie ihn fragte, was das sei, wiederholte er wieder: »Das will ich alles erzählen, wenn du deine Schwestern siehst.« Da schlug er ein Blatt auf, auf welchem der Abendstern abgebildet war, und las: »Wenn der Abendstern über dem Meere leuchtet und man singet *Ave maris stella*, so müssen die Lieder des Perlengeistes verstummen, und kann man von dem äußersten Felsen ohne Gefahr in das Wasserschloß sehen, wo der Becher von Thule zwischen zwei großen Platten von Bernstein eingewachsen ist; da sind viel Wunder zu schauen, aber wenn man dorten die Unglücklichen nicht sieht, so muß man in die Herzkammer der Steinernen Trauer gehen, da muß man leis die Decke des Bittern Brunnens erheben, wo man in die Kammer der Weinenden blicken mag.« Da schloß er das Buch und gab es der Jungfrau zu halten. Dann setzten sie sich vor die Hütte, und lehrte er sie das Lied. Da die Jungfrau aber vor sich nieder sah auf die glänzende Decke des Buchs, auf welchem des Himmels Abbild schimmerte, da rief sie plötzlich, nachdem sie das Lied ganz richtig nachgesprochen hatte: »Der Abendstern! Der Abendstern!« und blickte gegen Himmel. Zugleich sprang sie auf und bat den Alten, sie hinzuführen, wo sie ihre Schwestern sehen könnte. Da ging der Alte vorher und führte sie über manchen schlüpfrichen Pfad, durch Klippen und Felsen, die oft in bunten Farben schimmerten und wie Eis glatt waren, und beide sangen das Lied. Endlich kam sie in ein altes Gemäuer, auf den äußersten Rand des Felsen gebaut; da hörten sie, wie das Lied des Perlengeistes vor ihrem verstummte, und blickten durch ein hohes Fenster hinab in den Strudel. Der war ruhig und klar, und schimmerte zwischen den tausendzackigen Felsen ein mildes Licht. Da sah sie den Becher von Thule zwischen zwei Bernsteinplatten aufrecht eingeklemmt, aber es waren ihre Schwestern nicht zu sehen, nur sah sie den Schleier der ältesten an einem Felsenhaken hängend. Da sagte der Schiffer: »So müssen wir sie im Bittern Brunnen suchen, der eine Kammer des Perlengeistes ist, denn er hat mancherlei Höhlen unter dem Felsen. Das alte Fenster ist das Fenster, von dem der König von Thule den Becher vor seinem Tode hinabwarf, den ihm seine Geliebte gegeben, wie in dem Buche steht. Nun will ich dich in die Steinerne Trauer führen.«

Nun gingen sie links immer auf Felsen hin, bis hin an eine große Klippe, da hörten sie Bäche rauschen, und die Jungfrau sprach: »Ach Gott, mir graut, denn ich sehe den Felsen wie ein trauriges Antlitz an dem hellen Himmel abgezeichnet.« Da sprach der Schiffmann: »Sei ruhig, dieses ist die Steinerne Trauer, ein Fels, der gleich einer liegenden weinenden Jungfrau gestaltet ist; aus ihren Augen fließen die Quellen, die du rauschen hörst, und hier ist das Gewölbe, ihre Herzkammer.« Da gingen sie in ein kleines Gewölbe, und der Schiffer steckte eine Lampe an. Da die Jungfrau aber an den Wänden hintappte, stieß sie mit dem Antlitz an etwas Kaltes, und da es Licht ward, sah sie vor sich das Bild einer sitzenden Jungfrau; auf ihrem Schoß lag ein toter Jüngling, und beide waren von einer dichten Masse verschmolzener Perlen überrindet, die aus der Jungfrau Augen wie Tropfenstein niederwuchsen und sich über die Erde verbreitet hatten. »Dies ist der Schöne Bettler und seine Braut, die seinen Leichnam und sich mit ihren Tränen kristallisiert hat. Aber jetzt helfe mir die Decke des Brunnens aufheben, und dann setze dich still an seinen Rand und sehe hinab.« Da hoben sie die Decke des Bittern Brunnens. Da saß eine große Menge Menschen, Männer und Frauen, in einem Zirkel unterm Wasser, und hatte jedes ein Becken vor sich und weinten. Da sah sie mit unendlichem Jammer auch ihre zwei Schwesterlein sitzen, die waren noch ganz frisch; die andern Gestalten sahen sehr alt aus, viele waren wie Fische mit Schuppen bedeckt und mit wildem Schilfhaar; da sah sie auch Herrn Peter von Stauffenberg sitzen, den die Meerfei getötet hatte, und Herr Regnard von Lusignan und viele andere. Die schauten alle nach ihren Schwesterlein; in der Mitten aber lag ein abscheulicher Wurm auf einer großen

Muschel und schlief; aber keiner der Unglücklichen konnte schlafen, denn sie waren mit ihren Haaren in das Gestein gewachsen, und wenn sie mit dem Kopfe nickten, litten sie Schmerzen. So sah die Jungfrau lang hinab und weinte mit in ihren Schoß. Der Schiffer aber ging hinaus und sah nach dem Gestirn, und da er wiederkehrte, sprach er: »Jetzt gehe hinweg, denn ich muß den Brunnen schließen, weil ich sehe, daß ein Stern über dem Felsen steht, der heißt Wermut, von dem in der Offenbarung Johannis steht, und wenn er senkrecht über dem Brunnen steht, da erwacht der Perlengeist.« Da schlossen sie den Brunnen, und da die Jungfrau in ihren Schoß sah, lag er voller Perlen, die hatte sie geweint. Da sprach sie: »Ach, wie kommen die Perlen in meinen Schoß?« – Da sprach der Schiffer: »Das sind deine Tränen, die du aus Mitleid um deine Schwestern geweint hast; solche Tränen sind köstlich wie Perlen, und da du vorhin mit deinem Antlitz an das Bild der schönen Bettlerin gerühret, haben sie auch die Gestalt der Perlen erhalten, und kannst du nun immer Perlen weinen und durch Kummer und Elend gar große weltliche Güter erwerben.« »Das will ich nicht,« sprach das Jungfräulein, »ich will hier bei dir bleiben und beten; aus den Perlen aber will ich einen Rosenkranz machen und ihn täglich für meine armen Schwestern beten, daß Gott sich ihrer erbarme.« Da lobte sie der Schiffer, und gingen sie nach Haus; es war schon Nacht, der Mond stand über dem Meere, die Quellen der Steinernen Trauer rauschten laut und wehklagend zwischen den Falten ihres Felsenkleides hinab, und der Stern Wermut ergoß einen bittern Glanz zur Erde.

Als sie nach Haus kamen und den Rest der Fische von Mittag gegessen hatten, sprach das Jungfräulein: »Nun, mein Lieber, sage mir die Geschichte des Schönen Bettlers und seiner Braut, und was mir sonst von der Insel zu wissen gut ist; denn ich will bei dir wohnen als eine Einsiedlerin oder als deine Tochter, und nach deinem Tod will ich wie du die Menschen hier warnen.« »Es ist gut,« sagte der Schiffer, »daß wir zwei sind, so ist die Insel doch nie ohne einen Schutzengel, wenn ich hinübergehe, zu beten und die Fische zu verkaufen. Daneben in der Kammer ist ein starkes Netz, in welchem eine Matte liegt, an der Decke ausgespannt, darin kannst du schlafen; oben an dem Dach aber ist eine Klappe, die du eröffnen kannst, wenn du schlaflos liegst, von da aus kannst du die Sterne sehen und freudiger beten.« Dann setzte er sich hin, schlug das Buch auf und las teils, teils erzählte er folgende Geschichte. Die Jungfrau aber zog sich mehrere ihrer langen blonden Haare aus, drehte sie in einen Faden und reihte ihre Tränen zu einem Rosenkranz an den Faden.

»Liebe Tochter,« sprach der alte Schiffer, »was von dem Ursprung dieser Insel, von der Entstehung der Felsen und vielen wunderbaren andern Geschichten in diesem Buche steht, wage ich dir nicht zu erzählen, und wenn du erst lange hier gewohnt hast und in Gebet und Tugend stark geworden bist, magst du alles selbst lesen ohne Gefahr. Denn du mußt wissen, der Schöne Bettler selbst ist durch die Lieder, die es enthält, in seiner Tugend wankend geworden und in Sünde gestorben. Was aber darin steht, sind die Lieder des Perlengeistes, die einige starke Seelen, welche in frühern Zeiten hier gewohnt, ihm abgehorcht und in das Buch geschrieben haben, um durch Erzählung derselben die Unglücklichen von ihrem Untergange abzuhalten. Sie enthalten teils die Geschichte des Perlengeistes bis vor der Sündflut, teils sind es die Geschichten der Unglücklichen, die in seine Gefangenschaft gefallen sind und das ewige Leben um zeitliche Lust hingegeben haben. Du sahst sie im Brunnen sitzen, und oft kürzen sie sich die jammervolle Zeit mit Erzählung ihrer Schuld. Der Perlengeist ist aber der Geist der weltlichen Eitelkeit und Liebe, der irdischen Freude und der sie begleitenden Trauer. Alle Menschen, die das Ewige vergessen über der Zeit, den Geist über dem Leib, sie werden der ewigen Sünde und der Trauer hingegeben. Und die da unten sitzen, sie müssen nur weinen, weinen und immer weinen, daß das Meer bitter werde, und so ernähren sie alles Gewürm und Ungeheuer des Meers und sitzen in der Bitterkeit ihrer Tränen. Aber in aller Trauer ist etwas Göttliches, denn die Trauer ist ein Streit gegen das, was der leiblichen oder geistlichen Vollkommenheit wehe tut, und so giebt es mancherlei Tränen. Die, welche in der Strafe um den Schmerz fließen, sind bitter und gesalzen; also weinen die Unglücklichen, die du sahst.« Da brach das Jungfräulein abermals in Tränen aus, und die Perlen rollten auf den Tisch. »Ach, so ist denn keine Rettung für meine armen Schwestern?«

Da fuhr der Schiffer fort: »Die Tränen aber eines Menschen liebenden Mitleids sind köstlich und sie verwandlen sich in Perlen, wie du siehst. Nun will ich dir aber sagen, was die göttlichsten Tränen sind. Es sind die Tränen der Andacht, welche fließen um das Leiden des Herrn, um die eigne Unvollkommenheit, um die Sünde der Welt und um das Lamm, welches sie getragen. Diese Tränen werden von der Sonne aufgeküßt, und morgens stehen sie als Perlen des Taues segnend auf den Auen, sie mehren die Gnade des Herrn und seinen Segen. Nun will ich dir aber noch sagen, daß wohl eine Rettung für die Unglücklichen ist; denn wie alle Trauer etwas Göttliches in sich hat, so haben auch ihre Tränen eine Perle in sich, aber sie müssen oft gar lange weinen, bis sie diese Perle weinen. Wenn sie sich endlich selbst vergessen, wenn sie ihren Schmerz gering halten für ihre Torheit und durch die Leiden ihrer Gesellen gerührt werden, dann hört ihre Empfindung auf; sie verwandlen sich in harte Muscheln, in denen eine Perle fest verschlossen ist, und dies ist ihre Träne des Mitleids. Nun muß ich dir aber noch sagen, wie unrecht es ist, sich selbst den Tränen der edleren Trauer unmäßig zu überlassen. Da diese Trauer doch immer ein Opfer ist, welches wir der Zeitlichkeit und ihrem Geschicke bringen, und nicht ganz göttlichen Ausgangs und Eingangs ist, so liegt auch in den Perlen noch etwas Weltliches und kann manch Böses dadurch entstehn, denn sie werden oft der Schmuck eitler Frauen und buhlerischer Jungfrauen, sie sind eine Zierde irdischer Kronen und haben hohen Preis in dem Kram niedrigerer Wucherer, die der Herr aus dem Tempel geworfen hat. So mehren sie die Sünde, oft aber werden sie auch zur Zierde heiliger Gewänder und Gefäße, zum Schmuck der Reliquien und der von frommer Kunst gebildeten Kreuze und Marienbilder gebraucht, und so mehren sie die Andacht. Also hat der Herr diese Früchte der Weltlichkeit wieder der Freiheit der Menschen übergeben, denn er ist gerecht. Und darum schließen die Muschlen sich so fest um die Perlen und geben sie nur, wenn man sie erbricht und tötet, weil sie lieber sterben wollen als von neuem Böses stiften. Da sie seine Strafe, unendlichen Schmerz, fürchten, leiden sie seine Folge, die Vernichtung, und gehen über in die Materie. So sind sie aus einem Ebenbilde Gottes zurückgegangen in den rohen Stoff, weil sie sich von dem Schöpfer zur Kreatur gewendet haben.

Von der Steinernen Trauer aber will ich dir folgendes erzählen: Sie war, ehe der Herr in seinem Zorn die Menschen und Tiere von der Erde vertilgt hatte, eine herrliche Königin, nahm sich aber solches Stolzes an, daß sie ihre Schönheit der göttlichen gleich pries, und ließ sich und ihren Kindern Opfer bringen. Da trafen die Blitze Gottes ihre Kinder, und sie begann in unsäglichem Jammer zu weinen; eine ihrer Töchter hatte sich früher einem bösen Geiste des Meeres verbunden, denn die Menschen hatten in Blindheit und Laster ihr göttliches Ziel aus den Augen verloren, und alle Geschöpfe hatten sich untereinander verwirrt. Da die unglückliche Königin ihre Kinder verloren hatte, lag sie weinend am Meer und flehte nach dieser ihrer Tochter; aber sie kehrte nicht nach ihr zurück, denn sie fürchtete die Blitze des Herrn. Da aber bald hierauf die Erde von der Wasserflut gereiniget wurde, da war das ganze menschliche Geschlecht wieder in die Erde und das Gestein aufgelöst, und alle Berge, Klippen und Quellen waren dem neuen Geschlecht in wunderbaren Gestalten als warnende Bilder zurückgeblieben; so auch ist dieser Fels in Gestalt eines weinenden Weibes hervorgekommen; ihre Tochter aber wühlte unter den Steinen zu ihr herauf und hat den Bittern Brunnen unter dem Gewölbe in ihrer Herzkammer gebildet; sie aber liegt da als ein ewiges Denkmal weltlichen Stolzes und weltlichen Elends, und aus ihren Augen rinnen zwei Quellen, die ins Meer fließen. Der Perlengeist aber ist ein Nachkomme dieser Königstochter und des sündlichen Geschlechts der irdischen Lust, gegen die wir ewig kämpfen müssen, um als Sieger das ewige Leben zu gewinnen; denn nach dem Fall des ersten Menschen ist Kampf das Los des Menschen, denn der Herr sprach: ›Du sollst dein Brot im Schweiße des Angesichts erringen.‹ Er erscheint aber bald als ein Weib, bald als ein Jüngling und zieht durch seine liebliche Musik die Menschen zu sich hinab ins Verderben; oft auch hat er sich als eine liebliche

Jungfrau in heimliche Ehe auf Erden begeben und edle Männer mit weltlicher Liebe und Treue und großen Glücksgütern von dem rechten Wege scheinheilig geführt. Wenn ihre Gatten aber sich gesammelt und zu wissen begehrt, wer sie sei, hat sie dieselben verlassen und ihren baldigen Tod verursacht. So sitzt Herr Raimund von Poitier, Herr Peter Diemring von Stauffenberg im Bittern Brunnen, welche sie als Melusine betrogen; auch ein armer Fischer weint da unten, den sie hinabgelockt mit schönen Lügen; und den König von Thule, der vor langer Zeit hier ein Schloß hatte, kannst du auch im Brunnen sehen und sein Lied singen hören. Er hat lange mit einer schönen unbekannten Jungfrau in unordentlicher Liebe gelebt, die ihn sehr geliebt; da er aber in sie gedrungen, ihren Namen zu nennen, ist sie vor Gram gestorben und gab ihm ein goldnen Becher, den er nun über alles liebte, und so hat sie ihn noch nach ihrem Verschwinden bis an sein Ende verstrickt. Da er nun sterben wollte, reiste er hierher auf sein Schloß, wo er sie zuerst gesehn, und warf vor seinem Tode den goldnen Becher hinunter in die Flut, wo du ihn gesehen. Er selbst aber ließ sich in ein Felsengrab legen, das nicht mehr gefunden wird, da es der Geist unterwühlt hat. Und nun will ich von dem Schönen Bettler sagen.

Drüben am Ufer lebte einst ein armer Fischer; er war sehr arm, aber arbeitsam und lebte vergnügt; er hatte nur einen Kummer, das war sein Sohn. Dieser war ein wunderschöner Jüngling, auch fromm und tugendhaft, aber er wollte nie mit seinem Vater fischen, ja warf ihm sogar oft die gefangnen Fische wieder heimlich ins Wasser, und wenn ihn der Vater darum strafte, so sagte er: »Das will ich gern leiden, wenn nur die armen Fische wieder glücklich sind.« So bezeigte er ein seltsames Mitleiden gegen alle Tiere und wollte überhaupt kein Gewerbe ergreifen. Er hütete die Schafe auf den Hügeln, am liebsten aber die Gänse am Meer, denn wenn er ein Schaf dem Fleischer abliefern sollte, so weinte er wie ein Kind, und einmal, da er wußte, morgen würden viele seiner wollichten Freunde zum Tode geführt werden, führte er in der Nacht die ganze Herde auf einsames Gebürg, um sie zu retten. So daß man ihn dieses Amtes entsetzen mußte. Der Vater hielt ihm seine Torheit mit harten Worten vor und bat ihn, der Schwanen, Gänse und Enten am Meeresstrand mit mehr Menschenverstand zu hüten, und mit Vergnügen übernahm er sein neues Amt, denn er liebte sehr im Meere herumzuschwimmen, und das tat er nun mit seinen Freunden um die Wette. Aber da nun sein Vater sah, daß er immer im Wasser lag, bat er ihn herzlich, nie darin zu schwimmen, ohne Gott vorher anzurufen; ›denn‹, sagte er, ›ich bin einst in großes Unglück dadurch geraten.‹ Bei allem dem liebte er ihn herzlich, denn er war so schön, daß man ihn nicht ohne große Liebe ansehen konnte, und wer ihn sah, der dankte Gott für seinen Anblick und bedauerte, daß er sich zu keinem Geschäfte schicken wollte. Er aber bekümmerte sich um nichts, war stolz und nahm kein Geschenk an; auch war er nicht faul, sondern in beständiger Arbeit mit seinen Gedanken, nur tat er nichts von allem dem, was man so unter den Leuten Arbeiten nennt. Er flocht sich ein künstliches Schilfhaus, schnitt sich Flöten und blies sie auf die lieblichste Art; oft lag er ganze Nächte unter freiem Himmel und sah die Sterne an, die ihn sehr erfreuten; auch erfand er wunderschöne Lieder und sang sie mit entzückender Stimme. Kräuter, Steine und Muscheln betrachtete er mit großer Aufmerksamkeit, machte sich wunderbare Gedanken darüber und legte sie oft in eine Ordnung an die Erde, wie er die Sterne am Himmel sah. So war er bereits achtzehn Jahre alt geworden und konnte noch nicht lesen und schreiben. Aber seine Religion hatte er sehr gut im Gedächtnis und im Herzen; denn morgens, wenn er am Meer saß vor Tag, da kam ein alter Einsiedler von der Insel nach jener Kapelle gefahren, wo du mich heute fandst, mit dem hatte er Freundschaft aufgerichtet, und dieser unterrichtete ihn mündlich von allem, wenn sie in der Kapelle gebetet hatten. Sein Vater war aber gar alt und fühlte sein Stündlein nahen. Da rief er seinen Sohn an sein Lager, um mit ihm vor seinem Ende nochmals herzlich zu reden.«

Hier unterbrach sich der Schiffer und sagte zu dem Jungfräulein, welches gar aufmerksam zuhörte: »Komme mit mir ans Fenster.« Da zeigte er ihr nach der Meerseite hinaus weit in der Ferne ein Licht und sprach: »Sieh, dort wo das Licht scheint, liegt auf einer Insel ein Schloß; das gehörte einst mein, dort wohnte mein Weib und meine Tochter!« Dabei flossen ihm einige Tränen von den Augen, die auch Perlen waren. Da machte er den Laden zu und gab der Jungfrau die Perlen mit den Worten: »Reihe diese Tränen auch in deinen Rosenkranz und bete sie immer zum Heil meiner Seele, wenn ich nicht mehr bin. Ich habe lange nicht da hinaus gesehen, lange nicht von den Meinigen geredet und will es auch nie wieder, wenn ich dir die Geschichte erzählt habe.« Dann fuhr er fort:

»Ich kannte den alten Fischer gar wohl, er fuhr mich oft nach dem Schloß zurück, wenn ich auf dem festen Lande gewesen war; und da ich einstens Frau und Kind gesegnet hatte, um eine Fahrt ins Heilige Land zu tun, kam ich morgens in seine Hütte, auch von ihm Abschied zu nehmen und ihn einzuladen, manchmal die Meinigen in der Abwesenheit im Guten zu ermahnen. Da ich aber hereintrat, wollte der Alte grade sterben, und kniete der Schöne Bettler vor seinem Lager. Der Vater unterbrach seine Ermahnungen an seinen Sohn, der kein Wort redete, und nahm im wahren Sinne des Worts Abschied von mir. Dann fuhr er in seiner Rede an seinen Sohn fort und sprach ihm besonders wegen seinem Müßiggang in die Seele, und vor allem stellte er ihm seine Schönheit vor und die Gefahr, die er laufe, in weltlicher Liebe zugrunde zu gehen. ›O mein Sohn,‹ sprach er, ›verweile nie ohne Geschäft zur bloßen Lust in den Wellen dieses Meeres; denn dort drüben wohnt in den Klippen eine Sirene, die weltliche Lust und Liebe, die dich hinabziehen kann mit ihrem süßen Gesang in den Strudel der ewigen Trauer.‹ Da begann der Sohn ihn anzureden und sprach mit einer wunderbaren Begeisterung und einer rührenden Weisheit zu meiner und des Vaters Verwunderung, denn wir hatten ihn, wie alle Welt, für einen törichten Menschen gehalten. ›Teurer Vater,‹ sprach er, ›Ihr brechet das Siegel meiner Lippen, denn Ihr brechet mein Herz. O, fasset die wenigen Minuten Eures Lebens, Euch mit Eurem Gott auszusöhnen, und nehmet den einzigen Dank, den ich Euch für alle Eure Liebe geben kann, nehmt aus meinen Worten die Versicherung mit in Euer Grab, daß Euer Sohn nicht als eine Beute seiner Torheit zurückbleibt; denn erfahret aus meinen Worten, daß ich gedacht habe und in der Seele gearbeitet, wenn mich gleich Ihr und das Volk den müßigen Toren nannten.‹ Und nun begann er mit einer so erquickenden Art seinem sterbenden Vater von der Ewigkeit, von Gott und seiner Barmherzigkeit zu reden, daß der Alte und ich in Tränen zerflossen. Er aber war ernst und freudig wie ein Engel, und da er seinen Vater gar sehr bewegte, sprach dieser: ›O mein Gott, wie herrlich ist dein Todesengel!‹ Dann ward der Alte unruhig und schien etwas Schweres auf dem Herzen zu haben, aber die Sprache fehlte ihm. Da ergriff sein Sohn ein Saitenspiel, daß er sich selbst über eine Muschel gespannt hatte, und sang ein wunderbares beruhigendes Lied, daß sein Vater ruhig sterben möchte. Dieser sah ihn nochmals an, sehr wehmütig, und stammelte das Wort ›Sirene‹ und entschlief. Der Sohn küßte ihn und weinte nicht. Da umarmte ich diesen Menschen und fragte ihn, ob er mir auf meiner Reise folgen wollte. Er sprach aber: ›Gestern hätte ich es getan, aber jetzt will ich beten.‹ Ich wollte ihm einen Beutel mit Geld geben, aber er ward unmutig und sprach: ›Soll ich hier bei dem Tod für mein Leben sorgen?‹ Da sprach ich: ›Aber morgen willst du leben?‹ Da sprach er stolz: ›Ich will bettlen!‹ und verließ mich; worauf ich das Geld in den Kasten seines Vaters legte, damit er es als sein Erbe ansehen möge, und mich nach dem Hafen begab, wo mich die Schiffer längst erwarteten. Da sein Vater begraben ward, gingen viele arme Leute, seine ehemaligen Freunde und Standesgenossen, mit dem Zug, und der Sohn hielt eine Rede an seinem Grabe, die alle die alten Leute in Verwunderung setzte. Nachher lud er sie alle zu sich in seine Hütte ein und verschenkte alles das wenige Geräte, was sein Vater zurückgelassen hatte, und bat sie, des Verstorbenen dabei zu gedenken. Auch sogar die Türen und Fenster waren von seiner Freigebigkeit nicht sicher, und nachdem nichts Bewegliches mehr übrig war, begab er sich an das Meer und stürzte sich fröhlich hinein. Noch sahen alle die Beschenkten mit stummer Verwunderung ihm nach, wie er fortschwamm, als hinter ihnen die Hütte in Rauch aufging, denn er hatte Feuer in das Strohdach gelegt. Dann kehrten sie in die Stadt zurück und erzählten, wie der müßige Tor sich ertränkt habe.

Mit leichter Mühe gelangte der rasche Schwimmer auf diesen Felsen zu seinem Freunde, dem Einsiedler, aber in den

Wellen gedachte er ernstlich der Ermahnung seines Vaters und betete fromm, daß er nicht in den Strudel kam. Nun verließ er die Insel nicht mehr und genoß einige Jahre den Unterricht des Einsiedlers über alles, was ich dir gesagt habe. Nie aber ließ ihn dieser an jenen Rand der Klippe, wo sich der Geist aufhält, weil er ihn noch nicht für stark genug hielt, seine Lieder zu ertragen. Während dieser Zeit schwamm er oft hinüber ans feste Land, für sich und den Einsiedler zu betteln; aber er kam nie vor die Hütten derer, denen er sein Habe verschenkt hatte; er begehrte auch nie mit Demut, sondern mit einer so edlen Ruhe, daß ihm jedermann gern gab, ja man erwartete ihn, man ging ihm entgegen seiner großen Schönheit wegen, und nun hieß er allgemein der Schöne Bettler. Der Einsiedler ging nun nicht mehr nach dem festen Lande in die Kapelle, denn der Schöne Bettler richtete ihm einen Altar und ein Kreuz in einer Grotte auf, die ich dir morgen zeigen will. Da er diesen Betort fertig hatte, fehlte ihm nur noch ein Kelch, denn der Einsiedler war ein Priester; und da ihm dieser von dem Becher von Thule gesprochen hatte, so konnte er der Versuchung nicht länger widerstehen, als der Alte entschlafen war, sich hin nach den alten Ruinen zu begeben, wo ich dich hingeführt, um zu sehen, ob er den Becher nicht erhalten könne. Kaum aber hatte er sich dem alten Fenster genähert und zwar mit seinem Saitenspiel in der Hand, als vor ihm ein wunderschönes Weib aus der Flut tauchte und mit allen Liebesmächten des Gesangs, der Gebärde und des Lieds ihn bezaubern wollte; er aber ließ sich nicht stören, sondern begann mit seiner nicht minder schönen Kunst ihren Liedern und ihrem Begehren Hohn zu singen. Da begann endlich der Geist, gar kläglich zu tun und mit rührenden Gebärden ihn anzureden: ›Was begehrest du von mir, daß du mich verspottest?‹ Da erwiderte der Schöne Bettler: ›Ich begehre den Becher, der hier unten liegt.‹ Da sprach der Geist: ›Giebst du mir den Ring dafür, den du am Finger trägst, so sollst du den Becher haben.‹ Der Schöne Bettler wollte den Ring nicht geben, denn sein Vater hatte ihn getragen, und sagte dies. Da sprach der Geist: ›O mein Sohn, willst du deiner Mutter den Trauring nicht wiedergeben?‹ ›Wenn dem so ist,‹ sprach er da, ›verflucht die Minute, die ich ihn länger am Finger trage; gieb den Becher, hier ist der Ring!‹ Er warf ihn hinab, aber der Geist lachte ihn aus und gab den Becher nicht. Da erzürnte der Bettler und faßte eine ganze Wand der Ruine im Grimm und stieß sie hinab auf das Gespenst, daß das Wasser in die Höhe schlug. Mit großem Unwill kehrte er nun zurück und trocknete sich die Wangen ab, denn die Wellen hatten ihn bespritzt. Plötzlich blieb er aber stehn und dachte daran, daß sein Vater ihm nie von seiner Mutter geredet, daß er ihn immer so geheimnisvoll vor jenem Strudel gewarnt, daß er noch sterbend ihm das Wort ›Sirene‹ zugerufen. Da ward er sehr traurig und ging in die Grotte an den Altar und betete unter heftigen Tränen für seinen Vater und flehte zu Gott um Stärke, gegen die Lockungen seiner Mutter zu kämpfen.

Nach einem Jahr starb der Einsiedler, und der Bettler begrub ihn in der Kapelle. Nun begann der Zurückgebliebene eine ganz neue Ordnung. Der Einsiedler hatte, wie noch ich, die Gewohnheit, unglückliche Verirrte zu warnen, daß er, wenn er ein Schifflein oder einen Schwimmer sich nahen sah, denselben entgegenfuhr und sie warnte; er aber setzte sich mit seinem Saitenspiel ans Ufer und zersang mit unaussprechlicher Kunst die lockenden Lieder der Sirene, und man könnte sagen, daß, wo die Torheit der Verirrten übergroß war, das Rechte zu erwählen, er dieselben zum Guten verführte. Auch vermied er nicht, dem Wassergeist zu begegnen, er war so stolz, daß er ihn rief und mit ihm sprach, ihn auch wohl gar mit seinen Gesängen selbst zu bekehren suchte.

So lebte der Bettler lange und stiftete viel Gutes, aber es erzeugte sich in seiner Seele eine unendliche Wißbegierde, den ganzen Ursprung des Bösen zu wissen, um es gründlich bekriegen zu können, und dabei fühlte er nicht, daß er schon weit von der Demut entfernt war und sich ein geheimer Stolz seines Herzens bemächtigte. Er begab sich nun oft in die Herzkammer der Steinernen Trauer, deckte den Bittern Brunnen auf und lauschte auf die Gesänge der Verlornen, ja er begann sich in den Felsen dort ein geräumiges Lager zu meißeln, wo er ganze Nächte lag und lauschte, statt daß er wie ehedem in dem Netze geschlummert, welches ich dir heute zur Schlafstelle angewiesen habe, und dem Gesang der Sphären zugehört. Da er aber sein

Lager dort erweitern wollte, fand er das Buch in einer Öffnung des Felsens verschlossen. Freudig lief er damit nach der Hütte, betrachtete die schimmernde Decke und, da er es öffnete, bedauerte er zum erstenmal, nicht lesen zu können. Besonders aber wunderten ihn viele Abbildungen von Gestirnen, die, mit den heidnischen Sternbildern bezeichnet, mit wunderbar schimmernden Farben ausgeziert waren. Dann fand er zwischen dem Geschriebenen ganz unzählig viele Bilder von mancherlei Geschichten, Könige, Ritter und Jungfrauen von so fremder Gestalt und Tracht und mit so reizenden Händen begriffen, daß er den ganzen Tag über dem Buche gesessen hatte, als ihm plötzlich einfiel, daß er noch gar nicht auf der Wache gewesen sei. Er verschloß daher sein Buch, so sorgsam er konnte, und eilte nach der Ruine. Kaum war er dort angekommen, als der Wassergeist sehr bestürzt und traurig erschien und ihn fragte, ob er ihm nicht ein Buch entwendet hätte? ›Ja,‹ sagte der Bettler, ›ich habe ein Buch gefunden, welches wahrscheinlich der Einsiedler zurückließ, und das du, Lügengeist, dir gerne zueignen möchtest.‹ ›Ach,‹ klagte die Sirene ›dies Buch ist das edelste Kleinod, daß ich besaß; es ist die Chronik meines ganzen Stammes, und stehet darin all meine Natur und mein Kalender, alle meine Kunst und Wissenschaft, die Geschichte aller derer, die sich mir ergeben, meine Lieder und der Geburtstag meiner Kinder.‹ ›Wenn ich das Blatt finde, worauf das letzte steht, was du beklagst,‹ sprach der Bettler zornig, ›so will ich es zerreißen und dir wiedergeben.« Der Geist flehte noch lang, der Bettler aber sprach: ›Ich nehme das Buch für meinen Ring, den du mir abgeschwätzt hast; ich will deine Geschichte studieren und dir dann Anmerkungen dazu machen und ein Register, das dich so peinigen soll, daß die Geschichte ein Ende kriegt,‹ und nun ging er zurück. Nun lächelte der Geist für sich, denn die Schlinge zu des Bettlers Verderben war gelegt.

Da er nach Haus kam, schlug er gleich das Buch wieder auf, und seine Begierde, darin lesen zu können, wuchs ungemein. Und wer sollte es ihn lehren? Nach der Stadt wagte er mit diesem Schatze nicht zu gehen, weil er fürchtete, er möchte ihm geraubt werden; er warf also seine Augen nach jenem Inselschloß, wo er vorher nie gewesen war. Er nahm sein

Saitenspiel mit und schwamm hinüber. Die Jungfrau des Schlosses befand sich in einem Garten. Der schöne Bettler ging ruhig auf sie zu. Seine Schönheit bestürzte die Jungfrau, sie hatte nie einen Mann gesehen außer ihrem Vater, der abwesend war, und einigen Dienern. Sie fragte den Jüngling, was er wolle. Er bettelte Brot und Obst. Sie eilte, es ihm zu bringen, und bebte, ihn anzuschauen. Dann fragte sie ihn über seine Heimat und warum er bettle; aber er sprach nur wenig und bat sie, ihm zu sagen, ob niemand auf der Insel wohne, der ihn lesen und schreiben lehren könne. Die Jungfrau sprach: ›Hier ist niemand, der es kann als ich; aber ob ich es lehren kann, weiß ich nicht.‹ Der Bettler antwortete: ›Hier kann es mir auch nicht helfen, denn ich kann das Buch nicht mitbringen, das ich lesen möchte.‹ Und nun beschrieb er ihr das Buch. Da geriet die Jungfrau in ein seltsames Entzücken, ihn anzuschauen, und als er ihr einige Lieder sang, die sein Vater immer gesungen hatte, mußte er weinen. Da sah sie, daß er Perlen weinte, und ward ganz wie unsinig um ihn. Er aber bat sie, ihn doch lesen und schreiben zu lehren; sie solle nachdenken, wie sie es machen wolle, morgen werde er wieder kommen, und dann stürzte er sich wieder ins Meer und kehrte zurück. Für die Jungfrau war nun alle Ruhe verloren, sie konnte nicht mehr leben und nicht sterben, so heftig hatte sie das Wesen des Schönen Bettlers entzündet, und da er am folgenden Tage wiederkam, versprach sie, ihm durch die Wellen zu folgen, wenn er harren wolle, bis ihre Mutter zu Bette sei. Der Bettler harrte, die Jungfrau traf einige Vorkehrungen und schwamm mit dem Bettler hinüber. Kaum war sie in seiner Hütte und kaum hatte er ein prasselndes Feuer angezündet, als er auch gleich das Buch aufschlug und ihren Unterricht begehrte. Die unglückliche Jungfrau konnte noch kaum von ihrem ganzen Beginnen, von ihrer Leidenschaft, von ihrem Verbrechen an ihrer Mutter zu Sinnen kommen, als sie ihn schon unterrichten mußte. Er lernte mit unendlichem Fleiß, und sie lehrte ihn die Buchstaben kennen; dann mußte sie ihm noch eine Geschichte aus dem Buche lesen, er dankte ihr, gab ihr etwas zu essen und führte sie wieder hinab an das Ufer und führte sie durch die Wellen zurück. Da versprach sie ihm, daß er sie so oft holen könne, als er eine Flamme an der Gegend des

Ufers gewahr werde, wo sie heute gelandet wären. Aber ihre Liebe hatte sie nicht gewagt ihm zu gestehen. Am folgenden Morgen stand der Jüngling früh auf und beging den ersten Mord, er schnitzte einen Bogen und erschoß einen Seevogel, um eine Feder zum Schreiben zu haben. Mit dem Blute des Vogels begann er die Buchstaben, die er kannte, nachzumalen. Abends sah er, sobald es dunkel ward, die Flamme und holte seine Lehrerin; sie kam ihm schon in den Wellen entgegen, und da sie bemerkte, daß er still vor sich redete, fragte sie ihn, warum. Da sagte er ihr, daß man in diesen Gewässern nicht sein dürfe, ohne zu beten. Da sagte sie: ›Ach, Lieber, wenn du nicht betetest, ich glaube, dann wärst du der Wassergeist selbst.‹ Sie lasen abermals; die Geschichten waren wunderbar süß und giftig; dem Bettler waren sie nicht gefährlich, denn er war lauter Nachsinnen, aber die Jungfrau lehrte ihr eignes Verderben. Bald kam sie allein geschwommen, wenn er ihr eine Lampe an einer hohen Stange am Ufer aufrichtete, und der Bettler konnte bereits lesen und schrieb nun auch seine eignen Gesänge in das Buch; auch malte er sich die Sternbilder anders und nach seiner Weise.

Die Liebe der unglücklichen Jungfrau zu dem Schönen Bettler stieg mit jedem Tage, daß sie ihn wiedersah, aber sie wagte es ihm nie zu sagen, so fern schien es ihm zu sein, ihr Unglück zu vermuten. Da sie nun einst zu ihm kam und ihn nicht in der Hütte fand, schrieb sie das Geständnis ihrer Liebe in das Buch, und zwar in Form einer Weissagung, daß eine Jungfrau von hohem Stande mit Lebensgefahr ihn lieben und an dieser Liebe sterben werde, wenn er sich ihrer nicht erbarmte; und nun kehrte sie allein zurück. Aus Schüchternheit hatte sie diese Worte an eine Stelle geschrieben, wo er sie nicht gleich bemerkte. Den folgenden Tag steckte er seine Lampe aus, die Sirene aber machte einen Nebel um die Insel, und die Jungfrau konnte das Licht nicht sehen und war sehr traurig, nicht gerufen zu sein. Als sie nun den folgenden Tag auch nicht kam, schwamm er hinüber; aber an dem Ufer fand er viele Menschen beschäftigt, im Wasser zu suchen, und da er fragte, hörte er den Jammer der Menschen, daß die Jungfrau des Schlosses vermißt werde und man fürchte, daß sie ertrunken sei. Wie ein Pfeil kehrte er zu den Klippen zurück, er suchte rings am Strande und fand sie zu den Füßen der Steinernen Trauer mit gefalteten Händen tot von der Flut ausgeworfen. Er trug sie in die Felsenkammer, er ergriff alle Mittel, sie zu beleben; endlich fiel ihm ein, daß in seinem Buche mancherlei Arzneien stünden; er eilte nach Haus und suchte und fand das Geständnis ihrer Liebe; er nahm das Buch und eilte wieder zu ihr in die Höhle, und als er ihre Hand auf die Stelle gelegt hatte, flossen als Beteuerung einige Perlen-Tränen aus ihren Augen. Eine unendliche Trauer ergriff ihn, da hörte er im Bittern Brunnen singen:

Eile! Eile hin nach Thule,
Suche auf des Meeres Grund
Jenen Becher! Deine Buhle
Trinkt sich nur aus ihm gesund.

Er eilte nun hin an den Strudel, er war auf dem Punkte, sich hinabzustürzen, als sich ihm der Geist zeigte: ›Willst du mir mein Buch noch nicht wieder geben?‹ sprach er hohnlächelnd. ›O hätte ich es nie aus deinen Händen genommen!‹ erwiderte der Fischer. ›Gieb mir den Becher, daß ich die Jungfrau wieder zum Leben bringe.‹ ›Ja,‹ sagte der Geist, ›wenn du mit ihr zu mir herabkommen willst, so will ich dich als meinen Sohn aufnehmen; beuge dich nieder, daß ich dir den Becher gebe.‹ Der Jüngling beugte sich nieder, und der Geist schlug ihm mit den Becher so heftig an die Stirne, daß sein Blut niedertroff. Er taumelte zurück, und da er zu dem Leichnam seiner Geliebten kam, nahm er ihn auf seinen Schoß und weinte, weinte nieder; und auf seiner Geliebten lag das Buch aufgeschlagen, wo sie hingeschrieben hatte, daß sie ihn liebte, und wie er so auf das Buch weinte, sah er Zeilen zwischen den andern erscheinen. Da stand sein ganzes Geschick geschrieben, und daß der Geist ein falsches Licht im Meere gemacht habe, nach dem die Jungfrau geschwommen und ertrunken; da weinte er immer mehr und ritzte sich die Adern und schrieb ein kurzes Lied von seinem Untergang, warnte vor dem Geist und weinte immer, immer in unendlicher Trauer, bis er in der Herzkammer der Steinernen Trauer sich und seine Geliebte also in Tränen verhärtet hatte, wie du gesehen. So ist die Geschichte des Schönen

Bettlers und – meiner Tochter. Da ich aus dem Heiligen Lande zurückkam in Gestalt eines Pilgers, fand ich mein Weib tot. Sie war aus Kummer über meine Tochter gestorben, das Schloß war in den Händen meiner Verwandten; so gab ich mich auch nicht zu erkennen und begab mich nach dieser Insel, um hier meine Tage zu beschließen. Erst nachdem ich lange hier gewohnt, entdeckte ich die beiden Unglücklichen und das Buch, über welches sich seine Tränen also verbreitet haben, wie du an den schimmernden Stellen siehst.«

Da ward der alte Schiffer gar still; die Jungfrau aber begann den Rosenkranz, den sie vollendet hatte, laut und von Herzensgrund zu beten, und er antwortete ihrem Gebet.

So lebten sie eine lange Zeit miteinander, und täglich ging das Jungfräulein an den Bittern Brunnen und sah ihre Schwestern und betete und weinte so lange, bis sie einen großen Schatz von Perlen hatte, den gab sie dem alten Schiffer und bat ihn, ein Kloster darum auf den Felsen bauen zu lassen. Das tat der Schiffer, und da das Kloster fertig war zu Ehren der büßenden Magdalena auf dem einen Felsen, ward die Jungfrau Äbtissin darin; auf dem andern erbaute der Fischer ein Mönchskloster zu Ehren der Schmerzhaften Maria; und so lag der Strudel des Perlengeistes zwischen diesen beiden christlichen Kastellen, und alle Frauen und Männer dieser Klöster sind Gerettete aus dem Strudel der Welt und leben noch fromm, da ihre Stifter längst im Rufe der Heiligkeit zu Gott gegangen sind. Da sie aber starben, befahlen sie, daß man ihre Leichname in die Herzkammer der Steinernen Trauer tragen und, nachdem sie dort einige Tage gestanden, sie beerdigen solle. Unter großer Trauer trugen die Mönche den alten Fischer und die Nonnen die Jungfrau in die Grotte und knieten davor nieder mit Beten und Singen bis zur Nacht, da nur ein einziger zurückblieb, am Eingang zu wachen. Um die zwölfte Stunde aber hörte dieser ein wunderbar Geräusch und sah die Grotte von Menschen erfüllt; er sah die zwei törichten Jungfräulein aus dem Brunnen steigen und bei dem Leichnam ihrer Schwester niederknien. Die Geliebte des Schönen Bettlers stand auf und kniete vor ihrem Vater nieder; auch der Schöne Bettler erhob sich und schlug dreimal in sein Saitenspiel: da stiegen aus dem Brunnen Raimund von Poitiers und der Stauffenberger, sie trugen den König von Thule auf ihren Schultern, der einen langen silbernen Bart hatte, dann folgte ein Fischer und unzählige andere, wie sie in dem Buche abgebildet zu sehen sind. Sie versammelten sich alle und redeten kein Wort und bewegten sich wenig, nur der Bettler schlug heftige Schläge in die Saiten; da rührte es sich heftig in den Felsenadern der Steinernen Trauer, sie wollte sich aufrichten, das Gewölb zerbrach, der Bettler zog voran, die Geister ergriffen die Leichname der Verstorbenen, und so zogen sie durch die Öffnung des Felsen hinaus, um die Insel herum und dann fort über die Wellen hin, wo sich eine Wolke in der Gestalt eines Schiffes niedergelassen hatte, das sie bestiegen, und verschwanden.

Indes war ein Stern senkrecht über den Bittern Brunnen gekommen und schien durch die Öffnung grade hinunter; er brannte wie eine Fackel und fiel in den Brunnen hinunter, und sein Nam ist Wermut. Da ward der Brunnen und das Meer also bitter, daß der Geist mit Wehklagen aus diesen Gegenden entfloh.

AUS DEM ROMAN

DER SCHIFFBRÜCHIGE GALEERENSKLAVE VOM TOTEN MEER

DRITTES BUCH: NACHTHIMMEL

Zweiter Abschnitt

Morgenstern, der freundliche freigebichte Kavalier

Ich dachte bereits, meine häßliche Raserei mit der schönen kleinen Perdita, die ich noch immer nicht vergessen kann, deren kleiner Schlupfwinkel mir noch deutlicher vor Augen steht als die Peterskirche, deren geniale Gottlosigkeit natürlicher und wahrhaftiger war, als die stoische Philosophie meines architektonischen Freundes Bonascopa, würde diesen Teil meines Lebens beschließen, das zweite böse Gestirn meines Nachthimmels. Ich ließ meinen Hut hängen, wo die Eidechse Perdita ihn hingehängt hatte, nämlich an dem Knie des päpstlichen Hauptmanns, der in der Vorstube neben seiner Frau schlief und des glühenden Hundsgestirnes wegen sein rechtes hageres Bein aus dem Bette heraushängte; auf seinem Fuße saß ein großer englischer Hahn schlafend, den Kopf unter einem Flügel, zuckend und träumend von dem beizenden Tabaksbade, das er am Abend gegen das Ungeziefer erduldet hatte. Das Tier war auf seinen Fuß geklettert, weil Perdita eine große Badewanne voll Wasser umgestürzt hatte, um ihren Buhler, den Kammerdiener des russischen Gesandten, darunter zu verstecken. Perdita im Hemde, barfuß, weinend mit zerstreutem Haar, schön wie Desdemona, hatte in der einen Hand ihre papierne Laterne, worauf ich selbst den Amor gemalt, ihre andere schlang sie um meinen Nacken, und indem sie mich heftig fortzog, um, wie sie sagte, den Kapitän nicht zu erwecken, flüsterte sie: »O ihr himmlischen Sterne, bekennet meine Unschuld! Nie mehr will ich den Leib des Herren empfangen, nie soll mir das kleine Jesuskind meine Sünden verzeihen, nie soll die heilige Magdalena für mich bitten, wenn deine Eifersucht wahr ist.« Da ich aber nicht von der Stelle wollte, ohne meinen Hut mitzunehmen, sagte die Verräterin: »O lasse ihn hängen, mein Süßer, er könnte erwachen«; ich aber sagte: »Gut, ich schenke dir den Hut und du wirst ihn morgen um 20 Lire verkaufen, er hat mich gestern 40 gekostet.« Und somit trat ich dem versteckten Russen auf einen Finger, den er unter der Wanne hervorstreckte. Er begann einen heftigen russischen Fluch auszustoßen. Perdita, auf den Tod erschrocken, ließ den Amor in der Papierlaterne anbrennen, nahm den Hahn von dem Fuße des Kapitäns, warf ihn dem schlafenden Ehepaar ins Gesicht, und da sich der Russe vor Schmerz mit großem Getöse unter der Wanne hervormachte, warf sie die Laterne an den Boden voll Wasser und sich darauf, das Licht zu verlöschen, dunkel ward es, der Kapitän fluchte, der Hahn flatterte und schrie, alle die englischen Hennen begannen ein rasendes Geschnatter, der Russe suchte die Tür und ergriff mich, Perdita schrie und schimpfte den Kapitän, daß er die Badewanne mitten in die Stube gestellt, da sie sie umgeworfen habe und beinah ersaufe, ich aber machte dem Russen die Türe auf und führte ihn selbst hinaus; vor der Türe sagte er mir in gebrochenem Italienisch, Perdita sei doch eine unendlich feine Canaille, und wir verließen uns friedlich. –

Als ich in meine Wohnung, die kaum hundert Schritte von der Höhle Perditas war, kam, bemerkte ich mit Verdruß, daß ich meine Schlüssel bei ihr liegen gelassen. Zurück wollte ich nicht, ich ging also nach dem Hause eines Freundes, der auf dem Spanischen Platze wohnte, aber man sagte mir, er sei heute ausgezogen, wohin sei unbekannt. So ging ich dann wieder nach meiner Wohnung, willens, meinen Hausherrn aufzupochen, aber ich fand das Tor nur angelehnt, meine Stubentür war nicht verschlossen, und ich freute mich, daß ich es heute grad vergessen hatte, sie zu verschließen. Ich entkleidete mich ohne Licht und legte mich zu Bett. Der Mond schien nur wenig in meine Kammer, aber ihr Götter! als ich mich niederlegte, was fand ich, wer umarmte mich – und erstickte mich mit Küssen? Perdita, die Verräterin, die schöne, falsche, nackt und glatt wie eine Schlange, umwand mich, wie einen Laokoon, ich aber machte mich los recht wie Wolfdieterich im Heldenbuch:

Da gab der Held elende
Ihr einen Faustenschlag
Mit seiner freien Hände,
Bis daß sie stille lag –

Nein, schlagen konnte ich sie nicht, aber beinahe hätte ich sie geküßt, mehr aus Coquetterie als Ernst sprang ich auf und schlug Licht, während sie mir unter dem artigsten Gelächter eine Schilderung von der Verwirrung ihres Hauses machte. Der verborgene Liebhaber, sagte sie, sei der Schauspieler Fiorillo, der Geliebte der Hauptmännin, gewesen, die, als sie gemerkt, daß er gerettet sei, ihren Mann beruhigt habe, der aber bei dem Hut auf seinem Knie geschworen, es sei ein Mann dagewesen, und er wolle künftig schon auf seiner Hut sein; die Frau aber habe ihn so weit gebracht, daß er auf seine Knie gekommen, und ihr den Verdacht abgebeten, und für den Hut gedankt habe, von dem sie ihm weisgemacht, sie habe ihn damit als einem Geschenk überraschen wollen, weil morgen sein Geburtstag sei. »Ich aber«, sagte Perdita, »schlich mich fort wie ich war, im Hemd zu dir; deine Schlüssel hatte ich auf meinem Bette gefunden, als ich mich niederlegen wollte. Ich war recht böse auf dich; du hast all das Elend mit deiner tollen Eifersucht hervorgebracht, und deine verdammten Schlüssel sind allein schuld, daß ich zu dir komme. Sieh, was dein grober Hausschlüssel mir ein blaues Mal in die Seite gedrückt! Als ich die bösen Schlüssel fand, da konnte ich nicht mehr ruhen; ich hielt es für einen Befehl des Himmels, zu dir zu kommen, nun bin ich da, komm, ich liebe dich unendlich, ach wie lieb ich dich, laß das dumme Lichtschlagen, nein, kein Licht, komm, küsse mir den blauen Fleck von dem fatalen Schlüssel, bis er verschwindet.« Ich aber, stumm über die unendliche Kombination von Lüge in einem sechzehnjährigen schönen, eigentlich guten Kind, brachte mein Licht zum Brande und setzte mich an mein Lager. Perdita hatte, wie ich nun sah, einen Blumenkranz auf dem Haupte von Orangeblüte, den ich ihr gestern morgen gebracht, er duftete süß, und rückte gegen die Wand, und sagte: »Komm, Lieber, ich will dich nicht vertreiben.« Ich aber sprach: »Nein, schöne Perdita; denn ich muß dich vertreiben, dich, die mir alle Sinnen bestricket, dich, um derentwillen ich alle Freunde, irdische und göttliche, verlassen, o Perdita, wie bist du schön und lebendig, und gemacht, Siegeskronen auszuteilen! und so schlecht du bist, so lügenhaft, treulos und verräterisch, so lebt doch kein Mann, der es verdiente, dich zu umarmen; aber du wirfst den Segen der Götter vor die Füßen, und giebst dich dem Teufel umsonst. O du armes verlorenes Kind, vaterlos, mutterlos, ehrlos, lieblos, gottlos, und schön, schön, wie die Sünde nicht ist – stehe auf! gehe weg!« Und somit begann ich heftig zu weinen – Perdita weinte auch, und stand auf, und kniete vor mich hin und legte mir ihr Haupt voll Duft auf den Schoß; dann aber reichte sie mir ein kleines Kruzifix, das ich ihr einstens geschenkt, und sprach: »Nimm, mein Lieber, zurück, was ich nicht verdiene, ich muß es morgen sonst versetzen, ach ich bin so blutarm, ein Jude will mich heuraten, und verläßt du mich, so verlasse ich meinen süßen Jesus und heurate den Juden, er will mir auch meine Mutter begraben lassen, die zu Tivoli todkrank liegt.« Mir war das Herz zerschnitten, ich wollte sie in meine Arme schließen, aber der Hahn krähte im Hof, und ich sah die Augen des kleinen schwarzen Pudels, den mir Perdita geschenkt, neben seiner Gebieterin hell funkeln, Petrus der Verleugner fiel mir ein, und der schwarze Hund des Zauberers Abano, da sprang ich plötzlich auf, und nahm ihr das kleine Kreuz hinweg, und schrie, daß sie erschrak und zitterte: »Fort, fort, du Satanas, du bunte Schlange, fort, ich wecke sonst das ganze Haus und zeige dich in deiner Schmach!« Sie aber sprach: »Wohlan, so ist es aus, ich will gehn, ich will mich in die Tiber werfen!« – »Wie du willst,« sprach ich, »Hexen schwimmen, du läufst nicht Gefahr, fort!« – »So in diesem Aufzug, es naht der Tag, wie kann ich so zurück, o leih mir deinen Mantel, Wüterich!« – Ich warf ihr meinen Mantel um – »Ich schicke ihn dir morgen wieder«, – das Licht aber hatte sie ausgeblasen, um nackt von mir nicht gesehn zu werden; nun raffte sie ihr Hemd und ihre Schuhe von der Erde, und bat mich, die Türen zu öffnen, und zu sehn, ob niemand in dem Vorhause sei, daß sie entwischen könne. Dann eilte sie fort, und sprach: »Du wirst mich nie vergessen!« Zornig aber nahm ich den kleinen Pudel, der mich immer an dem Rocke zerrte, und warf ihn seiner Gebieterin nach. Nun war ich ruhig und legte mich zu Bette, schlafen konnte ich nicht, und etwa nach einer halben Stunde weckte mich der Klang einer Guitarre unter meinem Fenster, ich lauschte und hörte die Stimme der kleinen Perdita, sie sang ein Lied, das ich sie gelehrt:

Bös bin ich gefangen,
Denn ein blondes Mädchen
Mit roten Wangen
Macht, daß ich fast vergeh.
Weh! ich verderbe,
Mich sendet in den Tod
Ein L ein I ein E ein B, ein E!

Ich suchte meine Laute, um ihr zu antworten, aber ich konnte sie nicht finden. Da kratzte sie mit ihrem Fingerchen an meinem Laden, ich öffnete zankend, sie warf mir den kleinen Hund herein, der mir die Füße leckte. Ich sagte: »Was willst du?« – »Ach,« sagte sie, »zu Hause ist Not und Jammer, ach, meine Mutter ist gestorben, es ist ein Bote da. Ach, ich kann vor Elend nicht ruhn, nun habe ich keinen Menschen auf Erden als dich, und du verstößt mich, ach lasse mich zu dir, ich kann nicht ohne dich leben.« Schon ward mein Herz von Mitleid bewegt und ich wollte gehn, ihr das Haus zu öffnen, als mich das fatale Lecken des Hundes ungeduldig machte und ich nach ihm trat; aber er nahm es übel und biß mir in den Fuß, das nahm ich nun auch übel und nahm den knurrenden Dämon, und warf ihn zum Fenster hinaus. Mein Mitleid aber flog zugleich mit ihm hinaus: »Packe dich,« sagte ich zu Perdita, »ich mag dich nicht mehr.« Sie aber sagte: »Mein Schatzkind, sieh, wie der Morgenstern so freundlich funkelt wie ein freigebichter Kavalier, o gieb mir doch noch einige Taler, daß ich mir Trauer anschaffen kann für meine Mutter. Ich will auch zum Abendmahl morgen gehn zu Tivoli, wenn die Mutter begraben wird; ich kann doch nicht in meinen bunten Kleidern gehn, Lieber, wenn ich dir je Freude gemacht, wenn du mich je geliebt hast –« Ich aber sagte: »Gleich«, und nahm zwanzig Taler römisch, und gab sie ihr einzeln, um immer ihre liebe Hand zu berühren, und fragte bei jedem: »Ist es genug?« und sie sagte stets: »Nein, wer kann dich genug lieben, du Engel!« und da sie alle Taler hatte, sagte sie: »Kommt nichts mehr, giebst du mir nichts mehr?« – »Nein,» sagte ich, und sie erwiderte, indem sie den Mantel frech öffnete: »Sieh, mein Kind, ich wußte wohl, daß du meine Liebe nicht bezahlen könntest, du hast ja immer gesagt, was ich dir gäbe, könnte kein Mensch bezahlen, es sei ein unschätzbares Kleinod. Sieh, drum habe ich dir vorhin deine Laute unter dem Mantel mitgenommen, und nackt lag ich im Bette, weil ich hier in mein Hemd deine silbernen Spornen und Messer, Gabel und Löffel und deine Uhr eingewickelt, auch Papier, Federn, Schere und dein Lustspiel und der Roman von Manon Lescaut, alles steckt in meinem Hemd. Nicht wahr, ich bin doch ein tolles Tierchen, für deinen Mantel dank ich auch, ich lasse mir ein Winterkleid draus machen!« – »Pfui,« sagte ich, »und das alles an dem Tage von deiner Mutter Tod, und morgen willst du zum Abendmahl!« –»Ei behüte,« sagte sie, »ich habe gar keine Mutter hier, ich war das Kammermädchen einer deutschen Schriftstellerin, die hier viel schuldig und katholisch geworden; ich aber will nicht katholisch werden, dazu habe ich zuviel Religion.« – »Woher bist du dann?« – »Ei, von Berlin!« – »Und was willst du jetzt machen?« – »Jetzt? den Juden heiraten, und den Messias zur Welt bringen; er meint, ich sei schwanger von ihm.« – »Wie viele meinen das?« – »Ach, wenn der es glauben wollte, der es ist!« – »Wer ist es dann, der schuld dran ist?« – »Ei du, Engel, du!« – »Ich?« – »Ja, du, aber leider bin ich gar nicht schwanger, das wäre fatal, wo sollte ich dann Brot für den Balg hernehmen!« – »Du verwirrtes satanisches Geschöpf! nun packe dich!« – »Sieh, der Morgenstern, gleich wie ein Held, will uns den Tag verkünden, leb wohl! leb wohl! Was wirst du nun machen, wenn du die kleine schöne liebe verlorene nichtsnutzige Perdita nicht mehr hast?« – »Noch eins, Mädchen! Wer ist dann schuld an deiner verdammten Seele?« – »Ei, das Katholischwerden der verzwickten Dichterin, die sich hier für eine Gräfin ausgiebt, sie lügt und ziert und schraubt, da muß man es ja lernen, und doch hat sie mich weggejagt, weil ich keinen Sinn für höhere Kunst habe, aber sie war eigentlich eifersüchtig auf mich – ho, ho!« –

»Nun gehe in Gottes Namen, du wunderlich liebe verfluchte Seele, fort, fort!« – und somit lief die Eidechse mit dem Hündchen und ihrem Raub singend ab: »Ich bin ja so geschwinde als ein Mädchen kann sein!« – Ich aber blieb zurück, und als ich das kleine Kreuz, das sie mir zurückgelassen hatte, ergriff, durchdrang mich eine namenlose Rührung, ich war fest entschlossen, Rom auf einige Zeit zu verlassen, wenige Kleider packte ich zusammen, steckte meinem Hausherrn einen Brief an die Türe, und begab mich zu meinem Freunde Bonascopa. Ich fand ihn vor der Haustüre einpackend. »Wollen Sie mit nach Neapel?« fragte er, da er mich ankommen sah, als wäre die Zusammenreise unter uns verabredet. »Um Gottes willen, ja!« sagte ich – wir stiegen ein, und schon schien die Morgensonne in unsern Wagen, als wir uns erst über unser Zusammenreisen, über den erwünschten Zufall, und über das tolle Abenteuer der Nacht unterhielten.

DIE MEHREREN WEHMÜLLER UND UNGARISCHEN NATIONALGESICHTER

Gegen Ende des Sommers, während der Pest in Kroatien, hatte Herr Wehmüller, ein reisender Maler, von Wien aus einen Freund besucht, der in dieser östreichischen Provinz als Erzieher auf dem Schlosse eines Grafen Giulowitsch lebte. Die Zeit, welche ihm seine Geschäfte zu dem Besuche erlaubten, war vorüber. Er hatte von seiner jungen Frau, welche ihm nach Siebenbürgen vorausgereist war, einen Brief aus Stuhlweißenburg erhalten, daß er sie nicht mehr länger allein lassen möge; es erwarte ihn das Offizierkorps des dort liegenden hochlöblichen ungarischen Grenadier- und Husarenregiments sehnsüchtig, um, von seiner Meisterhand gemalt, sich in dem Andenken mannigfaltiger schöner Freundinnen zu erhalten, da ein naher Garnisonswechsel manches engverknüpfte Liebes- und Freundschaftsband zu zerreißen drohte. Dieser Brief brachte den Herrn Wehmüller in große Unruhe, denn er war viermal so lange unterwegs geblieben als gewöhnlich und dermaßen durch die Quarantäne zerstochen und durchräuchert worden, daß er die ohnedies nicht allzu leserliche Hand seiner guten Frau, die mit oft gewässerter Dinte geschrieben hatte, nur mit Mühe lesen konnte. Er eilte in die Stube seines Freundes Lury und sagte zu ihm: »Ich muß gleich auf der Stelle fort nach Stuhlweißenburg, denn die hochlöblichen Grenadier- und Husarenregimenter sind im Begriff, von dort abzuziehen; lesen Sie, der Brief ist an fünf Wochen alt.« Der Freund verstand ihn nicht, nahm aber den Brief und las. Wehmüller lief sogleich zur Stube hinaus und die Treppe hinab in die Hauskapelle, um zu sehen, ob er die 39 Nationalgesichter, welche er in Öl gemalt und dort zum Trocknen aufgehängt hatte, schon ohne große Gefahr des Verwischens zusammenrollen könne. Ihre Trockenheit übertraf alle seine Erwartung, denn er malte mit Terpentinfirnis, welcher trocken wird, ehe man sich umsieht. Was übrigens diese 39 Nationalgesichter betrifft, hatte es mit ihnen folgende Bewandtnis: Sie waren nichts mehr und nichts weniger als 39 Porträts von Ungaren, welche Herr Wehmüller gemalt hatte, ehe er sie gesehen. Er pflegte solcher Nationalgesichter immer ein halb Hundert fertig bei sich zu führen. Kam er in einer Stadt an, wo er Gewinn durch seine Kunst erwartete, so pflegte er öffentlich ausschellen oder austrommeln zu lassen: der bekannte Künstler, Herr Wehmüller, sei mit einem reichassortierten Lager wohlgetroffener Nationalgesichter angelangt und lade diejenigen unter einem hochedlen Publikum, welche ihr Porträt wünschten, untertänigst ein, sich dasselbe, Stück vor Stück zu einem Dukaten in Gold, selbst auszusuchen. Er fügte sodann noch, durch wenige Meisterstriche, einige persönliche Züge und Ehrennarben oder die Individualität des Schnurrbartes des Käufers unentgeltlich bei; für die Uniform aber, welche er immer ausgelassen hatte, mußte nach Maßgabe ihres Reichtums nachgezahlt werden. Er hatte diese Verfahrungsart auf seinen Kunstreisen als die befriedigendste für sich und die Käufer gefunden. Er malte die Leute nach Belieben im Winter mit aller Bequemlichkeit zu Haus und brachte sie in der schönen Jahreszeit zu Markte. So genoß er des großen Trostes, daß keiner über Unähnlichkeit oder langes Sitzen klagen konnte, weil sich jeder sein Bildnis fertig nach bestimmtem Preise, wie einen Weck auf dem Laden, selbst aussuchte. Wehmüller hatte seine Gattin vorausgeschickt, um seine Ankunft in Stuhlweißenburg vorzubereiten, während er seinen Vorrat von Porträts bei seinem Freunde Lury zu der gehörigen Menge brachte; er mußte diesmal in vollem Glanze auftreten, weil er in einer Zeitung gelesen: ein Maler Froschhauer aus Klagenfurt habe dieselbe Kunstreise vor. Dieser aber war bisher sein Antagonist und Nebenbuhler gewesen, wenn sie sich gleich nicht kannten, denn Froschhauer war von der entgegengesetzten Schule; er hatte nämlich immer alle Uniformen voraus fertig und ließ sich für die Gesichter extra bezahlen.

Schon hatte Wehmüller die 39 Nationalgesichter zusammengerollt in eine große, weite Blechbüchse gesteckt, in welcher auch seine Farben und Pinsel, ein paar Hemden, ein Paar gelbe Stiefelstulpen und eine Haarlocke seiner Frau Platz fanden;

schon schnallte er sich diese Büchse mit zwei Riemen wie einen Tornister auf den Rücken, als sein Freund Lury herein-trat und ihm den Brief mit den Worten zurückgab: »Du kannst nicht reisen; soeben hat ein Bauer hier auf dem Hofe erzählt, daß er vor einigen Tagen einen Fußreisenden begleitet habe, und daß dieser der letzte Mensch gewesen sei, der über die Grenze gekommen, denn auf seinem Rückwege hierher habe er, der Bote, schon alle Wege vom Pestkordon besetzt gefunden.« Wehmüller aber ließ sich nicht mehr zurückhalten, er schob seine Palette unter den Wachstuchüberzug auf seinen runden Hut, wie die Bäcker in den Zipfel ihrer gestrickten spitzen Mützen eine Semmel zu stecken pflegen, und begann seinen Reisestab zusammenzurichten, der ein wahres Wunder der Mechanik, wenn ich mich nicht irre, von der Erfindung des Mechanikus Eckler in Berlin, war; denn er enthielt erstens: sich selbst, nämlich einen Reisestock; zweitens: nochmals sich selbst, einen Malerstock; drittens: nochmals sich selbst, einen Meßstock; viertens: nochmals sich selbst, ein Richtscheit; fünftens: nochmals sich selbst, ein Blaserohr; sechstens: nochmals sich selbst, ein Tabakspfeifenrohr; siebentens: nochmals sich selbst, einen Angelstock; darin aber waren noch ein Stiefelknecht, ein Barometer, ein Thermometer, ein Perspektiv, ein Zeichenstuhl, ein chemisches Feuerzeug, ein Reißzeug, ein Bleistift und das Brauchbarste von allem, eine approbierte hölzerne Hühneraugenfeile, angebracht; das Ganze aber war so eingerichtet, daß man die Masse des Inhalts durch den Druck einer Feder aus diesem Stocke, wie aus einer Windbüchse, seinem Feind auf den Leib schießen konnte. Während Wehmüller diesen Stock zusammenrichtete, machte Lury ihm die lebhaftesten Vorstellungen wegen der Gefahr seiner Reise, aber er ließ sich nicht halten. »So rede wenigstens mit dem Bauer selbst,« sprach Lury; das war Wehmüller zufrieden und ging, ganz zum Abmarsche fertig, hinab. Kaum aber waren sie in die Schenke getreten, als der Bauer zu ihm trat und, ihm den Ärmel küssend, sagte: »Nu, gnädiger Herr, wie kommen wir schon wieder zusammen? Sie hatten ja eine solche Eile nach Stuhlweißenburg, daß ich glaubte, Euer Gnaden müßten bald dort sein.« Wehmüller verstand den Bauer nicht, der ihm versicherte, daß er ihn, mit derselben blechernen Büchse auf dem Rücken und demselben langen Stocke in der Hand, nach der ungarischen Grenze geführt habe, und zwar zu rechter Zeit, weil kurz nachher der Weg vom Pestkordon geschlossen worden sei, wobei der Mann ihm eine Menge einzelne Vorfälle der Reise erzählte, von welchen, wie vom ganzen, Wehmüller nichts begriff. Da aber endlich der Bauer ein kleines Bild hervorzog mit den Worten: »Haben Euer Gnaden mir dieses Bildchen, das in Ihrer Büchse keinen Platz fand, nicht zu tragen gegeben, und haben es Euer Gnaden nicht in der Eile der Reise vergessen?« – ergriff Wehmüller das Bild mit Heftigkeit. Es war das Bild seiner Frau, ganz wie von ihm selbst gemalt, ja der Name Wehmüller war unterzeichnet. Er wußte nicht, wo ihm der Kopf stand. Bald sah er den Bauer, bald Lury, bald das Bild an. »Wer gab dir das Bild?« fuhr er den Bauer an. »Euer Gnaden selbst,« sagte dieser; »Sie wollten nach Stuhlweißenburg zu Ihrer Liebsten, sagten Euer Gnaden, und das Botenlohn sind mir Euer Gnaden auch schuldig geblieben.« – »Das ist erlogen!« schrie Wehmülller. »Es ist die Wahrheit!« sagte der Bauer. »Es ist nicht die Wahrheit!« sagte Lury, »denn dieser Herr ist seit vier Wochen nicht hier weggekommen und hat mit mir in einer Stube geschlafen.« Der Bauer aber wollte von seiner Behauptung nicht abgehen und drang auf die Bezahlung des Botenlohns oder auf die Rückgabe des Porträts, welches sein Pfand sei, und dem er, wenn er nicht bezahle, einen Schimpf antun wolle. Wehmüller ward außer sich. »Was?« schrie er, »ich soll für einen andern das Botenlohn zahlen oder das Porträt meiner Frau beschimpfen lassen? Das ist entsetzlich!« Lury machte endlich den Schiedsrichter und sagte zu dem Bauer: »Habt Ihr diesen Herrn über die Grenze gebracht?« – »Ja!« sagte der Bauer. »Wie kommt er dann wieder hierher, und wie war er die ganze Zeit hier?« erwiderte Lury. »Ihr müßt ihn daher nicht recht tüchtig hinüber gebracht haben und könnt für so schlechte Arbeit kein Botenlohn begehren; bringt ihn heute nochmals hinüber, aber dermaßen, daß auch kein Stümpfchen hier in Kroatien bleibt, und laßt Euch doppelt bezahlen.« Der Bauer sagte: »Ich bin es zufrieden, aber es ist doch eine sehr heillose Sache; wer von den beiden ist nun der Teufel, dieser gnädige Herr oder der andre? Es könnte mich dieser, der viel widerspenstiger scheint, vielleicht gar mit über die Grenze holen, auch ist der Weg jetzt gesperrt, und der andre war der letzte; ich glaube doch, er muß der Teufel gewesen sein, der bei der Pest zu tun hat.« – »Was,« schrie Wehmüller, »der Teufel mit dem Porträt meiner Frau! Ich werde verrückt; gesperrt oder nicht gesperrt, ich muß fort, der scheußlichste Betrug muß entdeckt werden. Ach, meine arme Frau, wie kann sie getäuscht werden! Adie, Lury, ich brauche keinen Boten, ich will schon allein finden.« Und somit lief er zum offnen Hoftore mit solcher Schnelligkeit hinaus, daß ihn weder der nachlaufende Bauer noch das Geschrei Lurys einholen konnte.

Nach dieser Szene trat der Graf Giulowitsch, der Prinzipal Lurys, aus dem Schlosse, um auf seinen Finkenherd zu fahren. Lury erzählte ihm die Geschichte, und der Graf, neugierig, mehr von der Sache zu hören, bestieg seinen Wurstwagen und fuhr dem Maler in vollem Trabe nach; das leichte Fuhrwerk, mit zwei raschen Pferden bespannt, flog über die Stoppelfelder, welche einen festeren Boden als die moorichte Landstraße darboten. Bald war der Maler eingeholt, der Graf bat ihn, aufzusitzen, mit dem Anerbieten, ihn einige Meilen bis an die Grenze seiner Güter zu bringen, wo er noch eine halbe Stunde nach dem letzten Grenzdorf habe. Wehmüller, der schon viel Grund und Boden an seinen Stiefeln hängen hatte, nahm den Vorschlag mit untertänigstem Dank an. Er mußte einige Züge alten Slibowitz aus des Grafen Jagdflasche tun und fand dadurch schon etwas mehr Mut, sich selbst auf der eignen Fährte zu seiner Frau nachzueilen. Der Graf fragte ihn, ob er denn niemand kenne, der ihm so ähnlich sei und so malen könne wie er. Wehmüller sagte nein, und das Porträt ängstige ihn am meisten, denn dadurch zeige sich eine Beziehung des falschen Wehmüllers auf seine Frau, welche ihm besonders fatal werden könne. Der Graf sagte ihm, der falsche Wehmüller sei wohl nur eine Strafe Gottes für den echten Wehmüller, weil dieser alle Ungarn über einen Leisten male; so gäbe es jetzt auch mehrere Wehmüller über einen Leisten. Wehmüller meinte, alles sei ihm einerlei, aber seine Frau, seine Frau, wenn die sich nur nicht irre. Der Graf stellte ihm nochmals vor, er möge lieber mit ihm auf seinen Finkenherd und dann zurückfahren; er gefährde, wenn er auch höchst unwahrscheinlich den Pestkordon durchschleichen sollte, jenseits an der Pest zu sterben. Wehmüller aber meinte: »Ein zweiter Wehmüller, der zu meiner Frau reist, ist auch eine Pest, an der man sterben kann,« und er wolle so wenig als die Schneegänse, welche schreiend über ihnen hinstrichen, den Pestkordon respektieren; er habe keine Ruhe, bis er bei seiner Tonerl sei. So kamen sie bis auf die Grenze der Giulowitschschen Güter, und der Graf schenkte Wehmüllern noch eine Flasche Tokaier mit den Worten: »Wenn Sie diese ausstechen, lieber Wehmüller, werden Sie sich nicht wundern, daß man Sie doppelt gesehn, denn Sie selbst werden alles doppelt sehn; geben Sie uns so bald als möglich Bericht von Ihrem Abenteuer, und möge Ihre Gemahlin anders sehen, als der Bauer gesehen hat. Leben Sie wohl!«

Nun eilte Wehmüller, so schnell er konnte, nach dem nächsten Dorf, und kaum war er in die kleine, dumpfichte Schenke eingetreten, als die alte Wirtin, in Husarenuniform, ihm entgegenschrie: »Ha, ha! da sind der Herr wieder zurück, ich hab es gleich gesagt, daß Sie nicht durch den Kordon würden hinübergelassen werden.« Wehmüller sagte, daß er hier niemals gewesen, und daß er gleich jetzt erst versuchen wolle, durch den Kordon zu kommen. Da lachte Frau Tschermack und ihr Gesinde ihm ins Gesicht und behaupteten steif und fest, er sei vor einigen Tagen hier durchpassiert, von einem Giulowitscher Bauer begleitet, dem er das Botenlohn zu zahlen vergessen; er habe ja hier gefrühstückt und erzählt, daß er nach Stuhlweißenburg zu seiner Frau Tonerl wolle, um dort das hochlöbliche Offizierkorps zu malen. Wehmüller kam durch diese neue Bestätigung, daß er doppelt in der Welt herumreise, beinahe in Verzweiflung. Er sagte der Wirtin mit kurzen Worten seine ganze Lage, sie wußte nicht, was sie glauben sollte, und sah ihn sehr kurios an. Es war ihr nicht allzu heimlich bei ihm. Aber er wartete alle ihre Skrupel nicht ab und lief wie toll und blind zum Dorfe hinaus und dem Pestkordon zu. Als er eine Viertelmeile auf der Landstraße gelaufen war, sah er auf dem Stoppelfeld eine Reihe von Rauchsäulen aufsteigen, und ein angenehmer Wacholdergeruch dampfte ihm entgegen. Er sah bald eine Reihe von Erdhütten und Soldaten, welche kochten und sangen; es war ein Hauptbivouac des Pestkordons. Als er sich der Schildwache näherte, rief sie ihm ein schreckliches »Halt!« entgegen und schlug zugleich ihr Gewehr auf ihn an. Wehmüller stand wie angewurzelt. Die Schildwache rief den Unteroffizier, und nach einigen Minuten sprengte ein Szekler-Husar gegen ihn heran und schrie aus der Ferne: »Wos willstu, *quid vis?* Wo kommst her, *unde venis?* An welchen Ort willst du, *ad quem locum vis?* Bist du nicht vorige Woche hier durchpassiert, *es tu non altera hebdomada hic perpassatus?*« Er fragte ihn so auf deutsch und husarenlateinisch zugleich, weil er nicht wußte, ob er ein Deutscher oder ein Ungar sei. Wehmüller mußte aus den letzten Worten des Husaren abermals hören, daß er hier schon durchgereist sei, welche Nachricht ihm eiskalt über den Rücken lief. Er schrie sich beinah die Kehle aus, daß er grade von dem Grafen Giulowitsch komme, daß er in seinem Leben nicht hier gewesen. Der Husar aber lachte und sprach: »Du lügst, *mentiris!* Hast du nicht dem Herrn Chirurg sein Bild gegeben, *non dedidisti Domino Chirurgo suam imaginem!* – daß er durch die Finger gesehen und dich passieren lassen, *ut vidit per digitos et te fecit passare!* Du bist zurückgekehrt aus den Pestörtern, *es returnatus ex pestiferatis locis!*« Wehmüller sank auf die Knie nieder und bat, man möge den Chirurgen doch herbeirufen.

Während diesem Gespräch waren mehrere Soldaten um den Husaren herum getreten, zuzuhören; endlich kam der Chirurg auch, und nachdem er Wehmüllers Klagen angehört, der sich die Lunge fast weggeschrieen, befahl er ihm, sich einem der Feuer von Wachholderholz zu nähern, so daß es zwischen ihnen beiden sei, dann wolle er mit ihm reden. Wehmüller tat dies und erzählte ihm die ganze Aussage über einen zweiten Wehmüller, der hier durchgereist sei, und seine große Sorge, daß ihn dieser um all sein Glück betrügen könne, und bot dem Chirurgen alles an, was er besitze, er möge ihm nur durchhelfen. Der Chirurg holte nun eine Rolle Wachsleinwand aus seiner Erdhütte, und Wehmüller erblickte auf derselben eines der ungarischen Nationalgesichter, grade wie er sie selbst zu malen pflegte, auch sein Name stand drunter, und da der Chirurg sagte, ob er dies Bild nicht gemalt und ihm neulich geschenkt habe, weil er ihn passieren lassen, gestand Wehmüller, er würde nie dies Bild von den seinigen unterscheiden können, aber durchpassiert sei er hier nie und habe nie die Gelegenheit gehabt, den Herren Chirurgen zu sprechen. Da sagte der Chirurg: »Hatten Sie nicht heftiges Zahnweh? Habe ich Ihnen nicht noch einen Zahn ausgezogen für das Bild?« – »Nein, Herr Chirurg,« erwiderte Wehmüller, »ich habe alle meine Zähne frisch und gesund, wenn Sie zuschauen wollen.« Nun faßte der Feldscheer einigen Mut; Wehmüller sperrte das Maul auf, er sah nach und gestand ihm zu, daß er ganz ein andrer Mensch sei; denn jetzt, da er ihn weder aus der Ferne noch von Rauch getrübt ansehe, müsse er ihm gestehen, daß der andre Wehmüller viel glatter und auch etwas fetter sei, ja daß sie beide, wenn sie nebeneinander ständen, kaum verwechselt werden könnten; aber durchpassieren lassen könne er ihn jetzt doch nicht. Es habe zuviel Aufsehens bei der Wache gemacht, und er könne Verdruß haben; morgen früh werde aber der Kordonkommandant mit einer Patrouille bei der Visitation hieher kommen, und da ließe sich sehen, was er für ihn tun könne; er möge bis dahin nach der Schenke des Dorfs zurückkehren, er wolle ihn rufen lassen, wenn es Zeit sei; er solle auch das Bild mitnehmen und ihm den Schnauzbart etwas spitzer malen, damit es ganz ähnlich werde. Wehmüller bat, in seiner Erdhütte einen Brief an sein Tonerl schreiben zu dürfen und ihm den Brief hinüber zu besorgen. Der Chirurg war es zufrieden. Wehmüller schrieb seiner Frau, erzählte ihr sein Unglück, bat sie um Gottes willen, nicht den falschen Wehmüller mit ihm zu verwechseln und lieber sogleich ihm entgegen zu reisen. Der Chirurg besorgte den Brief und gab Wehmüllern noch ein Attestat, daß seine Person eine ganz andre sei als die des ersten Wehmüllers, und nun kehrte unser Maler, durchgeräuchert wie ein Quarantänebrief, nach der Dorfschenke zurück.

Hier war die Gesellschaft vermehrt, die Erzählung von dem doppelten Wehmüller hatte sich im Dorfe und auf einem benachbarten Edelhof ausgebreitet, und es waren allerlei Leute bei der Wirtin zusammengekommen, um sich wegen der Geschichte zu befragen. Unter dieser Gesellschaft waren ein alter invalider Feuerwerker und ein Franzose die Hauptpersonen.

Der Feuerwerker, ein Venetianer von Geburt, hieß Baciochi und war ein Allesinallem bei dem Edelmanne, der einen Büchsenschuß von dem Dorfe wohnte. Der Franzose war ein Monsieur Devillier, der, von einer alten reichen Ungarin gefesselt, in Ungarn sitzen geblieben war; seine Gönnerin starb und hinterließ ihm ein kleines Gütchen, auf welchem er lebte und sich bei seinen Nachbarn umher mit der Jagd und allerlei Liebeshändeln die Zeit vertrieb. Er hatte gerade eine Kammerjungfer auf dem Edelhofe besucht, der er Sprachunterricht gab, und diese hatte ihn mit dem Hofmeister des jungen Edelmanns auf seinem Rückwege in die Schenke begleitet, um ihrer Herrschaft von dem doppelten Wehmüller Bericht zu erstatten. Die Kammerjungfer hieß Nanny, und der Hofmeister war ein geborner Wiener mit Namen Lindpeindler, ein zartfühlender Dichter, der oft verkannt worden ist. Die berühmteste Person von allen war aber der Violinspieler Michaly, ein Zigeuner von etwa dreißig Jahren, von eigentümlicher Schönheit und Kühnheit, der wegen seinem großen Talent, alle möglichen Tänze ununterbrochen auf seiner Violine zu erfinden und zu variieren, bei allen großen Hochzeiten im Lande allein spielen mußte. Er war hieher gereist, um seine Schwester zu erwarten, die bis jetzt bei einer verstorbenen Großmutter gelebt und nun auf der Reise zu ihm durch den Pestkordon von ihm getrennt war. Zu diesen Personen fügte sich noch ein alter kroatischer Edelmann, der einen einsamen Hof in der Nähe der türkischen Grenze besaß; er übernachtete hier, von einem Kreistage zurückkehrend. Ein Tiroler Teppichkrämer und sein Reisegeselle, ein Savoyardenjunge, dem sein Murmeltier gestorben war, und der sich nach Hause bettelte, machten die Gesellschaft voll, außer der alten Wirtin, die Tabak rauchte und in ihrer Jugend als Amazone unter den Wurmserschen Husaren gedient hatte. Sie trug noch den Dolman und die Mütze, die Haare in einen Zopf am Nacken und zwei kleine Zöpfe an den Schläfen geknüpft, und hatte hinter ihrem Spinnrad ein martialisches Ansehen. Diese bunte Versammlung saß in der Stube, welche zugleich die Küche und der Stall für zwei Büffelkühe war, um den lodernden, niedern Feuerherd und war im vollen Gespräch über den doppelten Wehmüller, als dieser in der Dämmerung an der verschlossenen Haustüre pochte. Die Wirtin fragte zum Fenster hinaus, und als sie Wehmüller sah, rief sie: »Gott steh uns bei! Da ist noch ein dritter Wehmüller; ich mache die Türe nicht eher auf, bis sie alle drei zusammen kommen!«

Ein lautes Gelächter und Geschrei des Verwunderns aus der Stube unterbrach des armen Malers Bitte um Einlaß. Er nahte sich dem Fenster und hörte eine lebhafte Beratschlagung über sich an. Der kroatische Edelmann behauptete, er könne sehr leicht ein Vampyr sein oder die Leiche des ersten an der Pest verstorbenen Wehmüllers, die hier den Leuten das Blut aussaugen wolle; der Feuerwerker meinte, er könne die Pest bringen, er habe wahrscheinlich den Kordon überschritten und sei wieder zurückgeschlichen; der Tiroler bewies, er würde niemand fressen; die Kammerjungfer verkroch sich hinter dem Franzosen, der, nebst dem Hofmeister, die Gastfreiheit und Menschlichkeit verteidigte. Devillier sagte, er könne nicht erwarten, daß eine so auserwählte Gesellschaft, in der er sich befände, jemals aus Furcht und Aberglauben die Rechte der Menschheit so sehr verletzen werde, einen Fremden wegen einer bloßen Grille auszusperren, er wolle mit dem Manne reden; der Zigeuner aber ergriff in dem allgemeinen, ziemlich lauten Wortwechsel seine Violine und machte ein wunderbares Schariwari dazu, und da die ungarischen Bauern nicht leicht eine Fiedel hören, ohne den Tanzkrampf in den Füßen zu fühlen, so versammelte sich bald Horia und Klotzka vor der Schenke – was so viel heißt als Hinz und Kunz bei uns zulande – die Mädchen wurden aus den Betten getrieben und vor die Schenke gezogen, und sie begannen zu jauchzen und zu tanzen.

Durch den Lärm ward der Vizegespan, des Orts Obrigkeit, herbeigelockt, und Wehmüller brachte ihm seine Klagen und das Attestat des Chirurgen vor, versprach ihm auch, sein Porträt unter den Nationalgesichtern sich aussuchen zu lassen, wenn er ihm ein ruhiges Nachtquartier verschaffe und seine Persönlichkeit in der Schenke attestiere. Der Vizegespan ließ sich nun die Schenke öffnen und las drinnen das Attestat des Herren Chirurgen, das er allen Anwesenden zur Beruhigung mitteilte. Durch seine Autorität brachte er es dahin, daß Wehmüller endlich hereingelassen wurde, und er nahm, um der Sache mehr Ansehen zu geben, ein Protokoll über ihn auf, an dem nichts merkwürdig war, als daß es mit dem Worte »sondern« anfing. Indessen hatten die Bauern den musikalischen Zigeuner herausgezerrt und waren mit ihm unter die Linde des Dorfs gezogen, der Tiroler zog hinterdrein und joudelte aus der Fistel, der Savoyarde gurgelte sein »*Escoutta Gianetta*« und klapperte mit dem Deckel seines leeren Kastens den Takt dazu bis unter die Linde. Monsieur Devillier forderte die Kammerjungfer zu einem Tänzchen auf, und Herr Lindpeindler gab der schönen Herbstnacht und dem romantischen Eindruck nach. So war die Stube ziemlich leer geworden; Wehmüller holte seine Nationalgesichter aus der Blechbüchse, und der Vizegespan hatte bald sein Porträt gefunden, versprach auch dem Maler ins Ohr, daß er ihm morgen über den Kordon helfen wolle, wenn er ihm heute nacht noch eine Reihe Knöpfe mehr auf die Jacke male. Wehmüller dankte ihm herzlich und begann sogleich bei einer Kienfackel seine Arbeit. Der Feuerwerker und der kroatische Edelmann rückten zu dem Tisch, auf welchem Wehmüller seine Flasche Tokaier preisgab; die Herren drehten sich die Schnauzbärte, steckten sich die Pfeifen an und ließen es sich wohlschmecken. Der Vizegespan sprach von der Jagdzeit, die am St. Egiditag, da der Hirsch in die Brunst gehe, begonnen habe, und daß er morgen früh nach einem Vierzehnender ausgehen wolle, der ihm großen Schaden in seinem Weinberge getan; zugleich lud er Herrn Wehmüller ein, mitzugehen, wobei er ihm auf den Fuß trat. Wehmüller verstand, daß dies ein Wink sei, wie er ihm über den Kordon helfen wolle, und wenn ihm gleich nicht so zumute war, gern von Hirschgeweihen zu hören, nahm er doch das Anerbieten mit Dank an, nur bat er sich die Erlaubnis aus, nach der Rückkehr das Bild des Herrn Vizegespans in seinem Hause fertig malen zu dürfen. Der kroatische Edelmann und der Feuerwerker sprachen nun noch mancherlei von der Jagd, und wie der Wein so vortrefflich stehe, darum sei das Volk auch so lustig; wenn der unbequeme Pestkordon nur erst aufgelöst sei; aller Verkehr sei durch ihn gestört, und der Kordon sei eigentlich ärger als die Pest selbst. »Es wird bald aus sein mit dem Kordon,« sagte der Kroate, »die

Kälte ist der beste Doktor, und ich habe heute an den Eicheln gesehen, daß es einen strengen Winter geben wird; denn die Eicheln kamen heuer früh und viel, und es heißt von den Eicheln im September:

Haben sie Spinnen, so kömmt ein bös Jahr,
Haben sie Fliegen, kömmt Mittelzeit zwar,
Haben sie Maden, so wird das Jahr gut,
Ist nichts darin, so hält der Tod die Hut,
Sind die Eicheln früh und sehr viel,
So schau, was der Winter anrichten will:
Mit vielem Schnee kömmt er vor Weihnachten,
Darnach magst du große Kälte betrachten.
Sind die Eicheln schön innerlich,
Folgt ein schöner Sommer, glaub sicherlich;
Auch wird dieselbe Zeit wachsen schön Korn,
Also ist Müh und Arbeit nicht verlorn.
Werden sie innerlich naß befunden,
Tuts uns einen nassen Sommer bekunden;
Sind sie mager, wird der Sommer heiß,
Das sei dir gesagt mit allem Fleiß.

Diesen September waren sie aber so früh und häufig, daß es gewiß bald kalt und der Frost die Pest schon vertilgen wird.« – »Ganz recht,« sagte der Vizegespan, »wir werden einen frühen Winter und einen schönen Herbst haben, denn tritt der Hirsch an einem schönen Egiditag in Brunst, so tritt er auch an einem schönen Tag heraus, und wenn er früh eintritt, wie dieses Jahr, so naht der Winter auch früh.«

Über diesen Wetterbetrachtungen kamen sie auf kalte Winter zu sprechen, und der Kroate erzählte folgende Geschichte, die ihm vor einigen Jahren im kalten Winter in der Christnacht geschehen sein sollte, und er beschwor sie hoch und teuer. Aber eben, als er beginnen wollte, schallte ein großer Spektakel von der Linde her. Lindpeindler und die Kammerjungfer stürzten mit dem Geschrei in die Stube, auf dem Tanzplatz sei wieder ein Wehmüller erschienen. »Ach,« schrie die Kammerjungfer, »er hat mich wie ein Gespenst angepackt und ist mit mir so entsetzlich unter der Linde herumgetanzt, daß mir die Haube in den Zweigen blieb.« Auf diese Aussage sprangen alle vom

Tisch auf und wollten hinausstürzen. Der Vizegespan aber gebot dem Maler, sitzenzubleiben, bis man wisse, ob er oder der andere es sei. Da näherte sich das Spektakel, und bald trat der Zigeuner, lustig fiedelnd, von den krähenden Bauern begleitet, mit dem neuen Wehmüller vor die Schenke. Da klärte sich denn bald der Scherz auf. Devillier hatte den grauen Reisekittel und den Hut Wehmüllers im Hinausgehen aufgesetzt und ein blechernes Ofenrohr, das in einem Winkel lag, umgehängt, die furchtsame Kammerjungfer zu erschrecken. Nanny ward sehr ausgelacht, und der Vizegespan befahl nun den Leuten, zu Bette zu gehen; da aber einige noch tanzen wollten und grob wurden, rief er nach seinen Heiducken, setzte selbst eine Bank vor die Türe, legte eigenhändig einen frechen Burschen über und ließ ihm fünf aufzählen, auf welche kleine Erfrischung die ganze Ballgesellschaft mit einem lauten »*Vivat noster Dominus Vicegespannus!*« jubelnd nach Haus zog. Nun ordnete sich die übrige Gesellschaft in der engen Stube, wie es gehen wollte, um Tisch und Herd, auf Kübeln und Tonnen und den zur Nachtstreue von der Wirtin angeschleppten Strohbündeln. Devillier ließ einige Krüge Wein bringen, und der erschrockenen Kammerjungfer wurde auf den Schreck wacker zugetrunken. Man bat dann den Kroaten, seine versprochene Geschichte zu erzählen, welcher, während Wehmüller in schweren Gedanken an sein Tonerl Knöpfe malte, also begann:

Das Pickenick des Katers Mores

Erzählung des kroatischen Edelmanns

Mein Freihof liegt einsam, eine halbe Stunde von der türkischen Grenze, in einem sumpfichten Wald, wo alles im herrlichsten und fatalsten Überfluß ist, zum Beispiel die Nachtigallen, die einen immer vor Tag aus dem Schlafe wecken, und im letzten Sommer pfiffen die Bestien so unverschämt nah und in solcher Menge vor meinem Fenster, daß ich einmal im größten Zorne den Nachttopf nach ihnen warf. Aber ich kriegte bald einen Hausgenossen, der ihnen auf den Dienst paßte und mich von dem Ungeziefer befreite. Heut sind es drei Jahre, als ich morgens auf meinen Finkenherd ging, mit einem Pallasch, einer guten Doppelbüchse und einem Paar doppelten Pistolen versehen, denn ich hatte einen türkischen Wildpretdieb und Händler auf dem Korn, der mir seit einiger Zeit großen Wildschaden angetan und mir, da ich ihn gewarnt hatte, trotzig hatte sagen lassen, er störe sich nicht an mir und wolle unter meinen Augen in meinem Wald jagen. Als ich nach dem Finkenherd kam, fand ich alle meine ausgestellten Dohnen und Schlingen ausgeleert und merkte, daß der Spitzbube mußte da gewesen sein. Erbittert stellte ich meinen Fang wieder auf, da strich ein großer schwarzer Kater aus dem Gesträuch murrend zu mir her und machte sich so zutulich, daß ich seinen Pelz mit Wohlgefallen ansah und ihn liebkoste mit der Hoffnung, ihn an mich zu gewöhnen und mir etwa aus seinen Winterhaaren eine Mütze zu machen. Ich habe immer so eine lebendige Wintergarderobe im Sommer in meinem Revier, ich brauche darum kein Geld zum Kürschner zu tragen, es kommen mir auch keine Motten in mein Pelzwerk. Vier Paar tüchtige lederne Hosen laufen immer als lebendige Böcke auf meinem Hofe, und mitten unter ihnen ein herrlicher Dudelsack, der sich jetzt als lebendiger Bock schon so musikalisch zeigt, daß die zu einzelnen Hosenbeinen bestimmten Kandidaten, sobald er meckernd unter sie tritt, zu tanzen und gegeneinander zu stutzen anfangen, als fühlten sie jetzt schon ihre Bestimmung, einst mit meinen Beinen nach diesem Dudelsack ungarisch zu tanzen. So habe ich auch einen neuen Reisekoffer als Wildsau in meinem Forste herumlaufen, ein prächtiger Wolfspelz hat mir im letzten Winter in der Gestalt von sechs tüchtigen Wölfen schon auf den Leib gewollt; die Bestien hatten mit ein tüchtiges Loch in die Kammertüre genagt, da fuhr ich einem nach dem andern durch ein Loch über der Türe mit einem Pinsel voll Ölfarbe über den Rücken und erwarte sie nächstens wieder, um ihnen das Fell über die Ohren zu ziehen.

Aus solchen Gesichtspunkten sah ich auch den schwarzen Kater an und gab ihm, teils weil er schwarz wie ein Mohr war, teils weil er gar vortreffliche Mores oder Sitten hatte, den Namen Mores. Der Kater folgte mir nach Hause und wußte sich so vortrefflich durch Mäusefangen und Verträglichkeit mit meinen Hunden auszuzeichnen, daß ich den Gedanken, ihn aus seinem Pelz zu vertreiben, bald aufgegeben hatte. Mores war mein steter Begleiter, und nachts schlief er auf einem ledernen Stuhl neben meinem Bette. Merkwürdig war es mir besonders an dem Tiere, daß es, als ich ihm scherzhaft bei Tage einigemal Wein aus meinem Glase zu trinken anbot, sich gewaltig dagegen sträubte und ich es doch einst im Keller erwischte, wie es den Schwanz ins Spundloch hängte und dann mit dem größten Appetit ableckte. Auch zeichnete sich Mores vor allen Katzen durch seine Neigung, sich zu waschen, aus, da doch sonst sein Geschlecht eine Feindschaft gegen das Wasser hat. Alle diese Absonderlichkeiten hatten den Mores in meiner Nachbarschaft sehr berühmt gemacht, und ich ließ ihn ruhig bei mir aus und ein gehen, er jagte auf seine eigne Hand und kostete mich nichts als Kaffee, den er über die Maßen gern soff. So hatte ich meinen Gesellen bis gegen Weihnachten immer als Schlafkameraden gehabt, als ich ihn die zwei letzten Tage und Nächte vor dem Christtag ausbleiben sah. Ich war schon an den Gedanken gewöhnt, daß ihn irgendein Wildschütze, vielleicht gar mein türkischer Grenznachbar, möge weggeschossen oder gefangen haben, und sendete deswegen einen Knecht hinüber zu dem Wildhändler, um etwas von dem Mores auszukundschaften. Aber der Knecht kam mit der Nachricht zurück, daß der Wildhändler von meinem Kater nichts wisse, daß er eben von einer Reise von Stambul zurückgekommen sei und seiner Frau eine Menge schöner Katzen mitgebracht habe; übrigens sei es ihm lieb, daß er von meinem trefflichen Kater gehört, und wolle er auf alle Weise suchen, ihn in seine Gewalt zu bringen, da ihm ein tüchtiger Bassa für sein Serail fehle. Diese Nachricht erhielt ich mit Verdruß am Weihnachtsabend und sehnte mich um so mehr nach meinem Mores, weil ich ihn dem türkischen Schelm nicht gönnte. Ich legte mich an diesem Abend früh zu Bette, weil ich in der Mitternacht eine Stunde Weges nach der Kirche in die Metten gehen wollte. Mein Knecht weckte mich zur gehörigen Zeit; ich legte meine Waffen an und hängte meine Doppelbüchse, mit dem gröbsten Schrote geladen, um. So machte ich mich auf den Weg, in der kältesten Winternacht, die ich je erlebt; ich war eingehüllt wie ein Pelznickel, die brennende Tabakspfeife fror mir einigemal ein, der Pelz um meinen Hals starrte von meinem gefrornen Hauch wie ein Stachelschwein, der feste Schnee knarrte unter meinen Stiefeln, die Wölfe heulten rings um meinen Hof, und ich befahl meinen Knechten, Jagd auf sie zu machen.

So war ich bei sternheller Nacht auf das freie Feld hinaus gekommen und sah schon in der Ferne eine Eiche, die auf einer kleinen Insel mitten in einem zugefrornen Teiche stand und etwa die Hälfte des Weges bezeichnete, den ich zum Kirchdorf hatte. Da hörte ich eine wunderbare Musik und glaubte anfangs, es sei etwa ein Zug Bauern, der mit einem Dudelsack sich den Weg zur Kirche verkürzte, und so schritt ich derber zu, um mich an diese Leute anzuschließen. Aber je näher ich kam, je toller war die kuriose Musik, sie löste sich in ein Gewimmer auf, und, schon dem Baume nah, hörte ich, daß die Musik von demselben herunter schallte. Ich nahm mein Gewehr in die Hand, spannte den Hahn und schlich über den festen Teich auf die Eiche los; was sah ich, was hörte ich? Das Haar stand mir zu Berge; der ganze Baum saß voll schrecklich heulender Katzen, und in der Krone thronte mein Herr Mores mit krummem Buckel und blies ganz erbärmlich auf einem Dudelsack, wozu die Katzen unter gewaltigem Geschrei um ihn her durch die Zweige tanzten. Ich war anfangs vor Entsetzen wie versteinert, bald aber zwickte mich der Klang des Dudelsacks so sonderbar in den Beinen, daß ich selbst anfing zu tanzen und beinahe in eine von Fischern gehauene Eisöffnung fiel; da tönte aber die Mettenglocke durch die helle Nacht, ich kam zu Sinnen und schoß die volle Schrotladung meiner Doppelbüchse in den vermaledeiten Tanzchor hinein, und in demselben Augenblick fegte die ganze Tanzgesellschaft wie ein Hagelwetter von der Eiche herunter und wie ein Bienenschwarm über mich weg, so daß ich auf dem Eise ausglitt und platt niederstürzte. Als ich mich aufraffte, war das Feld leer, und ich wunderte mich, daß ich auch keine einzige von den Katzen getroffen unter dem Baume fand. Der ganze Handel hatte mich so erschreckt und so wunderlich gemacht, daß ich es aufgab, nach der Kirche zu gehen; ich eilte nach meinem Hofe zurück und schoß meine Pistolen mehrere Male ab, um meine Knechte herbeizurufen.

Sie nahten mir bald auf dieses verabredete Zeichen; ich erzählte ihnen mein Abenteuer, und der eine, ein alter, erfahrener Kerl, sagte: »Sei'n Ihr Gnaden nur ruhig, wir werden die Katzen bald finden, die Ihr Gnaden geschossen haben.« Ich machte mir allerlei Gedanken und legte mich zu Hause, nachdem ich auf den Schreck einen warmen Wein getrunken hatte, zu Bett.

Als ich gegen Morgen ein Geräusch vernahm, erwachte ich aus dem unruhigen Schlaf, und sieh da: mein vermaledeiter Mores lag – mit versengtem Pelz – wie gewöhnlich neben mir auf dem Lederstuhl. Es lief mir ein grimmiger Zorn durch alle Glieder; »Passaveanelkiteremtete!« schrie ich, »vermaledeite Zauberkanaille! bist du wieder da?« und griff nach einer neuen Mistgabel, die neben meinem Bette stand; aber die Bestie stürzte mir an die Kehle und würgte mich; ich schrie Zetermordio. Meine Knechte eilten herbei mit gezogenen Säbeln und fegten nicht schlecht über meinen Mores her, der an allen Wänden hinauf fuhr, endlich das Fenster zerstieß und dem Walde zustürzte, wo es vergebens war, das Untier zu verfolgen; doch waren wir gewiß, daß Herr Mores seinen Teil Säbelhiebe weghabe, um nie wieder auf dem Dudelsack zu blasen. Ich war schändlich zerkratzt, und der Hals und das Gesicht schwoll mir gräßlich an. Ich ließ nach einer slavonischen Viehmagd rufen, die bei mir diente, um mir einen Umschlag von ihr kochen zu lassen, aber sie war nirgends zu finden, und ich mußte nach dem Kirchdorf fahren, wo ein Feldscheer wohnte. Als wir an die Eiche kamen, wo das nächtliche Konzert gewesen war, sahen wir einen Menschen darauf sitzen, der uns erbärmlich um Hülfe anflehte. Ich erkannte bald Mladka, die slavonische Magd; sie hing halb erfroren mit den Röcken in den Baumästen verwikkelt, und das Blut rann von ihr nieder in den Schnee; auch sahen wir blutige Spuren von da her, wo mich die Katzen über den Haufen geworfen, nach dem Walde zu. Ich wußte nun, wie es mit der Slavonierin beschaffen war, ließ sie schwebend, daß sie die Erde nicht berührte, auf den Wurstwagen tragen und festbinden und fuhr eilend mit der Hexe nach dem Dorfe. Als ich bei dem Chirurg ankam, wurde gleich der Vizegespan und der Pfarrer des Orts gerufen, alles zu Protokoll genommen, und die Magd Mladka ward ins Gefängnis geworfen; sie ist zu ihrem Glück an dem Schuß, den sie im Leibe hatte, gestorben, sonst wäre sie gewiß auf den Scheiterhaufen gekommen. Sie war ein wunderschönes Weibsbild, und ihr Skelett ist nach Pest ins Naturalienkabinett als ein Muster schönen Wachstums gekommen; sie hat sich auch herzlich bekehrt und ist unter vielen Tränen gestorben. Auf ihre Aussagen sollten verschiedene andere Weibspersonen in der Gegend gefangengenommen werden, aber man fand zwei tot in ihren Betten, die anderen waren entflohen.

Als ich wiederhergestellt war, mußte ich mit einer Kreiskommission über die türkische Grenze reisen; wir meldeten uns bei der Obrigkeit mit unserer Anzeige gegen den Wildhändler, aber da kamen wir schier in eine noch schlimmere Suppe; es wurde uns erklärt, daß der Wildhändler nebst seiner Frau und mehreren türkischen, serbischen und slavonischen Mägden und Sklavinnen von Schrotschüssen und Säbelhieben verwundet zu Hause angekommen, und daß der Wildhändler gestorben sei mit der Angabe: er sei, von einer Hochzeit kommend, auf der Grenze von mir überfallen und so zugerichtet worden. Während dies angezeigt wurde, versammelte sich eine Menge Volks, und die Frau des Wildhändlers mit mehreren Weibern und Mägden, verbunden und bepflastert, erhoben ein mörderliches Geschrei gegen uns. Der Richter sagte: er könne uns nicht schützen, wir möchten sehen, daß wir fortkämen; da eilten wir nach dem Hof, sprangen zu Pferde, nahmen den Kreiskommissär in die Mitte, ich setzte mich an die Spitze der sechs Szekler-Husaren, die uns begleitet hatten, und so sprengten wir, Säbel und Pistole in der Hand, früh genug zum Orte hinaus, um nicht mehr zu erleiden als einige Steinwürfe und blinde Schüsse, eine Menge türkischer Flüche mit eingerechnet. Die Türken verfolgten uns bis über die Grenze, wurden aber von den Szeklern, die sich im Walde setzten, so zugerichtet, daß wenigstens ein paar von ihnen dem Wildhändler in Mahomeds Paradies Nachricht von dem Erfolg werden gegeben haben. Als ich nach Haus kam, war das erste, daß ich meinen Dudelsack visitierte, den ich auch mit drei Schroten durchlöchert hinter meinem Bette liegen fand. Mores hatte also auf meinem eigenen Dudelsack geblasen und war von ihm gegen meinen Schuß gedeckt worden. Ich hatte mit der unseligen Geschichte noch viele Schererei, ich wurde weitläufig zu Protokoll vernommen, es kam eine Kommission nach der andern auf meinen Hof und ließ sich tüchtig aufwarten; die Türken klagten wegen Grenzverletzung, und ich mußte es mir am Ende noch mehrere Stücke Wild und ein ziemliches Geld kosten lassen, daß die Gerichtsplackerei endlich einschlief, nachdem ich und meine Knechte vereidigt worden waren. Trotzdem wurde ich mehrmals vom Kreisphysikus untersucht, ob ich auch völlig bei Verstand sei, und dieser kam nicht eher zur völligen Gewißheit darüber, bis ich ihm ein Paar doppelte Pistolen und seiner Frau eine Verbrämung von schwarzem Fuchspelz und mehrere tüchtige Wildbraten zugeschickt hatte. So wurde die Sache endlich stille; um aber in etwas auf meine Kosten zu kommen, legte ich eine Schenke unter der Eiche auf der Insel in dem Teiche an, wo seither die Bauern und Grenznachbarn aus der Gegend sich sonntags im Sommer viel einstellen und den ledernen Stuhl, worauf Mores geschlafen, und an den ich ein Stück seines Schweifs, das ihm die Knechte in der Nacht abgehauen, genagelt habe, besehen; den Dudelsack habe ich flicken lassen, und mein Knecht, der den Wirt dort macht, pflegt oben in der Eiche, wo Mores gesessen, darauf den Gästen, die um den Baum tanzen, vorzuspielen. Ich habe schon ein schönes Geld da eingenommen, und wenn mich die Herrschaften einmal dort besuchen wollen, so sollen sie gewiß gut bedient werden.

Diese Erzählung, welche der Kroat mit dem ganzen Ausdruck der Wahrheit vorgebracht hatte, wirkte auf die verschiedenste Weise in der Gesellschaft. Der Vizegespan, der Tiroler und die Wirtin hatten keinen Zweifel, und der Savoyarde zeigte seine Freude, daß man noch kein Beispiel gehabt habe: ein Murmeltier sei eine Hexe gewesen. Lindpeindler äußerte: es möge an der Geschichte wahr sein, was da wolle, so habe sie doch eine höhere poetische Wahrheit; sie sei in jedem Falle wahr, insofern sie den Charakter der Einsamkeit, Wildnis und der türkischen Barbarei ausdrücke; sie sei durchaus für den Ort, auf welchem sie spiele, scharf bezeichnend und mythisch und darum dort wahrer als irgendeine Lafontainesche Familiengeschichte. Aber es verstand keiner der Anwesenden, was Lindpeindler sagen wollte, und Devillier leugnete ihm grade ins Gesicht, daß Lafontaine irgendeine seiner *Fabeln* jemals für eine wahre Familiengeschichte ausgegeben habe; Lindpeindler schwieg und wurde verkannt.

Nun aber wendete sich der Franzose zu der Kammerjungfer, welche sich mit stillem Schauer in einen Winkel gedrückt hatte, sprechend: »Und Sie, schöne Nanny, sind ja so stille, als fühlten Sie sich bei der Geschichte getroffen.« – »Wieso getroffen?« fragte Nanny. »Nun, ich meine,« erwiderte Devillier lächelnd, »von einem Schrote des kroatischen Herrn. Sollte das artigste Kammerkätzchen der Gegend nicht zu dem Teedansant eingeladen gewesen sein? – Das wäre ein Fehler des Herrn Mores gegen die Galanterie, wegen welchem er die Rache seines Herrn allein schon verdient hätte.« Alle lachten, Nanny aber gab dem Franzosen eine ziemliche Ohrfeige und erwiderte: »Sie sind der Mann dazu, einen in den Ruf zu bringen, daß man geschossen sei, denn Sie haben selbst einen Schuß!« und dabei zeigte sie ihm von neuem die fünf Finger; worauf Devillier sagte: »Erhebt das nicht den Verdacht, sind das nicht Katzenmanieren? Sie waren gewiß dabei! Frau Tschermack, die Wirtin, wird es uns sagen können, denn die hat gewiß nicht gefehlt; ich glaube, daß sie die Blessur in der Hüfte eher bei solcher Gelegenheit als bei den Wurmserschen Husaren erhalten.« Alles lachte von neuem, und der Zigeuner sagte: »Ich will sie fragen.«

Der Kroate fand sich über die Ungläubigkeit Devilliers gekränkt und fing an, seine Geschichte nochmals zu beteuern, indem er seine pferdehaarne steife Halsbinde ablöste, um die Narben von den Klauen des Mores zu zeigen. Nanny drückte die Augen zu, und indessen brachte der Zigeuner die Nachricht: Frau Tschermack meine, Mores müsse es selbst am besten wissen. Er setzte mit diesen Worten die große schwarze Katze der Wirtin, welche er vor der Türe gefangen hatte, der Kammerjungfer in den Schoß, welche mit einem heftigen Schrei des Entsetzens auffuhr. – »Eingestanden!« rief Devillier; aber der Spaß war dumm, denn Nanny kam einer Ohnmacht nah, die Katze sprang auf den Tisch, warf das Licht um und fuhr dem armen Wehmüller über seine nassen Farben; der Vizegespan riß das Fenster auf und entließ die Katze, aber alles war rebellisch geworden; die Büffelkühe im Hintergrund der Stube an den Ketten, und jeder drängte nach der Türe. Wehmüller und Lindpeindler sprangen auf den Tisch und stießen mit dem Tiroler zusammen, der es auch in demselben Augenblick tat und mit seinen nägelbeschlagenen Schuhen mehr Knopflöcher in das Porträt des Vizegespans trat, als Knöpfe darauf waren. Devillier trug Nanny hinaus; der Kroate schrie immer: »Da haben wir es, das kömmt vom Unglauben!« Frau Tschermack aber, welche mit einem vollen Weinkrug in die Verstörung trat, fluchte stark und beruhigte die Kühe; der Zigeuner griff wie ein zweiter Orpheus nach seiner Violine, und als Monsieur Devillier mit Nanny, die er am Brunnen erfrischt hatte, wieder hereintrat, kniete der kecke Bursche vor ihr nieder und sang und spielte eine so rührende Weise auf seinem Instrument, daß niemand widerstehen konnte und bald alles stille ward. Es war dies ein altes zigeunerisches Schlachtlied, wobei der Zigeuner endlich in Tränen zerfloß, und Nanny konnte ihm nicht widerstehen, sie weinte auch und reichte ihm die Hand; Lindpeindler aber sprang auf den Sänger zu und umarmte ihn mit den Worten: »O, das ist groß, das ist ursprünglich! Bester Michaly, wollen Sie mir Ihr Lied wohl in die Feder diktieren?« – »Nimmermehr!« sagte der Zigeuner, »so was diktiert sich nicht, ich wüßte es auch jetzt nicht mehr, und wenn Sie mir den Hals abschnitten; wenn ich einmal wieder eine schöne Jungfer betrübt habe, wird es mir auch wieder einfallen.«

Da lachte die ganze Gesellschaft, und Michaly begann so tolle Melodieen aus seiner Geige herauszulocken, daß die Fröhlichkeit bald wieder hergestellt wurde und Devillier den Kroaten fragte, ob Mores nicht diesen Tanz aufgespielt hätte; Herr Lindpeindler notierte sich wenigstens den Inhalt des extemporierten Liedes; es war die Wehklage über den Tod von tausend Zigeunern. Im Jahr 1537 wurde in den Zapolischen Unruhen das Kastell Nagy-Jda in der Abanywarer Gespanschaft mit Belagerung von kaiserlichen Truppen bedroht. Franz von Perecey, der das Kastell verteidigte, stutzte, aus Truppenmangel, tausend Zigeuner in der Eile zu Soldaten und legte sie unter reichen Versprechungen von Geld und Freiheiten auf Kindeskinder, wenn sie sich wacker hielten, gegen den ersten Anlauf in die äußeren Schanzen. Auf diese vertrauend hielten sich diese Helden auch ganz vortrefflich, sie empfingen die Belagerer mit einem heftigen Feuer, so daß sie umwendeten. Aber nun krochen die Helden übermütig aus ihren Löchern und schrien den Fliehenden nach: »Geht zum Henker, ihr Lumpen, hätten wir noch Pulver und Blei, so wollten wir euch anders zwiebeln.« Da sahen sich die Abziehenden um, und als sie statt regulierter Truppen einen frechen Zigeunerschwarm auf den Wällen merkten, ergriff sie der Zorn, sie drangen in die Schanze und säbelten die armen Helden bis auf den letzten Mann nieder. Diese Niederlage, eine der traurigsten Erinnerungen der Zigeuner in jener Gegend, hatte Michaly in der Klage einer Mutter um ihren Sohn und einer Braut um ihren gefallenen Geliebten besungen. Devillier sagte nun zu dem Kroaten: »Damit Sie nicht länger meinen Glauben an den Hexenmeister Mores in Katzengestalt bezweifeln, will ich Ihnen eine Geschichte erzählen, bei welcher ich selbst geholfen habe, ein paar hundert solcher Zauberer zu töten.« – »Ein paar hundert!« riefen mehrere in der Gesellschaft. »Ja!« erwiderte Devillier, »und das will ich ebenso getrost beschwören als unser Freund den musizierenden Katzenkongreß.«

Devilliers Erzählung von den Hexen auf dem Austerfelsen

Vor mehreren Jahren, da ich als Lieutenant zu Dünkirchen in Garnison lag, genoß ich der vertrauten Freundschaft meines Majors, eines alten Gascogners. Er war ein großer Liebhaber von Austern, und zu seiner Majorschaft gehörte der Genuß von einem großen Austerfelsen, der hinter einem Lustwäldchen einen halben Büchsenschuß weit vom Ufer in der See lag, so daß man ihn bei der Ebbe trocknen Fußes erreichen konnte, um die frischen Austern vom Felsen zu schlagen. Da der Major eine Zeit her bemerkt hatte, daß in den meisten zutage liegenden Austern nichts drinnen war, konnte er sich gar nicht denken, wer ihm die Austern aus den Schalen hinwegstehle, und er bat mich, ihn in einer Nacht, mit Schießgewehr bewaffnet, nach dem Austerfelsen zu begleiten, um den Dieb zu belauern. Wir hatten kaum das kleine Gehölz betreten, als uns ein schreckliches Katzengeheul nach der See hin rief, und wie groß war unser Erstaunen, als wir den Felsen mit einer Unzahl von Katzen besetzt fanden, die, ohne sich von der Stelle zu bewegen, das durchdringendste Jammergeschrei ausstießen. Ich wollte unter sie schießen, aber mein Freund warnte mich, indem es gewiß eine Gesellschaft von Zauberern und Hexen sei und ich durch den Schuß ihre Rache auf uns ziehen könnte. Ich lachte und lief mit gezogenem Säbel nach dem Felsen hin; aber wie ward mir zumute, da ich unter die Bestien hieb und sich doch keine einzige von der Stelle bewegte! Ich warf meinen Mantel über eine, um sie ungekratzt von der Erde aufheben zu können, aber es war unmöglich, sie von der Stelle zu bringen, sie war wie angewurzelt. Da lief es mir eiskalt über den Rücken, und ich eilte, zu meinem Freunde zurückzukommen, der mich wegen meiner tollkühnen Expedition tüchtig ausschmälte. Wir standen noch, bis die Flut eintrat, um zu sehen, wie sich die Hexenmeister betragen würden, wenn das Wasser über sie her strömte; aber da ging es uns wie unserem kroatischen Freunde, als die Kirchglocke das Katzenpickenick auf der Eiche unterbrach. Kaum rollte die erste Welle über den Felsen, als die ganze Hexengesellschaft mit solchem Ungestüm gegen das Ufer und auf uns los stürzte, daß wir in der größten Eile Reißaus nahmen. Am andern Morgen begab sich der alte Major zum Gouverneur der Festung und zeigte ihm an: wie die ganze Festung voll Hexen und Zauberern sei, deren Versammlung er auf seinem Austerfelsen entdeckt habe. Der Gouverneur lachte ihn anfangs aus und begann, als er ernsthaft Truppen begehrte, diese Zauberer in der nächsten Nacht niederschießen zu lassen, an seinem Verstande zu zweifeln. Der Major stellte mich als Zeugen auf, und ich bestätigte, was ich gesehen, und die wunderbare Erscheinung von Unbeweglichkeit der Katzen. Dem Gouverneur war die Sache unbegreiflich, und er versprach, in der nächsten Nacht selbst zu untersuchen. Er ließ allen Wachen andeuten, ehe er in der Nacht mit uns und hundert Mann Voltigeurs ausmarschierte, keine Rücksicht darauf zu nehmen, wenn sie schießen hörten.

Als wir dem Gehölz nahten, tönte dasselbe Katzengeschrei,

und wir hatten vom Ufer dasselbe eigentümlich-schauerliche Schauspiel: den lebendigen heulenden Felsen im Mondschein über der weiten, unbegrenzten Meeresfläche. Der Gouverneur stutzte, er wollte hin, aber der Major hielt ihn mit ängstlicher Sorge zurück; nun ließ der Gouverneur die hundert Mann von der Landseite den Felsen umgeben und zwei volle Ladungen unter die Hexenmeister geben, aber es wich keiner von der Stelle, wenngleich eine Menge Stimmen unter ihnen zu schweigen begannen. Hierüber verwundert ließ sich der Gouverneur nicht länger halten, er ging nach dem Felsen, und wir folgten ihm; er versuchte, eine der Katzen wegzunehmen, aber sie waren alle wie angewachsen; da entdeckte ich, daß sie alle mit einer oder mehreren Pfoten, manche auch mit dem Schwanz in die fest geschlossenen Austern eingeklemmt waren. Als ich dies angezeigt, mußten die Soldaten heran und sie sämtlich erlegen. Da aber die Flut nahte, zogen wir uns ans Land zurück, und die ganze Katzenversammlung, welche gestern so lebhaft vor der ersten Woge geflohen war, wurde jetzt von der Flut mausetot ans Ufer gespült, worauf wir, den guten Major herzlich mit seinen Hexen auslachend, nach Hause marschierten. Die Sache aber war folgende: Die Katzen, welche die Austern über alles lieben, zogen sie mit den Pfoten aus den Schalen, und das gelang nicht länger, als bis sie von den sich schließenden Muscheln festgeklemmt wurden, wo sie sich dann so lange mit Wehklagen unterhielten, bis die Austern, von der Flut überschwemmt, sich wieder öffneten und ihre Gefangenen entließen; und ich glaube, bei strenger Untersuchung und weniger Phantasie würde unser Freund bei seinem Katzenabenteuer ebensogut lauter Fischdiebe, wie wir Austerdiebe, entdeckt haben.

Baciochis Erzählung vom wilden Jäger

Nachdem die Aufklärung dieses Ereignisses die Erzählung des Kroaten in ihrer Schauerlichkeit sehr gemildert hatte, kam man auf allerlei Jagdgespenster zu sprechen, und Lindpeindler fragte: ob einer in der Gesellschaft vielleicht je den wilden Jäger gesehen oder gehört habe? Da sagte der Feuerwerker: »Mir kam er schon so nahe, daß ich das Blanke in den Augen sah, und wenn die Jungfer Nanny sich tapfer halten und die ganze ehrsame Gesellschaft wenigstens so lange daran glauben will, bis die Geschichte zu Ende ist, so will ich sie erzählen.« Nanny erwiderte: »Erzähle nur, Baciochi, du kennst mein Temperament und wirst es nicht zu arg machen.« – »Erzählen Sie«, fiel Devillier ein; »wenn wir die Geschichte auch am Ende für eine Lüge erklären, so soll Ihnen bis dahin geglaubt werden.« Und bald waren alle Stimmen vereint, den Feuerwerker einzuladen, welcher alle aufforderte, sich an ihre Plätze zu setzen, und seiner Erzählung einen eigentümlichen theatralischen Charakter zu geben wußte. Alle saßen an Ort und Stelle, er machte eine Pause, steckte sich eine Pfeife Tabak an und schlug mit der Faust so unerwartet heftig auf den Tisch, daß die Lichter verlöschten und alle laut aufschrieen.

»Meine Feuerwerke fangen immer mit einem Kanonenschuß an,« sagte er, »erschrecken Sie nicht!« und in demselben Augenblick brannte er mehrere Sprühkegel an, die er aus Pulver und vergoßnem Weine in der Stille geknetet hatte, und sagte: »Stellen Sie sich vor, Sie wären bei meinem großen Feuerwerke in Venedig, welches ich am Krönungstage Napoleons dort abbrannte. Es mußten mir einige Körner prophetischen Schießpulvers in die Masse gekommen sein; kurz gesagt: als der Thron und die Krone und das große Notabene, NB, Napoleon Bonapartes Namenszug, im vollen Brillantfeuer, von hunderttausend Schwärmern und Raketen umzischt, kaum eine Viertelstunde von einer hohen Generalität und dem verehrten Publikum beklatscht worden waren, fing mein Feuerwerk an, ein wenig zu frösteln; es platzte und zischte manches zu früh und zu spät ab, eine gute Partie einzelner Sonnen und Räder brannten mir in einer Scheune nieder, die dabei das Dach verlor. Das Schauspiel war so grandios angelegt, daß man diesen ganzen kunstlosen Scheunenbrand für seinen Triumph hielt, man klatschte, und ich paukte und trompetete; schnell ließ ich alle meine übrigen Stücke in die Lücken stellen und von neuem losfigurieren. Aber der Satan fuhr mir mit dem Schwanz drüber, und die ganze Pastete flog mit einem großen Geprassel auf einmal in die Luft, die Menschen fuhren gräßlich auseinander, Gerüste brachen ein, alle Einzäunungen wurden niedergerissen, die Menge stürzte nach den Gondeln, die Gondelführer wehrten ab, die Bürger prügelten sich mit den französischen Soldaten, meine Kasse wurde geplündert; es war eine Verwirrung, als sei der Teufel in die Schweine gefahren und diese stürzten dem Meer zu. Unsereins kennt sein Handwerk, man ist auf dergleichen gefaßt, mein persönlicher Rückzug war gedeckt. Ich ließ nichts zurück als alle meine Schulden, meine Reputation und meinen halben Daumen. Meine selige Frau, welcher der Rock am Leibe brannte, riß mich in die Gondel ihres Bruders, eines Schiffers, und der brachte mich an einen Zufluchtsort, worauf wir am folgenden Morgen die Stadt verließen. Als wir das Gebirg erreichten, nahten wir uns auf Abwegen einer Kapelle, bei welcher ich mit meinem liebsten Gesellen Martino verabredet hatte, wieder zusammenzutreffen, wenn wir durch irgend ein Unglück auseinander gesprengt werden sollten. Mein gutes Weib hatte ein Stück von einer Wachsfackel, die bei der Leiche unsers seligen Töchterleins gebrannt hatte, in der Tasche und pflegte, wenn sie nähte, ihren Zwirn damit zu wichsen; aus diesem Wachs hatte sie während unseres Weges die Figur eines Daumens geknetet und hängte dieselbe, nebst einem Rosenkranz von roten und schwarzen Beeren, den sie auch sehr artig eingefädelt hatte, dem kleinen Jesulein auf dem Schoße der Mutter Gottes in der Kapelle als ein Opfer an das Händchen, und wir beteten beide von Herzen, daß mein Daumen heilen und wir glücklich über die Grenze in das Österreichische kommen möchten. Wir lagen noch auf den Knieen, als ich die Stimme Martinos rufen hörte: ›*Sia benedetto il San Marco!*‹; da schrie ich wieder: ›*E la Santissima Vergine Maria!*‹, wie wir verabredet hatten, und lief mit meinem Weibe vor die Kapelle. Da trat uns Martino in einem tollen Aufzug entgegen. Er hatte bei dem Feuerwerk den Meergott Neptun vorgestellt und in seinem vollen Kostüm reißaus genommen; er hatte den Schilfgürtel noch um den Leib, einen Wams von Seemuscheln an und eine Binsenperücke auf, sein langer Bart war von Seegras, auf der Schulter trug er den Dreizack, auf welchem er ein tüchtiges Bauernbrot und drei fette Schnepfen, die er mitsamt dem Neste erwischte, gespießt hatte. Nach herzlicher Umarmung erzählte er uns: wie ihn seine Kleidung glücklich gerettet habe; die Strickreiter seien ihm auf der Spur gewesen, da habe er sich in das Schilf eines Sumpfes versteckt, und sein Schilfgürtel machte ihn da nicht bemerkbar. Als er stille liegend sie vorüberreiten lassen, hätten sich die drei Schnepfen sorglos neben ihm in ihr Nest niedergelassen, und er habe sie mit der Hand alle drei ergriffen. Das Brot hatte er von einem Contrebandier um einige Pfennige gekauft, der ihm zugleich die nächste Herberge auf der Höhe des Gebirges beschrieben, aber nicht eben allzu vorteilhaft: denn der ganze Wald sei nicht recht geheuer, der wilde Jäger ziehe darin um und pflege grade in dieser Herberge sein Nachtquartier zu halten. ›Wohlauf denn!‹ sagte ich, ›so haben wir heute nacht gute Gesellschaft; ich hätte den Kerl lange gern einmal gesehen, um seinen Jagdzug recht natürlich in einem Feuerwerk darstellen zu können.‹ Mein Weib Marinina aber, welche, um ja nichts zu versäumen, alles miteinander glaubte, machte ein saures Gesicht zu der Herberge. Das konnte aber nichts helfen, wir mußten den Weg wählen; er war ganz entlegen und sicher und ein Schleichweg der Contrebandiers, mit welchen Martino einige Bekanntschaft hatte. Die Nacht brach herein, es nahte ein Gewitter, und wir mußten uns auf den Weg machen. Martino machte unsere Wanderschaft etwas lustiger, er übergab meiner Marinina die Schnepfen und sagte: ›Rupft sie unterwegs, damit wir in der Herberge dem wilden Jäger bald einen Braten vorsetzen können‹, und nun marschierte er mit tausend Späßen in seinem tollen Habit, wie ein vazierender Waldteufel, voraus. Ich folgte ihm auf dem schmalen Waldpfade und hatte meinen halben Daumen, der mich nicht wenig schmerzte, meistens in dem Munde, und hinter mir zog – daß Gott erbarm! – meine selige Marinina und rupfte die Schnepfen unter Singen und Beten. Über der rechten Hüfte war ihr ein ziemliches Loch in den Rock gebrannt, und sie schämte sich, vorauszugehen, daß Martino, der seinen Witz in allen Nestern auszubrüten pflegte, an ihrer Blöße nicht Ärgernis nehmen möchte. Der Weg war steil, unheimlich und beschwerlich; der Sturm sauste durch den Wald, es blitzte in der Ferne, Marinina schlug ein Kreuz über das andre. Aber die Müdigkeit vertrieb ihre Furcht vor dem wilden Jäger immer mehr, von welchem Martino die tollsten Geschichten vorbrachte. ›Es ist gut,‹ sagte er, ›daß wir selbst Proviant bei uns haben, denn wenn wir mit ihm essen müßten, dürften wir leicht mit dem Schenkel eines Gehängten oder mit einem immarinierten Pferdekopf bewirtet werden. Fasset Mut, Frau Marinina, schaut mich nur an, ärger kann er nicht aussehen!‹

Unter solchen Gesprächen hatten wir die Gebirgshöhe erstiegen und waren ein ziemlich Stück Wegs in den wilden, finstern Wald geschritten, da hörten wir ein abscheuliches Katzengeheul und kamen bald an eine Hütte, mit Stroh und Reisern gedeckt; alte Lumpen hingen auf dem Zaun, und an einer Stange war ein großes Stachelschwein über der Türe herausgesteckt als Schild. ›Da sind wir,‹ sagte Martino; ›wie glaubt ihr, daß dies vornehme Gasthaus heiße?‹ – ›Zum Stachelschwein!‹ sagte ich. – ›Nein!‹ erwiderte Martino, ›es hat mehrere Namen; einige nennen es des Teufels Zahnbürste, andre des Teufels Pelzmütze, andre gar seinen Hosenknopf.‹ Wir lachten über die närrischen Namen. Die Katze saß vor der Türe auf einem zerbrochenen Hühnerkorb, machte einen Buckel gegen uns und ein Paar feurige Augen und hörte nicht auf zu solfeggieren. In dem Hause aber rumpelte es wie in einem Raspelhause und leeren Magen. Nun schlug Martino mit der Faust gegen die Türe und schrie: ›Holla, Frau Susanna, für Geld und gute Worte Einlaß und Herberge; Eure Katze will auch hinein.‹ Da krähte eine Stimme heraus: ›Wer seid ihr Schalksknechte zu nachtschlafender Zeit?‹ Und Martino, der in Reimen wie ein Improvisatore schwatzen konnte, schrie: ›Ich bin ja der Rechte und komme von weit!‹ Nun keifte die Stimme wieder: ›Wenn die Katze nicht draußen wär, ich ließ Euch nimmermehr ein!‹ Und Martino sagte: ›Ihr denket so zärtlich ungefähr wie Euer Schild, das Stachelschwein.‹ Marinina war in tausend Ängsten; sie bat immer den Martino, die alte Wirtin nicht zu schelten, sie sei gewiß eine Hexe und werde uns nichts Gutes antun. Da ging die Tür auf, ein schwarzbraunes, zerlumptes, sonst glattes und hübsches Mägdlein, glänzend und schlank wie ein brauner Aal, leuchtete uns aus der Küche mit einer Kienfackel ins Gesicht und war nicht wenig erschrocken, als Martino in seinem wilden Aufzug ihr rasch entgegenschritt und, indem er drängend sie verhinderte, die Türe wieder zuzuschlagen, ihr sagte: ›Brauner Schatz, mach uns Platz! Menschen sind wir, schönes Kind, hier: hast zum Zeichen diesen Schmatz!‹ und somit küßte er sie herzlich; wir drangen indessen hinein. Die kleine Braune aber sagte: ›Und wenn du auch nicht der Satan selbst bist, so könnt ihr heute hier doch nicht bleiben; meine Großmutter ist sehr brummig, sie fürchtet, das Waldgespenst komme heut nacht, und da nimmt sie keine Gäste, um die Herberge nicht in bösen Ruf zu bringen; unsre Kammer, wo wir schlafen, ist eng, und sie rückt schon allen Hausrat vor ihr Bett, um das Gespenst nicht zu sehen, welches oft quer durch unsre Hütte zieht.‹ Martino aber erwiderte: ›Eben in dieser Kammer wollen wir schlafen, und eben dieses Waldgespenst wollen wir mit gebratenen Schnepfen bewirten; wir sind des wilden Jägers Küchengesinde!‹ Und somit packte er ein Bund Stroh auf, das in der Ecke lag, und marschierte in die Kammer; wir kamen nach, trotz allen Zeremonien, welche die nußbraune Jungfer machen wollte.

Es war gar keine alte Großmutter in der Hütte; das Mädchen log uns etwas vor. Martino breitete das Stroh an die Erde, und Marinina, furchtsam und müde, legte sich gleich, mit dem Gesicht, über das sie noch ihre Schürze deckte, gegen die Wand gekehrt, nieder und rührte sich nicht. Martino begab sich mit den Schnepfen wieder in die Küche, in welcher die braune Jungfer schmollend und brummend zurückgeblieben war, und ich sah mich einstweilen in der Stube um. Eine Kienfackel brannte in der Mitte; sie war in einen Kürbis festgesteckt, der neben schmutzigen Spielkarten auf einem breiten Eichenstumpf lag, welcher als Tisch und Hackstock diente und fest genug stand, denn er steckte noch mit allen seinen Wurzeln in der Erde, welche ungedielt der ganzen Hütte ihren Grund und Boden gab. Ein paar Bretter, auf eingepfählte Stöcke befestigt, waren die unbeweglichen Sitze; die Wände bestanden aus Flechtwerk, mit Lehm und Erde verstrichen, und einzelne hereinragende Äste bildeten mancherlei Wandhaken, an denen zerlöcherte Körbe, Lumpen, Zwiebelbündel, Hasen-, Hunde-, Katzen- und Dachsfelle hingen, auch einige zerbrochene Gartenwerkzeuge. Auf einem derselben aber saß ein greuliches Tier eine ungeheure Ohreule, welche gegen die Kienfackel mit den Augen blinzte und sich in die Schultern warf wie ein alter Professor, der soeben den Theriak erfunden hat. In einem ausgebauten Winkel der Stube lag, auf zwei Baumstücken, die Bettstelle der Großmutter, die sehr dauerhaft in einer ausgehöhlten Eiche bestand, an der die Rinde noch saß. Sonst war das Bett wohl bedacht, denn seine schmutzigen Federkissen lagen so hoch aufgebauscht, daß die niedre Hüttendecke, aus der das Stroh herabhing, weder hoch noch hart gefallen wäre, wenn sie einstürzte; aber, sich noch zu besinnen, schien sie unentschlossen hin und her zu schwanken. Der Hausrat, von welchem das Mädchen gelogen hatte: daß die Großmutter ihn vor das Bett rücke, bestand in einer zerbrochenen Türe und einer alten Tonne, mit welcher wahrscheinlich der Lärm gemacht worden war, den wir in der Hütte hörten. Sie waren beide vor den Bettrog der Großmutter gerückt. Außer allem diesen sah man nichts als eine sehr baufällige Leiter, die an einem Loche in der Ecke lehnte, durch welches ich einige Hühner oben gackern hörte, die das Geräusch unsrer Ankunft erweckt hatte, die Katze nicht zu vergessen, welche auf einer alten Trommel hinter der Türe schlief. Eine Geige, ein Triangel und ein Tambourin hingen an der Wand, und neben ihnen ein zerrissener bunter Tiroler Teppich.

Ich hatte kaum alle diese Herrlichkeiten betrachtet, als Martino hereintrat und zu mir sagte: ›Meister, ich habe alle Schwierigkeiten geebnet und weiß, wo wir sind. Wir hausen bei einer alten Zigeunerin, welche außer ihren Privatgeschäften: der Wahrsagerei, Hexerei, Dieberei, Viehdoktorei, auch eine Hehlerin der Contrebandiers macht; die Kleine draußen ist ihr Tochterkind, das auf der hohen Schule bei ihr ist und der Großmutter Tod abwarten soll, um hinter einen Topf von Gold zu kommen, von dem sie immer spricht, ohne doch je zu sagen, wo sie ihn hin versteckt hat. Das hat mir das Mädchen alles anvertraut; ich habe ihr Herzchen gerührt, sie ist kirre wie ein Zeisig, und wenn wir wollen, läßt sie die Großmutter und den Goldtopf im Stich, läuft morgen mit uns und verdient uns das Brot mit Burzelbäumen, deren sie ganz wunderbare schlagen kann. Für all dies Vertrauen habe ich ihr versprechen müssen, zu glauben: daß der wilde Jäger heute nacht wirklich durch die Hütte zieht; wir sollen uns nur um Gottes willen ruhig halten. Die Großmutter wird in kurzer Zeit zurückkommen; sie ist mit Lebensmitteln zu einem Zug Schleichhändler gegangen, der über das Gebirge zieht. Der wilde Jäger, sagt sie, treibe um Mitternacht durch die Stube, und wenn wir uns ruhig hielten, werde er uns kein Haar krümmen, sonst aber riskieren wir Leib und Leben; ich denke aber, wir wollen es mit ihm versuchen.‹ Nun legte er meinen Prügel und seinen Dreizack neben uns auf das Stroh nieder und fuhr fort: ›Es ist beinahe eilf Uhr, die Kleine hat es an ihrer Sanduhr gesehen; die Schnepfen weiß sie nicht am Spieß zu braten, sie hat sie mit Zwiebeln gefüllt in einen Topf gesteckt, und wenn wir die Schnepfensuppe gegessen, sollen wir das Fleisch mit Essig und Olivenöl als Salat verzehren; Wein muß hier in der Kammer ein Schlauch voll sein.‹ Da suchte Martino herum und fand unter einigen alten Brettern ein tiefes Loch in der Erde, das, als Keller, einen alten Dudelsack voll Wein enthielt. Er zog ihn heraus, wir setzten die zwei Pfeifen an den Mund und drückten den vollen Sack so zärtlich an das Herz, daß uns der süße Wein in die Kehle stieg. Nie hat ein Dudelsack so liebliche Musik gemacht. Wir labten uns herzlich; ich weckte meine Marinina, und sie mußte auch eins drauf spielen; dazu verzehrten wir unser Brot und einige Zwiebeln aus dem Vorrat, der an der Wand hing, und streckten uns, in der Erwartung des weiteren, zur Ruhe auf das Stroh. Marinina schlief fest ein. Ich betete mit Martino noch eine Litanei; dann legten wir uns neben unsere Waffen bequem, und Martino sagte: ›Laßt uns nun ruhen; mir ist so rund und so wohl, daß mir das Blut in den Adern flimmert; wer den wilden Jäger zuerst sieht, stößt den andern, dann springen wir mit unseren Tröstern über ihn her und schlagen den Kerl zu Brei; ich habe noch einen Schwärmer in der Tasche, den will ich dem Schelm unter die Nase brennen.‹ Ich freute mich an seinem frischen Herzen; wir empfahlen uns dem Schutz des heiligen Markus und lauschten dem Schlafe entgegen, der uns den Rükken hinaufkroch und uns schon hinter den Ohren krabbelte. Nun ward alles mäuschenstill; der Donner rollte fern, der Sturm hatte sich in den Waldwipfeln schlafen gelegt, die ihn mit leisem Rauschen einwiegten. Die Kienfackel knisterte, Grillen sangen, die Katze schnurrte auf der Trommel, welche, von dem Tone erschüttert, das ferne Donnern zu begleiten schien; Marinina pfiff durch die Nase, denn sie hatte sich einen Schnupfen geholt, in der Küche knackte das grüne Holz im Feuer, die Schnepfensuppe sauste im Topf, und unsere braune Köchin sang mit einer klaren und starken Stimme, wie ich noch keine Primadonna gehört, folgendes Lied:

Mitidika! Mitidika!
Wien üng quatsch,
Ba nu, Ba nu n'am tsche fatsch,
Waja, Waja, Kur libu,
Ich bin ich und du bist du;
Ich spricht Stolz,
Du spricht Lieb!
Wer sich scheut vor Galgenholz,
Wird im grünen Wald zum Dieb.

Mitidika! Mitidika!
Wien üng quatsch,
Ba nu, Ba nu n'am tsche fatsch,
Singt die Magd, so kocht der Brei,
Singt das Huhn, so legts ein Ei;
Er spricht Schimpf,
Sie spricht Fremd;
Fehlen mir gleich Schuh und Strümpf,
Hab ich doch ein buntes Hemd.

Mitidika! Mitidika!
Wien üng quatsch,
Ba nu, Ba nu n'am tsche fatsch,
Hör, was pocht dort an der Tür?
Draußen schrein sie nach Quartier.
Ists der *Er*?
Ists der *Sie*?
Mach ich auf wohl nimmermehr,
Nur *du* Lieber, *du* schläfst hie.

Mitidika! Mitidika!
Wien üng quatsch,

Ba nu, Ba nu n'am tsche fatsch,
Waja, Waja, Kur libu,
In dem Topf hats nimmer Ruh;
Saus und Braus
'rab und 'rauf,
Küchenteufel drinnen haus:
Daß es mir nicht überlauf!«

Als der Feuerwerker den Anfang dieses Liedes: »Mitidika! Mitidika!« gesagt, nahm der Zigeuner Michaly seine Violine und sang es unter den lieblichsten Variationen der Gesellschaft vor; alle dankten ihm, der Feuerwerker aber sagte: »Michaly, du sangst das nämliche Lied, wie die kleine Braune, und hast eine Ähnlichkeit mit ihr in der Stimme.« – »Kann sein,« sagte Michaly lächelnd, »aber erzähl nur weiter, ich bin auf den wilden Jäger sehr begierig.« – »Ich hob a a Schneid uf den soakrische Schlankl!« sagte der Tiroler; alle drangen auf die weitere Erzählung, und der Feuerwerker fuhr fort:

»Als die Kleine das Lied sang, ward sie von einem Schlag gegen die Türe unterbrochen: ›Mitidika!‹ rief es draußen mit einer rauhen, heiseren Stimme. ›Gleich, Großmutter!‹ antwortete sie, öffnete die Türe und erzählte ihr von den Gästen; die Großmutter brummte allerlei, was ich nicht verstand, und trat sodann zu uns in die Stube. Ihr Schatten sah aus wie der Teufel, der sich über die Leiden der Verdammten bucklicht gelacht, und wäre er nicht vor ihr her in die Stube gefallen, um einen ein wenig vorzubereiten, ich hätte geglaubt, der Alp komme, mich zu würgen, als sie eintrat. Sie war von oben und rings herum eine Borste, ein Pelz und eine Quaste und sah darin aus wie der Oberpriester der Stachelschweine. Sie ging nicht, lief nicht, hüpfte nicht, kroch nicht, schwebte nicht, sie rutschte, als hätte sie Rollen unter den Beinen wie großer Herren Studierstühle. Wie die kleine flinke Braune hinter ihr drein und um sie her schlüpfte, um sie zu bedienen, dachte ich: so mag des Erzfeinds Großmutter aussehen und die Schlange, ihre Kammerjungfer.

›Mache mir das Bett, Mitidika!‹ sagte sie, ›und wenn ich ruhe, kannst du die Gäste besorgen.‹ Während das Mädchen die Kissen aufschüttelte, begann die Alte sich zu entkleiden, und ich weiß nicht zu sagen, ob ihre Kleidung oder ihr Bett aus mehreren Stücken bestand. Sie zog einen Schreckenswams, eine Schauderjacke und Zauberkapuze um die andre aus, und die ganze Wand, an der sie die Schalen aufhängte, ward eine Art Zeughaus; ich dachte alle Augenblick: noch eine Hülse herunter, so liegt ein bißchen Lung und Leber an der Erde, das frißt die Katze auf, und die Großmutter ist all; keine Zwiebel häutet sich so oft. Bei jedem Kissen, welches die Kleine ins Bett legte und aufschüttelte, brummte die Alte und legte es anders, befahl ihr dann, es ganz sein zu lassen und ihr ein Rauchbad zu geben, sie müsse in einen Ameisenhaufen getreten haben; das Gewitter mache alles Vieh lebendig. Da setzte sich die Alte auf die zerbrochene Leiter und hängt die Tiroler Decke über sich, und die Junge zündete Kräuter unter ihr an und machte einen scheußlichen Qualm, den sie uns, da sie von neuem anfing, die Federbetten hin und her zu werfen, in dicken Wolken auf den Leib jagte, als gehörten wir auch zu den Ameisen, die vertrieben werden sollten. Es sah ziemlich aus, als wenn man eine Hexe verbrennte oder einen ungeheuren Taschenkrebs räuchre, als die Alte so über dem Dampf wie eine Mumie, in den bunten Tiroler Teppich gehüllt, auf der Leiter saß.«

»Da sieht man, Wastl,« sprach der Zigeuner zu dem Tiroler, »wozu ihr die Teppiche fabriziert: um die Hexen darin zu räuchern.« – »Potz Schlakri,« erwiderte Wastl, »wonn's daine sakrische ziganerische Großmuetta is, so loß i's poassiera; i bin gawis, es möga a Legion Spodifankerl aus ihr raussi floga sein, un du bist a ains dervo.« Die Gesellschaft lachte über Wastls Antwort, und die Kammerjungfer wie auch Lindpeindler baten den Feuerwerker: er möge machen, daß die Alte ins Bett komme, die Schnepfen könnten übergar werden. »Ganz recht,« sagte Baciochi, »das meinte Martino auch; denn als der sie in der Decke zappeln sah wie Hunde und Katzen, die in einen Sack gesteckt sind, und der Rauch zu dick zu werden begann, sprang er vom Stroh auf, trat vor die Alte hin und sagte: ›Hochverehrte Frau Wirtin, ich versichere Euch im Namen Eurer Gäste, daß wir kein Rauchfleisch zu essen bestellt haben, und daß wir auch von keinem verpesteten Orte kommen, um eines so kostbaren Rauchkerzchens zu bedürfen; seid so gütig, dem

Wohlgeruch ein Ende zu machen, wir müssen sonst mit all den Ameisen, die Euch plagen, davonlaufen.‹ Da fing die Alte eine weitläufige Gegenrede an und sagte: ›Schicksalen und Verhältnissen haben mich so weit gebracht.‹ Martino aber nahm keine Vernunft an, packte die Alte mit beiden Händen und warf sie von der Leiter in ihre Federbetten; sie zappelte wie eine Meerspinne, aber er wälzte ein Federbett über sie und sang ihr ein Wiegenlied mit so viel gutem Humor vor, indem er sie mit beiden Händen festhielt, daß sie endlich selbst mit lachte und sagte: ›Nun, legt Euch nur wieder nieder, hätte ich doch nicht gedacht, heute von einem so lustigen Gesellen zu Bette gebracht zu werden. Mitidika, gieb den Kavalieren zu essen!‹ Und somit kriegte sie den Martino beim Kopf und gab ihm unter großem Gelächter einen Kuß. ›Profiziat!‹ sprach dieser, ›schlaf wohl, du allerschönster Schatz!‹ und legte sich mit einem sauern Gesichte wieder neben mich. ›Gott sei Dank, Martino, daß sie weg ist!‹ flüsterte ich. ›Hast du gewacht, Meister?‹ sprach der Schelm. ›Leider Gottes!‹ erwiderte ich, ›du hast ein Kunststück gemacht; sie rauchte wie ein nasses Feuerwerk; für einen Hutmacher wäre sie ein sauberes Gestell, alle seine Mützen daran aufzuhängen, er brauchte keinen Nagel einzuschlagen.‹ – ›Ich werde mich wohl häuten müssen, da sie mich geküßt hat‹, sagte Martino. ›Warum?‹ fragte ich. ›Ei,‹ entgegnete er, ›ich werde sonst die Augen nie wieder zukriegen können und die Zähne immer blecken wie ein Mops; die Haut ist mir vor Schrecken zu kurz geworden.‹ – Unter diesen Scherzreden hörten wir die Alte einschnarchen, und Mitidika ging ab und zu und verbaute leise das Bett der Alten mit der Tonne und der alten Türe, die Küchentüre ließ sie auf, daß der Dampf hinauszog. Dann zupfte sie den Martino bei den Haaren und flüsterte: ›Komm hinaus, deine Schnepfen sind gar, ich habe die Brühe abgegossen, ich muß das Feuer löschen, die zwölfte Stunde naht; denn fährt der wilde Jäger mir durch das Feuer, steckt er uns die ganze Hütte an.‹ Martino ging hinaus, und ich streckte den Kopf nach der Türe und hörte ihre Scherzreden. Mitidika sagte: ›Ich habe dir deine Vögel trefflich gekocht und dir auch Kräuter an die Suppe getan; was giebst du mir nun?‹ – ›Geben?‹ sagte Martino, ›ich will dich mit der Münze bezahlen, welche hier zu gelten scheint, und in der mich deine Großmutter zahlte; einen Kuß will ich dir geben.‹ – ›Das läßt sich hören‹, erwiderte sie; ›aber die Großmutter gab dir ein altes Schaustück, das kann ich nicht brauchen, die Münze ist verschlagen.‹ – ›Auch du bist verschlagen, Schelm!‹ erwiderte Martino, ›ich will dir kleine Münze geben, wenn du herausgeben und wechseln kannst; wärst du nur nicht so schwarz!‹ – ›Und du nicht so weiß‹, sagte sie; ›ich werde dir einen Schein geben, einen Wechsel schwarz auf weiß, aber gib mir keine Scheidemünze!‹ sagte sie. ›Die kriegst du morgen früh beim Abschied‹, erwiderte Martino, faßte sie beim Kopf, küßte sie herzlich und sagte: ›Ich habe dich lieb und bleibe dir treu.‹ – ›Ei so lüge, daß du schwarz wirst!‹ sprach sie. ›Dann wäre ich deinesgleichen, und es könnte etwas daraus werden‹, sprach Martino und schenkte ihr eine Nadelbüchse von Elfenbein und Ebenholz, die er bei sich trug. Das Mädchen dankte und sprach: ›Sieh, wie artig schwarz und weiß zusammen aussehn; bleib bei uns; wenn die Alte stirbt, finden wir den Goldtopf und contrebandieren.‹ – ›Ja, auf die Galeere!‹ sprach Martino. ›Ich gehe mit auf die Galeere!‹ sagte sie; ›pitsch, patsch! geht das Ruder, und ich singe dir dazu.‹ – ›Das wollen wir überlegen,‹ meinte Martino, ›es ist eine zu glänzende Aussicht um Mitternacht.‹ Da traten sie mit der Suppe und den Schnepfen herein und stellten sie auf den Eichenblock; die Suppe tranken wir aus dem Topf, ich wollte meine Marinina nicht wecken und ließ ihr Teil in die warme Asche setzen, die Vögel wollten wir morgen früh verzehren. Nun begann sich der Sturm in dem Walde wieder zu heben, und das Gewitter zog mit Macht heran. ›Ach Gott,‹ sagte Mitidika, ›lege dich nieder, Martino, und schlafe ein! Hörst du das Wetter? Der Jäger bläst sein Horn, er wird gewiß bald kommen; lege dich nieder, gleich, gleich!‹ dabei sah sie ängstlich in der Stube umher. ›Nun, nun, was fehlt dir?‹ fragte Martino, und sie sagte: ›Schlafen sollst du und das Angesicht von mir kehren, denn ich muß mich entkleiden und schlafen gehn, und das sollst du nicht sehen; ach, dreh dich um, Blanker!‹ – ›Bravo!‹ sagte Martino; ›es freut mich, daß du so auf Zucht hältst, putze nur den Kien aus, bei der Nacht sind alle Kühe schwarz, selbst die schwarzen.‹ – ›Ja,‹ sagte sie, ›auch die blanken Esel! Dreh dich um, ich bitte dich, ich will den Kien schon löschen, wenn es Zeit ist.‹ Da drehte sich der ehrliche Martino um. ›Gute Nacht, Mitidika!‹ sagte er. – ›Gute Nacht, Martino!‹ sprach sie.

Nun breitete sie sich eine bunte wollene Decke an die Erde aus neben dem Eichenblock, stellte einen halben Kürbis voll Wasser darauf, holte einen kleinen, zierlichen Kasten gar heimlich unter der Trommel hervor und setzte ihn neben sich auf die Bank, wobei sie sich ängstlich nach uns umsah. Ich blinzte durch die Augen und schnarchte, als läge ich im tiefsten Schlaf. Mitidika traute und schloß das Kästchen leise auf, musterte alle die Herrlichkeiten, die darin waren, und suchte sich einen Raum aus, die Nadelbüchse des Martino bequem hineinzulegen. Ihr könnt euch meine Verwunderung nicht denken, als ich, in dieser wüsten Zigeunerherberge, die Kleine auf einmal in einem so zierlichen und reichgefüllten Schmuckkästchen kramen sah. Es sah nicht ganz so aus, als sei ein Affe hinter die Toilette seiner Herrschaft geraten, auch nicht, als richte der Satan einen Juwelenkasten ein, um einem unschuldigen Mädchen die Augen zu blenden; aber eine indianische Prinzessin, welche die Geschenke eines englischen Gouverneurs mustert, mag wohl so aussehn. Als sie so die Perlen- und Korallenschnüre, die brillantenen Ohrringe und die Zitternadeln durch die schwarzen Hände laufen ließ, konnte ich vor Augenlust gar nicht denken, daß dies gestohlnes Gut sein müsse. Nun stellte sie mehrere Kristallfläschchen mit Wohlgerüchen und Salben aus dem Kästchen auf den Block, zog feine Kämme und Zahnbürsten hervor und begann sich zu putzen und zu schmücken, wie die Nacht, die mit dem Monde Hochzeit machen will. Sie nahm die kleine, von buntem Stroh geflochtene Mütze von ihrem Kopf, und ein Strom von schwarzen Haaren stürzte ihr über die Schultern; sie gewann dadurch ein reizendes und wildes Ansehn, wenn ihre weißen Augäpfel und die blanken Zähne aus den schwarzen Mähnen hervorfunkelten. Sie kämmte sich, schlängelte sich goldene Schnüre in die Zöpfe, die sie flocht und kunstreich wie eine Krone um das schöne runde Köpfchen legte. Sie wusch sich das Gesicht und die Hände, putzte die Zähne, beschnitt sich die Nägel und tat alles mit so unbegreiflicher Zierlichkeit, Anmut und hinreißender Schnelligkeit der Bewegungen, daß es mir vor den Augen zitterte und bebte. Als sie die brillantenen Ohrringe in die kleinen schwarzen Muschelöhrchen befestigte und die glitzernden Zitternadeln in den Flechtenkranz steckte und die Korallen- und Bernsteinschnüre um das braune Hälschen legte und dabei hin und her zuckte wie ein Wunderwerkchen, gingen mir die Augen über. Sie begoß sich mit Wohlgerüchen, rieb sich die schwarzen Patschchen mit duftendem Öl und steckte sich ein blitzendes Ringlein um das andere an die schlanken Fingerchen. Nun stellte sie einen Spiegel auf und bleckte die Zähnchen so artig hinein, es ist nicht zu beschreiben. Und bei allem dem donnerte und blitzte es draußen, und ihre Eile ward immer größer; ich verstehe mich auf Lichtwirkungen in der Nacht, aber ich habe mein Lebtag kein solches Feuerwerk gesehen, kein Blitzen auf so schönem dunkeln Grund als das Spiel der Diamanten und Perlen auf ihr; denn sie war ein wunderschönes, frei, kühn, scheu und züchtig bewegtes Menschenbild.

Flüchtig packte sie nun alle Geräte wieder in das Kästchen, steckte noch eine Handvoll weißes Zuckerwerk in das Mäulchen und knupperte wie eine Maus, während sie das Kästchen mit scheuen Blicken um sich her: ob wir auch schliefen, wieder unter die alte Trommel stellte. Die schwarze Katze, die auf derselben schlief, erhob sich dabei und machte einen hohen Buckel, als verwundere sie sich über sie, da sie ihr mit den funkelnden Händen über den Rücken strich. Nun brachte sie ein feines Hemd von weißer Seide, legte es über den Arm und fing an, ihr Mieder aufzuschnüren, wobei sie uns den Rücken kehrte; es sah aus, als werfe sie Kußhändchen aus, wenn sie die Nestel zog; nun aber schlüpfte sie in die Küche und trat in wenigen Minuten wieder herein in einem schneeweißen Röckchen und einem Mieder von rotem venetianischen Samt. So stand sie mitten auf der Decke und betrachtete ihren Staat mit kindischem Wohlgefallen; der Donner rollte heftiger, Martino wachte auf, Mitidika faßte den Teppich mit beiden Händen über die Schultern, stieß mit dem Fuß die Kienfackel aus, wickelte sich schnell ein wie eine Schmetterlingslarve, ein heller Blitz erleuchtete die Kammer, sie schoß wie eine Schlange an die Erde nieder und krümmte sich zusammen. Martino hatte sie im Leuchten des

Blitzes noch gesehen, aber er wußte nicht, was es war; er sprach: ›Meister, saht Ihr etwas?‹ Ich war aber so erstaunt, daß ich stumm blieb; da sprach er: ›Mitidika, schläfst du?‹ aber sie schwieg; Martino drehte sich um und schlief auch wieder. Meine Gedanken über das, was ich gesehen, ließen mich nicht ruhen, der wunderbare Schmuck in dem Besitz der kleinen braunen Bettlerin, und daß sie ihn jetzt so sorgsam und heimlich angelegt, befremdete mich ungemein; alles kam mir wie Zauberei vor. Sie erwartet ein Waldgespenst und schmückt sich wie eine Braut. War dies gestohlnes Gut? Ist sie eine verkleidete, versteckte Prinzessin? Warum geht sie in dieser Pracht schlafen, und warum wickelt sie sich mit all der Herrlichkeit in den alten Teppich ein? Sollte alles dies geheim sein, wie war es möglich, da wir sie morgen früh doch in ihrem Putz finden mußten? So lag ich nachsinnend; das Gewitter war in vollem Grimme über uns, und das Licht der zuckenden Blitze zeigte mir öfters das Bild der Mitidika, welche, wie eine Mumie in den Teppich gehüllt, an der Erde ausgestreckt lag. Als ich aber durch das wilde Wetter ein Horn schallen hörte, stieß ich Martino an und flüsterte ihm zu: ›Halte dich bereit, ich glaube, der wilde Jäger ist im Anzug.‹ Wir hörten das Horn nochmals und Pferdegetrapp und Gewieher, und ich bemerkte, daß Mitidika aufstand; ich kroch aber quer vor die offene Küchentüre, und als sie mit dem Fuße an mich anstieß, glaubte sie umgegangen zu sein und wendete sich nach einer andern Seite. Martino stand auf, die Haustüre öffnete sich, und es trat eine Gestalt mit raschem Schritt durch die Küche auf uns zu; ich faßte sie bei den Beinen, daß sie niederschlug, und Martino drosch so gewaltig auf ihn los, daß der wilde Jäger Zetermordio zu schreien begann. ›Mitidika, Hülfe, Hülfe! man mordet mich!‹ schrie er. – ›Ha ha! Herr wilder Jäger,‹ schrie nun Martino, ›wir haben dich!‹ und so zerrten wir ihn in die Stube herein und machten die Türe zu. Der Lärm ward allgemein; der Kerl wehrte sich verzweifelt. Meine Marinina erwachte und schrie: ›Jesus, Maria, Joseph! Licht her, Licht her! was ist das, o Baciochi, Martino!‹ Die Alte fuhr aus ihren Betten auf, warf die alten Bretter um, die vor ihr standen, und schrie: ›Mörder, Hülfe, Mitidika!‹ Dabei wurden die Hühner auf dem Boden rebellisch, die Trommel kollerte brummend durch die Stube; Mitidika allein ließ sich nicht hören. ›Martino, schlage Feuer!‹ rief ich und drückte meinen fremden Gast fest in die Gurgel, daß er sich nicht rühren konnte. Da stieß Martino einen Schwärmer in die glühende Asche des Herds, der leuchtend durch die Kammer zischte und dem ganzen Spektakel ein noch tolleres Ansehen gab. Mein Gefangener fing von neuem an zu ringen, und indem ich ihn gegen die Wand drückte, trat ich gegen einige Bretter, die auswichen – ich warf ihn nieder. Ein großer Bock, der hinter den Brettern geruht hatte, sprang auf und fing nicht schlecht an zu stoßen, und ich warf meinen wilden Jäger so kräftig zur Erde, daß er keinen Laut mehr von sich gab. Martino brachte nun eine brennende Kienfackel herein, und wir sahen die ganze Verwirrung. Der wilde Jäger war ein schöner, schlanker Kerl in galanter Jagduniform. Er rührte sich nicht; der Gedanke, daß ich ihn gar totgedrückt hätte, fuhr mir unheimlich durch die Glieder, ich stürzte zur Küche nach Wasser; Martino faßte die Alte, die fluchend und schreiend aus dem Bett gesprungen war, und warf sie wieder in die Federn mit den Worten: ›Schweig still, Drache! Wir wollen dir kein Haar krümmen; wir haben nur den wilden Jäger abgefangen.‹ Nun trat ich mit einem Eimer Wasser hinein und goß ihn pratsch! über den leblosen wilden Jäger; da sprang er wie eine nasse Katze in die Höhe –.«

»Das Wasser, das kalte Wasser«, schrie hier Devillier aufspringend, »war das Allerfatalste!« und die ganze Gesellschaft sah ihn verwundert an. »Nun, was schauen Sie,« fuhr er fort, »soll ich länger schweigen? Habe ich nicht schrecklich ausgehalten und mich hier in der Erzählung nochmals mißhandeln lassen?« Baciochi wußte nicht, was er vor Erstaunen sagen sollte über Devilliers Unterbrechung; dieser aber sprach heiter: »Ja, Herr Baciochi, ich war der wilde Jäger, mich habt Ihr so kräftig zugedeckt, ich habe es von Anfang der Geschichte gewußt und hätte gern geschwiegen, aber das kalte Wasser lief mir wieder erweckend über den Rücken.« Da ward die ganze Gesellschaft vergnügt, der Feuerwerker reichte Devillier die Hand, und dieser sagte: »Es freut mich, Euch wiederzusehen; alles ist längst vergessen, nur Mitidika nicht!« – »Das will ich hoffen,« meinte der Zigeuner ernsthaft, »ich bitte mir das Ende der Geschichte aus.« Da tranken alle lustig herum, und Devillier trank die Gesundheit der Mitidika, wozu Michaly einen Tusch geigte und Lindpeindler das hochpoetische freie Leben der Zigeuner pries; der Vizegespan meinte jedoch: sie hätten nicht die reinsten Hände. Die Kammerjungfer aber fragte: »Wo hat sie nur den Schmuck hergehabt?« Der Tiroler sagte: »Den wilda Jaaga hobt's maisterli zuagdeckt!« und alle drangen, Devillier möge weiter erzählen.

»Wohlan!« sagte dieser: »Ich hatte damals Geschäfte mit der Contrebande und manche andere politische Berührungen diesseits und jenseits auf der Grenze. Ich dirigierte den ganzen Schleichhandel und forschte auf höhere Veranlassung dem Orden der Carbonari nach. Auf meinen Streifereien hatte ich Mitidika kennengelernt und mich leidenschaftlich in dies schöne, unschuldige und geistvolle wilde Naturkind verliebt. In bestimmten Nächten besuchte ich sie; der Schmuck, den Ihr, Baciochi, sie anlegen sahet, war ein Geschenk von mir. Sie hatte den Glauben der Alten an den wilden Jäger benutzt, um sich unentdeckt einige Stunden von mir unterhalten zu lassen. Wenn ich kommen sollte, schmückte sie sich immer wie eine Zauberin; ich setzte sie dann mit auf mein Pferd und brachte sie nach einer Höhle, eine Viertelstunde von ihrer Hütte, welche das Warenlager meines Schleichhandels war; da saß sie in einem mit dem feinsten englischen bunten Kattun ausgeschlagenen Raum mit mir und ergötzte mich und einen verstorbenen Freund mit Tanz, Gesang und freundlicher Rede. Gegen Morgen ging sie zurück, einen Bündel Holz in die Küche tragend, und wurde von der Großmutter wegen ihrem Fleiß gelobt. Ich liebte sie unaussprechlich um ihrer Tugend und Schönheit, und ihr ganzes Wesen war so wunderbar und bei allem Mutwillen und aller kindlichen Ergebenheit so gebieterisch, daß ich nie daran denken konnte, ihre Unschuld auch nur mit einem Gedanken zu verletzen. O, sie war gar nicht mehr wie ein Mensch, sie war wie eine Zauberin, wie ein Berggeist, wenn sie in dem Edelsteinschmuck vor uns tanzte, sang, lachte und weinte; ich kann sie nie vergessen. In der Nacht, wo Ihr und Martino mich so häßlich zerprügeltet, ging die ganze Herrlichkeit zu Ende. Anfangs hielt ich meine Angreifer für italienische Gendarmen, die mir auf die Spur kamen; als wir uns aber erklärt hatten, nahm mir die Entdeckung vom Gegenteil allen Zorn hinweg, und unsere erste Sorge war: wo Mitidika hingekommen sei. Die alte Zigeunerin jammerte auch nach ihr, wir suchten alle Winkel aus und fanden sie nicht, bis die Alte die Leiter vermißte. Baciochi sagte: zur Türe könne sie nicht hinausgekommen sein, er habe davorgelegen; da machte uns der Regen, der durch das Loch in der Decke hereinströmte, aufmerksam; Martino kletterte auf den Schultern Baciochis hinan und fand die Leiter, aber Mitidika, welche die Leiter nach sich gezogen, war durch das Strohdach hinaus geklettert und nirgends zu finden. Ich eilte nach der Türe und vermißte mein Pferd; nun war ich gewiß, daß sie nach meinem Schlupfwinkel entflohen sein müsse, und war ruhig. Ich durfte diesen weder an Baciochi noch an die Zigeunerin, die nichts von meinem Verhältnisse mit Mitidika wußte, verraten und suchte deshalb noch lange mit. Das Wetter war aber so abscheulich, daß wir bald wieder zurückkehrten, und die Alte jammerte nicht mehr lange; da hörten wir Hufschlag, und Mitidika stürzte in ihrem ganzen Schmuck mit wilder Gebärde in die Stube auf mich zu: ›Geschwind, fort, geflohen!‹ schrie sie, ›die italienischen Gendarmen streifen in der Nähe, Euren Freund haben sie mit einem ganzen Zug Schleichhändler gefangen; es ist ein Glück, daß hier der Spektakel losging, ich bin aus Angst durch das Dach geschlüpft, dadurch habe ich die nahe Gefahr entdeckt; geschwind fort!‹ – ›Wohin?‹ schrie ich, und Baciochi, Martino und Marinina, die sich auch vor der Entdeckung fürchteten, folgten alle mit mir der treibenden Mitidika zur Türe hinaus. Sie schwang sich auf mein Pferd, ich hinter sie, und so sprengten wir beide nach unserem Schlupfwinkel, unbekümmert um Euch, Herr Baciochi, und die Eurigen.«

»Ja,« sagte der Feuerwerker, »Ihr rittet nicht schlecht, und wir hatten in dem wilden Wetter übles Nachsehen; übrigens war es Euch nicht zu verargen, daß Ihr uns nicht eingeladen, mitzugehen; wir hatten Euch schlecht bewillkommt. Ich will mein Lebtag an den Mordweg denken. Meine Marinina ward krank und starb zwei Monate nachher in Kroatien; Gott habe sie selig! Martino ließ sich bei der österreichischen Artillerie anwerben und war neulich mit in Neapel, wenn er noch lebt. Ich fand mein Brot – Gott sei gelobt! – bei unserm gnädigen Herrn. Es freut mich, daß Ihr so gut davongekommen; aber was ist denn aus der braunen Mitidika geworden?«

»Ja, wer das wüßte!« sagte Devillier; »wir kamen vor der Höhle an und zogen das Pferd herein. Sie war voll Sorge um mich, wusch mir meine Kopfwunden und Beulen mit Wein und bewies mir unendliche Liebe. So brachten wir die Nacht in steter Angst und Sorge zu. Gegen Morgen hatte sie keine Ruhe mehr, sie verlangte nach der alten Mutter; sie beschwor mich, sogleich die Höhle zu verlassen und zu fliehen. Das Schicksal meines Freundes erschütterte mich tief, ich war entschlossen, ihn aufzusuchen. Sie schwur mir ewige Treue; ich versprach ihr, wenn ich sie nach einiger Zeit hier wieder fände, sie zu meiner Frau zu machen; sie lachte und meinte: sie wolle nie einen Mann, der kein Zigeuner sei, und nun auch keinen Zigeuner, sie wolle gar keinen Mann. Dabei scherzte und weinte sie, tanzte und sang noch einmal vor mir, und als ich sie umarmen wollte, schlug sie mich ins Gesicht und floh zur Höhle hinaus. Ich verließ den Ort gegen Abend. Als ich vom Tode meines Freundes gehört hatte und zu Mitidika zurückkehrte, war ihre Hütte abgebrannt; ich ging nach der Höhle, sie war ausgeplündert. Auf der Wand aber fand ich mit Kohle geschrieben: ›Wie gewonnen, so zerronnen! Ich behalte dich lieb, tue, was du kannst, ich will tun, was ich muß.‹ Ich habe das holdselige Geschöpf durch ganz Ungarn aufgesucht, aber leider nicht wiedergefunden; hundert Mitidikas sind mir vorgestellt worden, aber keine war die rechte.«

»Es gibt auch nur *eine*,« sagte hier Michaly, »und wird alle tausend Jahre nur *eine* geboren.« – »Kennt Ihr sie?« sprach Devillier heftig. »Was geht es Euch an,« erwiderte Michaly, »ob ich sie kenne? Habt Ihr nicht die Ehe ihr versprochen und doch eine Ungarin geheiratet? Sie hat Euch Treue gehalten bis jetzt, sie ist meine Schwester, und ich wollte sie abholen, da die Großmutter in Siebenbürgen gestorben, wo sie sich mit Goldwaschen ernährten; der Pestkordon hat mir aber den Weg abgeschnitten.« Da ward Devillier äußerst bewegt; er sagte: »Ich habe sie lange gesucht und nicht gefunden, sie hatte mir ausdrücklich gesagt, sie werde nie einem Blanken die Hand reichen und nun auch keinem Zigeuner; nur in der Hoffnung, sie wiederzusehen, blieb ich bis jetzt in Ungarn, und ich würde nicht die Mittel gehabt haben, hier zu bleiben, wenn ich die alte Dame nicht geheiratet hätte, die mir jetzt mein schönes Gütchen zurückgelassen. Könnt Ihr mich mit Mitidika wieder zusammenbringen, so will ich sie gern heiraten und ihr alles lassen, was ich habe.« – »Das ist ein nicht zu verachtender Vorschlag, Michaly,« sagte der Vizegespan, »schlagt das nicht so in den Wind, Ihr habt Zeugen!« Michaly aber lachte und sprach: »Mitidika wird nicht an dem Stückchen Erde kleben, sie wird nicht in einem gemauerten Hause gefangen sein wollen und sich um Abgaben und Zinsen zerquälen. Wer nichts hat, hat alles; es war immer ihr Sprüchwort: ›Der Himmel ist mein Hut; die Erde ist mein Schuh; das heilige Kreuz ist mein Schwert; wer mich sieht, hat mich lieb und wert.‹« – »Das ist echt zigeunerisch gesprochen,« sagte der Vizegespan, »drum bleibt ihr auch immer vogelfreies Gesindel.« Michaly nahm da seine Geige und wollte ein Lied auf die Freiheit singen, aber der Nachtwächter blies zwölf Uhr und mahnte die Gesellschaft zur Ruhe. Lindpeindler hatte sich mit dem Feuerwerker und der Kammerjungfer, welche durch die erwachte Neigung Devilliers für Mitidika sehr gekränkt worden war (denn sie spitzte sich selbst auf ihn), noch eine Viertelstunde nach dem Edelhof begeben. Als sie sich der Gesellschaft empfahlen, bot Devillier der Zofe seine Begleitung an; sie sagte aber: »Ich danke, ich möchte das werte Andenken an die unbeschreibliche Mitidika nicht stören.« Damit machte sie einen höhnischen Knicks und verließ die Stube mit Lindpeindler, der diese Nacht als eine der romantischsten seines Lebens pries.

Der Kroate, der Tiroler und der Savoyarde waren bereits eingeschlummert, und der Vizegespan lud Wehmüllern, der mit seiner Arbeit ziemlich fertig war, wie auch den Zigeuner und Devillier zu sich in sein Haus ein. Sie nahmen es mit Freuden an, da sie dort doch ein Bett zu erwarten hatten. Frau Tschermack, die Wirtin, ward bezahlt und schloß die Türe mit der Bitte: wenn sie länger hier blieben, nochmals eine so schöne Gesellschaft bei ihr zu halten. Vor Schlafengehen wußten Devillier und der Zigeuner den Vizegespan zu bereden, am andern Morgen den Kordon mit durchschleichen zu dürfen, denn Michaly und Devillier sehnten sich ebensosehr nach Mitidika, die jenseits war, als Wehmüller nach seiner Tonerl. Sie schliefen bis zwei Uhr, da packte der Vizegespan jedem eine Jagdflinte auf, und sie zogen, als Jäger, einem Waldrücken zu; aber kaum waren sie hundert Schritt vor dem Dorf, als sie seitwärts bei den Kordonpiketten verwirrtes Lärmen und Schießen hörten und bald einen Husaren, dem das Pferd erschossen war, querfeldein laufen sahen, welcher auf das Anrufen des Vizegespans schrie: »*Cordonus est ruptus cum armis in manibus a pestiferatis loci vicini*, der Kordon ist mit bewaffneter Hand von den Pestkranken des benachbarten Ortes durchbrochen.« Als der Vizegespan dies hörte, ließ er seine Gesellschaft im Stich und lief über Hals und Kopf nach dem Dorfe zurück, um seine Bauern unter die Waffen zu bringen. Wehmüller und der Zigeuner schrieen: »Gott sei Dank, nun laßt uns eilen!« Devillier besann sich auch nicht lange, und sie liefen spornstreichs nach dem verlassenen Pikettfeuer hin, wo sie Bauern beschäftigt fanden, unter großem Geschrei das Brot und die anderen Vorräte zu teilen, welche das Pikett zurückgelassen hatte. Als sie sich näherten, kam ihnen ein Reiter entgegen und schrie: »Steht, oder ich schieße euch nieder!« Sie standen und warfen die Waffen hinweg. Sie wurden gefragt, wer sie seien? und als sie erklärt: sie wollten über den Kordon, und der Reiter ihre Stimmen vernommen, stürzte er vom Pferde und fiel dem Zigeuner und Devillier wechselsweise um den Hals und schrie immer: »Michaly! Devillier! Ich bin Mitidika.«

Vor Freude des Wiedersehens ganz zitternd, riß das Mädchen sie in die Erdhütte des Piketts, wo sie dieselbe in männlicher Kleidung, mit Säbel und Pistole bewaffnet, erkannten, und sie wollte eben zu erzählen anfangen, als sie Wehmüllern scharf ansah und zu ihm sprach: »Bist du noch immer hier, Betrüger? Ich meinte, du seist gestern zu deiner angeblichen Frau nach Stuhlweißenburg gereist.« Alle sahen bei diesen Worten auf den bestürzten Wehmüller; dieser sperrte das Maul auf vor Verwunderung. »Ich?« fragte er endlich, »ich, gestern zu meiner angeblichen Frau?« – »Ja, du!« sagte Mitidika, »du, der du dich

Wehmüller nennst und es nicht bist, du, der du deine Frau nicht einmal kennst.« – »O, das ist um rasend zu werden!« schrie Wehmüller, »welche tolle Beschuldigungen, und das von einer wildfremden Person, die ich niemals gesehen!« – »Unverschämter Gesell!« schrie Mitidika; »du kenntest mich nicht! Hast du mir nicht seit mehreren Tagen mit deinen Liebesversicherungen zugesetzt? Hat der wirkliche Wehmüller dir nicht deswegen schon ins Gesicht bewiesen: daß du Wehmüller nicht sein könnest, weil der rechte Wehmüller an niemand denkt als an sein liebes Tonerl?« – »Der rechte Wehmüller?« schrie nun Wehmüller, »wo haben Sie den je gesehen? Er wenigstens kennt Sie nicht.« – »Kennt mich nicht?« erwiderte Mitidika, »und reist mit mir?« – »Ich werde verrückt!« schrie Wehmüller, »nun ist gar noch ein dritter auf dem Tapet; wo sind die zwei andern? Geschwind, ich will sie sehn, ich will sie erwürgen!« – »Den dritten lügst du hinzu«, versetzte Mitidika; »der echte wird nicht weit von hier sein, ich will ihn holen, da sollst du beschämt werden!« Nun lief sie schnell zur Hütte hinaus.

Dieser Wortwechsel war so schnell und heftig und die Veranlassung so wunderbar, daß Michaly und Devillier nicht Zeit hatten, dem verblüfften Maler zu bezeugen: daß er seit gestern in ihrer Gesellschaft sei und unmöglich der sein könne, welchen Mitidika kannte. Sie waren eben noch beschäftigt, den weinenden Wehmüller zu trösten, als eine ganz ähnliche Figur wie er selbst in die Hütte trat; bei dem erloschenen Feuer war es unmöglich, jemand bestimmter zu erkennen. Kaum hatte Wehmüller sein Ebenbild in derselben Gestalt und Kleidung erkannt, als er wie eine Furie darauf losstürzte; der andre tat ein gleiches, und beide schrieen: »Ha, ertappe ich dich bei deiner Buhlerei unter meinem ehrlichen Namen!« Sie rissen sich wie zwei Hähne herum. Devillier und Michaly brachten sie mit Gewalt auseinander, und Mitidika führte den dritten Wehmüller herein. Wie groß war die Bestürzung aller, da nun wirklich drei Wehmüller zugegen waren. »Nein, das ist zum Verzweifeln!« rief der Wehmüller, den Mitidika mitgebracht hatte, »da ist noch einer!« – »Herr Jesus!« schrie nun unser Wehmüller, »Tonerl, bist du es, bist du hier, Tonerl?« – »Franzerl, lieber Franzerl!« schrie der andere, und sie sanken sich als Mann und Frau in die Arme. Da wurde es dem einen Wehmüller, den Devillier festhielt, nicht recht wohl, und er sank vor Schreck zur Erde. Michaly schürte nun das Feuer wieder an, daß man sehen konnte, und Mitidika bezeugte die größte Freude, daß Tonerl, die in einem ganz ähnlichen Kleide wir ihr Mann von Stuhlweißenburg mit ihr diesem entgegengereist war, ihn endlich gefunden habe, nachdem sie zu ihrem großen Schrecken von dem falschen Wehmüller in dem Dorfe, das man wegen Pestverdacht eingeschlossen, sehr geplagt worden war, ohne sich ihm als Wehmüllers Weib zu entdecken, denn sie war auf einen alten Paß ihres Mannes gereist.

Sie hatten sich kaum von der ersten Freude erholt, als Mitidika sagte: »Wir müssen doch den falschen Wehmüller, der die Sprache verloren hat, wieder zu sich bringen.« Da aber ihr Rütteln und Schütteln ganz vergeblich war, sagte sie: »Ich habe ein untrüglich Mittel von der seligen Großmutter gelernt; das Herz ist ihm gefallen, wir wollen es ihm wieder heraufziehen.« Da nahm sie ein Schoppenglas und gab es Michaly nebst einem Endchen Licht – das sie am Feuer anzündete – und einem Scheibchen Brot. »Aha, ich weiß schon!« sagte Michaly und öffnete dem Ohnmächtigen die Weste über dem Magen, setzte ihm das Licht, auf der Brotscheibe befestigt, auf den Leib und stülpte das Glas darüber. Das brennende Licht, welches die Luft unter dem Glase verzehrte, machte ihm den Leib wie in einem Schröpfkopf in das Glas aufsteigen. Die ganze Gesellschaft lachte über dieses zigeunerische Kunststück, und der falsche Wehmüller kam bald zu Sinnen; der echte ging auf ihn zu und sprach: »Wer sind Sie, der auf eine so unverschämte Weise meinen Namen mißbrauchte?« Da antwortete der Patient, welchen Devillier und Michaly an der Erde festhielten: »Was Guckuck habe ich auf dem Leib? Es ist, als wollten Sie mir den Magen herausreißen; tun Sie mir die vermaledeite Laterne vom Leibe, eher sage ich kein Wort; ich bin Wehmüller und bleibe Wehmüller!« – »Gut,« sagte Mitidika, »wenn du noch nicht bei Sinnen bist, wollen wir dir etwas Süßes eingeben.« – »Recht,« sagte Michaly, »Katzenkot mit Honig, Zigeunertheriak.« Auf dieses Rezept bekam der Patient andere Gesinnung und sprach: »Um Gottes willen, laßt mich aufstehen, ich will alles bekennen!

Ich bin der Maler Froschauer von Klagenfurt.« – »Das habe ich gleich gedacht,« sagte Wehmüller, »jetzt habe ich Sie in meinen Händen, ich kann Sie als einen Falsarius bei der Obrigkeit angeben, aber ich will großmütig sein, wenn Sir mir einen körperlichen Eid schwören: daß Sie auf ewige Tage resignieren, ungarische Nationalgesichter in meiner Manier zu malen.« – »Das ist sehr hart,« sagte Froschauer, »denn ich habe ganz darauf studiert und müßte verhungern; den Eid kann ich nicht schwören.« – »Er ist noch hartnäckig!« sagte Michaly; »geschwind den Zigeunertheriak her!« Und da Mitidika sich stellte, als wolle sie ihm etwas eingeben, entschloß er sich kurz und schwor alles, was man haben wollte, worauf sie ihn losließen und ihm die Laterne vom Leib nahmen.

Die Freude und der Mutwille ward nun allgemein; aber der Tag näherte sich, und Mitidika rief eben die Kordonbrecher zusammen, um mit ihrem erbeuteten Proviant sich dahin zurückzuziehen, wo sie hergekommen waren. Aber der Vizegespan kam mit dem Kroaten, dem Feuerwerker, dem Gutsbesitzer und einigen Heiducken und Panduren herbei und brachte die freudige Nachricht, daß sie gar nicht nötig hätten, sich zurückzuziehen, denn der Kordonkommandant habe soeben bekanntgemacht: nur durch Mißverständnis sei das Dorf, in dem sie vierzehn Tage blockiert waren, in den Kordon eingeschlossen worden. Es solle ihnen deshalb verziehen sein, daß sie den Kordon durchbrachen, wenn sie dagegen auch keine Klage über den Irrtum erheben wollten; der Kordon habe sich schon nach einer andern Richtung bewegt. Der Gutsbesitzer bestätigte dies und lud die Gesellschaft, von der ihm Baciochi, Nanny und Lindpeindler so viel Interessantes erzählten, sämtlich nach seinem Edelhofe ein.

Die Bauern und Zigeuner, die unter der Anführung Mitidikas den Kordon durchbrochen hatten, waren hoch erfreut über diese Nachricht, dankten ihrer Anführerin herzlich und kehrten singend nach ihrer Heimat zurück. Michaly aber nahm seine Violine und spielte lustig vor der Gesellschaft her, die dem Edelmanne folgte. Unterwegs gab es viele Aufklärungen und Herzensergießungen. Devillier und Mitidika hatten ihre Neigung bald zärtlich erneuert und gingen Arm in Arm; dann aber folgten die drei Wehmüller, Tonerl in der Mitte, und die andern gingen hinterdrein über das Stoppelfeld. Mitidika sagte, daß sie Tonerl in Stuhlweißenburg kennengelernt, die, sehr bekümmert über das Ausbleiben ihres Mannes, eine Reisegesellschaft nach Kroatien gesucht, und da sie selbst, nach dem Tode ihrer Großmutter, zu ihrem Bruder Michaly habe ziehen wollen, hätten sie sich entschlossen, zusammen zu reisen in männlicher Kleidung. Frau Tonerl sei in einem Habit ihres Mannes und sie als ungarischer Arzneihändler gereist, bis sie in dem Dorfe plötzlich von dem Kordon eingeschlossen worden seien, wo sie auch Froschauer unter dem Namen Wehmüller ganz in derselben Kleidung vorgefunden, was die arme Tonerl nicht wenig erschreckt habe. Nach vierzehn Tagen sei die Ungeduld und der Mangel der Einwohner, die wohl Hunger, aber keine Pest gehabt, über alle Grenzen gestiegen, und so habe sie sich an ihre Spitze gesetzt und den Kordon durchbrochen; das sei ihr aber gar leicht geworden, denn die Kordonisten wären, aus Furcht, angesteckt zu werden, gleich ausgerissen, als sie mit ihrem Haufen unter ihnen erschien.

Nun mußte Froschauer erzählen; er war eigentlich ein guter Schelm und sagte: »Lieber Herr Wehmüller, ich will Ihnen die Wahrheit sagen; der Spaß kostet mich fünfundzwanzig Dukaten und meine Braut. Ich bin der Maler Froschauer von Klagenfurt und liebe die Tochter eines Fleischhauers; das Mädchen aber wählte immer zwischen mir und einem wohlhabenden Siebmacher, der auch um sie freite. Er setzte dem Vater des Mädchens in den Kopf: es sei in den kaiserlichen Erblanden kein Maler, der eine Frau ernähren könne, und der überhaupt Genie habe, als der Wehmüller in Wien, der die ungarischen Nationalgesichter male, und der so und so gekleidet gehe; dabei hörte er nicht auf, von Ihnen und Ihrer Arbeit zu reden, so daß der alte Fleischhauer und seine Tochter mir endlich erklärten: sie würden den Siebmacher vorziehen, wenn ich Ihnen in Ungarn den Rang nicht abliefe, und nun wettete ich mit dem Siebmacher: daß ich ihm in Jahr und Tag das Mädchen abtreten und noch fünfundzwanzig Dukaten dazu geben wollte, wenn ich Ihnen den Rang nicht ablaufen könne. Ich reiste nach Wien und nach Ungarn, forschte nach allen

Ihren Bildern und warf mich so in Ihre Manier, daß man unsre Bilder nicht mehr unterscheiden konnte. Da ich nun erfuhr, daß Sie die Reise nach Stuhlweißenburg machen würden, wo Sie noch nicht gewesen, und sich auf dem Gute des Grafen Giulowitsch vorbereiteten, benutzte ich die Gelegenheit, Ihnen zuvorzukommen, denn ich wußte durch einen Freund bei der Hofkriegskanzelei, daß die dortigen Regimenter verlegt werden würden. Mit einem Vorrate von Nationalgesichtern in einer Blechbüchse und ganz gekleidet wie Sie, machte ich mich nun als neuer Wehmüller auf, und als ich auf der Grenze an der Maut ein Päckchen liegen sah, ›an Herrn Wehmüller, wenn er durchreist‹ überschrieben, ward es mir von dem Mautbeamten ausgeliefert. Es war dies das Bild Ihrer Gemahlin, welches sie auf ihrer Reise in einem Posthause hatte liegen lassen; ich nahm es mit, um es ihr einhändigen zu lassen, habe es aber vergessen dem Boten abzunehmen, der es trug, als er mich durch den Kordon brachte; denn meine Eile war groß, und ich triumphierte schon, daß ich, indem der Kordon Sie aussperrte, Ihnen gewiß zuvorkommen würde. Aber wie war mir zumute, da ich mich mit Ihrer Frau, als einem zweiten Wehmüller, den ich auch nicht für den echten erkannte, weil er von der Malerei gar nichts verstand, eingesperrt sah; bald ward ich aber von der Kühnheit und Schönheit Mitidikas, die es kein Hehl hatte, daß sie eine verkleidete Jungfer sei, so hingerissen, daß ich gern auf meine Braut und Wehmüllerschaft resigniert und alles gleich eingestanden hätte; aber Ehrgeiz und die fünfundzwanzig Dukaten hielten mich zurück. Ihr Erscheinen fuhr mir aber so durch alle Glieder, daß ich die Besinnung verlor; die fatale Laterne auf dem Magen und der angedrohte Theriak haben mich gänzlich hergestellt, und nun bleibt mir nichts übrig, als Sie herzlich um Verzeihung zu bitten, mit dem Vorschlag: mich in Ihren Unternehmungen zum Kompagnon zu machen; Sie können meine Arbeiten untersuchen, und gehen Sie den Vorschlag ein, so glaube ich, daß wir einen solchen Vorrat von Nationalgesichtern anfertigen, daß unser Glück begründet ist, wenn wir redlich teilen.« – »Das läßt sich hören!« sagte Wehmüller, »die ganze Geschichte macht mir jetzt Spaß, und wenn ich meine Tonerl nicht so lieb hätte, so möchte ich, um es Ihnen wettzumachen, nach Klagenfurt reisen und Ihre Fleischerstochter und die fünfundzwanzig Dukaten Ihnen wegschnappen, aber so geht es nicht.« Da umarmte er Tonerl herzlich und ward mit Froschauer eins: daß er ihm, wenn er seine Arbeiten untersucht, ein eigenhändiges Attest schreiben wolle: daß er ihn in allem sich gleich achte; gewänne er dann seine Wette, so könne er sein Mädchen heiraten und sich mit ihm auf gleichen Vorteil vereinigen. »Ja,« sagte Tonerl, »da habe ich doch eine Gesellschaft an Frau Froschauer, wenn ihr herumzieht.«

So ward der Friede gestiftet, und sie kamen auf dem Edelhofe an. Die Kammerjungfer und Lindpeindler standen unter der Türe und waren in großem Erstaunen über die drei Wehmüller, noch mehr aber über Mitidika; schnell liefen sie, der gnädigen Frau und dem jungen Baron die interessante Gesellschaft anzukündigen, und diese trat, von dem Edelmann geführt, in eine geräumige Weinlaube, wo die Hausfrau bald mit einem guten Frühstück erschien und alle die Abenteuer nochmals berichtet werden mußten; der Tiroler und der Savoyarde stellten sich auch ein, und der Edelmann bat alle, bei der Weinlese ihm behülflich zu sein, was zugesagt wurde.

Am Abend, als noch viel über die drei Wehmüller gescherzt worden war, wollte Devillier der Gesellschaft eine Geschichte erzählen, die er selbst erlebt, und bei welcher die Verwechselung zweier Personen noch viel unterhaltender war, als der Graf Giulowitsch und Lury, sein Hofmeister, mit seinen Eleven bei dem Edelmann zum Besuch kamen; sie freuten sich ungemein, den guten Wehmüller zu finden und die Aufklärung seines Abenteuers zu hören. Die Erzählung Devilliers ward aufgeschoben, aber nach dem Abendessen mußte die schöne Mitidika all ihren Schmuck, den sie einst von Devillier empfing, anlegen; die Edeldame half ihr selbst bei ihrer Toilette, denn Nanny, die Kammerjungfer, wurde unpäßlich. So geschmückt trat das braune Mädchen wie eine Zauberin vor die Gesellschaft; der Tiroler breitete seine Teppiche aus, und das reizende Geschöpf tanzte, schlug das Tambourin und sang – wozu Michaly sie begleitete – so ganz wunderbar hinreißend, daß alles vor Erstaunen versteinert war. Sie schloß ihren Tanz damit, daß sie den Teppich plötzlich erfaßte, sich schnell in ihn einpuppte und an die Erde niederstreckte, wie damals in der Hütte. Ein lebhaftes Beifallklatschen rauschte durch den Saal; Devillier aber kniete vor ihr, weinte wie ein Kind und wurde ausgelacht; so schied die Gesellschaft für diesen Abend auseinander.

Die Erzählung, welche Devillier versprochen, eine andere des Tirolers und eine des Savoyarden unterhielten an den folgenden Tagen, und ich werde sie mitteilen, wenn ich Lust dazu habe.

GESCHICHTE VOM BRAVEN KASPERL UND DEM SCHÖNEN ANNERL

Es war Sommersfrühe, die Nachtigallen sangen erst seit einigen Tagen durch die Straßen und verstummten heut in einer kühlen Nacht, welche von fernen Gewittern zu uns herwehte; der Nachtwächter rief die elfte Stunde an, da sah ich, nach Hause gehend, vor der Tür eines großen Gebäudes einen Trupp von allerlei Gesellen, die vom Biere kamen, um jemand, der auf den Türstufen saß, versammelt. Ihr Anteil schien mir so lebhaft, daß ich irgendein Unglück besorgte und mich näherte.

Eine alte Bäuerin saß auf der Treppe, und so lebhaft die Gesellen sich um sie bekümmerten, so wenig ließ sie sich von den neugierigen Fragen und gutmütigen Vorschlägen derselben stören. Es hatte etwas sehr Befremdendes, ja schier Großes, wie die gute alte Frau so sehr wußte, was sie wollte, daß sie, als sei sie ganz allein in ihrem Kämmerlein, mitten unter den Leuten es sich unter freiem Himmel zur Nachtruhe bequem machte. Sie nahm ihre Schürze als ein Mäntelchen um, zog ihren großen schwarzen, wachsleinenen Hut tiefer in die Augen, legte sich ihr Bündel unter den Kopf zurecht und gab auf keine Frage Antwort.

»Was fehlt dieser alten Frau?« fragte ich einen der Anwesenden; da kamen Antworten von allen Seiten: »Sie kömmt sechs Meilen Weges vom Lande, sie kann nicht weiter, sie weiß nicht Bescheid in der Stadt, sie hat Befreundete am andern Ende der Stadt und kann nicht hinfinden.« – »Ich wollte sie führen,« sagte einer, »aber es ist ein weiter Weg, und ich habe meinen Hausschlüssel nicht bei mir. Auch würde sie das Haus nicht kennen, wo sie hin will.« – »Aber hier kann die Frau nicht liegen bleiben«, sagte ein Neuhinzugetretener. »Sie will aber platterdings«, antwortete der erste; »ich habe es ihr längst gesagt, ich wolle sie nach Haus bringen, doch sie redet ganz verwirrt, ja sie muß wohl betrunken sein.« – »Ich glaube, sie ist blödsinnig. Aber hier kann sie doch in keinem Falle bleiben,« wiederholte jener, »die Nacht ist kühl und lang.«

Während allem diesem Gerede war die Alte, grade als ob sie taub und blind sei, ganz ungestört mit ihrer Zubereitung fertig geworden, und da der letzte abermals sagte: »Hier kann sie doch nicht bleiben«, erwiderte sie, mit einer wunderlich tiefen und ernsten Stimme:

»Warum soll ich nicht hier bleiben? Ist dies nicht ein herzogliches Haus? Ich bin achtundachtzig Jahre alt, und der Herzog wird mich gewiß nicht von seiner Schwelle treiben. Drei Söhne sind in seinem Dienst gestorben, und mein einziger Enkel hat seinen Abschied genommen; – Gott verzeiht es ihm gewiß, und ich will nicht sterben, bis er in seinem ehrlichen Grab liegt.«

»Achtundachtzig Jahre und sechs Meilen gelaufen!« sagten die Umstehenden, »sie ist müd und kindisch, in solchem Alter wird der Mensch schwach.«

»Mutter, Sie kann aber den Schnupfen kriegen und sehr krank werden hier, und Langeweile wird Sie auch haben«, sprach nun einer der Gesellen und beugte sich näher zu ihr.

Da sprach die Alte wieder mit ihrer tiefen Stimme, halb bittend, halb befehlend:

»O laßt mir meine Ruhe und seid nicht unvernünftig; ich brauch keinen Schnupfen, ich brauche keine Langeweile; es ist ja schon spät an der Zeit, achtundachtzig bin ich alt, der Morgen wird bald anbrechen, da geh ich zu meinen Befreundeten. Wenn ein Mensch fromm ist und hat Schicksale und kann beten, so kann er die paar armen Stunden auch noch wohl hinbringen.«

Die Leute hatten sich nach und nach verloren, und die letzten, welche noch da standen, eilten auch hinweg, weil der Nachtwächter durch die Straße kam und sie sich von ihm ihre Wohnungen wollten öffnen lassen. So war ich allein noch gegenwärtig. Die Straße ward ruhiger. Ich wandelte nachdenkend unter den Bäumen des vor mir liegenden freien Platzes auf und nieder; das Wesen der Bäuerin, ihr bestimmter, ernster Ton, ihre Sicherheit im Leben, das sie achtundachtzigmal mit seinen Jahreszeiten hatte zurückkehren sehen, und das ihr nur wie ein Vorsaal im Bethause erschien, hatten mich mannigfach erschüttert. »Was sind alle Leiden, alle Begierden meiner Brust? Die Sterne gehen ewig unbekümmert ihren Weg – wozu suche ich Erquickung und Labung, und von wem suche ich sie und für wen? Alles, was ich hier suche und liebe und erringe, wird es mich je dahin bringen, so ruhig wie diese gute, fromme Seele die Nacht auf der Schwelle des Hauses zubringen zu können, bis der Morgen erscheint, und werde ich dann den Freund finden wie sie? Ach, ich werde die Stadt gar nicht erreichen, ich werde wegemüde schon in dem Sande vor dem Tore umsinken und vielleicht gar in die Hände der Räuber fallen.« So sprach ich zu mir selbst, und als ich durch den Lindengang mich der Alten wieder näherte, hörte ich sie halblaut mit gesenktem Kopfe vor sich hin beten. Ich war wunderbar gerührt und trat zu ihr hin und sprach: »Mit Gott, fromme Mutter, bete Sie auch ein wenig für mich!« – bei welchen Worten ich ihr einen Taler in die Schürze warf.

Die Alte sagte hierauf ganz ruhig: »Hab tausend Dank, mein lieber Herr, daß du mein Gebet erhört.«

Ich glaubte, sie spreche mit mir, und sagte: »Mutter, habt Ihr mich denn um etwas gebeten? Ich wüßte nicht.«

Da fuhr die Alte überrascht auf und sprach: »Lieber Herr, gehe Er doch nach Haus und bete Er fein und lege Er sich schlafen. Was zieht Er so spät noch auf der Gasse herum? Das ist jungen Gesellen gar nichts nütze; denn der Feind geht um und suchet, wo er sich einen erfange. Es ist mancher durch solch Nachtlaufen verdorben. Wen sucht Er? Den Herrn? Der ist in des Menschen Herz, so er züchtiglich lebt, und nicht auf der Gasse. Sucht Er aber den Feind, so hat Er ihn schon; gehe Er hübsch nach Haus und bete Er, daß Er ihn loswerde. Gute Nacht!«

Nach diesen Worten wendete sie sich ganz ruhig nach der andern Seite und steckte den Taler in ihren Reisesack. Alles, was die Alte tat, machte einen eigentümlichen ernsten Eindruck auf mich, und ich sprach zu ihr: »Liebe Mutter, Ihr habt wohl recht, aber Ihr selbst seid es, was mich hier hält; ich hörte Euch beten und wollte Euch ansprechen, meiner dabei zu gedenken.«

»Das ist schon geschehen«, sagte sie; »als ich Ihn so durch den Lindengang wandeln sah, bat ich Gott, er möge Euch gute Gedanken geben. Nun habe Er sie, und gehe Er fein schlafen!«

Ich aber setzte mich zu ihr nieder auf die Treppe und ergriff ihre dürre Hand und sagte: »Lasset mich hier bei Euch sitzen die

Nacht hindurch, und erzählet mir, woher Ihr seid, und was Ihr hier in der Stadt sucht; Ihr habt hier keine Hülfe, in Eurem Alter ist man Gott näher als den Menschen; die Welt hat sich verändert, seit Ihr jung wart.« –

»Daß ich nicht wüßte,« erwiderte die Alte, »ich habs mein Lebetag ganz einerlei gefunden; Er ist noch zu jung, da verwundert man sich über alles; mir ist alles schon so oft wieder vorgekommen, daß ich es nur noch mit Freuden ansehe, weil es Gott so treulich damit meinet. Aber man soll keinen guten Willen von sich weisen, wenn er einem auch grade nicht not tut, sonst möchte der liebe Freund ausbleiben, wenn er ein andermal gar willkommen wäre; bleibe Er drum immer sitzen, und sehe Er, was Er mir helfen kann. Ich will Ihm erzählen, was mich in die Stadt den weiten Weg treibt. Ich hätt es nicht gedacht, wieder hierher zu kommen. Es sind siebenzig Jahre, daß ich hier in dem Hause als Magd gedient habe, auf dessen Schwelle ich sitze, seitdem war ich nicht mehr in der Stadt; was die Zeit herumgeht! Es ist, als wenn man eine Hand umwendet. Wie oft habe ich hier am Abend gesessen vor siebzig Jahren und habe auf meinen Schatz gewartet, der bei der Garde stand! Hier haben wir uns auch versprochen. Wenn er hier – aber still, da kömmt die Runde vorbei.«

Da hob sie an, mit gemäßigter Stimme, wie etwa junge Mägde und Diener in schönen Mondnächten, vor der Tür zu singen, und ich hörte mit innigem Vergnügen folgendes schöne alte Lied von ihr:

Wann der Jüngste Tag wird werden,
Dann fallen die Sternelein auf die Erden.
Ihr Toten, ihr Toten sollt auferstehn,
Ihr sollt vor das Jüngste Gerichte gehn;
Ihr sollt treten auf die Spitzen,
Da die lieben Engelein sitzen.
Da kam der liebe Gott gezogen
Mit einem schönen Regenbogen.
Da kamen die falschen Juden gegangen,
Die führten einst unsern Herrn Christum gefangen.
Die hohen Bäum erleuchten sehr,
Die harten Stein zerknirschten sehr.

Wer dies Gebetlein beten kann,
Der bets des Tages nur einmal,
Die Seele wird vor Gott bestehn,
Wann wir werden zum Himmel eingehn!
Amen.

Als die Runde uns näher kam, wurde die gute Alte gerührt. »Ach,« sagte sie, »es ist heute der sechszehnte Mai, es ist doch alles einerlei, grade wie damals, nur haben sie andere Mützen auf und keine Zöpfe mehr. Tut nichts, wenns Herz nur gut ist!« Der Offizier der Runde blieb bei uns stehen und wollte eben fragen, was wir hier so spät zu schaffen hätten, als ich den Fähnrich Graf Grossinger, einen Bekannten, in ihm erkannte. Ich sagte ihm kurz den ganzen Handel, und er sagte, mit einer Art von Erschütterung: »Hier haben Sie einen Taler für die Alte und eine Rose« – die er in der Hand trug –; »so alte Bauersleute haben Freude an Blumen. Bitten Sie die Alte, Ihnen morgen das Lied in die Feder zu sagen, und bringen Sie mir es. Ich habe lange nach dem Lied getrachtet, aber es nie ganz habhaft werden können.« Hiermit schieden wir, denn der Posten der nah gelegenen Hauptwache, bis zu welcher ich ihn über den Platz begleitet hatte, rief: »Wer da?« Er sagte mir noch, daß er die Wache am Schlosse habe, ich solle ihn dort besuchen. Ich ging zu der Alten zurück und gab ihr die Rose und den Taler.

Die Rose ergriff sie mit einer rührenden Heftigkeit und befestigte sie sich auf ihren Hut, indem sie mit einer etwas feineren Stimme und fast weinend die Worte sprach:

Rosen die Blumen auf meinem Hut,
Hätt ich viel Geld, das wäre gut,
Rosen und mein Liebchen.

Ich sagte zu ihr: »Ei, Mütterchen, Ihr seid ja ganz munter geworden«, und sie erwiderte:

Munter, munter,
Immer bunter,
Immer runder.
Oben stund er,
Nun bergunter,
's ist kein Wunder!

»Schau Er, lieber Mensch, ist es nicht gut, daß ich hier sitzengeblieben? Es ist alles einerlei, glaub Er mir; heut sind es siebenzig Jahre, da saß ich hier vor der Türe, ich war eine flinke Magd und sang gern alle Lieder. Da sang ich auch das Lied vom Jüngsten Gericht wie heute, da die Runde vorbeiging, und da warf mir ein Grenadier im Vorübergehn eine Rose in den Schoß – die Blätter hab ich noch in meiner Bibel liegen –, das war meine erste Bekanntschaft mit meinem seligen Mann. Am andern Morgen hatte ich die Rose vorgesteckt in der Kirche, und da fand er mich, und es ward bald richtig. Drum hat es mich gar sehr gefreut, daß mir heut wieder eine Rose ward. Es ist ein Zeichen, daß ich zu ihm kommen soll, und darauf freu ich mich herzlich. Vier Söhne und eine Tochter sind mir gestorben, vorgestern hat mein Enkel seinen Abschied genommen – Gott helfe ihm und erbarme sich seiner! – und morgen verläßt mich eine andre gute Seele, aber was sag ich morgen, ist es nicht schon Mitternacht vorbei?«

»Es ist zwölfe vorüber«, erwiderte ich, verwundert über ihre Rede.

»Gott gebe ihr Trost und Ruhe die vier Stündlein, die sie noch hat!« sagte die Alte und ward still, indem sie die Hände faltete. Ich konnte nicht sprechen, so erschütterten mich ihre Worte und ihr ganzes Wesen. Da sie aber ganz stille blieb und der Taler des Offiziers noch in ihrer Schürze lag, sagte ich zu ihr: »Mutter, steckt den Taler zu Euch, Ihr könntet ihn verlieren.«

»Den wollen wir nicht weglegen, den wollen wir meiner Befreundeten schenken in ihrer letzten Not!« erwiderte sie. »Den ersten Taler nehm ich morgen wieder mit nach Haus, der gehört meinem Enkel, der soll ihn genießen. Ja seht, es ist immer ein herrlicher Junge gewesen und hielt etwas auf seinen Leib und auf seine Seele – ach Gott, auf seine Seele! – Ich habe gebetet den ganzen Weg, es ist nicht möglich, der liebe Herr läßt ihn gewiß nicht verderben. Unter allen Burschen war er immer der reinlichste und fleißigste in der Schule, aber auf die Ehre war er vor allem ganz erstaunlich. Sein Leutnant hat auch immer gesprochen; ›Wenn meine Schwadron Ehre im Leibe hat, so sitzt sie bei dem Finkel im Quartier.‹ Er war unter den Ulanen.

Als er zum erstenmal aus Frankreich zurückkam, erzählte er allerlei schöne Geschichten, aber immer war von der Ehre dabei die Rede. Sein Vater und sein Stiefbruder waren bei dem Landsturm und kamen oft mit ihm wegen der Ehre in Streit; denn was er zuviel hatte, hatten sie nicht genug. Gott verzeih mir meiner schwere Sünde, ich will nicht schlecht von ihnen reden, jeder hat sein Bündel zu tragen: aber meine selige Tochter, *seine* Mutter, hat sich zu Tode gearbeitet bei dem Faulpelz, sie konnte nicht erschwingen, seine Schulden zu tilgen. Der Ulan erzählte von den Franzosen, und als der Vater und Stiefbruder sie ganz schlecht machen wollten, sagte der Ulan: ›Vater, das versteht Ihr nicht, sie haben doch viel Ehre im Leibe!‹ Da ward der Stiefbruder tückisch und sagte: ›Was kannst du deinem Vater so viel von der Ehre vorschwatzen? War er doch Unteroffizier im N... schen Regiment und muß es besser als du verstehn, der nur Gemeiner ist!‹ – ›Ja,‹ sagte da der alte Finkel, der nun auch rebellisch ward, ›das war ich und habe manchen vorlauten Burschen fünfundzwanzig aufgezählt; hätte ich nur Franzosen in der Kompanie gehabt, die sollten sie noch besser gefühlt haben, mit ihrer Ehre!‹ Die Rede tat dem Ulanen gar weh, und er sagte: ›Ich will ein Stückchen von einem französischen Unteroffizier erzählen, das gefällt mir besser. Unterm vorigen König sollten auf einmal die Prügel bei der französischen Armee eingeführt werden. Der Befehl des Kriegsministers wurde zu Straßburg bei einer großen Parade bekanntgemacht, und die Truppen hörten in Reih und Glied die Bekanntmachung mit stillem Grimm an. Da aber noch am Schluß der Parade ein Gemeiner einen Exzeß machte, wurde sein Unteroffizier vorkammandiert, ihm zwölf Hiebe zu geben. Es wurde ihm mit Strenge befohlen, und er mußte es tun. Als er aber fertig war, nahm er das Gewehr des Mannes, den er geschlagen hatte, stellte es vor sich an die Erde und drückte mit dem Fuße los, daß ihm die Kugel durch den Kopf fuhr und er tot niedersank. Das wurde an den König berichtet, und der Befehl, Prügel zu geben, ward gleich zurückgenommen. Seht, Vater, das war ein Kerl, der Ehre im Leib hatte!‹ – ›Ein Narr war es‹, sprach der Bruder. ›Freß deine Ehre, wenn du Hunger hast!‹ brummte der Vater. Da nahm mein Enkel seinen Säbel und ging aus dem Haus und kam zu mir in mein Häuschen und erzählte mir alles und weinte die bittern Tränen. Ich konnte ihm nicht helfen; die Geschichte, die er mir auch erzählte, konnte ich zwar nicht ganz verwerfen, aber ich sagte ihm doch immer zuletzt: ›Gib Gott allein die Ehre!‹ Ich gab ihm noch den Segen, denn sein Urlaub war am andern Tage aus, und er wollte noch eine Meile umreiten nach dem Orte, wo ein Patchen von mir auf dem Edelhof diente, auf die er gar viel hielt; er wollte einmal mit ihr hausen. – Sie werden auch wohl bald zusammenkommen, wenn Gott mein Gebet erhört. Er hat seinen Abschied schon genommen, mein Patchen wird ihn heut erhalten, und die Aussteuer hab ich auch schon beisammen, es soll auf der Hochzeit weiter niemand sein als ich.« Da ward die Alte wieder still und schien zu beten. Ich war in allerlei Gedanken über die Ehre, und ob ein Christ den Tod des Unteroffiziers schön finden dürfe. Ich wollte, es sagte mir einmal einer etwas Hinreichendes darüber.

Als der Wächter ein Uhr anrief, sagte die Alte: »Nun habe ich noch zwei Stunden. Ei, ist Er noch da, warum geht Er nicht schlafen? Er wird morgen nicht arbeiten können und mit seinem Meister Händel kriegen; von welchem Handwerk ist Er denn, mein guter Mensch?«

Da wußte ich nicht recht, wie ich es ihr deutlich machen sollte, daß ich ein Schriftsteller sei. »Ich bin ein Gestudierter«, durfte ich nicht sagen, ohne zu lügen. Es ist wunderbar, daß ein Deutscher immer sich ein wenig schämt, zu sagen, er sei ein Schriftsteller; zu Leuten aus den untern Ständen sagt man es am ungernsten, weil diesen gar leicht die Schriftgelehrten und Pharisäer aus der Bibel dabei einfallen. Der Name Schriftsteller ist nicht so eingebürgert bei uns, wie das *homme de lettres* bei den Franzosen, welche überhaupt als Schriftsteller zünftig sind und in ihren Arbeiten mehr hergebrachtes Gesetz haben, ja, bei denen man auch fragt: »*Où avez-vous fait votre philosophie?* Wo haben Sie Ihre Philosophie gemacht?«, wie denn ein Franzose selbst viel mehr von einem gemachten Manne hat. Doch diese nicht deutsche Sitte ist es nicht allein, welche das Wort Schriftsteller so schwer auf der Zunge macht, wenn man am Tore um seinen Charakter gefragt wird, sondern eine gewisse innere Scham hält uns zurück, ein Gefühl, welches jeden befällt, der mit freien und geistigen Gütern, mit unmittelbaren Geschenken des Himmels Handel treibt. Gelehrte brauchen sich weniger zu schämen als Dichter; denn sie haben gewöhnlich Lehrgeld gegeben, sind meist in Ämtern des Staats, spalten an groben Klötzen oder arbeiten in Schachten, wo viel wilde Wasser auszupumpen sind. Aber ein sogenannter Dichter ist am übelsten daran, weil er meistens aus dem Schulgarten nach dem Parnaß entlaufen, und es ist auch wirklich ein verdächtiges Ding um einen Dichter von Profession, der es nicht nur nebenher ist. Man kann sehr leicht zu ihm sagen: »Mein Herr, ein jeder Mensch hat, wie Hirn, Herz, Magen, Milz, Leber und dergleichen, auch eine Poesie im Leibe; wer aber eines dieser Glieder überfüttert, verfüttert oder mästet und es über alle andre hinüber treibt, ja es gar zum Erwerbzweig macht, der muß sich schämen vor seinem ganzen übrigen Menschen. Einer, der von der Poesie lebt, hat das Gleichgewicht verloren, und eine übergroße Gänseleber, sie mag noch so gut schmecken, setzt doch immer eine kranke Gans voraus.« Alle Menschen, welche ihr Brot nicht im Schweiß ihres Angesichts verdienen, müssen sich einigermaßen schämen, und das fühlt einer, der noch nicht ganz in der Tinte war, wenn er sagen soll, er sei ein Schriftsteller. So dachte ich allerlei und besann mich, was ich der Alten sagen sollte, welche, über mein Zögern verwundert, mich anschaute und sprach:

»Welch ein Handwerk Er treibt, frage ich; warum will Er mirs nicht sagen? Treibt Er kein ehrlich Handwerk, so greif Ers noch an, es hat einen goldnen Boden. Er ist doch nicht etwa gar ein Henker oder Spion, der mich ausholen will? Meinethalben sei Er, wer Er will, sag Ers, wer Er ist? Wenn Er bei Tage so hier säße, würde ich glauben, Er sei ein Lehnerich, so ein Tagedieb, der sich an die Häuser lehnt, damit er nicht umfällt vor Faulheit.«

Da fiel mir ein Wort ein, das mir vielleicht eine Brücke zu ihrem Verständnis schlagen könnte: »Liebe Mutter,« sagte ich, »ich bin ein Schreiber.« – »Nun,« sagte sie, »das hätte Er gleich sagen sollen. Er ist also ein Mann von der Feder; dazu gehören feine Köpfe und schnelle Finger und ein gutes Herz, sonst wird einem drauf geklopft. Ein Schreiber ist Er? Kann Er mir dann wohl eine Bittschrift aufsetzen an den Herzog, die aber gewiß erhört wird und nicht bei den vielen andern liegen bleibt?«

»Eine Bittschrift, liebe Mutter,« sprach ich, »kann ich Ihr wohl aufsetzen, und ich will mir alle Mühe geben, daß sie recht eindringlich abgefaßt sein soll.«

»Nun, das ist brav vom Ihm,« erwiderte sie, »Gott lohn es Ihm und lasse Ihn älter werden als mich und gebe Ihm auch in Seinem Alter einen so geruhigen Mut und eine so schöne Nacht mit Rosen und Talern wie mir und auch einen Freund, der ihm eine Bittschrift macht, wenn es Ihm not tut. Aber jetzt gehe Er nach Haus, lieber Freund, und kaufe Er sich einen Bogen Papier und schreibe Er die Bittschrift; ich will hier auf Ihn warten, noch eine Stunde, dann gehe ich zu meiner Pate, Er kann mitgehen; sie wird sich auch freuen an der Bittschrift. Sie hat gewiß ein gut Herz, aber Gottes Gerichte sind wunderbar.«

Nach diesen Worten ward die Alte wieder still, senkte den Kopf und schien zu beten. Der Taler lag noch auf ihrem Schoß. Sie weinte. »Liebe Mutter, was fehlt Euch, was tut Euch so weh, Ihr weinet?« sprach ich.

»Nun, warum soll ich denn nicht weinen? Ich weine auf den Taler, ich weine auf die Bittschrift, auf alles weine ich. Aber es hilft nichts, es ist doch alles viel, viel besser auf Erden, als wir Menschen es verdienen, und gallenbittre Tränen sind noch viel zu süße. Sehe Er nur einmal das goldne Kamel da drüben, an der Apotheke, wie doch Gott alles so herrlich und wunderbar geschaffen hat! Aber der Mensch erkennt es nicht, und ein solch Kamel geht eher durch ein Nadelöhr als ein Reicher in das Himmelreich. – Aber was sitzt Er denn immer da? Gehe Er, den Bogen Papier zu kaufen, und bringe Er mir die Bittschrift.«

»Liebe Mutter,« sagte ich, »wie kann ich Euch die Bittschrift machen, wenn Ihr mir nicht sagt, was ich hineinschreiben soll?«

»Das muß ich Ihm sagen?« erwiderte sie; »dann ist es freilich keine Kunst, und wundre ich mich nicht mehr, daß Er sich einen Schreiber zu nennen schämte, wenn man Ihm alles sagen soll. Nun, ich will mein Mögliches tun. Setz Er in die Bittschrift, daß zwei Liebende beieinander ruhen sollen, und daß sie einen nicht auf die Anatomie bringen sollen, damit man seine Glieder beisammen hat, wenn es heißt: ›Ihr Toten, ihr Toten sollt auferstehn, ihr sollt vor das Jüngste Gerichte gehn!‹« Da fing sie wieder bitterlich an zu weinen.

Ich ahnete, ein schweres Leid müsse auf ihr lasten, aber sie fühle bei der Bürde ihrer Jahre nur in einzelnen Momenten sich schmerzlich gerührt. Sie weinte, ohne zu klagen, ihre Worte waren immer gleich ruhig und kalt. Ich bat sie nochmals, mir die ganze Veranlassung zu ihrer Reise in die Stadt zu erzählen, und sie sprach: »Mein Enkel, der Ulan, von dem ich Ihm erzählte, hatte doch mein Patchen sehr lieb, wie ich Ihm vorher sagte, und sprach der schönen Annerl, wie die Leute sie ihres glatten Spiegels wegen nannten, immer von der Ehre vor und sagte ihr immer, sie solle auf ihre Ehre halten und auch auf seine Ehre. Da kriegte dann das Mädchen etwas ganz Apartes in ihr Gesicht und ihre Kleidung von der Ehre; sie war feiner und manierlicher als alle andere Dirnen. Alles saß ihr knapper am Leibe, und wenn sie ein Bursche einmal ein wenig derb beim Tanze anfaßte oder sie etwa höher als den Steg der Baßgeige schwang, so konnte sie bitterlich darüber bei mir weinen und sprach dabei immer, es sei wider ihre Ehre. Ach, das Annerl ist ein eignes Mädchen immer gewesen. Manchmal, wenn kein Mensch es sich versah, fuhr sie mit beiden Händen nach ihrer Schürze und riß sie sich vom Leibe, als ob Feuer drin sei, und dann fing sie gleich entsetzlich an zu weinen; aber das hat seine Ursache, es hat sie mit Zähnen hingerissen, der Feind ruht nicht. Wäre das Kind nur nicht stets so hinter der Ehre her gewesen und hätte sich lieber an unsren lieben Gott gehalten, hätte ihn nie von sich gelassen, in aller Not, und hätte seinetwillen Schande und Verachtung ertragen statt ihrer Menschenehre. Der Herr hätte sich gewiß erbarmt und wird es auch noch; ach, sie kommen gewiß zusammen, Gottes Wille geschehe!

Der Ulan stand wieder in Frankreich, er hatte lange nicht geschrieben, und wir glaubten ihn fast tot und weinten oft um ihn. Er war aber im Hospital an einer schweren Blessur krank gelegen, und als er wieder zu seinen Kameraden kam und zum Unteroffizier ernannt wurde, fiel ihm ein, daß ihm vor zwei Jahren sein Stiefbruder so übers Maul gefahren: er sei nur Gemeiner und der Vater Korporal, und dann die Geschichte von dem französischen Unteroffizier, und wie er seinem Annerl von der Ehre so viel geredet, als er Abschied genommen. Da verlor er seine Ruhe und kriegte das Heimweh und sagte zu seinem

Rittmeister, der ihn um sein Leid fragte: ›Ach, Herr Rittmeister, es ist, als ob es mich mit den Zähnen nach Hause zöge.‹ Da ließen sie ihn heimreiten mit seinem Pferd, denn alle seine Offiziere trauten ihm. Er kriegte auf drei Monate Urlaub und sollte mit der Remonte wieder zurückkommen. Er eilte, so sehr er konnte, ohne seinem Pferde wehe zu tun, welches er besser pflegte als jemals, weil es ihm war anvertraut worden. An einem Tage trieb es ihn ganz entsetzlich, nach Hause zu eilen; es war der Tag vor dem Sterbetage seiner Mutter, und es war ihm immer, als laufe sie vor seinem Pferde her und riefe: ›Kasper, tue mir eine Ehre an!‹ Ach, ich saß an diesem Tage auf ihrem Grabe ganz allein und dachte auch: wenn Kasper doch bei mir wäre! Ich hatte Blümelein Vergißnichtmein in einen Kranz gebunden und an das eingesunkene Kreuz gehängt und maß mir den Platz umher aus und dachte: hier will ich liegen, und da soll Kasper liegen, wenn ihm Gott sein Grab in der Heimat schenkt, daß wir fein beisammen sind, wenns heißt: ›Ihr Toten, ihr Toten sollt auferstehn, ihr sollt zum Jüngsten Gerichte gehn!‹ Aber Kasper kam nicht, ich wußte auch nicht, daß er so nahe war und wohl hätte kommen können. Es trieb ihn auch gar sehr, zu eilen; denn er hatte wohl oft an diesen Tag in Frankreich gedacht und hatte einen kleinen Kranz von schönen Goldblumen von daher mitgebracht, um das Grab seiner Mutter zu schmücken, und auch einen Kranz für Annerl, den sollte sie sich bis zu ihrem Ehrentage bewahren.«

Hier ward die Alte still und schüttelte mit dem Kopf; als ich aber die letzten Worte wiederholte: »Den sollte sie sich bis zu ihrem Ehrentag bewahren«, fuhr sie fort: »Wer weiß, ob ich es nicht erflehen kann; ach, wenn ich den Herzog nur wecken dürfte!« – »Wozu?« fragte ich, »welch Anliegen habt Ihr denn, Mutter?« Da sagte sie ernst: »O, was läge am ganzen Leben, wenns kein End nähme; was läge am Leben, wenn es nicht ewig wäre!« und fuhr dann in ihrer Erzählung fort:

»Kasper wäre noch recht gut zu Mittag in unserm Dorfe angekommen, aber morgens hatte ihm sein Wirt im Stalle gezeigt, daß sein Pferd gedrückt sei, und dabei gesagt: ›Mein Freund, das macht dem Reiter keine Ehre.‹ Das Wort hatte Kasper tief empfunden; er legte deswegen den Sattel hohl und leicht auf, tat alles, ihm die Wunde zu heilen, und setzte seine Reise, das Pferd am Zügel führend, zu Fuße fort. So kam er am späten Abend bis an eine Mühle, eine Meile von unserm Dorf, und weil er den Müller als einen alten Freund seines Vaters kannte, sprach er bei ihm ein und wurde wie ein recht lieber Gast aus der Fremde empfangen. Kasper zog sein Pferd in den Stall, legte den Sattel und sein Felleisen in einen Winkel und ging nun zu dem Müller in die Stube. Da fragte er dann nach den Seinigen und hörte, daß ich alte Großmutter noch lebe, und daß sein Vater und sein Stiefbruder gesund seien, und daß es recht gut mit ihnen gehe; sie wären erst gestern mit Getreide auf der Mühle gewesen, sein Vater habe sich auf den Roß- und Ochsenhandel gelegt und gedeihe dabei recht gut, auch halte er jetzt etwas auf seine Ehre und gehe nicht mehr so zerrissen umher. Darüber war der gute Kasper nun herzlich froh, und da er nach der schönen Annerl fragte, sagte ihm der Müller: er kenne sie nicht, aber wenn es die sei, die auf dem Rosenhof gedient habe, die hätte sich, wie er gehört, in der Hauptstadt vermietet, weil sie da eher etwas lernen könne und mehr Ehre dabei sei; so habe er vor einem Jahre von dem Knecht auf dem Rosenhof gehört. Das freute den Kasper auch; wenn es ihm gleich leid tat, daß er sie nicht gleich sehen sollte, so hoffte er sie doch in der Hauptstadt bald recht fein und schmuck zu finden, daß es ihm, als einem Unteroffizier, auch eine rechte Ehre sei, mit ihr am Sonntag spazieren zu gehn. Nun erzählte er dem Müller noch mancherlei aus Frankreich, sie aßen und tranken miteinander, er half ihm Korn aufschütten, und dann brachte ihn der Müller in die Oberstube zu Bett und legte sich selbst unten auf einigen Säcken zur Ruhe. Das Geklapper der Mühle und die Sehnsucht nach der Heimat ließen den guten Kasper, wenn er gleich sehr müde war, nicht fest einschlafen. Er war sehr unruhig und dachte an seine selige Mutter und an das schöne Annerl und an die Ehre, die ihm bevorstehe, wenn er als Unteroffizier vor die Seinigen treten würde. So entschlummerte er endlich leis und wurde von ängstlichen Träumen oft aufgeschreckt. Es war ihm mehrmals, als trete seine selige Mutter zu ihm und bäte ihn händeringend um Hülfe; dann war es ihm, als sei er gestorben und würde begraben, gehe aber selbst zu Fuße als Toter mit zu Grabe, und schön Annerl gehe ihm zur Seite; er weinte heftig, daß ihn seine Kameraden nicht begleiteten, und da er auf den Kirchhof komme, sei sein Grab neben dem seiner Mutter; und Annerls Grab sei auch dabei, und er gebe Annerl das Kränzlein, das er ihr mitgebracht, und hänge das der Mutter an ihr Grab, und dann habe er sich umgeschaut und niemand mehr gesehen als mich und die Annerl; die habe einer an der Schürze ins Grab gerissen, und er sei dann auch ins Grab gestiegen und habe gesagt: ›Ist denn niemand hier, der mir die letzte Ehre antut und mir ins Grab schießen will als einem braven Soldaten?‹ und da habe er sein Pistol gezogen und sich selbst ins Grab geschossen. Über dem Schuß wachte er mit großem Schrecken auf, denn es war ihm, als klirrten die Fenster davon. Er sah um sich in der Stube, da hörte er noch einen Schuß fallen und hörte Getöse in der Mühle und Geschrei durch das Geklapper. Er sprang aus dem Bett und griff nach seinem Säbel; in dem Augenblick ging seine Türe auf, und er sah beim Vollmondschein zwei Männer mit berußten Gesichtern mit Knitteln auf sich zustürzen, aber er setzte sich zur Wehre und hieb den einen über den Arm, und so entflohen beide, indem sie die Türe, welche nach außen aufging und einen Riegel draußen hatte, hinter sich verriegelten. Kasper versuchte umsonst, ihnen nachzukommen; endlich gelang es ihm, eine Tafel in der Türe einzutreten. Er eilte durch das Loch die Treppe hinunter und hörte das Wehgeschrei des Müllers, den er geknebelt zwischen den Kornsäcken liegend fand. Kasper band ihn los und eilte dann gleich in den Stall, nach seinem Pferde und Felleisen, aber beides war geraubt. Mit großem Jammer eilte er in die Mühle zurück und klagte dem Müller sein Unglück, daß ihm all sein Hab und Gut und das ihm anvertraute Pferd gestohlen sei, über welches letztere er sich gar nicht zufrieden geben konnte. Der Müller aber stand mit einem vollen Geldsack vor ihm, er hatte ihn in der Oberstube aus dem Schranke geholt und sagte zu dem Ulan: ›Lieber Kasper, sei Er zufrieden, ich verdanke Ihm die Rettung meines Vermögens; auf diesen Sack, der oben in Seiner Stube lag, hatten es die Räuber gemünzt, und Seiner Verteidigung danke ich alles, mir ist nichts gestohlen. Die Sein Pferd und Sein Felleisen im Stall fanden, müssen ausgestellte

Diebeswachen gewesen sein, sie zeigten durch die Schüsse an, daß Gefahr da sei, weil sie wahrscheinlich am Sattelzeug erkannten, daß ein Kavallerist im Hause herberge. Nun soll Er meinethalben keine Not haben, ich will mir alle Mühe geben und kein Geld sparen, Ihm Seinen Gaul wiederzufinden, und finde ich ihn nicht, so will ich Ihm einen kaufen, so teuer er sein mag.‹ Kasper sagte: ›Geschenkt nehme ich nichts, das ist gegen meine Ehre; aber wenn Er mir im Notfall siebzig Taler vorschießen will, so kriegt er meine Verschreibung, ich schaffe sie in zwei Jahren wieder.‹ Hierüber wurden sie einig, und der Ulan trennte sich vom ihm, um nach seinem Dorfe zu eilen, wo auch ein Gerichtshalter der umliegenden Edelleute wohnt, bei dem er die Sache berichten wollte. Der Müller blieb zurück, um seine Frau und seinen Sohn zu erwarten, welche auf einem Dorfe in der Nähe bei einer Hochzeit waren. Dann wollte er dem Ulanen nachkommen und die Anzeige vor Gericht auch machen.

Er kann sich denken, lieber Herr Schreiber, mit welcher Betrübnis der arme Kasper den Weg nach unserm Dorfe eilte, zu Fuß und arm, wo er hatte stolz einreiten wollen; einundfunfzig Taler, die er erbeutet hatte, sein Patent als Unteroffizier, sein Urlaub, und die Kränze auf seiner Mutter Grab und für die schöne Annerl waren ihm gestohlen. Es war ihm ganz verzweifelt zumute, und so kam er um ein Uhr in der Nacht in seiner Heimat an und pochte gleich an der Türe des Gerichtshalters, dessen Haus das erste vor dem Dorfe ist. Er ward eingelassen und machte seine Anzeige und gab alles an, was ihm geraubt worden war. Der Gerichtshalter trug ihm auf, er solle gleich zu seinem Vater gehn, welches der einzige Bauer im Dorfe sei, der Pferde habe, und solle mit diesem und seinem Bruder in der Gegend herum patrouillieren, ob er vielleicht den Räubern auf die Spur komme; indessen wolle er andere Leute zu Fuß aussenden und den Müller, wenn er komme, um die weiteren Umstände vernehmen. Kasper ging nun von dem Gerichtshalter weg nach dem väterlichen Hause; da er aber an meiner Hütte vorüber mußte und durch das Fenster hörte, daß ich ein geistliches Lied sang, wie ich denn vor Gedanken an seine selige Mutter nicht schlafen konnte, so pochte er an und sagte: ›Gelobt sei Jesus Christus, liebe Großmutter, Kasper ist hier.‹ Ach, wie fuhren mir die Worte durch Mark und Bein! Ich stürzte an das Fenster, öffnete es und küßte und drückte ihn mit unendlichen Tränen. Er erzählte mir sein Unglück mit großer Eile und sagte, welchen Auftrag er an seinen Vater vom Gerichtshalter habe; er müsse drum jetzt gleich hin, um den Dieben nachzusetzen, denn seine Ehre hänge davon ab, daß er sein Pferd wiedererhalte.

Ich weiß nicht, aber das Wort Ehre fuhr mir recht durch alle Glieder, denn ich wußte schwere Gerichte, die ihm bevorstanden. ›Tue deine Pflicht und gib Gott allein die Ehre!‹ sagte ich; und er eilte von mir nach Finkels Hof, der am andern Ende des Dorfs liegt. Ich sank, als er fort war, auf die Kniee und betete zu Gott, er möge ihn doch in seinen Schutz nehmen; ach, ich betete mit einer Angst wie niemals und mußte dabei immer sagen: ›Herr, dein Wille geschehe wie im Himmel, so auf Erden.‹

Der Kasper lief zu seinem Vater mit einer entsetzlichen Angst. Er stieg hinten über den Gartenzaun, er hörte die Plumpe gehen, er hörte im Stall wiehern, das fuhr ihm durch die Seele; er stand still, er sah im Mondschein, daß zwei Männer sich wuschen, es wollte ihm das Herz brechen. Der eine sprach: ›Das verfluchte Zeug geht nicht herunter‹; da sagte der andre: ›Komm erst in den Stall, dem Gaul den Schwanz abzuschlagen und die Mähnen zu verschneiden. Hast du das Felleisen auch tief genug unterm Mist begraben?‹ – ›Ja‹, sagte der andre. Da gingen sie nach dem Stall, und Kasper, vor Jammer wie ein Rasender, sprang hervor und schloß die Stalltüre hinter ihnen und schrie: ›Im Namen des Herzogs! Ergebt euch! Wer sich widersetzt, den schieße ich nieder!‹ Ach, da hatte er seinen Vater und seinen Stiefbruder als die Räuber seines Pferdes gefangen. ›Meine Ehre, meine Ehre ist verloren!‹ schrie er, ›ich bin der Sohn eines ehrlosen Diebes.‹ Als die beiden im Stall diese Worte hörten, ist ihnen bös zumute geworden; sie schrien: ›Kasper, lieber Kasper, um Gottes willen, bringe uns nicht ins Elend, Kasper, du sollst ja alles wiederhaben, um deiner seligen Mutter willen, deren Sterbetag heute ist, erbarme dich deines Vaters und Bruders!‹ Kasper aber war wie verzweifelt, er schrie nur immer: ›Meine Ehre, meine Pflicht!‹ und da sie nun mit Gewalt die Türe erbrechen wollten und ein Fach in der Lehmwand einstoßen, um zu entkommen, schoß er ein Pistol in die Luft und schrie: ›Hülfe, Hülfe, Diebe, Hülfe!‹ Die Bauern, von dem Gerichtshalter erweckt, welche schon herannahten, um sich über die verschiedenen Wege zu bereden, auf denen sie die Einbrecher in die Mühle verfolgen wollten, stürzten auf den Schuß und das Geschrei ins Haus. Der alte Finkel flehte immer noch, der Sohn solle ihm die Türe öffnen; der aber sagte: ›Ich bin ein Soldat und muß der Gerechtigkeit dienen.‹ Da traten der Gerichtshalter und die Bauern heran. Kasper sagte: ›Um Gottes Barmherzigkeit willen, Herr Gerichtshalter, mein Vater, mein Bruder sind selbst die Diebe, o daß ich nie geboren wäre! Hier im Stalle habe ich sie gefangen, mein Felleisen liegt im Miste vergraben.‹ Da sprangen die Bauern in den Stall und banden den alten Finkel und seinen Sohn und schleppten sie in ihre Stube. Kasper aber grub das Felleisen hervor und nahm die zwei Kränze heraus und ging nicht in die Stube, er ging nach dem Kirchhofe an das Grab seiner Mutter. Der Tag war angebrochen. Ich war auf der Wiese gewesen und hatte für mich und für Kasper zwei Kränze von Blümelein Vergißnichtmein geflochten; ich dachte: er soll mit mir das Grab seiner Mutter schmücken, wenn er von seinem Ritt zurückkommt. Da hörte ich allerlei ungewohnten Lärm im Dorf, und weil ich das Getümmel nicht mag und am liebsten alleine bin, so ging ich ums Dorf herum nach dem Kirchhof. Da fiel ein Schuß, ich sah den Dampf in die Höhe steigen, ich eilte auf den Kirchhof – o du lieber Heiland, erbarme dich sein! Kasper lag tot auf dem Grabe seiner Mutter, er hatte sich die Kugel durch das Herz geschossen, auf welches er sich das Kränzlein, das er für schön Annerl mitgebracht, am Knopfe befestigt hatte; durch diesen Kranz hatte er sich ins Herz geschossen. Den Kranz für die Mutter hatte er schon an das Kreuz befestigt. Ich meinte, die Erde täte sich unter mir auf bei dem Anblick, ich stürzte über ihn hin und schrie immer: ›Kasper, o du unglückseliger Mensch, was hast du getan? Ach, wer hat dir denn dein Elend erzählt? O warum habe ich dich von mir gelassen, ehe ich dir alles gesagt! Gott, was wird dein armer Vater, dein Bruder sagen, wenn sie dich so finden!‹ Ich wußte nicht, daß er sich wegen diesen das Leid angetan; ich glaubte, es habe eine ganz andere Ursache. Da kam es noch ärger. Der Gerichtshalter und die Bauern brachten den alten Finkel und seinen Sohn mit Stricken gebunden; der Jammer erstickte mir die Stimme in der Kehle, ich konnte kein Wort sprechen; der Gerichtshalter fragte mich, ob ich meinen Enkel nicht gesehn. Ich zeigte hin, wo er lag. Er trat zu ihm; er glaubte, er weine auf dem Grabe; er schüttelte ihn, da sah er das Blut niederstürzen. ›Jesus, Marie!‹ rief er aus, ›der Kasper hat Hand an sich gelegt.‹ Da sahen die beiden Gefangenen sich schrecklich an; man nahm den Leib des Kaspers und trug ihn neben ihnen her nach dem Hause des Gerichtshalters; es war ein Wehgeschrei im ganzen Dorfe, die Bauernweiber führten mich nach. Ach, das war wohl der schrecklichste Weg in meinem Leben!«

Da ward die Alte wieder still, und ich sagte zu ihr: »Liebe Mutter, Euer Leid ist entsetzlich, aber Gott hat Euch auch recht lieb; die er am härtesten schlägt, sind seine liebsten Kinder. Sagt mir nun, liebe Mutter, was Euch bewogen hat, den weiten Weg hieher zu gehen, und um was Ihr die Bittschrift einreichen wollt?«

»Ei, das kann Er sich doch wohl denken,« fuhr sie ganz ruhig fort, »um ein ehrliches Grab für Kasper und die schöne Annerl, der ich das Kränzlein zu ihrem Ehrentag mitbringe; es ist ganz mit Kaspers Blut unterlaufen, seh Er einmal!«

Da zog sie einen kleinen Kranz von Flittergold aus ihrem Bündel und zeigte ihn mir; ich konnte bei dem anbrechenden Tage sehen, daß er vom Pulver geschwärzt und mit Blut besprengt war. Ich war ganz zerrissen von dem Unglück der guten Alten, und die Größe und Festigkeit, womit sie es trug, erfüllte mich mit Verehrung. »Ach, liebe Mutter,« sagte ich, »wie werdet Ihr der armen Annerl aber ihr Elend beibringen, daß sie gleich nicht vor Schrecken tot niedersinkt, und was ist denn das für ein Ehrentag, zu welchem Ihr dem Annerl den traurigen Kranz bringet?«

»Lieber Mensch,« sprach sie, »komme Er nur mit, Er kann mich zu ihr begleiten, ich kann doch nicht geschwind fort, so werden wir sie gerade zu rechter Zeit noch finden. Ich will Ihm unterwegs noch alles erzählen.«

Nun stand sie auf und betete ihren Morgensegen ganz ruhig und brachte ihre Kleider in Ordnung, und ihren Bündel hängte sie dann an meinen Arm; es war zwei Uhr des Morgens, der Tag graute, und wir wandelten durch die stillen Gassen.

»Seh Er,« erzählte die Alte fort, »als der Finkel und sein Sohn eingesperrt waren, mußte ich zum Gerichtshalter auf die Gerichtsstube; der tote Kasper wurde auf einen Tisch gelegt und, mit seinem Ulanenmantel bedeckt, hereingetragen, und nun mußte ich alles dem Gerichtshalter sagen, was ich von ihm wußte, und was er mir heute morgen durch das Fenster gesagt hatte. Das schrieb er alles auf sein Papier nieder, das vor ihm lag. Dann sah er die Schreibtafel durch, die sie bei Kasper gefunden; da standen mancherlei Rechnungen drin, einige Geschichten von der Ehre und auch die von dem französischen Unteroffizier, und hinter ihr war mit Bleistift etwas geschrieben.« Da gab mir die Alte die Brieftasche, und ich las folgende letzte Worte des unglücklichen Kaspers: »Auch ich kann meine Schande nicht überleben. Mein Vater und mein Bruder sind Diebe, sie haben mich selbst bestohlen; mein Herz brach mir, aber ich mußte sie gefangennehmen und den Gerichten übergeben, denn ich bin ein Soldat meines Fürsten, und meine Ehre erlaubt mir keine Schonung. Ich habe meinen Vater und Bruder der Rache übergeben um der Ehre willen. Ach, bitte doch jedermann für mich, daß man mir hier, wo ich gefallen bin, ein ehrliches Grab neben meiner Mutter vergönne! Das Kränzlein, durch welches ich mich erschossen, soll die Großmutter der schönen Annerl schicken und sie von mir grüßen; ach, sie tut mir leid durch Mark und Bein, aber sie soll doch den Sohn eines Diebes nicht heiraten, denn sie hat immer viel auf Ehre gehalten. Liebe schöne Annerl, mögest du nicht so sehr erschrecken über mich, gib dich zufrieden, und wenn du mir jemals ein wenig gut warst, so rede nicht schlecht von mir! Ich kann ja nichts für meine Schande! Ich hatte mir so viele Mühe gegeben, in Ehren zu bleiben mein Leben lang, ich war schon Unteroffizier und hatte den besten Ruf bei der Schwadron, ich wäre gewiß noch einmal Offizier geworden, und Annerl, dich hätte ich doch nicht verlassen und hätte keine Vornehmere gefreit – aber der Sohn eines Diebes, der seinen Vater aus Ehre selbst fangen und richten lassen muß, kann seine Schande nicht überleben. Annerl, liebes Annerl, nimm doch ja das Kränzlein, ich bin dir immer treu gewesen, so Gott mir gnädig sei! Ich gebe dir nun deine Freiheit wieder, aber tue mir die Ehre und heirate nie einen, der schlechter wäre als ich. Und wenn du kannst, so bitte für mich, daß ich ein ehrliches Grab neben meiner Mutter erhalte; und wenn du hier in unserm Ort sterben solltest, so lasse dich auch bei uns begraben; die gute Großmutter wird auch zu uns kommen, da sind wir alle beisammen. Ich habe funfzig Taler in meinem Felleisen, die sollen auf Interessen gelegt werden für dein erstes Kind. Meine silberne Uhr soll der Herr Pfarrer haben, wenn ich ehrlich begraben werde. Mein Pferd, die Uniform und Waffen gehören dem Herzog, diese meine Brieftasche gehört dein. Adies, herztausender Schatz, adies, liebe Großmutter, betet für mich und lebt alle wohl! – Gott erbarme sich meiner – ach, meine Verzweiflung ist groß!«

Ich konnte diese letzten Worte eines gewiß edeln unglücklichen Menschen nicht ohne bittere Tränen lesen. – »Der Kasper muß ein gar guter Mensch gewesen sein, liebe Mutter«, sagte ich zu der Alten, welche nach diesen Worten stehenblieb und meine Hand drückte und mit tiefbewegter Stimme sagte: »Ja, es war der beste Mensch auf der Welt. Aber die letzten Worte von der Verzweiflung hätte er nicht schreiben sollen, die bringen ihn um sein ehrliches Grab, die bringen ihn auf die Anatomie. Ach, lieber Schreiber, wenn Er hierin nur helfen könnte!«

»Wieso, liebe Mutter?« fragte ich, »was können diese letzten Worte dazu beitragen?« – »Ja gewiß,« erwiderte sie, »der Gerichtshalter hat es mir selbst gesagt. Es ist ein Befehl an alle Gerichte ergangen, daß nur die Selbstmörder aus Melancholie ehrlich sollen begraben werden, alle aber, die aus Verzweiflung Hand an sich gelegt, sollen auf die Anatomie; und der Gerichtshalter hat mir gesagt, daß er den Kasper, weil er selbst seine Verzweiflung eingestanden, auf die Anatomie schicken müsse.«

»Das ist ein wunderlich Gesetz,« sagte ich, »denn man könnte wohl bei jedem Selbstmord einen Prozeß anstellen, ob er aus Melancholie oder Verzweiflung entstanden, der so lange dauern müßte, daß der Richter und die Advokaten drüber in Melancholie und Verzweiflung fielen und auf die Anatomie kämen. Aber seid nur getröstet, liebe Mutter, unser Herzog ist ein so guter Herr, wenn er die ganze Sache hört, wird er dem armen Kasper gewiß sein Plätzchen neben der Mutter vergönnen.«

»Das gebe Gott!« erwiderte die Alte. »Sehe Er nun, lieber Mensch: als der Gerichtshalter alles zu Papier gebracht hatte, gab er mir die Brieftasche und den Kranz für die schöne Annerl, und so bin ich dann gestern hierher gelaufen, damit ich ihr an ihrem Ehrentag den Trost noch mit auf den Weg geben kann. – Der Kasper ist zu rechter Zeit gestorben; hätte er alles gewußt, er wäre närrisch geworden vor Betrübnis.«

»Was ist es denn nun mit der schönen Annerl?« fragte ich die Alte; »bald sagt Ihr, sie habe nur noch wenige Stunden, bald sprecht Ihr von ihrem Ehrentag, und sie werde Trost gewinnen durch Eure traurige Nachricht. Sagt mir doch alles heraus; will sie Hochzeit halten mit einem andern, ist sie tot, krank? Ich muß alles wissen, damit ich es in die Bittschrift setzen kann.«

Da erwiderte die Alte: »Ach, lieber Schreiber, es ist nun so, Gottes Wille geschehe! Sehe Er, als Kasper kam, war ich doch nicht recht froh; als Kasper sich das Leben nahm, war ich doch nicht recht traurig; ich hätte es nicht überleben können, wenn Gott sich meiner nicht erbarmt gehabt hätte mit größerem Leid. Ja, ich sage Ihm: es war mir ein Stein vor das Herz gelegt, wie ein Eisbrecher, und alle die Schmerzen, die wie Grundeis gegen mich stürzten und mir das Herz gewiß abgestoßen hätten, die zerbrachen an diesem Stein und trieben kalt vorüber. Ich will Ihm etwas erzählen, das ist betrübt:

Als mein Patchen, die schöne Annerl, ihre Mutter verlor, die eine Base von mir war und sieben Meilen von uns wohnte, war ich bei der kranken Frau. Sie war die Witwe eines armen Bauern und hatte in ihrer Jugend einen Jäger liebgehabt, ihn aber wegen seines wilden Lebens nicht genommen. Der Jäger war endlich in solch Elend gekommen, daß er auf Tod und Leben wegen eines Mordes gefangen saß. Das erfuhr meine Base auf ihrem Krankenlager, und es tat ihr so weh, daß sie täglich schlimmer wurde und endlich in ihrer Todesstunde, als sie mir die liebe schöne Annerl als mein Patchen übergab und Abschied von mir nahm, noch in den letzten Augenblicken zu mir sagte:

›Liebe Anne Margret, wenn du durch das Städtchen kömmst, wo der arme Jürge gefangen liegt, so lasse ihm sagen durch den Gefangenwärter, daß ich ihn bitte auf meinem Todesbett, er solle sich zu Gott bekehren, und daß ich herzlich für ihn gebetet habe in meiner letzten Stunde, und daß ich ihn schön grüßen lasse.‹ – Bald nach diesen Worten starb die gute Base, und als sie begraben war, nahm ich die kleine Annerl, die drei Jahr alt war, auf den Arm und ging mit ihr nach Haus.

Vor dem Städtchen, durch das ich mußte, kam ich an der Scharfrichterei vorüber, und weil der Meister berühmt war als ein Viehdoktor, sollte ich einige Arznei mitnehmen für unsern Schulzen. Ich trat in die Stube und sagte dem Meister, was ich wollte, und er antwortete, daß ich ihm auf den Boden folgen solle, wo er die Kräuter liegen habe, und ihm helfen aussuchen. Ich ließ Annerl in der Stube und folgte ihm. Als wir zurück in die Stube traten, stand Annerl vor einem kleinen Schranke, der an der Wand befestigt war, und sprach: ›Großmutter, da ist eine Maus drin; hört, wie es klappert; da ist eine Maus drin!‹

Auf diese Rede des Kindes machte der Meister ein sehr ernsthaftes Gesicht, riß den Schrank auf und sprach ›Gott sei uns gnädig!‹ denn er sah sein Richtschwert, das allein in dem Schranke an einem Nagel hing, hin und her wanken. Er nahm das Schwert herunter, und mir schauderte. ›Liebe Frau,‹ sagte er, ›wenn Ihr das kleine liebe Annerl liebhabt, so erschreckt nicht, wenn ich ihm mit meinem Schwert, rings um das Hälschen, die Haut ein wenig aufritze; denn das Schwert hat vor ihm gewankt, es hat nach seinem Blut verlangt, und wenn ich ihm den Hals damit nicht ritze, so steht dem Kinde groß Elend im Leben bevor.‹ Da faßte er das Kind, welches entsetzlich zu schreien begann, ich schrie auch und riß das Annerl zurück. Indem trat der Bürgermeister des Städtchens herein, der von der Jagd kam und dem Richter einen kranken Hund zur Heilung bringen wollte. Er fragte nach der Ursache des Geschreis, Annerl schrie: ›Er will mich umbringen!‹ Ich war außer mir vor Entsetzen. Der Richter erzählte dem Bürgermeister das Ereignis. Dieser verwies ihm seinen Aberglauben, wie er es nannte, heftig und unter starken Drohungen; der Richter blieb ganz ruhig dabei und sprach: ›So habens meine Väter gehalten, so halt ichs.‹ Da sprach der Bürgermeister: ›Meister Franz, wenn Ihr glaubtet, Euer Schwert habe sich gerührt, weil ich Euch hiermit anzeige, daß morgen früh um sechs Uhr der Jäger Jürge von Euch soll geköpft werden, so wollt ich es noch verzeihen; aber daß Ihr daraus etwas auf dies liebe Kind schließen wollt, das ist unvernünftig und toll. Es könnte so etwas einen Menschen in Verzweiflung bringen, wenn man es ihm später in seinem Alter sagte, daß es ihm in seiner Jugend geschehen sei. Man soll keinen Menschen in Versuchung führen.‹ – ›Aber auch keines Richters Schwert‹, sagte Meister Franz vor sich und hing sein Schwert wieder in den Schrank. Nun küßte der Bürgermeister das Annerl und gab ihm eine Semmel aus seiner Jagdtasche, und da er mich gefragt, wer ich sei, wo ich her komme und wo ich hin wolle, und ich ihm den Tod meiner Base erzählt hatte und auch den Auftrag an den Jäger Jürge, sagte er mir: ›Ihr sollt ihn ausrichten, ich will Euch selbst zu ihm führen; er hat ein hartes Herz, vielleicht wird ihn das Andenken einer guten Sterbenden in seinen letzten Stunden rühren.‹ Da nahm der gute Herr mich und Annerl auf seinen Wagen, der vor der Tür hielt, und fuhr mit uns in das Städtchen hinein.

Er hieß mich zu seiner Köchin gehn; da kriegten wir gutes Essen, und gegen Abend ging er mit mir zu dem armen Sünder; und als ich dem die letzten Worte meiner Base erzählte, fing er bitterlich an zu weinen und schrie: ›Ach Gott, wenn sie mein Weib geworden, wäre es nicht so weit mit mir gekommen.‹ Dann begehrte er, man solle den Herrn Pfarrer doch noch einmal zu ihm bitten, er wolle mit ihm beten. Das versprach ihm der Bürgermeister und lobte ihn wegen seiner Sinnesveränderung und fragte ihn, ob er vor seinem Tode noch einen Wunsch hätte, den er ihm erfüllen könne. Da sagte der Jäger Jürge: ›Ach, bittet hier die gute alte Mutter, daß sie doch morgen mit dem Töchterlein ihrer seligen Base bei meinem Rechte zugegen sein mögen; das wird mir das Herz stärken in meiner letzten Stunde.‹ Da bat mich der Bürgermeister, und so graulich es mir war, so konnte ich es dem armen, elenden Menschen nicht abschlagen. Ich mußte ihm die Hand geben und es ihm feierlich versprechen, und er sank weinend auf das Stroh. Der Bürgermeister ging dann mit mir zu seinem Freunde, dem

Pfarrer, dem ich nochmals alles erzählen mußte, ehe er sich ins Gefängnis begab.

Die Nacht mußte ich mit dem Kinde in des Bürgermeisters Haus schlafen, und am andern Morgen ging ich den schweren Gang zu der Hinrichtung des Jägers Jürge. Ich stand neben dem Bürgermeister im Kreis und sah, wie er das Stäblein brach. Da hielt der Jäger Jürge noch eine schöne Rede, und alle Leute weinten, und er sah mich und die kleine Annerl, die vor mir stand, gar beweglich an, und dann küßte er den Meister Franz, der Pfarrer betete mit ihm, die Augen wurden ihm verbunden, und er kniete nieder. Da gab ihm der Richter den Todesstreich. ›Jesus, Maria, Joseph!‹ schrie ich aus; denn der Kopf des Jürgen flog gegen Annerl zu und biß mit seinen Zähnen dem Kinde in sein Röckchen, das ganz entsetzlich schrie. Ich riß meine Schürze vom Leibe und warf sie über den scheußlichen Kopf, und Meister Franz eilte herbei, riß ihn los und sprach: ›Mutter, Mutter, was habe ich gestern morgen gesagt? Ich kenne mein Schwert, es ist lebendig!‹ – Ich war niedergesunken vor Schreck, das Annerl schrie entsetzlich. Der Bürgermeister war ganz bestürzt und ließ mich und das Kind nach seinem Hause fahren; da schenkte mir seine Frau andre Kleider für mich und das Kind, und nachmittag schenkte uns der Bürgermeister noch Geld, und viele Leute des Städtchens auch, die Annerl sehen wollten, so daß ich an zwanzig Taler und viele Kleider für sie bekam. Am Abend kam der Pfarrer ins Haus und redete mir lange zu, daß ich das Annerl nur recht in der Gottesfurcht erziehen sollte und auf alle die betrübten Zeichen gar nichts geben, das seien nur Schlingen des Satans, die man verachten müsse; und dann schenkte er mir noch eine schöne Bibel für das Annerl, die sie noch hat, und dann ließ uns der gute Bürgermeister, am andern Morgen, noch an drei Meilen weit nach Haus fahren. Ach, du mein Gott, und alles ist doch eingetroffen!« sagte die Alte und schwieg.

Eine schauerliche Ahnung ergriff mich, die Erzählung der Alten hatte mich ganz zermalmt. »Um Gottes willen, Mutter,« rief ich aus, »was ist es mit der armen Annerl geworden; ist denn gar nicht zu helfen?«

»Es hat sie mit den Zähnen dazu gerissen«, sagte die Alte;

»heut wird sie gerichtet; aber sie hat es in der Verzweiflung getan, die Ehre, die Ehre lag ihr im Sinn. Sie war zuschanden gekommen aus Ehrsucht, sie wurde verführt von einem Vornehmen, er hat sie sitzen lassen, sie hat ihr Kind erstickt in derselben Schürze, die ich damals über den Kopf des Jägers Jürge warf, und die sie mir heimlich entwendet hat. Ach, es hat sie mit Zähnen dazu gerissen, sie hat es in der Verwirrung getan. Der Verführer hatte ihr die Ehe versprochen und gesagt, der Kasper sei in Frankreich geblieben. Dann ist sie verzweifelt und hat das Böse getan und hat sich selbst bei den Gerichten angegeben. Um vier Uhr wird sie gerichtet. Sie hat mir geschrieben, ich möchte noch zu ihr kommen; das will ich nun tun und ihr das Kränzlein und den Gruß von dem armen Kasper bringen und die Rose, die ich heut nacht erhalten; das wird sie trösten. Ach, lieber Schreiber, wenn Er es nur in der Bittschrift auswirken kann, daß ihr Leib und auch der Kasper dürfen auf unsern Kirchhof gebracht werden.«

»Alles, alles will ich versuchen!« rief ich aus, »gleich will ich nach dem Schlosse laufen; mein Freund, der Ihr die Rose gab, hat die Wache dort, er soll mir den Herzog wecken, ich will vor sein Bett knien und ihn um Pardon für Annerl bitten.«

»Pardon?« sagte die Alte kalt. »Es hat sie ja mit Zähnen dazu gezogen; hör Er, lieber Freund, Gerechtigkeit ist besser als Pardon; war hilft aller Pardon auf Erden? Wir müssen doch alle vor das Gericht:

> Ihr Toten, ihr Toten sollt auferstehn,
> Ihr sollt vor das Jüngste Gerichte gehn.

Seht, sie will keinen Pardon, man hat ihn ihr angeboten, wenn sie den Vater des Kindes nennen wolle; aber das Annerl hat gesagt: ›Ich habe sein Kind ermordet und will sterben und ihn nicht unglücklich machen; ich muß meine Strafe leiden, daß ich zu meinem Kinde komme, aber ihn kann es verderben, wenn ich ihn nenne.‹ Darüber wurde ihr das Schwert zuerkannt. Gehe Er zum Herzog, und bitte er für Kasper und Annerl um ein ehrlich Grab! Gehe Er gleich! Seh Er: dort geht der Herr Pfarrer ins Gefängnis; ich will ihn ansprechen, daß er mich mit hinein zum schönen Annerl nimmt. Wenn Er sich eilt, so kann Er uns draußen am Gerichte vielleicht den Trost noch bringen mit dem ehrlichen Grab für Kasper und Annerl.«

Unter diesen Worten waren wir mit dem Prediger zusammengetroffen; die Alte erzählte ihr Verhältnis zu der Gefangenen, und er nahm sie freundlich mit zum Gefängnis. Ich aber eilte nun, wie ich noch nie gelaufen, nach dem Schlosse, und es machte mir einen tröstenden Eindruck, es war mir wie ein Zeichen der Hoffnung, als ich an Graf Grossingers Hause vorüberstürzte und aus einem offnen Fenster des Gartenhauses eine liebliche Stimme zur Laute singen hörte:

Die Gnade sprach von Liebe,
Die Ehre aber wacht
Und wünscht voll Lieb der Gnade
In Ehren gute Nacht.

Die Gnade nimmt den Schleier,
Wenn Liebe Rosen giebt,
Die Ehre grüßt den Freier,
Weil sie die Gnade liebt.

Ach, ich hatte der guten Wahrzeichen noch mehr! Einhundert Schritte weiter fand ich einen weißen Schleier auf der Straße liegend; ich raffte ihn auf, er war voll von duftenden Rosen. Ich hielt ihn in der Hand und lief weiter, mit dem Gedanken: ach Gott, das ist die Gnade. Als ich um die Ecke bog, sah ich einen Mann, der sich in seinem Mantel verhüllte, als ich vor ihm vorübereilte, und mir heftig den Rücken wandte, um nicht gesehen zu werden. Er hätte es nicht nötig gehabt, ich sah und hörte nichts in meinem Innern als: Gnade, Gnade! und stürzte durch das Gittertor in den Schloßhof. Gott sei Dank, der Fähndrich, Graf Grossinger, der unter den blühenden Kastanienbäumen vor der Wache auf und ab ging, trat mir schon entgegen.

»Lieber Graf,« sagte ich mit Ungestüm, »Sie müssen mich gleich zum Herzog bringen, gleich auf der Stelle, oder alles ist zu spät, alles ist verloren!«

Er schien verlegen über diesen Antrag und sagte: »Was fällt Ihnen ein, zu dieser ungewohnten Stunde? Es ist nicht möglich; kommen Sie zur Parade, da will ich Sie vorstellen.«

Mir brannte der Boden unter den Füßen; »jetzt«, rief ich aus, »oder nie! Es muß sein, es betrifft das Leben eines Menschen.«

»Es kann jetzt nicht sein,« erwiderte Grossinger scharf absprechend, »es betrifft meine Ehre; es ist mir untersagt, heute nacht irgendeine Meldung zu tun.«

Das Wort Ehre machte mich verzweifeln; ich dachte an Kaspers Ehre, an Annerls Ehre und sagte: »Die vermaledeite Ehre! Gerade um die letzte Hülfe zu leisten, welche so eine Ehre übriggelassen, muß ich zum Herzoge, Sie müssen mich melden, oder ich schreie laut nach dem Herzog.«

»So Sie sich rühren,« sagte Grossinger heftig, »lasse ich Sie in die Wache werfen, Sie sind ein Phantast, Sie kennen keine Verhältnisse.«

»O, ich kenne Verhältnisse, schreckliche Verhältnisse! Ich muß zum Herzoge, jede Minute ist unerkauflich!« versetzte ich; »wollen Sie mich nicht gleich melden, so eile ich allein zu ihm.«

Mit diesen Worten wollte ich nach der Treppe, die zu den Gemächern des Herzogs hinaufführte, als ich den nämlichen in einen Mantel Verhüllten, der mir begegnete, nach dieser Treppe eilend bemerkte. Grossinger drehte mich mit Gewalt um, daß ich diesen nicht sehen sollte. »Was machen Sie, Töriger?« flüsterte er mir zu, »schweigen Sie, ruhen Sie, Sie machen mich unglücklich!«

»Warum halten Sie den Mann nicht zurück, der da hinaufging?« sagte ich; »er kann nichts Dringenderes vorzubringen haben als ich. Ach, es ist so dringend, ich muß, ich muß! Es betrifft das Schicksal eines unglücklichen, verführten, armen Geschöpfs.«

Grossinger erwiderte: »Sie haben den Mann hinaufgehen sehen; wenn Sie je ein Wort davon äußern, so kommen Sie vor meine Klinge; gerade, weil *er* hinaufging, können *Sie nicht* hinauf, der Herzog hat Geschäfte mit ihm.«

Da erleuchteten sich die Fenster des Herzogs. »Gott, er hat Licht, er ist auf!« sagte ich, »ich muß ihn sprechen, um des Himmels willen, lassen Sie mich, oder ich schreie Hülfe.«

Grossinger faßte mich beim Arm und sagte: »Sie sind betrunken, kommen Sie in die Wache. Ich bin Ihr Freund, schlafen Sie aus und sagen Sie mir das Lied, das die Alte heut nacht an der Türe sang, als ich die Runde vorüberführte; das Lied interessiert mich sehr.«

»Gerade wegen der Alten und den Ihrigen muß ich mit dem Herzoge sprechen!« rief ich aus.

»Wegen der Alten?« versetzte Grossinger, »wegen der sprechen Sie mit mir, die großen Herrn haben keinen Sinn für so etwas; geschwind kommen Sie nach der Wache!«

Er wollte mich fortziehen; da schlug die Schloßuhr halb vier. Der Klang schnitt mir wie ein Schrei der Not durch die Seele, und ich schrie aus voller Brust zu den Fenstern des Herzogs hinauf:

»Hülfe! Um Gottes willen, Hülfe für ein elendes, verführtes Geschöpf!« Da ward Grossinger wie unsinnig. Er wollte mir den Mund zuhalten, aber ich rang mit ihm; er stieß mich in den Nacken, er schimpfte; ich fühlte, ich hörte nichts. Er rief nach der Wache, der Korporal eilte mit etlichen Soldaten herbei, mich zu greifen; aber in dem Augenblick ging des Herzogs Fenster auf, und es rief herunter:

»Fähndrich Graf Grossinger, was ist das für ein Skandal? Bringen Sie den Menschen herauf, gleich auf der Stelle!«

Ich wartete nicht auf den Fähndrich; ich stürzte die Treppe hinauf, ich fiel nieder zu den Füßen des Herzogs, der mich betroffen und unwillig aufstehen hieß. Er hatte Stiefel und Sporen an, und doch einen Schlafrock, den er sorgfältig über der Brust zusammenhielt.

Ich trug dem Herzoge alles, was mir die Alte von dem Selbstmorde des Ulans, von der Geschichte der schönen Annerl erzählt hatte, so gedrängt vor, als es die Not erforderte, und flehte ihn wenigstens um den Aufschub der Hinrichtung auf wenige Stunden und um ein ehrliches Grab für die beiden Unglücklichen an, wenn Gnade unmöglich sei. – »Ach, Gnade, Gnade!« rief ich aus, indem ich den gefundenen weißen Schleier voll Rosen aus dem Busen zog; »dieser Schleier, den ich auf meinem Wege hierher gefunden, schien mir Gnade zu verheißen.«

Der Herzog griff mit Ungestüm nach dem Schleier und war heftig bewegt; er drückte den Schleier in seinen Händen, und als ich die Worte aussprach: »Euer Durchlaucht! Dieses arme Mädchen ist ein Opfer falscher Ehrsucht; ein Vornehmer hat sie verführt und ihr die Ehe versprochen; ach, sie ist so gut, daß sie lieber sterben will als ihn nennen« – da unterbrach mich der Herzog, mit Tränen in den Augen, und sagte: »Schweigen Sie, ums Himmels willen, schweigen Sie!« – Und nun wendete er sich zu dem Fähndrich, der an der Türe stand, und sagte mit dringender Eile: »Fort eilend zu Pferde mit diesem Menschen hier; reiten Sie das Pferd tot; nur nach dem Gerichte hin: heften sie diesen Schleier an Ihren Degen, winken und schreien Sie Gnade, Gnade! Ich komme nach.«

Grossinger nahm den Schleier; er war ganz verwandelt, er sah aus wie ein Gespenst vor Angst und Eile; wir stürzten in den Stall, saßen zu Pferde und ritten im Galopp; er stürmte wie ein Wahnsinniger zum Tore hinaus. Als er den Schleier an seine Degenspitze heftete, schrie er: »Herr Jesus, meine Schwester!« Ich verstand nicht, was er wollte. Er stand hoch im Bügel und wehte und schrie: »Gnade, Gnade!« Wir sahen auf dem Hügel die Menge um das Gericht versammelt. Mein Pferd scheute vor dem wehenden Tuch. Ich bin ein schlechter Reiter, ich konnte den Grossinger nicht einholen, er flog im schnellsten Karriere; ich strengte alle Kräfte an. Trauriges Schicksal! Die Artillerie exerzierte in der Nähe, der Kanonendonner machte es unmöglich, unser Geschrei aus der Ferne zu hören. Grossinger stürzte, das Volk stob auseinander, ich sah in den Kreis, ich sah einen Stahlblitz in der frühen Sonne – ach Gott, es war der Schwertblitz des Richters! – Ich sprengte heran, ich hörte das Wehklagen der Menge. »Pardon, Pardon!« schrie Grossinger und stürzte mit wehendem Schleier durch den Kreis, wie ein Rasender, aber der Richter hielt ihm das blutende Haupt der schönen Annerl entgegen, das ihn wehmütig anlächelte. Da schrie er: »Gott sei mir gnädig!« und fiel auf die Leiche hin zur Erde; »tötet mich, tötet mich, ihr Menschen; ich habe sie verführt, ich bin ihr Mörder!«

Eine rächende Wut ergriff die Menge; die Weiber und Jungfrauen drangen heran und rissen ihn von der Leiche und traten ihn mit Füßen, er wehrte sich nicht; die Wachen konnten das wütende Volk nicht bändigen. Da erhob sich ein Geschrei: »Der Herzog, der Herzog!« – Er kam im offnen Wagen gefahren; ein blutjunger Mensch, den Hut tief ins Gesicht gedrückt, in einen Mantel gehüllt, saß neben ihm. Die Menschen schleifen Grossinger herbei. »Jesus, mein Bruder!« schrie der junge Offizier mit der weiblichsten Stimme aus dem Wagen. Der Herzog sprach bestürzt zu ihm: »Schweigen Sie!« Er sprang aus dem Wagen, der junge Mensch wollte folgen, der Herzog drängte ihn schier unsanft zurück, aber so beförderte sich die Entdeckung, daß der junge Mensch die als Offizier verkleidete Schwester Grossingers sei. Der Herzog ließ den mißhandelten, ohnmächtigen Grossinger in den Wagen legen, die Schwester nahm keine Rücksicht mehr, sie warf ihren Mantel über ihn; jedermann sah sie in weiblicher Kleidung. Der Herzog war verlegen, aber er sammelte sich und befahl, den Wagen sogleich umzuwenden und die Gräfin mit ihrem Bruder nach ihrer Wohnung zu fahren. Dieses Ereignis hatte die Wut der Menge einigermaßen gestillt. Der Herzog sagte laut zu dem wachthabenden Offizier: »Die Gräfin Grossinger hat ihren Bruder an ihrem Hause vorbeireiten sehen, den Pardon zu bringen, und wollte diesem freudigen Ereignis beiwohnen; als ich zu demselben Zwecke vorüberfuhr, stand sie am Fenster und bat mich, sie in meinem Wagen mitzunehmen; ich konnte es dem gutmütigen Kinde nicht abschlagen. Sie nahm einen Mantel und Hut ihres Bruders, um kein Aufsehen zu erregen, und hat, von dem unglücklichen Zufall überrascht, die Sache gerade dadurch zu einem abenteuerlichen Skandal gemacht. Aber wie konnten Sie, Herr Leutnant, den unglücklichen Grafen Grossinger nicht vor dem Pöbel schützen? Es ist ein gräßlicher Fall, daß er, mit dem Pferde stürzend, zu spät kam; er kann doch aber nichts dafür. Ich will die Mißhandler des Grafen verhaftet und bestraft wissen.«

Auf diese Rede des Herzogs erhob sich ein allgemeines Geschrei: »Er ist ein Schurke, er ist der Verführer, der Mörder der schönen Annerl gewesen, er hat es selbst gesagt, der elende, der schlechte Kerl!«

Als dies von allen Seiten hertönte und auch der Prediger und der Offizier und die Gerichtspersonen es bestätigten, war der Herzog so tief erschüttert, daß er nichts sagte, als: »Entsetzlich, entsetzlich, o, der elende Mensch!«

Nun trat der Herzog blaß und bleich in den Kreis; er wollte die Leiche der schönen Annerl sehen. Sie lag auf dem grünen

Rasen in einem schwarzen Kleide mit weißen Schleifen. Die alte Großmutter, welche sich um alles, was vorging, nicht bekümmerte, hatte ihr das Haupt an den Rumpf gelegt und die schreckliche Trennung mit ihrer Schürze bedeckt; sie war beschäftigt, ihr die Hände über die Bibel zu falten, welche der Pfarrer in dem kleinen Städtchen der kleinen Annerl geschenkt hatte; das goldene Kränzlein band sie ihr auf den Kopf und steckte die Rose vor die Brust, welche ihr Grossinger in der Nacht gegeben hatte, ohne zu wissen, wem er sie gab.

Der Herzog sprach bei diesem Anblick: »Schönes, unglückliches Annerl! Schändlicher Verführer, du kamst zu spät! – Arme alte Mutter, du bist ihr allein treu geblieben, bis in den Tod.« Als er mich bei diesen Worten in seiner Nähe sah, sprach er zu mir: »Sie sagten mir von einem letzten Willen des Korporal Kasper, haben Sie ihn bei sich?« Da wendete ich mich zu der Alten und sagte: »Arme Mutter, gebt mir die Brieftasche Kaspers; Seine Durchlaucht wollen seinen letzten Willen lesen.«

Die Alte, welche sich um nichts bekümmerte, sagte mürrisch: »Ist Er auch wieder da? Er hätte lieber ganz zu Hause bleiben können. Hat Er die Bittschrift? Jetzt ist es zu spät; ich habe dem armen Kinde den Trost nicht geben können, daß sie zu Kasper in ein ehrliches Grab soll; ach, ich hab es ihr vorgelogen, aber sie hat mir nicht geglaubt.«

Der Herzog unterbrach sie und sprach: »Ihr habt nicht gelogen, gute Mutter; der Mensch hat sein Möglichstes getan, der Sturz des Pferdes ist an allem schuld. Aber sie soll ein ehrliches Grab haben bei ihrer Mutter und bei Kasper, der ein braver Kerl war; es soll ihnen beiden eine Leichenpredigt gehalten werden über die Worte: ›Gebt Gott allein die Ehre!‹ Der Kasper soll als Fähndrich begraben werden, seine Schwadron soll ihm dreimal ins Grab schießen, und des Verderbers Grossingers Degen soll auf seinen Sarg gelegt werden.«

Nach diesen Worten ergriff er Grossingers Degen, der mit dem Schleier noch an der Erde lag, nahm den Schleier herunter, bedeckte Annerl damit und sprach: »Dieser unglückliche Schleier, der ihr so gern Gnade gebracht hätte, soll ihr die Ehre wiedergeben; sie ist ehrlich und begnadigt gestorben, der Schleier soll mit ihr begraben werden.«

Den Degen gab er dem Offizier der Wache mit den Worten: »Sie werden heute noch meine Befehle wegen der Bestattung des Ulanen und dieses armen Mädchens bei der Parade empfangen.«

Nun las er auch die letzten Worte Kaspers laut mit vieler Rührung; die alte Großmutter umarmte mit Freudentränen seine Füße, als wäre sie das glücklichste Weib. Er sagte zu ihr: »Gebe Sie sich zufrieden, Sie soll eine Pension haben bis an Ihr seliges Ende, ich will Ihrem Enkel und der Annerl einen Denkstein setzen lassen.« Nun befahl er dem Prediger, mit der Alten und einem Sarge, in welchen die Gerichtete gelegt wurde, nach seiner Wohnung zu fahren und sie dann nach ihrer Heimat zu bringen und das Begräbnis zu besorgen. Da währenddem seine Adjutanten mit Pferden gekommen waren, sagte er noch zu mir: »Geben Sie meinem Adjutanten Ihren Namen an, ich werde Sie rufen lassen; Sie haben einen schönen menschlichen Eifer gezeigt.« Der Adjutant schrieb meinen Namen in seine Schreibtafel und machte mir ein verbindliches Kompliment. Dann sprengte der Herzog, von den Segenswünschen der Menge begleitet, in die Stadt. Die Leiche der schönen Annerl ward nun mit der guten alten Großmutter in das Haus des Pfarrers gebracht, und in der folgenden Nacht fuhr dieser mit ihr nach der Heimat zurück. Der Offizier traf, mit dem Degen Grossingers und einer Schwadron Ulanen, auch daselbst am folgenden Abend ein. Da wurde nun der brave Kasper, mit Grossingers Degen auf der Bahre und dem Fähndrichspatent, neben der schönen Annerl, zur Seite seiner Mutter begraben. Ich war auch hingeeilt und führte die alte Mutter, welche kindisch vor Freude war, aber wenig redete; und als die Ulanen dem Kasper zum drittenmal ins Grab schossen, fiel sie mir tot in die Arme. Sie hat ihr Grab auch neben den Ihrigen empfangen. Gott gebe ihnen allen eine freudige Auferstehung!

Sie sollen treten auf die Spitzen,
Wo die lieben Engelein sitzen,
Wo kömmt der liebe Gott gezogen
Mit einem schönen Regenbogen;
Da sollen ihre Seelen vor Gott bestehn,
Wann wir werden zum Himmel eingehn.
Amen.

Als ich in die Hauptstadt zurückkam, hörte ich, Graf Grossinger sei gestorben; er habe Gift genommen. In meiner Wohnung fand ich einen Brief von ihm; er sagte mir darin:

»Ich habe Ihnen viel zu danken. Sie haben meine Schande, die mir lange das Herz abnagte, zutage gebracht. Jenes Lied der Alten kannte ich wohl, die Annerl hatte es mir oft vorgesagt, sie war ein unbeschreiblich edles Geschöpf. Ich war ein elender Verbrecher. Sie hatte ein schriftliches Eheversprechen von mir gehabt und hat es verbrannt. Sie diente bei einer alten Tante von mir, sie litt oft an Melancholie. Ich habe mich durch gewisse medizinische Mittel, die etwas Magisches haben, ihrer Seele bemächtigt. – Gott sei mir gnädig! – Sie haben auch die Ehre meiner Schwester gerettet. Der Herzog liebt sie, ich war sein Günstling – die Geschichte hat ihn erschüttert – Gott helfe mir, ich habe Gift genommen

Joseph Graf Grossinger.«

Die Schürze der schönen Annerl, in welche ihr der Kopf des Jägers Jürge bei seiner Enthauptung gebissen, ist auf der herzoglichen Kunstkammer bewahrt worden. Man sagt, die Schwester des Grafen Grossinger werde der Herzog mit dem Namen: *Voile de Grace*, auf deutsch »Gnadenschleier«, in den Fürstenstand erheben und sich mit ihr vermählen. Bei der nächsten Revue in der Gegend von D... soll das Monument auf den Gräbern der beiden unglücklichen Ehrenopfer, auf dem Kirchhofe des Dorfs, errichtet und eingeweiht werden, der Herzog wird mit der Fürstin selbst zugegen sein. Er ist ausnehmend zufrieden damit; die Idee soll von der Fürstin und dem Herzoge zusammen erfunden sein. Es stellt die falsche und wahre Ehre vor, die sich vor einem Kreuze beiderseits gleich tief zur Erde beugen; die Gerechtigkeit steht mit dem geschwungenen Schwerte zur einen Seite, die Gnade zur andern Seite und wirft einen Schleier heran. Man will im Kopfe der Gerechtigkeit Ähnlichkeit mit dem Herzoge, in dem Kopfe der Gnade Ähnlichkeit mit dem Gesichte der Fürstin finden.

Entweder

wunderbare Geschichte
von

BOGS

dem Uhrmacher,

wie er zwar das menschliche Leben längst verlassen, nun aber doch, nach vielen musikalischen Leiden zu Wasser und zu Lande, in die bürgerliche Schützengesellschaft aufgenommen zu werden Hoffnung hat,

oder

die über die Ufer der Badischen Wochenschrift als Beilage ausgetretene

KONZERT-ANZEIGE

Nebst des Herrn BOGS wohlgetroffenem Bildnisse und einem medizinischen Gutachten über dessen Gehirnzustand

– sondern nach den trefflichen Gesinnungen des Schicksals für das Wohl derer, die von seinen Schlägen, Ritterschlägen, sollen getroffen werden, ist ohnlängst die Erde und das Leben, deren zeitherigem Mietsmann, dem Menschen, aufgekündigt worden, weil er selbige ganz in Verfall kommen lassen, man ihn auch darüber ertappt, daß er das Brot auf die runde Seite gelegt, das Licht mit den Fingern geputzt, und die Schuhe mit der Kleiderbürste abgekehrt, und dergleichen Menschlichkeiten mehr. Er wurde in den Schaden und in das böse Beispiel condemniert, seine sämtliche Gerätschaft, bestehend in einigen unbrauchbaren Phantasien, mehreren alten fabelhaften Geschichten, abgeschmackten Vorurteilen, Vaterlandsliebe, und einer ungedruckten Bibel, die kein Manuskript war, etc., öffentlich an den Meistbietenden versteigert; da aber zu wenig herausgekommen, hat man sich an mehreren Bäumen, die er selbst gezogen, erholt, sie forstmäßig geschlagen und veräußert. Da nun Erde und Leben wieder aufgescheuert und geschmackvoll angetüncht, das Dach repariert und ein verschlossenes heimliches Gemach angebracht worden, ist es unter dem neuen Schilde Land und Staat an einen namens Bürger in Erbpacht, unter vorteilhaften Bedingungen, überlassen worden, welcher die Back- und Braugerechtigkeit erhalten, einen guten Quittenschnaps und Firnewein verzapft und seinen verehrten Gönnern prompte und billige Bedienung verspricht. Dieser neue Mietsmann nun hat seine Wirtschaft mit folgender edeln Handlung eröffnet: Da einige Propheten, weise Meister, Philosophen, Schwärmer, Dichter, Musiker, Maler und Künstler obige Armseligkeiten des Menschen an sich gekauft, und diesem der Stuhl vor die Türe gesetzt werden sollte, war nicht nur kein Stuhl, sondern auch keine Türe vorhanden; der edle Bürger ließ daher auf eigne Unkosten aus den erstandenen Bäumen einige Stühle und eine Türe machen, setzte die ersten vor die letzte, bat den Menschen, sich bei ihm häuslich niederzulassen, und das, was das Haus vermag, vor Liebe zu nehmen, auch versprach er ihm, die Haut über die Ohren zu ziehen und bei ihm selbst gerben zu lassen. Dieser aber wollte nicht sitzen und bat sich nur einen

Stein aus, sein Haupt darauf zu legen; der Bürger sah den Stein an, er war ihm nicht brauchbar, und überließ ihn dem Toren, nachdem er zuvor alle seine alten Nägel gerade darauf geklopft. Dieser lief nun mit dem Steine davon, und es wird gesagt, der Stein sei der Stein der Weisen gewesen, und der Mensch habe sich mit demselben zu den obgenannten obskuren Käufern seiner andern Habseligkeiten gestellt und treibe mit ihnen sein Wesen seit ewigen Zeiten in jeder neuen Kunst und Poesie, und heutzutage wieder; der edle Bürger glaubt aber nicht an solche Vorurteile, und überließ es lange den trefflichen Anstalten des verblichenen allgemeinen deutschen Bibliothekars und dessen entwichenen freimütigen Erben, vor jenen Toren zu warnen. Sind nun auch beide leider von jenem Gezüchte überlebt worden, so dürfen wir doch nicht verzweifeln, daß der ungeschickte Baum, den auszurotten bis jetzt alle Forstbeile ermüdeten, der in der Erde wurzelt und den Himmel trägt, und in dessen unendlichem Gezweige sich jene losen Vögel, Zifferfeinde und Ungeziefer eingenistelt, mit seinem dumpfen mystischen Schatten uns die Sonne gänzlich entziehen und die Quartiere in Land und Staat ungesund und unbequem machen möge, denn es ist noch ein Gott da, der alle Morgen ein Blatt fallen läßt, damit ein Strahl nachfalle, und so werden wir nächstens jenes Gesindel schußrecht bekommen, in den Baum werden sodann einige geblendete und getäubte privilegierte Singevögel nach der besten Klassifikation in geschmackvollen Käfigten klassisch aufgehängt werden; die Nachtigallen aber können des verbotenen Einfangens wegen nicht in Person geliefert werden, doch werden ihre Werke auf Pränumeration nicht allein in Druck und Papier, sondern auch in Druckpapier zu haben sein. Statt lebendiger Nachtigallen wird, sobald der Baum etwas gereinigt und ihm das fatale Nachwachsen abgewöhnt worden, eine Kompagnie getaufter Juden hineingesetzt und gehängt werden, welche die Nachtigallen perfekt nachmachen können. Zu solchem Vogelschießen läßt eine löbliche Schützengesellschaft, mit Erbietung alles billigen Pläsirs, Herren und Damen höflich einladen. Hunde mitzubringen ist erlaubt. – Zugleich fordert der nunmehrige Erbpächter, der die ehemalige Welt und das Leben mit so vielen Unkosten in ein kommodes Land und Staat hat umarbeiten lassen, alle, die von ungefähr noch Menschen sein sollten, auf, sich binnen sächsischer Frist zu melden, ein Selbstbekenntnis über ihren Charakter und ihre Grundsätze abzulegen, und der Gesellschaft der Menschen gänzlich zu entsagen, wenn sie ferner in der Anstalt wollen geduldet werden.

Land- und Staats-Adreß-Industrie- und bürgerliche Schützengesellschaft, zu erfragen in des verschollenen landräumig gewordenen Menschen ehemaliger Behausung.

Nachdem ich obiges Plakat gelesen hatte, raffte ich, der Uhrmacher BOGS, sogleich meine wenigen Grundsätze zusammen, um solche der Schützengesellschaft treuherzig vorzulegen, und um eine gütige Aufnahme in die bürgerliche Gesellschaft anzusuchen.

Selbstbekenntnisse des Uhrmachers BOGS, welcher zwar längst das menschliche Leben aufgegeben, nun aber doch in die bürgerliche Schützengesellschaft aufgenommen zu werden wünscht

Nachdem meine Vorfahren bereits so lange das Leben unter Händen gehabt, ist es mir, Gott sei Dank, schon in der Gestalt einer wohleingerichteten Uhr überkommen, welche so in der Ordnung ist, daß jeder, der ihren Ketten und Rädern sich nicht drehend anschließt, gekettet und gerädert wird. Als Kind war ich schon so im Kreise herumgedreht, daß ich schon rund dumm war, da ich zu Verstande kam, und das erste Wort, das ich redete, war an meine poetische und verliebte Kindermagd: »Mensch, lasse Sie mich unter kein Rad kommen, damit ich selbst ein gut Rad oder eine gesunde Speiche werden kann.« Endlich selbst zum Maschinengliede erwachsen, arbeitete ich, um Zeit zu gewinnen, an Uhren, und setzte mich in meinen Freistunden auf einen Ast, den ich hinter mir abhieb, um mit herunterfallend den Ast und die Zeit des Herabsteigens nicht zu verlieren. Auch wußte ich immer, wieviel an der Uhr ist, um nicht zu wissen, wieviel oder wenig an der Zeit sei. Auch verlieh mir Gott das Talent der Beredsamkeit, durch welches ich einstens dem Staate viele brave Uhrmacher erhalten, die auf dem Punkte waren, unter die Menschen zu gehen. Ich arbeitete damals im Auslande, und es war einer unserer Gesellen von einem holländischen Generalstaaten, weil er ihm zu viel von spanischen Nobels und dem Bruder Grafen erzählt, im Zorne elendiglich ermordet worden; am Grabe dieses Jünglings, der von Schelmuffskischer Abkommenschaft gewesen, waren alle Uhrmacher versammelt, eine Leichenpredigt zu hören, welche also begann:

»Selig der, dem, ermüdet an dem ewigen Einerlei des Drehens und Gedrehtwerdens, die Sonnenidee Ewigkeit einen unsterblichen Strahl in das Leben, tröstlicher noch in den Tod wirft. Aber, leider, ist das Werk verbaut durch sich selbst und das Gehäus, damit kein hindernder Staub es auf stillstehende Gedanken bringe. Der Verstand stehe einem still und der Kopf laufe mit einem davon, hat man uns zu fürchten gemacht, damit es uns nicht einfalle, stille zu stehen, und zu erstaunen über uns oder das Werk. Da liegt er nun, das unglückliche Schlachtopfer, der Verstand steht ihm stille, wie der Puls. O hätte er die Ewigkeit außer der Zeit, und das Unendliche außer dem Raum gesucht, statt Uhren zu machen, hätte er die Ewigkeit der Idee in die Zeit als Musik, das Unendliche der Idee in den Raum als Bild gebracht, usw.«

– Sotanes und der Art unsinniges Geschwätz setzte mich in die größte Besorgnis um meine noch nicht konfirmierten schwankenden Mitbrüder, welche ich bereits halb objektive und halb subjektive Gesichter schneiden sah; ich sprang also aufs Grab und unterbrach jenen von der neuen Schule angestellten Redner folgendermaßen:

»– Ho, Ho! daß wir nicht blind in die Migräne hineinrennen und gar Hirngeburten hervorbringen, sage Hirnsgespinste, in welchen keine Fliege geschweige ein Pfennig hängen bleibt, o laßt uns an jenem alten heidnischen Gotte Jupiter, der zuletzt als Invalide unter die Planeten gesteckt worden war, ein warnendes Beispiel nehmen. Er mußte, weil er neben die Schule gegangen und in unehelicher Begeisterung mit irdischer Schönheit mancherlei unbrauchbare Fantasten, als da sind Götter und Helden, erzeugt, endlich selbst zur Strafe eine ewige Jungfrau, die Patronin aller Schulen und Schulmeister, unter großen Schmerzen durch eine Kopfwunde gebären, welche ihm mit einem Beile gemacht worden. Lasset uns durch diese traurige Begebenheit das Verständnis eröffnet sein, damit es uns nicht mit der Holzaxt eröffnet zu werden braucht; bedenken wir Eltern, Weib und Kind, oder auch die schweren gewissen Kosten einer schweren ungewissen Kur, und sehn wir lieber auf unser Maul, da haben wir Wunde genug, auf welche uns Mutter Natur gewissermaßen mit der Nase gestoßen, daß wir sie stopfen sollen – also Brotstudium! Brotstudium! Heil dir Bauer, Müller, Bäcker! dann erst Heil dir Maul, Magen, Mensch! der wieder Bauer, Müller, Bäcker werden kann. Dieser letzte Satz aber ist mit dem Segen, der alle gute Absicht überrascht, rund geworden, und ich kehre auf ihm zurück zu der Sache, dem Uhrwerke des menschlichen Lebens, von welchem wir ein so hoffnungsvolles Abbild hier der Wut des holländischen Generalstaaten aufgeopfert beweinen. Laßt uns an dem Grab unsers Freundes nicht durch diesen Prediger aus der neuen romantischen Clique, die gegen die klassischen Uhrmacher einen Bund geschlossen, irrewerden, und bleibt bei der Erfahrung, daß keine Sonne ins Leben als ein Uhrwerk scheinen darf, denn es könnte Staub mit hineinfliegen, und das Ausputzen oder Einschmieren kostet Geld. Ja selbst hineinzuhauchen ist gefährlich, damit das Werk nicht anlaufe und roste; darum laßt uns auch bei dieser Betrachtung, wie bei jeglicher, den Atem anhalten; denn, hauchte Gott gleich Seele in den Erdenkloß, dem es not tat, Adam zu werden, so geziemt es uns doch nur, mit dem Pflugschar das Erdenkloß zum Acker zu bilden, und mit grünender Furche die Scharte Adams auszuwetzen, weil unsre Seele das Metall ist, und wir nur durch dieses beleben und belebt werden können; es ist Feder und Gewicht an der Uhr und, wenn mans beim Lichte besieht, was aber behutsam geschehen soll, gar die Uhr selbst.« –

So erhielt ich durch meine Geistesgegenwart viele brave Uhrmacher bei Verstand.

Ich suchte später meine Kunst immer zu vervollkommnen, und fing endlich die sieben freien Künste selbst ein, um meine Uhren zu verschönern. Die Malerei lieferte mir allegorische

Zifferblätter und Emaillen, die Bildhauerei schöne Figuren, welchen ich statt der altfränkischen Uhrgehäusen die Uhrwerke in den Magen oder rittlings zwischen die Beine setzte; der Musik bediente ich mich dann und wann zu einem anmutigen Glockenspiel, und der Religion wegen stellte ich meine Uhren auf Kirchentürme, denn es wird zu bestimmten Stunden Gott verehrt, und dauert eine Predigt kaum eine Stunde über die Langeweile. Dennoch hoffe ich nicht, daß dies ein Beweis sein könnte, als habe ich menschlicher Neigung zu freien Künsten nachgegeben, denn ich bedachte wohl, daß solche zierliche Uhren sehr teuer sind, selten abgehen, und oft in der Mode wechseln, da liegt einem dann der teure Artikel auf dem Laden; darum, wer anders kann, lege nicht sich und seine Phantasien an den Laden, sondern eine Reihe gut gebackne Semmeln und Brote, die finden immer ihren Abnehmer. – Am schwersten ist mir dennoch die Bändigung meiner Neigung zur Musik geworden, und wird es mir noch täglich. Denn nachdem die alte Kirchenmusik, dieser Abgrund und Gipfel aller Töne, in und auf welchem der Mensch vor seinem Gott sich demütigen, zu seinem Gotte sich erheben mag, gänzlich in Vergessenheit gekommen ist, kann ich doch nie einstimmen, daß wie sie abgeschafft, weil sie nichts taugte, sondern ich glaube, sie hat uns verlassen, weil wir nichts taugten. Mit großer Verlegenheit lege ich einer löblichen Schützengesellschaft nun diese meine fixe Idee, als taugten wir nichts, aber *sans comparaison*, vor, und ersuche sie mit meiner wahrscheinlich physischen Schwäche eines sehr reizbaren, etwas zum Trunk geneigten Ohrs nachsichtig zu sein. Ich glaube nämlich, oder es tut mir Gewalt an zu glauben, jedoch auf Ehre ganz wider meinen Willen, ja ich möchte oft des Teufels drüber werden, daß ich immer glauben muß, die Kirchenmusik habe uns verlassen, weil wir nicht mehr aus Andacht, Liebe und Begeisterung beten, weil uns das Wort hinreicht, und wir der reinen, ewigen, allsagenden Musik nicht mehr bedürfen, die Seele auszuprägen, die nicht mehr unaussprechlich das Unaussprechliche liebt. Jener Abgrund und Gipfel der Töne sind nun, damit kein Mensch oder Vieh hineinstürze, und um das Geländer zu sparen, durch einander ausgefüllt worden. Der Boden ist geebnet –, und bei dir läßt sich nun gut tanzen: rupfende, stupfende, kokettierende Tanzmusik, die ihren Compositeur und Tanzmeister auf dem Blocks- und Venusberg in die Schule schickt – bei dir läßt sich gut lieben, weichliche musikalische Unzucht, süße buhlerische Arie, die in tausend lüsternen Manieren gaukelnd die verführerischen Äpfel des Paradieses wirft und fängt, nackt um den Apfel des Paris buhlt und die goldenen der Atalante der Tugend in die Rennbahn wirft. – Und bei dir läßt sich ein leerer Tag am Abend gut vollsaufen oder ein dürrer, trockner Arbeitstag kraus und bunt zu Bette legen, du ewig kontrastierende, hin- und herzausende Oper, welche läuft, um einzuwurzeln, einwurzelt, um aufzuschweben, aufschwebt, um zu versinken, versinkt, um zu rühren, und rührt, um lachen zu machen; und all ihr andern weltlichen Tongebilde, Sonate, Symphonie, oder wie ihr sonst heißt, Würzkonfekte von Tugend und Teufel, Karl Moor usw., habt leider großen Raum gewonnen vor den Engeln Gottes, die sonst auf der Tonleiter Gottes Schöpfeimer auf- und niederreichten, und sie in der Brust des schlummernden Jacobs füllten und leerten. Jetzt liegt die Tonleiter am Gerüste eines Feuerwerks und einer Illumination, welche auf des Teufels Namens- und Geburtstag, und auf seiner Großmutter silberne, goldne und papierne Hochzeit, angesteckt werden. Auf solche verzweifelte Gedanken muß man kommen, wenn man etwas bei euch zu denken notgedrungen wird, denn die Töne sind so göttlicher reiner Natur, daß sie, noch so sehr cujoniert, noch so sehr zu bloß weltlicher Lust und sündlichen Träumen zusammengekomponiert, so nenne ichs, uns gespenstisch schrecklich anlächeln, wie Engelsköpfe und Heilige lebendig in irdische Lustwände eingemauert.

Ich fürchte leider, eine hochlöbliche Schützengesellschaft möge finden, daß solche Empfindungen, wenn zwar nicht nach Menschlichkeit, doch auch gar nicht nach Bürgerlichkeit schmecken. Doch ist es möglich, daß ich, bereits mehr bei Jahren, und auch seit meiner Verheiratung keine Konzerte und solche Häuser mehr frequentierend, vielleicht jetzt einige modern weltliche Musik, ohne zu verzweifeln, ertragen kann; es käme auf eine Probe an. In jedem Falle tue ich die Erklärung, daß ich unter allen Arten von Musik, ich mag sie anhören, wie ich will, für Leute, die mit Denken unbehutsam oder behaftet sind, jede Musik für schädlich und nur das Trommeln für nützlich halten muß, mit welchem die Tarantulisten kuriert, die Krieger ermutigt, die Feueranstalten befördert, die Ratten vertrieben und Neuigkeiten kund und zu wissen getan werden; sodann halte ich das Glockenspiel, insofern es das Angenehme mit dem Nützlichen verbindet, unter aller Musik allein für unschädlich – alle andre Musik wäre nach meinem System, außer höchstens Hörnern der Wächter und Hirten, den privilegierten Apothekern allein zu führen, und allein auf Verordnung promovierter Ärzte (wovon ich unsere neuphilosophischen ausnehme) auszuliefern erlaubt.

Solche Gesinnungen habe ich immer in meiner Werkstatt gehegt, und, Gott sei Dank! sind meine Uhren stets gesucht und im Dutzend das Stück gern zu zehn Gulden bezahlt worden.

Und nun bin ich erwartend, ob eine hochlöbliche Schützengesellschaft mich der Ehre der Inkorporation für würdig halte.

BOGS, Uhrmacher

Hierauf erhielt ich ein Reskript des Inhalts: »Wenngleich Eure übrigen Gesinnungen ganz bürgerlich sind, so können doch Eure ausgesprochenen Tollheiten über Musik mit Land, Staat und Schützengesellschaft sich nicht wohl vertragen. Wir schlagen Euch daher zur Bedingung der Aufnahme folgende Prüfung zu bestehen vor. Einige treffliche Künstler auf Fagott, Klarinett und Waldhorn, und eine brave Sängerin, werden sich heute hier hören lassen; besucht dieses Konzert, und könnt Ihr uns beweisen, daß Ihr nicht dabei zu sehr hingerissen worden, so mag die Inkorporation vor sich gehen.

Die Schützengesellschaft.«

Nun hatte ich einigemal schon gehört, diese Männer vermöchten mit ihrer Kunst auch dem nützlichsten Brotstudenten auf einige Zeit das Herz und die Seele gen Himmel zu heben, und war in ziemlicher Angst. Anfangs wollte ich mein Herz und meinen Kopf zu Hause lassen, aber zuletzt mußte ich doch ersteres der Courage und letzteren des Hutes wegen mitnehmen. Um einigermaßen vor den mir anvertrauten Gesellen das böse

Beispiel zu maskieren, und überhaupt für den möglichen Fall, steckte ich mehrere billige Galanterie-Uhren zu mir, und sagte, wie ich gehört, das Konzert werde vielleicht von Standespersonen und Enthusiasten besucht, welche oft von der Gnade oder Kunst wie in einem Luftballon aufgehoben werden und dann gern goldne Uhren oder Schnupftabaksdosen zu dem Künstler herabwerfen, teils ihn, teils sich zu ehren, teils durch so *nützliche* Geschenke einen feinen Wink zu geben, daß sie wohl noch wissen, was eigentlich Wert hat. Die Uhren handle ich dem Künstler dann wieder ums halbe Geld ab, und kann man mir es also verdenken, daß ich ins Konzert gehe, um so mehr, da man mir ein Billet geschenkt hat. Dieses sagte ich, aber das letzte war nicht wahr, ich mußte 48 Kreuzer geben, weil ich das Abonnement um 40 Kreuzer versäumt hatte, ich bezahlte jedoch in Sechskreuzer-Stücken, welche nur $5^1/_2$ Kreuzer wert sind, und also nur 44 Kreuzer.

Untertänigster Bericht an eine hochlöbliche Schützengesellschaft über das verordinierte Konzert

Ich eile, einer höchlöblichen Schützengesellschaft meine wunderbare Zufälle in dem mir ordinierten Konzert mitzuteilen, und möge sie über mich beschließen, was sie für gut hält, doch ersuche ich dieselbe, einigermaßen zu meinem Vorteil sprechen zu lassen, daß ich zwar den Kopf verloren, aber alle meine Taschen-Uhren mit herausgebracht, welche zu Hause abzählend und richtig befindend, ich mit meinen fünf Sinnen verglichen und, Gott sei Dank! mich annoch komplett erhalten sehe.

Mein Herz pochte, alle meine Pulse schlugen, meine ganze Person knisterte von den gehenden Taschenuhren, die Musikanten stimmten, die Lichter blitzten, die Menge summte, man wich aus meiner Nähe, man hielt mich für die geladene Flasche einer Elektrisiermaschine, der Saal drehte sich mit mir, aus allen Instrumenten brach ein Orkan von Tönen, ich drückte die Augen zu, die Knie zusammen, die beiden Hände in den Rocktaschen, meine Uhren fassend, adieu Welt! der Sturm einer

Haidnischen Symphonie griff in meine dünnen Haare, mein Gehirn schlupfte mit allen seinen Fähigkeiten zu den Ohren heraus, tat sich auseinander wie zwei Segeltücher, die der Wind aufbauchte, der mich durch Himmel und Erde, Wasser und Feuer trug, und einigemale an Felsen schleuderte, ach, meine Uhren! Wehe! Wehe! ein Leck, ein Leck, wir gehn unter! Die Elemente drangen an allen Seiten herein, die Segel zerrissen, und durch meine Ohren strömte ein Strudel Musik, ganz schmeckend wie der feurige zehnmal abgezogene Alkohol, stieg, stieg, füllte das Haupt, unter ging die Welt, aus den Augen brannte, weinte ich. Ich war auf dem Abgrund eines Meeres, alle Leute waren Fische, ich selbst eine Art Hering, ich sah mich tausendmal, da rührte Musika gewaltig, ein Walfisch erhob sich, vor uns sprangen Todesfantasien aus seinen Nüstern, ein Schlag mit seinem Schwanz, ein Strom, hin fuhren wir alle in seinen Rachen, da saß Jonas, der sang und lobte Gott; ich sagte ihm, daß ich ein Uhrmacher sei, und daß es eben halb sieben geschlagen. »Gut«, sagte er, »nun werde ich gleich ausgespien; ich will Sie mit nach Ninive nehmen und für Geld sehen lassen.« Ich warf mich ihm um den Hals, das Tier hob sich empor, blauer Himmel, grünes Land, schnalz eine Wasserwolke schleuderte uns ans Ufer; es ward ruhiger, mir war, als sei der Saal das Heidelberger Faß, und das Publikum und ich lauter kleine Essigschlangen. Oben dem Spundloch hinein hing brennender Schwefel, der mich mit süßem blauem gelbem Giftlichte täubte, alle Lichter des Saals hatten große violette Höfe, kleine feuchte Flämmchen leckten an den Wänden hinauf, da schossen plötzlich aus allen Violinen Myriaden brennender Zinnoberschlangen hervor, züngelten, ringelten, webten einen feurigen Teppich, aus dem wieder tausend goldne Ähren und Blumen sproßten, im Hintergrund ging Ninive unter, Simson sprang rasselnd aus den Pauken und zuckte nieder, aus den Trompeten stürzten Füchse, Feuerbrände an den Schweifen, hervor, in die Ähren, alles brannte nieder. Da saß ein Hirtenknabe, Klarin genannt, in der glimmenden Asche, und klagte rührend: »Wehe, wehe, ich verschmachte!« und hatte eine Wünschelrute, die schlug an, die Flöten gossen Ströme süßen Mandelöls, und auf ihnen schwamm eine liebliche, schlanke

Sirene heran, sie näherte sich dem Hirten, und reichte ihm einen Trunk aus dem Becher von Thule, und wiegte und drehte das wunderschöne Haupt, schaute dann still und groß vor sich hin, und blickte den Hirtenknaben an, und sang zu ihm, und sprach zu ihm, da wuchs das Herz ihm sehnsuchtsvoll, wie bei der Liebsten Gruß, die Woge rauscht, die Woge schwoll, netzt ihm den nackten Fuß, sie sang zu ihm, sie sprach zu ihm, da wars um ihn geschehn, halb zog sie ihn, halb sank er hin, und ward nicht mehr gesehn; und es stürzten tausend Flammen aus den Violinen, und tausend Salamander badeten sich in ihnen, und aus den Bratschen und Violoncellen stiegen tausend Philister, aber Simson sprang wieder aus den Pauken und erschlug sie mit dem Kinnbacken, und wie sie sanken, stand Abendrot am Himmel und erlosch, und Nordschein goß sich aus den Trompeten; da stieg eine ernste schwarze Sphinx aus dem Basse und sang im Grabeston, und im Nordschein zog alles leise hinunter. Die Symphonie war aus, der Kopf der Sphinx war wieder der Knopf der Baßgeige. Der ganze Bienenkorb begann nun zu schwärmen, es war ein groß Gesumme, und jede Drohne wollte eine Königin sein, ich selbst kam zu Verstand, meine um die Uhren geklammerten Fäuste taten sich auf, und zählten bange wieviel Stück, und alle waren vorhanden. Nun erst ließ ich die Blicke schweifen, da stand dicht neben mir, Gott weiß es, der selige Schelmuffski, dessen elendige Ermordung durch den holländischen Generalstaaten ich oben erwähnt, mir schauderte die Haut, denn sein Mörder selbst stand in bester Freundschaft neben ihm; ich traute meinen Augen nicht, sollte es noch Folge der Musik gewesen sein? sie warens beide, die Dame Charmante saß auch da, und der Herr Bruder Graf hatte ein Fäßchen Klebebier, woraus er von Zeit zu Zeit der ganzen Compagnie Bescheid tat; als der von Schelmuffski die Uhren so knistern hörte, trat er zu mir und sprach: »O Sapperment, Salzsack, gehe aus dem Feuer, ich glaube, deine Seele ist eine harte Brotkruste, und die Musculi deines Leibes sind Mäuslein, welche daran knuspern« (er meinte die Uhren). Ich fragte darauf meinen Nachbar, der von der löblichen Schützengesellschaft sein mußte, ob er die Geschichte von der Ratte, oder den einunddreißig Pumpelmäusen, die dem Herrn Bruder Grafen so trefflich wohl geschmeckt, nicht kenne, denn war jenes der von Schelmuffski, so hatte er gewiß die Geschichte von seiner wunderlichen Geburt schon erzählt; aber der Mann wußte nichts davon, und sagte, der Kerl dort sei ein Bilderhändler vom Comersee aus Tremezzo, der nicht an den Takt glaube, und sich studierenshalber hier aufhalte über die Leute, der andre aber sei ihm unbekannt und esse gern weiße Bohnen, doch lieber noch grüne Erbsen, und als ich eben Mut fassen wollte, den vermeinten Schelmuffski anzureden, ging der Zauber wieder los.

Fliegende Sonnen schwebten aus allen Violinen und glänzten im Sonnenstrahl. Da trat eine klare nette Jungfrau auf, sie weinte und sang, daß Klarin in den Fluten ertrunken, und wollte in ein Kloster gehen, und löste die braunen Locken, die ringelten sich nieder, und spielten duftend in der Luft, da hob sie eine kleine goldne Scheere und sprach: »Ach ist dann keiner da, dem ich die Locken gebe, daß er meiner gedenke?« Da flatterten viele, viele Engel, blonde, braune Liebes-Engel, aus ihren Locken und wollten alle die Locken, und spielten und gaukelten, aber sie klagte und rief: »Klarin, höre mich, dir weihe ich die Locken«, und die goldne Scheere schnitt, die Locke fiel, die Engel baten, aber sie war ernst, und trat ans Meer, das aufschwoll, und die Locke empfing, dann sah sie gen Himmel, die Engel aber scherzten und sammelten den fliegenden Sommer und webten singend einen blinkenden Schleier, den senkten sie über ihr Haupt, und verhüllten sie. Dann breiteten sie den Mantel der Jungfrau auf den Wellen aus, sie trat darauf, die Engel spannten die Flügel aus und standen auf dem Mantel; da zogen sie in ein fernes Land, und sangen: »Wohl über das Land, und wohl weiter, wohl gar über die weite See.« Aber es entstand ein Sturm, die Schiffsengel wurden uneins; sie stritten und versanken. Ich war sehr traurig um die schöne Gesellschaft, da heiterte sich die Luft, und auf einem einsamen Felsen stand ein weißer und ein schwarzer Engel, die stritten um die Seele Klarinettens, die zu ihren Füßen verschied; und da sie nicht einig werden konnten, riefen sie die Sirene zu Hülfe, die stieg aus den Wellen und Klarin mit ihr; als dieser seine Geliebte sterben sah, weinte er sehr, und sie faßte Mut und redete, und freudiger und immer freudiger und richtete sich auf, und in ihrer Hand war ein Schwert, und sie schlug den bösen Engel, und der Himmel tat sich auf, und eine Leiter kam herab, und alles wimmelte mit Engeln, die die Jungfrau umfaßten und emporhoben. Klarin aber blieb zurück und klagte, da sang die Sirene wieder und verführte ihn, und er sank unter in den Schoß der Luft. Mir aber knackte es im Genicke, als ich wieder zu Sinnen kam, denn es war mir gewesen, als hebe mich der musikalische Zauber mit beiden Händen an den Schläfen empor, wie mein Großvater tat, da ich noch Knabe war, um mir die lieben Engel zu zeigen, wie er sagte, bei welchem ich aber nie dergleichen gesehen. Hier aber schneite es Engel mehrere Schuh hoch übereinander, sie warfen sich mit Schneeballen und machten große Schnee-Engelmänner aus sich selbst, und da sie endlich wieder verschwanden, sangen sie: »Drei Wochen nach Ostern da geht der Schnee weg, da heurat ich mein Schätzel, und du hast den Dreck«; andre: »Zu Koblenz auf der Brücken, da liegt ein tiefer Schnee, der Schnee, der ist zerschmolzen, das Wasser läuft in See.« Ich glaube, wenn es noch lange gedauert, und ganz Engelland nicht verschwunden wäre, wir hätten alle die englische Krankheit gekriegt und wären auch so herumgeflackert und hätten uns die Köpfe eingestoßen. Ich erwachte in solchem Entzücken, daß ich eine meiner Sackuhren hervorzog, und das neben mir stehende Schützenmitglied fragte (welchen ich an einem Bandelier aus zehn zinnernen Suppentellern, das er bei dem letzten Vogelschießen herausgeschossen und um den Hals trug, erkannte), ob er die goldne Uhr nicht kaufen wolle, um den Künstler damit zu belohnen. Er fragte, wofür? »Ei, für die vielen Engel, die er um uns her hat fliegen lassen.« – »Haben Sie dergleichen gesehen?« sagte der Schütze. »Und Sie nicht?« – »Nein«, sprach er gutmütig lächelnd, und kneipte mir in die Backen, »Lieberchen, ich will Ihnen nur sagen, was es ist; sehn Sie, dieses Tellerbandelier, das ich trage, ist englisch Zinn, und die Engel darauf haben das all getan. Sie sind irre, und mir gebührt die Uhr, die ich untertänig annehme.« Und krapsch schnappte er mit fünf Fingern darnach; aber prost die Mahlzeit, ich hatte die Faust schon wieder in der Tasche, und er ward rot wie ein Zinshahn. »So haben wir nicht gewettet, hier gehts nicht, wie bei der Äpfelfrau«; da hörte ich plötzlich hinter mir sagen: »o Sapperment! dergleichen Blasen hab ich noch nicht gehört, das war, der Tebel hol mir, grade wie zu Akra, als ich beim großen Mogol obenan zu Tische saß, die große Mogolin saß zur Rechten, und drückte mir immer die Fäuste und gab Freiens bei mir vor, da ging auch solch herrliches Gebläse an.« Das ist, das ist mein Schelmuffski, er lebt, er ist vielleicht lebendig begraben gewesen; ich wollte mich umdrehen, aber mir schwindelte, ich sah keinen Menschen; geschwind die Uhren wieder gepackt, es ging abermals los, das mir eben nicht zum Angenehmsten war, denn ich war bereits von den vielen Strapazen der Empfindung halb verschmachtet, meinem Gemüte hing die Zunge aus dem Maule, wie einem durstigen Windhund, und weil mir solche immer einem eleganten Stückchen Schinken ähnlich erschienen, wässerte mir der Mund darnach und dürstete mich wieder mehr darauf. Da sprangen plötzlich viele Fontänen und kreuzten ihre brillantenen kühlen Bogen zur Laube, die wie ein chinesisches Feuerwerk hinauffunkelte, und mitten in die Laube trat eine Stimme, gestaltet wie eine Jungfrau, sie trug eine kristallne Vase voll Orangen und Apfelsinen, in kühlendem Eise eingemacht, und schritt mit festem wohlgebildeten Fuß über uns her, auf der Luft wie auf einem Golddrahte, und warf uns die Früchte herab. Da ich aber der Sackuhren wegen die Hände nicht aus der Tasche tat, sperrte ich bittend den Mund auf, und sie warf mir ein Apfelsinen-Schnitzchen nach dem andern mit den schönen Fingerchen hinein. Aber plötzlich wuchs blanker Stahl unter ihren Füßchen, sie lief Schlittschuhe an den Bogen der Laube hinauf und hinunter, und bog dieselben mit ihren zierlichen Füßen, sich schnell und kräftig leicht bewegend, wie ein Glasblaser seine Röhren vor der Flamme verwandelnd dreht; bald hatte sie die Laube in die zwei x eines Seiltänzers verwandelt, oben über spannte sich ein glänzender Strahl, die Stimme tanzte zum Entzücken ohne Balancier-Stange mit zierlich ausgespannten Armen das Gleichgewicht des schlanken Leibes wiegend, Schnee- und Eisblumen schossen zu ihren Füßen auf, die sie pflückte, Kränze wand, und schwang und immer schneller, schneller und mehr, und da sie ganz wie ein großer, blitzender Kristall geworden, schliff sie einen blanken Spiegel und schaute hinein und ward ruhig. Sie kämmte sich mit brillantenen Kämmen, und Perlen fielen aus den Strahlen der Haare; aber es stieg eine Sonne hinter ihr aus Tönen empor, die schaute ihr wie ein feuriger Kavalier über blanke Schultern in den Spiegel und ihr Antlitz zerfloß in Liebestränen, und immer leiser, leiser, runder und farbiger floß es nieder an den Wangen. Zu ihren Füßen sammelten sich die Tropfen in einen; der wuchs in eine bunte leichte Seifenblase, sie zuckte mit dem Füßchen, der Ballon riß sich los, hob sie empor, und stieg, da schwenkte sie eine Fahne hoch in der Luft, ließ einen Fallschirm herab, die Leute stürzten drüber her; aber es sprangen eine Menge weiße Häschen heraus, die legten brillantene Ostereier unter allen Stühlen und Bänken, und flüchteten sich, von unzähligen klatschenden Händen wie auf einer Klapperjagd verfolgt, alle in die Baßgeige hinein, der sie ein angenehmer Bissen mögen gewesen sein. – Ich war recht herzlich durch die gesunde, feste, kecke, jugendliche Stimme entzückt, und wischte wieder mit meinen Taschenuhren hervor; das Mitglied der Schützengesellschaft rümpfte die Nase, und sagte, wie er damals zu Akra bei dem Mogol eine Sängerin gehört habe, die viel besser den Generalbaß auf der Leier gespielt, und eine Arie von den schwarzen Backen und roten Augen bis ins zwanzigmal gestrichene Ypsilon hinein gesungen; der habe er einen ganzen Waschkorb voll Schnupftabaksdosen dafür geschenkt, Uhren schenkte er überhaupt nicht, er schenke nur Schnupftabaksdosen. Da merkte ich gleich, daß das Mitglied gelogen, und daß Schelmuffski da sein müsse, dem er diese Begebenheiten abgehorcht, um damit zu prahlen. Aber es war ein rechtes Elend, immer wenn ich mich zu dem verblichenen Freunde umwenden wollte, ging die Musik wieder an, und faßte mich der Wahnsinn. »Jetzt kömmt ein Duett für Fagott und Klarinett«, sagte man neben mir, aber du lieber Himmel, ich sah nichts davon.

Eine dunkle Wolke zog wie ein Gewitter über den See, es herrschte tiefe bange Ruhe, leichte Blitze zuckten über die graue Flut und den Felsen hin, von dessen Stirne Klarinettens Seele auf der Tonleiter zum Himmel gestiegen war. Ihr Leib lag noch unbegraben, und ihr Schleier wehte von einer Felsenspitze ins Meer herab, die dunkle Wolke zog näher. Gleich einem Schiffe mit schwarzen Segeln legte es sich an den Felsen, auf dem Schiffe kam der besiegte schwarze Engel, Klarinettens Leib zu rauben, aber bei diesem kniete schon Klarin und balsamierte ihn mit Wohlgerüchen und wusch ihn mit seinen Tränen, färbte ihn mit Purpur und bestreute ihn mit Goldflittern und Korallenstaub, daß er schimmerte wie ein Rubin. Dazu sang er in den zuckenden Blitz klagende Lieder, die der Felsen von allen seinen Spitzen widergellend brach, und weiße, traurige Vögel klagten mit ihm, und kreisten in den Wetterstrahlen, bald glänzend, bald verschwindend, in bangem Flug um sein Haupt. Die dunkle Meerflut aber hob leise wachsend an dem Felsen das schwarze Schiff empor, das murrte und an den Klippenzacken seinen erzenen Bauch donnernd streifte; da es oben war, stürzten die weißen Vögel sich in seine Segel, und sein Tauwerk verschwand: denn über ihnen kreisten dunkle Adler. Von dem Schiffe sprang der schwarze Engel auf den Felsen, und Klarin rang mit ihm um den schimmernden Leib seiner Geliebten; es donnerte heftig, und ein Blitz entzündete den Scheiterhaufen, auf dem Klarin das Totenopfer vollbringen wollte, die Flamme schlug empor, und in wunderbarer Beleuchtung rang der Hirtenknabe mit dem Riesen, auch stieg Sirene über die Flut und stieß zuweilen einen bangen Schrei aus, um ihren Buhler zu ermutigen, das donnernde Schiff wankte in den tönenden Wellen, Klarin riß einen Feuerbrand empor und warf ihn nach dem Riesen, aber er fehlte und blieb in den Segeln des Schiffes hängen, das er entzündete, Sirene zerriß im Grunde das Ankertau, die Flut spielte zischend mit dem lodernden Ungeheuer, wie mit einer Fackel, bald nah, bald fern, dem ungleichen Kampfe Licht gebend. Da der dunkle Riese zürnend dem Schiffe nacheilte, verwandelte er sich plötzlich in ein schwarzes geflügeltes Roß, auf seinem Rücken lag eine schimmernde Golddecke, es stampfte die Erde und knirschte die Zähne, seine Mähne sträubte sich und seine Nüstern schnaubten Feuer, und Klarin riß den schimmernden Leichnam der Geliebten empor und warf ihn in die Flammen, da wieherte das Roß dreimal: »Owehe, wehe, wehe mir!« und alle Felsen, und alle Wellen, und alle Vögel schrien: »Owehe dir!« Klarin aber riß den Schleier der Geliebten vom Felsen, und wollte ihn auch in die Flammen werfen, da schrie das Roß gar traurig, und kniete nieder, und weinte aus den wilden Augen und war mild wie ein schwarzes Lamm. Klarin warf ihm den Schleier um den Hals und schwang sich auf seinen Rücken, es trug ihn geduldig rings um den brennenden Scheiterhaufen, bald mutig trabend, bald traurig wandelnd, Klarin aber sang Klagelieder und Siegeslieder, und der Scheiterhaufen brannte nieder; Sirene aber rief gar liebend und Klarin ward unsinnig und trieb das Flügelroß gewaltig gegen den Rand des Felsen, da bäumte es sich und schleuderte ihn in die Flut, wo er mit Sirene küssend unterging. Das Roß aber blieb traurig stehn und senkte das Haupt und klagte und scharrte ein Grab mit den Hufen und wehte die Asche Klarinettens, den schwarzen Flügel senkend, in das Grab, da ward es einsam und legte sich nieder und klagte leiser, leiser, und eine dunkle Wolke bedeckte den Felsen, der Schleier aber wehte über das dunkle Meer hin, und das brennende Schiff schimmerte immer ferner, und alles ward stille.

Aber es erhob sich plötzlich eine solche Klatscherei, als wären alle Hände des Publikums deutsche Journale, und alle Finger Mitarbeiter; ich kam wieder zu Verstand, und schüttelte mich wie ein Gaul, dem nach vierzehn Tagen der Sattel wieder einmal abgenommen worden ist. Um recht zu wissen, woran ich sei, zog ich ein Kartenblatt aus der Tasche und stach mit einem Zahnstocher ein Löchelchen hinein und guckte dadurch nach dem Orchester und nach den Leuten, aber ich sah nichts als Geigen und Hörner und Musiker und andre brave Menschen. Auch guckte ich nach dem vermeinten Schelmuffski und dem holländischen Generalstaaten, und dem Bruder Grafen, das waren aber wildfremde Leute, und mochte das Schützenmitglied recht gesagt haben; auch war es ja möglich, daß er seine Redensarten aus der Wunderbarlichen Reise zu Wasser und zu Land, die Schelmuffski herausgegeben, auswendig gelernt hatte, um sich ein wenig mit gelehrten Anspielungen zu brüsten. Übrigens kann ich meine einfache Kartenbrille allen Schwärmern und visionären Herren und Damen rekommandieren. Doch ist es noch besser, das Löchelchen mit einer Stecknadel als mit dem Zahnstocher zu machen; mit einem Ohrlöffel aber geht es gar nicht, teils weil das Blatt zu dick, teils weil das Instrument zu stumpf ist, teils weil die Öffnung zu groß würde. Auch muß ich protestieren gegen die mögliche Meinung, ich sei ein Spieler, da ich eine Karte bei mir führte, und erkläre hier feierlich, daß ich mich deren allein bediene, meine Zunge damit zu schaben. Auch guckte ich noch mit und ohne die Brille in die Höhe und herum, ob kein Enthusiast im Luftballon herumfahren wolle und Sackuhren brauchen könnte, aber es war nichts zu sehen als eine Fledermaus, oder Schwalbe, die sich in den Saal verloren hatte und scheu herumschweifte; vielleicht daß diese mir in meiner Vision als der schwarze Engel oder als das geflügelte Pferd, und dann die weiße Brust der Schwalbe wieder als der wehende Schleier erschienen war; so ist Vernunft der Mühe wert, beim Licht besehen kömmt alles heraus, Herr Schops besteigt ein Flügelpferd, und reitet eine Fledermaus. Ich wollte diesen kleinen Epigrammetsvögel einen ganzen Spieß machen, aber drei Waldhörner kündigten eine nahe Jagd an, und ich mußte die fettsten Leipziger Lerchen und Sinngedichte streichen lassen, und selbst meine Seele in die Flucht geben. Waldnacht in der Musik und leises Baumgeflüster, Quellenmurmeln, grüner Mut, grünes Blut in allen Adern rinnt; der Jäger aus Kurpfalz, der schnallt auf seinen Mantelsack und reitet durch den grünen Wald als Jäger aus Kurpfalz, ju ja ju ja lustig wollen wir leben, allhier auf grüner Heid. Fort, fort den Hörnern nach, den Jägern nach, Trarah, Trarah über Berg und Tal, schürz dich, Gredelchen, schürz dich, über Bäche, über Gräben, über Stock, über Stein, springen die Hasen und Hirschelein, und das Publikum hinterdrein, in die Waldnacht hinein. Rezensieren, kritisieren soll dir aus dem Kopf spazieren, wann ich sag, es bleibt dabei, es leb die edle Jägerei, he he he, Hirsch und Reh, sind nicht frei, vor dem Blei meiner Jägerei, so rief Frau Echo nach und der Kuckuck mit seinem Schreien macht fröhlich jedermann. Da tat sich auf ein Feld von Schmaragd und an kristallnen Quellen erkühlte die Jagd, gegrüßet seid ihr Waldgebäu, bei hochbelaubten Eichen, o Mägdlein, setz dich neben bei, tu mir den Becher reichen, und den vergoldeten Sonnenglanz laß in den Becher schauen, und flicht mir einen Blumenkranz, und wolle mir vertrauen. Weil die

Sonne heißer scheint, komm in die tiefen Lauben, wo die wilde Rebe weint, da lachen die Turteltauben. Sie bringt den Wein in Bechersglanz, aus Veilchen und Narzissen, reicht sie ihm einen süßen Kranz in Waldes Finsternissen. Da kräuselt und säuselt der Schall, seine Stimme will übersteigen, da lispelt und wispelt die Nachtigall, Orgel, Lauten, Geigen, aber du Liebe, du Liebe, du Liebe, vor dir muß alles schweigen. Da tat sie den Jäger wohl fragen, ob sie einen grünen Kranz dürft tragen in ihrem goldfarbenen Haar? Grün Kränzlein darfst du nicht tragen wie eine Jungfräulein trägt, ein schneeweiß Häublein sollst du tragen, wie eine junge Jägersfrau trägt. Und drüben überm Berge, da stand der rote Mond, Feinslieb dreh dich herumme, beut mir den roten Mund, so ging die Nacht herumme, da billt des Jägers Hund, der Jäger sieht ob ihrem Haupt einen schwarzen Vogel wiegen, er nahm sein Flintlein aus dem Laub, Feinslieb, bleib ruhig liegen, bleib ruhig liegen in dem Moos, du brauchst dich nicht zu schämen, ich will den schwarzen Vogel dir vom Haupt herunter nehmen, Feinslieb erwacht so nackt und bloß, und weint und tut sich schämen, – Feinslieb, sitz still im grünen Moos, der Vogel fällt in deinen Schoß, in deinem Schoße stirbt sichs gut. Sie wollte nicht trauen auf sein Wort, brauns Mädel wollt springen fort, der Schuß schlug sie darnieder, der schwarze Vogel ob ihrem Haupt schwang aufwärts sein Gefieder. Da schwang der Jäger ins Jammertal sein Horn, sein Horn, sein traurig Horn, durch Weh und Zorn und Distel und Dorn. Feinslieb, wie bleich, dein Blut wie rot, dein Mund wie rot, Feinslieb, dreh dich herumme, der Mond wie rot, Feinslieb, dreh dich herumme, Feinslieb liegt still im grünen Moos, im roten Moos, so rot von Blut, in deinem Schoße stirbt sichs gut, du kannst dich nicht mehr schämen, o Jammer, Jammer, Jugendblut, er tat sichs Leben nehmen. Und immer leiser, leiser sangen die Töne, als wollten sie die beiden Toten nicht erwecken, und das Hündlein lag auf dem Grab und starb, und weiße Hirsche und junge Rehe kamen heran und schauten die zwei Liebenden an, und weinten, und die Turteltauben lachten nicht mehr, aber die wilde Rebe weinte nieder und rankte heran und flocht eine grüne Laube über ihr Grab. Es wuchsen drei Lilien auf ihrem Grab, auf ihrem Grab, die wollte ein Engel wohl brechen ab, ach Engel laß die drei Lilien stahn, die Lilien stahn, es sollen sie drei Waldhornisten han, sie bliesen so freudig, so traurig ins Horn und alles was sie bliesen, das war verlorn. Da ward ich dermaßen gerührt und fing selbst an zu singen: Ach soll denn euer Blasen verloren sein, so mögens auch meine Sackuhren sein, Sackuhren sein, und riß eine heraus, und wollte hin, die Künstler zu belohnen, aber in der Angst drückte mich einer, die Uhr, die ich hielt, repetierte, ich hatte mich vergriffen, welch Glück, daß ich noch zu Verstand kam, das Konzert war aus, aber ich war doch in einer solchen Hitze, daß ich auf einen Stuhl stieg und folgendermaßen die Künstler anzureden begann, um sie auf verständige Gesinnungen zu bringen:

»Ihr armen Künstler, was habt ihr doch für all die Mühe und die Arbeit, die euch das kostet, in einer Zeit, die nicht dergleichen mag, die Nachtigallenzungen in Pasteten frißt, und den großen Dudelsack, den Magen, allein nur kultiviert. Wie arme Buttervögel, die den Frühling und den Sommer verpaßt, seid ihr zu spät aus eurer Verpuppung ausgebrochen, und da habt ihr nichts gefunden als kalten Giftnebel, der eure Flügel verklebt, und allen Honig von den Blumen haben die Wespen und Lebküchler auch schon weggestohlen. Aus euern Engelsköpfen macht Rumfortische Suppe und Tischlerleim, euern Klarin, der Talent zum Reiten und überhaupt Courage hat, steckt unter die Husaren, eure Klarinette laßt Amme werden, das schwarze Flügelroß tut in eine Stuterei, und macht, daß man euch nicht mehr auf der Jagd ertappt, denn da dergleichen mit dem Forstwesen sich nicht vertragen, so könnte euch leicht der Förster einmal pfänden, oder gar den Hut nehmen. Legt ab, legt ab eure Füllhörner, Wunderhörner, Zauberhörner, euer Treiben ist nicht gut, werdet Uhrmacher, kommt bei mir in die Lehre, ich will euch ein Lehrjahr schenken« – aber man stieß mich an und fragte mich, ob ich hier schlafen wollte; ich kam zu mir, alle Leute waren fort, ein Diener putzte die Lichter aus, ich mußte entzückt gewesen sein, ich griff nach meinen Uhren mit großer Angst, ich zählte, sie waren es alle, Gott sei Dank! aber mein Hut war nicht da, man hatte ihn mir verwechselt, und statt dessen einen alten Schabbesdeckel hingelegt, ich setzte ihn endlich auf, und ging nach Haus; auf der Treppe, wo ich nur ging, lachten mir die Mägde ins Gesicht, alle meine Gesellen kicherten, meine Frau, meine Kinder lachten, ich guckte in den Spiegel und pfui Teufel sie hatten mir einen großen Schnurrbart mit Lichtschnuppen gefärbt. Nachdem ich mich nun gewaschen und meinen verlornen Hut habe ins Wochenblatt setzen lassen, eile ich einer hochlöblichen Schützengesellschaft alles dieses zu berichten in Hoffnung eines gnädigen Verfügens. BOGS Uhrmacher.

Nun lief das Gutachten des Schützenkorps dahinaus, daß ich meiner Visionen wegen leicht jemand totschießen könnte, der nicht auf der Liste stehe, etwa gar Pränumeranten, oder Lustspieldichter, oder Satirenschreiber, oder die Madame Eudoxia, oder den Buchhändler Dyk, ihren Taufpaten, und deswegen sei mir alles Schießen ohne mein Kartenblatt auf der Nase verboten. Weil ich zwar den Kopf verloren, aber die Uhren behalten, solle man mich dem *Consilio medico* teils zur Beförderung der Wissenschaft, teils zur Untersuchung übergeben, und auf ihr Gutachten solle man ein Weiteres entscheiden; vor allem solle ich mein Portrait einsenden zur Beilage ins Morgenblatt, wie die andern Uhrmacher, welche vor mir aufgenommen worden, unter der Rubrik: Stadtsoldaten, bereits getan. Folgendes ist nun das verfluchte Ding, und der Kerl liegt mir quer vor der Nase, ich muß immer niesen, und kann doch nicht.

Visum Repertum

Die unterzeichneten Ärzte nebst Doctor Sphex, aufgefordert von einer dahiesigen löblichen Schützengesellschaft, den Gesundheitsumstand des Uhrmachermeisters Bogs zu untersuchen, haben sich unter dem heutigen Datum in die Behausung des obgedachten Meisters Bogs verfügt, sind sogleich zur Untersuchung der Quästionssache geschritten, und sie legen der wohllöblichen S.G. hiermit ihr Gutachten, wie folgt, vor.

Da der Uhrmachermeister Bogs zugleich mit den andern sündigen Sterblichen durch den großen Sündenfall aus dem Absoluten herausgestürzt sein muß, so haben sie die Untersuchung mit der Verification der notwendig dabei erhaltenen Contusion anfangen zu müssen geglaubt, und aus dem deswegen mit Fleiß gehaltenen Nachforschen hat sich ergeben, daß der Unglückliche bei diesem Sturze gerade auf den Kopf gegen das Reale aufgeschlagen ist, wie ein braunes Mutterzeichen und eine starke Dölle oben auf dem Scheitel bezeugt, so daß sich unmittelbar daraus allein ein großes Präjudiz gegen die Integrität seiner Verstandeskräfte ergeben muß, weil wie bekannt Menschen von gesundem Ingenium, wie die Unterzeichneten und eine wohllöbliche S.G., bei diesem großen unglücklichen Falle notwendig wie die Katzen auf die Beine zu stehen gekommen sein müssen, und weil, ob man gleich bei den gewöhnlichen Geburten die Fuß- und Steißgeburten nicht liebt, sie doch bei der Geburt des Menschen aus dem Idealen weit den fatalen Kopfgeburten vorzuziehen sind, die paralysierende Erschütterungen und Extravasate in den höheren Potenzen des Menschen unausbleiblich hervorbringen müssen.

Gestützt auf diesen ersten präsumtiven Verdacht und geleitet von den Prinzipien einer richtigen Diagnose sind die Untersuchenden alsdann in ihrem Geschäfte weiter fortgeschritten, und haben zunächst auszumitteln gesucht, ob die Polaritäten in dem Manne noch in gehöriger naturgemäßer Ordnung wären; sie haben zu dem Ende den Uhrmachermeister an einem hinlänglich zarten Faden schwebend im Hypomochlion aufgehangen, und hier haben sie sogleich eine merkwürdige Anomalie von dem Normalzustande bemerkt, indem sich ergab, daß der Kranke an abnormer Polarität litt, weil er nach einigen Oscillationen, statt sich, wie er sollte, mit dem Kopfe nach dem Nordpol, mit den Füßen nach dem Südpol zu richten, umgekehrt hauptlings sich südwärts kehrte und die Füße nach Hudsonsbay, wobei denn auch die Neigung den gleichen verkehrten Typus befolgte, indem er mit dem Haupte sich überstürzte und unter einem Winkel von 71° niederhing, was dem Patienten viele Beschwernisse und Blutcongestionen nach dem Kopfe verursachte, so daß wir ihn von fernerweitigen Anstrengungen dieser Art zu dispensieren uns notgedrungen sahen. Eine wohllöbliche S.G. kann aber aus diesem Versuche wohl schließen, was von einem Menschen zu halten sei, in dem eine solche totale Verkehrtheit sich findet, daß alle natürlichen Functionen den ganz entgegengesetzten statt des naturgemäßen Wegs einhalten, und den das große Weltfluidum nicht einmal in richtige Harmonie stimmen kann.

Weiter sind wir zur Ausmittlung des Indifferenzpunkts in dem Subjekt geschritten, weil von da nun alle Differenzen und alle Gegensätze im Menschen ausgehen müssen. Sie haben daher den Inculpaten ersucht, sich der Länge nach auf der Erde auszustrecken. Sie haben demnach einen Strick an einen starken Kloben oben an der Decke befestigt, und der eine der Unterzeichneten, Doctor Gamaliel, hat die Ehre gehabt, ihn sich um den Hals zu legen, und so hat er schwebend über der Polarachse des Meisters Bogs gehangen und hat sogleich über ihr zu oscillieren angefangen, und hat allmählich engere und engere Bogenlinien beschrieben, und ist endlich über dem Magen ruhig hängen geblieben; weil aber der Experimentierende ein etwas starker wohlbeleibter Mann ist, darum hat er einige Beklemmung ob dem Versuche empfangen, das Blut ist ihm zu Kopfe gestiegen, die Lippen sind ihm blaulicht geworden, und er hat der innern Hitze wegen die Zunge etwas hervorgestreckt und die Augen einigermaßen verdreht, so daß ihn sein Gehülfe, Doctor Sphex, abheben und mit etwas Essig laben mußte, um ihn wieder zu sich selbst zu bringen. Es geht daher aus dieser gefahrvollen Observation hervor, daß der *plexus cardiacus* die wahre Feder, und der Magen die wahre Trommel in der Uhr des Meisters ist, woraus sich einige Hoffnung zu seiner allenfallsigen Wiederherstellung ergeben muß.

Nach dieser vorläufigen Untersuchung sind sie zur speciellen Ansicht seines körperlichen Baues selbst fortgegangen, und haben dabei mit seinem Schädel den Anfang machen wollen. Da haben sie dann sogleich eine wunderbare Mißgestaltung an dem fraglichen Subjekt entdeckt; nachdem sie nämlich die Kopfhaare zur bessern Besichtigung vom Hinterhaupt nach vorn hin zurückgestrichen, haben sie befunden, daß dort ein anderes zweites, von dem ersten ganz abweichendes Angesicht unter dem Haarwuchs sich verbarg, eine Erscheinung, die sie so sehr überraschte, daß sie mit Entsetzen davor zurückgefahren sind. Er selbst war durch unser Erstaunen sehr befremdet und nannte den Hinterkopf immer seine Legende, und meinte, jeder Mensch müsse wie eine geprägte Münze zwei Seiten haben, in denen er cursiere, die andern seien nur schlechte Bracteaten, in der Not aus Sturzblech geschlagen. Die Unterzeichneten aber geben einer wohlgeordneten Polizei zu bedenken, ob es nicht höchst gefährlich sei, einen solchen Menschen zu tolerieren, weil derselbe, wenn er mit einem Passe abgeht, worins heißt als Signalement: schwarze Augen, gleiche Augenbraunen, spitze, mittelmäßige Nase, braungelbes Gesicht, spitzes Kinn, hervortretende Stirn, nichts zu tun hat, als bloß die Haare zurückzuwerfen, den Zopf vor dem braun-gelben Gesicht zu binden, das Schnupftuch und die Weste umzuknüpfen und sogleich dazustehn mit braunen Augen und gleichen Augenbraunen, stumpfer Nase, weißem Angesicht, rundem Kinn und zurücktretender Stirne, und mit dieser Verwechslung die größten Ruchlosigkeiten und Bosheiten begehen zu können, ohne daß man ihm etwas dergleichen ansähe.

Im Verfolge der Untersuchung aber ergab sich große Mißhelligkeit zwischen den beiden Angesichtern: das eine liebte sehr die bittern Schnäpse, das andere Saures mit Pfeffer; das eine schien sehr zum Zorne geneigt und dabei cholerischen Temperaments, das andere war sanftmütig wie ein Lamm und dabei etwa sanguinisch; das eine liebte Katzen, das andere Hunde, jenes war ironisch, dieses launig, und auf dem Rücken ironierten sie immerfort einander. Das ging denn auch auf die Schädelbildung über. Immer wurde eine Erhöhung am einen durch eine Vertiefung am andern wieder vernichtet; Hochsinn, Tiefsinn, Hoffart, Demut, Bedächtlichkeit, Flatterhaftigkeit, Mordsinn, Taubensinn, Diebssinn und Diebfängersinn annullierten sich immer wechselseitig durch einander, so daß niemand über die eigentliche Natur und Beschaffenheit des Subjects klug werden konnte. Die Unterzeichneten hätten gern das Exemplar in Spiritus ersäuft, um es als ein merkwürdiges Präparat aufzubewahren, und irgend einmal einem Schädellehrer zur Entscheidung der Streitfrage zu verehren; allein auf den gemachten

Antrag benahm das Doppelpaar sich so ungebärdig, besonders wütete der Schwarze so gräulich, daß wir lieber geschwind etwas Quassia in den Spiritus schütteten und ihm zur Versöhnung von dem garstigen Stoff zutranken.

Da wir auf diesem Wege nicht zum sichern Resultat gekommen, entschlossen wir uns endlich, um der Sache auf den Grund zu sehen, zur Trepanierung; weil wir aber wieder einen erneuten Zornausbruch des eben erst Beschwichtigten bei einer solchen Operation befürchteten, beratschlagten wir uns, wie wir die beiden Angesichter vorher durch Manipulation in magnetischen Schlaf und Somnambulism versetzen wollten. Wir schritten bald zum Werk, und machten die nötigen Operationen, und hatten die Satisfaction, den Cholericus bald gähnen und einschlafen zu sehen; der andere aber wollte durchaus nicht die Augen schließen, so sehr wir auch darauf drangen, und ihm unsere innigen Wünsche zu verstehen gaben; endlich, da Doctor Sphex recht kräftig zuarbeitete, entschlief er doch, und wir bereiteten uns nun ans Werk zu gehen. Indessen fingen aber die beiden Entschlafenen im Paroxysm zu phantasieren an, und es wäre nicht zu beschreiben, welch ein Strom von Unsinn und närrischem kauderbuntem Zeug aus der beiden Mund hervorgegangen ist, wenn eine wohllöbliche S. G. nicht schon früher mit eignen Ohren selbst dem Paroxysm zugehört hätten. Der Cholericus hatte indessen die geläufigste Zunge, und der andere konnte mit seinen Narrenteidungen vor ihm kaum zum Worte kommen.

Indessen hatten die Unterzeichneten Zeit gewonnen, statt des Trepans einen gütlichern Weg zu versuchen; bei vorgenommener Visitation fanden sie nämlich glücklicher Weise, daß die Riechnerven des einen hohl seien und wie bei Schafen unmittelbar in die vordere Gehirnhöhle öffneten; sie applicierten geschwind einen Bozzinischen Lichtleiter an die Nasenöffnung des Nerven, und es gelang ihnen damit überraschend, das ganze innere Höhlenwerk im Kopfe völlig und hell und klar zu beleuchten, und ein unaussprechlich süßes und erhabenes Gefühl ergriff sie bei Anschauung der Wunderdinge, die sich ihnen darboten. Das erste, was ihnen aufstieß, war eine Schar Eulen und Fledermäuse, die schon so lange Zeit in der Dunkelheit der

Höhle ruhig und ungestört sich aufgehalten hatten und die nun, von dem hineinfallenden Lichte beunruhigt, scheu wurden, sich zusammenrotteten, und scharenweise durch den Lichtleiter hervorstürzten, zum großen Schrecken der Beschauenden, die dergleichen Geschmeiße in einem so edlen Organ beim Menschen nicht vermutet hatten.

Als das Ungeziefer alles verflogen war, und der böse Schwaden, der Gehirndunst, der beinahe das Licht am Lichtleiter ausgelöscht, sich verzogen hatte, sahen wir alle Wände der Höhlen inwendig mit viel hundert und tausend kleinen mikroskopischen Uhren behangen, Uhren von allen Gattungen und Arten, Stutzuhren, Schlaguhren, Repetieruhren, Kunstuhren, Flötenuhren, Sonnenuhren, und die größte Kirchenuhr, die sich darin befand, hatte kaum die Größe einer Käsemilbe; woran man recht die Subtilität des menschlichen Verstandes bewundern konnte, daß dergleichen kleine Werkzeuge doch ihr vollkommenes Eingeweide, Räder, Getriebe, Pflöcke, Spiralen hatten, und gerade die Zeit zeigten, die die Taschenuhren der Unterzeichneten außen angaben. Die Uhren schienen im Gedächtnisorgan aufgehangen, und das kleine Männchen, was man beim Menschen in der Pupille sieht, wenn man ihm in die Augen blickt, schien die Aufsicht darüber zu haben, und spazierte stolz und geschäftig wie ein Bergmännchen in der Höhle herum, und putzte und rückte immerfort an den Uhren, zog sie auf, und sorgte und wuselte immerfort. Und es war, wie die Unterzeichneten versichern können, ein recht angenehmes Gepinker, was aus dem Souterrain heraufschallte; aber kaum war das stille anmutige Heuschreckengeschwirre vernehmlich vor dem übrigen Lärm und Gebrause, was unten herrschte. Das Psalterium unter dem Fornix spielte nämlich immerfort ungeheißen und unberührt allerlei menschliche Melodien auf, und hinten aus der vierten Höhle, in die der Gehörnerve endigt, kamen immerfort Töne und Läufe aus dem vorigen Konzert heraufgefahren, und rannten wie unsinnig an den Wänden herum, und verführten mit vieler Brutalität ein gräßliches Geschrei, daß sie nun schon in den dritten Tag in dem abscheulichen Loche herumirrten, ohne ein ruhiges Logement zu finden; sie mußten sich in Branntwein übernommen haben, denn sie ließen sich auf keine Weise bedeuten, und alle gütlichen Vorstellungen waren fruchtlos, weswegen die Unterzeichneten, um der lärmenden Gesellschaft los zu werden und ihre Untersuchung ungestört fortsetzen zu können, zu Zwangsmitteln schritten, Leimruten in den Höhlen aufstellten, an denen sie dann, weil sie die Flügel sich verklebten, hängen blieben, und nun durch Wassersnot vom Leben zum Tode gebracht wurden.

Nun schlug ein kläglicher Ton an die Ohren der Horchenden, und als sie die Aufmerksamkeit auf die Stelle hin richteten, von der die Wehklage herkam, bemerkten sie einen Hirtenknaben, der auf dem einen Sehhügel stand und bitterlich granste; nach Befragen um die Ursache seines Gegranse gab er schluchzend zur Antwort, er heiße Klarin, und das garstige Mensch Klarinette habe ihm sein Butterbemme gestohlen, da drüben auf dem andern Hügel stehe sie und verzehre das Gestohlne, aber: »Stehler, Dieb, gehangen Dieb, kömmst du mitten in die Höll«, heulte er erbittert der kleinen Atzel zu. Wir geboten der Diebin, dem Knaben sein Eigentum wiederzugeben; sie tats ungern, und der Bube beruhigte sich und zog dankbar, sich die übergelaufene Nase wischend, den Hut gegen uns ab.

Wir sahen nun weiter um uns, und bemerkten im Adernnetz vielerlei wunderliche unnatürliche Sachen, die man beim gesunden Menschen an dieser Stelle keineswegs zu finden pflegt. Ein Hirsch hatte sich mit dem Geweihe in dem Netze verfangen, und bellende, hinkende Liederfragmente zappelten wie Hunde hintendrein; weiter vorn hatte sich ein Klumpen Zinnoberschlangen hineinverfitzt, und ganz hinten hing eine verreckte Sirene, die vor Kummer über den Verlust ihrer Freiheit und den Mangel von süß Mandelöl umgekommen war; Simson mit seinen drei hundert Füchsen hielt am Eingang in die dritte Höhle, und die Füchse beschäftigten sich aus Langeweile, die brillantenen Eier, die die weißen Hasen bei der Zirbeldrüse legten, auszusaufen. Ein Frauenzimmer lief vor Frost und Kälte mit den Zähnen klappernd in dem Bau herum mit einer Haube von Eis, weil sie die Gicht im Kopfe hatte, und die Ärzte ihr verordneten, das Haupt mit einer solchen Pelzmütze zu erwärmen. Wir riefen ihr zu, und sprachen ihr Mut ein, noch etwas auszuharren, das Mittel sei gut, und der Schmerz würde sich gewiß bald geben. Sie schien ganz soulagiert durch unseren Zuspruch, und bat uns um etwas Theriak, um ihren Magen zu stärken, den wir ihr denn sogleich hinabreichten. Sonst lagen noch allerlei Fetzen von Dekorationen und sonstigem Prunk umher, feurige Springbrunnen, Lauben, das Pavimentum war geschliffener Stahl, und dergleichen curiose Sachen mehr zeigten sich noch, bei denen wir uns aber unmöglich aufhalten konnten.

In den hintern Hörnern der vordern Hirnhöhle stießen uns zwei Hufe und zwei vollkommen wohl conservierte Pferdsfüße *(Pedes Hypocampi)* auf, die uns sehr in Schrecken setzten, weil wir die Nähe des Gott-sei-bei-uns vermuteten, so daß wir uns schnell mit den in dergleichen Fällen üblichen Hilfsmitteln verwahrten, worauf die Gestalt jedoch unverrückt stehen blieb. Das brachte uns auf die ersten Spuren des Verdachts von Zauberei und bösen Künsten, die wir in der Folge bestätigt fanden; und wir sahen zugleich den Ursprung des schwarzen geflügelten Pferdes, von dem wir den Uhrmacher im Konzert reden gehört hatten, und dessen Schweif tief unten in der Wirbelsäule zu entdecken war. Auf den vordern Vorhügeln aber stand ein schwarzer, und auf den hintern ein weißer Engel, die sich miteinander sehr ernstlich zankten, und wir glaubten hier offenbare Beweise von Schwarzkünstelei in Händen zu haben, aber es machte uns wieder etwas confus, als wir dem Streite aufmerksamer zuhörten, und wir entdeckten, daß der weiße Engel eigentlich ein Bäckerknecht sei, der schwarze aber eine Küchenmagd, die jener, weil es Dreikönigabend sei, mit dem Kienrußhader geschwärzt, was diese ihm nun übelgenommen, und deswegen mit dem Anschwärzer in ein böses scheltendes Zweigespräch geraten sei. In dem Augenblicke sahen wir einen Schellenschlitten vor dem Tore der dritten Hirnhöhle, gewöhnlich *Anus* genannt, anfahren, auf Befragen des Torschreibers, wer die Passagiere wären, schrie's zum Fuhrwerk heraus: »Herr von Schelmuffski, samt Herr Bruder Graf«; auf weiteres Befragen um Ziel und Zweck der Reise der hohen Herrschaft, hieß es: »Wir wollen, der Tebel hol mir, flugs die berühmte Wasserleitung des Herrn Sylvius besehen, und der Dame Charmante einige Liebesäpfel vom Lebensbaume abpflücken.« Passieren, und nun fuhr der Schlitten klingelnd in den Pausilipp hinein.

Nachdem die Unterzeichneten auf diese Weise alle zugänglichen Teile des Gehirnes am Patienten durchgeprüft, und alle die sonderbaren Stücke darin gefunden haben, von denen sie einer wohllöblichen S.G. getreuen Bericht abgestattet, blieb ihnen nichts als die Visitation der vierten Höhle allein noch übrig, in die das Licht des engen Kanales wegen nicht hineinzudringen vermochte, so daß sie nur undeutlich und zweifelhaft die Gegenstände dort erblicken konnten. Sie vermuteten aber gerade dort den eigentlichen Sitz der Nigromantie, denn sie sahen, soviel das Dunkel und das matte Halblicht es erlauben wollten, seltsame Charaktere dort, alle Tierkreiszeichen schienen ihnen lebendig darin umzugehen; Manns- und Weibsvolk, das die sieben Planeten vorstellte, hielten sich in der Grube auf, und sonst viel wunderbares, verdächtiges Gesindel, ein Scheusal mit sieben Köpfen glaubten wir einmal auf einen Blick darunter zu bemerken, aber es ließ sich nichts Gewisses darüber entscheiden, weil die Gestalten alle, wie die Figuren durch die Fenster eines Ballsaals, auf einen Moment nur sich zeigen wollten, und schnell vorüberschwirrten. Da die consultierenden Ärzte nun darüber und über die Mittel, die Wahrheit der Sache auszumitteln, sich berieten, da hatte Doctor Sphex, dessen Wißbegierde ihn nur zu oft über die Grenzen einer erlaubten Vorsicht mit heroischem Mute treibt, die unglückliche Idee, selbst in die Höhlen hinabzusteigen, um sich durch den unmittelbaren Augenschein über den eigentlichen Bestand der Sache Auskunft zu verschaffen. Alles, was wir ihm über das Gefährliche seines Vorsatzes vorstellen mochten, fand in seinem wahrhaft heldenmütigen Herzen keine Statt, und wir mußten seinem Feuereifer für die Wissenschaft und die Wahrheit nachgeben und ihn, obgleich mit blutendem Herzen, durch die Röhre des Lichtleiters an Stricken herablassen in den dunkeln Abgrund, wo er, eine brennende Fackel in der Hand, ein anderer Orpheus, seine Eurydike, die Wahrheit, der mehr als plutonischen Finsternis abkämpfen wollte. Wir folgten dem heldenmütigen Abenteurer mit den Augen und mit unsern Segenswünschen, soweit wir es vermochten. Er rief uns noch einmal aus der Tiefe herauf mit einer durch die Ferne kaum hörbar gewordenen Stimme zu, wie alles schön und köstlich unten sei, und wie er jedem eine Sackuhr mitbringen wolle, wenn Gott ihm eine glückliche Heimkehr beschere, wie aber die Luft etwas mephitisch sein müsse, weil seine Fackel zu erlöschen drohe. Wir entschlossen uns daher, zu einem in dergleichen Fällen gewöhnlichen Luftreinigungsmittel unsere Zuflucht zu nehmen. Wir nahmen einen großen Strohwisch, banden eine Menge Petarden in denselben hinein und einige andere Feuerwerke, zündeten den Wisch darauf an einem Ende an und warfen ihn in die Höhle hinab, nachdem wir dem Doctor Sphex vorher zugerufen, sich vorzusehen. Wir hatten aber bei diesem unglücklichen Einfall nicht bedacht, daß beim Losgehen des Feuerwerksapparats durch das notwendig eintretende Geräusch und die Explosion das schlafende Zweigespann geweckt werden könnte, und daß alsdann unser bedauernswürdiger Kollege auf Lebenszeit in dem dunkeln, finstern, dumpfigen, abscheulichen Kerker eine Beute der hinten eingeschlossenen Ungeheuer bleiben müsse. Leider erfolgte, was wir unvorsichtigerweise außer Acht gelassen hatten. Wir hörten einen starken Knall aus dem Abgrund heraufschlagen, ein Schwall von garstigen, mephitischen Luftarten stürzte aus der Öffnung hervor, und in demselben Moment erwachte der Cholerikus. Es spürte schnell den armen Doctor in seinem Hirne und geriet nun in ein unbeschreibliches Toben. Er zerschmetterte, ehe wirs uns versahen, unsern ganzen Apparat und drehte sich dann, einem gepeinigten Schafe gleich, das den Drehwurm im Gehirne hat, mit unsäglicher Schnelligkeit um sich herum, wütete, raste entsetzlich, daß wir für gut hielten, uns in sichere Winkel zu retirieren. Dazwischen schallte von Zeit zu Zeit die jammernde Stimme unseres Kollegen aus der Tiefe dumpf herauf, und wir waren beinahe des Todes vor Angst, Wehmut und Entsetzen. Es war eine Szene, die sich nimmer aus unserm Gedächtnis verlieren wird. Der Sanguinikus, der über dem Lärmen endlich auch erwachte, schien nicht zu begreifen, was vorgegangen sei, wahrscheinlich, weil der Doctor sein Territorium nicht berührte; er wollte zureden und besänftigen, aber es half alles nichts, er mußte mit herum im Wirbel. Endlich war der Paroxism auf dem höchsten Gipfel, und nun wurde die Bewegung so stark, daß endlich die Verbundenen durch die Zentrifugalkraft des Schwunges voneinander ließen und der Sanguinikus weit weg in die Ecke geschleudert wurde, der Cholerikus aber, wie von Peitschen gejagt, ausriß, in die weite Welt hinaus, und den unglücklichen Doctor, das bejammernswürdige Opfer seiner Wißbegierde, mit sich hinriß ins Verderben.

Das, ehrsame Mitglieder einer wohllöblichen Schützengesellschaft, ist die treue Relation der seltsamen, ja höchst wunderbaren Erscheinungen, die uns bei der gerichtlichen Untersuchung des Uhrmachermeisters BOGS aufgestoßen. Wir beweinen und beklagen den Verlust unseres würdigen Kollegen, den wir dabei haben leiden müssen, und werden uns dieserwegen an eine H. Oberpolizei um Hülfe und offizielles Verfolgen des Entwichenen wenden. Wir überlassen es übrigens dem Ermessen einer wohllöblichen Schützengesellschaft, was von dem ganzen Vorgang zu halten, und was wegen der allenfallsigen Aufnahme oder Verwahrung des Uhrmachers zu statuieren sei. Unseres unvorgreiflichen Erachtens möchte der zurückgebliebenen Hälfte, dem Sanguinikus, der ein stiller, gesetzter, sedater Mensch zu sein scheint, die Aufnahme zu bewilligen sein, wenn er sich über den auf ihm haftenden Verdacht der Zauberei zu rechtfertigen vermöge, wegen der verschollenen Hälfte aber wäre das Resultat weiterer Nachforschungen und die allenfalls eintretende Zurückkunft des entführten Doctors Sphex abzuwarten.

Dr. Schnauznas Dr. Gamaliel

Decretum

Die städtische Schützengesellschaft, nach Anhörung des beigefügten Rapports der geschwornen Ärzte, beschließt wie folgt: der zurückgebliebenen leiblichen Hälfte des Uhrmachermeisters wäre, da die Ärzte ihm ein gutes Testimonium abgelegt haben, die Aufnahme zu bewilligen, wenn er sich anheischig machen wollte, die verdächtigen Vagabunden, mit denen er Umgang pflegt, auszuliefern, und zwar die Planeten, Seiltänzer, Bänkelsänger, Urinbeschauer ins Zuchthaus, das Tier mit sieben Häuptern und die übrigen Sternbilder in die hiesige Menagerie, wo man sie den *naturae curiosis* zur weiteren Beobachtung und Untersuchung überlassen wird. Was aber die böslich entwichene Hälfte betrifft, so soll er als Entwender fremden Eigentums förmlich für vogelfrei und unfähig erklärt werden, jemals in die Gesellschaft aufgenommen zu werden, mit der Bedrohung der Hinterlassenen, ihn bei dem mindesten verdächtigen Umgang mit dem Inkulpaten in die gleiche Acht zu kondemnieren. Sie bedauert dabei zugleich mit allen ihren Mitbürgern aufs höchste den Unfall des Doctor Sphex und wird seinen leidigen Verführer mit Steckbriefen verfolgen, worin sie jeden auffordert, acht zu haben auf einen Menschen von der und der Gestalt, im braunen Überrocke etc., und im Falle ein dergleichen verdächtiges Subjekt einem Biedermanne aufstößt, ihm eine Prise Tabak mit Nieswurz zu präsentieren und durch die darnach erfolgende konvulsivische niesende Bewegung dem armen Doctor Sphex womöglich aus seiner gefänglichen Haft auf freien Fuß zu verhelfen, wobei der, welchem das Unternehmen gelingt und der dabei den Doctor während dem Gesundheitwünschen geschickt aufzufangen versteht, daß ihm kein Glied seines Leibes versehrt, verbogen oder zerbrochen wird, ein gutes Douceur erhalten soll. *Ad reciproca paratus, ulteriora autem reservando.*

Also geschlossen bei der städtischen Schützengesellschaft.

Es verlautet seither, Doctor Sphex sei wirklich ausgeschneuzt worden, und auf der Rückreise in seine Vaterstadt begriffen; er habe übrigens die Geistesgegenwart gehabt, während seiner babylonischen Gefangenschaft genaues Journal zu halten über alles, was er erfahren habe in dem dunkeln Schlunde, und die vielen seltsamen Abenteuer, die ihm darinnen aufgestoßen seien, und er wolle, wenn das Publikum Lust dazu bezeuge, sie im Druck ausgehen lassen, wodurch alle Ding: Geographie, Statistik, die *Belles Lettres*, Astronomie, Nastik, Oryctognosie, Chemie und selbst die Philosophie ersprießlichen Nutzen verspüren würden, weil der Doctor lange Zeit sehr innigen Umgang mit den neuen Ideen gepflogen hat, und mit mehreren derselben durch Verheiratung sich in das Verhältnis einer sehr fidelen Blutsverwandtschaft gesetzt hat, wie er denn auch einige junge Naseweisen aus dieser Sippschaft, die sich in der äußeren Welt umsehen wollen, wirklich mit sich führen soll.

Die löbliche Schützengesellschaft hat mir erlaubt, die ganze Geschichte mit einem Kupfer abdrucken zu lassen, um die 44 Kreuzer für das Konzert wieder herauszubringen; ich schickte sogleich den Aufsatz ins Morgenblatt, das sehr gut bezahlt; aber mein Lehrbursche trug ihn aus Dummheit in die Badische Wochenschrift, wo ich nun nichts kriege. Ich bitte daher unter der Hand nur um vierundvierzig Subskribenten, die mir jeder einen Kreuzer bezahlen, wofür ich ersterbe oft genannter BOGS, Uhrmacher.

BRIEF EINER APFELHÜTERIN

An die Herausgeber

Liebe Herrn!

Ich bin ein gar armes Mensch, sie sagen mir auf der Glashütte, ich sei toll und übergeschnappt, wenn ich mir die Schlacken auflese, in deren Glanz so wunderliche Farben sind, ach es ist doch alles des Meisters, der es gemacht, im Sommer hüte ich die Äpfel für einen Bierbrauer, da singe ich, so oft ein Apfel fällt, ein Lied, und vorgen Sommer hat mich ein Student besucht im Äpfelgarten, er gehört seinem Vater, der hat mir allerlei unterschiedliche Sachen gesagt von der Poesie, und da habe ich nichts von begriffen, er hat mir auch gesagt, ich sei ein schöner Gegenstand für den Roman, aber die Lyra hätte sich überschlagen in mir, darüber habe ich armes Mensch viel geheult, die Bäume wissens wohl und die Luft weiß es am allerbesten, denn ich atme sie ein. Er hat mir auch gesagt, ich sei eine Poetin, und bin ich doch eine Baumännin, und heiße Friedericke Baumännin, aber einmal hat er mir Lieder vorgelesen, die waren so schön, da ward mein Herz wie ein Frucht mit Kernen. Den Tag drauf, als ich glaubte, er sollt wiederkommen, war ich nach dem Krämer gelaufen, und hatte ein rotseiden Band gekauft für all mein Geld, das spannt ich um vier Apfelbäume, ich dachte, er sollte wiederkommen, ja, er ist noch nicht da, er sollte unter den Bäumen, um die das Band ging, vorlesen, ich habe viel Angst gehabt, und habe mir um viel Geld ein Buch von der Sache, von unserm Judenbot in der Stadt kaufen lassen, das Buch heißt *Erdmann Uhsens wohlinformirter Poet worinnen die Poetischen Kunstgriffe, vom kleinsten biß zum grösten durch Frag und Antwort vorgestellt, Leipzig 1715*. Das habe ich nun auswendig gelernt diesen Winter, und dachte, wenn den Sommer die Äpfelhüt wieder angeht, da kömmt der Student wieder, und der kann mich überhören, aber ich bin durch ihn in große Zweifel gekommen, als er kam, sagte ich also aus dem Erdmann Uhsen:

Waß ist die Poesie?

Die Poesie ist eine Geschicklichkeit, seine Gedanken über eine gewisse Sache zierliche, doch dabei klug und deutlich, in abgemeßenen Worten und Reimen vorzubringen.

Muß denn einer nothwendig Verse machen könen?

Mancher kann diese Kunst ziemlich entbehren, der eben nicht große Ursache hat, sich durch ein *Carmen* bei andern beliebt zu machen, oder, so ihm ja eines sollte abgefordert werden, schon seinen Mann weiß, der an seiner Statt solche poetische Arbeit auf sich nimmt. Wer aber seine Rekomandation durch einen geschickten Vers erhalten soll, und keinen *Substituten* hat, der hierinnen seine Stelle verträte, der wird der Poesie gar schwehrlich entbehren können. Mancher muß andere in der Poesie unterweisen, und also nothwendig dieselbe wohl verstehen.

Waß nutzet aber eigentlich die Poesie?

Mehr als vielleicht mancher denken sollte: denn es bringet uns dieselbe auf allerlei artige *Inventionen*, manierliche *Expressionen*, verschafft uns eine gute *copiam verborum*, belustiget unser Gemüthe, und machet uns bei andern Leuten oftmals sehr beliebt.

Nun hatte ich das mit großer Mühe auswendig gelernt, um es dem Studenten zu sagen, und ihn um die *Explication* davon zu bitten, worum ich stets in Ängsten bin, da hat er mir aber gesagt, daß dies alles nicht wahr sei, die erste Frage könne er mir gleich anders beantworten, das lautete anders und hat er mir aufgeschrieben, wie da folgt:

Was ist Poesie?

Poesie ist die Kunst, selige Inseln voll Schönheit, Harmonie und Zweckmäßigkeit, voll schöner großer und begeisternder Ideen und zarter tiefer und heiliger Gefühle aus dem Ocean der Menschenbrust durch den Zauberstab des metrisch gebundnen und dennoch freyen Wortes mit Schöpferkraft ans Sonnenlicht emporzuheben und bei ihrem Anblick eine ganze Welt in süßes ungewohntes Staunen zu versetzen.

(Recensent in der Leipz. Lit. Zeit. 1808. n. 36. col. 565)

Ach Gott, liebe Herrn, woran soll ich mich nun halten, haben Sie ein Erbarmen mit mir armen Mensche

Ihre
Friedericke Baumännin
Äpfelhüterin zu Merseburg

Ich bitte Sie recht sehr, Ihre Meinung bald bekannt zu machen, grüßen Sie mir doch den Sohn eines Holzhändlers, der sich bei Ihnen aufhält, der weiß gewiß drum, wer Recht hat, der Erdmann oder der Student. Er wird mir auch gern antworten, aber ja recht deutlich, ich habe einmal das Vergnügen gehabt, auf einem Holländerflotz mit ihm zu fahren, grüßen Sie den lieben Herrn.

VERSCHIEDENE EMPFINDUNGEN VOR EINER SEELANDSCHAFT VON FRIEDRICH, WORAUF EIN KAPUZINER

Es ist herrlich, in unendlicher Einsamkeit am Meeresufer unter trübem Himmel auf eine unbegrenzte Wasserwüste hinzuschauen, und dazu gehört, daß man dahin gegangen, daß man zurück muß, daß man hinüber möchte, daß man es nicht kann, daß man alles zum Leben vermißt, und seine Stimme doch im Rauschen der Flut, im Wehen der Luft, im Ziehen der Wolken, in dem einsamen Geschrei der Vögel vernimmt; dazu gehört ein Anspruch, den das Herz macht, und ein Abbruch, den einem die Natur tut. Dieses aber ist vor dem Bild unmöglich, und das, was ich in dem Bilde selbst finden sollte, fand ich erst zwischen mir und dem Bilde, nämlich einen Anspruch, den mir das Bild tat, indem es denselben nicht erfüllte; und so wurde ich selbst der Kapuziner, das Bild ward die Düne, das aber, wo hinaus ich mit Sehnsucht blickte, die See, fehlte ganz. Dieser wunderbaren Empfindung nun zu begegnen, lauschte ich auf die Äußerungen der Verschiedenheit der Beschauer um mich her, und teile sie als zu diesem Gemälde gehörig mit, das durchaus Dekoration ist, vor welchem eine Handlung vorgehen muß, indem es keine Ruhe gewährt.

Eine Dame und ein Herr, welcher vielleicht sehr geistreich war, traten auf; die Dame sah in ihr Verzeichnis und sprach:

»Nummer zwei: Landschaft in Öl. Wie gefällt sie Ihnen?«

HERR: Unendlich tief und erhaben.

DAME: Sie meinen die See, ja die muß erstaunlich tief sein, und der Kapuziner ist auch sehr erhaben.

HERR: Nein, Frau Kriegsrat, ich meine die Empfindung des einzigen Friedrichs bei diesem Bilde.

DAME: Ist es schon so alt, daß er es auch gesehen?

HERR: Ach, Sie mißverstehen mich, ich rede von dem Maler Friedrich; Ossian schlägt vor diesem Bilde in die Harfe. *(Ab)*

Zwei junge Damen

ERSTE DAME: Hast du gehört, Louise? das ist Ossian.

ZWEITE DAME: Ach nein, du mißverstehst ihn, es ist der Ozean.

ERSTE DAME: Er sagte aber, er schlüge in die Harfe.

ZWEITE DAME: Ich sehe aber keine Harfe. Es ist doch recht graulich anzusehen. *(Ab)*

Zwei Kunstverständige

ERSTER: Ja wohl, graulich, es ist alles ganz grau; wie der nur solche trockene Dinge malen will!

ZWEITER: Sie wollen lieber sagen, wie er so nasse Dinge so trocken malen will.

ERSTER: Er wird es wohl so gut malen, als er kann. *(Ab)*

Eine Erzieherin mit zwei Demoiselles

ERZIEHERIN: Dies ist die See bei Rügen.

ERSTE DEMOISELLE: Wo Kosegarten wohnt.

ZWEITE DEMOISELLE: Wo die Kolonialwaren herkommen.

ERZIEHERIN: Warum er nur so trübe Luft gemalt. Wie schön, wenn er im Vordergrund einige Bernsteinfischer gemalt hätte.

ERSTE DEMOISELLE: Ach ja, ich möchte mir selbst einmal eine schöne Schnur Bernstein zusammenfischen. *(Ab)*

Eine junge Frau mit zwei blonden Kindern und ein Paar Herrn

HERR: Herrlich, herrlich, dieser Mann ist doch der einzige, der in seinen Landschaften ein Gemüt ausdrückt, es ist eine große Individualität in diesem Bilde, die hohe Wahrheit, die Einsamkeit, der trübe schwermutsvolle Himmel, er weiß doch, was er malt.

ZWEITER HERR: Und malt auch, was er weiß, und fühlt es, und denkt es, und malt es.

ERSTES KIND: Was ist denn das?

ERSTER HERR: Das ist die See, mein Kind, und ein Kapuziner, der daran spazieren geht und traurig ist, daß er keinen so artigen Jungen hat wie du.

ZWEITES KIND: Warum tanzt denn der Kapuziner nicht vorn herum, warum wackelt er nicht mit dem Kopfe, wie im Schattenspiel? Das wäre doch schöner.

ERSTES KIND: Es ist wohl so ein Kapuziner, der das Wetter anzeigt, wie der vor unserm Fenster?

ZWEITER HERR: Nicht ein solcher, mein Kind, aber auch er zeigt das Wetter an, er ist die Einheit in der Allheit, der einsame Mittelpunkt in dem einsamen Kreis.

ERSTER HERR: Ja, er ist das Gemüt, das Herz, die Reflexion des ganzen Bildes in sich und über sich.

ZWEITER HERR: Wie göttlich ist diese Staffage gewählt, sie ist nicht wie bei den ordinären Herrn Malern ein bloßer Maßstab für die Höhe der Gegenstände, er ist die Sache selbst, er ist das Bild, und indem er in diese Gegend wie in einen traurigen Spiegel seiner eigenen Abgeschlossenheit hinein zu träumen scheint, scheint das schifflose einschließende Meer, das ihn wie sein Gelübde beschränkt, und das öde Sandufer, das freudenlos wie sein Leben ist, ihn wieder wie eine einsame, von sich selbst weissagende Uferpflanze symbolisch hervorzutreiben.

ERSTER HERR: Herrlich, gewiß, Sie haben recht; *(zur Dame:)* aber, meine Liebe, Sie sagen ja gar nichts.

DAME: Ach, es war mir vor dem Bilde wie zu Haus, es rührt mich recht, es ist doch recht natürlich, und als Sie so sprachen, war es mir gerade so undeutlich wie sonst, wenn ich mit unseren philosophischen Freunden am Meere spazieren ging; nur wünschte ich, daß eine frische Seeluft wehte und ein Segel herantriebe, und daß ein Sonnenblick niederglänzte und das Wasser rauschte; so ist mirs als wie Alpdrücken und Sehnsucht nach dem Vaterland im Traum; kommt weiter, es macht mich traurig. *(Ab)*

Eine Dame und ein Führer

DAME *(steht lange stumm):* Groß, unbegreiflich groß! Es ist, als wenn das Meer Youngs Nachtgedanken hätte.

HERR: Sie meinen, als wenn sie dem Kapuziner hineingefallen wären?

DAME: Wenn Sie nur nicht immer spaßten und einem die Empfindung störten. Sie empfinden heimlich doch dasselbe, aber Sie wollen im Andern belachen, was Sie in sich verehren. Ich sage, es ist als wenn das Meer Youngs Nachtgedanken hätte.

HERR: Und ich sage Ja, und zwar den Karlsruher Nachdruck und das *Bonnet de Nuit* von *Mercier* dazu, und Schuberts Ansicht der Natur von der Nachtseite obenein.

DAME: Ich kann Ihnen nicht besser antworten, als mit einer parallelen Anekdote: Da der unsterbliche Klopstock zum ersten Male in seinen Gedichten gesagt hatte: »Die Morgenröte lächelt«, sagte Madame Gottsched, indem sie es las: »Was macht sie denn für ein Mäulchen?«

HERR: Gewiß kein so schönes wie das Ihre, indem Sie dies sagen.

DAME: Nun fallen Sie ins Fatale.

HERR: Und Gottsched gab seiner Frau ein Mäulchen für das Bonmot.

DAME: Ich soll Ihnen wohl gar eine Nachtmütze für das Ihrige geben, aber Sie sind selbst eine.

HERR: Nein, lieber eine Ansicht Ihrer Natur von der Nachtseite.

DAME: Sie sind unartig.

HERR: Ach, wenn wir da miteinander ständen, wie der Kapuziner steht.

DAME: Ich ließe Sie und ging zum Kapuziner.

HERR: Und bäten ihn, mich mit Ihnen zu kopulieren.

DAME: Nein, Sie ins Wasser zu werfen.

HERR: Und blieben mit dem Pater allein und verführten ihn, und verdürben das ganze Bild und seine Nachtgedanken; seht, so seid ihr Weiber, ihr vernichtet am Ende doch, was ihr empfindet, ihr saget vor lauter Lügen die Wahrheit. O, ich wollte, ich wäre der Kapuziner, der so ewig einsam hinüberschaut in das dunkle verheißende Meer, das wie die Apokalypse vor ihm liegt, so wollte ich mich ewig sehnen nach Ihnen, liebe Julie, und Sie ewig vermissen, denn diese Sehnsucht ist doch die einzige herrliche Empfindung in der Liebe.

DAME: Nein, nein, mein Lieber, auch in diesem Bilde; wenn Sie so reden, springe ich Ihnen nach ins Wasser und lasse den Kapuziner stehen. *(Ab)*

Während der ganzen Zeit hatte ein glimpflicher langer Mann mit einigen Zeichen von Ungeduld zugehört; ich trat ihm etwas auf den Fuß und er antwortete mir, als ob ich ihn dadurch um seine Meinung befragt hätte. »Es ist gut, daß die Bilder nicht hören können, sie hätten sich sonst schon längst verschleiert;

die Leute gehen gar zu unzüchtig mit ihnen um und sind fest überzeugt, sie ständen hier wegen eines geheimen Verbrechens am Pranger, das die Zuschauer durchaus entdecken müssen.« – »Aber was meinen Sie denn eigentlich von dem Bilde?« fragte ich. – »Es freut mich,« sagte er, »daß es noch einen Landschaftsmaler gibt, der auf die wunderbaren Konjunkturen des Jahres und Himmels achtet, die auch in der ärmsten Gegend die ergreifendste Wirkung hervorbringen; es wäre mir aber freilich lieber, wenn dieser Künstler außer dem Gefühle dafür auch die Gabe und das Studium hätte, es in der Darstellung wahr wiederzugeben, und in dieser Hinsicht steht er ebensoweit hinter einigen Holländern zurück, die ähnliche Gegenstände gemalt haben, als er sie in der ganzen Gesinnung, worin er aufgefaßt, übertrifft; es würde nicht schwer sein, ein Dutzend Bilder zu nennen, wo Meer und Ufer und Kapuziner besser gemalt sind. Der Kapuziner erscheint in einer gewissen Entfernung wie ein brauner Fleck; und wenn ich durchaus einen Kapuziner hätte malen wollen, so hätte ich ihn lieber schlafend hingestreckt, oder betend oder schauend in aller Bescheidenheit niedergelegt, damit er den Zuschauern, denen das weite Meer doch offenbar mehr Eindruck macht als der kleine Kapuziner, nicht die Aussicht verdürbe. Wer später sich nach den Küstenbewohnern umsähe, fände immer noch in dem Kapuziner alle Veranlassung, das auszusprechen, was mehrere der Zuschauer in einer überschwenglich allgemeinen Vertraulichkeit allen laut mitgeteilt haben.«

Diese Rede gefiel mir so wohl, daß ich mich mit demselben Herrn sogleich nach Hause begab, wo ich mich noch befinde und in Zukunft anzutreffen sein werde.

BRIEFE ÜBER DAS NEUE THEATER

Erster Brief

Der Direktor an den Poeten

Schreiben Sie mir im Ernst, ich sollte eins der beiden Stücke des Calderon, deren Übersetzung ich Ihnen hiebei ohne Dank zurücksende, zur Einweihung unsres neuen Theaters aufführen? Herr Poet, Sie rasen und Serenissimus ließe mich auch ins Tollhaus bringen – und das mit Recht. Gestern abend bat ich unsre Psyche, mir etwas daraus vorzulesen, das giebt mir gleich einen bestimmteren Eindruck und ich kann nebenher dabei essen. Der dicke pockennarbige beschnittene Amant hatte treffliche Austern angeschafft und einen guten Eilfer für uns Elfen, aber dafür mußte er auch dabeisitzen und mit hören, was unsre Psyche ein wenig zerstreute. Denn einmal knarrt er immer mit seinen glänzenden Stiefeln, zweitens streift er immer über sein neues englisches Hosenzeug, wovon er gewiß andern so schlecht zugemessen hat, daß er ihm nichts kostet, dann zieht er alle Augenblicke die Uhr mit den unzähligen Petschaften heraus und endlich klappert er unausstehlich mit den Geldstücken in der Westentasche und zählt sie heimlich durch, ob ihm auch keines gestohlen ist. Und wenn er noch alles an sich fand, wie er es verlassen hatte, so lächelte er so wohlgefällig, daß Psyche es lange für Beifall hielt und mit großer Anstrengung fortlas. Aber unser schönes Kind wäre fast an den Versen gestickt, besonders bei der unendlichen spanischen Dialektik, die ganz ernsthaft Blume und Besen vergleichen könnte und alle Silben und Worte rückwärts und vorwärts kombiniert. Was sie da für Tonreihen aus allen ihren guten Rollen ausgeboten hat, ist schwer nachzumachen; bald hörte ich Gurli, bald die Jungfrau, und doch konnte sie keine Art Empfindung hineinlegen, keine dramatische Gestalt herausbringen. Das war eine Heckselschneiderei, der Amant zog das Maul bis an die Ohren, und wollte sich totlachen; ich wollte mein Buch in Ehren erhalten und machte ihn auf die Schönheit der Anlage aufmerksam, dabei trank ich in der Verlegenheit eine Flasche bis auf den Grund aus. Lag es an Psyche, an uns, oder am Stück, daß wir nicht recht weit kamen? Freilich der Amant blinzelte so verliebt aus den Affenaugen, daß Psyche mir geradeaus erklärte, wenn sie morgen die Jungfrau spielen solle, so dürfe sie nicht mehr die Verse lesen, sie bekomme davon einen rauhen Hals. Sie werden dabei an den Bauer denken, der beim Pflügen nicht wollte auf Hochdeutsch nach dem Weg gefragt sein, weil das seine Pferde scheu mache; aber so eigensinnig ist die Praxis; was ihr Poeten für höchsten Wohlklang ausgebt, zerschneidet oft dem Deklamator die Kehle. Mit dem halben Stücke im Kopf ging ich von Psyche fort zum Kapellmeister, den ich schon vor dem Hause auf seinem Flügel phantasieren und dazu mit dem Munde trompeten hörte. Er nahm mein Anerbieten, mit ihm den Calderon zu lesen, sehr hoch auf und versicherte, noch ehe er ihn gelesen, daß er ihn ganz in Musik setzen wolle; dabei kam er aber wieder ins Phantasieren, schlug seine Blicke gen Himmel auf und nuselte zum Erbarmen auf dem Fortepiano. Ihr Poeten wäret recht glücklich, wenn ihr euer leeres Gefasel so leicht wie die Musiker mit ein bißchen Wohllaut gutmachen könntet, aber euch sieht ein vernünftiger Mann gleich ins Herz, ob da Apollo hineinstrahlte oder ein Sparlämpchen aus geborgtem Öl. Bei diesem Geklimper fing der Puthahn, den er unter seinem Fortepiano zum Mästen eingegittert hält, zu träumen an und kullerte, bis sein Meister und Mäster versicherte, für den Frevel müsse er morgen sterben, auch sei er fett, und übermorgen sollten ich und Sie und vielleicht noch ein paar ihn bei ihm essen, ich möchte es Ihnen schreiben. Ich nahm es für uns beide an, aber da muß ich vorher fragen, ob Sie noch fromm sind, oder ob meine bittre Magenessenz die Trüffelpastete in Ihnen und Ihre Leber, die mit der Gänseleber sympathisiert, kuriert hat. Sie müssen wieder sündigen, ich kann ohne Sie nicht lustig sein, ich meine ohne Ihren Gegensatz. Der Meister wird selbst kochen, es wird delikat. Musengünstling, schmieren Sie eine Art Apotheose auf den Puthahn, wie er, lange von der Musik zum Opfertode vorbereitet, endlich unter Abrahams Messer fällt. Nehmen Sie den Abraham auf Moria zum Vorbild, so haben wir das musikalische Ingredienz, und erheben Sie nur bei jeder Gelegenheit des Meisters Musik zum Himmel, so rückt er alle seine guten Weine nach der Reihe heraus; der Puthahn muß sich freuen, den Magen eines solchen Musikers zu begeistern. Es giebt vielleicht noch mehr Spaß an dem Tage, ich schreibe Ihnen noch davon; Psyche muß kommen und der Teufel soll Sie holen, – wenn Sie nicht einmal wieder so lustig wie damals, als Ihnen der lederne Eierkuchen wie ein Heiligenschein auf den Kopf gesetzt und wohlbefestigt wurde.

Vale.

Direktor

Nachschrift. Ich habe nachts noch etwas im Calderon gelesen, es ist doch manches Gute darin; wäret ihr Poeten nur nicht so fremdartig geworden in griechischer, spanischer, englischer Leserei, es könnte euch nicht schwer werden, aus solchen Stücken etwas zu bilden, das unsre deutsche Völkerschaft, die ihr bald zu gering, bald zu hoch achtet, lebendig anspräche. Aber ihr freut euch nur, wenn ihr mit Hülfe von Silben- und Reim-Teufel etwas zustande bringt, wie es andren alten oder neuen Völkerschaften beliebt hat; wie es unser Volk liebt, ist eine Kleinigkeit für euch, das wollt ihr erziehen, ehe es euch erzogen hat. Ihr müßt das nicht übel nehmen, aber es ärgert mich, wenn ich in euch so viele schöne Talente ungenutzt untergehen sehe, mit denen ich, wenn ich sie besäße, die ganze Welt regieren wollte; wenn ihr nichts dem Volke zu Liebe tut, verlangt ihr doch, daß es euch lieben, euer Verdienst anerkennen, euch reichlich besolden und noch mehr ehren soll. Ich schreibe Ihnen das, um Sie wegen der vielen vergeblichen Arbeit zu trösten, die Sie an den Calderon gewendet haben; das Theater kann Ihnen nichts dafür zahlen, denn er ist nicht aufführbar; vielleicht läßt sich ein Buchhändler damit anführen, der sich eben erst etabliert hat und noch nicht weiß, für wen die Bücher gedruckt werden. Ich zahlte gern, es ist mein Ernst, aber die Rechenmeister monieren gleich, wenn für ein Manuskript bezahlt worden, das nicht zur Aufführung gekommen, denn da fehlt eine Rubrik. Würde es nur einmal aufgeführt, auch wenn es total mißfiele, so könnte ich zahlen; darum frage ich an, ob Sie Geld und Schande, oder kein Geld und keine Schande wollen, denn fallen müssen beide Stücke ohne Gnade und Barmherzigkeit.

Zweiter Brief

Der Poet an den Direktor

Verehrter Herr Direktor! Ich habe den Calderon ohne Dank zurück erhalten, doch zwei gute Dinge in Ihrem Brief belohnen meinen guten Willen; erstens der fidele Humor, mit welchem Sie ihm auf dem Hintern über das Leben hinrutschen, zweitens, daß Sie etwas Gutes hie und da im Calderon gefunden haben. – Daß Sie mir als einem Dichter so übervertraulich im Gesicht greifen, nachdem Sie mir allerlei in meine Seele hinein dekretiert haben, woran ich nie gedacht, muß ich mir um so leichter von Ihnen gefallen lassen, als dies ein Handwerksgebrauch bei Ihnen ist, ohne dessen Beobachtung Sie von jeder Komödianten-Herberge heruntergeworfen werden würden; aber wenn ich es vertrage, daß Sie so Theater-Direktormäßig mit mir umgehen, so dürfen Sie mir auch nicht verdenken, wenn ich Sie einmal etwas auf meine Art behandle. Diese Wechselwirtschaft hält uns vielleicht allein zusammen. So mögen Sie denn hier nochmals alles schriftlich hören, was ich Ihnen neulich bei Ihrer Magenessenz ins Gewissen gesagt. Ich halte von dem Theater, wie es jetzt ist und eine schlechte Bühne es der andern ohne alle Originalität nachtreibt, weniger als nichts. Ich bin der eisernen Überzeugung, ihr spielt Komödie mit allem, womit man sie nicht spielen kann, und alles, was dazu nötig ist, habt ihr nicht und wollt ihr nicht. O wäre ich ein Fürst, ich wollte euch zeigen, wie die Sache allein anzugreifen ist. Ich kann mir einen Staat denken, dessen ganze Revenue in der Theatereinnahme bestände, und der Eintritt sollte doch billiger als jetzt oder gar nach Belieben sein. Da wären wir alle Standespersonen, sagen Sie und lachen, und nennen meine Worte Unsinn, weil Sie ihre eigne Aufgabe nicht, vielweniger die meinige, verstehen. Ich wundere mich gar nicht darüber; wie kann der Bandwurm, der in den Eingeweiden eines Menschen lebt und vermöge der Krankheit über ihn herrscht, ihn treibt, ängstigt, ihn rasen, fantasieren und konvulsionieren macht, einen Begriff von dem Menschen als dem Ebenbilde Gottes und also auch von dessen Ebenmacht im Menschen haben, das heißt, was kann ein moderner Theaterdirektor von der Macht einer Kunst verstehn, welche das konzentrierteste Leben, das Gedicht, durch dessen Schöpfer selbst, den Menschen, dem Menschen einzuspiegeln berufen ist.

Liebster Direktor, wenn ich die hohe Aufgabe, die reichsten Mittel und die mögliche Wirkung der Schauspielkunst in der Einsamkeit meines Herzens so recht betrachte, erschrecke ich, denn ich sehe das Ungeheure, und ich fühle dann, daß sie, wenn sie nicht im *strengsten* Sinne und Stile zum Heiligen und dessen Feier hinarbeitet, sehr verdächtig ist. Es entstehen dann tiefe Zweifel in mir, ob sie nicht auf jedem andern Wege zu den verbotenen satanischen Künsten gehöre, was sich aus der Kombination ihrer unendlichen hohen Aufgabe mit allen endlichen niedrigen, ja infamen Beziehungen ihres jetzigen Zustandes leicht vermuten läßt. Selbst ein Theaterdirektor, der den Macbeth oder den Faust gespielt, kann nicht mehr an einer Macht des Abgrunds zweifeln. Alles Leben und dessen historische Jugenderinnerung und aller ewige Glauben erkennt die mißbrauchende, zum ewigen Tod hinlockende Gottesnachäffung des Satans in allen reichen Werkstellen des menschlichen Geistes, welche der göttliche verlassen hat. Alles Zauber- und Hexenwesen, das, solange wir davor schaudern, nicht wegzuleugnen ist, geht aus dieser Kehrseite des Lebens hervor, und wenn ich die Armseligkeit, den Schmutz, das elende Lumpenleben der armen verruchten Hexen neben ihrer hohen Aufgabe, Wunder zu wirken, betrachte, so fällt mir auch gleich die ganze innere Misere, Lumpenwirtschaft, Lüderlichkeit und Eitelkeit, das flüchtige, gespannte, gehetzte Leben der Komödianten ein, die um einige Groschen (das ist der Teufel!) die außerordentlichsten Kunstaufgaben lösen sollen, das zerstreute Leben, in sein Symbol erhoben, in unsere Sinne zu stellen. Ach, und ihr tut es auch nicht besser als die Hexen ihre Wunder. Ein bißchen Wettermachen, der Kuh die Milch verderben, Liebestränke kochen,

Nestelknüpfen, auf dem Besen zum Teufel fahren, ist auch bei euch das ganze Facit der hohen Aufgabe. So geht es dem Satan und seinen Dienern, er geht krumm vor ihnen her und ruft ihnen zu: »Geht grad wie ich«; er will sie lehren *Fiat* zu sprechen und kriegt selbst nur *Pfui* heraus. Wehret euch nicht gegen meine Parallele! Hat ein einfaches unschuldiges Mägdlein von fünfzehn Jahren, welche der Frühling unter dem berauschenden Dufte des blühenden Hollunders zu wecken im Begriff steht, wenn sie in einem tief unwahren, liebesgiftigen, edelnden, von euren geschminkten, aufgewichsten, aufgeschnürten, aufgedonnerten, ausgestopften Missetätern mit wollüstigem Gequick und Gegurgel herausgekrampften Schauspiele hingerissen weint, hat sie wohl eigentlich etwas anders getan, als eine Jungemagd, die sich aus Neugierde mit der Hexensalbe der Grethlieschen einschmiert, um durch den Schornstein auf dem Besen zu der großen *Assemblée* des Blocksbergs zu fahren glaubt, wo sie in dem Bock einen hohen Helden verehrt und den Satan, der auf einem Pferdeschädel mit ein paar Diebsfingerknochen klappert, für den Orpheus hält, während sie eigentlich im Starrkrampf in der Küche hinterm Spülfaß liegt oder in der Asche auf dem Herde sitzt. O ihr treibt ein entsetzliches Handwerk. Findet sich auch manchmal unter dem gemeinen Hexengesindel ein Faust ein, so ein Ekhof, Schröder, Fleck, so ist das Finale, wenn ihn der Teufel holt, nur etwas geräuschvoller; was hat er mehr getan als die schlechte Komödie gut gespielt, keine Spur eines höhern Menschenlebens läßt er zurück. Höchstens rühmt sich der Amant, er habe Punsch mit ihm getrunken; höchstens daß eine mit allen Hunden gehetzte Jüdin, welche alle ästhetische Hundekrankheiten überstanden hat und nun etwa in überalteutschem Somnambulismus Nacht in Tag wandelt, seinen Shylock über alle lebenden Shylocks erhebt. Hat er auch nur irgend eine Ahndung von der gänzlich verloren gegangenen Bedeutung und Bestimmung seiner Kunst gehabt? Hat er sie irgend ausgesprochen? Herr, das konnte er nicht; er wäre sonst kein Schauspieler gewesen zu dieser Zeit, wo ebenso wenig Ehre auf den Brettern zu holen ist als seit langer Zeit. Aber ich predige tauben Ohren und vergesse, was ich oben von dem Bandwurm sagte, der Sie sind, lieber Direktor, aber doch immer einer der erträglichsten. Warum ich doch mich mit euch verdammtem Gesindel herumtreibe? fragen Sie – nein, fragen Sie nicht – sehn Sie, grade deswegen, weil Sie nicht darum fragen. Übrigens hat in flacher Gegenwart alles Zerstörte einen tiefen Reiz, der Mineralog bewundert den Stein am Bruch, und das ist das Beste an euch, daß ihr keinen eigentlichen Schliff habt, das heißt, nicht einmal Schule. Abenteurer, Zigeuner, Räuberbanden, Amsterdamer und Prager Judenstraßen, Hundekomödien, Schauspieler, Wahnsinnige, Mißgeburten und dergleichen sind dem Dichter ebenso interessant, als es einem grausamen Arzte je sein konnte, in die Eingeweide einer lebendig aufgeschnittenen Katze zu schauen. Pfui Teufel! o wär es doch nicht wahr! Aber ob dieses Gelüsten zu euch nicht selbst schon ein Rapport ist von des Satans Magnetismus, das quält mich oft nicht wenig, und drum wehre ich mich wenigstens mit Worten. Nun auf den Calderon. Serenissimus würde Sie ins Tollhaus setzen? und mit Recht, meinen Sie, wenn Sie dergleichen aufführten. Ich sage dasselbe, und wäre ich Serenissimus, ich täte es schon, ohne daß Sie den Calderon aufführten. Sie müßten mir wegen des ersten besten Stücks mit teuern Dekorationen und prächtigen Kleidern und schlechten Schauspielern hinein. Auch Sie können also nie heraus, lieber Herr Direktor.

Warum ich Ihnen den Calderon geschickt, will ich Ihnen sagen. Ich wollte, daß Ihnen etwas zugemutet werde; denn das geschieht das ganze Jahr nicht. Sie gehen mit Ihrer Kunst im ewigen Einerlei unter. Sie haben bei dieser Gelegenheit den Calderon doch gelesen, Sie haben doch gefühlt, daß die Bühne einst etwas konnte, wovon sie keinen Begriff mehr hat. Daß ein Umfang, eine Überschwänglichkeit, eine Spiegelspiegelung poetischer Trunkenheit in Ton und Farbe bei unendlich süßer unschuldiger Einfalt und einer tiefen dunklen Bitterkeit der Schuld, der Leidenschaft, der Sünde im Calderon zauberisch herrscht, haben Sie notwendig bei Ihrer großen Empfänglichkeit gefühlt, und das ist schon soviel wert, als wenn ein junger Neugrieche den Hyperion Hölderlins mit tiefer Rührung liest, oder wenn der Amant dem lieben schüchternen Distelfink den Auftrag giebt, ihm das hohe Lied Salomonis auf einer Flötenuhr zu setzen, welche er der lieben Psyche schenken will, wann sie die Tochter Jephthas zum erstenmal spielen wird. O lieber Direktor! wann Sie sich nur erst einmal recht ärgern, daß es auf der Bühne einst ganz anders war, wenn Sie nur einmal erst recht darüber ergrimmen, daß die Riesenwerke Shakespeares, welche Ihnen für Ihre übergroße und reiche und umständliche Schaubühnerei noch immer zu reich und umfassend scheinen, daß diese Werke zu völliger Täuschung auf kleinen armen Bühnen mit zwei Kulissen Tiefe und einer sehr kleinen Anzahl von Statisten vorgestellt wurden, und daß Jünglinge die Ophelia, die Desdemona, die Julie spielten, für welche Sie heutzutage kaum Schauspielerinnen finden zu können hinreichend im Stande sind, die an Zartheit und Empfindung hinreichen. Wenn Sie das erst einmal fühlten und auf die Frage kämen: Warum getrauen wir uns mit unserm entsetzlichen Apparate von Darstellungsmitteln nicht an solche Werke, ohne sie erst auf die unsinnigste Weise zu verstümmeln, da sie ursprünglich mit den wenigsten Mitteln ausgeführt worden sind, ja, da ihnen sogar ein ganzes Geschlecht fehlte? würde Ihnen dann nicht die Antwort sehr naheliegen: Indem wir uns ganz und gar in das durchaus Überflüssige, ja häufig Schädliche verloren haben, ist uns das einzige, womit man darstellt, ganz aus den Augen gekommen, der begeisterte talentvolle Schauspieler. Ihr habt die Umstände, die Sachen, euch über den Kopf wachsen lassen! O ich kann mir einen herrlichen wirklichen Schauspieler denken, der auftretend eure papiernen Säulen grimmig niederrisse und ausriefe: »Nieder mit diesen Lumpen und Latten! Wie soll diese schändliche erbärmliche Lüge mich unterstützen, mein Werk wahr machen, da ich bin, was der Held meiner Rolle war, ein Mensch? Gebt mir einen Tempel von Marmor, oder keinen.« – Doch das habe ich schon zu oft gesagt, für heute haben Sie genug.

Wie mochten Sie auch mit dem Calderon gleich zu Psyche laufen und sie vor dem Amanten das herrliche Gedicht abhaspeln lassen. Warum lasen Sie nicht erst ruhig für sich, und fragten mich dann, wie es anzustellen sei, mit den gehörigen Modifikationen den blütentollen farbentrunkenen Triumphzug dieses südlichen Thyrsusschwingers der Fantasie über unsre Bühne zu führen. Aber da laufen Sie gleich mit dem zauberischen Karfunkel zu Ihrem jüdischen Hofjuwelier, und weil dieser dergleichen Edelsteine nicht in seinem Handel kennt, rümpft er die Nase und meint, er sei der Fassung nicht wert. Die Fassung war Psyche, und die kam aus der Fassung über des Amanten Gesicht. Was geht diese Leute der Calderon an? Sie müssen das Kunstwerk verstehen, Sie müssen Ihre Leute kennen und beherrschen, und wo Sie nicht mit Macht durchdringen zu können glauben, da müssen Sie Ihre Leute zum Guten und Rechten verführen, zum Schlechten verführen sie sich selbst. Bei dieser Gelegenheit fällt mir die Ursache ein, warum ich mich eigentlich mit euch herumtreibe, bloß um euch zu verführen, zum Guten zu verführen. Lieber Himmel, wenn sich niemand mehr um euch bekümmerte, ihr würdet nie besser als ihr seid. Ja Freund, ich bin noch fromm, was Sie so nennen; das heißt, alle mein Leben und Treiben wird beständig durch einen innern Ruf unterbrochen, daß alles, was nicht mit, durch und in der Liebe des Herrn geschieht, vergebens ist und verloren, ja mehr als verloren, daß es in einen ewig tötenden Tod, in das Reich, in das Wirken der Hölle getan wird. Darum aber schmerzt es mich, euer Treiben anzusehn, denn von euch ist zu sagen: O Herr, verzeihe ihnen, denn sie wissen nicht, was sie tun; und so drängt es mich immer, euch zu mahnen, und anzustoßen, und zu wecken. O so ihr erst dahin gelangt wärt, nur das menschlich Wahre und Große fromm und würdig und ohne Eitelkeit, und niedrige Heuchelei, und schmutzige Buhlerei um den Beifall und das Geld niedrigen Gesindels alles Rangs, mit demütiger Begeisterung darzustellen – man würde euch nicht mehr verbieten, das Heilige und Ewige selbst vor unsre Augen zu führen. Aber jetzt seid ihr ein so verruchtes Gesindel, daß euern Lippen das Heilige verboten ist, wie den Frommen das Fluchen. Wie muß eine Kunst versunken sein, die den Menschen zur Aufgabe hat, aber dessen Bestimmung, die Heiligung, nicht aussprechen darf, um diese nicht zu profanieren. Euch ist die niedre Welt angewiesen, ihr seid die frechen, lüderlichen, infamen Priester des vergänglichen Lebens, eure Schwungfedern holt ihr aus den Flügeln des Satans, eure Glut nehmt ihr nicht von dem Himmel und nicht aus der Hölle; ihr bekommt sie aus der zweiten Hand, von des Teufels Feldschmiede im Bivouack des Todes, wo die Sünde Marketenderin und die Leidenschaft

Feldprediger ist. So wundert euch dann nicht, daß ich wie der ewige Jude, der keine Ruhe hat, weil er dem kreuztragenden Heiland keine Ruhe auf seiner Bank vergönnte, manchmal neben euch trete an das Feuer im Lager, wo ihr auf der Trommel um den Mantel des Herrn würfelt, und euch erzähle, was mir selbst geschah, weil ich tat, was ihr tut. Denn nichts werfe ich euch vor, als meine eigne Schuld; alles, was ich in euch vermisse, fehlt auch in meiner Brust, alles, wozu ich euch ermahne, darnach ringe ich selbst. Denn des Menschen Brust ist eine Schaubühne, und die Schaubühne sollte das darstellen, was in des Menschen Brust sein sollte, aber in beiden geschieht das Rechte nicht. So erlauben Sie mir dann wenigstens darum zu eifern und dahin zu ringen. Sehn Sie, so bin ich leider erst fromm und frommer nicht.

Ich komme zum Kapellmeister Krumpipen, aber nicht des Puthahns, sonders des Distelfinks wegen. Dieser edle Singvogel ist leider auch unter Krumpipens Fortepiano eingegittert, aber nicht um fett zu werden, sondern um auszudürren. Sie glauben nicht, wie mich der bescheidene Jüngling rührt, er ist voll schöner höherer Begeisterung, und wenn ihm der Mut erwüchse, sich mit seiner Harfe dem Herrn und der Natur gegenüberzustellen und zu psallieren wie ein David, er würde es bestimmt vom Distelfink zur Nachtigall bringen. Aber da sitzt der Unglückliche bei dem Futteral der Baßgeige, in welchem am Ende, gar kein Instrument, sondern Schinken und Metwurst steckt, bei dem erhabenen Krumpipen. Es ist etwas Kindliches, Menschliches, Unschuldigstes in der blinden Verehrung; jeder Begeisterte schafft sich einen Götzen seines Ideals, aber es ist sehr betrübt, wenn eine kriechende Sklaverei, eine gänzliche Lähmung des Selbstgefühls daraus entsteht. O daß es doch weniger gefährlich wäre, den Gott in sich selbst zu erkennen und zu verehren; aber daraus entstehen leicht solche Magenschwärmer und Speckphantasten wie Krumpipen, welche herrlich zu musizieren glauben, wenn sie ein verschwommenes, eitelsüßes Schmorgesicht wie ein verliebter, gen Himmel schnuffelnder Stier machen, während sie ganz lamentable leere alte Passagen auf dem Fortepiano herausquetschen und dabei mit den Fingern drücken und zucken, als seien die Klaven bald butterweich, bald glühend heiß; es hängt ihnen gewöhnlich dabei eine Träne im Aug, ein Schweißtropfen auf der Stirn, und ein Tröpfchen an der Nase, und das nennen sie, in hoher unendlicher Sehnsucht zerfließen. Armut ist nach meiner Überzeugung eine der wohltätigsten Erzieherinnen der Kunst, und Nüchternheit ebenso. Wäre Krumpipen nicht bei sich selbst auf der Mast, es wäre gewiß etwas aus ihm geworden. Alle erhabenen Gesichter, die er schneidet, sind wirkliche Seelenflüge, die ihm ins Fleisch geschlagen sind. Der Schauspielkunst geht es nicht anders; seit die stehenden Theater in den Schutz der Serenissimi gekommen, sind die Zugvögel so schneckenfett geworden, daß sie in dem stehenden Sumpfe liegen bleiben und nicht mehr nach schönerem Frühling ziehen, den sie uns mitbringen. Soll es mich nicht rühren, wenn ich eine freudige offene Natur wie sie, mein Freund, so verloren finde in niederem schwerfälligen, fruchtlosen Treiben; soll es mich nicht zerreißen, wenn ich ein so liebliches, reines, festes, bestimmtes Kind wie die holdselige süßlächelnde Psyche in solchem elenden Handwerke sehe. Ach, sie ist so malerisch wie der Farbenschimmer an dem Hals einer Goldtaube, so plastisch wie eine elfenbeinerne Maus, so lyrisch wie ein Minnelied des Walthers von der Vogelweide, so episch wie die goldlockichte Briseis, so mythisch wie Psyche, so dramatisch wie Julie und Miranda und Desdemona, und so romantisch wie Mignon, Gott weiß, wie sie ist. Ich kann oft nicht begreifen, wie das zarte durchsichtige Kind alle die Schätze ihres Innern so sicher trägt, ohne einmal zu zerspringen und in einem Feuerwerk-Springbrunnen, in einer Hymne, in einer Duftwolke, in einer Fatamorgana von Liebesglut, süßen Tränen, Nachtigallentönen, Blumen und Farben gen Himmel zu strömen. Süßgefüllter hat sich nie der Blumenstrand eines seelenvollen Hauptes mit Vergißmeinnichtaugen, Lilien- und Rosenwangen und Kirschenlippen und einem blühenden Frühlingsnäschen, Riechfläschchen der Venus! über dem zierlich geschwungenen, von hesperischen Äpfeln überwallenden Füllhorn eines Leibes erhoben. Alles dieses aber ist nur die Klangfigur der herrlichsten harmonischsten Seele. Diese ganze Schönheit ist durchaus mehr magisch als physisch, denn man braucht kein Mann zu sein um sie zu lieben. Schafft sie nicht alles zum Paradiese um sich, huldigen ihr nicht die Kleinen, die Bäume, die Vögel, die vierfüßigen Tiere, wie der Eva vor dem Sündenfall! Wie sanft schreitet das wilde Pferd unter ihr, daß ihr der begeisterte ungrische Magnat Passamanelki geschenkt, als sie im Zriny gespielt. Wie schmiegt sich der nackte amerikanische Hund zu ihren Füßen, den ihr Maranda schenkte, für ihre Gurli. Wie fressen die Goldfische aus ihren Lilienfingern, die ihr der Generalstaaten van der Mees für ihre Pamina gab, welchen Buckel macht der angorische Kater der Marchese Ballabene neben ihr; die Kanarienvögelhecke, die ihr Papageno angelegt, singt und flattert und schnäbelt auf ihrem Haupt. Aber wie liebt sie die Tierchen auch, ist sie nicht wie Mutter Natur? Wer kann es dem Amanten verdenken, daß er ihr opfert; er ist der Herr des Geldes, auch das edle Metall sehnt sich nach ihr, und rollt freudig klingend in den Klingelbeutel der Armut, in den Opferstall der Grazien, in den Schoß der Danae. Ach, ich kann das Leben um sie beneiden; der ewig blühende Rosenstock, den ich ihr geschenkt, wird täglich mit dem Wasser begossen, in dem sie die Blüten ihrer Schönheit erquickt. O selig, wer der Rosenstock wäre! Wie unaussprechlich liebenswürdig war sie neulich, als sie an ihrem Geburtsfeste den Distelfink aufforderte den Kanon anzustimmen *Dulce loquentem, dulce ridentem Lalagen amabo*. Lalage müßte sie heißen! Aber ich sehe mit Beschämung, wie töricht ich hier geschrieben; sieh, verdammter Mensch, nimm ein Beispiel an mir, wohin Deine unselige Kunst einen führt; der Zorn über den Mißbrauch göttlicher Dinge treibt mich wie der Meersturm einen Delphin vor die Korallengrotte einer bezaubernden Sirene. O Direktor, gebe der Psyche den Abschied, oder ich werde ein Komödiant, um als Hamlet zu ihr zu sagen: Gehe in ein Kloster. Ich soll einen Kantate auf den Puthahn schmieren, und würde ich es, Sie hörten sie doch nicht an; auf den Distelfink werde ich eine schreiben, ich komme, aber bringen Sie Lalagen Psyche mit. Ach, ich habe heute die ganze Nacht vor ihrem Fenster gestanden, es war Licht, und ein Gegehe bei ihr; ich fürchte sie ist auf den Calderon nicht wohl geworden. Morgens ging der Arzt aus dem Haus.

Ihr

Poet

ANHANG

VERZEICHNIS DER IM ANHANG ZU DEN BÄNDEN I UND II VERWENDETEN SIGLEN UND ABKÜRZUNGEN

(Die ausschließlich in Bd. II verwendeten Abkürzungen werden im Anhang zu Bd. II nochmals gesondert aufgeführt, um diesen Anhang auch eigenständig lesbar zu machen.)

Adam	Joseph Adam, Clemens Brentanos Emmerick-Erlebnis. Bindung und Abenteuer, Freiburg i. Br. 1956.
Amelung I, II	Briefwechsel zwischen Clemens Brentano und Sophie Mereau. Nach den in der Königlichen Bibliothek zu Berlin befindlichen Handschriften zum ersten Mal hrsg. von Heinz Amelung, 2 Bde., Leipzig 1908.
Beutler	Briefe aus dem Brentanokreis. Mitgeteilt von Ernst Beutler, Jb FDH 1934/35, S. 367–455.
Bleich	Otto Bleich, Entstehung und Quellen der Märchen Clemens Brentanos, in: Archiv für das Studium der neueren Sprachen und Literaturen Bd. XCVI, 1896.
Boetius	Henning Boetius, Zur Entstehung und Textqualität von Clemens Brentanos ›Gesammelten Schriften‹, Jb FDH 1967, S. 406–457.
Cardauns	Die Märchen Clemens Brentanos (Schriften der Görres-Gesellschaft), Köln 1895.
Cardauns, Aufzeichnungen	Aufzeichnungen und Briefe von Luise Hensel. Hrsg. von Hermann Cardauns, Hamm 1916.
Cardauns, Jugendzeit	Hermann Cardauns, Aus Luise Hensels Jugendzeit. Neue Briefe und Gedichte. Zum Jahrhunderttag ihrer Konversion (8. Dezember 1918), Freiburg i. Br. 1918.
Diel	Clemens Brentano's Ausgewählte Schriften. In zwei Bänden. Chronologisch geordnet und mit Anmerkungen versehen von J. B. Diel aus der Gesellschaft Jesu... Erster Band: Poesieen, Freiburg i. Br. 1873.
Diel/Kreiten I, II	Clemens Brentano. Ein Lebensbild nach gedruckten und ungedruckten Quellen von P. Johannes Baptista Diel S. J. Ergänzt und hrsg. von Wilhelm Kreiten S.J. ..., 2 Bde., Freiburg i. Br. 1877/78.
Dohmke	Brentanos Werke. Hrsg. von J(ulie) Dohmke. Kritisch durchgesehene und erläuterte Ausgabe, Leipzig und Wien (1893).
E	Erstdruck.

Enzensberger	Hans Magnus Enzensberger, Brentanos Poetik, München 1961.
Erl.	Erläuterungen.
FDH	Freies Deutsches Hochstift (Frankfurt am Main).
FK	Frühlingskranz.
Frühlingskranz	Clemens Brentano's Frühlingskranz aus Jugendbriefen ihm geflochten, wie er selbst schriftlich verlangte. Erster Band, Charlottenburg 1844.
Frühlingskranz, Oehlke	Bettina von Arnim, Clemens Brentanos Frühlingskranz. Aus Jugendbriefen ihm geflochten wie er selbst schriftlich verlangte, Berlin 1920, in: Bettina von Arnims Sämtliche Werke. Hrsg. mit Benutzung ungedruckten Materials von Waldemar Oehlke, Bd. I.
Frühwald	Wolfgang Frühwald, Das verlorene Paradies. Zur Deutung von Clemens Brentanos ›Herzlicher Zueignung‹ des Märchens ›Gockel, Hinkel und Gackeleia‹ (1838), LJb III, 1962, S. 113–192.
Frühwald, Briefe	Clemens Brentano, Briefe an Emilie Linder. Mit zwei Briefen an Apollonia Diepenbrock und Marianne von Willemer. Hrsg. und kommentiert von Wolfgang Frühwald, Bad Homburg u. a. 1969.
Gajek	Bernhard Gajek, Homo Poeta. Zur Kontinuität der Problematik bei Clemens Brentano, Frankfurt am Main 1971 (Goethezeit Bd. III).
Görres, Briefe I–III	Joseph von Görres, Gesammelte Briefe. Hrsg. von Marie Görres. Erster Band: Familienbriefe, München 1858. Zweiter Band: Freundesbriefe. (Von 1802–1821.) Hrsg. von Franz Binder, München 1874. Dritter Band: Freundesbriefe. (Von 1822–1845.) Hrsg. von Franz Binder, München 1874.
GS, Ges. Schr.	Clemens Brentano's Gesammelte Schriften. Hrsg. von Christian Brentano, 9 Bde., Frankfurt am Main 1852/55.
Guignard	René Guignard, Chronologie des poésies de Cl. Brentano. Avec un choix de variantes, Paris 1933.
Holst-Sudhof	Christa Holst und Siegfried Sudhof, Die Lithographien zur ersten Ausgabe von Brentanos Märchen ›Gockel, Hinkel, Gakeleia‹ (1838), LJb VI, 1965, S. 140–154.
Hümpfner	P. Winfried Hümpfner O.E.S.A., Clemens Brentanos Glaubwürdigkeit in seinen Emmerick-Aufzeichnungen, Würzburg 1923.
Hs	Handschrift.
hs	handschriftlich.

Jaeger	Hans Jaeger, Clemens Brentanos Frühlyrik. Chronologie und Entwicklung, Frankfurt am Main 1926.
Kalischer	Alfred Christlieb Kalischer, Clemens Brentanos Beziehungen zu Beethoven, in: Mitteilungen aus der Literatur des 19. Jahrhunderts und ihrer Geschichte, Euphorion, Ergänzungsheft zum 2. Bd., Bamberg 1895, S. 36–64.
Larfeld	Gertrud Larfeld, Clemens Brentanos ›Märchen vom Schulmeister Klopfstock und seinen fünf Söhnen‹, Diss. Marburg 1921.
Lefftz	Clemens Brentano, Die Chronika des fahrenden Schülers. Urfassung, hrsg. von Joseph Lefftz, Leipzig 1923.
Liebesleben	Clemens Brentanos Liebesleben. Eine Ansicht von Lujo Brentano, Frankfurt am Main 1921.
Limburger	Clemens Brentano und Minna Reichenbach. Ungedruckte Briefe des Dichters. Hrsg. von W. Limburger, Leipzig 1921.
LJb	Literaturwissenschaftliches Jahrbuch im Auftrage der Görres-Gesellschaft.
Märchen I, II	Die Märchen des Clemens Brentano. Zum Besten der Armen nach dem letzten Willen des Verfassers hrsg. von Guido Görres, 2 Bde., Stuttgart und Tübingen 1846/47.
Mallon	Brentano-Bibliographie (Clemens Brentano, 1778 bis 1842). Hrsg. von Otto Mallon, Berlin 1926; reprografischer Nachdruck Hildesheim 1965.
Niendorf	Emma von Niendorf (d. i. Emma von Suckow), Sommertage mit Clemens Brentano, in: Aus der Gegenwart von E. v. N., Berlin 1844, S. 1–101.
Preitz I–III	Brentanos Werke. Hrsg. von Max Preitz. Kritisch durchgesehene und erläuterte Ausgabe, 3 Bde., Leipzig und Wien 1914.
Rehm	Walther Rehm, Brentano und Hölderlin, in: W. R., Begegnungen und Probleme. Studien zur deutschen Literaturgeschichte, Bern 1957, S. 40–88.
Rehm, Galeerensklave	Walther Rehm, Clemens Brentanos Romanfragment ›Der schiffbrüchige Galeerensklave vom toten Meer‹, Berlin 1949.
Rychner	Claudia Monica Rychner, Der alte Brentano. Eine Interpretation der ›Blätter aus dem Tagebuch der Ahnfrau‹, Winterthur 1956.
S	Satzvorlage.
Schellberg	Wilhelm Schellberg, Untersuchung des Märchens

	›Gockel, Hinkel und Gackeleia‹ und des ›Tagebuchs der Ahnfrau‹ von Clemens Brentano, Diss. Münster 1903.
Schiel	Hubert Schiel, Clemens Brentano und Luise Hensel. Mit bisher ungedruckten Briefen, Aschaffenburg 1956.
Schoeps	Aus den Jahren preußischer Not und Erneuerung. Tagebücher und Briefe der Gebrüder Gerlach und ihres Kreises 1805–1820. Hrsg. von Hans Joachim Schoeps, Berlin 1963.
Schröder	Clemens Brentano, Ausgewählte Gedichte. Zum hundertsten Todestage unter Benutzung des handschriftlichen Nachlasses neu hrsg. von Sophie Brentano und Rudolf Alexander Schröder, Berlin 1943.
Seebaß I, II	Clemens Brentano, Briefe, hrsg. von Friedrich Seebaß, 2 Bde., Nürnberg 1951.
Steig I–III	Achim von Arnim und die ihm nahe standen. Hrsg. von Reinhold Steig und Herman Grimm, 3 Bde., Stuttgart 1894/1904.
Steinle	Clemens Brentano, Romanzen vom Rosenkranz. Unter erstmaliger Benutzung des gesamten handschriftlichen Materials hrsg. und eingeleitet von Alphons M. von Steinle…, Trier 1912.
Steinle II	Edward von Steinle's Briefwechsel mit seinen Freunden. Hrsg. und durch ein Lebensbild eingeleitet von Alphons Maria von Steinle. In zwei Bänden. Zweiter Band…, Freiburg i. Br. 1897
Streit	Ludwig Streit, Untersuchungen zum Stil der Märchen Clemens Brentanos, Erlangen 1910.
SW, Sämtliche Werke	Clemens Brentanos Sämtliche Werke unter Mitwirkung von Heinz Amelung, Victor Michels, Julius Petersen, August Sauer, Erich Schmidt, Franz Schultz, Reinhold Steig hrsg. von Carl Schüddekopf, München und Leipzig 1909ff.
UL	Das unsterbliche Leben. Unbekannte Briefe von Clemens Brentano. Hrsg. von Wilhelm Schellberg † und Friedrich Fuchs, Jena 1939.
Weitz	Marianne und Johann Jakob Willemer, Briefwechsel mit Goethe. Dokumente – Lebenschronik – Erläuterungen. Hrsg. von Hans-J. Weitz, Frankfurt am Main 1965.
Werke, Bd. I–IV	Clemens Brentano, Werke. Bd. I. hrsg. von Wolfgang Frühwald, Bernhard Gajek und Friedhelm Kemp; Bde. II–IV hrsg. von Friedhelm Kemp, München 1963–1968.
Wollenberg	Friedrich Wilhelm Wollenberg, Brentanos Jugendlyrik.

	Studien zur Struktur seiner dichterischen Persönlichkeit, Diss. Hamburg 1964.
Wunderhorn	Des Knaben Wunderhorn. Alte deutsche Lieder. Gesammelt von L. Achim von Arnim und Clemens Brentano, dtv-Gesamtausgabe, 3 Bde., München 1963.

(Bandangaben ohne weitere Zusätze [Bd. I, II] verweisen auf die vorliegende Ausgabe, eckige Klammern umschließen Zusätze der Herausgeber.)

ANMERKUNGEN

Gedichte

I. SAMMLUNGEN DER LYRIK BRENTANOS

Die gemeinsamen Pläne Brentanos und seines »Herzbruders« Achim von Arnim zur Sammlung ihrer Lieder und Romanzen verfolgen stets auch ein pädagogisches Ziel; eine »Sprach- und Singschule« des deutschen Volkes wollte Achim von Arnim schaffen, eine »Schule der Dichtkunst« (Steig I, S. 38f). Die den Zeitgeschmack spiegelnden Musenalmanache wollte Brentano durch eine Liedersammlung »von zwei Freunden« ersetzen, durch ein Buch, das ihn und Arnim immer an die begeisterten Tage ihrer Jugend erinnern sollte. »Wenn Dir diese Idee gefällt«, schrieb Brentano am 20. April 1803 an den Freund, »so schicke mir nach und nach, was Dir dazu dienlich scheint, ich schicke Dir dann das Meinige, und im Eingang schreiben wir uns die Lieder einander zu und wehren uns bescheiden und umarmen uns.« (Steig I, S. 72) Nach Arnims Vorschlag sollte das Buch ›Lieder der Liederbrüder‹ (Steig I, S. 72) genannt und nach Brentanos Idee so lebensvoll, neu und schön werden, daß selbst der Kritiker Garlieb Merkel, dessen »galante Rezensierkrankheit« (UL S. 167) die Romantiker fürchteten und verspotteten, den »Witz ›Liederlicher Bruder‹ statt ›Lieder-Bruder‹ nicht machen« sollte (Steig I, S. 73, vgl. auch S. 92f., 97f. u. ö.). Gedichte wie »Es ging verirrt im Walde«, »Die grünen Blätter sind gefallen«, »Aus Köllen war ein Edelknecht«, »Es stehet im Abendglanze«, »Durch den Wald mit raschen Schritten« u. a. hatte Brentano für dieses »Sing-Decameron« (Steig I, S. 73) vorgesehen, und vermutlich stammen die in seinen frühen Gedicht-Manuskripten nachgetragenen Überschriften aus der Zeit der Arbeit am Buch der Liederbrüder.

Die Pläne der Freunde, ihre Idee einer »Singschule« des Volkes und die eines poetischen Freundschaftsdokumentes gewannen in ›Des Knaben Wunderhorn‹ Gestalt, das von den Zeitgenossen und bis weit in unser Jahrhundert hinein charakteristisch als Volksliedersammlung mißverstanden wurde; für Clemens und Achim war es Dokument ihrer »Liederbrüderschaft« (Steig I, S. 93), ein Kunstwerk aus romantischem Geist.

Im handschriftlichen Nachlaß Brentanos finden sich nur vereinzelt Hinweise auf weitere Pläne einer Sammlung seiner Gedichte. Im März 1819 gab Luise Hensel dem Dichter seine Briefe an sie mit der Bitte zurück, ihr die »schönen eingestreuten Lieder daraus abzuschreiben, das Übrige dann zu verbrennen, was er selbst für gut hielt und wünschte...« (Luise Hensel und

Christoph Bernhard Schlüter. Briefe aus dem deutschen Biedermeier,... hrsg. von Josefine Nettesheim, Münster i. W. 1962, S. 154f.). Etwa im Mai 1819 begann so Brentano seine Hensel-Lieder in ein kleines Büchlein einzutragen und sie mit Anmerkungen zu versehen, doch hat er die Abschrift nach dem Zerwürfnis mit Luise im Sommer 1819 abgebrochen. Dieser Sammlung seiner Liebesgedichte an Luise Hensel ging eine Sammelhandschrift voraus, die später, vermutlich noch zu Brentanos Lebzeiten, in Einzelblätter aufgelöst wurde und daher heute nur teilweise rekonstruiert werden kann; auch diese rekonstruierte Sammlung enthielt hauptsächlich Gedichte aus Brentanos Berliner Jahren 1816–1819. Keine der beiden Sammelhandschriften war wohl zur Veröffentlichung bestimmt, denn schon 1816 äußert der Dichter klar und bestimmt die Ansicht, daß die »meisten Liebesgedichte... verrucht [sind], als Ausprägung von bedauernswerter, ja bei tiefster Betrachtung sehr erniedrigender Abhängigkeit und Not im Menschen. Nur die Liebe zu Jesus und dem Ewigen muß und darf laut gesungen werden, weil sie mit Demütigung verbunden ist, oder wenn sie alles unter sich sieht...« (GS VIII, S. 205). Brentano erschrak, als ihm Böhmer 1835 eine schön gebundene Abschrift der ›Romanzen vom Rosenkranz‹ zusandte, denn er hatte nur noch »eine allgemeine Empfindung davon«, daß er etwas Unaussprechliches, was ihn quälte, »*vergebens* darin gern ausgesprochen hätte« (vgl. Frühwald, Briefe S. 171). Als ihn der Freund 1836 nochmals bat, seine Werke zu sammeln, antwortete er am 15. Januar 1837: »Ich habe zu wenig eine öffentliche Basis, als daß ich eine Flora veröffentlichen könnte; ich zittere vor dem Gedanken der Öffentlichkeit und des Geschwätzes darüber. Ach! allzuviel Ehre, und mit der innern Beschämung schon mehr als genug! Zürnen Sie mir nicht, lieber Herzensfreund, aber ich habe eine krankhafte Angst vor aller Öffentlichkeit. Es ist eine solche Vortrefflichkeit in der Poesie eingerissen, daß ich mich schäme, mit meinen Hobelspänen hervorzutreten; man wird sie anzünden und mich auslachen.« (GS IX, S. 353f.)

So hat Brentano selbst keine Sammelausgabe seiner Werke, auch keine Lyriksammlung veröffentlicht und gegen Ende seines Lebens nur in eine Sammlung der Märchen eingewilligt, die Guido Görres »nach dem letzten Willen des Verfassers« 1846/47 edierte. Seine Manuskripte aber hat der Dichter sorgfältig bewahrt und unermüdlich an ihnen gefeilt und gebessert; denn wie er in der Jugend eine goldene, poetische Zukunft erwartete, so erhoffte er im Alter den Anbruch eines neuen Glaubenszeitalters, für das er sein Werk zu bewahren suchte. –

Als Bettina von Arnim 1844 die Jugendbriefe und -gedichte Brentanos zu veröffentlichen plante, bat sie ihr Bruder Franz »mit Tränen in den Augen«, im Namen aller Frankfurter Geschwister, sie möchte doch »die Asche und das Andenken [ihres] frommen Bruders« Clemens verschonen. Als Antwort darauf fügte Bettina dem Titel ihres Buches: ›Clemens Brentano's Frühlingskranz aus Jugendbriefen ihm geflochten‹ die Worte hinzu: »wie er selbst schriftlich verlangte« und setzte den weltanschaulichen »Moderierungs«-Versuchen von Clemens' Universalerben Christian Brentano, der alle ihre Pläne, die Werke Clemens Brentanos zusammen mit denen Achim von Arnims zu edieren, vereitelte, das provozierende Motto aus einem Brief Brentanos entgegen: »Verliere keinen meiner Briefe, halte sie heilig, sie sollen mich einst an mein besseres Selbst erinnern, wenn mich Gespenster verfolgen, und wenn ich tot bin so flechte sie mir in einen Kranz.«

Bettinas Bearbeitung der Jugendbriefe und -gedichte Brentanos verfolgte das Ziel, den Dichter, der in der Erinnerung der Zeitgenossen nur noch »als ein korrespondierendes Mitglied der katholischen Propaganda« (Heinrich Heine, Die Romantische Schule, Sämtliche Werke, ed. Elster, Bd. V, S. 309) lebte, wie einen Phönix aus der Asche seiner eigenen Dichtung neu erstehen zu lassen. Das Faktum, daß der schöpferische Geist Bettinas dabei die Gedichte und Briefe Brentanos vielfach entscheidend umgestaltet hat, wurde von der Brentano-Literatur mehr und mehr vernachlässigt, bis man sich daran gewöhnt hatte, die ›Frühlingskranz‹-Fassungen von Brentanos Gedichten als Originalfassungen zu lesen und zu deuten. Auch in die vorliegende Auswahl wurden einige Gedichte aus dem ›Frühlingskranz‹ aufgenommen, um die poetische Wechselwirkung zwischen Brentano und seiner Schwester Bettina zu zeigen. Bettinas Überarbeitungen reichen dabei von einer leichten Veränderung der Interpunktion, von der Änderung eines einzelnen Wortes bis zur Neuschöpfung eines Brentanotextes.

Gegen Bettinas erklärte Absicht, das bessere Selbst Brentanos darzustellen, sein Bild vom Schatten der Gespenster zu befreien, die es – nach ihrer Meinung – seit Brentanos Generalbeichte 1817 verdüsterten, suchten die von Christian Brentano herausgegebenen, von Emilie Brentano und dem Aschaffenburger Gymnasialprofessor Joseph Merkel bearbeiteten ›Gesammelten Schriften Clemens Brentano's‹ (1852–1855) das Werk »nach dem Sinne von Clemens zu moderieren«, um im Geiste des alten Brentano »vorab alle moralischen Nachteile zu verhüten, die seine Handlungen in ihren Folgen haben konnten« (Christian Brentano am 7. Februar 1844 an seine Schwester Bettina von Arnim, Boetius S. 411, 409). Überarbeitet in biedermeierlichem Zeitgeschmack, von persönlichen Anspielungen und moralisch anstößigen Stellen gereinigt, metrisch und formal geglättet, erschien die erste, umfangreichste Sammlung von Brentanos Lyrik, unterteilt in ›Weltliche Gedichte‹ und ›Geistliche Lieder‹, in den beiden ersten Bänden der ›Gesammelten Schriften‹; sie haben bis in unsere Tage die Grundlage aller Brentano-Ausgaben gebildet. Erst in Band I der Werkausgabe des Hanser-Verlages wurden in größerem Umfang authentische Texte der Gedichte Brentanos vorgelegt, den Kennern und Freunden von Brentanos Lyrik damit unverfälschte Texte des Dichters geboten, der wissenschaftlichen Brentano-Literatur bis zum Erscheinen der Lyrik-Bände der historisch-kritischen ›Frankfurter Brentano-Ausgabe‹ eine Textgrundlage geschaffen, die frei ist von »moderierenden« oder anderen Eingriffen der Herausgeber. Auf dieser Ausgabe basiert, mit korrigiertem und ergänztem Kommentar, die vorliegende Auswahl.

2. ZU ANORDNUNG UND GLIEDERUNG DER GEDICHTE

Die Texte der vorliegenden Auswahl sind, soweit möglich, chronologisch angeordnet, wobei darauf hinzuweisen ist, daß die Datierung der Gedichte zum Teil ein noch ungelöstes Problem der Brentano-Philologie ist. Völlig ungelöst ist z. B. die Frage der relativen Chronologie von nur in Kontexten überlieferten Gedichten (Godwi, Ponce, Märchen etc)., diese werden daher stets in der Reihenfolge ihres Erscheinens im Gesamttext (dem Roman, dem Schauspiel, den Märchen etc.) angeordnet.

Wurden mehrere Fassungen eines Gedichtes in den Haupttext aufgenommen, so sind auch die späteren Fassungen chronologisch eingeordnet, um die eigentümlich periodische und häufig auf das eigene poetische Material zurückgreifende Arbeitsweise Brentanos zu zeigen. Nur in Einzelfällen wurden spätere, nicht exakt datierbare Fassungen den Erstfassungen angefügt. Um die Texte voneinander unterscheiden zu können, wurde bei gleichlautender Anfangszeile in Register und Anmerkungen ein Zusatz gemacht. Der Hinweis z. B. »1.« bzw. »2. Fassung« besagt also nichts über die tatsächlich überlieferte Anzahl der Fassungen des jeweiligen Gedichtes, sondern ist nur eine zusätzliche Orientierungshilfe für den Leser.

Die Gruppengliederung der Gedichte folgt den Arbeitsphasen Brentanos, deren Rhythmus eigentümlich konstant bleibt und die Versuche des Dichters zur Selbstobjektivierung in den jeweils unterschiedenen Modellen des Selbstseins und der Du-Bindung spiegelt. Die eigentlich lyrisch signierten Arbeitsphasen sind dabei die Werkgruppen 1795–1803, mit dem Herzstück der Liebesgedichte an Sophie Mereau (Jenaer Lyrik), 1816–1819, mit den Liebesgedichten an Luise Hensel (Berliner Lyrik), und 1833–1842, mit den Liebesgedichten an Emilie Linder (Münchener Lyrik).

3. ZUR TEXTGESTALT

Die Ausgabe bringt die Gedichte in dem von Bernhard Gajek für Band 1 der ›Werke‹ erarbeiteten Wortlaut.

Die Orthographie der Satzvorlagen wurde modernisiert, doch blieben sämtliche lautlichen und rhythmischen Eigentümlichkeiten des Autors und der Zeit erhalten. Der Lautstand wurde gewahrt, auch wenn der Reim unrein blieb oder die Satzvorlage unterschiedliche Schreibung derselben Formen aufweist.

Die Interpunktion der Vorlagen blieb erhalten, doch wurde in einzelnen Fällen um der Verständlichkeit willen eingegriffen. – Abkürzungen und Kürzel der Satzvorlagen wurden aufgelöst, außer wenn sie auch heute üblich sind; durch Ziffern ausgedrückte Wörter wurden ausgeschrieben.

Offenkundige Schreib- und Druckfehler der Satzvorlagen wurden stillschweigend korrigiert. Unterstreichungen in Handschriften, bzw. Sperrdruck in gedruckten Satzvorlagen wurden durch *Kursive* wiedergegeben. Alle Überschriften erscheinen kursiv ohne Punkt am Ende, Strophenüberschriften wurden einheitlich durch KAPITÄLCHEN ausgezeichnet.

4. KOMMENTAR

(Frei gestellte Ziffern bezeichnen die Seiten –, kursiv gesetzte Ziffern [innerhalb der Einzelerläuterungen] die Verszahlen)

[1795–1803]

9 UM UNS HER DER WALDNACHT

S: Hs Deutsche Staatsbibliothek Berlin.

E: Schellberg S. 52f.

Entstehung und Datierung: Nach Schellberg hat Brentano das Gedicht an Minna Reichenbach gerichtet, nach Fuchs an Sophie Mereau, »es kann aber auch sein, daß in dieser Dichtung Minna und Sophie Mereau sich begegnen und die Gefühle, die er für beide empfindet, in einem Liede der Erfüllung zusammenklingen« (Schellberg S. 52). Fuchs verweist darauf, daß die »Soffitten« des Gedichtes (Endymion, Diana, Latmus) in einem Minna-Sonett Brentanos wiederkehren (›Eine Liebe ist der andern wert‹, s. u. S. 25), er verweist weiter auf das Gedicht ›Endymion‹ von Sophies Schwester Henriette Schubart in Vermehrens Musenalmanach für das Jahr 1802 (UL S. 126).

Die Anklänge an das Minna-Sonett legen den Mai 1799, die Zeit der ersten Bekanntschaft mit Minna Reichenbach, als Entstehungszeit nahe.

Erl.: 22 Diane: hier die Mondgöttin, die Endymion, den Sohn des Zeus, in Schlaf versenkt, um ihn ungestört lieben zu können. Nach der antiken Mythologie ruht Endymion in einer der Höhlen des Latmosgebirges. – *43 Horen:* die Göttinnen der Zeit.

10 VON DEN MAUERN WIDERKLANG

S + E: Frühlingskranz S. 436f.

Entstehung: Die vorliegende Fassung wurde erst von Bettina von Arnim (der Schwester Brentanos) für den Druck im FK aus einem Entwurf des Dichters herauspräpariert. Bei Brentano selbst gehört der Text der letzten Strophe des Gedichtes, in anderem Metrum, zu einem Lied, welches auf das aus den drei ersten Strophen bestehende Lied antwortet. Die (bisher ungedruckten) Originalfassungen beider Lieder sind in dem sog. ›Italienischen Schauspiel‹ enthalten, das vermutlich vor dem ›Godwi‹ entstand. Wir geben hier Bettinas Fassung wieder, da sie als einzige in der Brentanokritik und -forschung bisher gewirkt hat.

11–22 UM DIE HARFE SIND KRÄNZE *bis* SPRICH AUS DER FERNE

S + E: Godwi oder Das steinerne Bild der Mutter. Ein verwilderter Roman von Maria [Erster Band], Bremen 1801.

Entstehung: Brentano arbeitete am ersten Band des ›Godwi‹ von etwa Mitte 1798 bis Mitte 1800. Im Druck erschien der Band Ende 1800/Anfang 1801. Die Gedichte sind hier in der Reihenfolge ihres Druckes im Roman geordnet, da die relative Chronologie ungeklärt ist. – Zum Kontext vgl. Werke, Bd. II, S. 18ff.

11 UM DIE HARFE SIND KRÄNZE

Godwi I, S. 129f.

Entstehung: Dieses Lied Werdos entwickelt sich, wie häufig die stark kontextverhafteten Lieder Brentanos, aus dem umgebenden Prosatext. Vgl. Werke, Bd. II, S. 74f.

12 WENN DER STURM

Godwi I, S. 218–222.

Quellen: Jaeger (S. 44–46) hat zahlreiche Bezüge zu Novalis' ›Hymnen an die Nacht‹ nachgewiesen, wodurch das Gedicht auf »nach Februar 1800« datiert werden kann. Als Quelle für die V. *101f.* vermutet Editha Leoni (Clemens Brentano und die deutsche Barocklyrik, Frankfurt a. M. 1932, S. 23) einen Sinnspruch des Angelus Silesius aus dem ›Cherubinischen Wandersmann‹:

»Ich weiß, daß ohne mich Gott nicht ein Nu kann leben,
Werd ich zunicht, er muß von Not den Geist aufgeben.«

15 OFT WAR MIR

Godwi I, S. 260–268.

Erl.: 5 Sandrart, Merian: Joachim von Sandrart (1606–1688), Maler, Kupferstecher und Kunsthistoriker aus Frankfurt. Gemeint ist sein Werk ›Teutsche Academie der Edlen Bau- Bild- und Mahlerey-Künste...‹, 3 Bde., Nürnberg 1675–1679. – Matthäus Merian der Ältere (1593–1650), Kupferstecher und Verleger; seine Abbildungen der wichtigsten Städte Europas, besonders Deutschlands, erschienen mit dem Text von M. Zeiller unter dem Titel ›Topographia‹ in 30 Teilen in Frankfurt 1642–1688. – *19 verkehrt zu sehen:* vgl. zum Motiv auch die Anspielung auf den Nürnberger Bilderbogen von der verkehrten Welt Bd. II, S. 332, sowie Ludwig Tiecks Komödie ›Die verkehrte Welt‹. – *92 Abendmeer:* vgl. das Gedicht »Oft sah ich die Sonne steigen«, GS II, S. 136f.

21 SPRICH AUS DER FERNE

Godwi I, S. 285f.

22 WILLST DU MIR TROST VERLEIHEN

S + E: Frühlingskranz S. 437f.

Entstehung und Datierung: Der Brief an Bettina, in dem das Gedicht steht, wird von Oehlke auf den 10. August 1803 datiert; diese Datierung übernehmen Jaeger (S. 12) und Preitz (II, S. 467). Guignard datiert das Gedicht nach der Handschrift in die Zeit vor Ende des Jahres 1801.

Im Brief an Bettina heißt es zu den Versen: »Dies letzte kleine Gedicht, liebe *Bettine*, entstand, weil *unsre Sophie* [Mereau] (denn so muß ich sie nennen, die auf Deine Gunst meines Glückes Los gesetzt hat) einen kleinen Schmetterling retten wollte, der nachdem er seine Flügel am Licht verbrannt hatte, in ihrem Champagnerglas versank.«

23ff. ES SASS EIN KIND *bis* O LIEBLICHE!

S + E: Clemens Brentano und Minna Reichenbach. Ungedruckte Briefe des Dichters. Hrsg. von W. Limburger, Leipzig 1921.

Entstehung und Datierung: Schon im Mai 1799 hatte Brentano in Altenburg, der Heimatstadt Sophie Mereaus, deren Verwandte, die Schwestern Minna, Julie und Henriette Reichenbach, kennengelernt. Im Juni 1800 verläßt er Jena – sein Verhältnis zu Sophie ist getrübt – und reist über Leipzig nach Altenburg. In dieser Zeit des vertrauten Umgangs mit Minna und Julie Reichenbach entstehen die Minna-Sonette. Eine genaue Datierung ist dadurch möglich, daß in dem Brief, der u. a. das Sonett »Schaut kalt vom hellen Himmel« enthält, auf einen Brief Friedrich Schlegels an Brentano vom 5. Juli 1800 angespielt wird (Heinz Amelung, Briefe Friedrich Schlegels an Clemens Brentano und Sophie Mereau, Zeitschriften für Bücherfreunde NF, V, 1, 1913, S. 185f.). Die fünf ersten Sonette sind den Briefen eingefügt, die drei letzten auf einen eigenen Briefbogen geschrieben.

Die innere Geschichte seiner Liebe zu Minna Reichenbach hat Brentano selbst in einem, nicht abgesandten, Brief an Julie Reichenbach im November 1800 geschildert, vgl. UL S. 162f.

Der erste Band des ›Godwi‹ trägt die Widmung: »Den schönen Launen *der lieblichen Minna*, dem *guten Geiste Juliens* und dem stillen heitern Sinne *Henriettens* weihe ich dies Buch ohne Tendenz.«

23 Es sass ein Kind
Limburger S. 30f.

24 Soll sich vor Dir
Limburger S. 32.

24 Schaut kalt vom hellen Himmel
Limburger S. 34f.
Entstehung: In diesem und dem folgenden Sonett wetteifert Brentano mit den »kalten Sonetten« aus Ludwig Tiecks im Frühjahr 1800 erschienenem Trauerspiel ›Leben und Tod der heiligen Genoveva‹.

25 Was wir in uns
Limburger S. 35.

25 Umhüllst Du Dich
Limburger S. 36.
Erl.: 3 Dianen: s. o. zu S. 9. – *5 Phöben:* die Mondgöttin. – *9 Endimion, Latmos:* s. o. zu S. 9.

26 So lange habe ich
Limburger S. 57.

26 Sie war vor mir
Limburger S. 57f.

27 O liebliche!
Limburger S. 58.
Entstehung: Den Entwurf eines ähnlich lautenden, ursprünglich längeren Gedichtes, aus dem das Sonett vermutlich entstand, druckt Jaeger S. 209f. Als Vorlage verweist er (S. 71) auf August Wilhelm Schlegels Sonett ›Sinnbilder‹ (Sämtliche Werke, hrsg. von Eduard Böcking, Leipzig 1846, Bd. I, S. 323). In der Rose des Gedichtes soll Sophie Mereau, in der Lilie Minna Reichenbach symbolisiert sein.

28ff. Wie war dein Leben *bis* Zu Bacharach am Rheine
S + E: Godwi oder Das steinerne Bild der Mutter. Ein verwilderter Roman von Maria. Zweiter Band. Herausgegeben von den Freunden des Verstorbenen, mit Nachrichten von seinem Leben, seinen Arbeiten und seinem Tode, Bremen 1802.
Entstehung: Brentano arbeitete am zweiten Band des ›Godwi‹ von Sommer 1800 bis Spätsommer 1801, im November 1801 erscheint der Band, vordatiert auf das Jahr 1802, im Druck. Die Gedichte sind hier in der Reihenfolge ihres Druckes im Roman angeordnet, da die relative Datierung größtenteils ungeklärt ist. – Zum Kontext vgl. Werke, Bd. II. S. 215ff.

28 Wie war dein Leben
Godwi II, S. 83–88.
Entstehung: Die Hymne, die ›An. S.‹, d. h. an Brentanos Schwester Sophie, gerichtet ist, entstand nach dem 19. September 1800, dem

Tag, an dem Sophie in Oßmannstedt, auf dem Gute Wielands, starb. An Savigny, der Brentano den Tod Sophies meldete, schrieb der Dichter Ende September: »Ich ahndete ihren Tod und bereitete die Zurückgebliebenen ruhig darauf vor, aber ich hieß der Phantast, und da sie tot war, sah man mich nicht an... Ich habe das einzige Weib verloren, das ich liebte und das mich nicht mißhandelte, und ich bin erschrocken, daß nur ein Schmerz in mir möglich ist, der um die Mereau, ich glaubte um Sophien zu weinen und weinte um die Mereau, diese Wunde schließt sich nie in mir.« (UL S. 152)

32 AM HÜGEL SITZT SIE

Godwi II, S. 195.

Entstehung und Datierung: Das Sonett ist an Bettina Brentano gerichtet, an die der Dichter im ›Frühlingskranz‹ schreibt: »...auch eine Schwägerin von *Rossi* hat drei artige kleine Mädchen, die gegen die schwarzen *Rossi*buben wie Engelchen gegen Teufelchen aussehen, so schwarz sind diese kleine Italiener, besonders ist das älteste Mädchen, etwas jünger als *Loulou*, sehr sanft und hold; sie hat den seltsamen Namen *Anonciata*, Verkündigung. Namen sind oft recht einladend, der Deinige zum Beispiel.« (Frühlingskranz, Oehlke S. 35)

Aus dieser Briefstelle schließt Jaeger (S. 132), daß das Gedicht vor der Rheinreise Brentanos im Frühjahr 1801 entstanden sei. – Zum Prosatext, aus dem heraus das Gedicht entwickelt wurde, vgl. Werke, Bd. II, S. 317–321.

32 IM KLEINEN STÜBCHEN

Godwi II, S. 196.

Entstehung: Das Sonett an Brentanos Schwester Meline (1788–1861, seit 1810 vermählt mit dem Frankfurter Senator Georg Friedrich von Guaita) entstand, als Gegenstück zu dem vorhergehenden, ebenfalls vor der Rheinreise im Frühjahr 1801.

33 EIN FISCHER SASS IM KAHNE

Godwi II, S. 216–220.

Fassungen und Datierung: Von dem Gedicht existieren zwei Fassungen, nämlich die hier vorliegende Druckfassung, die im Roman ein wehmütiges Lied des stillen Dieners Georg ist und von Jaeger auf Spätsommer 1800 datiert wird und eine hs Fassung (vgl. Werke, Bd. I, S. 98ff.), überschrieben ›Auf dem Rhein‹, die nach Staiger (Die Zeit als Einbildungskraft des Dichters, Zürich 1939) reifer und daher jünger als die Druckfassung ist.

36 EIN RITTER AN DEM RHEINE

Godwi II, S. 320f.

Datierung: Nach Jaeger (S. 230) entstand das, im Kontext als »Volkslied« bezeichnete, Gedicht im oder nach September 1801. Eine volkstümliche Quelle konnte nicht ermittelt werden; zum Kontext vgl. Werke, Bd. II, S. 390ff.

37 O schwerer heisser Tag

Godwi II, S. 372.

Entstehung und Datierung: Die »letzte Terzine dieses schlechten Sonetts« wünscht sich im Roman Maria als Grabschrift. Jeager, der (S. 230) das Sonett auf die Zeit »nach August 1800« datiert, sieht im Kontext (Werke, Bd. II, S. 415ff.) enge Bezüge zu dem Minna-Sonett ›Bilden und verstehen‹ (s. o. S. 25).

37 Zu Bacharach am Rheine

Godwi II, S. 392–396.

Fassungen und Datierung: Von dem Gedicht existieren zwei Fassungen, nämlich die hier vorliegende Druckfassung, im Roman ein Lied der Violetta, die von Jaeger (S. 39), nach der in dem Gedicht herrschenden Rheinstimmung, auf »Spätsommer 1800« datiert wird, und eine hs Fassung, die erstmals von Klaus-Dieter Krabiel (Die beiden Fassungen von Brentanos ›Lureley‹, LJb VI, 1965, S. 128–131) gedruckt wurde (Faksimile ebd. Abb. 1 und 2). Nach Krabiel ist die hs Fassung reifer und daher jünger als die Druckfassung und zusammen mit der hs Fassung des Gedichtes ›Auf dem Rhein‹ entstanden (s. o. zu S. 33).

Quellen: Die gesamte umfangreiche Literatur zur Entstehung der Loreleisage (vgl. die Angaben bei Krabiel Anm. 1) hat bisher Brentanos eigene Behauptung, daß er die Sage aus dem Namen des Rheinfelsens (mons Lurlaberch, d. h. Elbenfels) selbst erfunden habe, nicht widerlegen können.

41ff. Ich wollt' ein Sträusslein *bis* Nach Sevilla

S + E: Ponce de Leon. Ein Lustspiel von Clemens Brentano, Göttingen 1804.

Entstehung: Anfang Juli 1801 hat Brentano »zwei Akte vom Intriguenstück«, d. h. von seinem für Goethes ›Dramatische Preisaufgabe‹ verfaßten Lustspiel ›Ponce de Leon‹, geschrieben; Mitte September, kurze Zeit, ehe die gesetzte Frist für die Einsendung der Manuskripte abläuft, sendet er das Stück an Goethe; im Herbst 1803 erst, nachdem Goethe das Stück auf Brentanos Aufforderung hin zurückgesandt hatte, erscheint es im Druck. 1814 bearbeitet es der Dichter für die Bühne mit dem Titel ›Valeria oder Vaterlist‹, unter dem es am 18. Februar 1814 im Wiener Burgtheater aufgeführt wird und durchfällt. Im Bühnenmanuskript dieser Aufführung [Valeria oder Vaterlist. Ein Lustspiel in fünf Aufzügen (die Bühnenbearbeitung des ›Ponce de Leon‹) von Clemens Brentano. Hrsg. von Reinhold Steig, Berlin 1901] sind einige der folgenden Gedichte in leicht abweichender Fassung enthalten. – Zum Kontext vgl. Werke, Bd. IV, S. 129ff.

41 Ich wollt' ein Sträusslein

Ponce S. 99f.

Fassungen: Den von der hier wiedergegebenen Druckfassung des Liedes der Valeria abweichenden, ersten Entwurf des Gedichtes druckt mit den Lesarten Gustav Roethe (Brentanos Ponce de Leon. Eine Säcularstudie, Berlin 1901, S. 50f.).

In der Vertonung von Louise Reichardt (Mallon Nr. 74b) ist das Lied volkstümlich geworden.

42 Wenn die Sonne weggegangen

Ponce S. 116f.

Fassungen und Entstehung: Eine abweichende Fassung des Gedichtes in Valeria S. 42f. Im ›Ponce de Leon‹ ist das Gedicht ein Lied der Valeria, die sich als Negerin verkleidet hat, »mit kurzem Haar, ein Bündelchen auf dem Rücken, ein Tamburin in der Hand«.

42 Was mag dich nur betrüben?

Ponce S. 123–126.

Entstehung: Das Gedicht, ein Lied der Valeria, ist zu je drei Strophen in die Handlung des Lustspiels verflochten. Zum Verständnis ist die Regiebemerkung notwendig: »Sie [Valeria] singt, begleitet sich mit dem Tamburin, schreitet dabei zierlich hin und wider, oder steht still, wie es die Pantomime des Wechselgesangs, den sie singt, erfordert. Da sie in dem Duodrama des Liedes beide Personen spielt, so muß sie die vier ersten Zeilen jeder Abteilung etwas tiefer singen, denn sie sind der Gesang des Liebhabers, der sein Liebchen im Walde einsam träumend findet, die ihn nicht eher erkennt, als im letzten Verse.«

44 Nach Sevilla, nach Sevilla

Ponce S. 212f.

Fassungen: Eine abweichende Fassung der drei letzten Strophen des Gedichtes in Valeria S. 63f.

Auch dieses Lied der Valeria ist in der Vertonung Louise Reichardts volkstümlich geworden (Mallon Nr. 74b) und wird sogar von Echtermeyer und Ruge, Brentanos heftigsten Gegnern im 19. Jahrhundert, anerkannt; vgl. Hallesche Jahrbücher 1839, Sp. 2480.

44 Wie sich auch die Zeit

S + E: Frühlingskranz S. 198f.

Entstehung und Vorlage: Im Februar 1802 schreibt Brentano an Winkelmann, daß er sich mit altdeutscher Poesie beschäftige und Übersetzungen davon veröffentlichen wolle (Steig I, S. 29). Zu den Vorlagen dieser geplanten Übersetzungen gehörte auch die berühmte ›Sammlung von Minnesingern aus dem schwäbischen Zeitpunkte‹ von Johann Jacob Bodmer (2 Bde., Zürich 1758f.). Ein Lied des Walther von Klingen aus dem ersten Bande Bodmers hat Brentano, wie Jaeger

(S. 46f.) nachwies, zu dem vorliegenden, im Entwurf mit ›Frühlingslied‹ überschriebenen Gedicht angeregt. Die erste Strophe Brentanos ist dem Liedtext Walthers von Klingen nachgebildet.

Datierung: Da das Gedicht einem Brief an Bettina von März 1802 eingefügt ist, ist es vermutlich auch um diese Zeit entstanden.

Erl.: 13 Wenn die Abendlüfte wehen: Auf die Variation dieser Verse in einem Spätgedicht Brentanos (s. u. S. 228) hat Emil Staiger hingewiesen.

45 AM BERGE HOCH IN LÜFTEN

S + E: Frühlingskranz S. 199–201

Datierung: Im ›Frühlingskranz‹ ist das Gedicht im Anschluß an das vorhergehende gedruckt, auch stehen die erhaltenen Entwürfe beider Gedichte auf einem Blatt, auf dem der Dichter zu dem vorliegenden Text vermerkt: »Romanze als ich mich bei S[avign]y in Marburg gedrückt fühlte«. Demnach entstand das Gedicht in Marburg, Mitte März 1802.

47 O KÜHLER WALD

S + E: Frühlingskranz S. 68.

Datierung: Wie die wechselnde t-Schreibung des Entwurfes zu diesem Gedicht vermuten läßt, entstand es etwa im März 1802. Vgl. auch das folgende Gedicht, dessen Entwurf auf dem gleichen Blatt steht wie der Entwurf des vorliegenden Gedichtes.

47 WENN ICH EIN BETTELMANN WÄR

S + E: Frühlingskranz S. 71f.

Entstehung: Die dem Gedicht – vielleicht – zugrundeliegende Episode mit der schönen Wirtin Walpurgis in Rüdesheim am Rhein ist im ›Frühlingskranz‹ (Oehlke S. 59–64) novellistisch ausgestaltet.

Datierung: Das Gedicht entstand, wie das vorhergehende, nicht auf Brentanos Rheinreise mit Savigny (1801), sondern erst im Frühjahr 1802.

48 HEUTE KÖMMST DU NICHT

S: Faksimile der Hs in: Die Insel. Hrsg. von Otto Julius Bierbaum, Alfred Walter Heymel, Rudolf Alexander Schröder, Bd. II, 1, 1900, S. 330f.

E: Ebenda S. 341f.

Datierung: Wegen der wechselnden t-Schreibung wird das Gedicht von Jaeger (S. 8.) auf »Anfang bis Mitte 1802« datiert.

49 AM RHEINE SCHWEB' ICH

S: Hs Universitätsbibliothek Mainz.

E: Frühlingskranz S. 261–263.

Fassungen: Die erste Strophe des Gedichtes ist, leicht variiert, einem Brief an Hannchen Kraus (Liebesleben S. 58) eingefügt, eine weitere, abweichende Fassung der ersten Strophe druckt Guignard S. 33; stärker bearbeitet ist die erste Strophe im ›Märchen von dem Rhein und dem Müller Radlauf‹ (vgl. Bd. II, S. 96ff.).

Die hier mitgeteilte Fassung ist, wie die Fassung Bettinas im ›Frühlingskranz‹, unterschrieben »Adieu lieb Kind, auf Wiedersehn Clemens«; sie lag einem Brief an Bettina aus Koblenz von Juni 1802 bei und war die Vorlage für Bettinas Bearbeitung im ›Frühlingskranz‹.

Entstehung: Wie er im ›Frühlingskranz‹ gesteht, schrieb Brentano das Gedicht für Benedikte Korbach, die Braut seines Freundes Franz Lassaulx.

Datierung: Da die Strophen 7–10 des Gedichtes auf einem Theaterzettel vom 5. Prärial des 10. Jahres (25. Mai 1802, vgl. Preitz II, S. 470) stehen, ist das Gedicht vermutlich zwischen Ende Mai und Ende Juni 1802 entstanden.

Erl.: 1 Am Rheine schweb' ich her und hin: vgl. Brentanos Brief an Arnim von Oktober 1802: »Bald, bald lieber Junge, fahre ich am Rhein hin; wo Du mit mir warst, da fahr ich hin allein und denke an Dich, Dich sehe ich überall wieder.« (Steig I, S. 51)

51 LIEB' UND LEID

S: Hs Deutsche Staatsbibliothek Berlin.

E: UL S. 263.

Fassungen und Entstehung: Die vorliegende Fassung des Liedes ist einem Brief Brentanos an Savigny aus Koblenz vom 22. Juni 1802 mit den einleitenden Worten eingefügt: »Ach, Bettine, Du bist einzig auf Erden!« (UL S. 263) Eine davon leicht abweichende, auf Achim von Arnim bezogene Fassung findet sich im ›Frühlingskranz‹ S. 259f., wobei nicht erkennbar ist, ob erst Bettina oder schon Brentano selbst die Beziehung auf Achim von Arnim hergestellt hat. Die auf Bettina bezogene Fassung hat der Dichter offensichtlich nicht nur an Savigny, sondern auch an Arnim gesandt, denn dieser fügte die erste Strophe einem Brief an Brentano von August 1802 mit den Worten ein: »Ich möchte jetzt mit Deinem freundlichen Liede singen. [...]« (Steig I, S. 41). Eine »Frühes Liedchen« überschriebene, weitere hs Fassung ist erstmals gedruckt in Werke, Bd. I, S. 129f.

51 ES GING VERIRRT

S: Hs FDH.

E: Steig I, S. 45f.; *Neudruck:* Beutler S. 397f.

Entstehung: Das Gedicht sendet Brentano am 8. September 1802 an Arnim, der es abschreibt und mit der Überschrift versieht »Der Herr von Falkenstein. Die Königstochter und der Falke.«

Quellen: Als Quellen verweist Preitz II, S. 476 auf die Falkenlieder im ›Wunderhorn‹ I, S. 40 und III, S. 20f.

55 Die grünen Blätter

S: Hs FDH.

E: Liebesleben S. 85–88.

Fassungen und Entstehung: Die vorliegende, vermutlich früheste Fassung des Gedichtes steht in einem Brief Brentanos (von September 1802) an Hannchen Kraus, den geliebten »neuen Arnim«. Eine zweite Fassung ist im Brief Brentanos an seinen Freund Arnim von Oktober 1802 enthalten (vgl. Steig I, S. 48f.), Varianten einer dritten, hs Fassung, mit der Überschrift ›Herbstlied, der Liebe Totenlied‹, verzeichnet Guignard S. 36–38.

Datierung: Die Begegnung Brentanos mit Hannchen Kraus fällt, wie Fuchs (UL S. 270ff.) nachgewiesen hat, in den Frühherbst des Jahres 1802. Hannchen (geb. 1784) war die Tochter von Jakob Kraus aus Katzenellenbogen und seiner Frau Maria. »Von ihren Angehörigen wird Hannchen eifersüchtig bewacht. Clemens stellt ihr seine Briefe auf Umwegen zu, zuerst von Koblenz-Ehrenbreitstein, dann von Frankfurt und von Marburg, von dort den großen Brief mit dem Herbstlied« (UL S. 271).

58 Die Rose blüht (1. Fassung)

S: Hs FDH.

E: Liebesleben S. 94f.

Fassungen: Das Gedicht hat zuerst Winkelmann Brentano »für einen Almanach abgeschrieben, aus dem nichts geworden ist« (Steig I, S. 131). Er entnahm es Christian Weises, ›Die drei klügsten Leute in der ganzen Welt...‹, Leipzig 1684 (Erstdruck 1675). Der gleichen Quelle entstammt die Abschrift des Komponisten Johann Friedrich Reichardt, die Arnim zusammen mit Reichardts Melodie dem Freunde am 19. Juni 1805 zusendet, vgl. Steig I, S. 129. Unter der Überschrift ›Die Rose. Christian Weisens drei klügsten Leute (Leipzig 1684) S. 234‹ steht das Lied im ›Wunderhorn‹ (I, S. 165).

Das Lied hat Brentano durch das ganze Leben begleitet; in verschiedenen Variationen hat er es in die beiden Fassungen seines Dramas ›Aloys und Imelde‹ verflochten (s. u. S. 96–98; Werke, Bd. IV, S. 321ff.; SW IX, 2, S. 275ff.) und im ›Tagebuch der Ahnfrau‹ nochmals bearbeitet (s. Bd. II, S. 568).

Entstehung: Die vorliegende Fassung, die früheste Bearbeitung von Weises Lied im Werk Brentanos, steht in einem Brief an Hannchen Kraus von September 1802: »O wenn Du mich wieder liebst, so will ich singen, von Dir singen, Du süße Rose.« (Liebesleben S. 94)

Quellen: In Reichardts Abschrift lautet das Lied:

»Die Rose.
(Von einem alten deutschen Dichter.)

Die Rose blüht, ich bin die fromme Biene,
Und rühre zwar die keuschen Blätter an,
Daher ich Tau und Honig schöpfen kann;
Doch lebt ihr Glanz und bleibet immer grüne,
Und also bin ich wohlgemüt,
Weil meine Rose blüht.

Die Rose blüht, Gott laß den Schein verziehen,
Damit die Zeit des Sommers langsam geht,
Und weder Frost noch andre Not entsteht,
So wird mein Glück in dieser Rose blühen,
So klingt mein süßes Freudenlied:
Ach meine Rose blüht.

Die Rose blüht, und lacht vor andern Rosen
Mit solcher Zier und Herzempfindlichkeit,
Daß auch mein Sinn sich zu der Pflicht erbeut,
Mit keiner Blum' im Garten liebzukosen,
Weil alles, was man sonsten sieht,
In dieser Rose blüht.«

59 Hör', es klagt

S + E: Die lustigen Musikanten. Singspiel von Clemens Brentano, Frankfurt am Main 1803, S. 22f.

Entstehung: Am 15. November 1802 schreibt Brentano aus Düsseldorf, wo er seit dem 4. November wohnt, an seine Schwägerin Antonie Brentano: »Ich bleibe noch einen Monat hier; die hiesige Truppe, die für das Schauspiel bei weitem besser, als die Frankfurter ist, wird mein Stück [Die lustigen Musikanten] aufführen, ich schreibe schon daran.« (GS VIII, S. 115) Am 1. Dezember 1802 meldet er Savigny: »... ich weiß, daß ich hier in einer wunderschönen kleinen Stube wohne, die Aussicht über das weite Feld, daß ich eine kleine Oper, die jetzt komponiert wird, in 4 Tagen schrieb, die ziemlich schlecht, ziemlich gut ist...« (UL S. 277). Demnach ist das Gedicht zwischen Anfang November und Anfang Dezember 1802, wenn wir Brentanos Angaben wörtlich nehmen, etwa zwischen dem 15. und dem 18. November entstanden. – Das Gedicht ist im Singspiel ein Duett zwischen dem blinden Piast und Fabiola, vgl. die Regiebemerkung: »Der blinde Piast, Fabiola führt ihn an einem Stabe, und hat den Knaben auf dem Arm. Hinter der Szene hört man eine Flöte, die sich nähert, und endlich tritt Ramiro auf.« Nach V. *4* die Regiebemerkung: »angemeßnes Solo der Flöte«.

Erl.: 8 der Töne Licht: Zu den Synästhesien des Gedichtes vgl. u. a. Walther Killy (Wandlungen des lyrischen Bildes, 4. Auflage 1964, S. 55f.), Albrecht Schöne (in: Die deutsche Lyrik, hrsg. von Benno von Wiese II, S. 11–18), Friedrich Wilhelm Wollenberg (Brentanos Jugendlyrik S. 77f.).

59 Aus Köllen war ein Edelknecht

S: Hs FDH.

E: Steig I, S. 60f.; *Neudruck:* Beutler S. 412–415.

Fassungen: Unsere Fassung aus dem Brief an Arnim aus Düsseldorf, Weihnachten 1802. Eine abweichende Fassung im ›Frühlingskranz‹ S. 325–329; eine stärker abweichende, erweiterte und vermutlich jüngere Fassung als die genannten ist erstmals nach der Hs gedruckt in: Werke, Bd. I, S. 150ff.

Entstehung: Die Fassung im Brief an Arnim ist vermutlich die früheste Fassung des Gedichtes, da es im Brieftext heißt: »Ich selbst habe in der letzten Zeit nichts gedichtet. Will Dir aber doch eine Romanze hierher machen, die mir einfällt. Wie sie wird, weiß ich nicht, denn ich habe sie noch nicht gemacht, gebe acht, wie sie lauten wird, vermutlich schlecht, denn ich habe gar keine Lust.« (Beutler S. 412) Diese Hinweise Brentanos werden bestätigt durch den Brief an Bettina, in dem er auch über die Quelle berichtet, Frühlingskranz, Oehlke S. 273f. Die Abweichungen im ›Frühlingskranz‹ gehen wohl nur zum Teil auf Brentano selbst, zum größeren Teil auf Bettina zurück. Als Quelle verweist Preitz (II, S. 477) auf die Berichte zu den Jahren 1260 und 1262 in Meister Gottfrid Hagens ›Kölnischer Reimchronik‹.

62 Kaum hörst Du auf

S + E: Amelung I, S. 59f.

Entstehung: Das Gedicht steht im Brief Brentanos an Sophie Mereau aus Marburg, 10. Januar 1803.

63 Es setzten zwei Vertraute

S + E: Steig I, S. 66; *Neudruck:* Beutler S. 434.

Entstehung: Das Gedicht steht im Brief Brentanos an Arnim, aus Marburg, Februar 1803.

Erl.: 3f. Der braune... der blonde: Der braune Vertraute ist hier Brentano, der blonde Achim von Arnim, abweichend von der Parallelstelle in den Rheinmärchen (Bd. II, S. 96), wo es heißt: »... ein Schifflein zog oben, und darauf fuhren zwei Knaben, der eine freudig mit braunen Haaren, der andere traurig mit schwarzen Haaren.« Im Märchentext ist »der Braune« Arnim, der »Schwarze« Brentano. Die Farbbezeichnung »braun« im Gedichttext meint eine dunkle glänzende Farbe, wie häufig in Brentanos Werken; vgl. seine aus der Barockliteratur übernommene Formel »die braune Nacht«.

63 Es stehet im Abendglanze

S: Hs FDH.

E: Steig I, S. 74.

Entstehung und Datierung: Das Gedicht liegt einem Brief an Achim von Arnim vom 11. Mai 1803 bei, worin es heißt: »Ich schreibe dir geschwind hier ein Lied her, das ich gestern abend nach dem Theater gemacht habe (die Unzelmann spielte Nina, Wahnsinn [›Nina oder Wahnsinn aus Liebe. Ein Schauspiel mit Gesang in einem Aufzuge... Musik von D'Alayrac‹ mit Friederike Unzelmann (1760–1815) in der Titelrolle am 10. Mai und am 3. Juli] etc.), und will dir erst die Veranlassung erzählen. Hier auf dem Theater war vor ein paar Jahren Mariane Jung, ein unschuldig treu Kind, Tänzerin; ich liebte sie still weg, der Bankier Willmer nahm sie von der Bühne und machte sie zu seinem Pflegekind (Maitresse), ich ging zu Willmer, er vertraute sich mir an, wollte mich zum Mittel gebrauchen, die Jung fester zu binden, ich war ehrlich, die Jung liebte mich, sie weinte oft in meiner Nähe, ich sprach davon mit Willmer, seine Eifersucht vertrieb mich, wir haben uns noch lieb so so; da ich abreise morgen, so ließ ich der Jung durch Bettine sagen, ich würde nah an ihrer Loge stehn, sie soll' mich doch freundlich ansehn, ich ging' weg, es werde mir sehr wohl tun; nun sah mich auch das liebe Kind gar freundlich an, und mir war es fast wie Holm, wenn Nina ihn immer ansieht, und ihn doch nicht kennt, und da schrieb ich zu Haus dies Lied für sie, auf die Melodie ›Da droben auf jenem Berge‹, die ich sie selbst singen lehrte. [...]« Das Gedicht entstand also in der Nacht vom 10. auf den 11. Mai 1803 für Marianne Jung, die spätere Frau von Willemer (1784–1860), der Brentano zeitlebens freundschaftlich verbunden blieb und der er noch 1837 das große Gockelmärchen widmete. (Zur Datierung vgl. Weitz S. 546, dort S. 750f. auch der korrigierte Text des Briefes, den auszugsweise erstmals Steig I, S. 73f. druckt.)

Fassungen: Die vorliegende Fassung des Gedichtes ist die einzige überlieferte Originalfassung: die Fassung aus dem ›Frühlingskranz‹ (S. 391 bis 394), die in die GS (II, S. 117ff.) übernommen wurde und seit jeher als Originalfassung galt, wurde erst von Bettina (von Arnim) aus einem Entwurf hergestellt, den ihr Brentano mit den Worten zugesandt hatte: »Ich habe nicht Zeit das Lied an Marianne abzuschreiben, schreibe Du es ab.« (Frühlingskranz, Oehlke S. 325) Bettina hat um 1844 aus dem in achtzeiligen Strophen entworfenen Text ein Gedicht in vierzeiligen Strophen gemacht, wobei sie auch von Brentano verworfene, d. h. gestrichene Verszeilen benutzte; sie hat auch 1803 das Gedicht abgeschrieben und an Marianne gesandt (vgl. Preitz II, S. 473).

66 Süsser Mai

S: Amelung I, S. 81 (korrigiert nach Steig I, S. 81, Guignard S. 42 und Hs FDH).

E: Steig I, S. 81.

Datierung: Das mit »Clemens« unterzeichnete Gedicht wurde für Sophie Mereau in Weimar am 27. Mai 1803 geschrieben. S. auch u. S. 73.

66 Ich wohnte unter vielen

S + E: Frühlingskranz S. 386–388.

Fassungen und Datierung: Die vorliegende Fassung des Gedichtes steht in einem Brief Brentanos an Bettina von Mitte Juni 1803(?).

68 Durch den Wald (1. Fassung)

S + E: Zeitung für Einsiedler Nr. 5, 15. April 1808.

Fassungen und Entstehung: Nach der Unterschrift »Clemens Brentano« ist in *E* vermerkt: »(Die Melodie wird in der Folge nachgeliefert.)«, doch hat die Einsiedlerzeitung dieses Versprechen nicht erfüllt. Aus Luise Hensels Erinnerungen aber wissen wir, daß Brentano noch in Berlin (1816/18) das Lied »nach einer selbst erfundenen Melodie außerordentlich schön« sang (Schiel S. 64). Brentano hat das Gedicht zweimal an Achim von Arnim gesandt, zuerst im August 1803 aus Weimar: »Ich habe wieder mehrere Lieder gedichtet, unter andern eins, worin ich an Dich und mich gedacht habe, aber es paßt nicht ganz, denn ich bin der Jäger und Du der Hirt, und doch sind wir beide beides.« (Steig I, S. 98) Diese Weimarer Fassung ist gedruckt bei Steig I, S. 100f. Zum zweiten Male sandte Brentano das Gedicht an Arnim aus Frankfurt am 12. Oktober 1803. Die Frankfurter Fassung druckt Beutler S. 440–442, sie diente Achim von Arnim als Druckvorlage für die Einsiedlerzeitung. Vermutlich noch im August 1803 aus Weimar sendet Brentano das Gedicht auch an seine Schwester Bettina, die es 1844 in den ›Frühlingskranz‹ (S. 419–421) aufnimmt.

Die achte Strophe des Gedichtes findet sich, etwas verändert, auch in der Urfassung der ›Chronika‹ (Lefftz S. 78; s. u. S. 337). Die stark veränderte Spätfassung des ganzen Gedichtes (s. u. S. 152) entstand vermutlich 1817.

Achim von Arnim antwortet an Weihnachten 1803 auf Brentanos Frankfurter Fassung mit dem Gedicht ›Der Wilddieb‹ (Steig I, S. 103 f.). Am 10. April sendet Arnim Brentano die Nummern 4 und 5 der Einsiedlerzeitung und schreibt dazu: »Du erhältst hier Stück 4 und 5 und wirst mir nicht übel deuten, daß ich ein Lied, das Du zum Teil auf mich gemacht, mir und Dir zum dauernden Andenken habe abdrucken lassen

Durch den Wald mit raschen Tritten

Trage ich die Laute hin etc.

es ist sicher eins Deiner schönsten Lieder.« (Steig I, S. 252)

70 SIEH DORT AUF DEM WIESENGRUNDE

S + E: Frühlingskranz S. 438f.

Fassungen: Eine abweichende Fassung des Gedichtes hat Brentano in die ›Romanzen vom Rosenkranz‹ (XVII, *405ff.*) verflochten.

Entstehung und Datierung: Das Gedicht ist an Sophie Mereau gerichtet, da es im Brief an Bettina heißt: »Nun sing ich Dir hier noch ein Liedchen was aus den Saiten meiner Guitarre entschlüpfte, als ich gestern Abend im Mondenschein mit *Sophie* am Fenster lag, nachdem ich Deinen lieben Brief ihr vorgelesen hatte; und sie recht tief bewegt war von dem Glück was Du ihr im Rosenbusch unter Deinem Fenster prophezeist. – « (Frühlingskranz, Oehlke S. 361f., vgl. auch ebd. S. 355ff.) Es entstand nach Jaeger (S. 12) im August 1803.

71 O MUTTER, HALTE

S: Hs FDH.

E: Steig I, S. 101f.; *Neudruck:* Beutler S. 442–444.

Fassungen und Entstehung: Ein erster Entwurf des Gedichtes aus dem Nachlaß von Brentanos Freund Johann Friedrich Böhmer trägt die Überschrift ›Todes Wiegenlied‹; die bei Preitz I, vor S. 7* faksimilierte Fassung (s. Werke, Bd. I, S. 168ff.) hält Preitz für älter als die hier gedruckte. Das Gedicht soll – nach Preitz – »in Abschiedsnöten Montag den 22. August 1803« entstanden sein. Preitz schließt dies aus einem Brief Brentanos an Sophie Mereau aus Weimar vom 22. August 1803, in dem die letzte Strophe in leicht abweichender Fassung zitiert wird (vgl. Amelung I, S. 108f.). Die dritte Strophe des Gedichtes steht auch in Brentanos Brief an Sophie Mereau aus Frankfurt vom 1./2. Oktober 1803 (vgl. Amelung I, S. 203); die vorliegende Fassung sendet Brentano am 12. Oktober 1803 an seinen Freund Arnim, eine Spätfassung (s. Werke, Bd. I, S. 358ff.) nimmt er 1817 in die ›Chronika‹ auf. Dort findet sich auch erstmals die für das Verständnis wichtige Bemerkung: »...es [das Gedicht] ist aber gestellt, bald als rede ein Kindlein zur Mutter, bald die Mutter zu ihm...«

[1804–1815]

73 SÜSSER MAIE BLÜTENJUNGE

S + E: Max Preitz, Clemens und Tian, Frankfurter Allgemeine Zeitung Nr. 195, 24. August 1957; *Neudruck:* Max Preitz, Karoline von Günderrode in ihrer Umwelt. I. Briefe von Lisette und Christian Gottfried Nees von Esenbeck, Karoline von Günderrode, Friedrich

Creuzer, Clemens Brentano und Susanne von Heyden, Jb FDH 1962, S. 230.

Entstehung und Datierung: Das Gedicht ist an Karoline von Günderode (1780–1806), die romantische Dichterin und Freundin der Geschwister Clemens, Bettina und Gunda Brentano, gerichtet. Es liegt einem Brief Brentanos an die Günderode aus Marburg vom 1. Mai 1804 bei. Vgl. auch das Gedicht »Süßer Mai« oben S. 66.

73 Wo in Gewölben von Schmaragd

S: Hs FDH.

E: GS II, S. 425f.; *Neudruck:* Schröder S. 67–69.

Fassungen und Entstehung: Das Gedicht entstand vermutlich im Zusammenhang mit der Satire ›Entweder wunderbare Geschichte von BOGS dem Uhrmacher..., oder die über die Ufer der badischen Wochenschrift als Beilage ausgetretene Konzert-Anzeige‹, Heidelberg 1807, da sich die Strophen 3, 5, 7, 9 und 10 in abweichender Fassung in der von Brentano und Görres gemeinsam verfaßten satirischen Abhandlung finden (s. u. S. 451f.) und aus der Satire die Strophen 3, 5, 7 und 9 als eigenständiges Gedicht in die ›Zeitung für Einsiedler‹ (4. Mai 1808) übernommen wurden.

Erl.: 39f. Diana, Endimion: s. o. zu S. 9.

75 Trippel Trippel

S: Hs FDH.

E: GS II, S. 164f.

Entstehung und Vorlage: Das Gedicht entstand vermutlich im Zusammenhang mit Brentanos und Arnims Arbeiten am zweiten und dritten Band des ›Wunderhorns‹ gegen Ende 1807, da die Vorlage des Gedichtes das Lied ›Säuberliches Mägdelein‹ aus ›Des Knaben Wunderhorn‹ (II, S. 292f.) ist.

76 In Liebeskampf?

S + E: Guignard S. 49f. (korrigiert nach Hs FDH).

Entstehung: Diese berühmt gewordene Fassung des Sonetts muß vor dem 21. Juni 1808 entstanden sein, an dem Auguste Brentano an Clemens schreibt: »Wenn Du mir eine Freude machen willst, Lieber, so laß noch diesen Monat [in die Einsiedlerzeitung] einrücken der ›Liebe Tod und Leben‹ und ›Verzweiflung in der Liebe an der Liebe‹, das Lied von der Sklavin Ama [»Stiller Himmel, leichte Weste«, GS II, S. 410–415] – und worum ich Dich nicht bitten mag, weil es sehr einfältig wäre, aber wenn Du dazu gestimmt bist, tue es doch ja: schreibe an den Romanzen [vom Rosenkranz]!« (Steig I, S. 255)

Zu weiteren *Fassungen* vgl. Werke, Bd. I, S. 76f. u. S. 574.

77 Zur Fremde zog

S + E: Zeitung für Einsiedler Nr. 24, 22. Juni 1808.

Entstehung: Das im Erstdruck mit »Clemens Brentano« unterzeichnete Gedicht ist nach Steig I, S. 255 an Auguste Brentano gerichtet, entstand also vermutlich im Frühsommer 1808.

79 Du Herrlicher!

S + E: Andenken eines trefflichen deutschen Mannes und tiefsinnigen Künstlers, in: Berliner Abendblätter, 69. Blatt, 19. Dezember 1810, S. 273f.

Entstehung: Brentanos Aufsatz mit dem Gedicht auf den Tod Philipp Otto Runges (1777–1810), des berühmten romantischen Malers, wurde unmittelbar nach Empfang der Botschaft vom Tode Runges († 2. Dezember 1810) verfaßt. Von Runge hatte sich Brentano Förderung und Mitarbeit vor allem bei den ›Romanzen vom Rosenkranz‹ erhofft (vgl. den großen Bekenntnisbrief an Runge bei Wilhelm Schellberg, Clemens Brentano und Philipp Otto Runge, LJb VIII, 1936, S. 166ff.). Nicht zuletzt durch den frühen Tod des Malers blieben die Romanzen unvollendet.

81 Komm Hexchen

S: Hs FDH.

E: GS II, S. 147–150; *Neudruck* (gekürzt): Schröder S. 89–91.

Fassungen: Vermutlich ist die vorliegende Fassung die einzige erhaltene Originalfassung des Gedichtes, die stark abweichende Fassung der GS wahrscheinlich eine Bearbeitung der Herausgeber.

Datierung: Da der Entwurf des Gedichtes auf dem gleichen Blatt steht wie ein fragmentarischer Entwurf der Zueignung zur ›Kantate auf den Tod Ihrer Königlichen Majestät, Louise von Preußen‹ (Werke, Bd. I, S. 204f.), ist das Gedicht wohl Ende 1810/Anfang 1811 entstanden; vgl. dagegen Preitz II, S. 470.

Erl.: 1.3 etc. J., N.: = Jüngling, Nixe. – *1 Komm Hexchen:* s. o. das Gedicht »Wo in Gewölben von Schmaragd« (S. 73 V. 31ff.). – *88 zwagen:* waschen.

84ff. Weit bin ich einher gezogen *bis* Wenn die Augen brechen

S + E: Die Märchen des Clemens Brentano. Zum Besten der Armen nach dem letzten Willen des Verfassers hrsg. von Guido Görres. Erster Band, Stuttgart und Tübingen 1846.

Datierung: Die Rheinmärchen Brentanos entstanden vermutlich 1811 in Berlin; die relative Chronologie der Gedichte ist ungeklärt, sie werden daher hier nach Guignard eingeordnet. – Zum Kontext vgl. Werke, Bd. III, S. 110ff.

84 Weit bin ich einher gezogen

Märchen I, S. 170–172.

Entstehung: Das Gedicht ist im Märchen ein Abendlied des Müllers Radlauf: »Das Rauschen des wilden Flusses zu meinen Füßen, die

Ruhe und Einsamkeit erinnerten mich an den Rhein und an Ameley und ich sang mir ein Abendlied.« Nach der sechsten Strophe wird es durch folgenden Prosatext unterbrochen:

»Als mir das Echo vom jenseitigen Ufer diese Worte immer entgegen rief, fand ich ein solches Vergnügen an der Wiederholung dieses Namens, daß ich ihn wohl eine halbe Stunde lang in süßer Träumerei bald leiser aus tiefster Seele, bald laut aus voller Seele durch die Stille der Einsamkeit ertönen ließ, und mein Herz wuchs mir dabei in der Brust, als wollte es sie zersprengen.

Nun stieg der volle Mond über den Bäumen herauf, und es war mir, als sei es das Antlitz meiner lieben Ameleya, und meine Wirtin die liebe Frau Nachtigall begann von neuem süßer als je zu locken; und fest entschlossen dem Mond so lang ins Auge zu schauen, bis ich entschlief, und morgens erwachend ihn in die Sonne verwandelt sähe, sang ich, um zwischen Mond und Sonne, diesen zwei leuchtenden Bergen, in die wundervolle Gruft der Träume niederzusteigen, folgende Strophen: [...] «

85 Wie wird mir?

Märchen I, S. 219f.

Entstehung: Im Märchen ist das Gedicht ein »Trostlied« Radlaufs für die Starenkönigin, das er zur Melodie von Damons Hirtenflöte singt.

86 Wenn die Augen brechen

Märchen I, S. 311–313.

Entstehung: Die Lieder der »Dichterin Schwanenlied«, der »Sibylle Schwalbenwitz« und der »Sängerin Nachtigall« sind im Märchen Teil eines größeren Gesangszyklus, der ertönt, als sich Frau Phönix selbst verbrennt und verjüngt; vgl. Werke, Bd. III, S. 201–204.

88 Durch die stummen Wälder

S: Hs FDH.

E: GS II, S. 182–189.

Entstehung und Datierung: Das Gedicht ist eines der Lieder Brentanos an die Prager Schauspielerin Auguste Brede; es ist vor dem 10. Dezember 1811 entstanden. Es sollte offensichtlich der Brede selbst übergeben werden, da Brentano in der Hs, links neben der Kolumne des Gedichtes, quer zu dessen Schreibrichtung, einen Kommentar zum Text gibt: »Ich – werde im Schauspiel durch den Ton ihrer Stimme gerühret, – finde einen Führer zu Ihnen, erwarte Sie anders, komme zu Ihnen erstaune, fürchte mit Recht, zu spät, – frommer Entschluß, Nachwehen und Freuden. Ich schreibe Ihnen – sehe sie wieder und Preußens großen Helden – Sie sind gütig.« Auf der Rückseite des letzten Blattes des Gedichtes steht der Prosatext, der in den GS VIII, S. 175–177 als Brief »an eine Schauspielerin« abgedruckt ist. Dieser

Text bricht am Ende des Blattes ab, die Fortsetzung ist nicht erhalten.
Erl.: 14 Über Berg und Tal hinunter: vgl. Goethes »Über Tal und Fluß getragen« und unten das Gedicht »Über Berg und Tal getragen« (S. 224). – *30 Kometen schwingend:* Anspielung auf den Kometen des Jahres 1811, der nach dem Glauben des Volkes den neuen Krieg prophezeite; Brentano hat den Kometen unter dem Fenster der Brede in Prag betrachtet. – *79 Einen Jüngling:* Karl August Varnhagen von Ense (1785–1858), mit dem Brentano in Böhmen zeitweilig befreundet war. Am 24. Oktober 1811 schreibt Varnhagen aus Prag an Rahel: »Zu Mme Brede habe ich den Clemens geführt, sie gefällt ihm sehr gut...« (Rahel Varnhagen: Briefwechsel mit August Varnhagen von Ense, hrsg. von Friedhelm Kemp, München 1967, S. 175); Varnhagen ist demnach auch der oben erwähnte »Führer« zu der Brede. – *162 ein Mann mit tapfrem Wesen:* Johann Karl Georg von Nostitz (1781–1838), Adjutant des Prinzen Louis Ferdinand, 1813 im Generalstab der russisch-deutschen Legion, dessen Geliebte die Brede war.

94 UNBEGLÜCKT MUSS ICH DURCHS LEBEN
S + E: Dramaturgischer Beobachter. Hrsg. von Carl Bernard, Wien, Blatt 1, Montag, den 3. Januar 1814, S. 4.
Entstehung und Datierung: Das im Erstdruck mit »B.« unterzeichnete Sonett ist nach Reinhold Steig (vgl. August Sauer, Über Clemens Brentanos Beiträge zu Carl Bernards Dramaturgischem Beobachter, Euphorion, Ergänzungsheft zum 2. Bd., 1895, S. 68) an Auguste Brede gerichtet und damit ebenfalls vor dem 10. Dezember 1811 entstanden.

95 ff. O ZORN, DU ABGRUND *bis* DIE ROSE BLÜHT
S: Clemens Brentano, Aloys und Imelde, hrsg. von Agnes Harnack, München und Leipzig 1912 = SW IX, 2.
Entstehung und Datierung: Die erste Fassung des Dramas, dem ein Teil der vorliegenden Gedichte entnommen ist, entstand Ende 1811/Anfang 1812 in Prag, die zweite Fassung, dem die beiden letzten Texte der Gedichtreihe entnommen wurden, Anfang des Jahres 1812. Da die relative Chronologie der Gedichte ungesichert ist, werden sie hier in der Reihenfolge ihres Druckes in den beiden Fassungen des Dramas angeordnet. – Zum Kontext vgl. Werke, Bd. IV, S. 319ff,; SW IX, 2, S. 271ff.

95 O ZORN, DU ABGRUND
S: Aloys und Imelde I, S. 28.
E: GS II, S. 179.
Fassungen: In die Handlung des Dramas sind zahlreiche Variationen dieser beiden Liedstrophen verflochten, vgl. Werke, Bd. IV, S. 383, 400f., 440, 447, 523; SW IX, 2, S. 335, 354f.
Entstehung und Vorlage: Im Drama liest Zinga die Verse aus einem

Büchlein, das ihr Aloys schenkt. Dieses Büchlein ist der ›Anmutige Blumenkranz aus dem Garten der Gemeinde Gottes; in sich fassend allerhand göttliche Gnaden- und Liebes-Würkungen ausgedruckt in geistlichen lieblichen Liedern zum Dienst der Liebhabere des Lobes Gottes gesamlet. Ans Licht gegeben 1712‹, aus dem Brentano auch einen Teil der Vorrede und mehrere Lieder in das ›Wunderhorn‹ (III, S. 138–155) übernommen hat. Die 1. und die 10. Strophe des elfstrophigen Liedes Nr. 584 aus diesem Büchlein, das auf die Melodie »Wer nur den lieben Gott läßt walten« gesungen wird, bilden, leicht modernisiert, unser Gedicht. In das ›Wunderhorn‹ nahm Arnim 6 Strophen auf, denen er die Überschrift ›Erziehung durch Leidenschaft‹ gab.

95 An dem Feuer sass

S: Aloys und Imelde I, S. 91f.

E: GS II, S. 362f.

Fassungen und Entstehung: Das Gedicht ist im Drama ein Lied der Zinga, das in der zweiten, in die GS aufgenommenen Fassung (SW IX, 2, S. 440f.) wesentlich verändert und erweitert wurde.

96 Die Lilie blüht

S+E: Aloys und Imelde I, S. 101f.

Fassungen und Entstehung: Das Gedicht, im Drama ein Lied des Aloys, ist eine Variation des von Brentano nach Christian Weise gestalteten Liedes »Die Rose blüht« (s. o. S. 58 und u. S. 96–98), das im Drama häufiger variiert wird; vgl. Werke, Bd. IV, S. 391; SW IX, 2, S. 367f., 436, 454, 459.

96 Dein Lied erklang

S + E: Aloys und Imelde II, S. 367f.; *Neudruck:* Schröder S. 32f.

Entstehung: Das Lied, eine neue Variation des Gedichtes »Die Rose blüht«, ist im Drama ein Lied des Aloys, als Antwort auf Imeldes Rosenlied; es wird von Imelde der Mutter vorgelesen, worauf diese antwortet: »Das Lied ist schön und nach der Silbenweise/Von deinem Lieblingslied: Die Rose blüht.«

97 Die Rose blüht (2. Fassung)

S + E: Aloys und Imelde II, S. 436f.; *Neudruck:* Schröder S. 31f.

Entstehung: Diese längste Variation des Rosenliedes (s. o. S. 58) ist im Drama ein Brief Imeldes an Aloys.

Erl.: 33ff.: Variation der beiden Strophen des Liedes »O Zorn du Abgrund des Verderbens«, s. o. S. 95.

98 Wohlan! so bin ich deiner los

S: Hs FDH.

E: Liebesleben S. 194–196.

Datierung: Lujo Brentano (Liebesleben S. 194ff.), Max Preitz (Clemens Brentanos Freudenhausromanze, Frankfurt a. M. 1922, S. 34f.) und

Guignard datieren das Gedicht wegen der offenkundigen religiösen Anklänge auf die Jahre 1814–1816, Walther Rehm (Galeerensklave S. 35–38) verweist es dagegen wegen der thematischen Übereinstimmung mit dem Romanfragment ›Der schiffbrüchige Galeerensklave vom toten Meer‹ in den Sommer des Jahres 1811; vermutlich ist das Gedicht aber erst 1812, nach der Scheidung Brentanos von seiner zweiten Frau, Auguste Bußmann-Brentano, entstanden.

Erl.: 24 dich zu ermorden: Auguste Brentano hat häufig mit Selbstmord gedroht und Selbstmordversuche vorgetäuscht. Vgl. z. B. UL S. 389ff., Görres, Briefe II, S. 72ff. Am 17. April 1832 hat sich die inzwischen von Brentano geschiedene und mit dem Bankier August Ehrmann verheiratete Auguste, Mutter von vier Kindern, im Main ertränkt; vgl. Brentanos Schilderung: Liebesleben S. 171f.

100 ICH TRÄUMTE HINAB

S: Hs FDH.

E: GS II, S. 151–160; *Neudruck:* Schröder S. 91–100.

Fassungen: Der von dem vorliegenden, einzig überlieferten Originaltext stark abweichende Erstdruck, den Preitz (II, S. 470) für eine Originalfassung hält, ist eine stark glättende und mildernde Bearbeitung der Herausgeber. An diesem Gedicht können die geschmacksbedingten Änderungen der GS besonders deutlich beobachtet werden. Vgl. die Varianten bei Guignard.

Datierung: Eine Abschrift des Gedichtes durch Böhmer trägt die Überschrift ›der schiffbrüchige Galeerensklave am toten Meer‹, Brentanos Hs enthält diesen Hinweis nicht. Rehm (Galeerensklave S. 44f.) bestätigt die thematische Nähe zum Romanfragment, bezweifelt aber, daß das Gedicht »im eigentlichen inneren Gefüge des Werkes« steht. Die Romanze ist vermutlich nach dem Romanfragment, um 1812, entstanden.

Aus einer Notiz in Ludwig von Gerlachs Tagebuch am 28. Februar 1816: »Brentanos Traumbuch. Herrliches Gedicht ›Treulieb, Treulieb ist verloren wohl durch den Wald hinab, viel tausend Felsenstufen‹«, darf nicht geschlossen werden, daß das Gedicht erst um 1816 entstanden ist (vgl. Schoeps S. 179).

107 DIE WELT WAR MIR ZUWIDER

S: Hs FDH.

E: GS II, S. 161–163; *Neudruck:* Schröder S. 86–88.

Datierung: Das Gedicht entstand nach Ausweis der Hs (vgl. Guignard S. 60) vermutlich in der gleichen Zeit wie das vorhergehende.

109f. HEIL'GE NACHT *und* MOND, MOND!

S + E: Die Gründung Prags. Ein historisch-romantisches Drama. Von Clemens Brentano, Pest, Leipzig 1815.

Entstehung und Datierung: Brentanos Drama ›Die Gründung Prags‹ entstand in den Jahren 1812–1814; Ende März 1812 liest er Varnhagen den ersten Akt vor, im Januar 1813 erscheint seine Selbstanzeige des Stückes, in der zweiten Oktoberhälfte 1814 erscheint das Buch im Druck. Die Gedichte, deren relative Chronologie ungesichert ist, werden hier in der Reihenfolge des Erstdruckes angeordnet. – Zum Kontext vgl. Werke, Bd. IV, S. 541ff.

109 Heil'ge Nacht

Die Gründung Prags S. 244.

Entstehung: Das Gedicht ist ein Chorlied der »Mägdlein« Libussas; sie singen es zur Begleitung von Huslien und Flöten und sitzen während des Liedes »auf den Felsen zerstreut, singend und spielend«.

Erl.: 7 Bjelbogs Speer: Bjelbog, d. h. der weiße Gott, der slavische Gott des Lichtes, vgl. Brentanos eigene Anmerkung Werke, Bd. IV, S. 848f.

109 Mond, Mond!

Die Gründung Prags S. 245–250.

Entstehung: Das Gedicht ist im Drama ein Wechselgesang zwischen dem Chor, der die Refrainstrophen singt, und Scharka; es ist in die Handlung verflochten, da den Ruf »Triglawa ist verraten« in V. *32* Primislaus erhebt und das Gedicht erst nach der Schilderung des sich anschließenden Kampfgetümmels mit den beiden letzten Strophen schließt. In dem vorausgehenden Dialog zwischen Libussa und Scharka wird die dem Gedicht zugrunde liegende slavische Sage skizziert.

Zu seiner Gestalt der Triglawa führt Brentano in den Anmerkungen des Schauspiels (Werke, Bd. IV, S. 853) aus: »Sie [Triglawa] ist in meinem Gedichte die Nacht des Himmels... Da sie nun sich alle Monate zu baden pflegte, überfielen sie einst die *Leschien* (Satyrn), doch *Kotar*, ein Hirt, machte sie aufmerksam. Sie gewann ihn darum lieb, und setzte ihn in den Mond...«

Erl.: 13 schlauen Leschien: »Leschie heißen die slavischen Satyren; sie werden wie die Satyren der andern Heiden bezeichnet und tragen denselben Charakter. Auf den Wiesen wandelnd, waren sie nicht größer als Gräser, in den Wäldern aber so groß wie Bäume. Sie führten die Wanderer durch allerlei Töne irre, und kitzelten sie in ihren Höhlen zu Tod.« (Werke, Bd. IV, S. 873; Brentanos eigene Anmerkung)

111ff. Es leben die Soldaten *und* Ich weiss es wohl

S + E: Viktoria und ihre Geschwister, mit fliegenden Fahnen und brennender Lunte. Ein klingendes Spiel von Clemens Brentano, Berlin 1817.

Entstehung und Datierung: Nach den, jetzt verschollenen, Aufzeichnungen Brentanos in Varnhagens Nachlaß entstand das Spiel »binnen vierzehn Tagen nach der Schlacht von Leipzig«, also Ende Oktober/Anfang November 1813 (vgl. Preitz I, S. 68*, Steig I, S. 329). Da das Festspiel erst im Mai 1817 im Druck erschien, ist es möglich, daß die Gedichte in den Jahren 1815/16, als Brentano das Stück in Berlin zum Druck einrichtete, überarbeitet wurden. – Zum Kontext vgl. GS VII, S. 279–466.

111 Es leben die Soldaten

Viktoria S. 93f.

Entstehung und Vorlage: Das Gedicht ist im Festspiel ein Lied zum Tanz der Soldaten, es ist Goethes ›Soldatenlied‹ nachgebildet. Unter der Überschrift ›Soldatenlied‹ sind der Text der ersten Strophe und eine Melodie der Erstausgabe der ›Viktoria‹ beigegeben.

Erl.: 18–20 Der Leib gehört der Erde...: vgl. ›Wunderhorn‹ I, S. 27, die dritte Strophe des Liedes ›Husarenglaube‹.

112 Ich weiss es wohl

Viktoria S. 123–125; *Neudruck:* Schröder S. 113f.

Fassungen: Eine geringfügig abweichende Fassung des Gedichtes – ohne den Epilog – findet sich in ›Feierstunden. Eine Schrift für edle Unterhaltung in zwanglosen Bänden.‹ Hrsg. von Ferdinand Freiherrn v. Biedenfeld und Christoph Kuffner. Bd. I, Brünn 1821, S. 223f.; vgl. Mallon Nr. 79.

Entstehung: Das Gedicht, das im Spiel Anne als einen Abschiedsbrief Körners vorträgt und dem sie den Epilog (V. *31–37*) anfügt (vgl. die Regiebemerkung nach V. *30:* »sie spricht feierlich.«) ist eine Huldigung Brentanos an den im Gefecht bei Gadebusch am 26. August 1813 gegen Napoleon gefallenen patriotischen Dichter Karl Theodor Körner (geb. 1791), den Liebling des Wiener Theaterpublikums, an dessen Braut Antonie Adamberger (1790–1867), die gefeierte Tragödin des Wiener Burgtheaters, »und endlich Schmerzensausdruck des Dichters selbst, dem es bitter ankommt, an Körners Leben das Rühmliche und mit seiner frühen Vollendung Versöhnende voll ausgeprägt zu finden, was Brentanos eigenem Leben und Wirken großenteils versagt war« (Preitz II, S. 482). – Im Anhang der Erstausgabe der ›Viktoria‹ ist dem Gedicht eine Melodie beigegeben.

Erl.: 17 einer Eiche: Körner wurde, wie in den alten Auflagen des Brockhaus nachzulesen ist, »unter einer alten Eiche bei Wöbbelin, 8 km nördlich von Ludwigslust, begraben«. – *20 deutscher Kunst und Art:* vgl. Johann Gottfried Herders ›Von deutscher Art und Kunst. Einige fliegende Blätter‹, Hamburg 1773. – *21 Und setzte deutsch...:* vgl. die beiden letzten Zeilen von Schillers ›Reiterlied‹ aus ›Wallensteins Lager‹: »Und setzet ihr nicht das Leben ein,/Nie wird euch das

Leben gewonnen sein.« ›Wallensteins Lager‹ ist nach der Vorrede zur ›Viktoria‹ Vorbild des Festspieles. *–31 Schön war sein Tod:* Die Formel vom »schönen« Tod Theodor Körners hat ihren Ursprung in dem von dem Grafen zu Dohna-Wundlacken, »im Namen der Freunde und Waffengefährten des tapfern Körner«, geschriebenen Nachruf auf den Gefallenen im ›Preußischen Korrespondenten‹ vom 22. Oktober 1813, worin es u. a. heißt: »Am 26. August fand Theodor Körner, Adjutant des Majors von Lützow, gleich zu Anfange eines Gefechtes, (wodurch in einem, im Rücken der französischen Armee gelegenen Versteck ohnweit Rosenberg an der Straße von Schwerin nach Gadebusch, eine bedeutende Anzahl Wagen mit der Bedeckung, den Franzosen abgenommen wurden), den von ihm oft besungenen schönen Soldatentod...« (Ergänzungsheft zu Euphorion Bd. 2, Bamberg 1895, S. 84)

113 Einsamkeit, du Geisterbronnen

S + E: Nachklänge Beethovenscher Musik, in: Dramaturgischer Beobachter, Wien 1814, S. 10f. (Blatt 3, Freitag, den 7. Januar 1814).

Fassungen: Eine erste Reinschrift des Zyklus unter der Überschrift ›Vier Lieder von Beethoven an sich selbst‹ veröffentlichte Kalischer aus dem Beethovennachlaß (S. 55–58); diese Reinschrift hatte Brentano, vermutlich Anfang Januar 1814, mit folgenden Zeilen an Beethoven gesandt:

»Ich habe diese Lieder eine Stunde eher ich in ihre Musik gehe, geschwinde hingeschrieben, später würden sie besser geworden sein, das letzte Lied ist nicht geschlossen, denn *Daniels* Harfe, *Gideons* Posaune gehört Ihnen, Sie müssen den hassenden Saul heilen, verzeihen Sie, es ist lauter Liebe und ich werde besser kommen

ihr

Clemens Brentano.«

(Kalischer S. 58f.) Die ›Vier Lieder‹ enthalten, in leicht abweichender Fassung, die Nummern 1, 2 und 5 der ›Nachklänge‹ als Nummern 1, 2 und 3. Die Nummer 4 der ›Vier Lieder‹ (»Meine Lyra ist umkränzet«) ist in anderer Fassung im ›Rheinübergang‹ und der ›Valeria‹ (vgl. Werke, Bd. I, S. 298ff.), nicht aber in den ›Nachklängen‹ enthalten.

Entstehung: Der Gedichtzyklus, der in der wissenschaftlichen Brentanoliteratur und in zahlreichen Brentanoausgaben immer wieder irrtümlich als eine Trilogie bezeichnet und gedeutet wurde, bezieht sich auf Beethovens op. 91 ›Wellingtons Sieg oder Die Schlacht bei Vittoria‹, ein Werk, das von den Zeitgenossen stürmisch gefeiert wurde. Es wurde zuerst am 8. und 12. Dezember 1813 in der Aula der Wiener Universität aufgeführt und schon am 2. Januar 1814 im Redoutensaal in Wien wiederholt.

Es ist anzunehmen, daß Brentano schon eine der ersten Aufführungen der Symphonie 1813 gehört hat, daß die ›Vier Lieder‹ unmittelbar vor der Aufführung im Januar, die ›Nachklänge‹ aber nach dieser Aufführung entstanden sind.

Erl.: 34 Memnons Bild: die Memnonssäulen, zwei monolithische Kolosse vor dem Tempel des ägyptischen Königs Amenophis II. Bei einem Erdbeben wurde eine der beiden Säulen zerstört, seit dieser Zeit wurden häufig bei Sonnenaufgang Töne aus dem Torso der Statue vernommen, welche die Griechen als die Stimme Memnons, der seine Mutter Eos beim Sonnenaufgang begrüßt, gedeutet haben. Seit die Säule restauriert wurde (schon in der Antike), waren die Töne nur noch gedämpft zu hören. – *38 Auserwählt...:* Matth. 20,16. – *55 Wellington:* Arthur Wellesley Lord Wellington (1769–1852), britischer Feldherr, kommandierte das britische Expeditionskorps in Portugal und Spanien und drang 1813 über die Pyrenäen nach Frankreich vor. – *58 Kleinod:* Der Lobpreis Englands ist John of Gaunt's ›Lobeshymne auf England‹ in Shakespeare's Tragödie ›König Richard II.‹ (II. Akt, 1. Szene) nachgebildet. – *74 die Schlacht:* bei Vittoria. Wellington's Sieg über die französische Armee bei Vittoria am 21. Juni 1813 entschied den Krieg in Spanien.

116 MÄGDLEIN, SCHLAG DIE AUGEN NIEDER

S: GS II, S. 145f. (korrigiert nach Hs FDH).

E: GS II, S. 145f.; *Neudruck* (gekürzt): Schröder S. 66f.

Fassungen und Entstehung: Das Gedicht, das von Preitz (II, S. 469) in die »Frühzeit« Brentanos gesetzt wird, ist nach Josef Körner (Die Wiener ›Friedensblätter‹ 1814–1815. Eine romantische Zeitschrift, in: Zeitschrift für Bücherfreunde XIV, 1, 1922, S. 92 Anm. 2) an Nanny von Hügel, eine Bekannte Brentanos aus seinen Wiener Jahren, gerichtet und demnach etwa im Februar oder März 1814 in Wien entstanden. Eine ›In das Stammbuch eines starkaugigten Mädchens‹ überschriebene Druck-Fassung des Gedichtes findet sich in den Wiener ›Friedensblättern‹ (Friedensblätter. Eine Zeitschrift für Leben, Literatur und Kunst) Wien 1815, Nr. 92, S. 367.

Baron Joseph von Hügel (1753–1826), der Vater Nannys, war 1813 Zivilgouverneur in Frankfurt und daher mit der Familie Brentano bekannt. Zu Brentanos Bekanntschaft mit Nanny von Hügel vgl. bes. Steig I, S. 335 (Brief an Arnim vom 5. April 1814) und Görres, Briefe I, S. 363f. (Brief von Guido Görres an seine Eltern, datiert: ›Wien, 13. Dezember 1835‹).

Erl.: 26 Endymion: s. o. zu S. 9.

117 WIE DU SOLLST IN SCHÖNHEIT

S: Hs Kunstsammlungen der Veste Coburg.

E: Karl Viëtor, Ein unbekanntes Gedicht Clemens Brentanos, in:

Deutsche Rundschau 195, 1923, S. 179.
Fassungen und Entstehung: Das Gedicht steht in der Hs auf einem Oktavblatt, das aus einem Kalender herausgetrennt scheint. Am Kopf der Seite steht gedruckt:

»Gott, Gott ist zugegn an aller Statt
Sein Aug all Ding lang gsehen hat.«

Nach Viëtor sind die in der Hs mit »Clemens Brentano« unterzeichneten Verse an Brentanos Berliner Freund, den Architekten Karl Friedrich Schinkel (1781–1841), gerichtet. Eine zweite, auf Brentanos Freund Johann Nepomuk Ringseis (1785–1880) bezogene Fassung des Gedichtes ist erstmals gedruckt in: Jugenderinnerungen des k. bayr. Geheimrats Dr. Joh. Nep. von Ringseis, in: Historisch-politische Blätter für das katholische Deutschland, hrsg. von Edmund Jörg und Franz Binder, Bd. 71, 1875, S. 587; vgl. auch Werke, Bd. I, S. 319.
Erl.: 18ff. Daß die Rose...: Viëtor vermutet einen Sinnspruch des Angelus Silesius als Quelle:

»Die Rose, welche hier dein äußres Auge sieht,
Die hat von Ewigkeit in Gott also geblüht.«

– *30 im letzten Jahr der Poesie:* 1815 sind in Brentanos Werk deutliche Anzeichen einer schweren Inspirationskrise zu bemerken, die zur Lebenskrise der Jahre 1817/19 führen; vgl. seinen Brief an Wilhelm Grimm vom 15. Februar 1815 (Seebaß II, S. 125).

118 IN DEM LICHTE WOHNT
S: Hs FDH.
E: GS I, S. 96.
Datierung: Das Gedicht, dessen Datierung ungeklärt ist, wird hier nach Guignard eingeordnet.

[1816–1819]

119 MEISTER, OHNE DEIN ERBARMEN
S: Hs FDH.
E: Geistliche Blumenlese aus deutschen Dichtern von Novalis bis auf die Gegenwart. Mit einem Anhange biographischer Nachrichten. Hrsg. von H. Kletke, Berlin 1841, S. 69–71.
Fassungen: Der vorliegende Text des in zahlreichen handschriftlichen Fassungen erhaltenen Gedichtes steht im Brief Brentanos an Böhmer aus Dülmen vom 8. Februar 1824. Dieser Brief mit dem Gedicht ist gedruckt GS IX, S. 49–71. Eine charakteristisch abweichende Fassung der ersten Strophe (*3* starken Armen] Liebesarmen) steht im Brief des Dichters an Luise Hensel vermutlich von Dezember 1816 (GS VIII,

S. 212), eine abweichende Fassung der 11. Strophe zitiert Brentano in einem Brief an Luise Hensel aus dem Jahre 1817 (GS VIII, S. 232). Preitz II, S. 474f. gibt die Varianten einer Abschrift Böhmers. Brentano selbst schrieb das Gedicht nochmals 1838 für Luise Hensel auf deren Wunsch ab und übergab es ihr mit einer Nachschrift. Diese lautet:

»So mein Lied vor zwanzig Jahren
Als du in den Schacht geschauet,
Und zu Freiberg eingefahren,
Bis die Katze hat gemauet.

So mein Lied nach zwanzig Jahren
Als mein Haupt schon war ergraut,
Du zum Freiberg kamst gefahren
Auf der immortellen Haut.

So mein Lied, weh! heut mit Bangen,
Als gleich einer Honigimme
Aus dem Rosenbusch der Wangen
Grüßte deine graue Stimme.

Stimme nachtigallenfarben,
Ätzend Liederpulver streuend,
Daß zu Wunden werden Narben
Leid und Lied und Schmerz erneuend.

Torenstimme einer Weisen
Weise Stimme einer Törin,
Stimme aus den Zaubergleisen
Der Frau Venus, Klang der Möhrin.

Weh, wie diese den Tannhäuser
Lockte mit der Zauberflöte,
Lockt den Pilger heiser, leiser
Jetzt von Linum die Tralöte!

Imme, die mich tief verwundet,
Wohl mit Recht summst du verbindlich
Stimme süß, wie keine mundet
Drum Freßlieb, das Weitre mündlich!«

Auf einem zweiten Blatt folgt dann dem Gesamt-Gedicht die folgende Prosanachschrift:

»Abschied. Ankunft kann nicht frommen. Dasein, Mitsein, Einssein nur, ist von Ewigsein die Spur. – Willst Du mir antworten, so beschmier nicht das Papier mit Entschuldigungen, die nichts als Huldigungen, der Schuld gegen das Wissen und ein Maullecken, wenn es gebissen, sag höchstens, Linum, war neulich sehr dumm, wird nächstens sehr stumm, sagt nichts als Mumm, Mumm. Drum Linum kehr' um, sequere Herum, bis vinum serum wird vinum merum, essentia rerum – satis iam, jerum! [Zwischen den Zeilen Übersetzung der lateinischen Worte: Folge dem Herrn Wein wässerig Wein lauter Wesen der Dinge genug schon.] – Schreib etwa, wie es Dir geht, wie Du den Tag zubringst, ob Du jemand siehst, ob die Zeit bleiben wird, etwas für Dich zu tun, ob ich Dir eine Arbeit erfinden soll. – Eigentlich habe ich gar nicht mit Dir gesprochen, ich hört mein Herz nur pochen und doch war es gebrochen durch Dich Du Zauberknochen. Ich hab Dich nur gesehen vor mir stehen und fühlte ein Recht an Dich und ein Unrecht, und da war ich ganz verwirrt, als Du aber so lossummtest, habe ich nicht zugehört, sondern alter Leiden gedacht. – Gut Nacht Du armer Kerl, de mes larmes la perle. – Frau Phillips wird bis Dienstag wieder kommen. Pontifex minimus.«

Kletke bekam vermutlich eine Abschrift dieser Abschrift als Druckvorlage durch Vermittlung von Luise Hensels Schwester Wilhelmine; er gab dem Gedicht den Titel ›Erbarme dich, Herr!‹; eine weitere abweichende Fassung bei Schröder S. 220–223.

Entstehung: Nach Brentanos eigenen Angaben entstand das Gedicht im Frühjahr 1816, vor der Begegnung mit Luise Hensel; im Brief an die Freundin von Dezember 1816 leitet er es kommentierend ein.

Erl. zum Versanhang: 1 vor zwanzig Jahren: Das Gedicht entstand nicht 1818, sondern 1816. – *2 in den Schacht geschauet:* vgl. Brentanos Selbstdeutung im Brief von Dezember 1816 an Luise Hensel, GS VIII, S. 211 f. – *4 die Katze:* vgl. auch dazu den genannten Brief, GS VIII, S. 213 f., sowie die Anmerkung in den Emmerickpapieren: »Was die Katze ist, wissen wir, sie ist die falsche Verstecktheit – der Rabe ist ein im Alten Testament, unreines Tier, er ist oft Sinnbild des Undanks, auch der Vogel der Weissagung.« (Adam S. 151 Anm. 267) – *7 zum Freiberg:* Dazu bemerkt Franz Binder auf seiner Abschrift des Gedichtes: »Die Schwester der kranken Gräfin Montgelas, die sich um deren Pflege und Versorgung annahm, war an den [mit Bettina von Arnim befreundeten] Baron Freiberg verheiratet.« Zu Freiberg vgl. auch das Register zu Frühwald, Briefe. – *20 Frau Venus:* vgl. dazu die Paralipomena zu den ›Romanzen vom Rosenkranz‹ Werke, Bd. I, S. 992 ff. – *24 Tralöte:* Luise Hensel merkt in der Hs dazu an: »Tralöte nannten die Linumer Kinder ein von Weidenbast gewundenes Horn, das einen tiefen, rauhen Ton gab, und das ich bei den Kriegsspielen meiner Brüder öfter zu blasen hatte. Meine Mutter oder ich müssen ihm wohl davon erzählt haben.« Vgl. auch u. S. 177 f.

121 Ich kenn' ein Haus

S: Hs FDH.

E: GS II, S. 416–420.

Entstehung und Datierung: Das Gedicht ist, wie Max Preitz (Clemens Brentanos Freudenhausromanze, Frankfurt am Main 1922) nachgewiesen hat, im Frühjahr 1816 entstanden.

125 O wie so oft

S: Hs FDH.

E: GS II, S. 427–429; *Neudruck:* Schröder S. 48–50.

Entstehung und Vorlage: Da die erste Strophe des Gedichtes wörtlich dem ersten Teil von Achim von Arnims Roman ›Die Kronenwächter‹ entnommen wurde (vgl. Achim von Arnim, Sämtliche Romane und Erzählungen, hrsg. von Walther Migge, Bd. I, München 1962, S. 778), Brentano aber frühestens an Pfingsten 1816 einen Teil des Romanes zu Gesicht bekam, kann das Gedicht erst nach diesem Zeitpunkt entstanden sein (vgl. Steig I, S. 345f.). Evtl. ist es aber auch erst nach dem Juni 1817 entstanden, als die ›Kronenwächter‹ im Druck erschienen.

126 Ein kluges mir geliebtes Wesen

S: Hs FDH.

E: GS II, S. 493f.

Datierung: Das Gedicht bezieht sich auf Luise Hensel (1798–1876) und entstand nach deren Aufzeichnungen für Emilie Brentano (Schiel S. 63) im Herbst 1816, d. h. also nach dem 10. Oktober 1816, dem Tag der ersten Begegnung zwischen Brentano und Luise; nach den Aufzeichnungen Luise Hensels für Diel/Kreiten entstand es erst 1817 (Diel/Kreiten II, S. 82 Anm. 1); zur ›Sakuntala‹ vgl. auch UL S. 200. *Erl.: 2 Buchs Gestalt:* die deutsche Übersetzung des berühmtesten Werkes der indischen Literatur, der ›Sakuntala‹ des indischen Dichters Kalidasa (aus dem Ende des 4./Anfang des 5. Jahrhunderts n. Chr.). Vermutlich verschenkte Brentano die zweite, von Herder besorgte Auflage der Übersetzung von Johann Georg Forster (Frankfurt am Main 1803), die der englischen Übersetzung des Sir William Jones (Kalkutta 1789) folgt. ›Sakuntala‹, ein Drama in 7 Akten, gestaltet die altindische Legende von der Liebe des Königs Dusyanta und der Sakuntala, der Tochter des Einsiedlers Kanva, ihre heimliche Hochzeit, ihre Trennung und ihr Wiederfinden. – *36 alles ist... gut:* s. u. S. 171.

127 Ich bin durch die Wüste

S: Hs Stadt- und Landesbibliothek Dortmund.

E. Clemens Brentano, Gedichte, hrsg. von Wolfgang Frühwald, Reinbek 1968, S. 140–144.

Fassungen: Das in zahlreichen Fassungen überlieferte Gedicht entstand nach den Aufzeichnungen Luise Hensels in Berlin im Spätherbst 1816. Ein ›Lied von der Wüste‹ überschriebener, ausführlicher Entwurf ist erstmals gedruckt bei Guignard S. 75–79 (vgl. Werke, Bd. I, S. 349ff.). Die hier gedruckte Fassung übergab Brentano Luise Hensel im Oktober 1816 mit einem kurzen Prosa-Begleittext; von ihr weichen die bei Diel (S. 20–24) und Schröder (S. 139–144) gedruckten Texte ab. Diel druckt »nicht nach den Gesamtwerken [= GS], sondern nach einem Manuskripte Brentanos« (S. 103), das vermutlich heute verschollen ist. Es ist aber auch möglich, daß die Abweichungen des von Diel gedruckten Textes von dem vorliegenden Eingriffe des Herausgebers in das Original darstellen, Diels Vorlage und der vorliegende Text wären dann identisch. Schröder druckt vermutlich nach der heute im FDH befindlichen Hs 11 109. Die Fassung in den GS (I, S. 384–389) wurde von den Herausgebern hergestellt; von ihnen stammt auch die Überschrift, unter der das Gedicht bekannt wurde: ›An den Engel in der Wüste‹. Die erstmals bei Johann Nepomuk Sepp (Görres und seine Zeitgenossen 1776 bis 1848, Nördlingen 1877, S. 86) gedruckte Kurzfassung des Gedichtes (vgl. Werke, Bd. I, S. 348f.) ist schwer zu datieren, aber vermutlich die früheste aller Fassungen.

Entstehung: Die vorliegende Fassung des Gedichtes ist vermutlich als einzige von allen erhaltenen Fassungen an Luise Hensel selbst gelangt. Brentano hat sie mit einem kurzen Prosatext eingeleitet, vgl. Werke, Bd. I, S. 1128; GS VIII, S. 203. Die Strophen 24ff. hat der Dichter durch einen Querstrich von den vorhergehenden Strophen getrennt, das Gedicht nach Strophe 27 mit »Clemens« unterschrieben und später, vermutlich erst im Frühsommer 1819, neben die Unterschrift die letzte Strophe geschrieben.

Erl.: 1 die Wüste: Zur Metapher der »Wüste« als Bild für die »Ausgesetztheit, Lieblosigkeit und sisyphusartige Vergeblichkeit«, auch als »Chiffre der Möglichkeit von Dichtung« s. Gajek S. 105 Anm. 131; zum Bezug des Bildes auf Luise Hensel vgl. Schoeps (Jb FDH 1970) S. 297: »...Sie möchte gern in eine Wüste ziehen...« – *17 Den Kindern manch Grab:* Achim Ariel Tyll Brentano wurde am 11. Mai 1804 geboren und starb am 19. Juni 1804, Joachime Elisabeth Brentano wurde am 13. Mai 1805 geboren und starb am 17. Juni 1805, ein drittes Kind starb (mit der Mutter) schon bei der Geburt am 31. Oktober 1806. – *19 Ob Gott sie wohl finden werde:* vgl. Brentanos Experimente mit den Haaren seiner toten Kinder und seiner Frau Sophie bei Anna Katharina Emmerick in Dülmen am 6. Januar 1820 und im Juni 1821 (Hümpfner S. 471f. und S. 473–475). – *22 Brach mit ihm:* Sophie Mereau-Brentano starb bei der Totgeburt ihres dritten Kindes am

31. Oktober 1806 in Heidelberg, vgl. Brentanos Brief an Arnim von Juli 1807 (Steig I, S. 217). – *45 Erst lebe du:* Zur Vorstellung des ewigen Juden, ein Bild unter dem sich Brentano selbst sah, vgl. auch Werke, Bd. II, S. 520, 602; Bd. II, S. 606f. – *64f. gegeben, genommen:* Hiob 1, 21. – *78 Jerusalem:* vgl. Brentanos Brief an seine Nichte Sophie von Schweitzer vom 10. März 1842 (GS IX, S. 418f.). – *101–110 reich treulich etc.:* vgl. Novalis' Gedicht ›An Adolph Selmnitz‹. – *130 geistlicher Pfau:* das »mit der Geliebten identifizierte Pfauensymbol der Selbsterkenntnis und des ewig unverwesbaren Lebens« (Rupprich, Brentano, Luise Hensel und Ludwig von Gerlach S. 42). – *140 vollbracht:* Joh. 19,30.

132 HÖR', LIEBE SEEL'!

S + E: Aus der Chronika eines fahrenden Schülers, in: Die Sängerfahrt. Eine Neujahrsgabe für Freunde der Dichtkunst und Malerei... Gesammelt von Friedrich Förster..., Berlin 1818, S. 256.

Entstehung: Das Gedicht, das in der Urfassung der ›Chronika‹ nicht enthalten ist, entstand im Kreise der Neupietisten in Berlin im Zusammenhang mit der Erzählung Ende 1816/Anfang 1817. Es wird in der ›Chronika‹ als »Lied von der Taube« bezeichnet, das Elslein für die Mutter singt.

Vorlage: Die Vorlage des Liedes ist ein Lied Adolf Sauberts: vgl. ›Himmel-klingendes Schäferspiel... gewidmet von der Blumen-Genossenschaft an der Pegnitz, Nürnberg 1669‹, S. 31ff. Zur Quellenlage vgl. bes. Elisabeth Stopp, Brentano's ›Chronika‹ and its revision, in: Sprache und Bekenntnis. Sonderband des LJb. Hrsg. von Wolfgang Frühwald und Günter Niggl, Berlin 1971, S. 177 Anm. 26.

133 O SCHWEIG NUR HERZ!

S: Hs Stadt- und Landesbibliothek Dortmund.

E: GS II, S. 197f.

Entstehung und Datierung: Das Gedicht steht in einem von Emilie Brentano, nach Luise Hensels Angabe, auf Januar 1817 datierten Brief Brentanos an Luise Hensel. Es ist nur in der hier gedruckten Fassung und in einem Entwurf erhalten; die Fassung der GS (II, S. 197f.) ist eine Bearbeitung der Herausgeber, von denen vermutlich auch die Überschrift ›Wiegenlied eines jammernden Herzen‹ stammt. Vgl. GS VIII, S. 224.

Erl.: 35f. baue/Dein Elend: vgl. ›St. Jakobs Pilgerlied‹ im ›Wunderhorn‹ II, S. 232: »Wer das Elend bauen wöll,/Der heb sich auf und sei mein Gsell...«; s. auch Werke, Bd. IV, S. 472, 941 und u. S. 175, 198; »Elend« bedeutet hier, in Anlehnung an den ursprünglichen Sinn des Wortes, »Fremde«.

134 Ach alles geht vorbei
S: Hs Stadt- und Landesbibliothek Dortmund.
E: GS II, S. 199f.
Entstehung: Das Gedicht steht im gleichen Brief wie das vorhergehende, es ist ebenso wie dieses nur in der vorliegenden Fassung und in einem Entwurf erhalten und wie dieses in den Brieftext verflochten, vgl. GS VIII, S. 226f. Die Anfangszeile »Schweig Herz! kein Schrei!«, unter der das Gedicht bekannt wurde, hat in beiden Hss keine Grundlage, stammt also vermutlich von den Bearbeitern der GS.

135 Fahre fort mit Dornenschlägen
S: Hs FDH.
E: GS I, S. 495f.; *Neudruck:* Schröder S. 147f.
Entstehung: Nach Luise Hensel (Diel/Kreiten II, S. 82 Anm. 1) entstand das Gedicht Anfang 1817; unsere Druckvorlage ist eine, vermutlich 1819, auf Wunsch Luise Hensels angefertigte Abschrift, unter die Brentano notiert: »Dieses Lied ist eine schöne Entdeckung für mich geworden, nachdem andre Leute von ihr [Luise] erfahren, ich habe mich ganze Tage vor ihr in die Stube niedergelegt, und sie gebeten mich mit Füßen zu treten, und sie habe es dann aus Ekel getan, und ich hätte dann über meine Schlechtigkeit geheult und geklagt.« Zur Datierung der Hs und der hier zitierten Notiz Brentanos vgl. die Anmerkung von Wolfgang Frühwald, in: Hansjörg Holzamer, Clemens Brentano ›Der Epheu‹, LJb, NF VI, 1965, S. 133f.
Vorlage: Die erste Zeile des Gedichtes ist Amadeus Creuzbergs Lied »Fahre fort mit Liebes-Schlägen/Süßer Jesu/liebster Hort!« nachgebildet, das Brentano aus dem ›Anmutigen Blumenkranz‹ kannte, aus dem die drei ersten Strophen im ›Wunderhorn‹ (III, S. 142) stehen und den Brentano auch in der zweiten Fassung von ›Aloys und Imelde‹ (SW IX, 2, S. LX, 304) benutzte.

136 Der Herr ritt
S: Hs FDH.
E: GS II, S. 500f.
Entstehung: Das Gedicht, das in der Hs mit »Clemens« unterzeichnet ist, ist ein Geburtstagsgruß Brentanos für Luise Hensel. Luise wurde am 30. März 1798 in Linum bei Fehrbellin geboren, der 30. März 1817 fiel auf den Palmsonntag.
Erl.: 4 ihre Kleider: vgl. Matth. 21,1–11; Mark. 11,1–11. – *21 Priesterhaus zu Linum:* Luise Hensels Vater, Johann Jakob Ludwig Hensel, war Pastor in Berlin, seit 1797 in Linum. – *25 Himmelschlüsselbein:* vgl. dazu GS VIII, S. 227, korrigierter Text der Briefstelle, Werke, Bd. I, S. 1133, s. auch u. S. 145, 206.

138 Die Erde war gestorben (1. Fassung)

S: Faksimile der Hs in: Clemens Brentano, Gesammelte Werke. Hrsg. von Heinz Amelung und Karl Viëtor, Bd. I, Frankfurt am Main 1923, nach S. 68.

E: Ebenda S. 68.

Datierung: Das Gedicht wurde bisher (Jaeger S. 32) auf »Frühjahr 1802« datiert und nach einer Parallelstelle im Briefwechsel des Dichters mit Sophie Mereau auf diese bezogen: »... und alle Welt ist gestorben, außer Ihnen, seit Sie mich berührten, blind stehe ich, sehe keine Sonne und kein Grün, Ihr Bild nur sehe ich, mit feindlicher Gewalt von mir gewendet.« (Amelung I, S. 27) Eine deutlichere Parallele bietet der Brief Brentanos an Arnim von Juli 1807, vgl. Steig I, S. 217. Henning Boetius wies nach, daß das vorliegende Gedicht, die folgende geistliche Kontrafaktur, das Entwurffragment ›Aus Immergrün gewunden‹ (GS I, S. 108ff., Guignard S. 103) und das Gedicht ›Die Abendwinde wehen‹ (s. u. S. 228) »im Jahre 1817 bzw. kurz danach entstanden« sind (Entstehung, Überlieferung und Datierung dreier Gedichte Clemens Brentanos, Jb FDH 1970, S. 258ff.), daß also alle vier Gedichte »nicht nur in einem engen zeitlichen, sondern auch genetischen Zusammenhang stehen«. Zum Vergleich der beiden Fassungen s. bes. Günther Müller, Brentanos Luisengedichte, Jb FDH 1928, S. 155ff.

138 Die Erde war gestorben (2. Fassung)

S: Hs FDH.

E: GS I, S. 433.

139 Pilger! all der Blumenschein

S: Hs FDH.

E: GS I, S. 35–38.

Fassungen: Das Gedicht steht in einem Brief Brentanos an Luise Hensel, der datiert ist »Berlin, 17. Mai, 1817. Abends« (GS VIII, S. 233–235). Diesen Brief, der heute verschollen ist, konnten Diel und Hermann Cardauns (Jugendzeit S. 26 Anm. 1) noch im Original einsehen. Cardauns teilt die Abweichungen dieser ersten Fassung von der mit unserer Satzvorlage, mit Ausnahme der Interpunktion und eines Lesefehlers, identischen Fassung der GS (I, S. 35–38) mit: »... das erste Wort jeder Strophe des Liedes lautet im Original nicht ›Pilger‹, sondern ›Sage!‹, die erste Zeile der letzten Strophe: ›Sage, sage immer mir‹ (statt: ›Herr, ach sage für und für‹) ...«. Diel (S. 30–33) druckt unter der Überschrift ›Der Pilger in Gottes Blütengarten‹ eine von unserem Text geringfügig abweichende Fassung »mit einigen Abänderungen nach einem vorliegenden späteren Manuskripte«, wobei nicht auszumachen ist, ob die Abweichungen von unserem Text auf Diel oder seine Vorlage zurückgehen. Die vorliegende Fassung ist eine 1819 für Luise Hensel von Brentano angefertigte Abschrift des Gedichtes, unter die Brentano schrieb:

»Hat sich Gott sei Dank, erwiesen,
Auf den Paradieseswiesen.«

Zum Kontext s. GS VIII, S. 233f.

Erl.: Überschrift M. K.: Minchen Knecht, vgl. Schiel S. 105. – *19 in Blumen wallen:* s. o. S. 117 das Gedicht »Wie du sollst in Schönheit wallen«. – *32 Hütte bau:* vgl. Matth. 17,4.

141 Vom Gesange lust'ger Finken

S: Hs FDH.

E: GS I, S. 482f.

Entstehung: Das unter dem Titel ›Finkenlied‹ bekannte Gedicht ist an Luise Hensel gerichtet und in der Hs mit »Clemens« unterschrieben. Diel (S. 29) datiert es, wohl nach einem Hinweis Luise Hensels, auf »Mai 1817«.

Erl.: 17ff. ohn' Gottes Willen: Matth. 10,29f., Luk. 12,6f. – *40 dürren Baum:* Matth. 21,18–22, 11,12–14,21. – *49 Courant:* das eigentliche Währungsgeld, im Gegensatz zu den Scheidemünzen, die nur zu Zahlungen im Kleinverkehr dienten: Courant-Groschen haben also einen wesentlich höheren Wert als Münz-Groschen. – *76 Pelikanenbrut:* der Pelikan, der der Legende nach mit dem eigenen Blut seine Jungen nährt, Symbol für Christus. – *94 Kamel:* Matth. 19,24, Mark. 10,25, Luk. 18,25. – *124 Überhimmelsschlüsselbein:* s. o. zu S. 136 und S. 206. – *131 Eva, Ave:* vgl. den erstmals im 12. Jahrhundert ins Deutsche übersetzten Hymnus »Ave maris stella«, in Brentanos Übersetzung ›Trutz Nachtigall‹ S. 455ff.

146 Geschämig tritt

S: Hs FDH.

E: GS I, S. 484–491; *Neudruck* (gekürzt): Schröder S. 153–157.

Erl.: 135 Daß Stein zu Brot: Matth. 4,3f., Luk. 4,3f. – *151 Eliae Wagen:* 2. Kön. 2,11 »...da kam auf einmal ein feuriger Wagen mit feurigen Rossen und trennte die beiden. So fuhr Elia im Wetter gen Himmel...«

151 Einsam will ich untergehn (1. Fassung)

S: Hs FDH.

E: GS II, S. 201–203; *Neudruck:* Schröder S. 145f.

Fassungen: Das für Luise Hensel 1817 geschriebene Gedicht wurde 1834 für Emilie Linder bearbeitet (s. u. S. 245). Die vorliegende Fassung folgt einer Abschrift Brentanos für Luise Hensel aus dem Jahre 1819.

152 Durch den Wald (2. Fassung)

S: Hs FDH.

E: GS II, S. 385–390.

Entstehung: Diese Spätfassung des Freundschaftsliedes für Achim von Arnim, eine geistliche Kontrafaktur der Frühfassung, entstand vermutlich im Sommer/Herbst 1817; s. dazu o. zu S. 68.

Erl.: 45 Venus' Berg: s. die Paralipomena zu den ›Romanzen vom Rosenkranz‹, Werke, Bd. I, S. 992ff. – *46 Keuschlamm:* Vitex agnus castus, der Abrahamsstrauch, dessen Samenkörper seit der Antike als Mittel gegen die Sinnlichkeit galten; vgl. auch Werke, Bd. I, S. 1003, 1238. – *56 den Fischer:* vgl. Goethes Ballade ›Der Fischer‹ (Erstdruck 1779). – *61 weißen Hirsch:* vgl. die Legende vom hl. Hubertus.

156 O DU LIEBER WILDER REGEN

S: Hs FDH.

E: GS I, S. 394–399.

Fassungen: Das vermutlich im Herbst 1817 für Luise Hensel entstandene Gedicht wurde 1834 für Emilie Linder bearbeitet (s. Werke, Bd. I, S. 570ff.); die Fassung der GS folgt dem Text von 1834.

Erl.: 17 armen Schwimmer: vgl. in der Urfassung der ›Chronika‹, die Erzählung ›Von dem traurigen Untergang zeitlicher Liebe‹, u. S. 317ff. – *78 letzter Traum:* vgl. V. *28* des Gedichtes »Die Abendwinde wehen, u. S. 229. – *81 Jakobsleiter:* 1. Mos. 28,12. – *85 Schwester:* vgl. die Briefe Luise Hensels an Brentano bei Schiel S. 104f., 110 u. ö.

160 GUTE NACHT DU LIEBES BLUT

S: Hs FDH.

E: Emma von Niendorf, Sommertage mit Clemens Brentano, in: E. v. N., Aus der Gegenwart, Berlin 1844, S. 20f.

Fassungen und Entstehung: Die Fassung des Erstdruckes weicht geringfügig von dem vorliegenden Text ab. Nach Niendorf ist das Gedicht an »eine Freundin von Brentanos Schwester« Bettina, d. h. an Karoline von Günderode, gerichtet, die sich »vor der bevorstehenden Operation des Aderlasses« fürchtete und Brentano »um ein Trostwort gebeten« hatte (Niendorf S. 19,21). Das Gedicht ist aber mit Sicherheit an Luise Hensel gerichtet, die es in ihren Aufzeichnungen für Emilie Brentano auf »Herbst 1817« datiert (Schiel S. 62 f.).

Datierung: Bernhard Gajek (S. 127ff.) nimmt an, daß das vorliegende Gedicht erst nach der Begegnung Brentanos mit Anna Katharina Emmerick, im Oktober 1818 in Dülmen entstand und daß die Gedichte »Was ich tue« (u. S. 164) und »Ihre Händchen pochten an« (u. S. 177), deren Entwürfe auf dem gleichen Blatt stehen wie der Entwurf zu dem vorliegenden Text, etwa um die gleiche Zeit entstanden. Die drei genannten Texte werden hier, wegen der unsicheren Datierung, nach Guignard eingeordnet. Zur Analyse des Gedichtes s. Gajek S. 135ff.

161 An des Hauses kleiner Türe

S: Hs FDH.

E: GS I, S. 466–469.

Entstehung: In den GS steht das Gedicht als Nr. 1 eines Zyklus unter der Überschrift ›Aus einem ungedruckten Romane‹, eine Irreführung, der Luise Hensel (bei Diel/Kreiten II, S. 82 Anm. 1) widerspricht. Das Gedicht ist an Luise Hensel gerichtet, als Nachschrift hat Brentano in der Hs hinzugefügt:

»Mein lieb vertraut Leben, das mußte ich dir unter Tränen niederschreiben, das darf ich dir sagen, du mein Gut, mein Alles. Sei nicht traurig um mich, ich bin sehr glücklich, sehr traurig, ich liebe sehr, und man empfindet auch Mitleid und Wohlwollen mit mir, das ist viel mehr, als ich erwarten durfte. Ich bin nicht unbescheiden, das Leben geht auch herum, und ich werde es schon aushalten. Bleib mir nur gut, ach du bist es ja allen Menschen! Mein Lieb, mein Lieb – gut Nacht, ich sinke schier nieder, und hier mag ich nicht, hier bist du nicht, ach ich bin doch sehr anspruchsvoll, nur zu deinen Füßen will ich niedersinken. Gott helfe mir, Gott stärke mich. O Gott, wie liebe ich dich!«

164 Was ich tue

S: Hs FDH.

E: GS I, S. 92–95.

Datierung: Das Gedicht wird von Emilie Brentano (GS VIII, S. 63), vielleicht nach einem Hinweis von Luise Hensel, auf 1817 datiert, es ist hier nach Guignard eingeordnet. S. auch o. zu S. 160. Zur Analyse des Gedichtes s. Gajek S. 160 ff.

167 Ich baute eine Mauer

S: Hs Universitätsbibliothek Münster.

E: GS I, S. 79–83

Entstehung: Das Gedicht steht in einem Brief an Luise Hensel, der von Emilie Brentano (GS VIII, S. 231 f.) zwischen Brentanos Henselbriefe vom 1. Februar 1817 und 17. Mai 1817 eingereiht wird. Es wird von Luise Hensel selbst (Schiel S. 62, Diel/Kreiten II, S. 82 Anm. 1) auf 1817 datiert und in der Hs von ihr eigenhändig zur Bekräftigung des Gesagten unterschrieben. Das Lied ist von Brentano als Rollengedicht verfaßt, es spricht Luise Hensel.

Die letzte Strophe des Gedichtes hat Luise Hensel charakteristisch umgebildet, vgl. ihren undatierten Brief an Brentano (Schiel S. 103).

169 Es scheint ein Stern vom Himmel

S: Hs FDH.

E: GS II, S. 204–206.

Datierung: Das an Luise Hensel gerichtete Lied kann nicht mit Sicherheit datiert werden. Luise Hensel (Diel/Kreiten II, S. 82 Anm. 1) nennt als Entstehungszeit »1816 oder 1817«, notierte aber im Entwurf ihrer Aufzeichnungen für Emilie Brentano als Entstehungsdatum zunächst »Frühjahr 18« (Cardauns, Aufzeichnungen S. 73). Wir schließen uns mit Guignard der Datierung Frühjahr 1818 an.

Zum Text: nach V. *60* ist das Gedicht unterschrieben:

»Der ich verbleibe bis in das Grab meiner hochgeschätzten wohlehrbaren Jungfer Gevatterin Luisa Henselin

allеruntertänigster
wunderlicher Kerl!«

171 Ich bin allein

S: Hs FDH.

E: GS II, S. 207f.

Entstehung: Über dem Text hat Brentano, nach einer Abschrift des Gedichtes ›Kunst und Glaube‹ von Johann Friedrich von Maier, eingetragen: »Abgeschrieben aus dessen Blättern für höhere Wahrheit, weil es Luisen gefiel, den 9ten Juni 1818, da sie mit F. v. Helwig und ihrem Bruder nach Grunewald gefahren. Sonntag Nachmittag.« Durch diese Notiz wird Luise Hensels eigene Datierung des Gedichtes »Sommer 1817« (Cardauns, Aufzeichnungen S. 73, Diel/Kreiten II, S. 82 Anm. 1) korrigiert, zugleich wird die von den Herausgebern in den GS hinzugefügte Überschrift ›Als sie ausgefahren war‹ verständlich.

173 Ach wär' ich doch

S: Hs FDH.

E: GS I, S. 470–472.

Entstehung: Das Gedicht ist ein fiktives Gespräch zwischen dem Dichter und Luise Hensel, es wurde von Emilie Brentano fälschlich als Nr. II. unter der Überschrift ›Aus einem ungedruckten Romane‹ gedruckt (s. dazu o. zu S. 161), von Luise Hensel (Diel/Kreiten II, S. 82 Anm. 1) richtig auf das Jahr 1818 datiert. Brentano hat das Gedicht mit »Clemens« unterschrieben und später, vermutlich erst zwischen Mai und Juli 1819, jedenfalls nach dem Zerwürfnis mit Luise Hensel (vgl. zu diesem Zerwürfnis Adam S. 115–132), die Verse angefügt:

»Und als der Undank stand am Brunnenrand,
Beugt' ich zur Brücke ihm den müden Rücken,
Da reicht der Meineid mir die Judashand
Und schlägt mir unterm Arm hinweg die Krücken.«

175 Das Elend soll ich einsam bauen

S: Hss FDH.

E: GS I, S. 494 und 77f.

Entstehung: Das Gedicht muß, wie Bernhard Gajek erkannt und Henning Boetius bestätigt hat, aus zwei Hss zusammengesetzt werden, die erst nach Brentanos Tod getrennt wurden. Die erste Strophe des Gedichtes steht nämlich in der Hs FDH – 8064, nach einem Querstrich, unter der Reinschrift des Gedichtes »Nun soll ich in die Fremde ziehen«, weshalb sie in den Drucken, seit den GS, diesem Gedicht angefügt wurde; ursprünglich folgte aber auf die Hs FDH – 8064 die Hs FDH – 8018 a, auf der die restlichen Strophen des Gedichtes stehen. Nach Luise Hensels Aufzeichnungen für Emilie Brentano (Schiel S. 62) und nach ihren Angaben bei Diel/Kreiten (II, S. 82 Anm. 1) entstand das Gedicht im Sommer 1818.

Erl.: 1 Elend. bauen: s. o. S. 133. – *3 Pfauen:* s. o. zu S. 127. – *11 Brunnen:* s. o. S. 128. V. *32ff.* – *20 ersten Mann:* vgl. 1. Mos. 2,18–3, 1 ff. – *40 Kelch:* Matth. 26, 29 etc.

176 NUN SOLL ICH IN DIE FREMDE

S: Hs FDH.

E: GS I, S. 492–494; *Neudruck:* Schröder S. 163–165.

Entstehung: Das Gedicht entstand nach Luise Hensel (Diel/Kreiten II, S. 82 Anm. 1) im »Sommer 1818«, nach Guignard zu dem Zeitpunkt, als Brentano, auf Drängen Luise Hensels, nach Dülmen zu der stigmatisierten Anna Katharina Emmerick abreiste (14. September 1818).

Erl.: 12ff. Tempel etc.: s. o. S. 131, V. *106–109.* – *22 Räuber Hand:* vgl. Richter, 2, 16.

177 IHRE HÄNDCHEN POCHTEN AN

S: Hs FDH.

E: GS I, S. 504f.

Entstehung und Datierung: Das in den GS ›Das Kind im Himmel‹ überschriebene Gedicht soll »nach einem Gesichte der A. K. Emmerich«, also frühestens im September 1818, entstanden sein. Es wird dagegen von Luise Hensel – wohl richtiger – auf 1817 datiert (Diel/Kreiten II, S. 82 Anm. 1), hier aber, wegen der Datierungsschwierigkeiten, nach Guignard eingeordnet. Es bezieht sich, ob nun während oder vor der Dülmener Zeit Brentanos entstanden, deutlich auf Luise Hensel. S. o. zu S. 160.

Erl.: 4 ew'gem Worte: Matth. 7,7f., Luk. 11,9f. – *14 Dralöte:* vgl. dazu Luise Hensels Anmerkung o. zu S. 119. – *25–28 Engel, die Gott zugesehn etc.:* Über diese in Brentanos Werk häufig wiederkehrenden Verse (vgl. etwa GS I, S. 53, Bd. II, S. 540 und die Anmerkung dazu, etc.) berichtet Emma von Niendorf:

»[Justinus] Kerner legte ein Gedenkbuch, das ihm sein Schubert geschenkt hatte, vor Clemens hin. ›Sind Sie auch ein Erinnerungsesel?‹ fragte dieser und trug die Zeilen ein:

›Engel, die Gott zugesehn,
Sonn' und Mond und Sterne bauen,
Sprechen: Herr, es ist auch schön,
Mit dem Kind in's Nest zu schauen.‹

Und darunter setzte er: ›Diesen Vers schreibt der arme Brentano in jedes Stammbuch.‹« (Niendorf S. 3f.) Einen solchen Stammbucheintrag hat Guignard (aaO) in der Münchener Staatsbibliothek gefunden, über einen anderen Eintrag dieser Art berichtet Hermann Nestler: Cl. Brentanos Lebensabend. Seine Regensburger und Münchner Zeit (1832–1842), Regensburg 1922; von einem Druck der Verse (1839) in dem von Fr. Pocci, Guido Görres und ihren Freunden herausgegebenen ›Festkalender‹ berichtet Alphons Maria von Steinle (Clemens Brentano und Edward von Steinle, Kempten und München 1909, S. 211f.; s. dort auch Steinles Zeichnung zu den Versen [1849]); s. auch Werke, Bd. I, S. 620. Die vorliegende Fassung ist wohl das früheste Zeugnis der Verse im Werk des Dichters. Zu Bild- und Motivparallelen sowie zur Analyse vgl. Gajek S. 263ff.

[1820–1833]

179 Zweimal hab' ich dich gesehn

S: Hs FDH.

E: GS I, S. 419–427.

Entstehung und Datierung: Die Sterne in der von den Herausgebern dem Gedicht in den GS gegebenen Überschrift (›An*** nach ihren ersten Besuchen bei A. C. Emmerich‹) bedeuten: Luise Hensel.
In ihren für Pater Karl Erhard Schmoeger, den Herausgeber von Brentanos Emmerickpapieren, niedergeschriebenen Erinnerungen (vgl. Hochland XIII, 2, 1916, S. 399ff.; genauer Druck: Winfried Hümpfner, Akten der kirchlichen Untersuchung über die stigmatisierte Augustinerin Anna Katharina Emmerick, Würzburg 1926, S. 349–388) berichtet Luise Hensel über mehrfache Besuche in Dülmen. Bei den beiden ersten Besuchen (im April und im August 1819) war Brentano in Dülmen nicht anwesend; wenn also die erste Zeile des Gedichtes wörtlich genommen werden soll, so ist das Gedicht, wie schon Guignard feststellt, zwischen April 1821 und März 1822 entstanden.

Erl.: 1 Angesprochen ist Luise Hensel. – *2 der einz'*gen: Anna Katharina Emmerick. – *15 die Quäler:* evtl. auch eine Anspielung auf die Untersuchung der Stigmata Anna Katharinas durch eine staatliche Kommission vom 7. bis zum 29. August 1819, bei der Brentano als

Zeuge abgelehnt wurde. – *33 Abgemähet:* s. u. S. 211. – *79 Kind zum Heilandskind:* s. das Zueignungsgedicht zur ›Trutz Nachtigall‹, Werke, Bd. I, S. 398ff. – *138 Pfau:* s. o. zu S. 127. – *180 Wüsten Mitten:* s. o. S. 127 das Gedicht »Ich bin durch die Wüste gezogen«. – *181 Schacht:* s. o. S. 119 das Gedicht »Meister, ohne dein Erbarmen«.

185 Wer ist ärmer als ein Kind?

S + E: Geistlicher Blumenstrauß aus spanischen und deutschen Dichter-Gärten, den Freunden der christlichen Poesie dargeboten von Melchior Diepenbrock..., Sulzbach 1829, S. 321–326.

Fassungen: Die vom Erstdruck etwas abweichende Fassung der GS (I, S. 161–166), deren Varianten Guignard verzeichnet, folgt offensichtlich einer Hs Brentanos.

Entstehung und Datierung: Das Gedicht wurde für Apollonia Diepenbrock (1799–1880), die schwesterliche Freundin Brentanos, die Schwester seines Freundes Melchior Diepenbrock (1798–1853), verfaßt. Apollonia Diepenbrock berichtet aus Horst am 27. April 1822 darüber an Luise Hensel, vgl. Franz Binder, Luise Hensel. Ein Lebensbild, Freiburg i. Br. [2]1904, S. 149f.

Erl.: 24f. wie die Kinder: Matth. 18,3. – *31 Engel:* Matth. 18,10.

189 Sieh ich bin eine Magd des Herrn

S: Hs Stadt- und Landesbibliothek Dortmund.

E: GS I, S. 544–546.

Entstehung und Datierung: Die mit »Dein ergebener Freund Clemens Brentano« unterschriebenen Verse (6. 12. 1826) sind in den GS überschrieben ›An Emilie D. (ins Stammbuch). Am St. Niklastag 1826‹, und an Emilie Dietz, eine Tochter von Hermann Joseph (1782–1862) und Antonia Dietz, Brentanos Koblenzer Freunden, gerichtet.

Erl.: 1 Magd des Herrn: Luk. 1,38. – *5 Sophia:* Nach der Legende war die hl. Sophia eine vornehme Frau in Mailand; sie verteilte nach dem Tode ihres Gatten ihr Vermögen an die Armen und übersiedelte mit ihren Töchtern Fides (Glaube), Spes (Hoffnung) und Caritas (Liebe), des Martyriums begierig, nach Rom; ihre Töchter starben in Rom (zur Zeit des Kaisers Hadrian) den Martertod, Sophia starb drei Tage nach der Bestattung ihrer Kinder; vgl. auch GS I, S. 272, Boetius (Jb FDH 1967) S. 450–452. – *15 Mutter:* Antonia Johanna Dietz (1783 bis 1838), die Armenmutter von Koblenz und Gattin von Brentanos Freund, dem Koblenzer Stadtrat, Fabrikanten, Begründer des Bürgerhospitals Hermann Joseph Dietz; zu Frau Dietz vgl. UL S. 504f. und GS II, S. 535–548, Guignard S. 116f. – *50 Verein:* der Koblenzer Frauenverein. – *75 die Mägdlein gern:* vgl. die häufig bearbeitete, hier in einer Kurzfassung gebotene Legende von der Rettung der drei Jungfrauen (die ihr Vater zu Dirnen machen wollte) durch Nikolaus, den Bischof von Myra. – *81 Othilia:* Otilie Dietz, die Schwester Emilies. – *82f. Und inter spinas etc.:* Und wie die Blüten zwischen den Dornen, und anderes dergleichen.

191 DU NÖTIGST MICH

S + E: GS II, S. 529–534.

Entstehung und Datierung: Das Gedicht, das hs nur in einem Entwurf des Dichters und in einer Abschrift Böhmers überliefert ist, schrieb Brentano für Marianne von Willemer. Da Böhmers Abschrift nur geringfügig von dem Erstdruck in den GS abweicht (vgl. die Varianten bei Guignard), nehmen wir an, daß die Druckvorlage für *E* eine Abschrift aus dem Stammbuch Marianne von Willemers war.

Brentano hat die Verse vermutlich 1827, bei einem Besuch auf der Gerbermühle, verfaßt. Schon am 3. Juli 1826 schreibt er aus Koblenz an Böhmer: »Sagen Sie Thomas [Schwiegersohn Willemers] und Frau Willemer meine Grüße. Wenn mir etwas einfällt, schreibe ich's ihr auf die Stammbuchblätter – bis jetzt fällt mir nichts dabei ein, als: Stamm und Buch und Blatt...«, und 1836 erinnert er sich (wie auch in der ›Herzlichen Zueignung‹ des großen Gockelmärchens, vgl. Bd. II, S. 331ff.) seiner Besuche auf der Gerbermühle.

Um den religiösen Ton des Gedichtes richtig zu verstehen, muß man sich vergegenwärtigen, daß Marianne von Willemer im September 1818 durch Christian Brentano zu einer Reversion ähnlicher Art, wie es die Clemens Brentanos war, bewegt worden war (vgl. Weitz S. 788f.).

Erl.: 66 mit Jakob weinen: vgl. 1. Mos. 34,31ff. – *70 Korn reichend:* 1. Mos. 42ff. – *74 Putiphare:* 1. Mos. 39,12. – *80 dem Benjamin:* 1. Mos. 44,2,12; unter den Sendungen der Willemers an Goethe befand sich im November 1826 auch eine Lithographie von Oeri nach Overbeck ›Joseph wird von seinen Brüdern verkauft‹ (vgl. Weitz S. 177, 959), vielleicht hatte Brentano davon Kenntnis. – *82 mit dem Propheten:* 2. Kön. 2,8ff. – *89 der Jüngling:* Mark. 14,51f. – *104–107 Ave Maria:* Paraphrase des ersten Teiles des Gebetes »Ave Maria«. – *110–121 Taufe etc.:* die sieben Sakramente Taufe, Firmung, Buße, Altarsakrament, Krankenölung, Priesterweihe, Ehe. – *121f.: Zu einem Fleische zwei:* Anspielung auf Epistel und Evangelium der Brautmesse, Eph. 5,22ff., Matth. 19,3–6. – *124 Fleht heil'ge Brüder:* Anklang an das »Orate fratres« der Messe. – *125 zur Wüste:* vgl. Offenb. 12,6. – *127 der Drache:* vgl. Offenb. 12,17. – *129 Maria, Mutter Gottes:* Paraphrase des zweiten Teiles des Gebetes »Ave Maria«.

[1834–1842]

196 Wo schlägt ein Herz

S: Hs FDH.

E: GS II, S. 237; *Neudruck:* Schröder S. 201.

Entstehung: Das Gedicht ist das erste bekannte Gedicht Brentanos an seine Altersliebe, die aus Basel stammende Münchner Malerin Emilie Linder (1797–1867), die er im Oktober 1833 »in der Malstube Schlotthauers in der Akademie« kennengelernt hat; an sie sind die meisten nachfolgenden Gedichte gerichtet.

Erl.: 22 Gewalt: Matth. 11,12.

196 Danke, danke, süsse Feder!

S: Hs FDH.

E: GS II, S. 248f.

An Emilie Linder.

197 Süsser Trost

S: Hs FDH.

E: GS II, S. 252–256.

Erl.: 2 die Liebste: Emilie Linder. – *23 Elend bauen:* s. o. zu S. 133. – *57ff. wie die Kinder etc.:* vgl. Bd. II, S. 535ff.

201 Ein Becher voll

S: Hs FDH.

E: GS II, S. 235f.; *Neudruck:* Schröder S. 199f.

Entstehung: Das Gedicht ist an Emilie Linder gerichtet, die Überschrift in den GS ›Aus einem kranken Herzen‹ stammt von den Herausgebern.

202 Vogel halte

S: Hs FDH.

E: GS II, S. 211–215.

206 Eine feine reine Myrte

S: Hs FDH.

E: GS II, S. 216–220.

Zum Text: Das Gedicht steht in der Hs auf dem gleichen Blatt wie das vorhergehende, die in GS ausgelassenen Strophen druckt erstmals Guignard; aus der Hs ist nicht klar zu erkennen, ob nicht dieses und das vorhergehende Gedicht einen fortlaufenden Text bilden.

Erl.: 2 Opfertaubenpaar: vgl. Luk. 2,24. – *12 Himmelschlüsselbein:* s. o. zu S. 136. – *92 Honny soit...:* Inschrift auf dem britischen Hosenbandorden. – *110 unters Häubchen:* Emilie Linder blieb unverheiratet; auch Brentanos Werbung hat sie abgewiesen.

210 Als ich in tiefen Leiden

S: Hs FDH.

E: GS II, S. 263.

Entstehung: Die Verse, die von Guignard auf 1834 datiert werden, stehen auf der linken Hälfte der Hs, durch Striche eingerahmt. Die in GS II daran anschließenden Verse stehen auf dem gleichen Blatt auf der rechten Blatthälfte, von dem vorliegenden Text deutlich abgetrennt; sie lauten in der Hs:

»O Mutwill ausgesprochen
In Tränen ausgebrochen,
O Scherz von wenig Wochen
Indes das Herz gebrochen!
O Lächeln einer Wunde,
O Dolch in blutendem Munde.«

Anderthalb gestrichene Verse und der Beginn eines dritten Verses, der ebenfalls gestrichen ist, folgen.

211 WAS HEISS AUS MEINER SEELE

S: Hs FDH.

E: Liebesleben S. 204.

Fassungen: Vgl. zu diesen an Emilie Linder gerichteten, vermutlich einem Brief nach Karlsbad beigelegten Versen die abweichende Bearbeitung im ›Tagebuch der Ahnfrau‹, Bd. II, S. 643f.

211 STILL FOLGT DIE LIEBE

S: Hs FDH.

E: GS II, S. 260–262.

An Emilie Linder.

Erl.: Überschrift: vgl. dazu Brentanos Brief an Emilie Linder vom 18. September 1834 (Frühwald, Briefe S. 30f.). – *35 Fischbeinchen:* vgl. Frühwald, Briefe S. 99. – *68 schwarzlaub'gen Linde:* vgl. Frühwald, Briefe S. 86f., 115, vgl. auch das Gedicht ›Treu, dunkellaubige Linde‹ Bd. II, S. 630.

214 ZUR STUNDE, DIE IN SEHNSUCHT

S: Hs FDH.

E: GS II, S. 257–259.

Datierung: Nach einem Hinweis Guignards findet sich in einer Hs des Gedichtes das Datum: 11. Juni 1834. Zu den Motivverwandtschaften des Gedichtes s. Gajek S. 149ff.

Vorlage: Zu Strophe 1 vgl. den 8. Gesang des ›Purgatorio‹ in Dantes ›Divina Comedia‹, s. auch Bd. II, S. 579.

215 DEN ERSTEN TROPFEN

S: Hs FDH.

E: GS II, S. 244–247.

An Emilie Linder. Zu Bild- und Motivparallelen s. Gajek S. 154ff.

218 ALS SONNENFEUER SPRÜHTE

S: Hs FDH.

E: GS II, S. 268f.

Erl.: 12 Aus einem kranken Herzen: s. o. die von den Herausgebern der GS gesetzte Überschrift zu dem Gedicht »Ein Becher voll von süßer Huld« (zu S. 201).

220 DIE LIEBE GAB MIR TRÄNEN

S: Hs FDH.

E: GS II, S. 250f.

Erl.: 1 Tränen: Zur tränenseligen Zeitstimmung vgl. den u. a. von Novalis und Schleiermacher gebrauchten Begriff der »heiligen Wehmut« (Rudolf Unger, Zum geistes- und seelengeschichtlichen Verständnis einer romantischen Begriffsprägung, Jb FDH XL, 1936, S. 337ff.); vgl. auch die Notiz in Ludwig von Gerlachs Tagebuch vom 23. August 1817: »Heute früh war ich bei Brentano. Er war sehr lebendig, aber zugleich, wie er selten dabei ist, ohne Leidenschaft und in hohem Grade harmonisch... Ich redete von dem vielen Weinen bei jeder Gelegenheit. – ›Sie wissen das nicht, Sie haben nie geliebt. – Diese innere Wehmut über sich selbst – man muß weinen, wenn man die Notwendigkeit sieht, der man folgen muß, wie man ein Wesen, dessen Unwert man oft einsieht, zu lieben gezwungen ist.‹...« (Schoeps S. 240). – *50 Viel ist vergeben...:* Luk. 7,47.

221 ICH WEISS WOHL, WAS DICH BANNT

S: Hs FDH.

E: GS II, S. 238.

221 ICH WEISS WOHL, WAS DU LIEBST

S: Hs FDH.

E: Schröder S. 205.

Datierung: Im Gegensatz zu der vorhergehenden Fassung des Gedichtes ist diese Fassung schwer zu datieren; es ist möglich, daß sie schon für Luise Hensel in Berlin geschrieben und dann in München für Emilie Linder neu bearbeitet wurde.

222 SIE HABEN ALLERLEI GESUNGEN

S: Hs FDH.

E: GS II, S. 224–226; *Neudruck* (gekürzt): Schröder S. 205f.

Erl.: Überschrift: Ett: Gemeint ist der Komponist Kaspar Ett, seit 1816 Hoforganist in St. Michael in München, der im Hause Emilie Linders in München gelegentlich Konzerte gab; vgl. Frühwald, Briefe S. 283.

224 ÜBER BERG UND TAL

S: Hs FDH.

E: GS II, S. 232–234.

Datierung: Links oben, neben der 1. Strophe, hat Brentano notiert:

»Sie [d. i. Emilie Linder] reist Gebirg 23. Aug[ust 18]34.«
Vorlage: Das Gedicht ist Goethes »Über Tal und Fluß getragen« nachgebildet.

225 BIENEN, DIE ICH AUSGESENDET
S: Hs FDH.
E: GS II, S. 239–242.
An Emilie Linder.

228 DIE ABENDWINDE WEHEN
S + E: GS II, S. 221–223.
Entstehung: Das Gedicht wird hier nach den GS gedruckt, da dort eine Reinschrift Brentanos zugrunde lag, von der nur noch einzelne Fragmente erhalten sind; Schröders von GS abweichender Text (S. 202–205) ist eine Kontamination verschiedenartiger Textteile; das von Wernher Siebert (Zur Brentano-Forschung, GRM XXV, 1937, S. 239) gedruckte Gedichtfragment, das dem Gedicht »Die Abendwinde wehen« nahezustehen scheint, gehört zu dem Gedicht »Aus Immergrün gewunden« (GS I, S. 108–110, Guignard S. 103), das im Ton mit dem vorliegenden Gedicht verwandt ist.
Datierung: Vermutlich wurde das Gedicht (ohne den Refrain) schon 1817 für Luise Hensel geschrieben und für Emilie Linder 1834 neu bearbeitet. An dieser Datierungshypothese darf auch festgehalten werden, nachdem nun Henning Boetius die Entstehung des Gedichtes im Jahre 1817 nachgewiesen hat (Entstehung, Überlieferung und Datierung dreier Gedichte Clemens Brentanos, Jb FDH 1970, S. 258ff., dort auch S. 261ff. der Druck des Entwurfes). Vgl. auch Emil Staiger, Clemens Brentanos ›Die Abendwinde wehen‹, in: Deutsche Lyrik von Weckherlin bis Benn, Frankfurt am Main 1965, S. 159–172.
Erl.: 1 Die Abendwinde wehen: Anfangszeile eines Liedes von Schwarz in: Rudolph Zacharias Becker, Mildheimisches Liederbuch von achthundert lustigen und ernsthaften Gesängen, 2. Auflage, Gotha 1815, S. 32 (vgl. Boetius, Entstehung, Überlieferung etc. S. 266). – *2ff. Zur Linde gehen etc.:* s. o. S. 45. – *9–12 Ich hör' ein Sichlein rauschen:* Zum Refrain vgl. Mallon Nr. 96a, Wunderhorn II, S. 37, Siebert aaO., Ludwig Uhland, Alte hoch- und niederdeutsche Volkslieder, Stuttgart ^{2}1881, S. 60. – *17 Ich sing'...:* s. u. S. 269. – *26 Zeit will wenden:* s. o. S. 44. – *49 die Schwingen:* s. o. S. 138.

231 ES SASS EIN MÄGDLEIN
S + E: GS I, S. 366–383.
Entstehung und Datierung: Das Gedicht ist ein Weihnachtsgeschenk Brentanos für Emilie Linder, seine Datierung war lange Zeit umstritten und ist auch heute noch nicht völlig geklärt. Die meisten Interpreten stützen sich auf Emma von Niendorfs Bericht, wonach das

Gedicht, das ihr Brentano im Sommer 1841 vorgelesen hat, an Karoline von Günderode gerichtet sei (Niendorf S. 21f.). Gestützt auf dieses Zeugnis, datiert Diel (S. 226) das Gedicht auf das Jahr 1803, fügt aber sogleich hinzu, daß es im Jahre 1834 »eine bedeutende Änderung« erfahren habe. »Nur Strophe 1–8, 17–79 und die letzte Strophe mögen dem ursprünglichen Gedichte angehören; alles übrige ist aus späterer Zeit und bezieht sich auf Fräulein *Emilie Linder.*« Reinhold Steig (Zur Günderode, Euphorion III, 1896, S. 478–480) hat diese Datierungshypothese verworfen, das Gedicht als ein einheitliches Werk auf Luise Hensel bezogen und auf das Jahr 1816 datiert. Erst Wilhelm Fraenger, der Diels Hypothese ergänzt und korrigiert, sie aber insgesamt bestätigt, macht wahrscheinlich, daß das Werk ursprünglich für die Günderode verfaßt und für Emilie Linder überarbeitet worden ist. Nach seiner Hypothese gehören die Strophen 5–7, 15–27 und 35–38 der Frühfassung, die Strophen 1–4, 8–14, 28–34 und 39–102 der Spätfassung an (Wilhelm Fraenger, Clemens Brentanos ›Alhambra‹. Eine Nachprüfung. Amsterdam 1964; erste Auflage 1935).

Es kann kein Zweifel bestehen, daß das Gedicht in der vorliegenden Fassung für Emilie Linder geschrieben wurde, zweifelhaft ist aber die auf das Zeugnis Emma von Niendorfs gestützte Teilungshypothese, die sich durch den hs Befund nicht stützen läßt. Die einzigen bisher bekannten Hss des Gedichtes, ein ausführlicher Entwurf im Besitz des FDH, beziehen sich ausschließlich auf die Spätfassung. Es ist wohl anzunehmen, daß Brentano 1841 den aktuellen Anlaß des Gedichtes verschleiert und Emma von Niendorf mystifiziert hat; dies um so mehr, als die Datierung auf 1834 bisher nicht belegt werden konnte. Im August 1840 erinnert sich Brentano in einem Brief an Emilie Linder dieses Gedichtes, der Münchener ›Metgarten‹ erscheint ihm wie die Gestalt gewordene Alhambra; der ganze Wirtshausgarten ist ihm, als hätte er ihn Emilie Linder »zu Weihnachten ersonnen«; vgl. Frühwald, Briefe S. 133ff. Aus diesen beiden Zeugnissen (1840 und 1841, Brentano und Niendorf) könnte geschlossen werden, daß das Gedicht 1839 als Weihnachtsgeschenk für Emilie Linder entstand; es wird hier nach Guignard eingeordnet.

Aus Brentanos Brief an Emilie geht auch hervor, daß eine Reinschrift des Gedichtes existiert hat, die vermutlich dem Druck in den GS zugrunde lag, wir übernehmen daher diesen Text und fügen nur in Strophe 94 (V. *376*) die Lesart Diels (arm Lind *statt* arm Kind) ein.

Quellen: Hauptquelle des Gedichtes ist Washington Irving's Buch: ›The Alhambra, or the new sketchbook‹, 2 Bde. London 1832, das schon 1832 ins Deutsche übersetzt wurde (Die Alhambra oder Das neue Skizzenbuch); Brentano verwendete vermutlich die deutsche Übersetzung. Für die Strophen 11 und 13 kommen nach Fraenger nicht nur die detaillierte Erzählung Emilie Linders von ihrer Jugend in Basel, sondern auch das Eremitenwerk der Brüder Sadeler ›Solitudo sive vitae Patrum Eremicolarum... Vorstellungen von Einsiedlern in Landschaften... von Joh. und Raphael Sadeler‹ als Quellen in Betracht; den Namen Gazul entnahm Brentano entweder Herders ›Stimmen der Völker in Liedern‹ oder ›Perez de Hitas granadinischer Geschichte‹... »Daß ihm dies Buch vertraut war, steht eindeutig fest. Denn im Auktionsverzeichnis seiner Bibliothek, die im Dezember 1819 zu Berlin versteigert wurde, findet sich S. 77... sein Titel ›Historia de las guerras civiles de Granada. En Sevilla 1618‹ aufgeführt«. (Fraenger S. 37)

Erl.: Untertitel vermutlich nicht original. – *29ff. Großvaters Zimmer:* Emilie Linder war die Enkelin des reichen Baseler Bürgers Johann Konrad Dienast (1741–1824), der eine große Kunstsammlung besaß (heute im Besitz der Öffentlichen Kunstsammlung in Basel). Vgl. Ernst von Meyenburg, Die Kunstsammlung des Johann Konrad Dienast (1741–1824), Jahresbericht der Öffentl. Kunstsammlung in Basel LXI, 1908, und Verena Jent, Emilie Linder 1797–1867. Studien zur Biographie der Basler Kunstsammlerin und Freundin Clemens Brentanos, Berlin 1970 (zugleich Diss. Basel 1967). – *38 Sadler das Einsiedlerbuch:* die niederländischen Kupferstecher Sadeler, bes. Johann Sadeler (1550–1610) und sein Bruder Raphael (1555–1628). »Das *Eremiten-Werk* der Brüder Sadeler, das in den Strophen 11 und 13 anschaulich beschrieben wird [vgl. oben *Quellen*], zählt einer merkwürdigen Kunst- und Geistesströmung des 17. Jahrhunderts zu: der quietistischen, weltflüchtigen Romantik, die der nachtridentinische Katholizismus ausgebildet hat. Sie äußert sich in einer eigentümlichen Naturversenkung, die sich in einsamen und wilden Landschaftswinkeln, Einöden, Höhlen und Ruinen, in Waldversponnenheit und Grottendämmer vor der Welt verschließt. Es sind asketische Tösteinsamkeiten, erfüllt mit tränenreichen Magdalenen, rauhen Büßern, abgezehrten Betern, wie sie auf zahllosen Gemälden jener Zeit geschildert sind.« (Fraenger S. 84) – *53ff. voller Sachen...:* Diese Sachen gehören zum »Kabinett« Dienasts, das ein Kunst- und Naturalienkabinett war; nach Fraenger (S. 42) stammen die geschnitzten Männchen und Tierchen in Dienasts Kabinett von Jean Demontreuil, dem Holzbildschnitzer aus Bordeaux, und von Friedrich Schäfer, einem Holzschnitzer aus Luzern; über die Steine und Muscheln des Kabinetts unterrichtet Jean Bernoulli in den ›Lettres sur différents sujets‹, Bd. I, Berlin 1777, S. 205–210. – *85 die Alhambra:* die Burg der maurischen

Könige in Granada, das berühmteste Denkmal maurischer Baukunst; die Säle der Burg sind auf die Farbtöne blau-rot-gold gestimmt; zu ihnen gehören der Saal der zwei Schwestern, der Saal des Gerichts, der Saal der Abenceragen etc. – *106 Lazur-Gezelt:* »Aus der ganz stichwortartigen Abbreviatur der Verse... lassen sich folgende Besonderheiten maurischer Innendekoration entrollen: die an die Wand kalligraphierten Koransprüche, die Kismetlosungen an dem Gewölb, das goldne Sternenmuster an der Decke, welch letztere nach ihrer Form und Farbe in dem ganz knappen Wort ›Lazur-Gezelt‹ vergegenwärtigt wird: Lazur bezeichnet jenes tiefe Blau des Lapislazuli, Gezelt: die zeltartig geschweifte Form der Deckenführung.« (Fraenger S. 30) – *111 allein, allein, alleine:* Nach Fraenger (S. 84) war dies eine »Lieblingsredensart Emilie Linders, die sich Clemens Brentano wiederholt zu eigen machte«, vgl. etwa Bd. II, S. 444, 509, 544, 582, GS I, S. 57ff., GS II, S. 272ff., s. u. S. 248f., 256. – *114 philosoph'sche Abhandlung:* vgl. dazu auch die Schilderung Emilie Linders im großen Gockelmärchen Bd. II, S. 535f., 539 u. ö., Frühwald, Briefe S. 161. – *163 Löwen-Großmut:* der Löwenhof in der Alhambra mit dem auf zwölf Löwen ruhenden Springbrunnen. – *165–200 Halle der Abenceragen:* »Innerhalb der Gesamtheit der Alhambra gibt es... zwei Stätten, die mit magnetischer Gewalt die Jungfrau zu sich ziehen, als müsse sich in ihnen ihr Geschick erfüllen: eine tragische: die *Halle der Abenceragen*, benannt nach einem edlen maurischen Geschlecht, das in den Bürgerkriegen von Granada unter dem König Boabdil in diesem Saale hingemordet wurde; und eine lustvolle: das *Lindaraja-Gärtchen*, ein stiller Rosenhag, der – nahe bei der Festungsmauer und dem Fürstenbad gelegen – einen Alabasterbrunnen im Schatten dunkellaubiger Zitronenbäume plätschern läßt... Um [die] Bodenständigkeit der Szene zu verfesten, gründet Brentano seine Darstellung auf die Gewähr örtlicher Sagen und altmaurischer Gedichte. So greift er bei der *Halle der Abenceragen* auf die Mär zurück, daß jener mittelalterliche Frevel sich noch heutzutage in Blutspuren am Brunnenrand und in Geröchel, das man nächtens hört, verraten soll. Und seiner Schilderung des *Lindaraja-Gärtchens* hat er den Wortlaut einer maurischen Lobpreisung eingefügt, welche als Inschrift über diesem Lustort steht:

›Wie schön ist dieser Garten, wo die Blumen der Erde
mit den Sternen des Himmels wetteifern!
Was ist der Schale jenes Alabasterbrunnens,
gefüllt mit kristallenem Wasser, zu vergleichen?
Nichts als der Mond, wenn er voll ist
und inmitten eines wolkenlosen Himmels glänzt.‹

[Vgl. die Strophen 48 und 49.]« (Fraenger S. 33f.). – *177 Lindachara:*

Umbildung des Namens Lindaraja auf Emilie Linder, es gibt im Spanischen »eine Redensart: ›pretender por su lindacara‹ mit dem Sinn: etwas beanspruchen, wozu das Anrecht fehlt. Sie liegt der Namenvariante zweifellos zugrunde« (Fraenger S. 38); zum Gärtchen der Lindaraja vgl. auch Bd. II, S. 335. – *179 Dulcamara:* die Bittersüße. – *212 bin jäh – bin kraus:* Nach Fraenger (S. 85) war auch »zäh [bzw. jäh] und kraus« eine Lieblingsredensart Emilie Linders, die Brentano häufig in seinen Werken verwendet, vgl. Frühwald, Paradies S. 178 Anm. 220. – *221 Gazul:* Zur Deutung der Begegnung zwischen dem Mägdlein und dem als Gazul maskierten Pilger vgl. Fraenger S. 55ff., 85f. – *317–320 ich möcht' ein Bild jetzt malen etc.:* vgl. die abweichende Entwurffassung dieser Verse bei Frühwald, Paradies S. 160, ebd. S. 157 bis 163 zur Deutung der ›Alhambra‹. Zum Terminus »verlorenes Paradies« als einem romantischen Topos ebd. S. 152 Anm. 145.

244 LEB WOHL DU JAHR VOLL TRÄNEN!

S: Hs FDH.

E: GS II, S. 229–231.

An Emilie Linder.

245 EINSAM WILL ICH UNTERGEHEN (2. Fassung)

S: Hs FDH.

E: GS II, S. 201–203 und S. 281f.

Entstehung: Das Gedicht ist eine Neubearbeitung des für Luise Hensel geschriebenen Gedichtes »Einsam will ich untergehn« (s. o. S. 151) für Emilie Linder; die GS übernehmen die Henselfassung und drucken die Verse *133–158* als eigenständigen Text (GS II, S. 281f.).

Erl.: Überschrift: vgl. Frühwald, Briefe S. 135. – *108 allein, allein:* s. o. zu S. 231. – *132 Wund' an Wunde:* Daraus wird deutlich, daß die folgenden Verse unmittelbar anschließen und nicht verselbständigt werden dürfen.

250 ICH DARF WOHL VON DEN STERNEN

S: Hs im Besitz von René Guignard, Paris.

E: GS I, S. 429–432.

Datierung: Das Gedicht entstand für Emilie Linder vermutlich 1835, die Überschrift enthält in der Hs an Stelle der Jahreszahl eine Lücke.

Erl.: 5f. O Stern und Blume...: der wohl berühmteste Vers Brentanos, an dem sich zahllose Interpreten versucht haben, vgl. etwa Diel/Kreiten II, S. 484–489, Diel S. 101 Anm. 3, 105f., Emil Staiger, Die Zeit als Einbildungskraft des Dichters, ²1953, S. 105f., Wolfgang Schlegelmilch, Studien zum bildlichen Ausdruck bei Clemens Brentano, Freiburg i. Br. 1953 und die dort angegebene Literatur, Enzensberger S. 92–105, Elisabeth Stopp, Brentano's ›O Stern und Blume‹: Its poetic and emblematic context, in: The Modern Language Review 67,

1972, S. 95ff. In Brentanos Werk sind die beiden Zeilen häufig anzutreffen, vgl. etwa die Faksimilia GS I (unter dem Titelbild) und LJb, NF VI, 1965, Abb. 4, sowie den leitmotivischen Gebrauch im großen Gockelmärchen Bd. II, S. 385, 408, 511, 523, 525 u. ö. Edward Steinles Zeichnung (1852) zu diesem Vers ist reproduziert von Alphons M. von Steinle in: Clemens Brentano und Edward von Steinle..., Kempten und München 1909, vor S. 213.
Die innere Bindung des Refrains an das Gedicht sieht Enzensberger in der Stelle Matth. 6,26 gegeben, vgl. auch das Schema Enzensberger S. 106f. – *15 kranke Herz:* s. o. zu S. 201. – *49 süße Linde:* Parallelstellen zur Lindenmystik im Werke Brentanos sammelt Fraenger S. 87. – *55ff. Der Engel sprach:* Luk. 1, 30ff., Joh. 1,4ff., 1,14. – *61 Die Lilie spinnt nicht:* Matth. 6,28, Luk. 12,27. – *67 überschattet:* Luk. 1,35. – *88 Magnificat:* Luk. 1,46ff.

253 NIMM FÜR DEIN † IM BRIEF
S: Hs FDH.
E: GS II, S. 491f.; *Neudruck:* Lujo Brentano, Der jugendliche und der gealterte Clemens Brentano über Bettine und Goethe, in: Jb FDH 1929, S. 349f.
Entstehung und Datierung: Das Gedicht, das nach einem auf der Handschrift eingetragenen Datum vermutlich zu Emilie Linders Geburtstag (Brentano feierte ihn am 19. Oktober) 1835 entstand, ist ein fiktives Gespräch zwischen Bettina von Arnim und Emilie Linder über Clemens Brentano; nach Lujo Brentanos nicht weiter begründeter Ansicht hat Brentano mit diesem Gedicht seinen Altersbriefwechsel mit Bettina abgeschlossen (Jb FDH 1929, S. 345). Die Überschrift in den GS ›Heidnische Antwort der Freundin an die Freundin auf ein Kreuz, welches ihr durch den Dichter zugeschickt wurde‹ ist nicht original.

255 O WIE IST DER EPHEU TREU!
S: Faksimile der Hs in: LJb, NF VI, 1965, Abb. 3.
E: GS II, S. 190f.; *Neudrucke:* Schröder S. 160f.; Hansjörg Holzamer, Clemens Brentano ›Der Epheu‹, LJb, NF VI, 1965, S. 136 (mit Lesarten).
Entstehung und Datierung: Das Gedicht, das nur in dem hier wiedergegebenen Entwurf erhalten ist, entstand im Zusammenhang mit dem großen Gockelmärchen um 1835/1836.
Ob es ursprünglich Teil des Märchens sein sollte, ist eine Frage, die Holzamer aufwirft, aber verneint. Die häufig anzutreffende falsche Datierung der Verse auf das Jahr 1817 ergibt sich nur aus der Motivverwandtschaft mit Gedichten an Luise Hensel.
Erl.: 1 der Epheu: s. o. S. 167; – *17 Wüste:* vgl. Hohes Lied 3, 6. –

18 auf den Geliebten stützet: vgl. Hohes Lied 8,5; vgl. auch die Parallelstellen, die Holzamer aus dem großen Gockelmärchen anführt, Bd. II, S. 513f. – *19 zäh:* s. o. zu S. 231. – *26 Wer trennt mich...:* Röm. 8,35.

256 O TRAUM DER WÜSTE

S + E: GS II, S. 194–196.

Entstehung und Datierung: Das Gedicht ist Teil der vom Autor nicht veröffentlichten Partien der Marina-Legende (vgl. Werke, Bd. I, S. 627ff.), es entstand vermutlich im Herbst 1838. In der Hs ist der Text einem zu Marinas Grab gelangten Pilger in den Mund gelegt, der nach vielen hundert Jahren auf der Wanderung zwischen Babel und Jerusalem die Hitze und den Durst der Wüste erfahren hat.

In der hs Fassung der Legende lauten die drei dem ›Traum der Wüste‹ unmittelbar vorausgehenden Strophen:

»Hier, wo die Unschuld schweigend hat getragen,
Hier, wo die Schuld bekennend ward gesund,
Ward seiner [des Pilgers] Lieb es leicht zu weheklagen,
Bis Trost ihm lächelte ein linder Mund.

Der Balsamstrauch weint mit ihm süße Tränen,
Den bei des Vaters Grab Marina zog,
Als wiegend sich in ihrer Liebe Sehnen
Die Wüstennachtigall ihn niederbog.

Das Lied fließt in der Lilie Kelch zusammen
Die herrlich ist bekleidet und nicht spinnt,
Sie strahlt's fern hin, ihr Düften wird ein Flammen,
Und weithin trägt das Doppellied der Wind.«

An die letzte Strophe des Gedichtes schließen sich die folgenden Verse:

»So singend wollt der Pilger jetzt verenden
Den Wüstentraum, sein Leben und sein Lied,
Die Seele wollte sich zum Garten wenden,
Wo seiner Sehnsucht Wunderblume blüht.«

Die Herausgeber der GS haben das Gedicht erstmals aus dem Zusammenhang der Legende gelöst und mit der Überschrift ›Der Traum der Wüste‹ versehen; der Erstdruck stimmt im Wortlaut mit Brentanos Hs überein, nur die – hier beibehaltene – Zeichensetzung weicht geringfügig ab. Vgl. auch Enzensberger S. 55–70. Zum Gesamtzusammenhang vgl. jetzt Gajeks gelehrte Abhandlung über die Marina-Legende (Gajek S. 347ff., zum vorliegenden Text bes. S. 398ff.).

Erl.: 10 Josephs Mantelsaum: 1. Mos. 39,12. – *18f. Hagar, Ismael:*

1. Mos. 21,14–19. – *23 auf den Bräutigam gelehnt:* Hohes Lied 8,6. – *26 vor Moses flammt.:* 2. Mos. 3,2. – *30 Bereit' den Weg des Herrn:* Matth. 3,3, Mark. 1,3, Luk. 3,4, Joh. 1,23, Jes. 40,3. – *31 in des Löwen Schlund:* Richter 14,8 ff. – *34 daß Wasser gibt der Stein:* 2. Mos. 17,1–7. – *36 Himmelsbrot:* 2. Mos. 16. – *40 Fraueneis:* auch Jungfernglas oder Marienglas, durch Spaltung von Gipskristallen entstandene, perlmutterglänzende Gesteinstafeln. – *50 vom gift'gen Smum:* Samum, der Wüstensturm (vom arabischen Wort Samm = Gift abgeleitete Bezeichnung). – *55 ein schlankes Kind:* auch Anspielung auf Emilie Linder. – *59 Brüderchen:* s. o. S. 218. – *64 Gott findet dich:* s. o. S. 128.

Erzählungen und andere Prosa

Für die Textgestaltung der vorliegenden Auswahl aus Brentanos Erzählungen und seiner kleinen Prosa wurden neben den Erstdrucken und Einzelausgaben auch die nachstehend angeführten Sammelausgaben benutzt:

Clemens Brentano's Gesammelte Schriften, Frankfurt am Main, Band 1–7, hrsg. von Christian Brentano, [Emilie Brentano und Joseph Merkel], 1852; Band 8–9 (Briefe), hrsg. von Emilie Brentano, Joseph Merkel und Johann Friedrich Böhmer, 1855.

Clemens Brentanos Sämtliche Werke, hrsg. von Carl Schüddekopf, München und Leipzig 1909 bis 1914.

Brentanos Werke, hrsg. von Max Preitz. Kritisch durchgesehene und erläuterte Ausgabe, Leipzig und Wien 1914, 3 Bände.

Zu diesen Ausgaben ist im einzelnen zu bemerken: Die *Gesammelten Schriften* bieten bisweilen bessere Texte als die Erstdrucke, weisen jedoch auch zahlreiche willkürliche Änderungen und Flüchtigkeiten des Herausgebers auf; in einigen wenigen Fällen liefern sie den Erstdruck und stellen zugleich die einzige Quelle dar. Die (unvollständig gebliebenen) *Sämtlichen Werke* geben den korrigierten Abdruck der Erstausgabe oder Handschrift samt einer Einführung des Herausgebers (ohne kritischen Apparat). Die von Max *Preitz* besorgte Auswahl ist die einzige, die wirklich als kritisch durchgearbeitete Ausgabe anzusprechen ist; sie bietet einen sorgfältig redigierten Text, der hier häufig als Satzvorlage diente, und liefert, außer den jeweiligen Einführungen, im Anhang und in den Fußnoten Auskünfte, Quellennachweise und die Lesarten der verschiedenen Drucke. Diese Vorarbeiten wurden namentlich für die Anmerkungen zu den einzelnen Stücken dankbar benutzt. Bei anderen, seither veröffentlichten Texten wurden die Kommentare der einzelnen Herausgeber herangezogen. – Im übrigen wird, soweit als möglich, bei jedem Titel auf die ›Brentano-Bibliographie‹ von Otto Mallon (Berlin 1926) verwiesen, welche unter der angegebenen Nummer weitere Drucke und die bis 1926 erschienene Sekundärliteratur verzeichnet.

Die Erstausgaben und Frühdrucke, und in noch höherem Maße die nur handschriftlich überlieferten Arbeiten, bieten häufig eine so willkürliche Orthographie und Zeichensetzung, daß der heutige Leser oft erhebliche Schwierigkeiten hätte, des Dichters Meinung zu erfassen. Hier wurde behutsam eingegriffen. Die Rechtschreibung wurde unter Wahrung des Lautstandes dem modernen Gebrauche angenähert; ältere Wortformen (wie *kömmt, Ahndung, Fußtapfen, ihrentwillen*) sowie Schreibungen (namentlich von Fremdwörtern), die eine von der heutigen abweichende Aussprache vermuten ließen (wie *bisarre, Caprise, unscheniert*), blieben unangetastet; ebenso *gieb*, da Brentano dieses Wort, wie auch die Reime der Gedichte erkennen lassen, auf jeden Fall lang gesprochen hat; nicht übernommen wurden dagegen die ebenfalls zeitüblichen Schreibungen *gieng* und *hieng*. Sehr häufig findet sich in Brentanos Handschrift noch die ältere Schreibung eines *g* für *ch* (*mögte, launigt, rosigt*, auch *kriegen* statt kriechen); diese Schreibung wurde für die Endungen *-ig* und *igt* bisweilen beibehalten; es ist jedoch immer *-ich* und *-icht* zu sprechen, was Schreibungen wie *schatticht, mannichfaltig* beweisen. – Die Interpunktion wurde ebenfalls unserem heutigen Gebrauche angepaßt; doch blieb die Zeichensetzung dort unverändert, wo sie als Gliederung des Sprechrhythmus gelten durfte.

Da manchen gedruckten wie handschriftlichen Prosatexten fast jede Gliederung durch Absätze fehlt, wurde diese hier, in Anlehnung an andere neuere Ausgaben, sinngemäß vorgenommen. Ausgenommen von dieser Regelung sind Arbeiten (wie etwa der ›BOGS‹), bei denen das Fehlen der Absatzgliederung auf eine künstlerische Absicht des Autors weist. – Runde Klammern kennzeichnen versehentlich im Original stehengebliebene überzählige, eckige Klammern vom Herausgeber eingesetzte Wörter.

Die Chronika des fahrenden Schülers (Urfassung)

Erstdruck und Satzvorlage: *Die Chronika des fahrenden Schülers von Clemens Brentano, Urfassung* (hrsg. von Joseph Lefftz), Leipzig 1923 (*Mallon* Nr. 350).

Der Stoff der ›Chronika‹ beschäftigte Brentano schon seit 1801; in einem Briefe an seinen Verleger Wilmans (28. Februar 1802) bietet er diesem ein »kleines Büchelgen« an, das er zu schreiben beabsichtige: »es heißt ›Der arme Heinrich‹ und besteht in einzelnen Szenen des Lebens eines Augsburger Edelmanns und seiner drei Töchter; dieses Buch ist für ein allgemeines Lesebuch aller guten frommen Menschen und besonders für Töchter von zehn bis vierzehn Jahren berechnet, und ich verspreche mir viel davon.« Etwas später ist dann von einer Geschichtensammlung ›Der alte Ritter und die Seinigen‹ die Rede, und im Oktober 1804 taucht die endgültige Bezeichnung ›Chronika‹ auf. Man darf annehmen, daß die erste Niederschrift von 1802 stammt und dieser Entwurf dann etwa 1805/06 in Heidelberg einer Überarbeitung unterworfen und wohl auch erweitert wurde. Diese erste Fassung blieb unveröffentlicht. Etwa 1817 wurde der einleitende Teil der Erzählung nochmals umgearbeitet, wobei die Handlung aus dem Lahntal nach Franken verlegt wurde; dieser Text erschien dann 1818 in Försters »Sängerfahrt«. Aus der Beschäftigung mit der Chronika und ihren Quellen erwuchs auch das ›Tagebuch der Ahnfrau‹, das Brentano später der letzten Fassung des Gockelmärchens anfügte.

Das Originalmanuskript der Urfassung wurde zu Anfang der zwanziger

Jahre dieses Jahrhunderts in dem elsässischen Trappistenkloster Ölenberg aufgefunden; bis dahin hatte man sich, seit 1880/81, mit einer wenig getreuen, von unbekannter Hand überarbeiteten Abschrift behelfen müssen.

Als Quellen hat Brentano folgende Werke benutzt, die in seiner Bibliothek nachzuweisen sind: ›Fasti Limpurgenses‹ des Stadtschreibers Tilemann Elhen von Wolfhagen (Ausgabe von 1720), ›Elsassische und Straßburgische Chronik‹ des Jakob von Königshoven, in der ersten Ausgabe von Johann Schilter (Straßburg 1698), ›Beschreibung des viel künstlichen, sehr kostbaren und in aller Welt berühmten Münsters zu Straßburg‹ von Oseas Schadäus (1617), ›Essais historiques et topographiques sur l'église cathédrale de Strasbourg‹ von Grandidier (1782), ferner die ›Legenda Aurea‹ des Jacobus de Voragine. – Drei Blätter mit Quellennotizen von Brentanos Hand blieben erhalten (Abdruck in *Mallon* Nr. 350, S. 84ff.)

Die zweite Fassung der ›Chronika‹ ist jetzt wieder leicht zugänglich im Faksimiledruck der Erstausgabe: ›Die Sängerfahrt. Eine Neujahrsgabe für Freunde der Dichtkunst und Mahlerey. Gesammelt von Friedrich Förster... Faksimiledruck nach der Ausgabe von 1818. Mit einem Nachwort von Siegfried Sudhof, Heidelberg o.J.‹ (1970) .– Hinzuweisen ist außerdem auf das Nachwort von Elisabeth Stopp zur Ausgabe der Urfassung der ›Chronika‹ (in Reclams Universalbibliothek Nr. 9312/13, Stuttgart 1971), auf Elisabeth Stopps Aufsatz: »Brentano's ›Chronika‹ and its revision«, in: Sprache und Bekenntnis. Sonderband des LJb, Berlin 1971, S. 161–184 und auf Anton Kathans Arbeit ›Die Chronika des fahrenden Schülers. Zum Erzählproblem bei Brentano‹, LJb XII, 1971/72.

S. 263 *Asverus:* Ahasverus, Assuerus; gemeint ist der persische König Xerxes (485–465 v. Chr.); im Buch Esther, 1. Kap. wird von seinem Zorn über den Ungehorsam der Königin Vasthi erzählt. – *Susan:* Susa, Residenz der persischen Könige.

S. 264 *duftigen Tage:* nebeligen Tage.

S. 268 *Es sang vor langen Jahren:* Das unter der – nicht originalen – Überschrift ›Der Spinnerin Lied‹ bekannt gewordene Gedicht ist auch außerhalb der ›Chronika‹ in mehreren Fassungen überliefert. Die einzige exakt datierbare Fassung steht in Brentanos Brief an Achim von Arnim vom 6. September 1802 (vgl. Steig I, S. 43; Beutler S. 387–391), eine von Brentano selbst mit »Der Spinnerin Nachtlied« überschriebene Fassung ist erstmals gedruckt, Werke, Bd. I, S. 131. Eine weitere abweichende Fassung findet sich, mit der Melodie von Louise Reichardt, in: ›Zwölf Gesänge mit Begleitung des Forte-Piano. Componirt und ihrer geliebten Schwester Friederika zugeeignet von Louise Reichardt‹, Hamburg o.J., S. 11 (*Mallon* Nr. 74b); dieser Fassung steht der in K.E.P. Wackernagels ›Auswahl deutscher Gedichte für höhere Schulen‹ (Berlin 1832, S. 472; *Mallon* Nr. 94) gedruckte Text nahe.

S. 269 *Ich sing und möchte weinen:* wohl Reminiszenz an den Eingangsvers eines Tageliedes des Meisters Walther von Breisach (»Ich singe und sollte weinen«); vgl. Friedrich Ranke (Hrsg.), Texte zur Geschichte des deutschen Tageliedes, Bern 1947, S. 22.

S. 277 *Ich will des Mais mich freuen:* vgl. Wunderhorn I, S. 68. – *zu der Maien:* Gemeint ist die Maie, d.h. der Maibaum, der frische, junge Birkenzweig, mit dem um Pfingsten die Häuser geschmückt werden. In der geistlichen Prosa des Mittelalters, besonders in den Schriften Heinrich Seuses, die Clemens Brentano kannte, wurde »die Maie« als Symbol für das Kreuz Christi verwendet.

S. 300 *blöd:* schüchtern, linkisch.

S. 301 *Pfleger:* Aufseher. – *verdingt:* in Auftrag gegeben. – *Fronhof:* Hof, auf welchem Frondienste haften.

S. 302 *die Zunge des Menschen gesegnet ist:* nämlich bei der Taufe.

S. 304 *fast in:* in gar, in sehr (mittelhochdeutsch vaste). – *Schaffenei:* Schaffnerei, Wirtschaftsgebäude eines Klosters. – *der Schule nachgezogen:* hinter die Schule gegangen, die Hochschule verlassen (scholae se subtrahere).

S. 305 *Mönchköpfe:* alte Münze mit aufgeprägtem Brustbild eines Bischofs.

S. 316 *Eines reinen guten Weibes Angesicht:* Die ›Limburger Chronik‹ berichtet für das Jahr 1351: »Item sang man uf daz selbe aber ein gut lit von frauwenzuchten, unde sunderlichen uf ein wip zu Strasspurg, di hiss di schone Agnese unde was aller eren wert, unde triffet auch alle gute wibe an. Daz lit ging also an: Eins reinen guden wibes angesichte...« Wie einer seiner Vorgänger übersetzt Brentano frauweliche (weibliche) zucht fälschlich mit fröhlich Zucht.

S. 322 *Becher von Thule:* der Becher, den in Goethes Ballade (Faust. Ein Fragment) der König von Thule ins Meer wirft; vgl. S. 328.

S. 323 *Peter* Diemring *von Stauffenberg:* Von ihm berichtet ein Volksbuch, daß er eine Nymphe oder Wasserfrau ehelichte, die ihn tötete, als er ihre wahre Natur erkannte und sich einer anderen Frau zuwandte. – *Regnard von Lusignan:* die gleiche Sagengestalt wie der später (S. 328) erwähnte Raimund von Poitier; von ihm erzählt ein Volksbuch, daß er die Meerfei Melusine ehelichte und zehn Söhne mit ihr zeugte; als er Melusine, deren Herkunft ihm nicht bekannt war, einst wider sein Versprechen im Bade belauscht hatte, verließ sie ihn, in ihrer wahren Gestalt durch die Lüfte davonfahrend, unter lauten Klage- und Drohworten.

S. 337 *Eile! Eile hin nach Thule:* Verse aus Brentanos Gedicht ›Der Jäger an den Hirten‹; siehe S. 68f. – *Da stand sein ganzes Geschick geschrieben:* Reminiszenz an das Ende des 5. Kapitels in Novalis' Roman ›Heinrich von Ofterdingen‹, wo Heinrich unter den Büchern des Einsiedlers seine eigene Geschichte entdeckt.

Der schiffbrüchige Galeerensklave

Erster vollständiger Druck: Walther Rehm, *Clemens Brentanos Romanfragment »Der schiffbrüchige Galeerensklave vom Todten Meer«* (Abhandlungen der Deutschen Akademie der Wissenschaften zu Berlin, Philosophisch-historische Klasse. Jg. 1948 Nr. 4), Berlin 1949.

Satzvorlage: Fotokopie des Manuskriptes.

Am 24. Oktober 1811 berichtet Varnhagen von Ense aus Prag an Rahel Levin, er sei viel mit Brentano zusammen und dieser habe ihm auch aus eigenen Werken vorgelesen: »schöne, wunderbare Sachen, ganz echt... auch Bruchstücke aus einem Roman, der das ›Tote Meer‹ heißt und worin der Zustand einer Hure, die nicht lieben kann, aber geliebt ist, geschildert wird; ein Gegenstand, den gewiß nur Brentano so fassen kann.« Und in Varnhagens ›Biographischen Porträts‹ (Leipzig 1871, S. 64f.) heißt es von Brentano: »Eine heiße Liebe, die er zu einem unwürdigen Mädchen gefaßt, wurde nicht erwidert, und das täglich vor seinen Augen sich erneuernde Unwürdige floß mit seiner Liebe und deren Verschmähung in ein so gräßliches Gemisch zusammen, daß man glaubte, eine Hexenlauge überkochen zu sehen, wenn er davon erzählte oder vorlas; denn er hatte angefangen, diesen Greuel in einem Roman darzustellen...« Es handelt sich um die Schauspielerin Auguste Brede, die am Prager Theater auftrat und damals dem Grafen Karl von Nostitz, dem ehemaligen Adjutanten des Prinzen Louis Ferdinand, angehörte. »Sie hat in ihrem Benehmen viel von Sophien [Mereau]. Auch war ich drei Wochen ernsthaft in sie verliebt und habe ihr viel Lieder und Briefe geschrieben, auch eine ganze Nacht unter ihrem Fenster den Kometen angeschaut.« (Brentano an Arnim, 10. Dezember 1811; bei dem Kometen handelt es sich um die Himmelserscheinung des berühmten Weinjahrs 1811). – Von dem Fragment gebliebenen Roman wurde hier nur die in sich geschlossene Episode mit der kleinen Perdita aufgenommen, ein Ausschnitt also, bei dem die textkritischen Schwierigkeiten des Gesamttextes, auf die im Jahrbuch des Freien Deutschen Hochstifts 1969, S. 413 hingewiesen wurde, nicht bestehen.

S. 340 *Perdita:* die Verlorene. – *Desdemona:* in Shakespeares ›Othello‹ die Gemahlin des Mohren Othello, die dieser aus Eifersucht erwürgt.

S. 342 *Wolfdieterich im* [Ambraser] *Heldenbuch:* eine Sammlung mittelhochdeutscher Heldendichtungen (darunter das Gudrunlied), die im Auftrag Maximilians I. zusammengetragen und früher auf Schloß Ambras (Tirol) aufbewahrt wurde. – *sechzehnjährigen ... Kind:* Auch Perditas Namensvetterin aus Shakespeares ›The Winter's Tale‹ ist sechzehn Jahre alt (zur Zeit ihrer Episode mit Florizel).

S. 344 *Ein L ein I ein E ein B, ein E!:* vgl. dazu Seckendorfs Musenalmanach auf das Jahr 1808, S. 70.

S. 345 *dein Lustspiel:* Gemeint ist vermutlich Brentanos Lustspiel ›Ponce de Leon‹ (1804). – *Roman von Manon Lescaut:* Die Geschichte der leichtfertigen und unglücklichen Manon Lescaut findet sich im 7. Bande der ›Mémoires et Aventures d'un homme de qualité‹ (1731) des Abbé Prévost (1697–1763). – *der Morgenstern, gleich wie ein Held:* Diese Verse aus einem barocken Kirchenlied hat Brentano häufig in seine Werke verflochten. Schon im ›Wunderhorn‹ (III, S. 207: ›Morgenlied‹) finden sie sich, im Drama ›Die Gründung Prags‹ (Werke, Bd. IV, S. 821) ebenso wie in ›Aloys und Imelde‹ (Werke, Bd. IV, S. 452f.), in dem »klingenden Spiel« ›Viktoria und ihre Geschwister‹ (s. Werke, Bd. I, S. 290) und in ›Valeria‹, der Bühnenfassung des ›Ponce de Leon‹, wo es heißt:

»Der Morgenstern, gleich wie ein Held,
Will uns den Tag verkünden,
Wer treu und ehrlich Glauben hält,
Der wird sein Liebchen finden.«

Die mehreren Wehmüller

Erstdruck: *Die mehreren Wehmüller und ungarischen Nationalgesichter, Erzählung von Brentano,* in: *Der Gesellschafter oder Blätter für Geist und Herz, hrsg. von F.W. Gubitz. Erster Jahrgang.* Berlin, 157. bis 168. Blatt, September/Oktober 1817 (*Mallon* Nr. 70).

Satzvorlage: *Preitz II* (*Mallon* Nr. 70 A, 9); verglichen mit: *Die mehreren Wehmüller und ungarischen Nationalgesichter. Erzählung von Clemens Brentano. Zweite Auflage,* Berlin 1843 (*Mallon* Nr. 131).

Auch diese Erzählung dürfte in manchen Teilen auf Brentanos böhmischen Aufenthalt in den Jahren 1811/12 zurückgehen, da gewisse Einzelheiten nach dem Gut Bukowan deuten, das der Dichter 1809 mit seinen Geschwistern und seinem Schwager Savigny erworben hatte. Die endgültige Niederschrift kann jedoch nicht vor dem Sommer 1815 erfolgt sein. – In der ersten Buchausgabe (1833) erschien die Erzählung zusammen mit Eichendorffs Novelle ›Viel Lärmen um nichts‹; im Alter schließlich wurde dem Autor die Erzählung zum Sinnbild seines schweren Lebens (vgl. Frühwald, Briefe S. 164).

S. 347 *Giulowitsch:* ungarisierte Form des Namens Julius.

S. 351 *Finkenherd:* Vogelherd, mit einem Schlagnetz versehener Fangplatz. – *Wurstwagen:* ursprünglich Munitionswagen mit gepolstertem Reitsitz (Wurst). – *er gefährde:* laufe Gefahr.

S. 353 *Szekler-Husar:* Szekler, magyarischer Volksstamm, eine der drei »Nationen« Siebenbürgens.

S. 355 *Wurmserschen Husaren:* so genannt nach dem durch die Kapitulation von Mantua (2. Februar 1797) bekannten österreichischen Grafen von Wurmser (1724–1797). – *Dolman:* kurzer, mit Schnüren besetzter Uniformrock der Husaren.

S. 356 *Vampyr:* Gespenst eines Toten, das nachts umgeht und den Schläfern das Blut aussaugt; die Balkanländer waren wegen des häufigen Vorkommens der Vampyre oder »schmatzenden Toten« berüchtigt. – *Schariwari:* Katzenmusik (charivari). – *Vizegespan:* in Ungarn Vertreter des Bezirksobersten.

S. 357 *Escoutta Gianetta:* Höre, Johanna..., savoyardisches Volkslied. – *St. Egiditag:* 1. September.

S. 358 *Haben sie Spinnen...:* alte Bauernregel auf den Michaelistag; Brentano besaß in seiner Bibliothek eine ganze Anzahl alter Bauernpraktiken.

S. 359 *Heiducken:* ursprünglich ungarische Milizsoldaten, hier Trabanten, Lakaien. – *Vivat noster Dominus Vicegespannus!:* Hoch lebe unser Herr Vicegespan!

S. 360 *Pallasch:* schwerer Korbsäbel, früher blanke Waffe der Kürassiere. – *Dohnen:* Vogelschlingen. – *machte sich so zutulich:* wurde so zutraulich. – *stutzen:* stoßen.

S. 361 *Bassa:* Pascha. – *Serail:* Harem.

S. 364 *setzten:* zur Wehr setzten.

S. 365 *Kreisphysikus:* Kreisarzt. – *Lafontainesche Familiengeschichte:* Die »Familiengeschichten« des sentimentalen deutschen Schriftstellers August Heinrich Julius Lafontaine (1758–1831) waren in 12 Bänden 1797–1804 erschienen.

S. 366 *Lafontaine:* Der Franzose Devillier denkt selbstverständlich an den Fabeldichter Jean de Lafontaine (1621–1695), die gleiche Verwechslung schon im ›Godwi‹ (Werke, Bd. II, S. 53). – *Teedansant:* Tanztee (thé dansant).

S. 367 *Zapolischen Unruhen:* Johann Zapolya (1487 bis 1540), Fürst von Siebenbürgen, wurde 1526 zum König von Ungarn gewählt. Von den Türken unterstützt, kämpfte er gegen Ferdinand I. von Österreich, dem er später im Vertrage von Großwardein (1538) für den Fall seines Ablebens die ungarische Krone überließ.

S. 369 *Voltigeurs:* der Infanterie angegliederte Elitetruppe für zerstreute Gefechte, 1804 von Napoleon eingeführt.

S. 372 *Sia benedetto...:* Gepriesen sei der heilige Markus! – Und die hochheilige Jungfrau Maria!

S. 373 *Strickreiter:* Spottname für Strichreiter, Distriktreiter, von den

»Stricken« (Schnüren), mit denen der Uniformrock der Gendarmen am Achselteil versehen war. – *Contrebandier:* Schmuggler. – *vazierender:* lediger, dienstloser, herrenloser.

S. 374 *immarinierten:* marinierten. – *solfeggieren:* Übungsstücke ohne Text auf die italienischen Notennamen singen. – *Raspelhause:* Arbeitshaus, Zuchthaus.

S. 376 *Theriak:* unter Verwendung von Schlangenfleisch hergestellte Latwerge, als Heilmittel gegen den Schlangenbiß.

S. 377 *Tröstern:* Prügelstöcken.

S. 378 *Mitidika! Mitidika!...:* Der Kehrreim besteht aus verstümmelten rumänischen Zeilen; die ersten drei bedeuten: »Du Kleine, du Kleine, komme herüber! – O nein, o nein, ich habe nichts zu tun (ich wüßte nicht, was ich dort sollte)«; die vierte Zeile ist nicht zu deuten.

S. 379 *Ich hob a a Schneid...:* etwa: Ich bin auch neugierig, was weiter mit dem Teufelskerl los ist.

S. 380 *Potz Schlakri...:* Zum Sapperment, wenns deine verflixte zigeunerische Großmutter ist, die laß ich durchgehen; ich bin gewiß, es mag eine Legion Teufelchen aus ihr geflogen sein, und du bist auch eins davon.

S. 381 *Profiziat:* Wohl bekomms!

S. 383 *indianische:* indische. – *Zitternadel:* broschenartige Nadeln, mit federnden Enden und Ästen, die ständig zittern.

S. 387 *Carbonari:* Mitglieder eines italienischen Geheimbundes, der seit 1808 seine Hauptwirksamkeit im Königreich Neapel entfaltete; 1814/15 schwankten die Carbonari zwischen einer Parteinahme für den von Napoleon eingesetzten Murat und einer solchen für die Bourbonen.

S. 389 *war neulich in Neapel:* Er nahm im Mai 1815 an dem Feldzug der Österreicher gegen das Königreich beider Sizilien teil; in der Schlacht bei Tolentino (2. und 3. Mai) standen auf österreichischer Seite 28 Geschütze (gegen 35 neapolitanische).

S. 391 *Kordonpiketten:* Abteilungen der Absperrungstruppen.

S. 393 *Zigeunertheriak:* s.o. zu S. 376.

S. 394 *Falsarius:* Fälscher. – *Panduren:* zur österreichischen Armee gehörige aus Südungarn stammende Soldaten; hier bewaffnete Leibdiener.

Geschichte vom braven Kasperl und dem schönen Annerl

Erstdruck: *Geschichte vom braven Kasperl und dem schönen Annerl. Von Clemens Brentano*, in: *Gaben der Milde, Zweites Bändchen. Mit Beiträgen von Goethe, Clemens Brentano... Für die Bücher-Verloosung »zum Vortheil hülf-*

loser Krieger« herausgegeben von F. W. Gubitz. Berlin 1817, S. 7–81 (*Mallon* Nr. 68).

Satzvorlage: *Preitz* 1 (*Mallon* Nr. 68 A, 25).

Für die Entstehungszeit der Erzählung besitzen wir in den Tagebüchern Ludwig von Gerlachs einen Anhaltspunkt, da Schoeps berichtet, daß nach Ludwig von Gerlachs Tagebuch Brentano in Berlin, am 27. Juni 1817, seinen Freunden »Plehwe, Tadden und Gerlach im Tiergarten die eben fertig gewordene ›Geschichte vom braven Kasperl und dem schönen Annerl‹« vorgelesen habe (vgl. Hans-Joachim Schoeps, Clemens Brentano nach Ludwig von Gerlachs Tagebüchern und Briefwechsel, Jb FDH 1970, S. 294). Noch im Herbst dieses Jahres (1817) erschien die Erzählung im Druck.

Die von Diel/Kreiten (II, S. 89f.) überlieferte Anekdote, wonach die Erzählung auf zwei mündlich berichteten, wahren Geschichten der Pastorin Hensel, der Mutter der Luise Hensel, basiere, hat sich bisher nicht belegen lassen. Heinz Rölleke hat jetzt Volkslied, Volkskunde, Volkssage und Volksmärchen als Quellen nachgewiesen (Quellen zu Brentanos ›Geschichte vom braven Kasperl und dem schönen Annerl‹, Jb FDH 1970, S. 244–257). Das siebenbürgische Volkslied, das von einem Überfall auf zwei in die Heimat reisende Offiziere berichtet, ist als Quelle seit Roethes ›Säcularstudie‹ bekannt (Gustav Roethe, Brentanos ›Ponce de Leon‹, eine Säcularstudie, Berlin 1901, S. 75f.). Lange bekannt ist auch die thematische Übereinstimmung der Annerl-Geschichte mit dem ›Wunderhorn‹-Lied ›Weltlich Recht‹ (II, S. 141f.), doch ist nicht so sehr das gedruckte Lied, als vielmehr »eine der wenigen Volksliedaufzeichnungen Brentanos nach mündlichem Vortrag als die Hauptquelle der Annerl-Geschichte anzusehen« (Rölleke S. 248; dort S. 246f. der erste Druck dieser Aufzeichnung mit der Namensform »schön Annel« statt »Nannerl« wie im ›Wunderhorn‹). Das umrätselte ›Lied vom Jüngsten Gericht‹ hat Rölleke als ein böhmisches, geistliches Volkslied nachgewiesen (vgl. A. Hruschka und W. Toischer, Deutsche Volkslieder aus Böhmen, Prag 1891, S. 58; Rölleke S. 252f.), weiterhin Namen und Motive der Erzählung in Büchern aus Brentanos Bibliothek, in einem Märchen der Brüder Grimm etc. lokalisiert.

S. 402 *die Runde:* die Nachtwache auf ihrer Runde. – *Da kamen die falschen Juden gegangen:* vgl. dazu ›Wunderhorn‹ I, S. 92f. (›Das Leiden des Herren‹), bes. die bei Rölleke S. 252 gedruckte Fassung des Liedes, die eventuell als unmittelbare Quelle anzusehen ist.

S. 403 *Rosen die Blumen auf meinem Hut:* Umbildung eines Volksreimes, vgl. Rölleke S. 254.

S. 406 *Gib Gott allein die Ehre!:* vgl. 5. Mos. 32,3; Jos. 7,19. Nach Rölleke

(S. 249) wurde der Spruch als Eingangsvers eines Kirchenliedes von Nicolaus Decius (um 1523) bekannt.

S. 409 *ihres glatten Spiegels wegen:* ihres hübschen, blanken Gesichtes wegen.

S. 410 *mit der Remonte:* mit den jungen Pferden, die den Bestand der Truppe auffüllen sollen.

S. 420 *er sah sein Richtschwert... hin und her wanken:* Zum Motiv des »blutgierigen« Schwertes im Volksglauben vgl. Rölleke S. 256.

S. 421 *Meister Franz:* Dieser Name weist auf eine von A. Walheim entdeckte Quelle der Erzählung: ›Meister Frantzen Nachrichter alhier in Nürnberg, all sein Richten am Leben, so wohl seine Leibs Straffen, so Er ver Richt, alles hierin Ordentlich beschrieben,... aus seinem selbst eigenen Buch abgeschrieben worden; Genau nach dem Manuscript abgedruckt und herausgegeben von J. M. F. v. Endter..., Nürnberg... 1801‹. Dieses Buch befand sich, wie Rölleke S. 255 nachweist, in Brentanos Bibliothek. – *bei meinem Rechte:* bei meiner Hinrichtung.

S. 424 *am Gerichte:* an der Richtstätte.

S. 427 *Er stand hoch im Bügel... und schrie: »Gnade, Gnade!«:* vgl. dazu das Märchen ›Die drei Handwerksburschen‹, in: Kinder- und Hausmärchen der Brüder Grimm. Vollständige Ausgabe in der Urfassung, hrsg. von Friedrich Panzer, Wiesbaden o. J. S. 451 (Rölleke S. 256f.).

Bogs der Uhrmacher

Erstdruck und Satzvorlage: *Entweder wunderbare Geschichte von BOGS dem Uhrmacher, wie er zwar das menschliche Leben längst verlassen, nun aber doch, nach vielen musikalischen Leiden zu Wasser und zu Lande, in die bürgerliche Schützengesellschaft aufgenommen zu werden Hoffnung hat, oder die über die Ufer der badischen Wochenschrift als Beilage ausgetretene Konzert-Anzeige. Nebst des Herrn BOGS wohlgetroffenem Bildnisse und einem medizinischen Gutachten über dessen Gehirnzustand,* (Heidelberg) 1807 (*Mallon* Nr. 22).

Die wunderbare Geschichte von dem Uhrmacher BOGS ist ein Gemeinschaftswerk von Brentano (B–O) und Joseph Görres (G–S). »Sie richtet sich eingangs gegen das Philistertum des wie eine Uhr funktionierenden korrekten Bürgers und gegen eine dressierte Natur. Aber Selbstironie, verkappter literarischer Scherz gegen Nicolai und Kotzebue, gegen das ›Morgenblatt‹, gegen Merkel und Reinbeck, wohl auch gegen Voß, obwohl man es leugnete, spielt hinein. Brentano steuerte den auferstandenen Schelmuffsky nebst dem Bruder Grafen und der Dame Charmante und schöne Liederstrophen bei; Görres setzte in seiner Art die musikalischen Sinneseindrücke des BOGS in tolle malerische Visionen um und verwertete seine medizinischen Kenntnisse in einem Gutachten über dessen Gehirnzustand, einer Münchhausiade, zu der Jean Pauls ›Titan‹ den Namen des Doktor Sphex lieh.« (Franz Schultz, in ›Palaestra‹, Bd. XII, Berlin 1902) Der fortlaufende, prosaähnliche Druck der Gedichteinlagen wurde beibehalten, da diese Textgestalt auf die Absicht der Autoren weist, den Gehirnzustand des Uhrmachers BOGS und seiner Erfinder zu verdeutlichen, außerdem auf die Arbeitsweise Brentanos, dessen Gedichte häufig aus solchen Vers und Prosa bunt mischenden, fast musikalischen Impressionen erwachsen.

›Schelmuffskys warhafftige curiöse und sehr gefährliche Reisebeschreibung zu Wasser und Lande‹ (1696/97) von Christian Reuter war eines von Brentanos Lieblingsbüchern. Der Erzähler dieser grobianisch-prahlerischen Lügengeschichte – Brentano, und mit ihm diese Ausgabe, bevorzugt die Schreibung Schelmuffski – ist ›als ein rechter Bärenhäuter‹ zu Schelmerode in Deutschland geboren. Mit vierundzwanzig bricht er von zu Hause auf, um sich die Welt zu besehen, wird Begleiter eines Grafen, lernt bei einem Gastmahl in Hamburg die sehr unternehmende Dame Charmante kennen, die ihn gleich am ersten Abend auf ihr Zimmer bittet, und gerät darüber in ein Duell mit einem holländischen Generalstaaten (Abgeordneten der ehemaligen Niederländischen Republik).

S. 434 *in den Schaden... condemniert:* zur Erstattung des Schadens und des bösen Beispiels halber verurteilt.

S. 435 *allgemeinen deutschen Bibliothekars:* Gemeint ist Christoph Friedrich Nikolai (1733–1811), Publizist, Verleger, Popularphilosoph, Romancier; Haupt der Berliner Aufklärung, Herausgeber der ›Allgemeinen Deutschen Bibliothek‹.

S. 436 *sächsischer Frist:* nach altem sächsischem Recht ein Zeitraum von sechs Wochen und drei Tagen.

S. 437 *konfirmierten:* bestärkten, gefestigten.

S. 439 *sans comparaison:* ohne hier Vergleiche ziehen zu wollen.

S. 440 *nackt um den Apfel des Paris buhlt:* wie die Liebesgöttin Aphrodite, welcher der trojanische Königssohn Paris vor ihren Mitstreiterinnen Hera und Athene den goldenen Apfel zuerkannte, den die Zwietracht bei einem Festmahl unter die Götter geworfen hatte. – *Karl Moor:* in Schillers Schauspiel ›Die Räuber‹ (1781).

S. 441 *Tarantulisten:* durch den Biß der angeblich giftigen Tarantel an der Tanzwut Erkrankte.

S. 442 *verdenken:* hier soviel wie Nachsicht haben, durchgehen lassen.

S. 443 *Essigschlangen:* auch Essigälchen, eine Art winziger Haarwürmer, die in alter Essigmutter vorkommen. – *Simson... Füchse... Feuerbrände:* »Und Simson ging hin, und fing dreihundert Füchse, und nahm Brände, und kehrte je einen Schwanz zum andern, und tat einen Brand je zwischen zween Schwänze. Und zündete die Brände an mit Feuer, und ließ sie unter das Korn der Philister, und zündete also an die Garben samt dem stehenden Korn und Weinberge und Ölbäume.« (Richter 15,4. 5)

S. 444 *und sang zu ihm, und sprach zu ihm:* wie die beiden Vierzeiler aus Goethes Ballade ›Der Fischer‹. – *Kinnbacken:* »Und er fand einen frischen Eselskinnbacken; da reckte er seine Hand aus, und nahm ihn, und schlug damit tausend Mann.« (Richter 15,15)

S. 447 *der Tebel hol mir:* immer wiederkehrender, redensartlich eingestreuter Fluch Schelmuffskys.

S. 451 *der Jäger aus Kurpfalz:* ebenso wie das folgende Gedicht ein Potpourri aus allerlei bekannten Volksliedern. – *gegrüßet seid ihr Waldgebäu:* korrigierter Abdruck der vier Vierzeiler in ›Tröst Einsamkeit‹ vom 4. Mai 1808, wo sie als ›May-Lied des Uhrmacher Bogs‹ mit einem Hinweis auf den Druck von 1807 stehen.

S. 453 *Buttervögel:* Schmetterlinge (vgl. butterfly). – *Rumfortische Suppe:* Der englische Staatsmann und Physiker Lord Rumford (1753–1814), seit 1784 in Bayerischen Diensten, hatte in München eine nach ihm benannte Armensuppe eingeführt.

S. 454 *Madame Eudoxia:* Gemeint ist Christiane Benedicte Eugenie Naubert (1756–1819), Verfasserin zahlreicher vor allem historischer Schundromane, darunter 1805/06 ›Eudoxia, Gemahlin Theodosius des Zweyten‹. – Johann Gottfried *Dyk* (1750–1815), Leipziger Buchhändler und Popularschriftsteller; überschwemmte die deutschen Bühnen mit platten Übertragungen französischer Komödien. – *dem Consilio medico:* dem ärztlichen Rat. – *Quästionssache:* in Frage stehende Angelegenheit. – *S. G.:* Schützengesellschaft.

S. 455 *Verification:* Feststellung. – *Contusion:* Quetschung. – *Präjudiz:* Bedenken. – *Ingenium:* Verstand. – *paralysierende:* lähmende. – *Extravasate:* Ergüsse. – *Potenzen:* Kräften. – *präsumtiven:* mutmaßlichen. – *Hypomochlion:* Dreh- und Unterstützungspunkt eines Hebels. – *Oscillationen:* Schwankungen. – *Hudsonsbay:* tief ins Land hinein reichende atlantische Bucht in Kanada. – *Blutcongestionen:* Blutandrang.

S. 456 *Inculpaten:* Beschuldigten, Angeklagten. – *oscillieren:* schwanken. – *plexus cardiacus:* Herzgeflecht.

S. 457 *cursiere:* umlaufe. – *Bracteaten:* vergoldete Blechmünzen der Antike. – *Sturzblech:* starkes Eisenblech.

S. 458 *Quassia:* Bitterholz, medizinisches Kräftigungsmittel. – *Trepanierung:* Aufmeißelung des Schädels. – *Manipulation:* durch entsprechende Gebärden in magnetischen Schlaf oder den Zustand des Schlafwandlers versetzen. – *Paroxysm:* höchster Grad der Raserei. – *Narrenteidungen:* Narrenspossen.

S. 459 *Psalterium:* Psalterion, Psalter, Saiteninstrument. – *Fornix:* Gewölbe; zwei unter der Schädeldecke sich hinziehende Bündel markhaltiger Substanz.

S. 460 *bedeuten:* belehren, zurechtweisen. – *Sehhügel:* thalamus opticus, größte graue Kernmasse des Zwischenhirns. – *granste:* greinte, weinte. – *Atzel:* mundartlich für Elster.

S. 461 *soulagiert:* erleichtert. – *Theriak:* s. o. zu S. 376. – *Pavimentum:* Estrich, mit Fliesen ausgelegter Boden. – *Pedes Hypocampi:* richtig Hippocampi, Seepferdchenfüße. – *Anus:* After. – *Wasserleitung des Herrn Sylvius:* Jacob Sylvius (1478–1555), Anatom in Paris; nach ihm heißt der Kanal zwischen der dritten und vierten Hirnhöhle die Sylvische Wasserleitung.

S. 462 *Pausilipp:* Posilipo, mehrfach durchbrochener Hügelzug bei Neapel. – *Nigromantie:* Schwarzkunst. – *Charaktere:* Schriftzüge, Zauberzeichen. – *Scheusal mit sieben Köpfen:* das apokalyptische Tier (Offenb. Joh., 17). – *Orpheus... Eurydike:* Der thrazische Sänger Orpheus stieg lebend in die Unterwelt hinab, um durch sein Saitenspiel den Schattenbeherrscher Pluto zu erweichen, daß er seiner Gattin Eurydike erlaube, mit ihm unter die Lebenden zurückzukehren.

S. 463 *mephitisch:* pestartig. – *Petarden:* Knallfrösche, Schwärmer (pétarades).

S. 464 *sedater:* gesetzter. – *Decretum:* Beschluß. – *Testimonium:* Zeugnis.

S. 465 *naturae curiosis:* denen, die die Natur mit Wißbegierde erforschen. – *Inkulpaten:* Angeklagten. – *kondemnieren:* verurteilen. – *Douceur:* Trinkgeld. – *Ad reciproca paratus, ulteriora autem reservando:* Zu Gegendiensten bereit, unter Vorbehalt jedoch sonstiger Weiterungen. – *Belles Lettres:* die schöngeistige Literatur. – *Nastik:* nicht feststellbar; vielleicht Druckfehler für Nautik. – *Oryctognosie:* Mineralogie im engeren Sinne, Klassifizierung und Beschreibung der Mineralien.

Brief einer Apfelhüterin

Erstdruck und Satzvorlage: *Brief einer Äpfelhüterin – Ein ungedruckter Beitrag Clemens Brentanos zu Arnims »Trösteinsamkeit«. Mitgeteilt von Reinhold Steig in Berlin,* in: *Euphorion, Zeitschrift für Literaturgeschichte, hrsg. von August Sauer, Erster Band,* Jg. 1894, *Bamberg* 1894, S. 124–128 (*Mallon* Nr. 289).

Dieser kleine Scherz entstand unter Beihilfe Jacob Grimms in Kassel, von wo aus Brentano ihn am 8. April 1808 als Beitrag für die ›Tröst Einsamkeit‹ nach Heidelberg an Arnim sandte. Dieser wollte ihn in sein ›Scherzendes Gemisch von der Nachahmung des Heiligen‹ aufnehmen; das Manuskript wurde für den Satz eingerichtet, blieb aber ungedruckt, da die Zeitschrift mit dem 30. August ihr Erscheinen einstellte.

S. 467 *Erdmann Uhsens...:* Erdmann Uhse (1677–1730), Schulmann, Polyhistor und Vielschreiber, verfaßte eine mehrfach wiederaufgelegte Poetik, eben den erwähnten ›Wohl-informierten Poeten‹.

S. 468 *Substituten:* Ersatzmann, den man mit der Abfassung des Gedichtes beauftragt. – *Inventionen:* Erfindungen. – *copiam verborum:* Wortreichtum. – *Was ist Poesie?* Bei dem folgenden Text bis zur Quellenangabe handelt es sich um ein Originalzitat aus der Leipziger Literatur-Zeitung vom 23. März 1808 von der Hand Jacob Grimms auf einem angesiegelten Blättchen.

S. 469 *Sohn eines Holzhändlers:* Gemeint ist Joseph Görres.

Empfindungen vor Friedrichs Seelandschaft

Erstdruck und Satzvorlage: *Ges. Schr. IV* (*Mallon* Nr. 42).

Der Text dieser Betrachtung über die 1931 im Münchener Glaspalast verbrannte ›Seelandschaft mit Kapuziner‹ von Caspar David Friedrich (1774 bis 1840) wurde von Brentano unter Mitwirkung Arnims verfaßt. Er war für Heinrich von Kleists ›Berliner Abendblätter‹ bestimmt. Kleist unterzog ihn einer Bearbeitung und stellte daraus einen gekürzten Artikel her, der in der 12. Nummer der ›Abendblätter‹ (13. Oktober 1810) erschien. Sein Wortlaut war folgender:

Empfindungen vor Friedrichs Seelandschaft

Herrlich ist es, in einer unendlichen Einsamkeit am Meeresufer, unter trübem Himmel, auf eine unbegrenzte Wasserwüste hinauszuschauen. Dazu gehört gleichwohl, daß man dahin gegangen sei, daß man zurück muß, daß man hinüber möchte, daß man es nicht kann, daß man alles zum Leben vermißt, und die Stimme des Lebens dennoch im Rauschen der Flut, im Wehen der Luft, im Ziehen der Wolken, dem einsamen Geschrei der Vögel vernimmt. Dazu gehört ein Anspruch, den das Herz macht, und ein Abbruch, um mich so auszudrücken, den einem die Natur tut. Dies aber ist vor dem Bilde unmöglich, und das, was ich in dem Bilde selbst finden sollte, fand ich erst zwischen mir und dem Bilde, nämlich einen Anspruch, den mein Herz an das Bild machte, und einen Abbruch, den mir das Bild tat; und so ward ich selbst der Kapuziner, das Bild ward die Düne, das aber, wo hinaus ich mit Sehnsucht blicken sollte, die See, fehlte ganz. Nichts kann trauriger und unbehaglicher sein als diese Stellung in der Welt: der einzige Lebensfunke im weiten Reiche des Todes, der einsame Mittelpunkt im einsamen Kreis. Das Bild liegt, mit seinen zwei oder drei geheimnisvollen Gegenständen wie die Apokalypse da, als ob es Youngs Nachtgedanken hätte, und da es, in seiner Einförmigkeit und Uferlosigkeit, nichts als den Rahm zum Vordergrund hat, so ist es, wenn man es betrachtet, als ob einem die Augenlider weggeschnitten wären. Gleichwohl hat der Maler zweifelsohne eine ganz neue Bahn im Felde seiner Kunst gebrochen; und ich bin überzeugt, daß sich, mit seinem Geiste, eine Quadratmeile märkischen Sandes darstellen ließe, mit einem Berberitzenstrauch, worauf sich eine Krähe einsam plustert, und daß dies Bild eine wahrhaft Ossiansche oder Kosegartensche Wirkung tun müßte. Ja, wenn man diese Landschaft mit ihrer eignen Kreide und mit ihrem eigenen Wasser malte; so glaube ich, man könnte die Füchse und Wölfe damit zum Heulen bringen: das Stärkste, was man, ohne allen Zweifel, zum Lobe für diese Art von Landschaftsmalerei beibringen kann. – Doch meine eigenen Empfindungen, über dies wunderbare Gemälde, sind zu verworren; daher habe ich mir, ehe ich sie ganz auszusprechen wage, vorgenommen, mich durch die Äußerungen derer, die paarweise, von Morgen bis Abend, daran vorübergehen, zu belehren. cb.

Für diese stark verkürzende Umarbeitung, die nun eigentlich Kleists und nicht mehr Brentanos Urteil über das Bild wiedergab, bat Kleist am 14. Oktober 1810 Brentano brieflich um Entschuldigung und übernahm in seinem Abendblatt vom 22. Oktober für den Inhalt allein die Verantwortung.

S. 470 *Ossian:* ein sagenhafter keltischer Barde. Die unter seinem Namen erschienenen Gedichte, die zu ihrer Zeit auch in Deutschland zahlreiche Liebhaber und Nachahmer fanden, stammten jedoch in Wahrheit von dem Dichter James Macpherson (1736–1796).

S. 471 Ludwig Theobul *Kosegarten* (1758–1818), Propst zu Altenkirchen auf Rügen, verfaßte erfolgreiche empfindsame Idyllen.

S. 472 *Youngs Nachtgedanken:* Die ›Night Thoughts‹ des englischen Dichters Edward Young (1683–1765) erschienen 1742/45 und wurden als ein Erfolgsbuch der Weltliteratur mehrmals ins Deutsche übersetzt. – Louis-Sébastien *Mercier* (1740–1814), Dramatiker und Sittenschilderer; seine Schrift ›Mon Bonnet de Nuit‹ erschien 1783; deutsch unter dem Titel ›Nachtmütze‹ 1784/86 in Berlin. – Gotthilf Heinrich *Schubert* (1780–1860), der populärste unter den Naturphilosophen der deutschen Romantik; sein Hauptwerk ›Ansichten von der Nachtseite der Naturwissenschaft‹ war 1808 erschienen; Brentano an Arnim (8. September 1809): »Von Schubert's Ansichten der Natur von der Nachtseite hat ein Franzos behauptet que c'était un assez bon ouvrage, mais pas classique, car ce n'est qu'une traduction du Bonnet de Nuit de Mercier.«

S. 473 *Madame Godsched:* Luise Adelgunde Viktorine Gottsched, geb. Kulmus (1713–1762), Gattin des Gelehrten und Schriftstellers Johann Christoph Gottsched (1700–1766); unterstützte ihren Gatten in seinen Bestrebungen, die deutsche Literatur und vor allem das Theater im Sinne der Aufklärung und des französischen Klassizismus zu reformieren; verfaßte eigene Lustspiele, übersetzte zahlreiche Bühnenstücke aus dem Französischen und Englischen. – *Mäulchen:* Kuß. – *ein glimpflicher langer Mann:* Gemeint ist Achim von Arnim, mit dem Brentano damals bei Frau Lotte Pister wohnte (nach ihr scheint *die Dame* des Gesprächs gezeichnet); *glimpflich* hier soviel wie: maßvoll, zurückhaltend.

Briefe über das neue Theater

Erstdruck und Satzvorlage in *Wünschelruthe*, hrsg. von H. Straube und Dr. J. P. v. Hornthal, Göttingen, Nr. 23–28, 32–34, 19./23./25./26./30. März und 2./6./8./10. April 1818 (*Mallon* Nr. 73).

Nur der zweite Brief, der des Poeten, ist von Brentano; der erste und ein (hier fehlender) dritter Brief des Direktors stammen von Achim von Arnim, der das Ganze angezettelt hatte. Über den Plan vgl. Brentanos undatierten Brief an Arnim (*Ges. Schr.* VIII, S. 173 ff.).

S. 475 *Calderon:* Die Romantiker versuchten wiederholt, den spanischen Dramatiker durch Übersetzungen (Gries, Eichendorff) und Bearbeitungen auf der deutschen Bühne heimisch zu machen. – *Serenissimus:* Titel des regierenden Fürsten. – *Psyche:* die Seele, die Geliebte des Amor in dem Märchen des Apulejus; hier Scherzname der ersten Liebhaberin am Theater. – *Amant:* Liebhaber. – *Eilfer:* Wein des Kometenjahres 1811. – *gestickt:* erstickt. – *Gurli:* die weibliche Hauptgestalt in Kotzebues Lustspiel ›Die Indianer in England‹ (1789). – *Jungfrau:* Gemeint ist die Rolle der Johanna d'Arc in Schillers ›Jungfrau von Orleans‹.

S. 477 *Abraham auf Moria:* Oper (1779) von Johanna Heinrich Rolle.

S. 479 *Macbeth:* Trauerspiel von Shakespeare.

S. 480 *Nestelknüpfen:* magische Praktik, die den Behexten unfähig macht, den Beischlaf zu vollziehen. – *Fiat:* das Schöpfungswort Gottes. – – Konrad *Ekhof* (1720–1778), Schauspieler, gründete 1753 eine Akademie für Schauspielkunst in Schwerin, zuletzt in Weimar. – *Shylock:* Gestalt des Juden in Shakespeares ›Kaufmann von Venedig‹.

S. 481 *grausamen Arzte:* vermutlich Anspielung auf ›Dr. Katzenbergers Badereise‹ von Jean Paul. – *Rapport:* Verbindung durch Berührung oder ein Fluidum; Fachwort des durch Franz Mesner (1734–1815) in Schwang gebrachten tierischen Magnetismus. – *Hyperion:* Friedrich Hölderlins (1770 bis 1843) ›Hyperion oder Der Eremit in Griechenland‹ war 1797/99 erschienen.

S. 482 *Tochter Jephtas:* oft bearbeiteter Dramen- und Opernstoff aus dem

Buch der Richter; Jephthah, ein Gileaditer, tut das Gelübde, dem Herrn als Brandopfer darzubringen, »was zu meiner Haustür heraus mir entgegengehet, wenn ich mit Frieden wiederkomme von den Kindern Ammon... Da nun Jephthah kam gen Mizpa zu seinem Hause, siehe, da gehet seine Tochter heraus ihm entgegen mit Pauken und Reigen; und sie war sein einziges Kind... Und er tat ihr, wie er gelobt hatte.« (Richter, 11. Kap.) – *Thyrsusschwingers:* Die Anhänger des Dionysos schwangen im heiligen Wahnsinn große Stäbe mit Pinienzapfen und Bändern.

S. 484 *Klaven:* Klaviertasten.

S. 485 *Briseis:* die Geliebte des Achill, die ihm von Agamemnon weggenommen wurde. – *Julie:* weibliche Hauptgestalt in Shakespeares ›Romeo und Julia‹. – *Miranda:* die Tochter des Zauberers Prospero in Shakespeares ›Sturm‹. – *Desdemona:* die weibliche Hauptgestalt in Shakespeares ›Othello‹. – *Mignon:* die Tochter des Harfners in Goethes Roman ›Wilhelm Meisters Lehrjahre‹.

S. 486 *Zriny:* Trauerspiel von Theodor Körner. – *Gurli:* s. o. zu S. 475. – *Pamina:* die Tochter der Königin der Nacht in Mozarts ›Zauberflöte‹. – *Papageno:* der Vogelfänger in der ›Zauberflöte‹. – *Danae:* Die griechische Königstochter Danae wurde von ihrem Vater in einem Turmgemach gefangengehalten; dort besuchte Jupiter sie in Gestalt eines goldenen Regens.

ALPHABETISCHES VERZEICHNIS DER ÜBERSCHRIFTEN UND ANFÄNGE DER GEDICHTE

(Überschriften sind *kursiv* gesetzt. Das Verzeichnis erfaßt auch selbständige Gedichte innerhalb der Prosatexte; soweit sich diese Gedichte im zweiten Band befinden, wird die Bandzahl mit römischer Ziffer angegeben.)

INHALT

ANHANG